CW01511978

TALON PS

DEVENIR SON ESCLAVE – DEUXIÈME PARTIE

Ce livre est une œuvre de fiction. Bien qu'il puisse être fait référence à des événements historiques réels ou à des lieux existants, les noms, les personnages, les lieux et les incidents sont soit le produit de l'imagination de l'auteur, soit utilisés de manière fictive, et toute ressemblance avec des personnes réelles, vivantes ou décédées, ou avec des établissements commerciaux, est entièrement fortuite.

Ce livre, dans son intégralité et en partie, est la propriété exclusive de

The Twins: Talon p.s. & Tarian p.s.

Copyright © Février 2012 by Talon P.S. Livre électronique
Copyright © Janvier 2014 by Talon P.S. Livre imprimé
Copyright © Avri 2024 by Talon P.S. Française Édition
-Titre original : Becoming His Slave

~2024 PUBLIÉ PAR TPS PUBLISHING ~ DEUXIÈME ÉDITION FRANÇAISE~
Ingram Sparks - Livre imprimé - ISBN-13: 979-8-33031338-9 (Talon PS)
Aucune partie de ce livre ne peut être reproduite, scannée, téléchargée ou distribuée via Internet ou tout autre moyen, électronique ou imprimé, sans l'autorisation de TPS Publishing ou des Twins : Talon P.S. et/ou Tarian P.S. Avertissement : La reproduction ou la distribution non autorisée de cette œuvre protégée par le droit d'auteur est illégale. La violation criminelle des droits d'auteur, y compris la violation sans gain monétaire, fait l'objet d'une enquête du FBI et est passible d'une peine pouvant aller jusqu'à 5 ans de prison fédérale et d'une amende de 250 000 $. (http://www.fbi.gov/ipr/). Veuillez n'acheter que les éditions électroniques ou imprimées autorisées et ne pas participer ou encourager le piratage électronique de matériel protégé par le droit d'auteur. Votre soutien aux droits et aux moyens de subsistance de l'auteur est apprécié.

PAS D'IA NI DE ROBOT. Nous ne consentons pas à ce qu'une intelligence artificielle (IA), une IA générative, un grand modèle de langage, un apprentissage automatique, un chatbot ou toute autre analyse automatisée, un processus génératif ou un programme de réplication reproduise, imite, remixe, résume ou réplique de quelque manière que ce soit toute partie de cette œuvre créative, par quelque moyen que ce soit : imprimé, graphique, sculpture, multimédia, audio ou tout autre support. Nous soutenons le droit des êtres humains à contrôler leurs œuvres artistiques.

Traduit de l'anglais par TPS Publishing
Relecture de l'anglais par Alison Greene and Tarian P.S.
Formatage des livres et des pages: TPS Publishing
Conception graphique: TPS Publishing

———•———•——◆——•———•——

TALON PS

Avertissements de déclenchement

Ce livre contient des scènes sexuellement explicites, BDSM, Fetish, et kink, une relation principale MF ainsi que quelques MM & FF avec leurs propres scènes sexuellement explicites. L'histoire contient des représentations de dangers violents et un langage adulte, ce qui peut être un déclencheur pour certains lecteurs. Il s'agit purement d'une œuvre de fiction destinée à la vente et au divertissement des adultes SEULEMENT, conformément aux lois du pays dans lequel vous avez effectué votre achat. Veuillez stocker vos fichiers avec soin, dans un endroit inaccessible aux mineurs.

Cependant, à la lumière des récentes censures qui ne sont que des simulacres de brûlages de livres, il est devenu prudent de clarifier le niveau d'avertissement concernant le contenu de ce titre. Dans les définitions les plus courantes et les plus récentes de ce qui est considéré comme un contenu offensant inacceptable, il est devenu prudent de clarifier le niveau d'avertissement concernant le contenu de ce titre. Ce livre ne contient PAS de viol, de post-viol ou de viol suggestif. Il NE contient PAS d'inceste, de bestialité, de jeu avec des mineurs ou de scènes sexuelles avec des personnes n'ayant pas l'âge légal.

———•———————•——————•———◆———•———————•———————•———

Langage / Tentative d'agression / Contenu sexuel explicite / Agression par enlèvement / Gestion des traumatismes / Bondage / Dominance et discipline à part entière / BDSM à part entière

———•———————•——————•———◆———•———————•———————•———

DEVENIR

Son Esclave

Partie 2

LA SÉRIE DES FRÈRES DU DOMINION : TOMES 1

TALON P.S.

~ BEST-SELLER DE LA ROMANCE ÉROTIQUE BDSM ~

~ LA SÉRIE ÉROTIQUE LA PLUS VENDUE ~

~ ÉLUE MEILLEURE ROMANCE ÉROTIQUE BDSM DE L'ANNÉE (#1) ~

TALON PS

MARQUES DÉPOSÉES

L'auteur reconnaît le statut de marque déposée et les propriétaires de marques déposées suivantes mentionnées dans cette œuvre de fiction :

Véhicules :
ConQuest Knight Armored Luxury Trucks
Lexus Luxury Vehicles
Ford F-150 Raptor Pickup Truck
Berker Ford Excursion
Audi R8
Sikorsky Executive Helicopter

Alcools :
Tragos Silver Tequila
Dos Lunas Tequila
Asombroso Platino Silver and La Rosa tequila
El Condeazul Blanco Tequila

Parfums :
Clive Christianson Cologne - Imperial's Majesty
Davidoff Fragrances for Men
L'Eau De Tarocco by Diptyque
Aqva Pour Homme Marine Toniq
Nautica Oceans
HM by Hanae Mori

Créateurs de mode :
Armani
Dolce & Gabbana
Christian Louboutin Designer Boots
Chantelle Africa Lingerie
Wacoal
Les Maçons Danseurs
Bluemarine Underwear
Diesel Underwear for Men
Get Me Off Underwear For Men
Aubade Asako

Armes à feu :
Berretta Guns
Glock Guns
Desert Eagle Guns

Divers :
Livre : Dear Soldier, With Love par Talon PS & Tarian PS

Bouteille d'eau Icelandic
Fauteuil Tantra, meubles pour les amants
BC Marque Poudre pour maux de tête

Restaurants :
Le Périgord, restaurant français à New-York
Hellas, restaurant grec à Tarpon Springs, Floride

Citation :
Un lion est le plus beau quand il est à la recherche de nourriture –
Mevlana Celaleddin Rumi ~ Source inconnue

TABLE DES MATIÈRES

DEVENIR Son Esclave

LA SÉRIE DES FRÈRES DU DOMINION: TOMES 1
ÉCRIT PAR TALON P.S.

... SUITE DE LA PREMIÈRE PARTIE PRÉCÉDENTE

CHAPITRE VINGT-TROIS

Trenton vint la voir le lendemain avec des plans pour passer un dimanche après-midi dehors, mais d'abord, il devait parer au plus pressé. Il ne fut pas plus tôt assis à côté d'elle sur le canapé qu'il la renversa sur ses genoux et abattit violemment sa main sur ses fesses.

Katianna poussa un couinement haut perché et se tortilla dans ses bras avec tant de fureur qu'elle tomba de ses genoux et se retrouva sur le sol, bondissant instantanément hors de sa portée, tandis qu'une de ses mains frottait son postérieur. Sa lèvre inférieure saillit dans la moue la plus mignonne qu'il ait vue de toute sa vie.

— Jaune, gémit-elle avant qu'il puisse même penser à tendre le bras afin de lui délivrer les deux autres claques qu'il avait prévu de lui donner. Tu m'avais promis de ne jamais me donner de coups de canne.

— Je l'ai promis en effet, mais nous n'avons pas parlé de fessées à mains nues.

Il lui fit un sourire un peu diabolique.

Katianna se frotta le postérieur comme si cela lui faisait encore mal, mais il était certain que tout cela faisait partie de son stratagème pour essayer de l'attendrir.

— Ce n'est pas juste, parce que je ne t'ai jamais vu fesser quelqu'un. Je croyais que tu n'utilisais que la canne.

— Tu as raison. Je n'ai jamais fessé d'esclaves ou de subs. La fessée est extrêmement intime pour moi, Katianna. Une chose que j'ai rarement appréciée avec une autre auparavant.

— Génial, je me sens vraiment spéciale.

Elle n'était pas du tout ravie qu'il considère la fessée comme une partie du traitement royal.

— Maintenant, viens ici pour les deux autres.

— Euh... haleta-t-elle.

Elle aurait reculé plus loin, mais Trenton la saisit par la cheville et la tint, l'empêchant de s'éloigner.

— Mais j'ai dit « jaune », gémit-elle en signe de protestation.

Trenton se mordit les lèvres, ne voulant pas rire de son cinéma. Peu importait à quel point il était conscient de son effet sur lui.

— Et nous avons déjà parlé de ça. Allez, il est temps de procéder à ta punition.

— Quelle punition ?

Son front se plissa à sa déclaration qu'elle avait mérité une punition.

Cela ne dérangeait pas Trenton qu'elle utilise son mot de sécurité, même si elle l'utilisait juste pour échapper à son châtiment, mais si elle n'arrêtait pas de faire cette moue boudeuse, il allait la soulever et l'embrasser jusqu'à ce qu'il la fasse disparaître. En fait, il allait le faire de toute façon.

— Ta culotte, la clé, et le fait que tu aies essayé de le nier.

Il s'adossa sur son siège en relâchant sa cheville avant de lui tapoter la jambe.

— Maintenant, pour la dernière fois, viens ici afin que nous puissions continuer.

Elle secoua la tête.

— Kat...

Elle la secoua à nouveau.

— Je peux te tourmenter pendant deux heures à la place si tu veux. Tu préfères ça ?

— Hein ?

Elle haleta en s'éloignant un peu plus sur le sol, mais l'expression sévère de Trenton l'arrêta.

— Si je dois venir te chercher, je ferai les deux, la prévint-il d'un ton contenu.

Alors, lentement et très inquiète, Katianna se mit à genoux et rampa vers lui. Le cœur de Trenton fondit à la vision d'une si douce innocence, se soumettant à contrecœur afin de recevoir sa fessée ; le léger frémissement de ses lèvres et les yeux pâles qui le suppliaient prudemment firent palpiter son sexe dans son jean. Il avait d'abord besoin de cette lèvre boudeuse, et il se jeta sur elle.

Le halètement de Katianna fut rapidement étouffé par son baiser passionné, tandis qu'il lui suçait les lèvres, ses bras enroulés autour d'elle, lui caressant le dos, puis ses douces fesses. Une main souleva son déshabillé et l'autre vint s'abattre sur son postérieur. Son hurlement fut étouffé par son baiser, sa langue se repaissant de sa saveur. Il frotta doucement la piqûre légèrement chaude qu'il avait créée, apaisant la brûlure.

— Juste une de plus, chuchota-t-il lorsqu'il rompit finalement le baiser. Tu es prête ?

Elle secoua immédiatement la tête.

— Continue à retarder les choses et je vais devoir changer de tactique, essaya-t-il de l'avertir, mais elle mettait sa détermination à rude épreuve.

Elle jeta les bras autour du cou et s'accrocha à lui aussi fort qu'elle le put, enfouissant son visage dans son cou tout en se forçant à acquiescer. Bon sang, il se sentait faible, les actions de Katianna nourrissant si bien sa domination. Sa tête allait exploser avec un tel pouvoir sur elle. Cela le mettait à genoux. Pas une seule fois durant toutes ces années durant lesquelles il avait exploré ce mode de vie ou en étant le Dominus, il n'avait ressenti une sensation aussi puissante. Incroyablement enivrante. Il ne se lasserait jamais d'elle ; son besoin d'elle ne serait jamais comblé, même dans un million d'années. Il embrassa sa tempe alors que ses doigts remontaient son déshabillé afin d'exposer son derrière nu, et il lui délivra le coup final avec un effort considérable pour faire en sorte de paraître ferme et pas tout ramolli comme son cœur.

Katianna ne le lâcha pas. Elle n'adoucit même pas son étreinte, et il aimait que son corps soit pressé si fort contre le sien. Ensemble, ils étaient parfaits. Il se tordit sur son siège, se couchant sur le canapé, l'entraînant avec lui et resta allongé un long moment pour apprécier son corps sur le sien.

Après un long moment, elle leva enfin la tête pour le regarder et lui lancer un regard triste et boudeur.

— Tu es tellement méchant.

Il sourit.

— Je sais, bébé... se moqua-t-il. Mais tu vas devoir t'y habituer ou commencer à faire ce qu'on te dit et ne pas faire des choses que tu ne devrais pas.

Il lui embrassa le bout du nez. Les yeux de Katianna se plissèrent.

— Maintenant, va t'habiller, des vêtements décontractés comme un short et des sandales feront l'affaire.

— Culotte ?

Il lui embrassa de nouveau le bout du nez, taquin.

— Tu peux garder ta culotte aujourd'hui.

Trenton se leva alors qu'elle s'enfuyait pour s'habiller. Il regarda autour de lui jusqu'à ce qu'il trouve son sac d'ordinateur et y glissa son portable, une batterie supplémentaire et une clé USB pour leur journée ensemble.

— Qu'est-ce que tu fais avec ça ? demanda-t-elle lorsqu'elle sortit de sa chambre, étonnée qu'il empaquette ses affaires.

— Nous allons traîner au parc aujourd'hui. J'ai décidé d'apporter ton ordinateur au cas où tu voudrais écrire pendant que nous serons là-bas.

Elle lui lança un regard interrogateur.

— Vraiment ? Pendant que tu es avec moi ?

— Oui. Nous pouvons aussi bien nous y habituer dès le début. Tu as dit que tu voulais continuer à écrire, même lorsque nous serions ensemble.

— Oui, mais au cours d'un rendez-vous ?

— Ce n'est pas un rendez-vous. Nous sommes ensemble. Es-tu prête ?

Elle lui sourit chaleureusement. C'était étrange à quel point le terme *être ensemble* était important. Elle n'avait pas entendu *ce n'est pas un rendez-vous*, elle avait entendu *nous sommes ensemble*. Que chaque instant où ils étaient l'un avec l'autre ne devait pas être un événement ou une occasion, que c'était parfois simplement être en compagnie de l'autre, et elle aimait beaucoup ça.

Et c'est ainsi que la journée se déroula. Trenton les conduisit dans l'un des parcs naturels voisins ; ils parcoururent le jardin pendant un moment, puis ils trouvèrent un agréable endroit isolé sous le feuillage de grands arbres et se détendirent sur une couverture dans l'ombre fraîche. Ils parlèrent pendant un moment, mais quand la conversation ralentit, elle ressentit le besoin de travailler un peu.

Trenton s'installa sur le côté tandis qu'elle s'asseyait, blottie contre son ventre avec son ordinateur sur ses genoux, s'occupant principalement de relire le contenu de son histoire écrite au cours de la semaine précédente. Pendant tout ce temps, il la regarda, sa main la touchant toujours, jusqu'au moment où les douces caresses sur sa peau ne lui suffirent plus, et il dut l'exhorter à reposer l'ordinateur afin qu'il puisse lui voler toute son attention.

Lundi arriva trop vite pour Trenton, et son travail le tint occupé toute la semaine, même en venant plus tôt pour avoir une longueur d'avance sur les exigences de la journée de ses clients tout en essayant de mettre en place tout ce dont ils avaient besoin pour la vente aux enchères à venir. Il travaillait d'arrache-pied à son bureau dès le petit jour. Le temps qu'il passait avec Katianna était celui qui lui était nécessaire pour la préparation de la vente aux enchères. Pour compenser, il avait donné plus de tâches à Paris, et ce dernier se débrouillait exceptionnellement bien, comme si le directeur événementiel de l'île était également destiné à être son assistant. Il comprenait rapidement les choses ; il connaissait les tenants et les aboutissants de la planification d'événements, et au grand bonheur de Trenton, il n'avait pas besoin d'être surveillé tout le temps. Les détails de la planification maintenant placés entre les mains de Paris comprenaient la restauration et le fleuriste, et quelques demandes spéciales d'invités très en vue. Les arrangements pour la mise en scène avaient déjà été faits, donc le jeune homme avait simplement besoin de les coordonner afin d'assurer les détails finaux.

Cela libérait Trenton afin qu'il se concentre davantage sur le personnel, la sécurité et l'arrivée des personnes qui venaient s'inscrire pour être mises aux enchères. Cela, et bien sûr, les petits détails constamment remis à jour de l'assurance et des permis. Il semblait que chaque semaine, à mesure que l'événement se rapprochait, les autorités de la ville émettaient d'autres règles pour remettre l'événement en question. Puis il y avait les manifestants des libertés et droits de l'homme qui seraient probablement là, ainsi qu'une secte religieuse pour prier pour ses péchés. Tout cela devait être géré avec précaution. Ses invités et lui avaient droit à leur mode de vie, de même que ceux qui n'étaient pas d'accord avaient droit à leur point de vue. Au moins, il était disposé à prendre le leur en considération, si seulement il pouvait les convaincre de lui rendre la pareille.

En dehors de veiller à la bonne marche de son entreprise, Trenton avait essayé de faire venir Kat pour déjeuner avec lui, mais pour le quatrième jour de la semaine, ce plan n'avait pas fonctionné. Katianna écrivait jusqu'à très tard dans la nuit, alors essayer de la faire sortir du lit le matin ou du moins suffisamment tôt pour la faire venir à temps, même pour un déjeuner tardif, s'avérait plus difficile à réaliser qu'il l'avait prévu. Pourtant, en dépit de son désir de la voir, cela l'avait empêché de se faire distraire, sachant qu'une fois qu'elle serait dans son bureau, il aurait du mal à se remettre au travail. Alors ce soir, il avait opté pour un dîner.

Il regarda sa montre : son chauffeur devait passer la prendre maintenant pour l'emmener à son premier rendez-vous d'épilation au laser. Au moins, il avait réussi à la faire se lever pour ça. La pensée alléchante de ses parties intimes nouvellement nues le rendit impatient de la voir. Il sortit la chaîne autour de son cou de sous sa chemise pour jouer avec la serrure qui avait été façonnée pour les anneaux qu'elle portait sur ses petites lèvres. Maintenant, elle était autour de son cou, comme un souvenir symbolique.

Replaçant ce souvenir dans sa cachette, il prit une profonde inspiration, se forçant à se replonger dans son travail. Il fallait qu'il en ait fini pour la journée lorsque Katianna arriverait après son rendez-vous, afin qu'ils puissent sortir dîner avec Diesel et Paris. Cependant, alors qu'il se préparait à se mettre sérieusement au travail, Dane pénétra dans son bureau de façon inattendue,

— As-tu vu les nouvelles ?

Le regard de Trenton le suivit alors que Dane s'approchait, voyant que quelque chose l'avait visiblement alarmé. Cela signifiait que les nouvelles n'étaient pas bonnes.

— Non. Je suis encore enseveli sous les rapports de suivis de la fusillade de Paris et je travaille sur les détails de dernière minute pour la vente aux enchères. Pourquoi ? Qu'est-ce qu'il y a ?

Dane contourna son bureau, afficha une nouvelle page sur l'ordinateur de bureau de Trenton, puis envoya le clip sur l'écran plasma accroché sur le mur.

Trenton sortit la télécommande et monta le volume.

CNN News était en train de rendre compte du meurtre brutal du multimillionnaire Nolan Carson :

~~ *Un membre d'un des plus grands cabinets d'avocats de New York*, Carson, Pendel & Calcutta, *Nolan Carson, quarante-neuf ans, a été retrouvé assassiné chez lui ce matin. La police ne laisse pas filtrer grand-chose pour le moment, mais a confirmé que Carson était l'un des quatre corps trouvés dans sa propriété à Greenwich, Connecticut* ~~

Dane se tourna vers Trenton,

— Nolan a acheté une esclave à la dernière vente aux enchères, n'est-ce pas ?

— Oui...

Trenton fouilla dans sa mémoire.

— Oui, en effet. Elle était le seul contrat de cinq ans que j'avais. Comment s'appelait-elle ? demanda-t-il, réfléchissant à haute voix alors qu'il affichait des dossiers sur son ordinateur. Lauren – non, Laurel. Laurel Sanders.

Avec quelques clics sur son clavier, il afficha son dossier pour le confirmer.

Trenton attrapa le téléphone et composa le numéro du bureau de Harper.

— Hé, peux-tu venir dans mon bureau ?

Quelques minutes après, Harper entra et Trenton fit repasser le clip.

— Carson a acheté une esclave lors de la dernière vente aux enchères, dit-il, lui faisant part de ses inquiétudes et d'un plan d'action. Nous devons la trouver. Est-elle l'une des quatre personnes assassinées ? A-t-elle disparu ? J'ai besoin de savoir ce qui lui est arrivé. Si elle est toujours en vie, nous devons la récupérer et la mettre en sécurité, afin de pouvoir l'aider à gérer ce traumatisme. Peux-tu t'en occuper ? Tu sais que les Fédéraux ne vont pas partager grand-chose avec moi, mais ils pourraient le faire avec toi. Elle s'appelle Laurel Sanders. Je vais sortir son dossier et le déposer sur ton bureau d'ici la fin de la journée.

Une heure après que Harper eût passé un coup de fil, Trenton se retrouva avec les Fédéraux dans son bureau. Le meurtre de Carson avait des implications importantes, les agents ne voulaient pas discuter avec lui de la plupart d'entre elles, mais ils n'étaient pas contre s'appuyer sur lui pour n'importe quelle information ou piste qu'il pourrait avoir.

Les employés de la propriété de Carson qui n'étaient pas dans la maison au moment de l'attaque avaient dit à la police qu'il y avait trois *compagnes sexuelles* – comme ils les avaient appelées – essayant d'éviter trop de questions concernant leur patron et l'arrangement qu'il avait passé pour avoir des esclaves consentantes dans sa maison. Pourtant, le personnel avait clairement indiqué aux inspecteurs que ces trois-là avaient disparu de la scène de crime. Les agents avaient immédiatement placé les trois *compagnes* disparues au sommet de leur liste de suspects, même si le personnel affirmait que ces trois personnes étaient heureuses du contrat qui régissait leur « mode de vie ». Ce n'était tout simplement pas suffisant pour convaincre les Fédéraux de changer d'avis : les esclaves sexuelles s'étaient vengées. Mais lorsque le corps de l'une des susmentionnées fut découvert plus tard ce jour-là sur la route avec un cou brisé, cela remit leur soupçon en question.

La gouvernante qui avait réussi à se cacher pendant l'attaque avait décrit un holocauste brutal où Carson s'était fait torturer pendant des heures avant qu'on mette fin à sa vie et à celles de son frère et des deux employés présents, son intendant et son assistant personnel. Puis les assaillants avaient pris les compagnes de Carson, et la gouvernante était certaine que les trois étaient toujours en vie au moment de leur enlèvement.

Alors que Trenton faisait tout son possible pour coopérer au sujet de leur enquête, il appela également son avocat personnel, Lars Mickels, pour plusieurs raisons. La première étant que les Fédéraux cherchaient une piste, n'importe quelle piste, et la confusion et la méfiance provoquées par le sujet des esclaves sexuels faisaient paraître Trenton comme leur meilleure source de renseignements. Cela ne le dérangeait pas, et alors qu'il était prêt à leur remettre toutes les informations qu'il avait à la fois sur Nolan Carson et la femme disparue, il refusait de divulguer des informations privées sur un de ses autres clients, car leur vie privée n'avait aucun rapport avec la situation. La présence de Mickels était également utile du fait que ce dernier était un associé de Carson et un membre actif du style de vie D/s qui possédait deux subs ; il pourrait – *s'il le voulait* – révéler ses arrangements personnels comme référence. Mais même sans divulguer quoi que ce soit, Mickels était la personne en mesure de gérer les questions et la légalité de tout cela, principalement la question des soumis agissant comme des esclaves volontaires et qui étaient protégés par le premier amendement.

Avoir un avocat présent permettait également de rester concentré sur la recherche des deux filles disparues, dont Laurel Sanders, que Trenton connaissait.

Pris au centre de l'attention des fédéraux, Katianna lui était sortie de la tête ; du moins jusqu'à ce qu'elle se présente au bureau à l'heure prévue. Son regard vide et son expression choquée le firent immédiatement réagir. Il ne voulait pas qu'elle soit exposée à de telles horreurs et il ferait tout ce qui était nécessaire pour l'en garder éloignée.

— Messieurs, si vous voulez bien m'excuser un instant.

Il sortit de son bureau, guidant la jeune femme vers l'entrée du bâtiment

— Que se passe-t-il ?

L'inquiétude était évidente dans son ton.

— Quelque chose est arrivé et je dois m'en occuper avant que nous puissions aller dîner.

— Est-ce que tout va bien ? demanda-t-elle alors que ses mains volaient instinctivement vers la chemise de Trenton. As-tu des problèmes ?

Il retira ses doigts de sa chemise, la conduisit vers l'un des canapés de la salle d'attente et s'assit, serrant ses mains dans les siennes.

— Je n'ai pas de problèmes, mais quelqu'un d'autre en a peut-être.

— Qui ? Qu'est-il arrivé ?

— Je ne peux pas t'en parler pour l'instant.

Il toucha sa joue puis écarta ses cheveux de son visage afin de pouvoir la regarder dans les yeux.

— Pourquoi ne peux-tu pas m'en parler ?

— Kat... l'apaisa-t-il de sa voix douce et rassurante. As-tu encore des cauchemars ?

— Oui, répondit-elle en hochant la tête. Parfois.

— Alors je préférerais ne pas te le dire. C'est mauvais, et je dois essayer d'aider de toutes les façons possibles. Mais je préfère ne pas en discuter avec toi tout de suite, parce que je ne veux pas que tu en sois effrayée.

— Non, quelque chose ne va pas et c'est pour ça que tu ne me le dis pas.

— Kat...

Il ne voulait pas en discuter de quelque façon que ce soit avec elle, mais c'était un nouveau pont à franchir pour eux, alors peut-être que quelques révélations étaient nécessaires.

— Je vais seulement le faire une fois, la prochaine fois que je te dirai que tu n'as pas besoin de savoir quelque chose, tu accepteras ce que je te dis. Quelque chose de mauvais est arrivé à quelqu'un à qui j'ai trouvé une esclave et maintenant la fille a disparu. Je n'ai pas besoin que tu aies des cauchemars à ce sujet.

Il posa une main sur sa tête et l'attira contre son épaule.

— Crois-moi quand je te le dis, tu n'as pas besoin de connaître ces choses, d'accord ?

Elle hocha la tête contre sa chemise.

— D'accord.

— As-tu ton ordinateur portable avec toi ? Cela ira si je te laisse ici pendant que j'essaie de terminer la réunion ?

Il la relâcha afin qu'ils puissent discuter davantage.

— Est-ce que Diesel est ici ? Puis-je rester avec lui ?

— Oui et oui.

Il laissa échapper un long soupir. Il préférait cela. Avec la façon dont les agents le remettaient en question, la dernière chose qu'il voulait, c'était qu'ils commencent à interroger ou même à observer Katianna. Il perdrait rapidement son sang-froid.

Trenton la guida dans le couloir jusqu'à la dernière porte. Lorsqu'il l'ouvrit, Katianna se retrouva debout au sommet d'un grand escalier qui descendait dans la salle d'exposition de l'armurerie de Diesel. Elle savait que son magasin était dans les environs, mais il ne lui était pas venu à l'idée qu'il puisse être accessible depuis les bureaux.

— Hé, Deez ! cria Trenton.

— Oui, répondit la voix de Diesel venant de quelque part au fond de la boutique.

— Kat est ici. Peut-elle rester avec toi ?

— Bien sûr, envoie-la-moi.

Trenton la tira vers lui afin de lui faire face, puis il descendit une marche pour l'embrasser.

— Avec un peu de chance, cela ne sera pas trop long.

Il l'embrassa encore une fois, puis il referma la porte derrière lui et retourna dans son bureau.

— Alors, c'était une autre de vos *esclaves* ? osa demander un des agents lorsque Trenton entra.

Ce dernier se laissa tomber dans son fauteuil derrière son bureau, prenant une profonde inspiration afin de se calmer.

— Elle est ma destinée, et si vous voulez que je continue de coopérer, je vous suggère de laisser tomber le sujet.

— Vous savez, nous pourrions penser que vous avez un service d'escorts, une autre Madame Claude.

— Si cela était vrai, alors chaque service de rencontres en ligne serait également illégal. Je suis plus l'e-harmonie du BDSM, et je vérifie les antécédents de tous mes clients pour plus de sécurité.

— Je suppose que vous avez raté Carson alors, continua l'agent.

Trenton s'avança sur son siège, verrouillant l'autre homme sous un regard froid. Il se moquait pas mal de l'insulter.

— Je filtre mes clients, je n'ai pas dit que j'employais un diseur de bonne aventure pour savoir qui et quand quelqu'un pourrait être tué par de mauvaises personnes. C'est votre travail, n'est-ce pas ? N'utilisez-vous pas des médiums ? Et pourtant, vous craignez dans votre travail.

— Quoi ? Vous...

L'agent se leva de son siège.

— Ça suffit messieurs !

L'agent Johnson, le contact de Harper au FBI, pressa son équipier de se calmer.

— M. Mickels a déjà précisé que l'opération de M. Leos était parfaitement légale. Mais nous avons encore deux filles disparues et des informations sur une seule d'entre elles. Essayons de nous concentrer sur cela, d'accord ?

— N'oubliez pas que *nous* vous avons appelé, ajouta Harper.

Il ne s'attendait pas à ce que Johnson et ses hommes viennent et dirigent leur enquête sur Trenton. Il connaissait et avait collaboré avec Johnson depuis un certain nombre d'années, et le regarder laisser ces spéculations se développer et les permettre jusqu'à ce point le fit questionner sur leur amitié.

Il s'avéra que Diesel avait déjà de la compagnie. Deux hommes âgés, Ed et Walter, tous les deux vétérans de la Seconde Guerre mondiale, qui aimaient passer du temps dans l'armurerie avec Diesel et faisaient habituellement une apparition une ou deux fois par semaine. La façon dont ils agissaient ensemble rappela à Katianna la série télévisée *Odd Couple* ou les hommes du film *Les Grincheux*. En plus d'être ravis d'avoir quelqu'un de nouveau à qui raconter leurs histoires, elle était une fille, et par conséquent, le flirt ainsi que les plaisanteries entre les deux hommes montèrent d'un cran pour se faire remarquer. Ed et Walter la firent rire tout le temps qu'elle passa avec eux, et cela tint sa nature inquiète loin des problèmes que rencontrait Trenton.

— J'ai eu une jolie dame une fois, son nom était Gladys. C'était un véritable boute-en-train, dit Walter en remuant ses sourcils en direction de Katianna. C'est ainsi que nous disions sexy à l'époque.

Walter continua à parler du bon vieux temps et comment il avait rencontré sa seule épouse.

— Alors, comment avez-vous rencontré Diesel ?

— Je l'ai rencontré grâce au *Project Torch,* un programme pour les vétérans sans domicile fixe, répondit Ed.

— Paris, arrête immédiatement, ordonna Diesel, mais il ne sembla pas être entendu.

Trenton s'avança et jeta un coup d'œil.

— La punition va être dure si tu ne fais pas ce que Patronus te dit.

— Ça en vaudra la peine, gémit Paris, ne ralentissant pas ses efforts pour soulager son excitation.

— Je suis certain qu'Olla ressentira la même chose. Elle m'a supplié de te remettre à elle pour le week-end.

— *Ahh-Uhg*!

Paris poussa un grondement amer, son poing se retirant brusquement de son sexe pour presser ses tempes, tout comme son autre main.

Il grogna à nouveau à travers des dents serrées.

— Va-t'en, va-t'en, murmura-t-il dans sa barbe, maudissant la vague de jouissance qui menaçait.

Il jeta un coup d'œil à Trenton, partageant avec lui un sourire sarcastique.

— Bon sang... j'étais si proche.

Au dîner, les pensées de Trenton étaient distantes, l'angoisse et les lignes d'inquiétude apparentes sur son visage.

— Peut-être que tu devrais me renvoyer chez moi, suggéra calmement Katianna, et cela le fit presque sursauter.

Les sillons s'approfondirent.

— Pourquoi dis-tu cela ?

— On dirait que tu pourrais profiter d'un peu de temps seul. Pour penser et ne pas avoir à t'occuper de moi.

— Tu ne crois pas que je préférerais t'avoir avec moi, même lorsque je ne suis pas de bonne humeur ? demanda-t-il avec une courte inspiration.

Qu'il soit troublé au sujet de la jeune fille disparue était compréhensible. Mais que Katianna se détourne de lui lorsqu'il n'était pas dans ses meilleurs jours ? Il avait passé suffisamment de temps loin d'elle. À partir de maintenant, il avait l'intention de l'avoir avec lui, peu importe ce qui se passait. Il ne prenait pas sa relation ou sa responsabilité comme une quelconque affaire occasionnelle.

— Tu ne le veux pas ? La plupart des gens préfèrent être seuls dans ces cas-là.

Trenton tendit la main, touchant sa joue et repoussant la mèche de cheveux plus courte qui bouclait toujours le long de sa mâchoire.

— Je ne suis pas la plupart des gens et la seule fois où je t'enverrai loin de moi sera parce que ta sécurité l'exigera.

Il prit son menton entre ses doigts, soulevant son visage pour un baiser chaste.

— Tu es mienne même dans mes mauvais jours.

Le regard de Trenton se posa sur l'ourlet court de sa robe, se souvenant de son rendez-vous plus tôt dans la journée, et une lueur lubrique se glissa dans ses yeux, sa main suivant le rappel mental, trouvant son chemin sous sa robe courte.

Son sourire disparut lorsque ses doigts trouvèrent du tissu au lieu de la peau nue.

— Tu portes une culotte...

Ses doigts tâtèrent le tissu.

— Elle n'est même pas en dentelle ?

Cela lui plaisait encore moins. Sa peau était destinée à être caressée par la dentelle qu'il lui avait achetée. La seule autre chose qui était autorisée à s'enrouler autour de cette caverne brûlante et de ces fesses rebondies, c'était lui.

(•ω•)

Katianna déglutit, se mettant rapidement en mode défense.

— Le docteur m'a dit de porter des culottes en coton juste après. Ils me les ont données.

L'expression de Trenton s'adoucit un peu et elle poussa un soupir de soulagement. Elle ne voulait pas être fessée simplement pour avoir suivi les ordres du médecin, mais elle vit clairement que son regard lubrique n'avait pas diminué pour autant. Elle sentit les doigts de Trenton s'accrocher sur les côtés de sa culotte et commencer à tirer dessus.

— Allonge-toi. Je veux voir à quel point c'est beau.

Katianna jeta un coup d'œil dans la salle du restaurant, espérant trouver une excuse pour ne pas obéir, mais personne ne regardait dans leur direction ; personne n'était à proximité qu'elle pourrait utiliser pour protester contre ses ordres. Il avait délibérément demandé le box en forme de croissant dans le coin arrière du restaurant. Il y avait peu de passage et l'éclairage était tamisé, lui donnant une quantité considérable de liberté avec elle. Après avoir parcouru la pièce des yeux, elle le regarda pour voir une expression entendue sur son visage, comme s'il savait ce qu'elle espérait trouver pour découvrir ce qu'il savait déjà – il n'y avait pas moyen d'éviter son ordre.

Katianna rendit les armes, faisant ce qu'il lui avait demandé. Elle s'allongea sur le banc, sa tête effleurant la cuisse de Diesel. Elle rougit lorsque ce dernier la regarda avec un sourire impatient.

Trenton lui retira sa culotte et remonta juste assez l'ourlet de sa robe pour exposer son magnifique sexe nu, la peau encore rosée du traitement au laser et ses anneaux jumeaux sur ses petites lèvres bien en vue pour lui maintenant. S'ils n'étaient pas allés dans ce restaurant, il l'aurait étendue sur la table et l'aurait dévorée sur place.

— Deez, sa bouche s'il te plaît.

Katianna sursauta lorsque la large main de Diesel se posa sur sa bouche et que celle de Trenton s'abattit entre ses jambes, suivie par la piqûre cuisante sur sa peau sensible. Alors qu'elle n'était pas du tout ravie d'avoir été giflée sur son sexe, elle était reconnaissante que son cri ait été étouffé par la main de Diesel.

— Une de plus, dit ce dernier à Trenton.

Les yeux de Katianna s'élargirent et elle essaya de se libérer de lui, l'implorant d'une secousse de la tête, mais Diesel n'enleva pas sa main.

— Il a dit une autre, dit Trenton en la regardant, ses yeux mesurant, calculant.

Puis d'un mouvement rapide, sa main s'abattit à nouveau sur sa peau déjà brûlante.

La main de Diesel la relâcha une fois que son cri fut assourdi, et elle se leva brusquement pour atterrir dans le baiser de Trenton, ses lèvres couvrant les siennes, étouffant sa protestation avec un baiser affamé, la faisant taire efficacement.

— C'est pour avoir pensé que je voudrais t'envoyer loin de moi, grogna-t-il à son oreille après avoir rompu le baiser.

— Tu es si méchant, murmura-t-elle en boudant.

— Je sais.

Il lui retourna sa moue.

Katianna n'était pas complètement calmée et elle se tordit pour regarder Diesel.

— Et le second ? Pourquoi était-ce ?

Les sourcils de Diesel se haussèrent de surprise qu'elle s'en prenne à lui, et il fit ce qu'il put pour ravaler son rire.

— Je t'ai dit que je t'en devais une pour avoir libéré Paris.

— Qu'est-ce que tu as fait ? demanda-t-elle, son regard se tournant vers Paris.

— Je lui ai volé un baiser.

Paris se lécha les lèvres puis se pencha plus près de Diesel, comme s'il avait l'intention d'essayer à nouveau avant la fin de la soirée.

— Un baiser ? J'ai été fessée à cause d'un baiser ?

Trenton attrapa son menton, l'attirant vers lui afin qu'elle lui fasse face.

— Plutôt pour avoir sauté sur Diesel, mais ta punition est pour ta propre action. Tu savais qu'il n'était pas censé être libéré. Tu as miné notre autorité sur lui quand tu as interféré.

Les épaules de Katianna s'affaissèrent. Alors Paris sautait sur Diesel et l'embrassait, et maintenant elle était punie pour ça. Cela ne semblait pas juste, en aucune façon.

Quelques instants plus tard, leur serveuse arriva, apportant leur nourriture, et ils restèrent silencieux alors qu'ils mangeaient. Diesel devenait de plus en plus conscient de l'érection croissante dans son pantalon en regardant son frère interagir avec sa licorne. Et au souvenir du moment où il avait eu Paris pressé contre son corps, son érection fut presque impossible à cacher.

Pendant une fraction de seconde, lorsque Paris était sorti du véhicule de Trenton, le serrant contre lui pour lui voler un baiser, il avait cédé à sa bouche exigeante comme si le baiser avait été de son propre fait, s'ouvrant juste assez longtemps pour goûter la langue de Paris contre la sienne avant de le forcer à reculer. Cependant, son goût avait éveillé quelque chose en lui, intensifié par le frottement du sexe du jeune homme contre le sien. Cela déclenchait encore maintenant en lui une faim qu'il devait maîtriser. Plus il passait de temps en présence de Paris, plus il le désirait ; il voulait libérer l'appétit bestial de cet homme et noyer ses propres sens. Plus il regardait Trenton et Katianna se rapprocher, plus Diesel savait qu'il était prêt à avoir quelqu'un dans sa vie de façon permanente.

— Je pourrais m'en occuper pour vous.

La voix remplie de sombre convoitise de Paris sortit Diesel de ses pensées.

Paris fit une pause dans son repas pour regarder Diesel, laissant ses yeux le déshabiller, s'attardant lourdement sur la bosse dans son pantalon.

— Sauf que si je te laisse le faire, tu ne t'arrêteras jamais.

Paris lui fit un sourire diabolique qui atteignit ses yeux, les enflammant.

— Vous avez raison... je ne m'arrêterai pas.

Moi non plus, pensa-t-il. Mais l'agitation qu'il ressentait n'était pas seulement dans son sexe. Quelque chose gonflait également dans sa poitrine.

CHAPITRE VINGT-QUATRE

Ce week-end, Amelia organisait une soirée élitiste sur sa propriété, un mélange éclectique de personnes riches et puissantes avec un appétit pour le sexe « déviant ». Bien que tous les participants n'étaient pas impliqués dans la communauté BDSM, la majorité avait un goût prononcé pour le voyeurisme. On pouvait donc dire sans risque que le gala privé n'était pas très différent du club *La Nuit Rouge* à Paris. Sauf que cette soirée avait lieu afin de promouvoir l'hôtel de l'île Salientis du Deliciarum. Elle fournissait également un double objectif pour ceux qui seraient présents à la vente aux enchères ; la fête d'Amelia était considérée par eux comme la soirée du coup d'envoi de l'événement qui aurait lieu dans deux semaines. S'ils n'avaient pas la chance de ramener un esclave chez eux, la vision des beautés inscrites attiserait suffisamment l'appétit des voyeurs pour les tenter d'aller sur l'île afin de passer un peu de temps avec l'un des nombreux subs qui seraient employés là-bas.

Katianna, bien sûr, avait été avertie de se tenir à l'écart des invités afin de ne pas se retrouver sur le menu des avances.

Elle était restée enfermée toute la journée, observant ce qui se passait dans la sécurité de sa maison, ce qui devint presque insupportable lorsqu'elle remarqua que Trenton était arrivé avec ses frères Marcus, Dane, Diesel et son esclave, Paris. Mais il semblait que chaque fois que Trenton essayait de s'échapper de la soirée pour venir la voir, quelqu'un s'approchait et l'attirait à nouveau dans la fête. Ce ne fut qu'au début de la soirée qu'un texto arriva sur son téléphone.

—Txt : *Tout le monde est rassemblé pour le dîner, alors l'attraction principale est dans le salon. Tu peux sortir en toute sécurité maintenant. Dominus—*

Cela ne disait pas s'il comptait venir à sa rencontre – alors elle pensa qu'elle devrait s'habiller convenablement juste au cas où il le ferait.

— Tu devrais savoir quelque chose avant de t'approcher.

Elle parla sans lever les yeux du livre qu'elle lisait lorsqu'elle remarqua la grande silhouette qui se dirigeait vers elle.

— Qui est ?

L'homme qui approchait lui adressa un sourire penaud, ralentissant son pas, mais seulement pour jeter un long coup d'œil sur son corps étendu sur la chaise longue en bikini et sarong, *non pas* parce qu'elle brandissait un drapeau d'avertissement.

— Je ne suis pas au menu, dit-elle d'un ton insolent en essayant de réprimer un sourire.

— C'est une honte, j'ai un appétit si particulier.

Un sourire de guingois apparut sur le visage de Trenton Leos qui s'approcha, une boîte blanche à la main, avant de s'asseoir sur le bord de la chaise à côté d'elle.

Elle leva les yeux et sut tout de suite ce que c'était. Elle avait reçu le message de Fredrick, l'intendant d'Amelia. Il était allé chercher ses provisions et les avait placées dans le garde-manger en attendant qu'elle soit prête à venir les prendre. Katianna n'avait tout simplement pas eu le temps d'aller les récupérer et de les mettre dans son propre réfrigérateur. Ses yeux se rétrécirent sur Trenton alors qu'il détachait le papier pour exposer les glaces à l'eau volées.

— Ce sont les miennes, l'admonesta-t-elle.

— Je sais.

Il la tendit vers ses lèvres, juste assez près pour qu'elle puisse sentir l'air glacé sur elles sans lui donner la chance d'y goûter.

— Supplie-moi.

Elle fronça les sourcils dans une expression sombre,

— Je ne devrais pas avoir à le faire, ce sont les miennes.

— Et tu es à moi, et pourtant je suis ici, à devoir te courtiser.

— À toi ? Tu en es certain ? risqua-t-elle dans un défi ludique.

— Oui, et tu sais que tu l'es, alors n'essaie même pas d'argumenter.

Puisqu'elle ne voulait pas supplier – et il savait qu'elle ne le ferait pas, pas pour une glace du moins, après toutes les fois où il l'avait forcée à le supplier la semaine précédente. Il choisit une autre tactique de jeu avec la friandise glacée.

— Pose ton livre.

Et il ne lui laissa que le temps de refermer son livre et de le poser sur le sol avant de placer la glace à l'eau contre ses lèvres en les traçant, puis il continua le long de son menton. Il laissa une traînée de jus de raisin sur sa gorge, s'arrêtant un moment pour tracer le doux creux à la naissance de son cou, puis descendit jusqu'à sa poitrine pour glisser sous le triangle de son maillot de bain. Il sut qu'il avait atteint le parfait petit téton qui se cachait dessous lorsqu'un petit halètement franchit les lèvres de Katianna.

Si calme et immobile. Elle essayait de paraître totalement indifférente. Et son sourire narquois eut raison de lui lorsque sa lèvre inférieure se recourba pour être capturée par ses dents tandis qu'il taquinait le bouton érigé dans une danse tourbillonnante du bout de la glace à l'eau.

(✷‿✷)

— Je me souviens de la nuit où tu m'as tourmenté avec un glaçon que tu avais pris dans mon verre.

Sa voix était basse et rauque alors qu'il lui rappelait la soirée. Le ton profond était si attrayant, l'attirant à lui. Elle voulait sentir son souffle sur son épaule, ses lèvres honorer son cou tandis qu'il lui parlait des choses indécentes, des choses qu'il avait l'intention de lui infliger pour son propre plaisir.

— Oui, mais je leur ai rendu leur chaleur avec mes baisers.

— Alors tu te souviens ?

— Pas tout à fait, mais je sais ce que j'aurais fait.

— Et tu veux que je te fasse cela maintenant, n'est-ce pas ?

C'était un piège, bien sûr qu'elle le voulait, mais pour l'obtenir, il exigerait encore une fois qu'elle le supplie. C'était déjà suffisamment mauvais qu'il la taquine, et elle savait qu'il la laisserait tourmentée jusqu'au supplice afin de l'inciter à supplier pour en obtenir plus. C'était la forme la plus cruelle de courtiser qu'elle ait entendu parler de toute sa vie.

Elle baissa les yeux pour regarder alors qu'il faisait glisser la friandise glacée sur sa poitrine, traçant la courbe lisse de son décolleté puis se faufilant sous son maillot de bain afin de molester l'autre mamelon. Elle se mordilla à nouveau la lèvre, baissa la tête et ferma les yeux, luttant contre le besoin de le supplier. Le contact glacé rendait ses mamelons douloureusement durs, sans compter l'effet d'avoir Trenton si près d'elle. Elle sentit la lente coulée humide serpenter pour se jeter entre ses cuisses. Bon sang, il l'excitait. Tout en lui. La façon dont il la regardait, comme si elle était un dessert exotique qu'il avait l'intention de manger cuillerée par cuillerée. Il ne resterait plus rien d'elle lorsqu'il aurait terminé. Son corps lui appartiendrait, tout comme sa volonté, son âme, et vraisemblablement son cœur aussi.

Et comme si cela ne suffisait pas pour lui prouver qu'elle était déjà irrémédiablement perdue, il y avait sa voix ; si profonde et si masculine, ses genoux se transformaient en gelée chaque fois qu'il lui murmurait à l'oreille et sa colonne vertébrale fondait sous des frissons incoercibles.

Puis il y avait ses bras et ses larges épaules – oh, elle aimait ses épaules. Ce qu'elle ressentait lorsqu'elle enroulait ses bras autour de lui, s'accrochant à lui et la façon dont ils lui faisaient défaut chaque fois qu'il la tourmentait en s'allongeant sur elle. C'était probablement de loin le plus difficile à supporter venant de lui. Combien de fois avait-elle roulé ses hanches pour se presser contre lui dans l'espoir de lui faire perdre le contrôle ? Beaucoup trop. Aucun homme ne devrait avoir autant de maîtrise de soi.

Sa suprématie était égalée par sa force, et c'était une bonne chose, parce que comme elle l'avait dit, lorsqu'il en aurait terminé avec elle, elle ne serait plus qu'une masse inerte ronronnante. Il y avait cette probabilité sous-jacente que s'il avait l'intention de toujours la maintenir dans cet état de faiblesse, alors il devrait la porter tout le temps. Sa taille poids plume ne pesait pas beaucoup, mais il aurait besoin de ses bras forts pour la soulever du plancher et l'emmener dans la cachette qu'il avait prévue pour elle.

Ce par quoi il la faisait passer était atroce. Il devait savoir qu'elle se soumettait déjà à lui. S'il continuait ce jeu avec elle qu'il appelait « courtiser », elle n'allait plus être bonne à rien. Il ne lui resterait plus aucune résistance pour contenir sa revendication sur elle, mais la façon dont il continuait à la pourchasser... son corps s'enflamma à la pensée qu'il pourrait satisfaire le sombre fantasme qu'elle nourrissait, et que sa revendication soit aussi charnelle qu'elle l'avait rêvée. Elle ne voulait pas être revendiquée par un homme, elle voulait l'être par un animal avec toute la sauvagerie indomptée d'une bête. Elle se demanda également s'il le savait. Il avait dit qu'elle lui avait dévoilé ses fantasmes, mais il ne lui avait jamais précisé lesquels. Pour ce qu'elle en savait, elle aurait très bien pu lui réciter la scène sexuelle compliquée d'un de ses livres, parce qu'après la façon dont Garrett et ses amis – avec qui il avait partagé sa confidence faite naïvement, pensant qu'il tenait suffisamment à elle pour réaliser son fantasme – s'étaient moqués d'elle, elle avait juré de ne plus jamais en parler. À qui que ce soit.

☙❦❧

Trenton adorait comment, dans ses tentatives de résister, elle se soumettait à tous ses jeux, le laissant taquiner son corps pour son propre plaisir. Non pas qu'elle ait son mot à dire, mais c'était justement ça, n'ayant jamais été une soumise pour qui que ce soit, elle lui cédait naturellement, sachant qu'il n'y avait rien qu'elle pourrait faire. Pourtant, aussi timide qu'elle était en ce moment, elle se balançait au bord de la supplication. Mordant sa lèvre, ses mains serrées sur le bord de la chaise longue à ses côtés, résolue à ne rien dire pour qu'il la prenne ou lui demander de couvrir ses mamelons de ses lèvres. Il avait seulement eu l'intention de venir et de la tourmenter pour un bref instant, puis de l'abandonner à une ferveur incontrôlée, mais il appréciait trop cela pour s'arrêter maintenant.

Il laissa tomber la glace à l'eau sur son ventre, laissant le sirop fondre sur sa peau jusqu'à ce qu'il recouvre le piercing qu'elle portait. Puis il se mit à entamer un nouveau chemin de contact froid, le glissant sous son sarong pour poursuivre sur sa jambe. Il tira sur le tissu pour l'ouvrir afin qu'il puisse voir ses jambes, et le sourire malicieux éclaira à nouveau son visage lorsqu'il découvrit ce qu'elle ne *portait pas...*

— Vilaine Kat.

Il siffla à la vue de sa nudité et du bijou en strass scintillant qui se balançait maintenant où la serrure s'était autrefois trouvée.

Il lui caressa l'intérieur de la cuisse avec la glace jusqu'à ce qu'il atteigne les plis exposés de son sexe, et il regarda avec convoitise, sa bouche se séparant sur un léger souffle, et elle frissonna sous le contact. Il prit son sarong et le repoussa un peu plus afin d'accorder à ses yeux un libre accès au spectacle qu'il s'apprêtait à donner ; glisser le bout de la glace sur ses petites lèvres, refroidir chaque partie d'elle, l'enduire de sirop de raisin fondu. Il se lécha les lèvres à cette pensée.

— Écarte un peu plus les jambes pour moi, murmura-t-il en gardant un ton de commandement doux, son contrôle en place, et pressa la glace dans son entrée.

Juste un centimètre et il se délecta de son visage qui se contorsionnait alors que ses yeux s'élargissaient sous un désir étouffant. Et simplement pour lui plaire, il la poussa entièrement en elle.

Katianna releva brusquement la tête en laissant échapper un halètement. Elle s'était déjà excitée en regardant les invités de la fête se mêler, sachant ce qu'ils faisaient lorsqu'ils entraient dans une des nombreuses cabanes installées autour de la propriété pour des plaisirs privés. Cela avait activé son imagination, créant des histoires qui iraient sur ses pages d'ordinateur, et au moment où elle avait pensé qu'elle en avait assez pour commencer sa prochaine histoire passionnée, elle l'avait vu – *Lui*.

Trenton valsant d'un endroit à l'autre comme il possédait les lieux pour la nuit, vêtu d'un jean noir délavé ouvert aux genoux, surmonté d'une large ceinture noire en cuir cloutée. Une veste en denim d'une teinte plus sombre avec une écharpe de deux tons de gris enroulée autour de son cou qui tombait sur sa poitrine nue. Son cœur avait battu la chamade alors qu'elle essayait d'avoir un aperçu de ses muscles bronzés, et si elle regardait suffisamment longtemps – ce qu'elle avait fait – elle apercevait un de ces mamelons virils, selon la façon dont il bougeait.

Il devait savoir ce qu'il faisait à toutes les femmes là-bas, ainsi qu'à Paris. Trenton, tout simplement, dominait la luxure et le désir. Il capturait l'attention des gens, les accrochait, et enroulait leurs fantasmes autour de son doigt. Pourtant, lui seul dictait qui avait le droit de le toucher, et Kat n'avait pas vu une seule femme gagner ce défi.

Maintenant, il était avec elle, lui accordant son contact sous son commandement et pour le moment, il tourmentait son corps avec l'intrusion froide de la glace. Le froid glacial du sirop de raisin surgelé se propagea profondément en elle, refroidissant ses nerfs chauds et ardents. Elle ne pouvait plus rester immobile. Son corps lui faisait mal – provoqué par l'insertion froide qui se déplaçait à l'intérieur d'elle, et elle mourait d'envie d'avoir son corps chaud à sa place. Elle gémit sous le contraste des sensations. Une surface glacée remontait en elle, laissant une traînée de sirop derrière elle, caressant la chair chauffée, aussi décadente qu'un tabou pouvait l'être.

Elle resserra les cuisses sur sa main, le tenant contre elle, mais il ne voulait même pas lui donner ça.

Trenton pouvait voir qu'elle jouirait facilement pour lui bientôt, mais il ne comptait pas lui accorder cette libération si elle n'était pas prête à le laisser lécher chaque goutte de son nectar mélangé au sirop de raisin. Les hanches de Katianna se soulevèrent, se poussant dans sa main, demandant plus, et ses cuisses se resserrèrent autour, l'implorant physiquement pour une jouissance que lui seul pourrait lui accorder.

— Vilaine Kat, chuchota-t-il en retirant la glace de son canal humide, sa bouche se mettant à saliver à l'idée de la goûter alors qu'il regardait le sirop pourpre s'écouler de son sexe.

Mais il n'avait pas compté sur son contrôle musculaire ; ses cuisses l'attirèrent et il vit les muscles de son bassin et de tout son corps se tendre et se raidir. Elle frémit, et la vague ondula à travers son corps comme un frisson, puis sa douce Katianna relâcha un long souffle avant de se détendre à nouveau.

— Maudit sois-tu ! dit-il avec un grognement guttural, très conscient qu'elle venait de réussir à obtenir sa jouissance.

Elle avait été petite, mais suffisante pour contrer le désir affamé dans lequel il avait prévu de la laisser. Prêt ou non, il n'avait pas l'intention de gaspiller le nectar qu'elle venait de lui offrir. Trenton se releva aussitôt, la prenant dans ses bras et la soulevant malgré le hurlement qu'elle poussa alors qu'il la portait en direction de la tente voisine, qui, heureusement pour lui, n'était pas trop loin.

Et la chance était avec lui, car l'endroit était déjà pourvu de restriction. Il allait en avoir besoin ; le sexe oral sur elle était censé être l'une des règles intransgressibles. Une qu'il n'avait jamais acceptée, et il se trouve qu'elle n'en avait plus jamais reparlé. Il arrivait très rarement qu'il n'accepte pas les règles d'une soumise. Heureusement, celle-ci faisait partie de celle qu'il n'acceptait pas.

Il la déposa sur le banc et souleva immédiatement les liens de cuir afin d'attacher ses poignets au-dessus de sa tête, puis il l'attira vers lui jusqu'à ce que son petit cul se trouve juste au bord.

— Non... haleta Katianna lorsqu'elle se rendit compte de ce qu'il allait faire.

Elle essaya rapidement de remonter un peu sur le banc pour éviter ses intentions.

— Trenton, ne fais pas ça...

— Mmmm... fredonna-t-il contre sa cuisse en regardant les petits frémissements d'anticipation et de désir mélangés à une peur nerveuse.

Ignorant sa petite attaque de panique, il se pencha et la lécha pour la première fois, capturant la petite goutte de soie blanche qui pointait entre ses pétales. Bon sang, c'était bon. Ce premier goût sucré et doux du sirop de raisin suivi de la saveur persistante de son plaisir sur sa langue. Elle avait le goût d'une journée d'été sur la plage.

— *Mmmm...* Je vais me régaler.

Il souffla sur elle, la faisant de nouveau frissonner, puis plongea dans ses profondeurs avec sa langue.

Trenton ne lui accorda ni pitié ni miséricorde. Elle allait supporter son appétit jusqu'à ce qu'elle se rende. Il utilisa sa langue pour forcer ses plis à se séparer pour lui, puis il sentit la sensation de la chair à la fois froide et brûlante. C'était incroyable cette sensation et ce goût d'elle sur sa langue alors qu'il commençait rapidement à lécher et à sucer avidement le nectar qui avait échappé à son contrôle sur elle.

Un cri aigu s'échappa des lèvres de Katianna au moment même où elle sentit son corps s'ouvrir sous la chaleur de sa langue. Si elle n'avait pas eu les liens sur ses poignets et les bras puissants qui tenaient ses jambes, elle aurait sauté au plafond comme un de ces chats dans les dessins animés. L'électricité sans équivoque qui parcourut son corps à son contact lui fit tourner la tête de droite à gauche et tirer sur ses liens de toutes ses forces, mais ils étaient bien attachés, et il la tenait fermement. Ce n'était pas juste. Elle avait forcé son corps à jouir, alors même qu'elle savait qu'il n'avait aucune intention de la laisser faire. Il n'était pas du genre à faire de cadeaux, pas quand elle l'aurait mieux servie en se retenant, en le désirant douloureusement jusqu'à une autre nuit, en se retrouvant encore plus affaiblie. Néanmoins, il l'avait laissée trop se rapprocher et elle avait un tel contrôle sur ses muscles qu'elle avait réussi à s'accorder un petit sursis dans son intention de la torturer. Mais, alors qu'elle était si détendue et grisée par sa jouissance, il avait réussi à la porter et à l'attacher avant qu'elle ait une idée claire de ce qu'il faisait. Maintenant, il semblait qu'elle allait souffrir encore plus de ses intentions lascives. Elle était, comme toujours, à sa merci.

Elle était trop sensible pour de telles caresses. Même le bourdonnement de sa voix et le murmure de son souffle doux et chaud sur sa cuisse la faisaient frissonner. Mais quand sa langue lécha longuement et profondément ses plis – *oh mon Dieu, oh mon dieu, oh mon Dieu* – son corps fondit et s'enflamma dans une explosion de sensations. Elle se tordait et ruait contre ses bras qui la maintenaient, son contact était si intense qu'elle ne pouvait pas rester immobile même si elle essayait. Elle allait mourir et elle ne pouvait rien faire pour l'arrêter.

Elle cria lorsqu'elle sentit sa langue plonger profondément en elle, la léchant de l'intérieur puis traçant ses replis, avant de s'enfoncer à nouveau en elle. Ses jambes tressautèrent à la recherche d'un point d'appui, mais les mains de Trenton la serraient fermement et la maintenaient ouverte tandis que sa langue la sondait profondément avec une frénésie affamée.

Oh, mon Dieu et les étoiles et les déesses et les larmes et... toutes les autres stupidités qu'elle semblait ne pas comprendre assez bien pour expliquer ou décrire ce qui lui arrivait. C'était comme une vibration euphorique, mais c'était également trop. Elle ne pouvait plus discerner le plaisir de la torture ; elle se tordit contre ses mains puissantes et les liens qui la maintenaient fermement en place. Elle cria alors que sa langue commençait à la baiser. Dedans, dehors, elle plongeait en elle, dévorant chaque parcelle de son âme, et juste au moment où elle songea qu'elle ne pourrait pas en supporter plus, qu'elle allait devenir folle, les lèvres de Trenton se déplacèrent sur sa perle encapuchonnée et il la suça, jouant avec elle avec une exigence gourmande. Elle poussa des petits cris stridents jusqu'à ce qu'elle n'eût plus de souffle. Il la relâcha seulement pour retourner sur la fente de sa vulve qu'il suça à nouveau, alternant les plongeons et les doux coups de sa langue.

Il aspira un pétale sensibilisé entre ses lèvres et le mordilla, attrapant les bijoux qui se trouvaient là et les tirant légèrement avec ses dents, sa langue traçant amoureusement des cercles autour de sa fente avant de prodiguer la même attention à l'autre pétale. Jamais une pause où elle pourrait reprendre son souffle jusqu'à ce qu'il se déplace sur sa cuisse, y plantant ses dents et suçant la chair, la léchant alors qu'il aspirait le sang à la surface afin de laisser une marque qui montrerait qu'il avait revendiqué cette partie d'elle. Cela aussi était exquis, mais lui donna également un peu de temps pour remplir ses poumons, car elle savait qu'il n'en avait probablement pas fini avec elle. Son sexe était plus douloureux maintenant que lorsqu'il avait commencé, des sensations tellement époustouflantes que les endurer la rendait folle. Elle n'arrivait pas comprendre comment une femme pouvait rester immobile en subissant cela.

— Mmm, bon sang, tu as bon goût bébé, comme un pique-nique sous la pluie d'été.

Sa voix rauque souffla sur sa chair brûlante avant de plonger à nouveau en elle.

— Trenton... gémit-elle alors qu'il lui écartait encore plus les cuisses et embrassait les petites lèvres rouges et gonflées de son intimité.

Puis il la lécha encore. À l'intérieur comme à l'extérieur, alors que la vague de plaisir commençait à se construire et à spiraler à nouveau à l'intérieur d'elle.

— S'il te plaît...

Son esprit brisé la poussait à supplier maintenant. Elle était consumée, noyée dans le plaisir tandis que les lèvres de Trenton entouraient sa petite boule de nerfs et l'attirait dans la chaleur de sa bouche. Elle était proche des larmes et n'hésitait plus à le supplier, pleurant ou hurlant afin d'obtenir un répit. Sa tête tournoyait comme une vague dans une tempête, ses hanches ruaient afin de se libérer de sa succion gourmande qui annihilait sa volonté, pour rechercher son contact lorsqu'il se reculait.

Trenton glissa un doigt en elle ; elle était si proche. Il n'avait pas oublié qu'elle avait dit n'avoir jamais laissé un homme l'honorer là, et vu la façon dont elle se tortillait et pleurait, il commençait à croire qu'elle était une véritable vierge du sexe oral. Il aimait cela, qu'il y ait une partie d'elle qu'aucun homme n'avait jamais eue auparavant, mais il n'allait pas la libérer jusqu'à ce qu'elle ait joui encore une fois pour lui, et il avait l'intention de dévorer également cette jouissance-là. Il la baisa avec son doigt alors qu'il suçait son clitoris, faisant rouler la perle gonflée entre ses dents et tirant dessus avant d'ajouter un autre doigt en elle, les déplaçant brutalement, appréciant la façon dont ses muscles se resserraient autour d'eux, se refermant sur eux afin de les maintenir profondément en elle. *Bon sang, cela allait être tellement bon lorsqu'il plongerait enfin son sexe en elle – si chaude et étroite. Elle était la récompense parfaite, le plaisir parfait.*

Quelque chose attira son attention, et il jeta un coup d'œil pour trouver des prunelles cachées derrière des verres de contact lavande qui osaient le regarder tandis que leur propriétaire s'activait sur le membre de Diesel. Ses joues se creusaient autour de la hampe épaisse, tirant sur la chair raide alors que sa tête se balançait de haut en bas, mais il n'y avait aucune action de sa langue. Elle n'avait pas été formée pour effectuer de multiples choses excitantes afin d'obtenir la récompense de la jouissance de l'homme qu'elle servait. Et l'étrange arrangement de Diesel laissant Paris à Dane en optant pour la fille n'était pas logique du tout. Et le fait qu'elle ait osé le regarder... Même Diesel ne permettait pas ce genre de choses, mais ce dernier regardait Paris, pas la bouche de la jeune femme enroulée autour de son propre sexe.

Trenton se pencha en avant, enfonçant ses doigts dans les cheveux de la soumise et la tirant afin de l'éloigner du sexe de son frère. Et elle le regardait toujours, les yeux grands ouverts.

— Il semblerait que tu manques de formation pour t'occuper de la queue du Patronus. Détourne les yeux, sub !

Instantanément, ses paupières se fermèrent. La fille se serait probablement recroquevillée sous lui si Trenton ne l'avait pas tenue aussi fermement dans son emprise. Elle n'échapperait certainement pas à sa punition.

Dane entendit l'ordre sec et força son attention à se détourner de son propre sexe sur lequel s'activait la bouche brûlante de Paris pour la reporter sur ce qui avait motivé Trenton à réagir de la sorte.

— T'a-t-elle déplu, mon frère ? Même avant que je lui aie ordonné de te sucer ensuite ?

— Tu te ramollis, Dane – laisser une esclave développer la mauvaise habitude de lever les yeux... et elle n'a même pas été correctement formée à sucer la queue d'un Maître comme une véritable sub devrait le faire. Au moins, je t'ai donné un esclave qui t'apporte du plaisir.

L'attention de Dane retourna vers l'homme qui le suçait toujours. Oh oui, Paris savait certainement donner du plaisir. Sa bouche était un régal. Il laissa échapper un hoquet éloquent avant d'inspirer profondément plusieurs fois pour reprendre ses esprits afin de parler à nouveau.

— Peut-être prendras-tu ton plaisir en la punissant alors.

Dane ne se sentait pas du tout menacé par la critique de son frère. Trenton le surpassait de beaucoup en ce qui concernait la formation des soumis, et il le savait. Mais l'empressement de ce dernier à bien entraîner le harem de subs du club avait diminué depuis qu'il avait commencé à passer du temps avec sa future Licorne. Depuis que la roue avait commencé à tourner en sa faveur, tout intérêt que Trenton aurait pu avoir pour l'un des subs de Dane s'était évaporé. Cependant, ce dernier ne s'en plaignait pas, son frère avait attendu suffisamment longtemps pour voir le rêve de sa vie se manifester.

Trenton étudia son frère. Dane aurait dû savoir qu'il ne fallait pas essayer de lui refiler une soumise aussi peu formée que l'était Lacy.

— Je pense que je vais me contenter de te regarder lui administrer la punition.

Dane cligna des yeux, le commentaire le détournant momentanément du plaisir qu'il ressentait, mais son regard surpris vacilla alors que Paris l'emmenait près de l'orgasme.

Trenton se leva, s'avança derrière Paris et le prit par ses cheveux avant de tirer et de l'éloigner du sexe de Dane.

— Arrête-toi Paris.

Il alla jusqu'à poser sa main sur la bouche de son esclave, puis il se pencha sur eux, appuyant le visage de Paris contre le membre palpitant de Dane tout en l'empêchant de terminer l'acte succulent.

— Tu lui délivreras le fouet ou Paris ne sera pas autorisé à t'amener à la jouissance.

Dane s'enfonça dans le canapé avec un soupir mécontent.

— Putain, pas encore...

Il laissa échapper un souffle haletant.

— Je suis tellement près.

— Alors tu acceptes ?

— Moi ?

Dane n'avait pas le doigté de Trenton ; il n'avait pas la finesse qu'il fallait, mais il aimait regarder son frère distribuer les punitions. Cela le rendait tellement dur, il avait même l'habitude de s'approcher pour demander à être sucé par les soumis que Trenton flagellait, et il aurait aimé faire cela ce soir alors que Trenton disciplinerait sa nouvelle soumise.

— Oui, toi. Et je pense qu'une canne conviendra parfaitement à ton auditoire, répondit Trenton, ses hanches se balançant afin de pousser Paris plus fermement contre la cuisse de Dane avant de relâcher sa bouche.

Paris profita immédiatement de cette liberté et lécha la hampe douloureusement dure de Dane de bout en bout en aplatissant sa langue.

La sensation humide fut tout ce qu'il fallut, et Dane acquiesça rapidement en direction de Trenton.

— Ahhh... d'accord, mais j'utiliserai un fouet, pas une canne.

Cependant, Trenton n'en avait pas encore terminé avec Dane. Il enfonça ses doigts dans les cheveux de Paris et le guida sur le sexe de son frère.

— Prends-le, Paris.

༼ つ ◕_◕ ༽つ

Paris fit ce qu'on lui disait. Il était avide de pouvoir, mais étrangement, le fait d'avoir Dane dans sa bouche alors que Trenton dictait ses mouvements en se tenant au-dessus de lui était une nouvelle stimulation pour lui, et cela augmenta sa libido à un point inimaginable. Il suça le membre jusqu'à ce qu'il fût près de palpiter dans sa bouche.

— Frotte tes mains partout sur lui, Paris, ordonna Trenton. Et ouvre grand, parce que je vais le baiser en utilisant ta bouche.

Trenton grogna d'un ton profond et rauque ce qui fit monter d'un cran la convoitise de Paris. Comme si cela ne suffisait pas, il pouvait entendre Diesel, quelque part derrière lui – entendre son souffle s'approfondir. Il était certain qu'il pouvait entendre les encouragements de Patronus chuchotés à une autre. Il tendit le bras, une main caressant la poitrine de Dane tandis qu'il glissait l'autre sous ses fesses, serrant les muscles tendus et le soulevant afin de le rapprocher.

La poigne de Trenton se resserra dans ses cheveux. Paris sentit la morsure sur son cuir chevelu et baissa brutalement la tête jusqu'à ce que Dane s'enfonce au fond de sa gorge.

Paris bâilla, le prenant en lui puis laissant les muscles de sa gorge se détendre lorsque Trenton le tira un instant avant de le forcer à redescendre. Le Dominus contrôlait les mouvements de sa tête tout comme il contrôlait ce qu'il faisait sur le sexe du Grand Maître. Mais ses mains étaient libres de se déplacer, et il les fit errer sur le corps de Dane, ajoutant à la stimulation, puis il les descendit pour empaumer ses testicules. Il entendit tout d'abord les gémissements, puis il sentit la palpitation de la chair dure dans sa bouche. Trenton le relâcha afin qu'il puisse se retirer suffisamment pour avaler, et il accueillit la semence de Dane alors que le liquide chaud et mousseux se déversait dans sa gorge.

Trenton se pencha plus près, son souffle se répandant sur l'oreille de Paris tandis qu'il léchait avec avidité le sexe se ramollissant du Grand Maître, jouissant de son goût.

— Pour information, Diesel a joui dans sa main en te regardant.

Paris se pencha en arrière jusqu'à ce que sa tête touche l'épaule de Trenton.

— Laissez-moi l'avoir.

Il avait l'impression d'être en chaleur en ayant les trois hommes si près de lui. Entendre la voix profonde de Trenton titiller ses fantasmes en lui disant ce que Diesel faisait à ce moment-là... Il ne pensait pas qu'il y avait un homme sur terre qu'il désirait plus que Diesel. Trenton arrivait en seconde position, mais il y avait quelque chose chez Diesel qui rendait Paris dur simplement en pensant à lui ou à la mention de son nom. Il passait ses nuits à rêver de lui, à ce que ce serait de lécher chacun de ses tatouages. Savoir enfin à quel point son sexe était gros. Diesel le rendait fou rien qu'en étant à côté de lui, le tourmentant avec son self-control, mais le Patronus était également le plus en retrait par rapport à lui. Paris le désirait à un point que c'en était douloureux.

49

— C'est son choix, pas le tien.

Trenton se redressa avec une expression satisfaite sur son visage alors que Dane levait les yeux sur lui, essayant encore de reprendre son souffle.

— Merde, c'était incroyable, siffla Dane en s'enfonçant dans les coussins du canapé.

Sa force l'avait quitté en même temps que son sperme. Le sourire stupide sur son visage était la preuve qu'il avait énormément aimé cela.

Trenton lui sourit ; il savait comment tirer le meilleur parti d'une scène.

— Prépare ta soumise et fais-la attendre dans le salon.

Et avant que Dane puisse protester, Trenton sortit de la pièce à la recherche de l'hôtesse afin que les accessoires soient apportés.

Katianna se réveilla dans son lit, après ce qui lui parut des heures plus tard, le doux édredon plié avec seulement le léger drap tiré sur elle et le petit ventilateur oscillant au-dessus de son corps. Sur la table de nuit à côté d'elle se trouvait un petit vase avec un mélange parfumé de branches de jasmin et de chèvrefeuille, quelques fleurs de nuit comme le phlox et le jasmin, ainsi qu'un grand épiphyllum. C'était également une fleur de nuit et qui ne fleurissait qu'une seule fois. Elle s'appuya sur ses coudes et se pencha pour inhaler la fragrance forte et douce. Elle ferma les yeux, laissant le parfum s'infiltrer dans chaque cellule de son corps et lui redonner de l'énergie. Elle se laissa retomber avec un énorme sourire sur son visage. Amelia exigerait ses couilles sur un plateau si elle découvrait qu'il avait arraché un de ses épiphyllums de sa serre, mais c'était un geste tellement adorable qu'elle n'irait pas le dénoncer.

Le soleil s'était déjà couché ; aucun soupçon de couleur dorée ne s'attardait à l'horizon, l'avertissant qu'au moins quelques heures s'étaient écoulées depuis que Trenton l'avait ravie sur le ponton de la piscine. L'heure parfaite pour se mettre devant son ordinateur et commencer à écrire. *Si seulement je pouvais trouver la force de me déplacer*, songea-t-elle en riant.

Elle jeta un coup d'œil sur sa table, remarquant son portable qui avait déjà été allumé, prêt pour elle et l'attendant. À côté de lui se trouvaient son muffin préféré et un verre rempli du nectar rouge foncé du jus de grenade. Elle plissa son visage, pas vraiment enthousiasmée par le mélange du jus de fruit avec son muffin à la citrouille. Trenton ne jurait que par les produits sains. Néanmoins, parmi les offrandes se trouvait sa bouteille d'eau islandaise préférée. Il s'était donné tellement de mal pour n'oublier aucun détail afin de la courtiser, qu'elle pourrait effectivement laisser glisser le fait qu'il avait brisé une de ses règles.

Son estomac gronda et elle décida que le muffin avait attendu assez longtemps. Elle sauta sur ses pieds et se dirigea vers le bureau pour remédier à ce dilemme particulier – pauvre muffin solitaire. Mais en passant devant le grand miroir dans sa chambre, son reflet attira son regard et elle s'arrêta avant de faire un pas en arrière. Elle observa son visage, puis ses yeux se posèrent sur son corps et sur la nuisette qu'elle portait. Ce n'était pas l'une des siennes ; elle ne l'avait jamais vue auparavant. Sa main vola jusqu'aux larges bretelles en dentelle et le haut impérial également en dentelle fermé par de délicats rubans de soie noués en trois ganses. Ses doigts effleurèrent chaque détail. De la rangée de rubans en dentelle qui courait sur ses côtes juste sous sa poitrine, jusqu'au doux tissu drapé qui tombait sur ses hanches et garni de plus de dentelle.

La pièce vintage Edwardienne gagna instantanément la première place dans sa liste de préférence, apportant un sourire de lauréate sur ses lèvres alors qu'elle était tout étourdie, appréciant tous les autres cadeaux qu'il lui avait laissés ce soir.

Elle se laissa tomber dans son fauteuil, prit un gros morceau de muffin et l'engouffra dans sa bouche, savourant la riche saveur, puis elle bougea la souris afin de réveiller l'ordinateur. C'est alors qu'elle découvrit la petite note pliée et placée avec soin sur le clavier.

~~ N'oublie pas d'écrire à propos d'aujourd'hui dans une de tes histoires. ~~

Trenton avait l'impression de planer. Le goût de l'essence de Katianna qui s'attardait encore sur sa langue et la satisfaction d'avoir pris le contrôle de la scène en utilisant Paris pour guider la fellation qu'il donnait à son frère Dane... Mélangez tout cela et Trenton se sentait de retour au sommet de son art. Il était le Dominus et il contrôlait tout le monde autour de lui, parce qu'il savait ce qu'*ils* voulaient et comment le leur procurer de la meilleure façon.

Trenton partit à la recherche de l'Héritière Amelia, la trouvant en train de parler avec une jeune femme près de la rampe dans le vestibule.

Amelia baissa aussitôt les yeux sur le sol. En tant qu'hôtesse de sa propre fête, dans sa propre maison, elle n'était pas soumise aux règles en tant que sub, mais Trenton n'était pas n'importe quel Dom, et même dans sa maison, elle le faisait par respect pour lui. Du moins, elle le faisait ce soir. Sans parler que lorsqu'elle voulait quelque chose, elle savait que c'était la meilleure façon d'attirer son attention.

Trenton s'avança nonchalamment vers elle et tendit le bras vers sa main gracieuse, l'amenant à ses lèvres et l'embrassant comme la véritable dame qu'elle était. Il capta la légère fragrance de son parfum, un mélange floral sensuel composé de chèvrefeuille, de citron sicilien, de chocolat et de musc. Cela respirait le luxe, le parfum parfait pour une femme d'une telle puissance, qui s'avérait être un véritable festin pour le Dom qui aurait la chance d'être lié à elle par contrat.

L'autre femme garda également son visage incliné, mais il pouvait en apercevoir suffisamment pour déchiffrer l'expression d'envie alors qu'elle léchait avidement ses lèvres.

— Tu es excusée, lui ordonna-t-il.

— Elle ne te satisfait pas ce soir, Dominus ? demanda Amelia.

— Ces jeunes soumises te surveillent, voient comment tu passes de la soumise à l'Héritière, et elles en viennent à penser qu'elles peuvent s'en tirer avec la même chose.

— Elles ont de la chance si leur Dom choisit de les punir, répondit-elle en souriant, son cerveau s'ingéniant déjà à trouver ce qui pourrait satisfaire ses propres appétits. Alors, ma fille est-elle confortablement installée et toute à son écriture ?

Ce même sourire insolent s'approfondissait avec la connaissance qu'il avait « joué » avec elle plus tôt.

— Mmmm, oui... malheureusement.

Il s'avança pour surplomber Amelia, laissant son attitude menaçante l'affecter – affirmant sa domination.

— Cependant, je suis certain que c'est *ma* fille.

Même s'il ressentait de la déception de ne pas avoir Katianna à ses côtés en ce moment, cette fête était au-delà de l'intimité entre amis et elle serait suffisamment exposée à tout cela lorsqu'il l'emmènerait à la vente aux enchères.

— Souviens-toi, tu l'as garée dans mon garage. Où tu l'as laissée pendant quatre ans maintenant. Je dirais que cela la rend « mienne » par loi de possession.

Cela faisait quatre ans depuis qu'il avait demandé à Amelia de prendre Katianna afin qu'elle soit en sécurité. C'était un bon arrangement. Amelia utilisait rarement la maison d'hôtes et elle en avait une deuxième si cela s'avérait nécessaire. Katianna était en sécurité dans un endroit où elle pouvait être surveillée par ses propres hommes, et Amelia avait ses livres – plusieurs d'après ce qu'il avait compris – puisque la jeune femme ne sortait jamais à moins qu'Amelia la traîne avec elle. Pourtant, il ne s'était pas introduit dans sa vie jusqu'à présent. Elle avait définitivement été dans sa tête par contre ; il lui avait été impossible de ne pas penser à elle. Ce qu'il aimerait vraiment en ce moment, c'était de l'avoir sur son sexe. Il avait besoin d'une distraction et il y avait de quoi satisfaire beaucoup de monde ce soir pour accomplir cela. Mais il ne cherchait qu'une distraction ; les bonnes choses qu'il avait à offrir, il les économisait – savourant le fait que ses besoins et ses désirs ne soient rassasiés qu'avec Katianna.

— D'ailleurs, reprit Amelia, je trouve ça plutôt commode et j'aime avoir mon écrivain érotique préféré ici.

Amelia pouvait voir sa frustration. Il ne se souciait plus des subs autour de lui. Il remarquait à peine qu'ils étaient là, sans parler du fait qu'il combattait un sérieux coup de cœur pour son écrivain vedette, et elle le savait.

— Eh bien, pour ton information, ces jours sont comptés, dit Trenton. Katianna est à moi, et je la revendiquerai bientôt.

Amelia entendit la certitude dans sa voix. Cela lui provoqua un vague de frisson qui glissa le long de sa colonne vertébrale pour atterrir sur son clitoris, mais cela ne voulait pas dire qu'elle était excitée par Trenton ; seulement qu'elle souhaitait qu'un jour un homme dise la même chose à son sujet. Son plus grand désir était de rencontrer un Dom qui pourrait la contrôler et, comme le Dominus l'avait dit – *la revendiquer.* Amélie gigota, ce qu'elle ne faisait jamais, et elle comprit tout de suite que Trenton l'avait vue. Le regard du Dominus devint suspect alors qu'il la regardait plus attentivement.

— Crache le morceau, lui ordonna-t-il sèchement.

Amelia fit passer son poids d'un pied sur l'autre, ses mains jointes devant elle. Finalement, après avoir pris une profonde inspiration, elle abandonna la bataille. Elle avait toujours cherché son propre Dom, mais depuis deux ans, ils avaient été insatisfaisants et de courte durée. Elle était fatiguée de toujours avoir à chercher le prochain, seulement pour rentrer chez elle frustrée, parce qu'ils n'avaient toujours pas maîtrisé ses besoins.

— Dominus, j'ai besoin de vos services.

— Que veux-tu ?

— J'ai besoin du Dom parfait.

Ses yeux se baissèrent tout comme sa voix, comme le chuchotement d'un oiseau chanteur.

— J'ai besoin d'un Maître qui me connaisse et qui me garde.

Trenton laissa échapper un soupir.

— Tu ne peux pas t'empêcher de vouloir tout gérer, et ce faisant, tu annuleras la combinaison parfaite.

— Dominus, s'il vous plaît.

La demande sortit presque comme un gémissement.

Le regard de Trenton descendit sur elle, l'étudiant pendant un long moment. Elle était la poupée Bettie Page et Marilyn Monroe, toutes les deux enveloppées dans un seul corps. Tout homme serait considéré comme chanceux de l'avoir. Mais le fait qu'elle soit à la tête d'une famille puissante n'aidait pas sa situation pour trouver le Maître parfait. Elle devait quitter sa laisse presque tous les jours. Essayer de la faire revenir après les heures de bureau pouvait être fatigant pour un Dom. Il faudrait définitivement un Maître pour la manipuler ; il n'était pas certain qu'elle soit vraiment prête à renoncer à ce contrôle. Elle « dominait le dominant » régulièrement, ce qui était la raison de son insatisfaction. Une soumise ne pouvait pas jouir du bonheur de la reddition si elle ne s'abandonnait pas réellement. Mais il savait qu'elle était à court de Doms pour jouer à son jeu, et il voyait bien qu'elle brûlait de faire une véritable expérience de reddition. Elle avait besoin que le contrôle lui soit enlevé à la fin de la journée. C'était là que reposait son sens profond de la féminité.

— Si je fais cela, alors tu devras le rencontrer les yeux bandés.

Il se poussa contre elle, la faisant reculer contre le mur et affichant son propre contrôle.

— Mais...

— Pas de mais. Je choisis qui sera ton Maître. Je suis celui qui organisera tout et je t'amènerai à lui les yeux bandés, et tu garderas le bandeau pendant les trois premières nuits que tu passeras avec lui.

Amelia déglutit et elle sentit sa température corporelle s'élever.

— Est-ce clair ?

Elle déglutit encore une fois et dût se lécher les lèvres simplement pour les faire bouger.

— Oui, Dominus. C'est clair.

Trenton fit quelques pas en arrière, puis s'appuya contre le poteau du grand escalier, ses yeux errant dans la pièce. C'était sa façon de revenir au mode « fête » et de la libérer de son autorité.

Les yeux d'Amelia scrutèrent ses invités, observant leurs mouvements et remarquant la légère migration vers le salon. Puis elle entendit la voix de Dane venir de la pièce en question, disant qu'il réservait quelque chose à ses invités. Elle se retourna vers Trenton.

— De quoi as-tu besoin pour te soulager ?

— Une des subs a fait preuve d'insubordination et doit être fouettée. As-tu les accessoires appropriés ici afin que nous puissions procéder ?

Amelia rougit et sa bouche saliva. Oooh, elle adorait une bonne séance de fouet.

— J'ai une chaise à fouetter, mais je n'ai pas de canne à ta disposition.

Elle dut reprendre son souffle lorsqu'elle vit sa poitrine se soulever brusquement et ses narines s'évaser. Elle savait qu'il s'attendait à ce qu'elle ait tout ce dont on pourrait avoir besoin en organisant une fête si élaborée avec des convives triés sur le volet.

— Cela pourrait être un problème.

Il garda sa désapprobation contrôlée. Mais elle pouvait sentir la chaleur rayonner de son corps. Tant de pouvoir, et la femme dont il avait besoin pour le laisser sortir était encore hors de portée pour lui.

— Peu de gens peuvent délivrer des coups de canne correctement. Je ne les garde pas à portée de main, mais j'ai une pagaie incrustée de perles.

Ses yeux papillonnèrent dans sa direction, espérant que ce qu'elle offrait le satisferait.

Les épaules de Trenton se détendirent et il réussit à sourire légèrement.

— Apporte tout dans le salon, tu veux bien ? J'ai quelque chose à faire d'abord.

Amelia le regarda alors qu'il se dirigeait vers le long couloir, ne s'arrêtant pas jusqu'à ce qu'il en atteigne l'extrémité, et traversa les portes de la terrasse qui menaient à l'arrière. Elle savait exactement où il allait.

Trenton contourna la maison d'hôtes, regardant par les fenêtres. Katianna n'était pas dans sa chambre où il s'attendait qu'elle soit. Il se déplaça vers l'arrière jusqu'à ce qu'il la repère à son bureau dans le coin de la salle de séjour, travaillant sur l'ordinateur et portant encore la nuisette Edwardienne dans laquelle il l'avait glissée avant de partir un peu plus tôt. Cette vision lui plut énormément. Il distingua le casque sur ses oreilles et ses doigts tapant comme de petites danseuses de claquettes alors qu'elle était confortablement assise dans son fauteuil ergonomique. Il prit un moment pour la regarder, comme il l'aurait fait au club. Elle s'arrêtait de temps en temps – chaque millier de mots supposa-t-il – et s'étirait, le regard dans le vague. Un bras se leva, dansant au rythme de sa musique, puis retourna sur le clavier, et elle recommença à taper.

La porte coulissante en verre à l'arrière était ouverte, permettant à la brise de la mer d'entrer dans la maison en la maintenant fraîche. Il testa la moustiquaire pour la trouver également déverrouillée, et cela ne lui plaisait pas. Et lorsqu'elle ne le remarqua même pas quand il entra, cela lui plut encore moins. Elle ne devrait pas se mettre en une telle position de vulnérabilité. Elle, plus que quiconque, devrait le savoir.

Il se glissa vers elle sans qu'elle le sente approcher. Ses doigts tapait-tapait-tapait, puis ils s'arrêtèrent et soudain, ses bras furent au-dessus de sa tête, se balançant sur un rythme qu'il ne pouvait pas entendre. Il avait espéré qu'elle se tournerait juste assez pour le repérer, mais ce ne fut pas le cas. Alors qu'il se glissait derrière elle, il aperçut son propre reflet dans la fenêtre qui aurait permis à Katianna de le voir si elle avait regardé. Mais c'était trop tard, il était déjà sur elle, et elle ne s'en rendait même pas compte.

Trenton saisit ses bras et les tordit vers le bas et derrière son dos, puis il l'arracha de son siège, ses orteils quittant le plancher.

Katianna laissa échapper un glapissement aigu qui était presque un cri lorsque quelqu'un l'attrapa. Son cœur battit frénétiquement dans sa poitrine et elle se tordit pour regarder son ravisseur. Sa peur se transforma en soulagement et son corps s'affaissa lorsqu'elle réalisa que c'était Trenton. La poussée d'adrénaline disparut de son corps si rapidement qu'elle se retrouva hors d'haleine et avec un cœur qui battait la chamade. Un halètement lui échappa et elle laissa tomber sa tête contre lui.

— Seigneur, tu m'as fait peur.

Elle prit plusieurs longues inspirations encore sifflantes, tandis que Trenton la reposait sur son siège, mais gardait ses bras serrés derrière son dos.

— Tu l'as mérité pour avoir laissé les portes ouvertes et déverrouillées.

Il la tenait sous le reflet de son regard dans la fenêtre sombre. Il n'était pas du tout heureux d'avoir réussi à la prendre par surprise, même si elle était à l'aise dans ses bras en ce moment.

— Le domaine d'Amelia est sûr. Elle a trois de *tes* hommes ici. De plus, n'en ai-je pas vu encore plus ce soir ?

Katianna négociait son pardon plutôt que de lui donner une excuse pour qu'il continue à la gronder. De plus, elle luttait afin de cacher les pensées inquiétantes qu'il avait réussi à insuffler en elle.

— Amelia a près de cent vingt-cinq invités ici ce soir, dont je ne connais qu'un tiers. Le reste, je ne leur fais pas confiance.

Katianna s'appuya contre son ventre, laissant tomber sa tête sur le côté de façon à pouvoir apercevoir son visage dans le vitrage.

— Tu te fais déjà du souci pour moi, n'est-ce pas ? demanda-t-elle d'une voix tendre, mais un peu moqueuse.

— Veiller sur toi n'est pas nouveau pour moi, petite souris.

Il s'agenouilla derrière elle, pressant sa tête en utilisant le côté de son visage afin de pouvoir lui mordiller le cou.

Il ajusta la position de ses bras maintenus en place, les tirant plus bas et légèrement en arrière pour faire ressortir ses seins. Des mamelons durs et érigés poussaient à travers le délicat tissu de dentelle qui les couvrait, suppliant d'être sucés.

— Dane est sur le point de discipliner sa nouvelle soumise. Viens voir avec moi. Viens t'agenouiller à mes pieds pendant que je supervise son traitement.

Il lâcha ses bras pour les enrouler autour de sa taille et l'attirer vers lui, appuyant le renflement dans son pantalon contre le bas de son dos.

— Tu sais que je ne veux pas y aller, refusa Katianna.

Trenton embrassa son cou.

— Tu seras en sécurité avec moi. Personne n'osera t'approcher.

— Je vais me contenter de m'asseoir à tes pieds comme les deux autres ?

À ce moment-là, cela ne semblait pas très attrayant. Le sexe public était susceptible d'occuper tous les coins de la maison alors que la nuit s'étirait. Même sous sa protection et assise à ses pieds comme son esclave était une pensée déconcertante. Elle se demandait s'il y avait une différence entre elle et les deux autres, Paris et Marcena. Comment pouvait-elle se sentir différente d'eux ?

— Je ne suis pas certaine qu'il y ait une place pour moi alors que tu as déjà les deux autres.

— Il y a un endroit qui ne peut être occupé que par toi. D'ailleurs, Marcena est toujours avec Harper, et Paris est au pied de Diesel. Tu m'aurais tout à toi, et il ne pourrait pas en être autrement.

— Tu es implacable... tu n'arrêtes donc jamais ?

— Tu pourrais aussi bien me demander d'arrêter de respirer. C'est ce que je suis. Tu me demandes de chercher les codes de séquençage alpha dans mon ADN et de les détruire, dit-il en secouant la tête.

Il sourit doucement, mais le reflet de son regard la tenait sous son emprise, refusant de la laisser partir.

— Une telle chose ne peut pas être faite. Est-ce que tu désapprouves ?

— Non, répondit-elle trop rapidement. Je...

Elle s'arrêta, perdant de vue ce qu'elle espérait vraiment découvrir ou tout simplement demander. Il était si intense. Elle se demandait seulement s'il s'arrêtait de temps en temps. Oh, c'était ce qu'elle voulait demander !

— Je me demandais simplement s'il y avait un moment où le Dominus perdait parfois son besoin de contrôle et de ralentir. Tu sais... ôter le masque et mettre tes fouets dans un placard secret.

— Et quoi, les échanger pour des mocassins et un cardigan ?

Elle sourit,

— M. Rogers[1] l'a fait.

Elle rit presque alors qu'elle lui suggérerait une telle chose. Mais elle le sentit se détendre contre elle avec un léger rire devant son humour.

— Pas de mocassins pour moi. Il n'y a pas de masque à enlever, la canne est définitivement fusionnée dans mon ADN, tout comme ma domination. Ce n'est pas un besoin que j'ai ; « c'est » simplement. Ce dont j'ai *besoin*, c'est toi.

Katianna eut un léger sourire, mais elle secoua tout de même la tête. Elle n'était pas prête pour cela. Ou plus encore, elle n'était pas prête à participer à de telles expositions publiques. Surtout en présence de personnes qu'elle ne connaissait pas. Cela était aussi inconfortable et étonnant que ce qu'elle avait ressenti à La Nuit Rouge. Elle ne pouvait pas revivre ça.

— Il y a beaucoup de subs à l'intérieur désireuses de te servir ce soir.

---

[1] Animateur et producteur de télévision américain, surtout connu pour son émission pour enfants « Mister Rogers' Neighborhood »

Trenton n'était jamais déconcerté lorsque Katianna le questionnait au sujet de sa domination, sachant qu'elle essayait simplement de le comprendre, et c'était bien. Il avait besoin qu'elle le comprenne davantage, mais il ne pouvait pas se débarrasser du sentiment qu'elle venait de minimiser les choses. Suggérer qu'il trouve une autre femme...

Il l'avait attendue pendant tout ce temps, cependant, à l'apogée de sa cour afin de l'entraîner dans sa vie, qu'elle lui suggère une telle chose avait le don de l'énerver.

— Tu voudrais que j'apprécie une autre femme quand je pourrai t'avoir à la place ? Quand tu es tout ce que je désire ?

Katianna bégaya presque un instant en essayant d'articuler sa réponse.

— Je ne te demanderais pas de te refuser quelque chose que je ne suis pas prête à te donner. Je n'ai pas ce droit.

Elle se tordit dans ses bras, s'arrêtant pour le regarder. Elle voyait qu'il était contrarié. Elle n'avait pas voulu le dire de cette façon, mais n'était-il pas injuste de sa part de s'attendre – oserait-elle le dire ? – à ce qu'il lui soit fidèle, quand elle ne lui donnait rien ?

— Je n'oserais pas te demander de ne pas participer à quelque chose de si naturel pour toi quand ça ne l'est pas pour moi.

Il avait même dit qu'il n'y avait pas de repos pour lui, que c'était dans son ADN.

— S'il te plaît, va trouver ton plaisir à la fête.

Trenton se remit sur ses pieds. La chaleur brûlait sur son visage alors qu'il la regardait avant de se retourner et de sortir en trombe.

Mais il revint en tirant la porte coulissante en verre et en la dirigeant vers le pêne pour la bloquer. Elle eut un faible sourire, mais cela ne changea guère son expression quand il se retourna et disparut.

Maintenant, elle se sentait comme une merde. Elle l'avait insulté et elle le savait. Mais elle ne pouvait pas se résoudre à être quelque chose qu'elle n'était pas, ou être exposée devant une foule d'étrangers. Pas encore. Peut-être même jamais. Elle connaissait le jeu, connaissait le mode de vie et était très consciente que ses amis l'appréciaient pleinement, mais elle n'y avait jamais participé. Et pourtant, Trenton la voulait si désespérément avec lui dans cette vie. Pour lui, il ne s'agissait pas seulement d'un jeu ou d'un week-end, c'était implanté en lui. Il était à la recherche d'une Esclave de Vie, pas d'une soumise de complaisance. Une femme qui serait sienne – pour toujours.

Kat réfléchit aux cinq années qu'elle avait passées avec Garrett, se basant sur la seule expérience qu'elle avait. Était-ce si différent ? Garrett payait toutes les factures ; il prenait toutes les décisions, choisissant même ce qu'elle portait quand ils sortaient la plupart du temps. C'était même lui – ou plutôt l'humeur dans laquelle il se trouvait – qui décidait quand ils baisaient et quand ils ne le faisaient pas. Puis il la mettait de côté dans une boîte à chaussures jusqu'à ce qu'il ait de nouveau envie d'elle. Ce que Trenton exigeait ne serait pas si différent, cependant elle ne pouvait pas imaginer que ce dernier l'aurait écartée. Au lieu de cela, il l'aurait traînée derrière lui vingt-quatre heures sur vingt-quatre, ou presque. Elle savait déjà que si le sexe ressemblait à ce qu'il lui avait fait cet après-midi dans la cabane, il serait toujours plus que satisfaisant.

Elle n'avait jamais ressenti quelque chose d'aussi intense qui l'annihilait comme ça. Non pas qu'elle ait déjà laissé un homme poser sa bouche *là*, et Garrett n'avait jamais semblé s'inquiéter qu'elle ne le fasse pas. Mais là encore, elle n'avait pas besoin d'avoir beaucoup d'expérience pratique pour savoir que Trenton avait mis la barre très haut. Elle savait aussi que Trenton ne connaissait pas d'autre façon de traiter et de choyer une femme. Il veillait toujours à ce que leurs plaisirs soient satisfaits, leurs faims apaisées. Il le faisait simplement selon ses propres termes. Kat commençait à découvrir qu'il était peut-être beaucoup plus évolué dans la technique du « dorlotage » qu'elle l'aurait imaginé.

Elle inspira profondément pour arrêter ses pensées errantes. Alors, que se passerait-il quand Trenton se lasserait d'elle ? Elle serait de retour dans un appartement de merde ? Effrayée que quelqu'un puisse l'attendre là-bas et réussisse à la tuer cette fois ? Elle se renfrogna à cette pensée. Garrett l'avait jetée dehors, sans un mot. Il ne lui avait même pas donné la chance de trouver un autre logement avant de jeter toutes ses affaires dans le hall d'entrée. Elle n'avait pas eu d'autre option que d'en laisser la majorité derrière elle. Elle ne voulait plus jamais revivre ça.

Ceci dit, elle ne voulait pas non plus ne pas être avec Trenton. Même si cela n'était que pour un court moment. Peut-être que si elle lui donnait juste une chose qu'il demandait, elle pourrait être avec lui sans avoir à s'abandonner complètement tout de suite.

Elle regarda son reflet dans la fenêtre, mécontente de ce qu'elle venait de faire. Elle l'avait rejeté, et c'était la dernière chose qu'elle voulait lui faire ressentir. Serait-il si mal de s'agenouiller à ses pieds ce soir alors qu'il regardait une scène ? Il avait dit que personne ne s'approcherait d'elle, et elle savait qu'il tiendrait parole.

Katianna appuya sur la touche « enregistrer », éteignit son ordinateur et se glissa à l'extérieur.

Trenton s'approcha de la blonde attachée sur la chaise à fouetter, qui avait quelque ressemblance avec une chaise de massages. Seulement dans celle-ci, ses fesses étaient trop basses. Il desserra une pince sur le côté et commença à repositionner les sections de la chaise jusqu'à ce que sa tête et ses épaules descendent un peu plus, au niveau d'une position accroupie, et que son derrière recouvert de son bikini pointe vers le haut, en parfaite anticipation pour être fessé. Puis il verrouilla tout en place. Il tourna autour de la chaise, inspectant attentivement ses poignets et ses chevilles attachés avec une corde de chanvre tressée. Le chanvre s'enroulait magnifiquement tout le long de ses jambes. Il les vérifia puis pinça un de ses ongles, regardant attentivement alors qu'il passait presque instantanément du blanc au rose. Parfait. Définitivement l'un des talents de Dane qu'il partageait avec Diesel. Seule une chose n'était pas comme il le souhaitait. Dane lui avait mis un bâillon-boule. Il tira sur la boucle à l'arrière de sa tête puis enleva la boule rouge de sa bouche, la laissant tomber sur le sol. Il jeta un regard d'avertissement à son frère.

— Tu sais que j'aime les entendre.

Dane se contenta de sourire comme s'il avait fait exprès pour le contrarier, puis il ramassa deux instruments posés sur la table à côté de lui et les lui offrit. La pagaie qu'Amelia avait apportée et le fouet personnel de Dane, dont l'expression entendue lui faisait savoir qu'il avait compris, à la seconde où Trenton était entré dans la pièce, qu'il allait prendre la relève. La petite souris sauvage là dehors l'avait tellement excité qu'il avait besoin de brûler de l'énergie.

— Le tien est un peu trop doux, plaisanta Trenton en prenant la pagaie et la tournant dans ses mains afin de l'inspecter.

Sept rangées de perles roses étaient enchâssées dans le grain du bois de bout en bout. Sur l'autre côté se trouvait une douce fourrure synthétique. Il secoua la tête avec un rire silencieux. Tous des tendres. Mais pas de soucis, il ferait en sorte que cela fonctionne et offrirait un bon spectacle aux clients d'Amelia.

Il fit glisser le côté nacré de la pagaie sur les fesses de Lacy,

— As-tu déjà reçu des coups de pagaie, sub ?

Elle secoua la tête.

— Pardon, qu'est-ce que c'était ? demanda-t-il en lui donnant une chance de reformuler sa réponse.

— Non, Dominus.

— Eh bien, tu vas pouvoir apprécier. Tu es sur le point d'être disciplinée par le meilleur.

Il glissa la pagaie sur ses cuisses et sur son dos, taquinant sa chair et donnant à chacune de ses fesses une légère tape en regardant les muscles de ses cuisses s'agiter.

— Pardon, qu'est-ce que c'était ? J'aurais juré que tu allais dire quelque chose.

— Merci, Dominus.

La gorge de la jeune femme était tellement serrée que sa réponse eut du mal à sortir. Mais ce fut suffisant et la main de Trenton se leva avant de s'abattre, faisant fermement atterrir la face emperlée sur les deux globes.

Lacy cria dans un soupir exalté, son corps se crispant puis se détendant tandis que Trenton apaisait la première piqûre sur ses fesses avec le côté rose en fourrure de la pagaie.

— Sais-tu pourquoi nous te disciplinons ce soir ?

Elle commença par fredonner puis finit par réussir à formuler sa réponse.

— Parce que ça vous plaît, mon Dominus.

Sa réaction déclencha quelques rires dans la foule qui se rassemblait pour regarder le Maître jouer.

— C'était bien dit. Je suppose que c'est le Grand Maître Dane qui t'a appris cela. Mais ce soir, tu es punie. Te souviens-tu de la raison ?

Trenton tourna autour d'elle, lui caressant le dos avec la fourrure, puis retournant la pagaie du côté emperlé avant de l'abattre à nouveau en créant un beau rougissement, teintant à la fois les parties blanches et bronzées de son postérieur.

Lacy se contenta de gémir cette fois, et c'était exactement le son qu'il avait besoin d'entendre avant de pouvoir continuer. Et c'est ce qu'il fit, balançant de petits coups rapides, tout d'abord sur une fesse, puis sur l'autre, avant d'apaiser les globes rougis avec le côté recouvert de fourrure.

— J'attends toujours ta réponse, sub.

— Parce que j'ai levé les yeux sans permission, finit-elle par dire, verbalisant sa faute.

— Bonne fille.

Et il fit tomber à nouveau une pluie de coups sur ses fesses.

— Et autre chose…

Il se déplaça devant d'elle et descendit la fermeture éclair de son pantalon, libérant l'érection qu'il avait encore pour Katianna. Elle s'échappa de son pantalon, se dressant devant la jeune femme. Il baissa les hanches vers son visage, taquinant ses lèvres de son gland.

— Si tu dois sucer ma queue, tu devras être meilleure que tu l'as été avec le Patronus.

Une fois de plus, Lacy commit l'erreur de lever les yeux ; Trenton la surprit et lui délivra rapidement un coup contrôlé d'abord sur une fesse, puis sur l'autre, de là où se tenait.

Lacy haleta et lutta pour reprendre son souffle. Trenton en profita pour glisser son érection engorgée entre ses lèvres, poussant jusqu'à ce qu'il sente le fond de sa gorge, avant de se retirer. Il apaisa ses globes avec le côté emperlé de la pagaie, la regardant attentivement alors qu'il balançait ses hanches dans et hors de ses lèvres serrées.

— Lèche-la. Je veux sentir ta langue spiraler autour de ma queue, siffla-t-il.

Les yeux de Lacy papillonnèrent. Elle se reprit, mais pas assez tôt, et Trenton fouetta de nouveau sa chair. Il sentit sa bouche se resserrer autour de lui, mais heureusement sans dent.

— Si tu me mords, non seulement j'insérerais une pince-mâchoire dans ta bouche, mais je ferais circuler la pagaie et je laisserais tout le monde prendre son tour, la prévint-il doucement avant de tapoter ses fesses plusieurs fois, d'abord avec les perles puis avec la fourrure.

Lacy fit travailler sa langue comme il lui avait ordonné, mais ce n'était pas encore ce dont il avait besoin, et cela ne fit que le frustrer davantage.

— Assez, ordonna-t-il doucement, se libérant de sa bouche, avant de se réajuster avec inconfort et de refermer son jean.

Il commença à se déplacer derrière elle lorsque quelque chose de l'autre côté de la fenêtre attira son attention, et il s'arrêta pour regarder attentivement.

Là, juste de l'autre côté, Katianna était à genoux comme si elle était à ses pieds, et elle l'avait regardé – mais depuis combien de temps, il ne le savait pas – et il ressentit un éclair de culpabilité. Katianna voyant ses yeux fixés sur elle baissa rapidement les siens. Son corps trembla légèrement et elle regarda nerveusement autour d'elle avant de baisser à nouveau la tête. Elle essayait d'être soumise pour lui, mais elle n'était pas vraiment à ses pieds ; elle était dehors et il n'était pas là pour veiller sur elle et la protéger. Elle était vulnérable maintenant, et il voyait bien qu'elle le sentait. D'autant plus qu'elle faisait une chose pour laquelle elle n'était pas trop à l'aise en premier lieu. Il l'aimait nue et accessible, mais seulement avec lui, pas devant le reste du monde.

Trenton se planta devant Dane et lui tendit la pagaie.

— Maintenant, fais en sorte que ces cuisses bronzées s'harmonisent avec la teinte mauve de son cul.

Il salua Amelia et partit précipitamment.

Il trouva Katianna toujours assise devant la fenêtre, l'attendant, mais elle pleurait. Il entendit le reniflement avant de l'atteindre. Plutôt que de poser des questions auxquelles il connaissait déjà les réponses, il la prit dans ses bras et la ramena chez elle.

— Je suis désolée. Je ne voulais pas que tu sois fâché contre moi, mais quand j'ai essayé d'entrer, il y avait des gens à la porte arrière et...

— Chut... c'est bon. Je ne suis pas en colère.

Il embrassa le côté de sa tête tandis qu'il parlait doucement afin de calmer sa frénésie.

Katianna essuya ses larmes, essayant de retrouver sa résolution, craignant que ses larmes ne fassent que le faire sentir plus mal.

— Ce n'était pas le bon endroit pour te pousser. C'était trop tôt.

Il la reconduisit, découvrant que la porte coulissante en verre et la moustiquaire avaient été laissées ouvertes.

— D'accord, alors peut-être que cela, ça va m'énerver.

Trenton se laissa tomber sur le canapé en la gardant dans ses bras, et il la serra doucement, tandis qu'il prenait un instant afin de gérer ses propres émotions. Il avait voulu qu'elle vienne à l'intérieur, mais avec tout ce qui s'y passait, ce n'était pas comme le *Club Pain*. C'étaient des étrangers et il n'y avait pas de limites. Il aurait dû le savoir au lieu de l'exhorter à s'abandonner à lui devant tant d'étrangers, mais il était tellement prêt pour qu'elle soit avec lui, cela avait altéré son jugement. Une erreur qu'il ne referait plus.

Katianna se reposa sur sa poitrine, traçant des lignes invisibles sur sa peau du bout des doigts. Il était trop « homme » pour elle, et elle le savait. Il avait un tel contrôle sur lui-même, et elle avait l'impression qu'elle n'en avait aucun. Elle avait cru en avoir. Elle était certaine qu'elle allait très bien jusqu'à ce qu'il décide de rendre les choses intimes et personnelles. Maintenant, elle était un tourbillon de désirs, d'émotions et de passions inexplorées. Trenton savait ce qu'il voulait. Elle doutait qu'il y ait eu un moment où il ne l'avait pas su, et il ne se retenait pas de suivre ses désirs.

Elle ? Sa vie n'était rien d'autre que des fantasmes griffonnés sur de petits morceaux de papier et d'écrans d'ordinateur. La seule chose dont elle était certaine, c'était qu'il serait tout de l'amant qu'elle créait dans sa tête et dans ses histoires. Pourtant, cette question irritante s'attardait dans son cerveau. *Que se passe-t-il lorsqu'un Maître se lasse de son esclave ?* Trenton avait été clair ; il voulait une Esclave de Vie. Certaines personnes disaient vouloir se marier et vivre heureuses jusqu'à la fin des temps, mais ce n'était pas ce qui se passait.

Elle cacha son visage dans son épaule. Cette chose à propos de la courtiser commençait à l'atteindre. Cela mettait sens dessus dessous ses pensées et ses émotions. C'était trop facile d'être son amante. Elle l'implorerait si elle pensait un instant qu'il l'accepterait. Bien que, tout en sachant qu'il ne le ferait pas, elle avait déjà essayé. Mais s'abandonner à lui comme son amante n'était pas la même chose que s'abandonner totalement à lui, et ils le savaient tous les deux. La condition qu'il exigeait était « tout ou rien ». Rien entre les deux. Cela l'effrayait, parce que rien ne durait éternellement.

CHAPITRE VINGT-CINQ

— Content que vous soyez là, les gars. Sasha est à l'étage en grand besoin.

Vida attira leur attention dès que Trenton et Diesel franchirent les portes du *Club Pain* à leur heure d'arrivée habituelle.

— Isaiah ? demanda Trenton en s'arrêtant devant la vitre où Vida s'asseyait chaque soir pour filtrer les allées et venues de la porte.

— C'est mauvais, il a été porté avec les jambes et les bras en manchons. Il est parti au-delà des capacités de Sasha.

Trenton fit signe à Diesel et à Paris de le suivre et prit la tête.

— Nous allons nous en occuper. Préviens les autres membres quand ils arriveront que l'étage est fermé ce soir.

À l'étage, Sasha Laszkovi était presque frénétique devant l'état de son amant, incapable de lui donner ce dont il avait besoin. Isaiah exigeait souvent plus de douleur que Sasha était capable de lui en fournir. Il était un Dom dans le bondage et la discipline. Il était aussi relativement nouveau dans sa position et s'avérait adorer gâter ses garçons. Cependant, Isaiah était un accro à la douleur avec des problèmes d'abus émotionnels considérables et sans un apport régulé, il était également un danger pour lui-même.

— Il se débrouillait si bien dernièrement. Alors quand il a reçu cette invitation pour traîner avec quelques amis d'université, je l'ai bien sûr autorisé à y aller.

Sasha entreprit d'expliquer ce qui s'était passé à Dominus et Patronus. Ses yeux surveillaient avec inquiétude les pièces dans le fond.

— Mais quand je suis revenu le chercher, ses amis l'avaient traîné dans le parking, prêts à se faire tous sucer comme dans une sorte de reconstitution d'un gang bang d'intégration de fraternité. J'étais vraiment en colère jusqu'à ce que je réalise combien ils l'avaient enivré. Après ça, Isaiah a piqué du nez pour *Dépression-Ville*. J'ai même dû l'obliger à dormir avec ses restrictions pour l'empêcher de se blesser la nuit dernière.

Trenton et Diesel accompagnèrent Sasha dans la chambre particulière du fond où Isaiah et Isaac attendaient sans leur tenue Steampunk habituelle. Ce seul fait était le signe que l'état dépressif était devenu incontrôlable. Les jumeaux étaient rarement aperçus sans leurs costumes.

La pièce du fond était l'une des cinq mises à disposition pour des scènes privées pour les membres, mais celle-ci était uniquement réservée aux propriétaires du club.

La situation d'Isaiah n'était pas inédite et ce n'était certainement pas la première fois que Sasha leur demandait de l'aide, donc il savait qu'il devait amener ses garçons ici et attendre.

Ni Trenton ni Diesel n'avaient de côtés véritablement sadiques, en dehors de la fessée et d'une bonne flagellation, mais cela n'était pas au sujet de ce qu'ils avaient ou pas. Il ne s'agissait pas non plus de plaisir, mais de la santé psychologique d'Isaiah. Maniaco-dépressif avec la mauvaise habitude de se faire du mal, ce dernier recherchait à ressentir la douleur physique et son seuil de tolérance était trop élevé pour la zone de confort de la majorité des gens. Isaiah avait cependant beaucoup de chance pour lui : en plus d'avoir un amant qui avait une compréhension de ses besoins physiologiques, lesquels pouvaient être satisfaits et contrôlés dans leur monde D/s mieux qu'entre les mains d'un psychiatre traditionnel, il avait également un Dom qui l'aimait de toute son âme et n'avait pas lui-même d'affinité particulière avec la douleur.

De telles conditions ne faisaient pas qu'Isaiah était le seul danger pour lui-même, mais également dans les mains d'un Dom qui était lourdement dans le sadomasochisme, Isaiah pouvait supporter tout ce qu'un Dom pouvait lui infliger dans une scène. Si vous poussiez ses limites, alors son seuil de tolérance à la douleur devenait beaucoup plus élevé la prochaine fois qu'il était déprimé. Un homme pourrait tuer Isaiah en essayant de lui trouver une limite.

Immédiatement, Trenton et Diesel se mirent au travail. Tout d'abord en remplaçant les manchons de cuir qui restreignaient les bras et les jambes d'Isaiah par des cordes rouge et orange foncé, puis en le hissant dans un harnais le maintenant à la verticale au pied du lit. L'effet visuel des liens de teintes variées de rouge, dans l'esprit et sur le corps, dépassait de loin les effets de la scène que l'avaient fait les manchons de restrictions de cuir. Cela rendait également sa peau plus accessible pour les autres applications que nécessitait le traitement.

Pendant que Diesel tendait au maximum l'enveloppement de cordes, Trenton sortait le coffre-fort, une grosse boîte à outils de mécanicien en réalité, contenant des objets pour *besoins spéciaux* qu'ils gardaient à portée de mains pour de telles occasions, qui survenaient presque seulement avec Isaiah. Il commença rapidement à mettre en place un environnement stérile pour œuvrer. Il attrapa une paire de gants nitriles dans l'un des tiroirs de la boîte, les enfila, puis attrapa un plateau roulant en inox et se mit au travail. Des serviettes cliniques bleues furent drapées sur le plateau, puis plusieurs paquets de compresses stériles furent jetés dessus alors qu'il parcourait les tiroirs l'un après l'autre, sortant les accessoires dont il aurait besoin pour la soirée. Chaque sac d'instruments était légèrement crêpé par le processus de stérilisation via l'autoclave.

Sasha se recula dans un coin pour se morfondre. Il savait ce qui était sur le point d'avoir lieu, savait ce qui avait besoin d'être fait. Mais le savoir ne le rendait pas plus facile à supporter et sa peau le démangeait déjà avant l'acte.

Trenton déchira le premier des sachets bleus stérilisés de la boîte, produisant un doux tintement de l'acier inoxydable.

— Nan-nan, tu ne vas pas lui mettre ça.

Sasha s'approcha pour contester la sonde urinaire.

— Sasha, cela aidera à augmenter sa sensibilité sans repousser son seuil de tolérance. Maintenant, va t'asseoir afin que nous puissions travailler, lui rétorqua Trenton d'un ton calme, mais autoritaire.

Sasha ne fit qu'un pas en arrière. Il jeta un coup d'œil vers son autre amant, Isaac, qui était assis sur le lit à observer et à attendre, prêt à lutter avec son autre moitié. Isaac resta encore silencieux, parce qu'il n'était pas sur le point d'être expulsé et séparé de son jumeau. Sasha, d'un autre côté, devenait de plus en plus comme son frère, Pyotr. Pyotr était toujours maman poule dans la façon dont il s'inquiétait pour sa famille. Sasha se comportait de la même manière avec ses deux amants. Seulement, quand il vit Trenton sortir plusieurs paquets d'aiguilles à piercing, il perdit sa capacité à rester silencieux.

— Non ! Qu'est-ce que tu fous putain ?

— Sors d'ici, Sasha ! Maintenant ! aboya Trenton, pointant le doigt pour le faire reculer et le garder hors de son chemin.

— Je ne te laisserai pas le blesser.

Sasha campa sur ses positions, son cœur déchiré altérant son visage et affaiblissant sa conviction de faire ce qu'il savait être juste. Mais quand l'amant d'un homme était prompt à l'automutilation, le soumettre à plus de douleur n'était pas un choix facile à faire et c'était pour ça qu'il ne pouvait pas le faire lui-même.

— Paris, emmène-le loin d'ici et tiens-lui compagnie jusqu'à ce que nous l'appelions à nouveau !

Sasha était grand, mais il n'avait aucune chance contre la force musculaire de Paris. Donc il ne testa pas sa capacité à suivre les ordres, et autorisa docilement l'homme à l'éloigner.

Paris s'installa avec Sasha dans le salon vide de l'étage du club et observa l'homme, qui avait sept ans de moins que lui, tomber lentement en morceaux. Ce dont Sasha avait besoin, c'était d'un soumis à dominer pour se reprendre en main, mais avec Isaiah en difficulté et son jumeau Isaac à ses côtés, Sasha était livré à lui-même.

— Je suis perturbé par tout ça. Je ne comprends pas.

Paris essaya de paraître blessé ou du moins un peu effrayé, espérant attirer l'attention de Sasha.

La concentration de ce dernier ne s'ébranla que légèrement, mais Paris le vit, et frissonna pour le spectacle. La tentative fonctionna et Sasha le regardait maintenant avec inquiétude.

— Tu es vraiment novice dans tout ça, n'est-ce pas ?

— Oui.

Paris fit de son mieux pour paraître vulnérable. Sasha prit une profonde inspiration et sa main flotta pour venir se poser sur la joue du jeune homme. *Cela fonctionnait.* Paris joua l'oisillon blessé et Sasha glissa à nouveau dans la peau du Dom protecteur pour lequel il était connu.

— J'ai des garçons géniaux.

Sasha secoua la tête tandis que ses pensées troublées bouillonnaient en lui.

— Tu as déjà vu ces gamins tellement ouvertement couvés par leurs parents que tu peux parier qu'ils deviendront fous une fois qu'ils seront livrés à eux-mêmes ?

Paris acquiesça.

— C'est vrai. Cela arrive vraiment. Isaac et Isaiah...

Il s'interrompit un instant pour rassembler ses pensées avant de poursuivre.

— Ils sont sacrément intelligents.

Sa fierté était évidente à son ton protecteur.

— Leurs parents étaient fanatiques quand il s'agissait de l'éducation de leurs enfants. Tu vois, Isaac et Isaiah savaient tous les deux lire, écrire et jouer du violon alors qu'ils n'étaient qu'au jardin d'enfants. Ils étaient tous les deux des maîtres en violon à l'âge de sept ans. Toute leur vie tournait autour de ce que leurs parents désiraient pour eux. École, tutorat après les cours, leçons de musique, ensuite dîner, devoirs, jeu de société en famille, à table, puis aller au lit – jour après jour, toujours la même routine.

Il secoua la tête pendant un moment.

— Ils n'ont jamais pu sortir et jouer, ils n'ont jamais été autorisés à faire du sport. À seize ans, ils prenaient des cours à l'université, parce que le lycée ne savait pas quoi faire d'eux. Mais quand ils ont atteint l'âge de dix-huit ans, il leur a été stipulé qu'ils devaient passer un an dans les dortoirs selon le règlement de l'université.

Sasha prit une profonde inspiration et la laissa échapper en soufflant, ses doigts plongeant dans les cheveux de Paris alors qu'il poursuivait.

— Dix-huit ans et aucun d'eux n'avait jamais embrassé une fille, ou un garçon en l'occurrence. Ils n'avaient jamais bu non plus. Ils n'avaient jamais passé une nuit hors de leur maison sans chaperon. Alors imagine ce que la vie en dortoir leur a fait ? Le bizutage, les recrutements, les beuveries. Confus et maltraités, ils se sont tournés l'un vers l'autre pour se réconforter mutuellement.

Les pensées de Sasha dérivèrent vers cet appel funeste au centre d'urgence. Il connaissait l'adresse. C'était là que son nouvel amant vivait, ils avaient commencé à sortir ensemble un mois plus tôt. Il détestait plus que tout qu'Isaac doive vivre dans le dortoir et il envisageait déjà de lui demander d'emménager avec lui. Sasha aimait son amant fragile d'héritage métissé ; en partie américain, en partie chinois. Il adorait ses yeux – Sasha avait un faible pour ses yeux sombres comme la nuit et leur inclinaison exotique. Quand l'appel était arrivé et qu'il avait entendu l'adresse, il s'était transformé en une boule de nerfs et il avait roulé aussi vite que l'ambulance le permettait, craignant que quelque chose ne soit arrivé à son amant.

Quand il s'était rué à travers les portes du dortoir, il avait trouvé Isaac surplombant quelqu'un d'autre sur le sol. Une chaleur et une rage avaient envahi son esprit, repoussant ses craintes de côté, en trouvant son amant accroché à un autre homme – jusqu'à ce qu'il se tourne vers lui et que Sasha aperçoive l'autre homme dans ses bras.

Sasha se rappelait avoir frotté ses yeux pendant un moment et ensuite l'avoir fixé encore plus longtemps, voyant double.

<u>DEUX ANS PLUS TÔT</u>
— Sasha, s'il te plaît, plaida Isaac.

Sasha cligna des yeux, puis la réalité lui sauta au visage quand il vit les rangées de coupures de plus de cinq centimètres courant le long du bras du frère jumeau d'Isaac. L'une d'elles en particulier était très profonde et il perdait une quantité considérable de sang.

Sasha éloigna son amant de son frère et se mit rapidement à travailler sur le corps blessé de l'homme. Il n'y avait aucun doute dans son esprit que les blessures étaient auto-infligées, il en avait vu assez pour le savoir.

— Tu veux bien me dire pourquoi il a essayé de se suicider ?

Les yeux d'Isaac s'écarquillèrent et il secoua la tête.

— Isaac. Dis-moi pourquoi ! ordonna Sasha avec une légère retenue.

Il ne voulait pas que son amant pense qu'il était insensible, du moins, pas envers son propre jumeau.

— Il n'a pas essayé de se suicider. Je te le jure Sasha.

— Isaac, j'ai déjà vu des tentatives de suicide auparavant. Maintenant, dis-moi de quoi il s'agit.

Isaac commença instantanément à pleurer.

— Il est obsédé par la douleur. Quand il est contrarié, il a besoin de la ressentir, et il a été trop loin.

Sasha s'assit sur ses talons, dévisagea Isaac puis son frère jumeau. Ils étaient identiques à tout point de vue. Ils n'essayaient même pas de se différencier l'un de l'autre. S'il n'y avait pas eu les chemises différentes et le sang, il aurait eu du mal à les identifier.

Accro à la douleur. Les mots résonnèrent dans sa tête comme une cloche.

Isaac avait été si prompt à devenir son soumis que cela lui avait presque fait tourner la tête. C'était comme si Isaac avait attendu que quelqu'un prenne en main sa vie afin que tout rentre dans l'ordre pour lui. Il était une épave sans ça. Maintenant, Sasha se demandait avec un peu de doutes, si son jumeau était pareil. S'il avait besoin d'être contrôlé, mais seulement que pour lui, les répercussions étaient bien plus profondes.

Sasha termina les bandages préliminaires, chargea Isaiah sur le brancard puis avec son collègue de l'ambulance fit rouler leur patient dans celle-ci. Isaac sur leurs talons.

Dans l'ambulance, Sasha passa un appel.

— Cliff. Salut, c'est Sasha. Je sais que tu t'occupes de ta sœur et tout, mais tu penses que tu pourrais venir terminer ma garde ? J'ai une urgence familiale.

Il fit une pause.

— Non. Nous sommes en route pour l'hôpital en ce moment. Je serai dans la salle d'attente.

Sasha fit à nouveau une pause alors qu'il entendait la réponse qu'il espérait.

— Merci.

Il raccrocha, se tourna vers Isaac, et agrippa sa main dans la sienne, contrôlant les peurs de son amant et ses pensées vagabondes.

— Nous allons remettre Isaiah sur pieds. Et ensuite, tu pourras t'asseoir et me dire comment tout ça a commencé.

Isaac acquiesça. Ce n'était pas une requête, il le savait. Sasha, plus que tout, exigeait une totale honnêteté, et il n'avait pas été très ouvert sur la personne qui comptait le plus pour lui dans sa vie en dehors de lui. Maintenant, il était temps de réparer ça.

Plusieurs heures passèrent alors qu'ils attendaient dans la salle d'attente des urgences. Cliff était arrivé et avait pris la place de Sasha pour le reste de sa garde dans l'ambulance. Sans le moindre soupçon d'agacement à la requête, parce que Sasha avait fait la même chose pour lui de nombreuses fois et le referait, il en était certain. C'était une faveur qu'aucun d'eux ne se sentait coupable de demander.

Isaac s'était depuis endormi dans ses bras et son épaule souffrait d'une crampe à force de garder la même position pendant si longtemps, mais il n'osait pas trop bouger. Son amant avait semblé si épuisé par l'épreuve. Apprendre qu'il était resté avec son frère pendant les deux dernières nuits expliquait pourquoi il lui avait posé un lapin la veille.

Un médecin en blouse bleue s'approcha de la salle d'attente, dans leur direction. Sacha le reconnut immédiatement, le cœur bondissant, espérant que son frère s'était lui-même occupé d'Isaiah. Et il ressentit du soulagement quand le Dr Pavle Laszkovi le rejoignit. Sasha secoua Isaac, mais quand il ne se réveilla pas, il le déplaça dans ses bras, soutenant son poids alors qu'il glissait hors de son étreinte, puis l'allongea gentiment sur la banquette et se leva.

— Pavle ?

Sasha fit face à son frère aîné.

Le docteur regarda Isaac, puis Sasha comme s'il le voyait pour la première fois, et lui fit un hochement de tête.

— Il va s'en sortir. Nous avons dû lui poser sept points de suture le long du muscle brachioradial et lui immobiliser le bras pour qu'il ne les arrache pas en bougeant. Le reste a été facilement refermé avec des bandes adhésives. Il est chanceux, un peu plus profond et il aurait pu souffrir de dommages permanents.

Pavle s'agita sur place, puis prit une profonde inspiration.

— Maintenant, voici la mauvaise nouvelle Sasha.

Il lui fit un hochement de tête prudent.

— Nous devons le placer sous surveillance psychiatrique...

— Non, attends, ce ne sera pas nécessaire, protesta Sasha. Je vais faire en sorte qu'il soit traité correctement.

— Sasha, si c'était un cas de...

— Écoute. Le gamin essayait seulement de cacher sa condition par peur du rejet, le coupa Sasha. Mais maintenant que j'en suis conscient, Isaiah va seulement devoir s'habituer à quelques nouvelles règles dans sa vie ou au retour de quelques-unes oubliées.

— Ce n'est pas aussi facile, Sasha. Le gamin s'est infligé des blessures sérieuses. Je ne peux pas simplement le confier à une personne... Tu n'es même pas son tuteur de plein droit.

— Il a dix-neuf ans. Il n'a pas besoin d'un tuteur.

Sasha maintint sa position.

— Sasha...

— Écoute. S'il te plaît. Si j'y suis obligé, je ferai venir Pyotr ici pour signer sa décharge.

Le D. Laszkovi gratta sa tête. Il savait que Sasha pensait bien faire, mais cela ne faisait pas de lui un médecin. De plus, le règlement de l'hôpital n'allait pas l'autoriser à confier le jeune homme à n'importe qui. Pour l'État, Isaiah avait tenté de se suicider. La seule option s'offrant à lui était de céder Isaiah aux soins directs d'un médecin ou d'un tuteur en disant que le jeune homme était mentalement dérangé et inconscient de ce qu'il faisait. C'était tout ce qui l'empêcherait d'être arrêté, vu que le suicide était illégal dans l'état de New York. Ironique, n'est-ce pas ? Qu'une personne si profondément désespérée, ne serait-ce que pour tenter un acte aussi horrible, ne survit que pour être arrêtée à la place ? Comme si cela allait aider la personne à se sentir beaucoup mieux. Mais indépendamment de ce qu'il pensait de la loi, Pavle était tenu de la respecter. La seule marge de manœuvre qu'il avait, c'était que leur frère Pyotr était justement un psychologue. Même si les méthodes de Pyotr s'avéraient peu orthodoxes selon les standards médicaux, d'après son expérience personnelle, Pavle lui faisait confiance avant tous les autres.

— Je n'ai pas le temps de passer l'appel, mais dis à Pyotr que s'il accepte de superviser le cas d'Isaiah, je le libèrerai sous ta garde. C'est le mieux que je peux faire pour toi, mais la prochaine fois…

— Il n'y aura pas de prochaine fois.

— Pour ton bien et pour le sien, j'espère que non.

— Merci Pavle.

Sasha combla l'espace entre eux et enlaça son frère.

— Pouvons-nous le voir maintenant ?

Le médecin acquiesça et ses épaules s'affaissèrent un peu dans l'étreinte comme si Pavle avait été tendu dans l'optique d'une plus grosse bagarre, ou bien était simplement habitué à s'endurcir avant de parler à la famille lors de ce type de chocs. Sasha n'en était pas certain, il était si concentré sur la façon d'épargner à Isaiah l'hospitalisation psychiatrique, qu'il n'avait pas lu le langage corporel de son frère. Peut-être que Pavle était juste fatigué et qu'il ressentait un peu de soulagement à l'idée qu'au moins un de ses patients mentalement perturbés serait dirigé vers quelqu'un qui s'en souciait vraiment.

Sasha et Isaac se rendirent dans la chambre où Pavle les conduisit, et trouvèrent Isaiah réveillé, à défaut de totalement cohérent. Isaac fut instantanément à ses côtés, s'asseyant sur le lit, le touchant, se rassurant à sa manière que son frère adoré était toujours bel et bien vivant. Sasha s'approcha à un rythme plus lent, laissant un moment passer pour qu'Isaiah croise son regard.

L'expression de ce dernier était teintée de désespoir. Il reconnaissait Sasha comme l'amant de son frère et il était évident qu'il se sentait abandonné. Sasha ne pouvait pas s'empêcher de se demander si c'était la cause de son effondrement mental. Pyotr en déterrerait sans aucun doute la cause et il parlerait à son frère de ce qu'il voyait également en lui.

Sasha agita sa main de côté et Isaiah se déplaça docilement sans qu'aucun d'eux ne prononce un mot. Sasha glissa sur le lit, reposa son dos en position assise, à côté d'Isaiah, le prit par les épaules et l'attira pour qu'il vienne s'appuyer contre sa poitrine. Pour accueillir Isaiah dans un câlin autant que les tubes et le moniteur auxquels il était attaché le permettaient.

— Il semblerait qu'aucun de vous ne sait comment rester loin des problèmes sauf si votre Dom est là pour vous garder loin d'eux, commença à dire Sasha tout haut alors que sa main plongeait dans sa poche et en sortait quelque chose.

Les yeux d'Isaac s'écarquillèrent de surprise quand il vit le collier dans la main de Sasha.

— Je ne suis pas venu préparé pour passer un collier à deux amants, mais vu que tu as besoin d'être tenu sous contrôle à tout prix, Isaiah...

Il fit une pause pour que le jumeau blessé comprenne qu'il lui parlait, alors que ses mains amenaient le collier en cuir rouge acajou autour de son cou. La main d'Isaiah se tendit pour attraper le collier. Il le tordit pour pouvoir admirer le travail d'artiste.

La teinte rouge sombre polie du cuir était magnifique. Elle ressemblait vraiment à de l'acajou. Au centre se trouvait un lourd anneau en forme de D en cuivre. De chaque côté de l'anneau, rivés dans la large lanière de cuir, s'étalaient des dents de cuivre de formes diverses. L'un des côtés était orné d'une pièce d'horlogerie, et sur l'autre côté étaient empilés des engrenages, probablement de la même horloge démantelée dans le but de décorer le collier.

Isaiah le lâcha et Sasha acheva le voyage du collier puis accrocha rapidement l'attache de cuivre derrière son cou.

— Alors... comme je le disais, je vais devoir en faire fabriquer un autre pour Isaac. Cela signifie également que je vais instaurer pour tous les deux quelques règles fondamentales. Nous verrons la plupart d'entre elles plus tard. Mais la première règle...

Sasha coinça le menton d'Isaiah avec un doigt, relevant sa tête pour qu'il le regarde.

— La règle numéro un est que tu ne referas plus jamais ça.

Son autre main leva le bras d'Isaiah pour préciser à quoi il se référait. Isaiah acquiesça et Sasha se courba pour l'embrasser rapidement avant de libérer son menton.

Isaac était enthousiaste, ses yeux envahis de larmes, et il recouvrit rapidement son frère pour l'embrasser. Sa main caressa son corps à travers la couverture jusqu'à ce qu'il trouve Sasha, puis alla sonder le sexe de son nouveau Maître pour le caresser comme une façon de le remercier.

— Isaac, arrête. Laisse ton frère dormir maintenant.

L'ordre de Sasha était doux et reflétait sa propre lassitude.

— Viens par là. Tu aurais bien besoin d'un peu de sommeil, toi aussi.

Isaac fit à nouveau ce qu'il lui était dit, et se déplaça sur le lit jusqu'à ce que le poids de son corps soit sur celui de Sasha, gardant un bras et une partie de sa jambe drapés également sur son frère. Sasha se détendit dans le lit d'hôpital, ses bras enveloppés autour d'Isaac et du jumeau dont il ignorait l'existence. De sa vie, il n'avait jamais pensé à prendre deux amants, mais en ayant à présent les jumeaux dans ses bras, il ne pouvait imaginer qu'il en soit autrement. Cela lui semblait sacrément juste de les avoir tous les deux. Et alors qu'il sentait leurs propres corps se détendre d'une façon seulement possible pour un vrai soumis – le genre de relaxation qui venait quand le corps et l'esprit cédaient un contrôle complet – il savait que c'était juste pour eux, aussi.

— Je suppose que cela veut dire que je vais devoir chercher un appartement plus grand, chuchota-t-il à haute voix avant de sombrer dans le sommeil.

— Et leurs parents ? Où étaient-ils dans tout ça ? demanda Paris lorsque l'histoire sembla toucher à sa fin.

Sasha cligna des yeux un moment quand la question de Paris le ramena au présent.

— Oui… eh bien, cette partie ne s'est pas très bien passée. Ils se sont pointés à l'hôpital et m'ont trouvé dans le lit avec les deux frères et ils ont flippé. Rappelle-toi, nous étions simplement étendus ensemble, je les gâtais en nous pelotonnant les uns contre les autres, pas en batifolant. Mais la mère et le père sont allés jusqu'à admonester les gamins pour être pêcheurs et diaboliques. Chaque chose horrible à laquelle tu pourrais penser, ils l'ont dite. Je pouvais voir les dégâts qu'ils faisaient, en démolissant les gamins là devant tout le monde à l'hôpital. Je n'avais pas d'autres choix que de tenir Isaac et Isaiah. J'ai parlé à leurs oreilles pour qu'ils m'entendent, pour leur dire à quel point je commençais déjà à tomber amoureux de tous les deux. Je me suis assuré qu'ils m'entendent quand je leur ai dit qu'ils n'étaient pas diaboliques parce qu'ils étaient gays. Les infirmières sont arrivées et ensuite mon frère a ordonné aux parents de sortir. Ils n'ont plus jamais parlé aux jumeaux depuis.

— Sasha.

Diesel se tenait soudain devant eux.

Sasha s'arracha à la conversation, clignant des yeux plusieurs fois avant de les lever vers l'homme très musclé.

— C'est fini ?

— Pas encore, mais il est temps pour toi de venir le rejoindre.

Sasha se frotta les yeux. Il se sentait engourdi comme s'il s'était endormi cent ans auparavant, comme le jour où il avait attendu dans la salle d'attente cette première nuit après qu'il avait découvert l'existence d'Isaiah. Il se repoussa du sofa pour suivre Diesel, mais s'arrêta.

— Patronus, ton esclave... il est plutôt perturbé par tout ça. J'apprécie tout ce que tu as fait pour mon Isaiah, mais je pense qu'il a besoin de toi, aussi.

(°ω°)

Diesel hocha la tête.

— Vas-y alors, je vais prendre soin de Paris. Trenton te dira quoi faire.

Il baissa les yeux vers Paris, qui ne semblait pas du tout perturbé ou effrayé. Diesel n'arrivait pas à concevoir que Sasha puisse le penser. Il s'accroupit devant Paris.

— Sasha pensait que tu étais effrayé. Est-ce que tu vas bien ? demanda-t-il en lui accordant le bénéfice du doute, sur le fait qu'il avait peut-être besoin d'un peu de réconfort.

L'expression de Paris passa brusquement d'une faim lascive à une très mauvaise imitation de la pitié.

— Est-ce que vous me baiseriez si je disais que seule votre queue peut me faire me sentir mieux ?

Diesel laissa échapper un léger ricanement.

— Tu vas manifestement bien.

Il se redressa, surplombant ainsi l'homme toujours assis sur le sol.

— Non, je ne vais pas bien.

Diesel l'ignora et se tourna pour rejoindre à nouveau la pièce.

— Puis-je au moins obtenir un baiser pour avoir été gentil ?

Diesel se tourna pour lui jeter un coup d'œil.

— Si je t'embrassais, cela nourrirait simplement ta présomption de pouvoir continuer à dominer le dominant.

Il haussa un sourcil en une expression suffisante.

— Non. Je suis certain que je ne fais que supplier en tant que soumis d'être dominé par mon Patronus.

— Cependant, je suis certain que tu iras très bien sans ça.

Paris cligna des yeux, puis d'une manière inattendue, se lança de lui-même dans une attitude boudeuse digne de Katianna. C'était si comique qu'il ose même libérer son caractère poignant pour tenter un tel numéro, que Diesel dut secouer sa tête d'incrédulité et que le rire menaça de le submerger. Il leva la main pour frotter ses yeux et secoua la tête une fois de plus.

— Arrête. Cela ne va pas marcher.

Paris arrêta sa comédie instantanément, comme si une bougie avait été soufflée, et se contenta de regarder Diesel depuis le sol.

— Ça marche pour la petite souris.

Il leva une jambe, la posa sur le sofa, et frotta son sexe à travers le jean qu'il portait, faisant une nouvelle tentative en mettant en avant la marchandise pour taquiner Diesel.

— Ah oui ? Tu crois ça ?

Diesel laissa échapper un bref ricanement.

— Demande-lui comment cela marche pour elle quand nous serons redescendus.

Diesel se tourna pour se diriger vers la pièce, mais s'arrêta.

— En fait, pour être plus spécifique, demande-lui quand date la dernière fois qu'elle a eu du sexe, *de n'importe quelle sorte*.

Il hocha la tête d'un air entendu puis partit, laissant une trainée de rire derrière lui.

☙❦❧

Sasha s'arrêta au coin du couloir. Trenton se tenait au seuil de la chambre particulière à l'attendre. Il se figea alors qu'il repérait son garçon depuis le seuil, attaché et suspendu par des cordes à une échelle de Jacob depuis le plafond. Les bras d'Isaiah étaient enveloppés par du bambou qui les étirait vers chacun des côtés et une jambe était relevée et liée avec son genou à sa poitrine, alors que son autre jambe touchait à peine le sol par la pointe des pieds. Même depuis le seuil, Sasha pouvait voir les nettes marbrures rouges sur les fesses et les jambes d'Isaiah qui provenaient de la canne de Trenton. Avec en prime, des coulées de cire rouge versée sur ses épaules et son dos. En plus de la chaleur de la cire, la couleur avait dû ajouter plus de sensibilité aux sens d'Isaiah, minimisant la quantité de sang perdu nécessaire au traitement.

Une observation plus approfondie allait bientôt révéler les rangées de pinces à linge sur les membres d'Isaiah. Sasha savait que lorsqu'il le contournerait, il y aurait plus que ce qu'il pouvait voir depuis la porte. Il prit une longue et profonde inspiration, en faisant reculer ses lèvres. Une part de lui voulait être en colère contre Dominus pour avoir blessé son garçon, mais à nouveau, Trenton n'avait fait que le strict nécessaire. Tout de même, c'était difficile pour Sasha de tolérer que son tendre amant chéri ait traversé autant.

— As-tu découvert ce qui l'a conduit en pleine crise cette fois ? demanda Sasha, en gardant ses yeux sur son amant.

— Toi, lui répondit Trenton en se tournant pour lui faire face.

— Moi ? claqua Sasha en lui jetant un regard sombre. Comment est-ce que j'ai pu...

— Tu l'as envoyé traîner avec des amis, le coupa immédiatement Trenton.

— Oui, mais comment est-ce que ça...

Sasha secoua la tête d'incrédulité. Cela n'avait aucun sens. Isaiah s'en sortait vraiment bien, la soirée de sortie avait été donnée en guise de récompense.

— Tu te souviens que tu nous as expliqué que les garçons n'avaient jamais joué étant gamins, étant toujours contrôlés par leurs parents... et que quand ils ont déménagé dans le dortoir à l'université, ils n'ont pas su comment agir ?

— Oui.

— C'est la même chose ici, tu l'as envoyé traîner avec des amis alors qu'il n'a absolument aucune idée de ce que signifie le simple fait de traîner. Donc il a fait ce qu'ils lui ont dit de faire. Quand il est devenu ivre, ils ont profité de lui. Puis il a été attrapé dans une position qui naturellement a énervé son Dom. La culpabilité l'a écrasé.

La tête de Sasha chuta instantanément de honte.

— Je suis un véritable idiot.

— Pourquoi ? Parce que tu l'aimes et que tu veux qu'il ait une vie normale ?

— Parce que je pensais que je pouvais tout arranger pour lui.

— Ses parents ont dix-huit ans de dégâts d'avance sur toi. Tu ne peux pas défaire ça... pas en deux ans. Peut-être pas du tout. Mais la prochaine fois, un plus petit pas. Et si tu refais confiance à quelqu'un clamant être un ami...

— Je serai collé à ses côtés, compléta Sasha.

Pas qu'il soit prêt à laisser ces gars s'approcher de son Isaiah à nouveau.

— Entre, il a besoin de toi maintenant, dit Trenton pour recentrer l'attention de Sasha.

Rien de plus ne devait être dit entre eux, Sasha comprenait maintenant. Il n'y avait aucun retour en arrière pour Isaiah et plus de domination indulgente pour lui. Sasha prit une autre longue inspiration et entra. La vue de son amant alors qu'il le contournait vola presque tout l'air de ses poumons. Les marbrures rouges de la canne étaient d'un rouge sombre, pas de la rougeur que le Dominus laissait habituellement, mais avec plusieurs lignes tournant au violet sous la peau. Elles seraient douloureuses pendant un moment et Sasha pourrait facilement fesser le postérieur d'Isaiah pendant les prochains jours pour lui donner un rappel de premier choix de sa douleur. Cependant, Sasha pouvait voir que nulle part la peau n'était déchirée et il était reconnaissant pour ça.

Sur tout le côté pile d'Isaiah se trouvaient des rangées de pinces à linge. Au moins une douzaine sur chacun de ses membres et d'autres au travers de son ventre et de sa poitrine. À chaque endroit où la peau dépassait à travers les cordes qui le liaient, il y avait des pinces attachées. De petites gouttes de sang coulaient de sa poitrine à partir de petites piqûres, là où Dominus et Patronus avaient percé la peau d'Isaiah. Les aiguilles avaient déjà été retirées et un onguent réparateur maculait maintenant la peau. Autour de son sexe se trouvaient un double anneau pénien et une cage en cuir retenant la sonde dans l'urètre d'Isaiah. De plus, des poids avaient été ajoutés aux clips sur ses tétons et répétés sur son scrotum.

— Monsieur.

La tête d'Isaiah remonta et il lui sourit, son expression presque comme s'il avait perdu ses esprits.

— Il est dans son sous-espace ? demanda Sasha, surpris que son amant soit toujours dans ses réserves s'il y était.

— Je ne suis pas certain qu'Isaiah puisse même atteindre un vrai état de sous-espace. Il est plus probablement ivre, répondit Trenton en passant quelques objets à Diesel qui les plaça dans une corbeille dans un coin pour être nettoyés plus tard.

Sasha hocha la tête de compréhension.

— Endorphines.

— Oui. Donc, manipule-le lentement. Il sera profondément dans les vapes une fois que tu auras fini ici. Mais tu devras être strict avec lui après coup pour bénéficier de tous les effets.

Sasha s'approcha de son amant. Il embrassa son front et commença à enlever les clips de sa peau, l'un après l'autre. Isaiah cria alors que le sang se ruait à nouveau dans la chair pincée, ses cris complétés par des gémissements alors que les endorphines surgissaient une fois de plus. *La douleur, quand elle était donnée, devenait au final un bourdonnement dans le cœur. C'était le changement entre la pose et le retrait de la restriction qui entraînait la montée de la sensation.* Sasha sentit l'adrénaline dans ses propres veines, son amant à sa merci sous un sort de douleur et de plaisir exquis. Il embrassa Isaiah à nouveau, sa bouche s'approchant de ses lèvres et les dévorant dans un baiser profondément brûlant. Sasha se recula et retira plusieurs autres pinces de la peau d'Isaiah, et à nouveau, le jeune homme cria.

— Oh Seigneur ! Qu'est-ce que vous lui avez fait ?

Les trois hommes se tournèrent dans la direction du cri effrayé et là, à la porte, se tenait un Paris mortifié.

— Merde ! Sortez-le d'ici, ordonna Trenton.

☙❦❧

Diesel se dirigeait déjà vers lui. Il sortit rapidement juste au moment où Trenton claquait la porte derrière lui et il s'avança vers Paris, mais celui-ci faisait marche arrière, se glissant vers le couloir.

— Que diable s'est-il passé, Diesel ? demanda Paris en désignant du doigt la pièce, maintenant fermée pour eux.

Diesel combla la distance entre eux, l'attrapa dans ses bras. Paris laissa échapper un filet de juron avant que Diesel puisse mettre sa main en coupe sur sa bouche pour le faire taire et le pousser plus loin de la pièce, dans un coin.

— Paris, tout va bien.

Les yeux de Paris étaient blancs de panique au-dessus de la main de Diesel, et il secouait la tête, refusant d'être apaisé concernant ce qu'il avait vu.

— Paris, regarde-moi.

Mais les yeux frénétiques continuaient à errer, cherchant un moyen de s'échapper.

— Paris. Regarde. Moi.

La voix de Diesel devint plus sévère et plus rude, attirant finalement l'attention du jeune homme. Celui-ci le regarda enfin, le vrillant de son regard.

— Je sais que cela paraît mauvais, mais nous ne l'avons pas blessé. Nous lui avons délivré de la douleur oui, mais il n'est pas blessé.

Paris secoua la tête derrière sa main, refusant toujours de l'accepter.

— Je te le jure, lui assura Diesel.

Il maintint Paris et attendit – attendit qu'il abandonne sa peur, qu'il lui fasse confiance pour dire la vérité. Cette vérité n'était pas le monde de Paris. Non seulement il n'avait aucune expérience dans tout ça, mais il n'avait même jamais vu les aspects les plus sombres des jeux BDSM, les véritables « excentricités », mais peu en avaient vraiment connaissance. Un petit peu de bondage, quelques fessées fermes et un titre étaient souvent le plus loin dans les « excentricités » où les gens allaient. Trenton et lui ne les utilisaient pas pour jouer, mais en avaient les compétences et savaient comment les accomplir, si nécessaire. C'était toujours une forme de contrôle, de délivrer des sensations déséquilibrées au corps et ils avaient appris que les sensations visuelles dépassaient tout, donc cela le faisait paraître pire que cela ne l'était, délivrant plus tout en faisant moins. C'était de cette façon qu'ils empêchaient la tolérance à la douleur d'Isaiah d'augmenter. La ruse était de savoir comment lire le corps – les petites nuances qui indiquaient quand leur soumis en traitement avait ce dont il avait besoin et quand il en avait assez.

Pour Paris, c'était terrifiant à voir, surtout qu'il ne savait pas à quoi s'attendre. Pour la première fois, Diesel vit une vulnérabilité chez lui. Une petite part d'innocence qui existait chez lui et que Diesel désirait désespérément protéger, préserver. Même s'il ne revoyait jamais cette part de Paris, il saurait désormais qu'elle était là. Cachée en sécurité sous la personnalité d'un diablotin impertinent.

Quand Paris commença à se calmer, Diesel retira sa main de sa bouche, mais le garda piégé dans le coin.

— Tu vas bien, maintenant ?

Paris secoua à nouveau la tête.

— Pourquoi ? fut tout ce qu'il réussit à sortir à cet instant.

Il était devenu curieux donc il s'était approché pour voir ce qu'ils faisaient. Il pouvait deviner que la porte était toujours ouverte grâce à la lumière provenant de la pièce, et il pouvait également les entendre parler. Il savait qu'il y avait une raison justifiant la fermeture de l'étage pour la nuit, mais il ne s'était pas attendu à ça.

Diesel garda sa prise sur les avant-bras de Paris, caressant machinalement la peau avec ses pouces pour l'apaiser.

— Parce qu'Isaiah souffre d'un Syndrome Compulsif à l'Automutilation.

L'expression de Paris changea drastiquement, incertain de savoir comment réagir au fait qu'il existe un terme médical pour ce qui s'était passé, même si l'idée lui semblait un peu moins terrifiante.

— Qu'est-ce que c'est ?

— Les médecins ne savent pas ce que c'est, mais c'est usuellement associé à la dépression et souvent à un état mental incurable. Il souffre de la perte ou d'une incapacité à ressentir, donc il se coupe ou s'inflige de la douleur via d'autres moyens dans le but de contrôler ses émotions. C'est très dangereux comme tu peux l'imaginer et dans son cas, la douleur a besoin d'être établie dans un environnement contrôlé.

— Et c'est ça ? Il a besoin de douleur donc vous lui en donnez à sa place ?

— Lorsqu'il va vraiment mal... oui, mais d'une telle manière qu'il ne risque pas de graves blessures. Maintenant, il sera capable d'agir presque normalement pendant un moment. Aussi longtemps que Sasha le garde sous étroite surveillance et qu'il subit une thérapie permanente.

— Vous n'essaierez pas ça sur moi, n'est-ce pas ?

Diesel pouvait voir une peur sincère en lui. Le petit monde parfait de sexe et de glamour de Paris ne voulait pas être éclaboussé par la boue – ou la douleur. Diesel ressentit un besoin dans sa poitrine, une brûlure qui l'oppressait. Et sa bouche s'approcha de celle de Paris et lui délivra le baiser qu'il voulait lui donner depuis si longtemps. Pour goûter l'homme qu'il commençait à apprécier un peu plus chaque jour qui passait. Ce diablotin qui parvenait à remuer son désir comme il le faisait. Et à ce moment précis, ce grand benêt s'avérait lui montrer un côté incroyablement humain et vulnérable et c'était une tentation à laquelle Diesel ne pouvait pas se soustraire. Il déplaça sa main du bras de Paris vers l'arrière de sa tête et l'approcha de lui. Cependant, même sous l'effet de la surprise, ce dernier ne fit aucun mouvement pour reculer même si Diesel ne s'attendait pas à ce qu'il le fasse.

Diesel mit fin au baiser, se recula pour le regarder et observer le changement qui allait s'effectuer en Paris. Une seule main resta derrière sa tête, l'autre se déplaça sur sa poitrine et s'attarda à plat là, pour le garder plaqué contre le mur.

Les yeux de Paris luisaient de surprise, puis le fait que son Patronus venait juste de l'embrasser et que tout ce qu'il avait pu faire fut de rester planté là... et maintenant c'était fini. Le besoin remplissait ses yeux maintenant – du désir et une soif brûlante.

— Encore.

La prise de Paris sur Diesel se resserra, alors qu'il essayait de l'attirer dans un autre baiser.

Diesel était très tenté de le laisser faire, mais comme cette petite innocence reculait à l'arrière-plan et que le diablotin dévergondé qu'il était revenait aux avant-postes et s'enflammait, il décida que ce serait d'autant plus une torture pour son esclave de poursuivre en sachant qu'il avait raté une parfaite opportunité.

Diesel courba ses lèvres en un sourire sournois et recula. Cette fois, *il* avait volé le baiser.

CHAPITRE VINGT-SIX

Ce samedi-là, Trenton poursuivit sa routine, en travaillant quelques heures au bureau afin de préparer l'évènement qui était prévu pour le week-end suivant, puis en passant sa soirée à tourmenter Katianna. Ni lui ni Diesel ne séviraient au club ce week-end. Des esclaves arrivaient déjà et résideraient dans la maison de Diesel et Marcus jusqu'à l'enchère. Donc c'était un week-end idéal pour rester chez soi, se détendre et s'occuper de la jeune femme.

Katianna chevauchait ses genoux sur le sofa dans son séjour. Le négligé dont il l'avait vêtue descendait jusqu'à sa taille, les bretelles servant de restriction à ses bras, qu'il avait dû contrôler lorsqu'elle avait tenté de glisser ses mains sous sa chemise. C'était sa façon de la courtiser – molestant ses sens et harcelant son besoin brûlant. Seulement, elle n'avait pas le droit de jouer en retour. Elle commençait à comprendre parfaitement ce que Paris ressentait. À être tourmentée jusqu'à ce que son corps brûle comme une chienne en chaleur. Ses parties intimes semblaient être toujours humides. Excepté que ce n'était pas ses écrits qui lui faisaient cet effet en ce moment.

— Tu sais, je ne suis jamais allée chez toi, déclara Katianna.

— Parce qu'une fois que tu seras venue chez moi, je ne te laisserai plus jamais partir.

Elle se raidie, s'écartant presque de lui et brusquement, Trenton verrouilla ses bras dans sa poigne et pressa ses poignets ensemble derrière son dos.

— Qu'est-ce que tu veux dire par, « jamais partir » ?

Des petites étincelles de panique dansaient dans ses yeux et il adorait les observer en la testant.

— Seulement ça. Lorsque je t'amènerai chez moi, ce sera fini, je ne te laisserai jamais repartir.

— Je pensais que tu avais dit que je ne serais jamais emprisonnée.

Son esprit rechignait d'une appréhension fébrile, son menton baissé alors que ses yeux pâles clignaient devant lui à travers ses cils sombres.

Toujours incertaine, il pouvait les voir en elle. Cette innocence au fond d'elle essayant toujours de définir ce que serait son rôle en tant qu'esclave. Cela la terrifiait. Mais seulement une petite partie d'elle, le reste brûlait de la faim d'être livrée et il le savait. Elle avait toujours été faite pour être sienne.

Trenton sourit, mais ses yeux descendirent vers le bouton rouge et dur sur sa poitrine avec lequel il jouait. Il le lécha et l'observa frissonner.

— Et tu ne le seras pas, mais venir chez moi est la première partie du rituel.

Elle se pencha vers lui autant que sa prise le lui permettait.

— Un rituel ? Quel rituel ?

— Le rituel de ta reddition.

Il lécha à nouveau son mamelon, puis l'aspira dans sa bouche. Il joua de sa langue et avec de légers tiraillements de ses dents sur la pointe engorgée, la suçant avec zèle jusqu'à ce qu'elle halète.

— S'il te plaît, arrête de me taquiner, Trenton, supplia-t-elle.

— Veux-tu commencer le rituel ? lui demanda-t-il avec ses lèvres toujours enroulées autour de son mamelon.

(｡◕‿◕｡)

La tête de Katianna bascula vers l'arrière sur ses épaules, cambrant sa poitrine plus profondément dans sa bouche, testant sa force sur elle en s'appuyant contre ses bras. Elle adorait cette sensation, la tension noueuse de ses muscles qui se pressaient contre son dos. La maintenant. Elle s'étrangla, la respiration hachée, lorsqu'il mordilla le mamelon sensible.

— Ce rituel... tu ne vas pas me marquer, n'est-ce pas ?

— Non, ricana-t-il, alors qu'il laissait le sein torturé pour poursuivre sur l'autre.

— Me tatouer ?

— Mmmm...

— Trenton ! s'exclama-t-elle en relevant brusquement la tête.

Il laissa échapper un rire taquin.

— Non, sauf si tu en veux un. Je n'ai rien contre eux, mais non, ce n'est pas ce dont il est question pour le rituel.

— Un collier ?

Katianna commença à rassembler la liste des possibilités dans une *checklist* afin de se préparer pour ce dans quoi elle s'embarquait.

Les lèvres de Trenton s'étirèrent dans un sourire autour de son sein.

— Oui, cela en fait partie.

Les bras de Katianna se raidirent contre sa prise ; c'était le premier signe de sa résistance.

— Trenton... Je ne sais pas si je pourrais porter quelque chose comme ça.

☙❧

— Tu pourrais être surprise...

Il lécha son téton pas encore torturé. Un nouveau plan d'action se présentait à son esprit quant à ce qu'il désirait faire avec ça.

— Pas que tu aies le choix en la matière, ajouta-t-il alors qu'il s'adossait, l'attirant avec lui, gardant ses bras emprisonnés dans ses mains, mais bougeant afin de pouvoir les gérer avec une seule poigne, libérant une main pour la toucher.

— Ce ne sera pas l'un de ces gros colliers noirs avec des clous, n'est-ce pas ?

— Non.

Il la sentit se détendre à cette réponse, mais ses yeux suivaient ses mains avec spéculation. Elle pouvait manifestement voir qu'il préparait quelque chose. Alors qu'il répondait à ses questions, son esprit était largement fixé sur autre chose et il était certain que cela se reflétait dans ses yeux.

— Bien... Je ne crois pas que l'apparence Bull Dog anglais irait très bien avec ma garde-robe.

Elle le dit comme une plaisanterie, mais il pouvait toujours discerner la couche de trépidation dans sa voix.

— Que...

Elle s'interrompit, les yeux fixés sur ses doigts lorsqu'il plongea dans la poche de sa chemise, mais il garda l'objet qu'il récupéra caché dans son poing fermé.

— Que peux-tu me dire d'autre sur le rituel ? demanda-t-elle, les mots sortant lentement alors qu'elle surveillait sa main avec attention.

Le sourire de Trenton s'approfondit. Le seul fait de savoir ce qu'il avait en réserve pour elle était excitant, mais observer son appréhension monter alors qu'elle fixait sa main ajoutait à l'excitation.

— J'ai décidé que le rituel aurait lieu sur une période de trois jours.

Ses sourcils grimpèrent sur son front.

— Trois ?

— Oui. Pour couvrir chaque aspect de nos désirs – à la fois les miens et les tiens. Le rituel commencera avec toi aménageant dans la maison. La première nuit couvrira la confiance, la seconde sera pour l'obéissance, et troisième nuit sera pour la reddition finale.

Il la sentit se tendre contre lui alors qu'il révélait ses intentions pour leur rituel. Chaque pas marquant sa soumission envers lui en tant qu'esclave pour l'éternité. Il tenait vraiment ses bras étroitement emprisonnés maintenant, la retenant, mais elle n'avait pas encore commencé à lutter ni à utiliser son mot de sécurité, et c'était un vrai progrès pour elle.

— Notre première nuit est la plus importante. Tu passeras la majeure partie de la nuit agenouillée à mes pieds et tu apprendras à me faire confiance, à t'abandonner à mes soins, et cela se terminera par la revendication.

Il laissa sa main s'ouvrir, révélant les deux pinces d'acier inoxydable dans sa paume. Elle sursauta contre lui cette fois, ses yeux écarquillés.

— La revendication que tu as demandée – celle que tu as secrètement désirée toute ta vie, je te la délivrerai pendant cette première nuit.

La cadence respiratoire de Katianna doubla, alors que la peur déferlait en elle. Ses yeux basculèrent des pinces qu'il tenait vers ceux de Trenton alors qu'elle enregistrait ce qu'il venait de lui dire. *Venait-il de dire ce qu'elle pensait qu'il avait dit ? Lui avait-elle révélé son plus sombre fantasme ?* Il avait dit qu'elle l'avait fait, mais à l'époque elle était perturbée par les drogues que quelqu'un lui avait données, si bien qu'elle n'avait réellement aucune idée de ce qu'elle avait vraiment dit à Trenton et il ne le lui avait jamais révélé. Mais, alors qu'il commençait lentement à lui dire ce qu'il avait en réserve pour elle, son appréhension grandissait de plus en plus. *Comme lorsque tu montes sur une montagne russe pour la première fois. Tu as attendu toute l'année pour ce moment, seulement pour arriver au seuil d'une pure panique quand ils te sanglent et que la décision de fuir ou de poursuivre s'envole dans le clic singulier du harnais de sécurité.*

— Cette première nuit, je vais te présenter à ton Alpha. Tu découvriras et sentiras chaque parcelle de ma force et de mes prouesses.

La prise de Trenton s'affirma sur ses bras pour correspondre à ses propos, pressant leur position plus loin derrière son dos et puis l'attirant vers lui.

— À ce moment-là, quand tu sauras que tu es à moi, tu te soumettras à moi et c'est alors que je te prendrai pour la première fois.

Ses mots étaient bas, brûlants et soufflés, s'incrustant dans sa peau comme son regard le faisait. Son effet sur elle était grisant, il enflammait son être et elle brûlait pour lui, et cela la terrifiait en même temps. *Ce plongeon ultime.*

— Ma queue va s'enfoncer si profondément en toi, que rien d'autre n'existera pour toi, à part moi. Tu n'oublieras jamais que j'étais là.

La bouche de Trenton s'approcha de la sienne, sa langue plongeant vers la sienne, profonde et puissante, alors que ses hanches se poussaient en avant pour se mouvoir contre son intimité déjà humide. La force de ses mains maintenant ses bras, ses paroles explicites et son corps écrasant le sien touchaient quelque chose en elle. C'est alors qu'elle sentit le frisson de douleur prendre le dessus tandis que la première pince trouvait sa place sur son téton non percé.

Katianna s'arracha au baiser et cria de douleur, mais son corps n'alla pas loin, toujours maintenu fermement par le bras de Trenton. Elle changea de cap, essayant de rentrer sa poitrine, mais ce mouvement était lui aussi limité.

— Chut... de profondes respirations, petite souris, lui chuchota-t-il alors que son bras la ramenait contre sa poitrine.

Un doigt libre caressait des cercles autour du téton piégé, testant la chaleur cramoisie qui remplissait sa magnifique poitrine de la taille d'une tasse à thé.

— Continue à parler, lui enjoignit-il.

Les lèvres de Katianna tremblaient, mais elle obéit. Piégée dans cette petite pince, il possédait déjà chaque partie d'elle.

— Ah... et... et je..., haleta-t-elle. Je pourrais toujours employer mes mots de sécurité ? murmura-t-elle en dépit de son état affaibli.

— Non, Katianna. Une fois le rituel commencé, il n'y aura plus de mots de *sécurité*.

Il leva la seconde pince et caressa sa peau avec, la tourmentant avec ce qui allait venir.

Katianna frissonna à nouveau et essaya de reculer.

— S'il te plaît, non, supplia-t-elle.

— Supplie-moi d'arrêter, chuchota-t-il et il la laissa supplier, utilisant toujours la boule d'acier terminant les pinces pour la toucher, dessinant des cercles sur sa poitrine et sur ses seins gonflés.

— S'il te plaît, ne laisse pas les pinces en place.

Chaque mot fut essoufflé alors qu'elle les prononçait. Ses yeux ne quittèrent jamais ses doigts et la menace qu'ils détenaient.

Trenton la laissa supplier et quand elle crut qu'elle avait mérité sa clémence, il l'ignora et retourna à ce qu'il avait planifié depuis le début. Il plaça la seconde pince sur son téton droit, le bout arrondi atterrissant parfaitement entre les piercings.

Katianna rua en arrière, mais la pince était déjà en place et aucune secousse ne pourrait l'en libérer, même alors qu'elle laissait échapper un cri douloureux sous sa prise de fer.

— Mais j'ai supplié... balbutia-t-elle.

— Et c'était magnifique.

Les yeux de Trenton fixaient la peau engorgée de ses tétons qui prenaient une teinte rouge pourpre sombre entre les pinces, ses yeux clignotant sur eux comme s'il venait juste de les lécher avec sa langue.

— Alors pourquoi ?

Elle frémissait dans ses bras.

— Parce qu'au final, chaque décision m'appartient. Ce qui arrive entre nous est décidé par moi. Tes suppliques ne feront pas la moindre différence.

Et avec un rapide mouvement de sa main sans qu'elle sache même ce qu'il avait l'intention de faire, il la glissa entre ses jambes, ouvrant son intimité humide, puis il posa une autre pince en place directement sur son clitoris. Kat se tordit sur ses genoux, aspirant une bouffée d'air laborieuse et laissant échapper un sanglot au même moment. Le mouvement farouche de son corps l'arracha pratiquement de la prise de Trenton.

Il la rattrapa et l'attira contre lui, rapprochant son œuvre d'art pour un examen plus approfondi. Raffermissant sa prise sur ses bras d'une seule main, sa main libre s'approcha de son buste pour ravir sa poitrine et il se pencha, léchant le bouton gonflé piégé.

Katianna laissa échapper un sanglot au contact supplémentaire, le plus petit des effleurements de sa langue sur ses tétons clampés ajoutant une couche de plaisir sur la douleur piquante.

— Chut... tout va bien, petite souris. Ton corps s'acclimatera très bientôt.

Il garda ses lèvres si près qu'elle pouvait sentir son souffle déferler sur ses terminaisons nerveuses torturées. La main galbant son autre sein le massa légèrement, puis elle taquina le téton clampé, laissant le plaisir tantrique se mélanger à la douleur.

Un mélange d'exaltation et d'appréhension se répandit en Katianna et elle sentit les fluides de son intimité augmenter alors que son clitoris palpitait avec des pulsations démultipliées.

Trenton lécha son sein, suça le globe de chair, traçant des cercles autour de son téton avec le bout de sa langue. Malgré la douleur pulsante qui attirait la chaleur en cet endroit, son corps se cambra involontairement vers sa bouche, désirant plus, et il répondit en l'aspirant complètement. Ses cris devinrent halètements alors qu'il pinçait, suçait, léchait, grattait, et aspirait jusqu'à ce qu'elle supplie pour un répit. Sa propre voix résonnait à ses oreilles, délivrant un besoin désespéré qu'elle ne reconnaissait pas.

Trenton ne s'arrêta pas, ne ralentit même pas, les dévorant l'un après l'autre, encore et encore, alternant entre les deux. La douleur entre ses jambes s'accrut à nouveau. Elle se pencha vers lui alors que plus de moiteur se déversait de son être. *Il devait savoir à quel point elle était mouillée. Il pouvait sûrement le sentir.* Mais il continua simplement à dévorer voracement et implacablement ses tétons. Ils gonflaient, pulsant comme des petites supernovas de chaleur fourmillante. Si forte, la douleur devint plaisir sous la caresse chaude de sa langue.

Mais il n'arrêta toujours pas, ne ralentit pas. Avec chaque passage de sa langue et frottement de son nez, elle se sentait encore plus sous son pouvoir.

— Pitié, supplia-t-elle et en dépit de la pince étroitement serrée sur sa perle encapuchonnée entre ses jambes, elle se frotta contre lui – comme si une allumette avait été grattée, un feu s'empara de son clitoris, et envoya une flambée de chaleur à l'intérieur de son intimité humide. Sa tête bascula, ses bras essayant de se libérer de la prise de Trenton ; elle avait besoin de ses mains – pour s'accrocher à lui. Elle avait besoin de se tenir, mais il ne lui accorda aucune autorisation de mouvement et encore moins de contrôle.

— Bon sang, j'adore tes mamelons, bébé.

Il se pressa, les suçant plus fort.

— Ils sont incroyables.

Il lapa les pointes raides, alternant entre l'une et l'autre afin de les rendre encore plus rigides, plus sensibles.

— Je n'en aurais jamais assez.

Il savait que ce ne serait jamais le cas, c'était impossible désormais. Ses hanches se soulevaient pour se frotter contre celles de Katianna qui se balançaient. Il pouvait sentir l'humidité à travers son jean, le brûlant de plonger profondément en elle. Il laissa échapper un grognement féroce contre sa peau, galbant un sein d'une main, tambourinant son pouce tout près de la pince avant de lui donner une pichenette.

Elle laissa échapper un son de petite souris. Puis il mordit tendrement la pointe rigide. L'excitation de Katianna s'enflamma, si proche de la jouissance à présent. Elle pantelait alors que le tonnerre pulsait entre ses jambes, la laissant à l'orée de l'orgasme.

— Qu'est-ce que tu me fais ?

— Je te montre l'intérieur de mon monde.

Il sourit, en tapotant la pince à téton une fois de plus.

Katianna hurla, le son haut perché et désespéré. Son corps se cambra, s'éloignant de lui involontairement, et la pièce se remplit instantanément d'un autre cri identique au premier lorsqu'il libéra la première pince.

L'afflux de sang retournant dans son mamelon s'avéra être tout aussi douloureux que de recevoir la pince en premier lieu. Son mamelon pulsa de chaleur et la bouche de Trenton s'approcha de lui pour le sensibiliser un peu plus avec sa langue. Il délivra de gentils tiraillements sur le bouton dur tenu entre ses lèvres, donnant une nouvelle profondeur et un nouveau sens à la phrase, *un baiser et cela ira mieux*. Si Trenton l'avait libérée et s'était reculé brusquement, refusant plus de soins de sa bouche à son mamelon torturé, elle aurait sûrement pleurniché et essayé de suivre ses lèvres. Son pauvre téton avait besoin de lui plus que jamais. Son souffle sortait en rafales tremblantes alors que son corps absorbait l'énormité du changement dans l'équilibre de la douleur et du plaisir.

Trop vite, le second clamp partit. Elle avait à peine eu la chance de reprendre son souffle depuis la première libération, et alors que la bouche de Trenton suçait le second sein palpitant, sa main se dirigea plus bas, glissant entre ses jambes, et en un instant la pince sur son clitoris fut retirée. Le sang chargea son clitoris distendu et ses doigts plongèrent profondément en elle. Tout le corps de Kat rua et tressauta, laissant échapper un cri dont elle ne fut pas consciente alors qu'elle était victime d'un violent orgasme. *Oh, Seigneur, elle était impuissante face à lui.* Les derniers vestiges de sa jouissance vibrèrent à travers elle dans des répliques torturantes, lui volant son souffle.

— Pourquoi ?

Sa tête chuta en avant contre son épaule alors qu'il la maintenait contre lui.

— Pourquoi quoi, bébé ? chuchota-t-il dans ses cheveux, la tenant alors qu'elle s'allongeait, s'étant repliée sur ses genoux lors de sa jouissance.

— Pourquoi aucun mot de sécurité ?

Il faillit rire, parmi toutes les choses auxquelles elle aurait pu se raccrocher afin de trouver un point d'ancrage...

— Parce que tu m'abandonnes tout, toute ta vie.

Il sourit, observant sa jouissance s'apaiser. Il ne s'était pas attendu à ce qu'elle jouisse à cet instant, mais il ne se plaignait pas de la douce volupté.

— Alors, et si nous commencions ce soir ?

Il lui chuchota l'ultime question et elle frissonna.

— J'ai peur.

— Est-ce que tu as besoin d'insérer un de tes mots de sécurité là, pendant que tu peux encore les utiliser ?

Il sentit son hochement de tête contre sa joue.

— Lequel ?

— Jaune, chuchota-t-elle. S'il te plaît, accepte que ce soit jaune.

Elle était proche de le supplier, mais seulement fugitivement vu qu'il entendit à peine ses paroles et qu'elle recula, sa tête tombant en avant de faiblesse.

Trenton libéra sa prise sur ses bras, les amenant gentiment devant elle. Il les frotta doucement à l'endroit où il les avait tenus. Il n'était aucunement offensé par son mot de sécurité. Il savait qu'elle ne dirait pas *oui* pour commencer ce soir, mais il avait apprécié de la taquiner avec ça, et le résultat à lui seul valait le tourment physique qu'il causait à son propre corps.

Il continua à jouer avec ses mamelons, effleurant malicieusement les bourgeons durs et sensibles de ses doigts. Il appréciait leur apparence dûment torturée et tordit ses piercings pour augmenter un peu son amusement. Il adorait comment elle avait organisé les piercings de son corps. Un sein pour le regard, l'autre pour le mordiller. C'est ce qu'elle lui avait dit et c'était vrai, même s'il mordillait les deux de toute façon. En ce moment, ils étaient bel et bien dévorés et paraissaient toujours totalement délicieux. Il tira sur l'anneau de son téton gauche. Deux piercings, parfaitement arrangés. Un barreau placé profondément dans le téton lui-même, maintenu par un demi-bouclier avec un mécanisme de défilement en argent qui couvrait la moitié inférieure de son aréole. Le second piercing était un anneau capturant une perle, avec une petite breloque en strass, placé devant le premier, proche de l'extrémité de son mamelon. Les deux se complétaient parfaitement l'un l'autre, cependant il était tout de même impatient de choisir de nouveaux bijoux pour elle.

— À quel point es-tu mouillée ?

(•ω•)

Le visage de Katianna était toujours affaissé, ombré par ses longs cheveux, mais elle réussit à lui retourner une œillade sombre qui filtra à travers les longues mèches de vagues brunes.

— Énormément.

Elle eut l'audace de se plaindre. Elle ne comprenait pas complètement son besoin de la faire tout vocaliser, il connaissait la réponse, il l'avait rendu ainsi.

Trenton sourit, l'étreignant plus étroitement afin de pouvoir à nouveau sucer le bourgeon rouge brillant.

— Devons-nous recommencer les taquineries ?

Elle laissa échapper une protestation douloureuse. *Oh, Seigneur, elle allait devenir folle.* Il avait déjà tourmenté ses tétons pendant près d'une heure. À sucer, et grogner et mordre – puis à les clamper. Ils étaient si douloureux et durs qu'ils souffraient – affreusement – et qu'ils allaient probablement être ainsi jusqu'au lendemain, voire la semaine suivante.

— C'est ce qui constitue notre cour. Je te taquine jusqu'à ce que tu ne puisses plus le supporter, puis tu acceptes de te donner à moi, selon mes conditions.

Elle siffla à son intention.

— Ce n'est pas juste... ce que tu me fais.

— La peur et la perte de contrôle, associées à la confiance font un excellent tonifiant. Le plus grand des aphrodisiaques.

— Et qu'en est-il de toi ? Tu n'as peur de rien.

— Tu es mon aphrodisiaque.

Il commença à l'embrasser. La prise de conscience de ce qu'il avait dit sonnait bien trop vraie pour lui. Il était tellement dur, qu'il allait exploser, et il balança ses hanches pour se frotter contre son intimité brûlante comme précédemment. Le besoin d'être en elle était trop douloureux.

— Putain.

Il émit un son à travers ses dents serrées quand il s'arracha de son baiser. Il prit une profonde inspiration, luttant pour récupérer un peu de sang-froid.

— Je devrais y aller, confessa-t-il, ou je vais te violer ici et maintenant.

Il embrassa son visage, encore et encore.

— De plus, il commence à se faire tard et je dois m'arrêter chez Diesel afin de vérifier comment vont les esclaves.

— Et nourrir ton monstre ? le taquina-t-elle joyeusement.

Trenton se mit à rire.

— Non. Je conserve tout ça pour toi, je te le promets.

Il se redressa dans son siège, sa bouche venant sur la sienne dans un nouveau baiser profondément brûlant. Il sentit la plénitude de ses lèvres sur les siennes, goûta sa langue. Le baiser le brûla tellement en profondeur qu'il lui donna encore plus envie d'être en elle. En dépit de son petit corps, elle pouvait supporter son baiser, elle ne se briserait pas sous lui. Au contraire, il le dépouillait de sa retenue imperméable. Il ébranlait ses sens juste assez pour qu'il veuille abandonner ses projets et céder. Il rompit leur baiser, les autorisant tous les deux à reprendre leur souffle.

— Tu vois ? Seulement pour toi, chuchota-t-il.

Katianna secoua la tête d'incrédulité. Elle ne s'était jamais attendue à ce que Trenton rejette ses esclaves pour elle. D'autant plus qu'il refusait d'aller jusqu'au bout tant qu'elle n'était pas prête à se soumettre en tant que son Esclave de Vie.

— Trenton, je ne m'attendrais jamais à ce que tu n'utilises pas tes subs pour trouver ta libération, lui offrit-elle timidement.

— Oh ? Tu me laisserais baiser l'une de mes esclaves jusqu'à ce que ma queue soit repue, alors que tu resterais ici, à souffrir d'une excitation insatisfaite et pesante ?

Il se laissa retomber sur le sofa, comme s'il était complètement détendu à présent, ne montrant pas une once de la frustration sexuelle dont il souffrait.

Elle cligna des yeux. *Eh bien, maintenant qu'il le présentait de cette façon.*

— Eh bien... attends... puis-je récupérer mon vibromasseur ?

— Aucune chance, Katianna.

Sa voix se durcit, tout comme son expression.

Il lui avait déjà clairement dit qu'elle n'aurait aucune autorisation pour une quelconque jouissance, sauf s'il la lui donnait. Mais elle allait demander quand même. Et souvent.

— Tout comme ton corps, tes orgasmes sont miens. Tu n'en auras pas, sauf si je dis que tu peux, Katianna.

Elle sentit l'étrange sensation de fonte que ses ordres causaient à son corps, réduisant encore plus sa résistance. Il pouvait simplement lui ordonner de lui donner ce qu'il désirait et elle fondait dans ses paumes comme de la crème glacée un jour chaud d'été, mais il ne le ferait pas. Trenton commandait son comportement et ses interdictions, commandait les réponses de son corps, mais il ne commanderait pas sa soumission finale. *Ça*, elle devait le lui donner volontairement et librement.

— Alors, je retire ma précédente déclaration.

— Très bien, bébé... ma queue est à toi.

Son sourire revint avec cet accord de bon cœur.

Elle fondit sous ce sourire et son admission qu'il s'était engagé d'être tout à elle. Même dans son monde de bondage et de domination, il était à elle autant qu'elle serait à lui, et elle appréciait beaucoup ça. Seigneur, elle pourrait rester dans ses bras pendant toute la journée – si seulement il acceptait d'arrêter de tourmenter ses mamelons, au moins, pendant un petit moment.

— L'est-elle ? le piqua-t-elle.

Le visage de Trenton prit une expression interrogatrice, incertain du sens de la question.

— Ta queue ?

Elle se lécha les lèvres, contemplant son propre tourment maintenant, et elle baissa ses mains pour le caresser à travers le tissu de son jean. Elle lui jeta un regard malicieux à travers les longs cils qui ombraient ses yeux.

Trenton l'observa avec intensité, ses yeux se durcissant ; elle franchissait cette ligne, celle dont il l'avait prévenue – *dominer le dominant.*

Katianna déplaça ses doigts vers sa braguette et commença à l'ouvrir.

— Arrête.

Ses doigts se figèrent à mi-parcours, mais seulement momentanément et elle recommença.

— Ne fais pas ça, Kat, l'avertit-il. Je n'hésiterai pas à te renverser sur mes genoux et à fesser ce derrière qui est le tien.

Bien, cela attira son attention et elle s'immobilisa sur ses genoux.

Trenton grimaça. Il avait presque espéré qu'elle le défierait à ce sujet. Il désirait vraiment la fesser, sentir sa main dure contre la ferme rondeur de ses fesses.

— Mais tu as dit qu'elle était à moi, roucoula-t-elle, en s'agitant sur ses genoux.

Sans bouger ses mains de leur emplacement sur la braguette.

Trenton pouvait voir qu'elle cherchait un moyen détourné. Peut-être qu'il obtiendrait la chance de fesser ces fesses après tout.

— Et c'est le cas, mais elle sera livrée sous mes conditions. Est-ce que tu veux commencer le rituel ce soir ?

Elle secoua mollement sa tête.

— Mais je peux m'occuper de toi, offrit-elle alors qu'elle se penchait sur lui pour l'embrasser, sortant sa langue pour lécher ses lèvres, le taquinant avec ce qu'il la savait capable de faire.

— *Oh*, tu pourrais, n'est-ce pas ?

Il autorisa ses baisers et les accepta volontiers, les rompant uniquement pour la questionner un peu plus.

— Et qu'est-ce qui te rend si sûre de ça ?

— Parce que tu m'as laissé le faire une fois déjà… pourquoi faire des histoires pour quelque chose que nous avons déjà fait ?

Ses lèvres bougèrent rapidement sur les siennes et voyagèrent vers son cou. Il rejeta la tête en arrière afin de lui donner un meilleur accès à la zone sensible de son corps. Son cou était l'une de ses zones érogènes préférées et il n'allait pas rejeter l'attention qu'elle lui prodiguait. Il était assoiffé de baisers et d'effleurements à cet endroit, puisqu'il autorisait rarement quelqu'un à y accéder. Cependant,

Katianna n'était pas n'importe qui. Il planifiait toute une vie d'expériences avec elle.

Il ne pouvait pas nier qu'il désirait sentir ses lèvres embrasser son membre dur à nouveau, sentir son sexe enveloppé par sa bouche douce et chaude. Cela avait été si incroyable cette seule nuit, que depuis, il ne pensait plus à aucune autre bouche l'ayant sucé. Et avec la soirée d'enchères qui arrivait, il était possible qu'il ne puisse pas commencer le rituel avec elle – pas de la façon dont il l'avait planifié. Il baissa la main, dézippa le reste de son jean et en ouvrit les pans, lui donnant la permission de le sucer. Déjà, sa respiration s'alourdissait, le déstabilisant pour sentir sa langue lécher sa chair dure et douloureuse. *Il en avait si désespérément besoin.*

Katianna se déplaça plus bas, ses lèvres traçant un chemin sur sa poitrine puis remontant pour trouver un mamelon et le lécher du bout de la langue, jouant avec lui entre ses lèvres. Ses mains caressaient simultanément les muscles fermes de ses pectoraux, puis elles glissèrent vers ses abdominaux, glissant entre ses jambes, contournant l'érection qui était déjà prête et l'attendait. Elle déplaça ses doigts pour progresser vers l'intérieur sensible de ses cuisses, utilisant le dos de sa main pour presser contre ses bourses toujours coincées dans son jean.

Le mélange de sensations soulevait la respiration de Trenton d'anticipation et il lui caressa le dos d'une main ferme.

Trop souvent, une personne devenait si concentrée sur la manière dont elle dispensait une sensation, qu'elle ne faisait rien d'autre. Pas Kat, elle était si bien adaptée au multitâche qu'elle faisait bouillir son sang d'un désidérata intense.

Katianna lécha un chemin vers la piste de poils sombres et fins, puis remonta pour récupérer son téton une fois de plus. Ses mains prenant toujours leurs propres voies sur son corps. *Seigneur, elle adorait sa*

texture sous ses doigts. Une peau chaude et lisse emballant étroitement des muscles durs. Elle appréciait sa texture quand ses mains glissaient sur ses ondulations, comme si elles basculaient sur une chaîne de montagnes russes. Elle l'adorait encore plus quand il la gardait coincée dans sa poigne. Quand elle sentait sa force la maintenir fermement, mais pourtant avec toute la tendresse d'un amant. Une fille pouvait fondre devant de telles choses et bien sûr, elle le faisait chaque fois. Mais en le touchant maintenant, alors qu'elle goûtait les petits bourgeons tendus de ses tétons sur sa langue et les léchait jusqu'à ce qu'il siffle sous la sensation, elle n'arrivait pas à s'en rassasier. Elle ne pouvait pas assez goûter ou assez ressentir. Elle voulait ramper partout sur lui comme lorsqu'elle avait posé la première fois les yeux sur lui – lors de la grande soirée d'inauguration du *Club Pain*. Tout ce qu'elle désirait faire, c'était d'escalader son corps et de se noyer dans sa luxure d'Alpha.

Elle se tordit de côté pour assaillir son autre téton avec une attention égale. Tout d'abord en le léchant puis en le suçant, le taquinant avec ses dents alors que ses mains exploraient le terrain de jeu des muscles masculins. Elle lécha le téton et le disque bronzé pour l'obtenir humide et tel que désiré. Puis elle sépara légèrement les lèvres, les gardant autour de la tendre protubérance, et souffla une longue et régulière bouffée d'air, créant un vortex tourbillonnant de sensations qui vrilla autour du petit téton viril. Elle sut que c'était une sensation exquise quand elle l'entendit siffler et que sa main se pressa contre son dos afin d'amplifier le contact de sa bouche sur son téton. Elle gloussa intérieurement ; ainsi, il n'aimait pas être tourmenté plus qu'elle ne l'appréciait. Elle sourit tout en accentuant l'attention, puis traça une piste de baisers, se dirigeant vers le sud. Lentement, avide petit coup de langue par avide petit coup de langue, elle se fraya un chemin vers le bas. En souriant tout au long du processus, alors qu'elle écoutait la respiration crispée dans sa poitrine.

Trenton tendit la main vers son pantalon et l'ouvrit, libérant sa hampe dure. Sa main libre bougea à l'arrière de la tête de Katianna et poussa lentement ses lèvres vers son érection fiévreuse. Diable, s'il l'autorisait à le sucer, elle devait le faire maintenant ou il allait se passer du rituel et la baiser pour leur plus grand plaisir à tous les deux à n'importe quelle seconde.

Katianna ne bougea pas lentement, elle voulait complètement le dévorer depuis le tout début. Alors qu'il tenait son membre dans une proposition solennelle pour elle depuis sa base, elle glissa sa langue sur toute sa longueur, essayant de se souvenir comment elle lui avait autrefois appartenu. Elle pouvait seulement se souvenir d'images estompées et de quelque chose au sujet d'être lavée par la mer. Elle sourit intérieurement au vague souvenir, si seulement elle pouvait se souvenir de cette partie. Elle traça le périmètre de sa hampe en utilisant sa langue pour cercler le tour du champignon violet en détresse, puis sans aucune hésitation, elle l'aspira dans sa bouche. Elle fit danser sa langue dans un tourbillon autour du large gland, puis l'avala de toute sa longueur jusqu'au fond de sa gorge alors qu'elle baissait la tête vers lui.

Elle entendit le sifflement entre ses dents qui se transforma rapidement en halètements alors qu'elle remontait sur sa verge dure puis redescendait une fois de plus. Ayant délivré sa surprise, il était maintenant temps pour beaucoup d'émerveillement. Sa langue remua sur la chair dure, passant sur la veine pulsante dans l'épaisse érection alors qu'elle remplissait sa bouche, et elle fit son chemin pour remonter, avec un considérable sens du détail. Léchant et suçant en une combinaison régulière jusqu'à ce qu'elle ait seulement la pointe gonflée toujours en sécurité entre ses lèvres. Elle poussa sa langue sur elle plusieurs fois dans une danse spiralée qui pressait et roulait contre le gland, sous la couronne, puis sur le côté pour s'appuyer contre le métal de ses piercings génitaux, ajoutant de la pression sur eux. Elle se recula un peu plus, pompant le gland à l'intérieur et à l'extérieur de sa bouche avec une succion tendre et aimante, et c'est alors que la première parcelle de sa saveur frappa sa langue avec le

sérum lisse du liquide pré-séminal. Elle lécha le piercing une fois de plus puis laissa tomber sa bouche sur toute l'érection, la prenant sur toute sa longueur jusqu'à ce qu'il atteigne le fond de sa gorge.

— Seigneur, oui, bébé. Prends-la, petite souris.

Il siffla, déchiré entre le besoin de s'adosser sur son siège et de chevaucher sa bouche jusqu'à la fin ou de se redresser afin de pouvoir l'observer.

La tête de Katianna bougeait avec régularité de haut en bas alors que sa bouche l'engloutissait avec ferveur. Le sang de Trenton commença à se précipiter au rythme de ses mouvements. Il essaya de garder ses hanches immobiles, mais sans succès – elles voulaient bouger, forcer son membre plus profondément dans sa gorge, de toute sa longueur. Il sentit à nouveau le fond de sa gorge, sentit les muscles de son œsophage le caresser sur une douce déglutition, et il serra le reste de son sexe avec sa main pour marquer l'endroit, pour l'empêcher de la forcer au-delà de ce qu'elle pouvait prendre s'il perdait le contrôle de ses poussées, et il était si proche de cette perte.

— Kat...

Le chuchotement épais sortit de lui en une bouffée brûlante.

— Regarde-moi.

Katianna fit ce qu'il lui disait et fut instantanément récompensée par la fuite d'un soupir étouffé qui se souleva de sa poitrine alors que leurs yeux se rencontraient.

— Bon sang. Je savais ce que ces yeux pâles allaient me faire depuis la première fois où je les ai vus me regarder.

Les yeux de Katianna s'ombragèrent dans un lent clignotement, comme dans une expression de ronronnement. Cela lui indiqua qu'elle n'avait même pas commencé à s'occuper de lui en vérité. Puis il sentit la ruse suivante de sa langue quand celle-ci sonda le méat au bout de son érection, son mouvement l'écartant légèrement avant qu'elle se glisse à l'intérieur.

La décharge d'électricité qui le parcourut à ce moment-là était quelque chose de complètement nouveau pour lui. Sa tête claqua en arrière et cela lui prit tout ce qu'il avait pour ne pas s'enfoncer à l'intérieur de sa bouche. Les mains de Katianna se pressèrent à plat contre son aine afin de le maintenir immobile alors que sa langue continuait à s'affairer sur la large pointe puis retournait à sa fente, répétant la taquinerie sur son gland fuselé, léchant autour de la couronne et forçant l'ouverture de sa fente.

— Ahhh, merde, c'est incroyable.

Il gémit tout en expulsant une lourde bouffée d'oxygène de ses poumons. Il n'avait jamais ressenti une telle sensation. L'exaltation en coup de poignard lui envoyait des ondes de choc sur toute la longueur de sa hampe rigide pour exploser dans ses bourses puis ricocher vers ses fesses.

Avec précaution, Katianna se pressa à l'intérieur, laissant la pointe de sa langue entrer dans le méat généreux. Elle entendit le bruyant grognement de plaisir de Trenton. Elle força sa langue plus profondément et la fit tourner, puis fit un cercle autour de la pointe pour sucer la richesse du gland dans sa bouche avant de replonger sa langue pour répéter toute la danse. Elle se pressa une fois de plus dans son urètre, créant une explosion de sensation dans les milliers de nerfs qui existaient là tout comme dans le clitoris d'une femme. Son seul pouvoir maléfique était de savoir qu'elle pouvait lui faire ce qu'il lui avait fait à elle.

En utilisant une combinaison de tension douce et dure, elle molesta son trou avec sa langue, poussant aussi loin qu'elle le pouvait, la tortillant autour afin de l'enflammer encore plus.

La main de Trenton se raffermit sur son dos, s'agrippant presque à ses cheveux. Sa poitrine gronda, le plaisir furieux si anéantissant qu'il devenait trop important pour qu'il puisse le supporter calmement. Tout son corps frissonnait sous elle, ses mains bougeant vers sa tête, ses doigts se refermant dans ses cheveux. Il n'allait pas l'autoriser à continuer comme ça beaucoup plus longtemps, mais tant qu'il ne l'écartait pas, elle continuait à baiser de sa langue la fente de son membre, fouillant en et en dehors, sondant son méat de plus en plus profondément, et le flattant encore plus intensément jusqu'à ce qu'il chevauche le précipice.

— Ahh, putain ! grogna-t-il en un juron bref, sa main se resserrant à l'arrière de sa tête. Assez !

Et il la repoussa sur son sexe. La force de sa main à l'arrière de sa tête l'arrêta juste avant qu'il n'atteigne sa gorge, mais ensuite elle fit une chose à laquelle il ne s'attendait pas. En bâillant, elle le prit plus profondément de sa propre volonté. Sa langue roulant autour de la dure érection, tétant contre sa peau et elle en accueillit plus.

— Non, Kat, siffla-t-il, sa main la pressant d'arrêter.

Katianna ne le laissa pas la ralentir dans ce qu'elle désirait. Sa tête s'abaissa, caressant sa pleine longueur avec sa bouche et elle retira lentement la main de Trenton de sa base, la remplaçant avec la sienne. En le caressant avec ses propres doigts, sa main libre explorant ses abdominaux, sentant la tension se construire là, la rendant d'autant plus affamée de lui. Elle voulait son goût dans sa bouche, voulait ce *prix* comme Paris l'avait nommé. Elle lécha un chemin sur l'érection turgescente une fois de plus jusqu'à ce qu'elle sente cet endroit marqué, l'entende respirer lourdement au-dessus d'elle dans un grognement râpeux. Elle savait qu'elle avait besoin de donner une chose de plus et qu'elle gagnerait sa libération.

Il l'observa, paralysé par la vue de sa hampe humide glissant et sortant de sa bouche.

— Oh, seigneur, bébé, je suis prêt à exploser.

Relâchant sa gorge, Katianna prit chaque centimètre de sa longueur. La chair chaude et épaisse se durcit contre les muscles de son cou, mais elle réussit sans s'étouffer, autorisant une douce déglutition qui étreignit sa hampe.

— *Ahhh*... putain oui. Oui-i-ii, Kat.

Et elle sentit la première giclée de semence chaude et puissante contre le fond de sa gorge. Elle fut suivie par des jets crémeux encore plus épais et puissants alors qu'il criait au-dessus d'elle. *Maintenant, elle se souvenait de ce qu'elle avait pensé cette nuit-là*. Elle allait écrire à ce sujet – quel goût il avait – comme une tempête d'une nuit d'été, décadente et virile.

Diesel et Paris savouraient également leur week-end en restant à la maison, du moins Diesel le faisait. Paris se trouvait plus frustré que jamais. Mais la chance avait souri aux plans de Diesel quand trois des cinq esclaves qui étaient arrivés ce jour-là en pension jusqu'à l'enchère furent des hommes, et que Diesel profita de leur arrivée pour tourmenter Paris. Cependant, Diesel appelait ça « tester leurs compétences ».

— Vu que vous êtes arrivés plus tôt, êtes-vous prêt à faire une démonstration de vos talents pour me servir comme je l'entends ?

— Je vous servirai aussi longtemps que vous me le demanderez, Maître Patronus.

Chacun des esclaves répondit dès leur arrivée et fut questionné.

— Ce sera uniquement pour les deux prochains jours – dès lundi, toute libération sexuelle vous sera refusée jusqu'au moment où votre nouveau propriétaire vous le permettra. Comprenez-vous ?

Chacun des esclaves acquiesça lorsqu'il le leur expliqua, tous les cinq étant visiblement avides de servir aussi longtemps et aussi souvent qu'il leur serait autorisé.

Diesel avait attaché Paris à l'un des transats de la piscine et avait utilisé les esclaves pour sucer le jeune homme à tour de rôle, l'entraînant au bord de la jouissance, puis leur ordonnant d'arrêter avant que Paris ne puisse jouir. Pendant ce temps, Diesel nagea des longueurs dans la piscine, tout en observant. Marcus, bien sûr, avait profité des deux filles quand elles étaient arrivées. Diesel céda finalement à ses propres besoins et s'étira sur les marches de la piscine alors que l'une d'elles s'occupait de lui avec sa bouche et ses deux mains. Bien sûr, pour augmenter son plaisir, il décrivit toute la scène pour Paris.

— Est-ce que tu vas le laisser ainsi torturé toute la nuit ? demanda Marcus à Diesel, semblant penser qu'il se montrait peut-être trop dur avec l'homme.

Diesel marcha vers le coin où Paris était attaché aux pieds, ses mains coulissant pour caresser la poitrine de l'esclave, taquiner ses tétons et presser ses muscles pectoraux.

— Oh, je suppose que je le laisserai jouir à un moment de la soirée.

— Vous allez m'emmener dans votre lit ? tenta Paris.

Il était si excité dès le départ et avoir été conduit jusqu'au bord de la jouissance seulement pour qu'elle lui soit retirée, pas une seule fois, mais trois fois aujourd'hui, allait au-delà de la punition cruelle. Tout son corps brûlait d'un désir ardent et toujours pour un seul homme.

— Non. Mais tiens-moi agréablement compagnie ce soir et je pourrais te laisser avoir les trois hommes dans ton lit pendant toute la nuit. Est-ce que cela satisferait ta lubricité, Paris ?

Paris ne dit rien et se contenta de tourner la tête. Bien sûr qu'il jouirait, peut-être même quelques fois avant qu'il n'épuise les hommes, mais il ne serait pas satisfait. Il en était certain. Sa plénitude dépendait d'être pris ou non par le Patronus. La proximité étroite de l'homme le tourmentait seulement un peu plus. Mais, ce dont il avait été témoin la veille avant d'être suivi par le plus bref des baisers avait mis Paris d'une rare humeur boudeuse et le rejet constant de Diesel l'usait.

Ce ne fut qu'après qu'ils eurent tous mangé ce soir-là, quand il apparut une fois de plus que Paris serait envoyé au lit seul, qu'il osa questionner les motivations de Diesel.

— Qu'est-ce qu'il y a chez moi qui vous rebute autant ?

— Tu penses que parce que je refuse tes propositions, je ne suis pas excité par toi ?

— Quelque chose comme ça.

Diesel ne fit aucun commentaire supplémentaire. Il se leva de sa chaise, attrapant un jeu d'entraves pratique sur la table, laissé là plus tôt quand il l'avait retiré de l'un de leurs arrivants et marcha vers Paris. Il n'avait pas prévu d'enchaîner ses mains cette nuit, mais il pouvait voir qu'il avait besoin de céder un peu pour aider Paris à se reprendre. Ce dernier n'était pas habitué à être rejeté et ce que Diesel avait entretenu pendant si longtemps ne ressemblait à rien d'autre qu'à un rejet pour l'ange déchu. Donc, il allait lui donner un petit remontant, mais rien d'inconsidéré, comme oublier de mettre quelques restrictions en place avant de le faire. Paris était un passif naturel, mais il n'était pas un homme petit, et était assez puissant pour défier la propre force de Diesel.

Paris souffla simplement quand Diesel l'attira plus près. Il avait depuis longtemps arrêté de lutter contre les restrictions ; elles tombaient même sacrément plus tôt s'il se contentait de suivre le rythme.

Diesel s'approcha jusqu'à ce qu'ils soient presque nez à nez. Il inclina sa tête dans une approche taquine, mais Paris ne saisit pas l'appât cette fois. Aucun intérêt à essayer d'embrasser un homme qui n'allait pas vous rendre le baiser. Diesel ferma la première menotte en cuir autour du poignet de Paris, passa la chaîne dans son dos, puis attacha la menotte attenante au poignet opposé. Paris pouvait toujours bouger ses bras, mais il était limité et pouvait facilement l'être encore plus suivant ce que Diesel avait en réserve pour lui.

— Peut-être que j'ai un meilleur contrôle de mon désir.

Diesel fit un autre pas en avant. Paris n'eut pas d'autre choix que de faire un pas en arrière en une réaction miroir, puis un autre quand Diesel s'approcha à nouveau de lui.

— Oui, eh bien, je suppose que c'est facile à contrôler quand vous n'en avez aucun. Donc pourquoi est-ce que vous ne répondez pas simplement à la question ?

Quoi que Patronus semble penser, Paris n'allait pas abandonner son humeur. Il était fatigué de ce jeu. Il voulait être baisé ou renvoyé sur l'île. Au moins là-bas, il pourrait trouver un peu d'action. Le seul problème étant que la seule action qu'il désirait se tenait directement devant lui. *À quel point était-ce fou ? Depuis quand est-ce qu'il ne désirait qu'un seul homme ?* Bien qu'il accepterait volontiers une gratification sexuelle de la part du Dominus lui-même, son attention était fixée uniquement sur Diesel Gentry.

Diesel garda le silence en prenant deux pas supplémentaires jusqu'à ce qu'il plaque Paris le dos au sofa et le fasse tomber dessus. Paris trébucha en arrière si rapidement qu'il n'eut pas le temps de positionner les entraves à son avantage et qu'il se retrouva assis sur les chaînes qui connectaient ses poignets. Avant qu'il puisse y remédier, Diesel se pencha sur lui. Tout d'abord avec un genou, qu'il glissa contre sa cuisse pour le planter fermement contre sa hanche. Son autre genou fit la même chose jusqu'à ce que Diesel soit littéralement à califourchon sur les cuisses de Paris, épinglant les jambes du jeune homme sous les siennes ainsi que ses mains déjà enchaînées sous ses fesses.

Diesel prit la mâchoire de Paris dans sa main et força sa tête à reculer sur le sofa.

— Arrête d'être un sale gosse.

— Mais je le fais si bien, souffla Paris.

— Mmmm...

Et d'une manière plutôt inattendue, Diesel le lécha, sa langue traçant une piste au milieu du visage de Paris, de son menton jusqu'à ses sourcils.

— Et c'est vrai.

Diesel ondula ses hanches sur le genou sur lequel il était assis.

— Vous n'avez toujours pas répondu à ma question.

Paris essayait de rester concentré sur la réponse qu'il cherchait, mais avoir Diesel si proche, et plus encore puisque l'homme se mouvait contre lui, faisait qu'il pliait sous l'assaut brûlant pour avoir et sentir plus. Il se pressa vers Diesel autant qu'il le put sous son poids, ne serait-ce que pour augmenter la friction entre eux. Il se mordit la lèvre ; il désirait si désespérément que Diesel le baise, que tout son corps agonisait pour ça.

— Parce que tu essaies toujours d'avoir le contrôle.

Diesel le surplombait, à seulement un souffle de son baiser, contrant toutes les tentatives qu'il faisait pour combler l'écart.

— Pas le contrôle. Je sais seulement ce que je veux.

— Non... tu ne le sais pas. Tu vas baiser n'importe quel homme puissant qui entrera dans la pièce, mais dis-moi... Quand était la dernière fois que l'un d'eux a satisfait tes besoins ? En te baisant jusqu'à ce que tu sois complètement utilisé et comblé.

— J'admets être une salope, mais je ne laisse pas simplement n'importe qui me baiser. J'aime seulement beaucoup le sexe.

Il essaya une fois de plus de rejoindre les lèvres taquines sans succès et cela provoqua finalement sa colère.

— Et vous n'allez pas m'en donner, alors, dégagez de moi !

Diesel ignora l'exigence colérique pour rester sur ce sujet important.

— Et sans un amant pour connaître ton corps, comment est-ce que tes relations sexuelles pourraient être satisfaisantes ?

Diesel n'attendit pas la réponse. Il n'en avait pas besoin, il pouvait déjà voir la douleur qui hantait les yeux du jeune homme. Paris avait seulement besoin d'admettre en lui-même qu'il n'avait jamais ressenti une satisfaction complète de toute sa vie.

Diesel s'abaissa vers sa bouche, tout d'abord uniquement pour un lourd effleurement de ses lèvres, sa langue poussant pour qu'il l'invite à entrer.

Les lèvres de Paris se séparèrent, prudemment au début, comme s'il ne pouvait pas croire que Diesel ait vraiment l'intention de l'embrasser. Diesel utilisa le moment pour s'attarder, pour souffler vers lui, puis prit le baiser qu'il avait l'intention de lui donner. Il lécha un côté puis pivota sa tête afin de lécher l'autre avant de plonger profondément dans la bouche de Paris pour s'emmêler avec sa langue, l'encourageant à sortir et à venir découvrir à quoi cela ressemblait d'être embrassé par son maître.

Paris gémit sous le baiser. Et ce bruit le surprit. Cela n'aurait pas dû suffire ; Diesel était loin de mettre toute la force qu'il savait que l'homme contenait. Il le taquinait, ne donnant rien de plus qu'un baiser tiède, juste plus qu'un effleurement, mais pas l'abandon du contrôle afin de laisser le désir et la faim avoir le dessus. Mais Paris pouvait les goûter, il savait qu'ils étaient là. Il gémit de nouveau – presque un geignement – alors qu'il se soulevait légèrement en espérant en provoquer un chez le Patronus. Paris voulait tenir Diesel, l'entraîner vers le bas, afin qu'il puisse l'embrasser plus profondément, mais il ne put qu'atteindre les côtés de ses jambes avec ses doigts et caresser les muscles tendus sous son denim, et rien de plus.

Diesel se recula, observant Paris à travers un regard sévère.

— Comment cela t'a-t-il fait te sentir ?

Paris se souleva à nouveau, sa respiration sortant en profondes rafales nécessaires dans sa poitrine.

— Je sais seulement que vous vous mentez à vous-même, si vous ne le faites pas à nouveau.

Et avant qu'il puisse respirer, la bouche de Diesel vint s'écraser sur la sienne. Rien dans ce baiser ne fut hésitant cette seconde fois. Diesel prit son baiser dans une revendication profonde et possessive dès le premier contact. Paris s'ouvrit à lui comme un homme se noyant accueillait un radeau de survie.

Seulement, le baiser profond et en embuscade de Diesel ne le sauva pas. À la place, la langue exploratrice de Diesel créa des vagues de désir qui tira Paris vers le fond, là où plus aucune logique ne s'appliquait, où seuls cet homme et la façon dont ils se sentaient ensemble comptaient.

Diesel s'invita à l'intérieur et s'attarda, rôdant comme s'il possédait la bouche de Paris et chacune de ses respirations.

Un grognement *guttural** déchira la poitrine du jeune homme alors que Diesel attrapait ses hanches et le tirait contre sa longueur brûlante. Leurs sexes, toujours piégés dans le denim, se poussaient pour se frotter l'un contre l'autre. La main de Diesel serrait les muscles de Paris comme s'il était sur le point de perdre son contrôle à n'importe quelle minute et de succomber à la sauvagerie. Il écrasa à nouveau la bouche de Paris sous la sienne dans un autre baiser ravageur.

Paris avait l'impression qu'il oscillait sous une vague de faim obscène. Perdu dans les sensations, inondé par un besoin plus fort que tout ce qu'il avait imaginé. Il ne ressentait rien d'autre que les mains de Diesel, n'avait conscience que de sa bouche alors que le Patronus l'embrassait dans une promesse silencieuse qu'il y avait énormément de besoin et de volupté à venir, des promesses maléfiques de plaisirs infinis. Seulement une bonne alchimie, se dit-il en lui-même, un bon magnétisme chimique faisait ceci, et il n'y avait aucune autre raison à cela.

Et ensuite, ce fut fini. La perte arracha l'air des poumons de Paris en des expirations difficiles, mais il se passa un long moment avant qu'il ose ouvrir les yeux. Il préféra rester immobile, espérant que sa soumission ramène les lèvres de Diesel, ne serait-ce que pour que la sensation fourmillante qu'il avait instaurée en lui ne soit pas interrompue tant qu'il pouvait s'y accrocher.

— S'il vous plaît, baisez-moi, chuchota Paris.

La plainte fut un choc à ses propres oreilles. Il n'avait jamais supplié un homme de le baiser avant aujourd'hui. Cela avait toujours été l'inverse. S'il voulait quelqu'un, cela ne prenait pas longtemps avant qu'il le persuade de lui céder. Mais Diesel n'avait pas cédé, et qu'il l'ait même embrassé un instant auparavant était un pur délice et une torture à la fois. Diesel était vraiment le Patronus. Un Alpha qui faisait ce qu'il voulait, quand il le voulait, et personne n'avait le pouvoir de le détourner de ses objectifs. Mais Seigneur, Paris le désirait. Il désirait le sentir claquer contre son corps. Plonger et se fondre en lui. Il désirait sentir sa peau trempée de sueur glisser sur lui. Le besoin écrasait sa poitrine. C'était trop. Il devait supplier maintenant, supplier pour que cette bête sardonique et affamée soit nourrie avant qu'il devienne fou.

— Peut-être la veille de ton départ, déclara Diesel avec bien trop de décontraction alors qu'il descendait des genoux de Paris.

Ce dernier ouvrit brusquement les yeux et le dévisagea.

— C'est dans seulement une semaine. Je pars juste après l'enchère. Au moins, commençons maintenant afin que nous puissions avoir plusieurs manches avant que je parte.

Diesel lui sourit et ébouriffa ses cheveux comme s'il n'était qu'un gamin qu'il prenait de haut.

— Et tu recommences à dominer le dominant.

La main de Diesel glissa sous le menton de Paris, puis tapota la lèvre gonflée avec son pouce avant de le libérer.

Paris laissa échapper un souffle et leva les yeux au ciel.

— Oui, eh bien un homme pourrait mourir de faim en attendant que vous fassiez le premier pas.

Diesel l'ébouriffa avant de s'éloigner.

À nouveau rejeté.

— Hé ! Revenez et libérez-moi afin que je puisse arranger mes cheveux, fulmina Paris.

Il détestait avoir ses cheveux en désordre.

Diesel interrompit son mouvement en direction de la cuisine et le regarda.

— Mais je les aime ébouriffés comme ça.

— Sauf que vous devez me baiser pour en avoir le privilège !

Paris se mit debout, la longue chaîne le laissant atteindre son propre dos et il défit les entraves de cuir lui-même et s'attela rapidement à aplatir ses cheveux. *Comme un véritable paon qui détestait avoir ses plumes ébouriffées.*

Il s'arrêta, laissant les entraves tomber sur le sol en un claquement et l'impensable envahit ses émotions.

— Les autres...

Il s'interrompit, ne croyant pas ce qu'il était sur le point de dire, pourtant sans espoir de s'en empêcher.

— Ne les emmenez pas dans votre lit. Faites ça pour moi au moins.

Il ne pouvait pas l'expliquer, mais il savait qu'il ne serait pas capable de le supporter s'il entendait Diesel dans la chambre au-dessus de lui, baisant un autre homme. *Refuser* était une chose. *L'ignorer pour un autre* était complètement différent.

— Je ne les emmènerai pas, Paris. Je te le promets. Tu es le seul à tenter mes désirs.

Et Diesel s'éloigna, le laissant ruminer cette confession douce-amère.

Après un déjeuner tardif et une promenade sur la plage, Trenton accompagna Katianna pour un peu de repos dans la maison d'hôtes. Des activités parfaites pour un dimanche.

Katianna profita de sa récente liberté avec lui et glissa entre ses jambes pour un peu plus de ce avec quoi elle aimait le taquiner, *le culte phallique*. Pas qu'il puisse protester contre la façon dont sa langue semblait envelopper son sexe d'une couverture humide de pure béatitude. Une de ses mains se joignit aux siennes qui caressaient sa peau, doublant le doux contact alors que l'autre restait emmêlée dans ses cheveux, suivant le mouvement de succion de sa tête alors qu'elle pompait la longueur de son érection nervurée.

Piégé entre halètements et grondements, son corps transpirait, luttant entre le besoin obsédant de baiser sa bouche et celui de rester immobile et de savourer ce que Katianna lui offrait avec ses propres envies. Une chose qui ne l'avait jamais tenté auparavant. Une bouche était une expérience en soi, pas simplement un autre trou à baiser, mais elle déclenchait son désir comme une flamme sur un fusible. Une qu'il n'avait jamais allumée, démontrant ainsi son désir d'elle. Une fois de plus, son sang-froid flirtait avec le point critique de la nonexistence. Elle allait devoir se soumettre à lui très bientôt. Il n'allait pas être capable de rester loin d'elle plus longtemps. Il désirait et brûlait d'un besoin sauvage. L'animal était prêt à faire et à prendre bien plus que ce qu'il n'avait jamais demandé à personne.

Trenton se recroquevilla, sa main caressant le dos de Katianna avec l'autre toujours en poing dans ses cheveux – *Seigneur* – il était si proche.

— Regarde-moi, Katianna, laisse-moi voir tes yeux.

Encore un nouveau besoin de trouvé. Il n'avait jamais voulu voir les yeux d'une femme lorsqu'elle était enroulée autour de son membre, mais il voulait voir les siens, et lorsque ces yeux pâles se relevèrent pour le regarder à travers ces cils épais et sombres, cela lui coupa le souffle. *Bon sang, il avait toujours adoré ces yeux, chaque fois qu'il les avait vus levés vers lui.* Timidement, ils dérobaient son âme, le hantaient. Tout ce qu'il avait un jour désiré chez une femme le regardait depuis ses yeux, et maintenant ils agissaient ainsi selon son commandement alors que ses lèvres délivraient la plus douce des sensations à son sexe.

— Bon sang, bébé, je vais jouir, grogna-t-il, en rejetant sa tête en arrière.

Les muscles de ses hanches et de ses jambes se tendirent et il se poussa en avant. Ses mains se resserrèrent, l'emprisonnant contre son corps. Sa tête tomba sur le bord du sofa et il grogna alors que la vague ondoyante de sa semence se déversait de son sexe dans sa bouche. Ses hanches se tordirent chaque fois qu'il sentit les muscles de sa gorge rouler sur lui alors qu'elle avalait chaque goutte de sa jouissance.

Il resta étendu immobile pendant un long moment, toute sa puissance physique drainée de son corps. *Bon sang, mais c'était si bon d'être avec elle.* La respiration de Katianna toujours lourde et laborieuse vibrait contre ses cuisses. Ses mains glissèrent sous les bras de Kat et la remontèrent afin qu'elle vienne reposer contre sa poitrine, puis il la tira un peu plus haut afin de pouvoir l'embrasser.

— Non... dit-elle en détournant la tête. Je dois me rincer d'abord.

Sa main s'éleva pour protéger sa bouche.

Trenton repoussa sa main.

— Quoi ? Tu penses que j'ai peur du goût de mon propre corps ?

Sa main bougea vers sa tête, appliquant une pression tout en l'amenant vers ses lèvres et il l'embrassa afin de montrer qu'il ne ressentait rien d'autre que du désir pour elle. Il n'allait certainement pas permettre que l'étrange notion qu'il devrait se dérober devant le goût de sa propre jouissance se mette sur ce chemin.

Trenton n'arrêta pas de l'embrasser jusqu'à ce qu'elle soit à bout de souffle, cédant uniquement lorsqu'elle haleta à la recherche d'air. Il lui sourit, sa langue sortant pour lécher ses lèvres gonflées.

— Ne t'avise plus de me dire non à nouveau.

Il se déplaça sur le sofa pour la positionner afin qu'elle repose confortablement en travers de sa poitrine tandis qu'il s'allongeait sur les coussins et que sa main caressait son dos, le massant en récompense du plaisir qu'elle lui avait donné.

Katianna commençait à se faire à ça. À la façon dont il ne cessait jamais de la récompenser pour les choses qu'elle faisait qui lui plaisait. Même pour les choses qui selon elle ne valaient pas une récompense – du moins, ce n'était pas comme cela qu'elle les avait envisagées. Comme s'allonger sur sa poitrine comme elle le faisait alors qu'il se reposait. Pour Trenton, *ceci* était sa position préférée pour les câlins, et plus elle restait tranquille, plus grande serait la gratification qu'il en retirerait.

Ils avaient même fait une sieste de cette façon le dimanche précédent, pendant deux heures avant qu'il prépare le dîner et la nourrisse ensuite de sa main. Et en fin de soirée, pendant qu'il regardait les informations du soir, il lui avait brossé les cheveux. Elle ne s'était jamais sentie aussi choyée de sa vie.

— Tu n'as pas besoin de travailler du tout ce week-end ? murmura-t-elle de sa position à moitié endormie au-dessus de sa poitrine.

— Non. J'ai besoin d'une pause. Nous commençons les préparatifs à l'hôtel demain soir et ce sera du non-stop jusqu'à la fin des enchères.

— Alors, ne devrais-tu pas te reposer ?

— Je me repose. Maintenant, avec toi dans mes bras. Rien ne me détend plus que d'être avec toi.

Se sentant plutôt satisfaite de cela, elle pressa sa joue sur sa poitrine et *reposa* dans ses bras, alors que les doigts de Trenton caressaient légèrement son dos, descendant occasionnellement pour chatouiller ses côtes.

— Et si tu passais à l'hôtel demain pour déjeuner ? Je pourrais t'envoyer une voiture ? demanda-t-il brusquement, effleurant le dessus de sa tête d'un baiser.

Elle tourna la tête afin de s'appuyer sur son menton et le regarder.

— Je croyais que tu avais dit que tu serais occupé à tout mettre en place pour l'évènement ?

Trenton bougea à nouveau, attrapant un autre coussin, l'enfonçant sous sa tête, abaissant sa poitrine vers elle.

— Je le serai, mais je devrai m'arrêter pour déjeuner. Ou je pourrais simplement faire un saut et te récupérer moi-même dans la matinée, et tu pourrais simplement passer la journée avec moi.

— Pourrai-je aider ?

Trenton haussa les sourcils pendant une seconde, n'ayant pas vraiment pensé à ça.

— Je ne sais pas. Je suis certain que je pourrai trouver quelque chose si tu en as vraiment envie. Tu n'as pas à... cela me conviendra parfaitement de t'avoir seulement près de moi afin que je puisse te regarder.

— Oui, mais si j'aide aux préparatifs, peut-être cela m'aidera à être à l'aise avec... tout ça.

— Mais, cela signifie que tu vas devoir te lever tôt. Sans faire la grasse matinée comme tu le fais toujours.

— C'est une perception injuste de moi ; après tout, je reste debout pendant toute la nuit à *travailler*.

Elle pressa son menton sur sa poitrine pour le cajoler.

— Pas cette nuit cependant, je passerai te récupérer dans la matinée. Mets-moi en retard et tu recevras une fessée pour te réveiller.

— Tu es certain que je devrais être fessée dès que tu en ressens l'envie ?

Elle se soutenait sur ses avant-bras maintenant, c'était presque un mouvement de défi de sa part, mais elle s'apaisa presque aussitôt, croisant ses bras au-dessus de sa poitrine et reposant à nouveau son menton sur ses bras.

— Non. Seulement lorsque tu l'auras mérité. Mais là encore, il y a également ces fessées qui sont données par pur plaisir.

— Mais, pourquoi es-tu celui qui prend cette décision ?

— Parce que je te possède, tu te souviens ? Tu m'appartiens.

Elle fronça immédiatement les sourcils dans une expression belliqueuse.

— Cela me semble injuste. Dire que tu me possèdes déjà avant que tu aies fini ta cour.

— Peut-être d'une certaine façon.

— Alors cela veut-il dire que tu arrêteras de me cacher des choses ?

Son visage s'illumina, et il dut ravaler le besoin de se moquer d'elle. Puis il dut également ravaler le besoin affamé qui remplit ses yeux, les obligeant à se fermer alors qu'elle pressait son ventre contre son sexe, lequel était bien trop avide et prêt à relever afin d'obtenir un peu plus de son attention.

Trenton posa ses mains sur ses hanches, les maintenant immobiles tandis que son regard se raffermissait.

— Lorsque tu arrêteras de me cacher des choses, répliqua-t-il, son regard devenant arrogant.

L'expression de Katianna s'affaissa à nouveau, retournant à la bouderie pour laquelle elle était célèbre.

— Mais nous avons besoin de parler du week-end prochain. J'ai besoin de t'y préparer. Cela ne va pas être facile pour toi. Il y aura un grand nombre de soumis avec leurs Doms. En plus des esclaves qui seront présentés pour les enchères, et certains d'entre eux vont commencer à pleurer. C'est très intense pour eux. Mais tu n'es pas l'un d'eux, alors il va falloir que je gère cela d'une certaine façon et j'ai besoin de te l'expliquer afin que tu le comprennes, d'accord ?

Elle acquiesça.

— À aucun moment je ne te présenterai aux invités présents. Ne le prends pas personnellement. C'est dans ton propre intérêt. En ne leur permettant pas de reconnaître ta présence avec moi, ils se voient refuser toute possibilité de te parler. Ils comprendront que tu es propriété privée et que je ne te partage pas.

Il tendit la main, frôlant ses bras d'une douce caresse. Il pouvait voir la tension monter. Il pouvait seulement lui expliquer à quoi s'attendre et lui faire savoir qu'elle serait parfaitement en sécurité, mais que c'était seulement la moitié de ce qu'elle expérimenterait au cours des prochains jours.

— Je conçois que c'est un très mauvais timing pour notre cour, mais afin de sauver les apparences lors de la soirée, je te posséderai. Tu ne seras pas ma soumise, mais ma propriété. Je sais que tu aimes observer autour de toi, mais fais-le avec parcimonie, et ne le fais pas du tout si je parle avec quelqu'un d'autre que mes frères.

Elle acquiesça à nouveau. Elle savait qu'il essayait de l'aider à la préparer pour ça, de lui donner l'assurance que tout irait bien, mais plus il parlait, plus elle devenait nerveuse.

BANQUET DE L'ELYSIAN FIELD : 4ÈME BIENNALE DE VENTE AUX ENCHÈRES

Trenton avait réservé une suite à l'hôtel pour Kat et lui, ainsi que la suite contiguë pour Diesel et Paris. Le temps que le vendredi soir arrive à son terme, Trenton avait planifié chaque détail, jusqu'à ce que Katianna et Paris porteraient lorsqu'ils les accompagneraient à l'évènement.

Trenton avait vêtu Katianna dans une robe marine en soie. Elle était simple et douce, avec un élégant col en V, des lanières spaghetti et une jupe de sirène qui étreignait ses petites courbes. Par-dessus la robe, elle portait un corset brodé couleur crème qui bordait magnifiquement ses seins afin de les mettre en valeur.

Paris portait une jupe masculine, de mode gothique, tombant jusqu'au sol, avec une chemise en maille noire à longues manches, accentuée par de larges lanières qui couraient verticalement sur chaque côté de sa poitrine et de son dos. L'ensemble était accessoirisé avec trois ceintures de cuir stylées attachées les unes aux autres, portées bas et assez lâches autour de ses hanches.

Trenton et Diesel étaient habillés de manière similaire avec un modèle hybride entre le pantalon de bondage et de smoking. Diesel portait sa chemise habituelle sans manches dans le style tunique, tandis que la tenue la plus grandiose était réservée à Trenton. Son torse bronzé était complètement nu sous les lanières tissées noires qui composaient son haut harnais stylisé. Une lanière était accrochée autour de son cou et tombait au centre de sa poitrine, alors que deux autres lanières en réseau suspendues sur ses épaules cascadaient sur sa poitrine et son dos, toutes parfaitement ajustées contre sa peau par une bande large qui cerclait son torse juste en dessous de ses muscles pectoraux, et une autre juste en bas de ses côtes avec les extrémités pendant lâchement sur les côtés.

Si ceci n'avait pas été suffisant pour faire saliver Katianna, une forte inspiration de son eau de toilette aurait fait l'affaire. Les notes épicées et viriles de basilic rouge et d'absinthe identifiaient la fragrance Hot Water de Davidoff. Elle dut faire appel à toute sa volonté pour ne pas le lécher de haut en bas autour de chaque lanière, et elle apprécierait certainement d'enrouler ses doigts autour d'elles pour s'accrocher à lui lorsqu'il le lui permettrait.

Le dîner, grâce à l'implication de Paris afin d'alléger un peu la charge de travail à Trenton, fut un repas d'une telle décadence qu'il aurait dû être classé comme « souper défendu ». Pour la mise en bouche, ils eurent des escargots avec une noisette de beurre et des champignons sauvages, suivis par du homard à la vapeur accompagné de bouillon de coriandre, des fleurs de courgette avec une sauce de truffe noire. Paris savait assurément comment planifier un repas, et avec un plat principal tel que celui-ci, le dessert fut léger et crémeux, mais aucunement discret. Des îles flottantes incroyablement légères et des tartes aux fruits fourrées de framboises et de mûres à maturité et sucrées. Tout cela préparé par le chef cinq étoiles du restaurant français new-yorkais *Le Périgord*.

Ils s'attardèrent à la table, satisfaits et bien repus par la riche nourriture. C'était un réconfort de ne pas avoir à bouger du tout. Katianna reposait sur les genoux de Trenton, mais il la déplaça afin que son épaule se presse contre sa poitrine, et il commença à lui chuchoter des choses à l'oreille. Son souffle était une caresse de plume sur sa joue alors qu'il commençait à décrire ce qu'il était sur le point de lui faire devant tout le monde dans la pièce.

— Je veux que tu jouisses pour moi, mais alors que nous faisons ça, je ne veux pas que tu bouges ou que tu émettes un son.

Les mots furent prononcés si bas qu'elle doutait que même Diesel, assis juste à côté d'elle, ait pu les percevoir.

La main de Trenton força ses jambes à se séparer et remonta sa jupe juste assez pour se glisser dessous.

Katianna garda sa tête légèrement inclinée, mais ses yeux scrutèrent la pièce où nombre d'invités s'attardaient encore tout comme ils le faisaient, savourant le café d'après-repas ou un cocktail, et faisant calmement connaissance. Ceux qui étaient partis s'étaient seulement rendus dans le fumoir à cigares installé sous une tente, juste à l'extérieur de la salle de bal. Tandis que les doigts de Trenton la touchaient sous le léger tissu de soie de sa robe, Katianna ressentit la première vague nerveuse d'appréhension et dans un même temps, elle fondit alors que la chaleur de son souffle continuait à l'effleurer. Il chuchota ses désirs, sa tendre domination envers elle – lui assurant qu'elle serait pour l'éternité dans ses bras. Elle mordilla sa lèvre en attendant sa première caresse, et alors que sa main glissait entre ses jambes, elle sentit son intimité se réveiller.

Les doigts chauds de Trenton glissèrent le long de sa cuisse, atteignant les petites lèvres moites anticipant déjà sa caresse et avides de se rendre. Il murmura son approbation, trouvant les gouttes de rosée rassemblées le long de ses replis.

Il en récupéra le miel, faisant traîner son doigt le long du sillon jusqu'à ce qu'il atteigne son trésor encapuchonné, et le déposa là.

Katianna essaya de rester immobile comme il l'avait ordonné, mais la caresse aérienne sur ses petites lèvres traçant un chemin jusqu'à son clitoris était comme de suivre une corde souple de funambule qui la faisait involontairement haleter dans un sursaut.

— Pas un bruit et personne ne saura ce que nous faisons.

Il embrassa sa joue et inhala profondément ses cheveux.

— Du moins, pas jusqu'à ce que tu commences à jouir pour moi. Arrivée à ce stade, tu te moqueras de ce qu'ils voient.

Katianna ferma les yeux et sentit le premier frisson se déclencher alors que ses doigts glissaient sur son intimité sensibilisée, caressant doucement et lentement l'orée de son fourreau, puis se poussant à l'intérieur en exigeant l'entrée. Elle prit une profonde inspiration, les lèvres tremblantes tandis que ses propres doigts se resserraient autour des lanières noires de la tenue royale de Trenton, mais elle resta toutefois immobile

— C'est ça, contente-toi de ressentir. Rien d'autre que ressentir.

Ses doigts caressèrent son vagin, roulant d'un côté à l'autre, détectant et touchant chaque terminaison nerveuse qui s'y trouvait. Les appelant à se réveiller sous son ordre. Elle se sentit ivre, bien qu'elle n'ait bu qu'un seul verre de vin. Mais ce verre, la nourriture, son odeur... elle prit une longue bouffée de lui, elle adorait ce qu'il sentait. Puis ce fut là, la chaleur qui émanait de son corps qui la tenait et la voix liquide qui la capturait, faisant fourmiller son esprit alors que ses parties intimes dansaient silencieusement sous ses doigts.

— Si douce – j'adore la sensation de ta chatte. La façon dont elle étreint mes doigts, les agrippe de la même façon que tes doigts agrippent mes chemises.

De profondes caresses étaient délivrées maintenant et pourtant elle pouvait à peine distinguer un mouvement dans son bras ou son épaule ; il y en avait quelques-uns, mais infimes. Son visage ne s'éloignait pas de sa joue alors qu'il continuait à lui chuchoter des mots excitants et explicites. Le monde s'éloigna, devenant un endroit reculé. Protégée et entourée par cet homme. La conscience nouvelle que Diesel, le bras droit de Trenton, montait la garde derrière elle, aurait même dû la faire se sentir exposée d'une manière vulnérable. Pourtant, elle se sentait complètement protégée et somptueusement adorée. C'était la parfaite cure revitalisante pour sa vie et à ce moment précis, elle ne pouvait que se soumettre à lui. Sa tête tomba contre le visage de Trenton, le seul moyen pour l'empêcher de complètement basculer en arrière dans ses bras, brisant la prise invisible par laquelle il la gardait prisonnière, et elle sentit ses lèvres se presser contre les siennes.

— C'est ça... rends-toi.

Il embrassa sa joue une fois de plus, sa tête maintenant la sienne en place. Ses doigts bougèrent plus profondément, caressant ses parois, sortant puis se repoussant à l'intérieur. Il pressa la pulpe de son pouce contre son clitoris, délivrant une caresse féroce, et ses cuisses se resserrèrent autour de sa main par réflexe avant de se relâcher.

— Je suis impatient de plonger en toi. Sentir ton vagin chaud étreindre ma queue lorsque je te revendiquerai. Tu veux que je te revendique, n'est-ce pas ? Sentir chaque centimètre de ma queue dure profondément en toi, te pilonnant jusqu'à ce que tu hurles mon nom.

Les bouts des doigts de Trenton pincèrent son clitoris et le gardèrent pressé, coupant le flux sanguin. Il l'avait déjà entraînée à savoir ce qui arriverait lorsqu'il le libérerait. Tout ce sang l'envahirait à nouveau dans une ruée, et l'enverrait voler dans l'extase.

Un infime gémissement brisa ses lèvres.

— Chuut, pas un mot... pas même un son. Reste immobile. C'est de cette façon que tu te soumets à moi.

Il déplaça sa main, la positionnant contre son mont humide afin qu'il puisse étaler les gouttes sucrées autour de son entrée tout en continuant à garder son clitoris engorgé clampé entre ses doigts.

— Ils observent maintenant, attendant de te voir entrer dans ton sous-espace. Attendant de me voir t'y conduire.

Elle ouvrit brusquement les yeux, mais se retrouva instantanément prise au piège de son regard brûlant. Il la garda captive, sans laisser son attention vagabonder pour voir qui observait exactement. Pour elle, il n'y avait personne d'autre que lui dans la pièce.

Son pouce frotta à nouveau son clitoris, l'anéantissant sous une ferme pression à la seconde où il la libéra de ses doigts. Elle sentit l'ordre chuchoté comme un souffle chaud sur son visage, comprimant son gémissement silencieux au fond de sa gorge. À nouveau, ses cuisses convulsèrent dans une vague envoyée par les muscles dans son sexe, elle était prête, attendant que son ordre lui dise quoi faire ensuite.

— Sans un son... jouis pour moi, ma petite souris, soumets-toi à moi.

Les lèvres de Katianna se séparèrent en un halètement âpre et silencieux, s'étouffant en inspirant l'air dans ses poumons.

Les doigts de Trenton passèrent ses replis, poussant profondément en elle, exigeant le contact de sa chrysalide. Il maintint son pouce posé sur son clitoris. Les cuisses de Katianna se clampèrent autour de sa main, ses doigts se recourbant autour des lanières de son haut, ses ongles se plantant dans ses propres paumes et elle frissonna. Elle baissa la tête alors qu'elle tremblait en petits spasmes resserrés comme lors d'une crise de tétanie.

— C'est ça, jouis sur ma main, Kat.

Les signes extérieurs de son extase furent subtils, mais à l'intérieur, ce fut une explosion ardente de l'énergie d'une supernova. Une coule de lave et des étincelles parcoururent ses parois internes avec une forte sensation de fourmillement. Comment réussit-elle à s'empêcher de trembler comme un panneau de signalisation lors d'un ouragan ou garda-t-elle ses cris silencieusement contenus était incompréhensible. Trenton commandait son corps comme la lune contrôlait les va-et-vient de la marée, et lorsqu'il lui disait de jouir, elle le faisait.

Une dernière vague la balaya, anéantissant ses sens, son esprit, et elle tomba en arrière. Sans force pour se garder droite, sa tête bascula derrière le bras fort qui la maintenait en place, et elle fixa le plafond, sentant les derniers frissons agiter ses muscles. Puis elle sentit ses dents – la pression était intense, semblait-il alors qu'elle n'avait même pas l'énergie de s'en éloigner. Il n'y avait aucune douleur, seulement la certitude qu'il était là, affirmant sa revendication en la mordant.

Diesel avait observé toute la scène. L'odeur de Katianna emplit sa tête et se dirigea au creux de ses reins. Lorsque sa tête chuta en arrière, affaiblie par les dernières convulsions de son orgasme, ce fut magnifique. Les yeux bleu pâle fixèrent le vide alors que Trenton mordait son épaule. Diesel avait compris ce que Trenton faisait, et plusieurs personnes avaient également observé, anticipant le final. Toutefois, que le Dominus puisse la mordre si fort et qu'elle ne tressaille même pas était un spectacle pour eux. Trenton avait si bien maîtrisé sa soumission qu'il pouvait faire couler son sang tout en la tenant pleinement soumise dans son sous-espace, d'où même sa morsure ne la sortirait pas. C'était phénoménal.

Un gentleman assis à l'autre bout de la table se leva, sortant son portefeuille alors qu'il traversait la pièce vers eux. Il sortit un unique billet d'un dollar, le plia sur toute sa longueur, et le posa sur la table devant Trenton.

— Dominus, dit-il en inclinant la tête dans une courbette d'admiration avant de s'éloigner.

Un moment plus tard, un autre gentleman fit la même chose. Puis un autre. Le test était de voir combien rendraient hommage à l'acte.

— Que font-ils ? demanda Paris en se penchant plus près de Diesel, gardant sa voix à un murmure.

— Ils montrent leur respect et leur admiration devant la capacité de Trenton à guider son esclave si magnifiquement. Ils sont impressionnés, le dollar est seulement un simple moyen de le dire.

— Donc ceci était entièrement pour eux et pas pour elle ? Il l'a utilisée sur la place publique pour le spectacle ?

— Elle a apprécié, mais c'était une action nécessaire, expliqua prudemment Diesel. Il apprécie de la toucher et il l'aime, mais comme nous en avons déjà parlé, quelques maîtres pensent que c'est mal. Ils pensent que l'amour se met en travers du contrôle du Dominant. Dominus ne peut pas voir son autorité remise en question dans ce genre d'atmosphère ; pas lorsqu'il est responsable de la vie de tant de soumis. Donc en faisant ça, il a montré sa suprématie à contrôler sa propre esclave. Maintenant, il est libre de la gâter avec ses attentions autant qu'il le désire ce week-end, sans être remis en question.

Lorsque le défilement de gens diminua, un dernier homme s'avança.

— Puis-je me joindre à toi ? demanda chaleureusement l'homme grand, légèrement plus vieux et d'allure élégante.

Le regard de Trenton se réchauffa à la vue du gentleman comme s'il s'agissait d'un vieil ami.

— Je t'en prie, *Gospodar*.

Trenton utilisait le titre serbe signifiant *Maître* pour l'homme qui requérait une audience auprès de lui. Pyotr Laszkovi avait été le premier contact de Trenton dans la communauté BDSM lorsque ses frères et lui s'étaient installés à New York. À l'époque, New York était juste une masse chaotique de groupes, mais Trenton avait eu envie de rassembler sa communauté, en établissant un cœur et y apportant un peu d'organisation. Pyotr l'avait aidé à faire cela. Comme Trenton, Pyotr pouvait contrôler les gens avec facilité, seulement Pyotr était la boussole qui pointait le nord. En tant que professeur en psychologie et conseiller pour les gens souffrant de traumatismes sexuels ou luttant avec leur sexualité, il avait été la personne idéale pour épauler Trenton dans son objectif.

Pyotr se glissa dans un fauteuil, le tourna vers celui de Trenton et se détendit, reposant ses bras sur la table.

— S'il te plaît, uniquement Pyotr, ce soir. Je suis ton invité, Dominus. Ceci est ta soirée.

Son accent serbe était doux, les notes profondément chaleureuses de sa voix comme un grog chaud à la fin de la journée. Comme de la nourriture réconfortante.

— Très bien, accepta Trenton. Je suis surpris de te voir. Je ne m'attendais pas à ta venue.

Pyotr inclina légèrement la tête sur le côté.

— Je dois sortir plus souvent, et je n'ai pas pu résister à être le témoin d'une telle vision remplie d'émotions.

Il dévisagea Trenton un long moment, comme s'il se connectait à lui d'une manière silencieuse.

— Et regarde-toi. Je vois que tu as finalement trouvé ce que tu recherchais – ta licorne – mais là encore, tu savais qu'elle le serait.

Il opina son approbation.

— Elle est exquise.

Trenton se tourna vers Kat et embrassa gentiment sa tempe alors qu'elle reposait, toujours affaissée dans ses bras. L'expression sur son visage prouvait qu'il était ivre lui-même de l'avoir sous complète soumission.

— Oui, elle est enfin à moi.

Il leva les yeux vers son ami.

— Presque du moins. Nous allons commencer la cérémonie cette semaine.

— *Ahh*... mais plus la maturation est longue, plus le vin sera doux, acquiesça Pyotr. Je suis heureux pour toi. Une telle chose est difficile à trouver.

Il se tourna vers Patronus puis observa Paris.

— Tu sembles avoir les mains pleines avec celui-ci. Il te convient très bien.

— Il n'est pas à moi, en l'occurrence. Il est seulement ici pour entraînement.

Pyotr émit un son comme s'il avait l'intention de se moquer de Diesel, un soupir quittant ses narines, et il sourit.

— Si tu le dis, lui concéda-t-il en accompagnant le commentaire d'un effleurement de ses doigts sous son menton. Eh bien, je ferais mieux de rentrer chez moi. Il est tard. Mais j'attends avec impatience les enchères de demain.

Il se mit debout, levant la main pour immobiliser Trenton, ne voulant pas qu'il dérange la femme de valeur dans son sous-espace dans ses bras. Pyotr se tourna et serra respectueusement la main de Diesel.

— Tu sais que c'est une chose d'accepter les choses sans sourciller. C'en est une autre de se priver soi-même de tous les plaisirs. Bonne nuit à toi, Patronus.

Pyotr inclina ensuite sa tête vers Trenton.

— Dominus.

Puis il commença à se tourner, mais ensuite, quelque chose, un rappel l'arrêta.

— J'ai presque oublié.

Pyotr sortit son portefeuille, préleva un billet et le posa sur la table devant Trenton. Puis il partit d'une démarche lente de la même façon qu'il était venu.

— D'accord qu'est-ce que c'était que ça ? Mieux, *qui* était-ce ? souffla Paris dès que l'homme fut hors de portée d'oreille. Et pourquoi est-ce qu'il me paraît si familier ?

Diesel se pencha vers Paris afin de répondre à sa question, mais ses yeux restèrent sur son frère, appréciant toujours d'observer la rémanence qui irradiait à la fois du Maître et de sa Licorne.

— Tu te souviens de Darko au club ? Darko est pratiquement une copie conforme de son frère aîné. Celui-ci étant Pyotr Laszkovi. Pratiquement une figure paternelle de la communauté BDSM dans le coin.

— Et cela ne l'énerve pas que Trenton soit le Dominus ?

— Non, vu que c'est Pyotr qui a attribué le titre à Trenton, expliqua Diesel.

Katianna n'avait pas entièrement récupéré lorsque Trenton décida qu'il était l'heure de migrer vers le salon. Elle parlait et boudait peut-être un peu au sujet de la performance publique, mais elle réussissait bien à le cacher aux yeux vigilants. Cependant, elle était loin de pouvoir marcher, aussi Trenton prit-il plaisir à la porter. Sa performance devant tant de personnes lui offrait la liberté de le faire sans regard réprobateur, et il se sentait plutôt fier de toute cette situation. La vérité était qu'il souriait d'une oreille à l'autre alors qu'il portait sa souris, qu'il avait envoyée dans une zone si lointaine qu'elle s'y attardait encore après un peu plus d'une heure... et ce n'était pas fini.

Dès que Katianna fut enfin capable de marcher, Trenton socialisa auprès de ses invités et ainsi qu'il l'avait ordonné en amont, elle resta silencieuse, suivant comme une ombre chacun de ses pas. Lorsqu'il voulait qu'elle bouge, sa main la déplaçait instinctivement comme bon lui semblait. Pas une seule fois, il ne la présenta à qui que ce soit, et fidèle à sa parole, personne ne tenta de la toucher.

Paris, c'était une autre histoire. L'homme était naturellement un *paon*, même lorsqu'il tentait d'être aussi soumis que Diesel et Trenton le lui avaient ordonné, et cela augmentait son charme. Pour les invités, Paris était l'incarnation même d'un dieu en esclavage. Les hommes ayant la carrure de Paris n'étaient pas totalement rares dans le monde de l'Hédonisme, mais qu'une personne avec son apparence soit un soumis ou un esclave était presque inédit. Et plus de quelques clients se risquèrent à le toucher, alors que près d'une douzaine offrait de l'acheter.

Après avoir circulé autour des invités encore une fois, Trenton, Diesel et Katianna prirent une table dans le hall d'entrée où Rashawn

Matisse les rejoignit, excusant l'absence de son père qui s'était déjà retiré pour la nuit. Après quelques verres, Trenton et Rashawn s'éloignèrent, laissant Katianna avec Diesel, alors que tous deux se dirigeaient vers le salon où ils repérèrent Alan Pridmore, le dirigeant de *Salientis du Deliciarum*.

Trenton revint rapidement et sans hésitation réclama sa souris, et prit en toute impunité ses lèvres. Il prit en coupe son visage dans ses mains et la déplaça, tout d'abord d'une façon, puis d'une autre afin d'expérimenter sa bouche sous tous les angles, sans jamais briser le contact avec elle. Finalement, il recula, laissant ses lèvres gonflées et ses sens drogués comme si les effets de la *zone* ne s'étaient jamais dissipés.

Il se faisait tard, mais Trenton n'avait pas envie de bouger alors qu'il était assis près de Diesel, son plus proche ami et frère, avec sa licorne sur ses genoux – et d'une certaine façon, Paris semblait s'intégrer parfaitement dans le tableau. C'était trop douillet. Tout semblait simplement être parfaitement aligné, même si les liens n'avaient pas été complétés, il savait que c'était ce à quoi cela ressemblerait lorsque ce serait le cas.

Il jeta un coup d'œil à Diesel, qui semblait parfaitement à l'aise, connecté avec Paris, même si Trenton pouvait voir que Diesel gardait toujours quelques réserves. Bien qu'en entraînant un homme qui n'avait pas, en vérité, l'intention d'être un esclave ou un soumis, la réserve soit nécessaire. C'était également perdre du terrain, vu que Diesel avait autorisé quelques libertés à Paris pour jouer ce soir.

Être pressé contre le dos de Diesel était comme une invitation pour Paris qui continua à dépasser les limites que le Patronus avait établies pendant si longtemps. Quand ce dernier ne fit aucun mouvement pour l'arrêter, Paris se rapprocha encore, jusqu'à ce que finalement il se retrouve avec les bras enroulés autour de la taille de son « Maître », les pouces caressant légèrement ses abdominaux et le menton posé sur son épaule alors qu'ils parlaient.

Avec décontraction, il embrassa le cou de Diesel et l'arrière de ses épaules, prenant de longues inspirations de son odeur.

— Bon sang, vous sentez si bon.

— Et comment est-ce que je sens ?

La voix de Diesel, comme une caresse profonde sur les sens de Paris, l'invitait à jouer un peu plus.

Paris prit une autre profonde inspiration, laissant son cerveau cartographier chaque détail de l'homme.

— Je peux toujours sentir l'eau de toilette épicée Tarocco que vous avez mise plus tôt.

Sans bouger ses mains de là où elles se trouvaient, il caressa en cercles lents le corps ferme de Diesel.

— Il faisait chaud tout à l'heure à la piscine et vous avez transpiré, donc je peux sentir la salinité de votre peau.

Il fit une pause, prenant une autre inspiration, laissant ses narines absorber l'odeur.

— Vous avez bandé toute la journée. Votre musc me rend fou et quelque chose ressemblant à des agrumes... celle-ci je ne peux pas l'identifier.

— Pamplemousse et orange amère. C'est dans l'eau de toilette. Cela brise la lourdeur de tête des autres épices, rend la peau appétissante.

Diesel lui jeta un bref regard.

— Pas si différente des fragrances que tu aimes porter et qui te font sentir suffisamment bon pour être dévoré.

— Mais je suis suffisamment bon pour être dévoré.

Bien que Paris désire fortement plonger sur ces lèvres à seulement quelques centimètres des siennes, il s'éloigna d'elles afin de délivrer une série de baisers excités le long de la base du cou de Diesel.

— Vous devriez m'essayer, chuchota-t-il dans un souffle chaud et avec ça, il osa s'accorder encore plus de liberté.

Sa main, qui s'était si naturellement enroulée autour de la hanche de Diesel, voyagea afin de saisir sa cuisse. Comme Patronus ne faisait toujours aucun geste pour l'arrêter, il la déplaça afin d'attraper l'érection déjà bien établie piégée dans son pantalon. Il grogna sous la gratification instantanée ainsi que la découverte d'un membre bien doté, savourant la sensation du renflement comprimé qui avait tourmenté ses yeux toute la journée. Il pouvait sentir l'épaisseur du membre de Diesel, la taille impeccable était irrésistible, et cela attisa encore plus sa faim brûlante. Ce fut très naturellement qu'il commença à passer sa main contre lui, souhaitant pouvoir enrouler ses doigts autour de son sexe et découvrir sa véritable corpulence.

— Bon sang, vous êtes monté comme un géant.

Paris fit rouler sa bouche contre la tête de Diesel et suça le lobe de son oreille.

Tout son corps se sentait tellement vivant et il laissa échapper un grognement lubrique. Il agrippa la languette de la braguette du pantalon de Diesel et l'abaissa, puis plongea à l'intérieur afin de le saisir à tâtons, séparé de lui uniquement pas le tissu du sous-vêtement. Il attrapa l'élastique et le fit glisser juste assez pour pouvoir jeter un coup d'œil au gland rouge et gonflé se dressant vers lui.

— Il est magnifique.

Paris resserra sa main du mieux qu'il le put malgré l'accès limité par bien trop de vêtements.

— J'aimerais pouvoir le voir entièrement.

Il pressa le dos de sa paume plus fortement contre l'épaisse érection.

— Le toucher pour sentir sa texture de velours dans ma main.

Diesel laissa échapper un soupir difficilement par le nez et il leva la main comme pour arrêter Paris, mais au lieu de le faire, il caressa son visage. Seulement, Paris vit l'expression que Diesel avait voulu lui cacher, celle où il se mordillait la lèvre. Oh, qu'est-ce que Paris donnerait pour être détaché et simplement soumettre cet homme à un vrai culte de son sexe.

— Paris.

Diesel inspira difficilement et lui donna un semi-avertissement. Il avait autorisé Paris à l'atteindre jusque-là parce que c'était bon, mais le diablotin à l'égo surdimensionné était sur le point de l'entraîner au-delà de son autorisation pour une démonstration publique.

Paris entendit à peine son nom, son sang courant dans ses veines, chantant à ses oreilles. Il désirait désespérément cet homme. L'avoir dans ses bras maintenant et avoir carte blanche pour le toucher – c'était bien trop pour être contenu désormais. Sa poitrine luttait pour garder de l'air dans ses poumons, il était à quelques secondes de jeter Diesel au sol, de le baiser sous la table et d'être baisé par lui jusqu'à ce qu'ils hurlent tous les deux. Le désir, l'adrénaline et le besoin tempêtèrent en lui jusqu'à ce qu'il laisse échapper de sa gorge un grondement rauque dans le cou de Diesel.

— Votre esclave vous veut.

Par l'enfer, le Maître veut son esclave. Pour la première fois depuis longtemps, Diesel était certain d'avoir trouvé quelqu'un qui pouvait gérer son propre appétit. Paris excitait définitivement ses désirs, poussant la lave à déborder. Cela, Diesel n'en doutait pas, mais il savait aussi trop bien que si Paris pouvait le supporter, il commencerait à se lier à lui instantanément, et le jeune homme partait dans quelques jours. Diesel n'allait pas se mettre dans cette situation.

— Paris, arrête.

— Bon sang, non. Je vous veux en moi. Je veux être en vous.

Paris luttait contre lui maintenant. Il ne voulait pas renoncer, ne voulait pas arrêter. Il le voulait comme il n'avait jamais voulu quelqu'un auparavant. Il n'avait jamais désiré comme il désirait Diesel. Il allait devenir fou s'il ne l'avait pas. Diesel l'avait autorisé à aller aussi loin, à faire ces préliminaires sur lui sans le retenir... Paris ne voulait pas perdre ça, alors il retira sa main de la chaude luxure dans le pantalon de Diesel avec réticence, la faisant glisser vers le haut afin de la poser sur son ventre plat.

— Oui, Patronus, se soumit-il, touchant toujours, mais suivant l'ordre en même temps.

Il mordit l'épaule de Diesel, grognant pour montrer à quel point c'était difficile pour lui. Museler son agonie, le désir douloureux qui avait pris place en lui, n'était pas naturel à l'homme qu'il se considérait être.

— Ne m'ordonnez simplement pas de faire marche arrière. Je ne pense pas que j'en suis capable.

Paris embrassa la nuque de Diesel, puis recommença. *Non... il ne serait pas capable de faire marche arrière*, mais il ne mettrait pas un frein à son envie d'aller plus loin. C'est alors que Diesel le récompensa, posant sa propre main sur la sienne, la glissant sous sa chemise, nourrissant ce désir dans la zone acceptable et le partageant avec lui.

Paris ne doutait pas que son désir pour la vie pouvait facilement nourrir les faims bien cachées et profondément enracinées de Diesel, et il était certain que ce dernier était parvenu à la même conclusion. Il posa la tête sur les omoplates de son Maître et laissa échapper un souffle long et tremblant. Le désir crépitait entre eux. C'était également une douloureuse révélation, car son Patronus le gardait toujours à distance et Paris ne comprenait pas pourquoi lorsqu'il pouvait clairement déterminer qu'il bandait similairement pour lui. Il prit une autre profonde inspiration, la retint, puis la laissa échapper afin de ramener son besoin affamé à un niveau plus contrôlable. Il n'était pas vraiment certain de pouvoir dompter celui-ci beaucoup plus longtemps.

Diesel devait admettre pour lui-même qu'il était plus que tenté de prendre Paris. C'était à se demander pourquoi il ne le faisait pas. Bon sang, il était plus que probable qu'il allait sauter sur lui dans l'ascenseur avant qu'ils aient même réussi à atteindre leur chambre. Même s'ils arrivaient à aller si loin, il n'y avait aucune chance pour que l'un d'eux puisse trouver le sommeil une fois qu'ils auraient atteint leur chambre. Ils étaient tous les deux durs pour l'autre. Le désir brûlait si fort, qu'il n'y aurait aucune raison pour eux de ne pas aller vers l'autre comme un couple de démons affamé de sexe.

Il ne pouvait pas laisser ça arriver. Il n'était pas à l'aise avec l'idée de monter dans leur chambre ; il savait trop bien qu'il ne pouvait pas se faire confiance pour se retenir et que Paris n'essayerait même pas.

Diesel avait vu Sasha plus tôt, présent comme un des ambulanciers qu'ils avaient embauchés afin de rester sur le site pendant l'évènement. Il espérait seulement que Sasha comprendrait et aurait quelque chose susceptible de l'aider.

— Je ne comprends pas malgré tous mes efforts pourquoi tu voudrais mettre un terme à tout ça, Patronus, déclara Sasha en secouant la tête avec incrédulité. Mais je n'ai rien pour t'aider. Tu devrais en parler à Cliff, cependant, il est là aussi. Il a fait une double garde aujourd'hui et je sais qu'ils ont eu un appel pour deux gamins qui planaient. Il prend toujours leurs doses. Tu devrais le lui demander.

— Il prend leurs drogues ? Pourquoi ?

Sasha secoua la tête.

— Je sais qu'il a ses raisons, mais c'est à lui de t'en parler. Désolé, Patronus.

Diesel se rendit dans le hall d'entrée puis vers la petite salle que l'hôtel avait affectée comme salle de premiers soins temporaires où il trouva Cliff.

Diesel lui soumit la même requête qu'il avait eue pour Sasha, et se vit offrir une petite pilule de Rohypnol, connue dans les rues comme *refus*.

— C'est une drogue de viol, Cliff ! Pourquoi diable as-tu ça ? Et tu ferais mieux de me répondre, parce qu'avoir quelque chose comme ça alors que tu veux être un Dom, n'est pas très bien vu.

Cliff prit une longue inspiration et laissa échapper un soupir fatigué.

— Ma petite sœur a une leucémie. L'assurance ne couvre pas tout pour elle, par exemple les soins palliatifs. Donc je garde tout ce que je peux trouver, parfois pour le lui donner, parfois pour le vendre ou l'échanger contre quelque chose dont elle a besoin. Cette merde... lui donne plusieurs jours de sommeil sans douleur.

Le désarroi mental de Diesel recula presque immédiatement. Il avait entendu dire que Cliff avait la garde de sa sœur, une histoire au sujet de leurs parents qui avaient fait leurs valises et les avaient laissés quand Cliff avait tout juste dix-neuf ans. Il ignorait, cependant, qu'ils avaient abandonné leur enfant malade et que c'était lui qui la soignait.

— Je suis désolé. Je comprends maintenant.

— Inutile de t'excuser, ce n'est pas comme si j'en parlais tout le temps. Sois seulement prudent avec ça et ne le mélange pas avec plus de cinquante centilitres d'alcool, c'est trop dangereux après ça. Et ne prends pas de jus d'agrumes, surtout pas de jus de pamplemousse.

— Eh bien, eh bien, eh bien, donc c'est ici que tu as atterri.

Blaine Davenport, le directeur en chef de *Salientis du Deliciarum* s'approcha du bar où Paris attendait le retour de Diesel.

— Eh bien, merde, Paris, mais tu fais un sub très appétissant.

Paris essaya de ne pas lever les yeux au ciel. Il aurait dû anticiper ceci, mais jusqu'à présent, il ne lui était pas venu à l'esprit que Blaine le repèrerait probablement lorsqu'il accompagnerait Alan Pridmore pour l'enchère.

Blaine, comme toujours, avait son fouet à la main et l'utilisait pour caresser ses cuisses alors qu'il l'examinait. Faisant un cercle autour de lui.

— Bon sang, Paris, tu étais stupéfiant à regarder auparavant, mais regarde-toi maintenant, abandonné en tant qu'esclave... Cela me donne envie de voir ta réaction sous le claquement de mon fouet, maintenant.

Blaine fit un pas en arrière, levant son fouet, mais avant qu'il puisse claquer, quelqu'un l'attrapa par le poignet. Blaine pivota, trouvant l'homme musclé et robuste se tenant à côté de lui, son poignet fermement emprisonné dans la prise de l'homme.

— Que diable crois-tu être en train de faire ?

Diesel était calme, mais rugissait de suprématie tandis qu'il résistait pour garder le poignet de Blaine, alors qu'il tirait pour se libérer.

— Je suis seulement surpris de croiser une de mes connaissances.

— Une de tes connaissances ? Et cela te donne le droit de le frapper ?

(•ω•)

Alan Pridmore repéra immédiatement le problème à l'horizon et se précipita pour prévenir son aggravation aussi vite qu'il le put.

— Patronus Gentry, je vois que vous avez rencontré Blaine Davenport, notre directeur des Maîtres du complexe.

Alan se dépêcha de désamorcer la situation sans désigner Diesel comme propriétaire. C'était ce qu'ils désiraient tous. Bien que Paris, et lui-même, connaissent les membres du conseil, Alan seul connaissait tous les propriétaires. Cette connaissance n'était pas transmise facilement dans l'équipe. Directeurs inclus.

La présence de Paris à l'enchère était une surprise, sans aucun doute, mais qu'il se retrouve dans les mains de l'un des propriétaires de l'île était une plus grande surprise encore. Une avec laquelle il ne voulait pas que Blaine cause des problèmes par inadvertance. Ce n'était pas comme si Blaine posait des problèmes autrement. C'était quelqu'un de bien et un directeur exceptionnel, mais Paris était une tentation pour presque tout le monde sur l'île. À vrai dire, il y avait même un concours tacite pour voir qui l'aurait dans son lit en premier. Et Blaine n'était pas plus immunisé contre l'aura lascive de Paris que le reste d'entre eux.

— Directeur, tu dis ?

Diesel se tourna vers Alan avec un ton inquisiteur.

— Ne sait-il donc pas qu'il doit garder ses mains hors des propriétés privées ?

— Propri...

La main d'Alan se leva pour taire l'éclat de Blaine. Protester contre ceci ne serait pas productif et conduirait uniquement quelqu'un à perdre son travail, et il ne pouvait pas compter pour que ce soit Paris cette fois-ci.

— Nous attendons avec impatience l'enchère de demain. Profitez de votre soirée, Patronus Gentry.

Alan fit un rapide salut et guida Blaine à l'écart, faisant de son mieux pour se dépêcher et en finir avec ça.

Diesel attira Paris à l'autre bout du bar, loin de tous les autres et l'obligea à s'agenouiller sur le sol.

— Est-ce que tu as initié ça ?

Diesel faisait tout son possible pour se calmer. Voir l'homme se préparer à frapper Paris avait suffi à faire bouillir son sang et avait peut-être éveillé un soupçon de jalousie en lui également.

— Non. Mais il sait qui je suis et bien plus qu'une surprise, c'était probablement une trop grande tentation aussi.

Diesel écoutait seulement à moitié alors qu'il commandait deux shots de tequila, puis discrètement, versait la moitié de la pilule qu'il avait obtenue de Cliff dans l'un d'eux. Il fit courir ses doigts dans les cheveux de Paris tandis qu'il attendait que la pilule se dissolve. Paris se frotta instantanément contre la cuisse de Diesel, reprenant sa caresse comme s'ils n'avaient pas arrêté plus tôt.

— Je veux m'excuser, murmura indirectement Diesel à Paris.

— Pour quoi ?

Paris avait seulement à moitié enregistré ce qu'il avait dit, son esprit était déjà sur le renflement d'acier dans le pantalon de Diesel et il frottait sa tête contre lui comme un chat en rut.

— Pour ce que je suis sur le point de faire.

Et il amena la tequila aux lèvres de Paris et repoussa sa tête en arrière pour qu'il avale le shot.

Paris l'absorba, mais merde, il n'avait pas besoin de s'excuser. Si Diesel était finalement décidé à l'emmener dans son lit, alors il était plus qu'heureux de suivre ses ordres. L'anticipation avait enflammé son désir comme un jour de fête nationale et son sexe déjà érigé pulsait.

— Je vous veux... souffla Paris, se pressant à nouveau contre la cuisse de Diesel. Vous n'avez pas à vous excuser. Je vous veux aussi. Vous ne profitez pas de moi, je le jure.

Le temps que Diesel les mène vers l'ascenseur, Paris se sentait étrangement groggy et fatigué. Cependant, il n'avait pas oublié le petit moment de liberté que Diesel lui avait permis après le dîner, tout comme son sexe. Ils n'avaient même pas encore passé la porte de la chambre que Diesel le faisait pivoter et il fut instantanément pressé contre le mur. La bouche de Diesel vint s'écraser sur la sienne pour réclamer ses lèvres dans un baiser ardent et profond. Ses lèvres couvrirent celles de Paris avec tout ce qu'il avait retenu. Sa langue se poussa à l'intérieur comme un animal féroce, brutal et exigeant. Ce n'était pas un baiser gentil et romantique, au contraire il le remplit de feu et de lave. Les bras de Diesel l'entouraient dans une étreinte puissante, l'emprisonnant contre ce corps dur qu'il désirait depuis si longtemps.

Telle une fissure dans une digue, tout d'abord juste un filet de convoitise, cela ne prit qu'un moment pour que les parois brûlent à l'intérieur de Paris. C'est alors que la sensation balaya son corps et précipita sa conscience dans le baiser exigeant et dans l'homme qui le délivrait. Il jeta ses bras autour de Diesel, renforçant l'étreinte. Ce n'était pas tourmenter, c'était prendre. Paris s'ouvrit et riposta – prenant et donnant plus de son baiser et de sa faim à son Maître.

Paris embrassait avec une sauvagerie succulente, ses lèvres chaudes et souples se dévoilant frénétiquement contre celles de Diesel. Il lécha la bouche de Diesel, délivrant un baiser insatiable. Totalement offert à lui, comme à aucun homme ne l'avait jamais été avec lui. Diesel voulait sentir plus de Paris, voulait expérimenter son corps complètement ouvert à lui comme l'était son baiser. Ses mains bougèrent. Une attrapa fermement l'arrière de la tête de Paris, alors que l'autre explorait sa poitrine, se frayant un chemin sous sa chemise afin de toucher sa peau nue.

— Ah, oui…

Paris rompit le baiser uniquement suffisamment longtemps pour siffler un encouragement.

— Putain, oui.

Sa main trouva celle de Diesel et s'accrocha à elle, la suivant alors qu'elle le caressait sur son torse et son abdomen.

— Oh, Seigneur, je mourais du besoin de vous sentir me toucher, grogna-t-il avant de reprendre le baiser et de l'approfondir encore plus.

Diesel commença à faire glisser Paris le long du mur jusqu'à ce qu'il n'y ait plus d'espace sur lequel glisser, puis le fit pivoter et le guida vers le lit, le faisant marcher à reculons alors que leurs corps restaient fusionnés l'un à l'autre.

— Ouvre ton kilt pour moi, Paris, laisse-moi tenir ton sexe entre mes mains, ordonna Diesel, bien qu'ils aient à peine arrêté de se dévorer mutuellement les lèvres.

Paris n'hésita pas, ses mains se précipitant devant la fermeture de sa jupe masculine, puis il détacha les trois ceintures qui la maintenaient, dézippa et ouvrit la jupe, sortant son sexe et guidant rapidement la main de Diesel dessus. Pas une seule fois, il ne brisa leur baiser, craignant que s'il le faisait, il ne le récupère jamais. Mais Diesel ne l'embrassait pas seulement comme si c'était simplement un bref rituel préliminaire. Il l'embrassait comme s'il planifiait de rester un moment. Le baiser était le plat, tout le reste était de la garniture. Et alors que Paris se révélait à lui, il désirait le repas à cinq plats.

La tête de Paris tournait en dépit du fait qu'elle devenait également très lourde. Il n'arrivait plus à garder les yeux ouverts et abandonna carrément, mais les pensées rationnelles l'avaient déserté aussi. Il ignorait pourquoi il se sentait de plus en plus fatigué ou étourdi. Ce qui lui donnait une raison pour être reconnaissant envers les bras forts qui le tenaient plus que pour une seule raison. Mais il ne pouvait pas être ivre, Diesel lui avait seulement donné un shot de tequila. Assurément, il n'avait pas atteint un état de *transe* non plus, comme Katianna plus tôt dans la soirée. *Ce n'était pas possible*. Il n'était pas dans un état de soumission, sauf s'il considérait qu'être complètement renversé par le désir et la luxure les plus fantastiques qu'il aurait pu imaginer était une capitulation, alors oui, il l'était.

Il avait seulement besoin d'atteindre le lit ; une fois là, il serait bien et il pourrait se concentrer sur d'autres choses, comme prendre en main le membre de Diesel. Paris était impatient de le voir, ce qu'il ressentait en se frottant contre lui était juste foutrement trop. Comme se précipiter vers les cadeaux le jour de Noël, sachant que la chose que vous désiriez le plus vous attendait là. Il savait que Diesel devait être monté comme un dieu. À un point que cela allait lui faire un mal de chien de le prendre en lui, mais Paris n'allait pas laisser une petite peur de la douleur l'arrêter. Il le voulait, le désirait de toutes les façons possible. Il se sentait comme neuf avec les vagues déferlant de désir avide qui pulsaient à travers son corps, se déchargeant dans ses reins, et s'unissant dans la hampe dure qui avait été rendue à la main de son Maître qui le caressait fermement et lentement.

Il sentit enfin le lit sous lui. *Putain, comment avaient-ils déjà réussi à atteindre le lit ? Et pourquoi étaient-ils encore tous les deux habillés ?*

Paris lutta contre le brouillard épais s'infiltrant dans sa tête, alors qu'il essayait de rester concentré sur le corps de Diesel et qu'ils étaient une tempête affamée de tâtonnements.

— Bon sang, Diesel, je veux te toucher.

Mais même les mots devenaient difficiles à prononcer, pesant plusieurs kilos sur sa langue. Il essaya de se concentrer sur ses bras, même si, semblait-il, il ne pouvait même plus les sentir désormais, bien qu'il soit certain qu'ils étaient toujours enroulés autour de la taille de Diesel. Au moins, il était toujours immergé dans leur baiser qui ne montrait aucun signe de ralentissement. *Seigneur, je ne me rassasierai jamais des baisers de cet homme.* Il se demanda si un homme pouvait jouir rien qu'avec un baiser. Peu importe si c'était possible ou pas, si leur baiser ne le faisait pas jouir, les longues et fermes torsions de la main de Diesel sur sa hampe le feraient assurément.

— S'il te plaît, laissez-moi te toucher. Laissez-moi sentir ta queue dans mes mains. Je veux te goûter.

Paris essaya de se lever afin de baisser les yeux sur le corps de Diesel, mais il ne parvint pas à lever sa tête du matelas. Ses mains luttèrent contre la braguette qu'il avait déjà ouverte une fois auparavant afin de trouver la chair dure et turgescente qui l'attendait. Il enfonça sa main dans le pantalon, trouvant la récompense qu'il mourrait d'envie d'avoir et y enroula instantanément ses doigts, leurs bouts incapables de se toucher.

— Oh seigneur, Diesel.

Diesel baissa ses hanches, se frottant sur Paris, tout en ouvrant un peu plus les pans de son pantalon, puis il prit leurs deux érections dans son poing et les caressa ensemble.

Paris enfonça sa tête en arrière sur le lit.

— Oh, Seigneur, je veux te baiser, gémit-il.

— Tu ne peux pas, grogna Diesel alors qu'il sentait la montée croissante de sa jouissance se presser à la surface rien qu'en observant Paris fondre sous lui tandis qu'il continuait à pomper leurs hampes ensemble.

Bon sang, il préfèrerait être à l'intérieur de cet homme. Sentir son orifice étroit étreindre son sexe. Seulement, il le sentait déjà, il ne laisserait jamais Paris retourner dans l'île, pas après ce qu'il avait vu en bas. Et il savait que l'homme n'était pas du genre à revenir. Il était déjà condamné, incapable de profiter de l'ange déchu uniquement pour un plaisir sexuel. Il voudrait tout. Et Paris ne lui offrait pas la totale.

Paris balança sa tête, léchant ses lèvres dans un besoin frénétique.

— Pourquoi ?

Sa concentration partie, une question d'un mot était tout ce qu'il pouvait réussir à sortir avant de dériver.

— Parce que ce n'est pas réel. Je suis seulement un rêve, chuchota la voix de Diesel dans le baiser.

— Non, tenta de protester Paris, ses mains se levant afin de l'empêcher de se reculer. Ce n'est pas vrai. Tu me veux.

Il haleta... *bon sang, si près.*

— Je sais que tu me veux... tout comme je te veux.

Sa respiration devenait de plus en plus difficile – *oh Seigneur* – il pouvait la sentir pulser sur son chemin à travers ses nerfs, monter dans la peau sensible, pourtant très lointaine comme s'il flottait loin de son propre corps juste au moment où il voulait le plus rester à l'intérieur. Il se lécha les lèvres et souleva les hanches afin d'approfondir les poussées dans le poing de Diesel.

— Tu veux ce que nous pouvons avoir ensemble.

Les mots étaient mal articulés à travers le brouillard dans lequel il se trouvait. Si incroyable, de l'avoir désiré pendant si longtemps. Oh

Seigneur – son corps était en feu, tourbillonnant comme une spirale démoniaque. Cette phénoménale flambée circula dans ses reins quelques secondes avant le feu d'artifice.

— Tu as seulement peur que je te blesse… ahhh !

Paris n'eut pas la chance de finir, sa tête bascula en arrière, laissant son corps exploser sous l'incroyable plaisir qu'il ressentit. Ses muscles se tendirent, se regroupant alors que ses hanches se poussaient en avant.

☙ ❦ ❧

La main de Diesel se déplaça dans un roulement presque massant, pompant leur semence collective alors qu'il s'allongeait près de lui. Des jets épais de sperme blanc recouvrirent sa main et éclaboussèrent la poitrine de Paris.

Diesel se laissa tomber sur un coude, à côté du corps de Paris pendant un moment, laissant les répliques de sa jouissance s'estomper. Observant l'homme magnifique chevaucher sa libération.

— C'est parce que tu le feras, chuchota-t-il à son oreille alors que les gémissements de l'orgasme de Paris l'envoyaient dans une douce béatitude.

Le corps de Paris frissonna sous le rouleau de tension qui traversa son corps, son cou se courba, puis ses épaules, puis ses hanches… et si Diesel avait regardé, il était certain qu'il aurait pu voir les orteils de Paris faire de même. Un autre frisson et une dernière giclée de crème mousseuse se répandit sur la main de Diesel.

— Mmmm… Deez… c'était… si bon, murmura Paris complètement flasque en s'enfonçant dans le lit sous lui, sa tête tombant sur le côté, les yeux fermés.

Il perdit instantanément connaissance.

Diesel resta avec lui un long moment, s'autorisant pendant un atroce instant à l'avoir contre lui. C'était mal et il le savait. Paris était plus que prêt à s'allonger contre son corps. Mais Paris était du genre « *aime-les et puis quitte-les* ». Alors que lui-même était plutôt du genre « *aime-les et garde-les si tu le peux* ».

Paris avait toutes les qualités d'un amant aventureux. C'était un sale gosse exubérant avec beaucoup de cran et de luxure. Diesel savait qu'il pouvait satisfaire sa faim, comblant ainsi ses besoins, et il savait que Paris ferait la même chose pour lui. Il était certain que de toutes les manières possibles, Paris lui correspondait sexuellement. Le seul inconvénient, c'était que Paris laissait une lignée de lits vides aux cœurs brisés dans son sillage et Diesel ne voulait pas être l'un d'entre eux.

Mais ce beau diablotin l'avait amené au-delà de son sang-froid. Diesel s'était senti cerné, et la seule échappatoire était d'obliger son esclave à dormir.

— Je suis désolé, Paris. Je sais que je t'ai dupé.

Il embrassa la tempe de l'homme endormi puis se leva afin de récupérer un gant de toilette dans la salle de bain pour les nettoyer tous les deux.

— Il est en train de tomber amoureux de toi, tu sais, l'interpella de la pièce une voix assurée qui n'était pas celle de Paris.

Diesel passa sa tête hors de la salle de bain pour trouver son frère, rôdant sur le seuil entre leurs chambres.

— Il ne tombe pas amoureux de moi. Il pense seulement que c'est le cas parce que je suis capable de le faire se soumettre et ressentir des choses qu'il n'a jamais ressenties auparavant.

Diesel essuya son sexe et son estomac, rinça le gant de toilette puis l'apporta vers le lit afin de nettoyer Paris. Il secoua la tête devant la notion que suggérait Trenton.

— Il n'est pas plus en train de tomber amoureux de moi que de toi, et tu le sais.

Trenton était appuyé contre le chambranle, un verre de tequila blanche avec glaçons dans sa main. Il fixa sa boisson pendant un moment, mélangeant la glace avec un doigt, puis prit une gorgée glacée.

— Je pense que tu as tort.

— Je n'ai pas tort, alors je t'en prie, arrête. Il part dans une semaine, souffla Diesel, autorisant bien trop de ses émotions sur le sujet à filtrer.

— Il peut toujours revenir. Son poste ne requiert pas qu'il soit résident à plein temps sur l'île.

— Arrête. Ceci n'arrivera pas.

Diesel tendit la main, touchant la joue de Paris, puis lissa ses cheveux avec ses doigts. Ils étaient à nouveau désordonnés et à nouveau, il ne l'avait pas mérité selon *les règles de Paris.*

Trenton haussa les épaules.

— Eh bien, au moins accorde-toi le plaisir de savourer un homme qui peut satisfaire tes désirs pour quelques heures de sexe sauvage pendant qu'il est là. Avoir un amant, même brièvement, qui peut te supporter ? Tu ne dois pas te refuser cette chance. Et pour info, je fourre mon nez dans tes affaires comme tu me l'as demandé.

Diesel dévisagea Trenton, puis Paris alors qu'il finissait de le nettoyer et ensuite le bordait sous les couvertures. Il laissa échapper un bref soupir.

— Les dégâts sont faits. Je l'ai déjà assommé.

— Est-ce que j'ai bien entendu ? se tendit Trenton. Deez, est-ce que tu l'as drogué ?

Le remord que Diesel ressentait en ce moment était évident sur son visage et était une réponse suffisante, mais il hocha quand même la tête, sachant très bien que ce qu'il avait fait n'était pas seulement mal. C'était inacceptable.

— Je ne sais pas ce qui se passe chez toi Diesel, mais maintenant, tu ne peux plus le toucher du tout. Pas jusqu'à ce qu'il soit à nouveau clean pour la même raison que nous n'autorisons jamais les soumis à boire et à être ivres.

Diesel laissa échapper un soupir plein de regret.

— Je sais. Afin que nous ne puissions pas profiter d'eux.

Diesel posa ses coudes sur ses genoux et enfouit la tête dans ses mains, fixant le sol entre ses pieds.

Il entendit Trenton se retourner et fermer la porte entre eux sans un mot de plus, mais le froid glacial que son frère laissa dans la pièce en disait assez.

— Bon sang, j'ai mal agi, confessa-t-il aux murs et à l'Ange Déchu endormi à côté de lui.

CHAPITRE VINGT-HUIT

Paris était tout sauf heureux avec Diesel le lendemain matin, ses émotions vacillant entre l'énervement et la bouderie. Une mauvaise habitude qu'il tenait de Katianna sans aucun doute. Diesel se sentait coupable. Mais, quelque part en lui, il trouvait l'humeur acide extrêmement adorable sur l'homme musclé et cela le faisait pratiquement se gausser de lui-même. La bouderie fonctionnait vraiment sur lui alors qu'il essayait de consoler Paris. Il tendit la main pour le toucher alors qu'il se douchait, mais vit sa main être balayée.

— Ne refais jamais ça, l'avertit Diesel.

— Tu m'as drogué... comment suis-je supposé agir ? aboya Paris, et les mots pulsants ne firent que souffrir sa tête.

— Je me suis excusé pour ça avant même de le faire.

— Je pensais que tu t'excusais parce que tu avais l'impression de profiter de moi. Et n'essaie pas de me dire que tu ignorais que c'était ce que je pensais.

— Je l'avais compris.

Diesel baissa son regard pendant un instant.

— Mais je devais le faire.

Il tendit à nouveau le bras vers Paris.

Ce dernier se tordit hors d'atteinte cette fois-ci, lui tournant le dos, et il baissa sa tête sous le jet d'eau comme si c'était un moyen de le faire sortir.

— Ne me touche pas tout de suite.

— Écoute, je sais que tu es en colère...

— En colère ? lança Paris en pivotant brusquement pour lui jeter un regard noir. Bon sang, Diesel, tu m'as drogué ! Si tu ne voulais vraiment pas de moi, tout ce que tu avais à faire, c'était de me dire que rien n'allait jamais se passer entre nous ! À la place, tu m'as aguiché, seulement pour que je me retrouve avec un faux souvenir et *dopé*.

Il lui tourna à nouveau le dos.

Diesel savait qu'il n'avait pas le droit de se défendre, mais il n'aimait pas que Paris soit blessé, alors il essaya de trouver une échappatoire pour tous les deux.

— Mais quelque chose s'est passé... tu as joui avec moi dans mes mains.

— Génial ! Je m'assurerai de marquer ça dans mon agenda dès que je pourrai m'en souvenir.

Diesel prit conscience qu'il était impossible de parler de ça avec Paris pour le moment. Il était complètement plongé dans son humeur morose et il avait tous les droits de l'être. Contester ce fait ne ferait que prolonger le temps que cela prendrait à Paris pour se calmer.

— Sors quand tu seras prêt, et je t'apporterai le petit-déjeuner.

Paris l'observa silencieusement alors que Diesel le laissait enfin en paix. Il fixa la porte pendant un long moment puis glissa sur le sol carrelé de la douche, les coudes affaissés sur ses genoux, et son visage fermement planté dans ses mains. Il souffrait. Il ignorait pourquoi. Il sentait que sa tête était toujours lourde et brumeuse à cause de la drogue, mais il savait que ce n'était pas ça. Il avait fait sa juste part d'expérimentation lorsqu'il était à l'université, alors le fait qu'il ait été défoncé la nuit derrière n'était pas ce qui causait sa douleur.

Diesel l'avait mené en bateau. Il lui avait laissé croire qu'il le désirait seulement pour le droguer et le laisser penser que quelque chose était arrivé. Cela faisait vraiment mal. Mais surtout, savoir que Diesel ne voulait pas du tout de lui et avait menti à ce sujet, alors que lui le désirait d'une façon impossible à concevoir, blessait quelque chose de plus que son égo. Tout son corps saignait pour cet homme, au-delà du sexe… du moins il pensait que cela pourrait être le problème. Il n'en était pas vraiment certain. Il n'avait jamais aimé personne. Oh bien sûr, sa mère, son père, sa grand-mère, un meilleur ami… mais il n'était jamais tombé amoureux d'un amant, il n'était même jamais resté avec quelqu'un pendant si longtemps. Il n'était même pas encore entré dans le lit de Diesel, alors comment cela pourrait-il être de l'amour ?

Qu'y avait-il chez Diesel qui faisait que tout semblait différent ? Paris décida que c'était simplement parce que ce dernier l'avait rejeté. *L'insaisissable-saisi…* C'était surtout ce qui l'attirait autant chez lui. Cela devait être ça. La seule chose réfutant cette idée était la partie gauche de son cerveau le pressant d'explorer plus en avant ce sentiment. La question était : *depuis quand ne pas obtenir quelque chose que tu désires fait souffrir ton cœur et ta tête après coup ? Lorsque tu es drogué, cela s'appelle une gueule de bois, pas une migraine* lui rappela le côté droit de son cerveau afin de le ramener à la réalité.

Paris se repoussa sur ses pieds, se forçant à reprendre sa douche. Il était ici depuis une demi-heure déjà, et il n'avait pas encore lavé ses cheveux. Pourtant, tout ce à quoi il pouvait penser, c'était qu'il ne croyait à aucun des mensonges qu'il venait de se raconter.

En début d'après-midi, Trenton se mélangea à ses invités, gardant avec lui presque tout le temps Katianna et Paris, qui étaient habillés d'une façon extraordinairement exotique. Tout en autorisant Marcena et Rachel à rejoindre Fambleush et sa femme, Chemène pendant l'évènement, afin de se libérer un peu de son fardeau.

Après le déjeuner, le moment que tout le monde avait attendu commença.

Adorables esclaves après adorables esclaves – des corps soumis qui venaient librement afin d'être destinés à devenir le *pet* de quelqu'un ou le soumis de compagnie – étaient amenés de derrière les lourds rideaux de la scène, et alignés le long des murs de la salle de bal. Prenant leurs places assignées au sommet des colonnes grecques. Chaque piédestal se tenait à un peu plus d'un mètre du sol, ce qui donnait aux invités leur premier véritable aperçu du lot mis aux enchères ce soir-là.

La frénésie était élevée, presque trop, et l'attention que Paris et Katianna recevaient devenait trop importante, même pour Trenton. Marcus lui prêta main forte afin de contrôler ses propriétés, puisque Diesel avait choisi de mettre un peu de distance entre Paris et lui pour le début de la journée. Paris n'aidait pas vraiment, son propre tumulte d'émotions le poussant à se rebeller, et il jetait des regards lubriques dans toutes les directions. Chaque fois que quelqu'un approchait, il le défiait pratiquement de le prendre. L'espace alloué par Diesel semblait seulement alimenter un peu plus sa frénésie. Et plus d'un invité profita du manque de gardien pour s'approcher, ce qui mettait continuellement Katianna dans un péril nerveux.

Tout en se mélangeant à la foule, Trenton les garda à proximité, n'épargnant aucune preuve de sa possessivité envers eux afin d'empêcher ses invités de les toucher. Lorsqu'il avait besoin de travailler, que ce soit pour l'enchère elle-même ou pour la présentation d'un esclave, il les gardait alignés à l'écart de la foule, mais dans sa vision périphérique. Cependant, avoir deux esclaves à surveiller alors qu'il dirigeait encore l'évènement devenait exténuant.

Cela atteignit un tel sommet que Trenton perdit sa patience envers le mélodrame qui se jouait entre Diesel et Paris, et prit Diesel à part dans les toilettes pour hommes, laissant Paris et Katianna dehors avec Marcus.

— Qu'est-ce qui te prend ?

— À quel *prend* fais-tu allusion ? biaisa Diesel dans une tentative de rhétorique, ne désirant pas rentrer à nouveau dans un débat au sujet de Paris, ou de ses actions en la matière avec son frère.

— Ne fais pas ton *malin* avec moi. Je sais que tu le veux, et n'essaie pas de le nier. Mais cet entêté dehors a un gros béguin pour toi. Le plus gros que j'ai vu de toute ma vie chez un play-boy. Alors soit tu le baises, soit tu arrêtes de le tourmenter ! Quoi qu'il en soit, j'ai besoin de toi à mes côtés pour cet évènement et afin de garder les vautours loin d'eux. Ai-je été suffisamment clair ?

Diesel prit une profonde inspiration. Il n'y avait aucun moyen de contrecarrer ou de réfuter tout ce que Trenton avait dit. Il avait fait machine arrière si vite qu'il trébuchait sur ses propres pieds, rien que pour éviter ce qu'il voulait. Une chose qu'il ne faisait habituellement pas. Mais à l'époque, il n'avait pas encore rencontré quelqu'un comme Paris. Cet homme avait une ferveur inique qui se voyait dans sa vanité. Il n'y avait pas de mauvais gars tapis dans un coin dans le monde de Paris, jamais de jour de pluie, ni de séduction trop provocatrice. Paris prenait ce qu'il voulait, tout comme ce qu'il pensait parfois vouloir. S'il ressentait du regret, Diesel n'en avait jamais vu chez lui.

Lui, cependant, c'était une autre histoire. Il revendiquait... mais un siècle pouvait passer avant qu'il ne le prenne enfin. La glace fondrait avant qu'il soit tenté de dépasser le premier échantillon de cette délicieuse expérience, tout ça parce qu'il aimait garder ce qu'il revendiquait. Paris était indomptable, ce qui le rendait également hors de portée.

☙❦❧

Trenton n'attendit pas sa réponse, il n'y en avait qu'une qu'il pouvait accepter de Diesel, et il se tourna, se dirigeant vers la sortie, sans manquer le sourire retors que Paris avait sur son visage lorsqu'il franchit le seuil, malgré sa tentative pour l'effacer avant qu'il soit vu.

— Et toi, asséna Trenton en pointant son doigt vers Paris. Comporte-toi bien ! Ou je donnerai à mes invités un aperçu spécial hors programme en utilisant une canne sur ton cul et en t'exposant.

— Oui, Dominus.

Paris baissa les yeux avec peu d'efforts pour atténuer le sourire qu'il ressentait, maintenant que Diesel avait reçu l'ordre direct de le baiser.

Plus que tous les petits drames émotionnels qui se jouaient, ce qui était le plus important, c'était qu'une fois de plus, comme il se devait, Trenton avait Diesel à ses côtés.

Dane, Stef et Vida remplissaient également leurs devoirs. Tous les trois géraient les registres d'inscriptions des enchérisseurs et la table des acomptes. Ils s'assuraient tous les trois que les fonds monétaires étaient confirmés avant que les nouveaux Maîtres fiers puissent partir avec leur esclave sous contrat.

Harper, William et Piper étaient responsables de la sécurité qui était composée à la fois des hommes de l'entreprise de Trenton et de quelques membres de la police locale sur le listing de *louer un flic.*

Marcus et Diesel travailleraient directement avec Trenton pour gérer le déroulement des enchères.

Ce qui était supposé n'être qu'un petit répit dans la nécessité d'être continuellement à disposition au rez-de-chaussée, alors qu'ils se changeaient et se détendaient un peu avant le dîner du soir qui conduirait au point culminant de l'évènement, s'avéra être totalement le contraire pour Katianna. Elle était tout sauf calme alors qu'elle était assise au bord du lit, déjà pomponnée dans la tenue exotique dont Trenton l'avait vêtue.

Elle aurait dû se préoccuper du spectacle agréable à l'œil, observer le corps alléchant de Trenton alors qu'il s'habillait. Au lieu de cela, son esprit d'écrivain soulignait des descriptions aux adjectifs colorés, adverbe après adverbe, de ce qui les attendait au rez-de-chaussée. Tout en devenant de plus en plus tendue et craintive chaque seconde qui passait. Ses intestins étaient si agités qu'elle avait l'impression d'avoir avalé dix cafés accompagnés d'un bol de sucre chacun. Le répit espéré ressembla plus à l'attente dans l'enclos d'un taureau, alors qu'à n'importe quelle seconde maintenant, la cinquième alarme serait actionnée, les portes ouvertes, et qu'elle serait catapultée dans un rodéo de chaos nu et lascif.

Elle observa Paris qui faisait la même chose, assis avec appréhension, sans rien montrer de son enthousiasme arrogant habituel. Se sentait-il comme elle ? Quelle idée saugrenue ! Paris était tout sauf peureux, son badinage lascif trop génial pour qu'il soit intimidé. Elle se le représentait comme un diablotin des forêts, sautant de fleur en fleur, séduisant tout un chacun, puis s'enfuyant en riant alors que tous les oiseaux chanteurs le pourchassaient afin de lécher sur son corps le doux nectar qu'il avait volé... tout ça faisant partie de son plan maléfique, bien sûr.

Stupide écrivain. Elle était sur le point d'être amenée dans une foule de luxure qui demandait à être rassasiée avec la chance de posséder leur propre esclave sexuel.

La réalité ressemblait bien plus à la sauvagerie de Rome qu'aux fantasmes d'une terre féérique. Cependant, en observant Paris, il semblait se sentir comme elle et elle ne pouvait pas s'empêcher de se demander pourquoi. Alors qu'il avait semblé plus qu'enchanté hier soir auprès de Diesel, lorsque Trenton et elle s'étaient retirés pour la soirée. Même Diesel avait semblé parfaitement à l'aise avec Paris enroulé autour de sa taille. Alors qu'est-ce qui n'allait pas ? Tout le monde se sentait-il comme elle et cela gâchait-il simplement l'euphorie sexuelle dont ils se vantaient ? Elle secoua la tête, peu de choses avaient de sens dans l'océan d'émotions qui tempêtait en elle en ce moment.

— Tu es prête ?

Katianna se tourna pour trouver Trenton accroupi devant elle. Oh waouh... il lui coupait toujours le souffle. Son costume était différent de tout ce qu'elle avait déjà vu – sauf dans les films, en fait. Il s'inspirait de l'un d'eux et elle repéra la comparaison sexy de son costume noir taillé pour l'occasion avec la tenue du film *Matrix*. Le long manteau était boutonné de sa gorge à bien en dessous sa taille, puis se séparait en plusieurs pans atteignant le sol. Il était drapé d'un pantalon habillé noir, accessoirisé par des gants de cuir noir qui le couvraient comme une seconde peau. Elle avait toujours adoré les gants bien ajustés.

Diesel, bien sûr, était habillé similairement, seulement son manteau avait une apparence légèrement plus chiffonnée. Juste assez pour le rendre unique et pour convenir à son personnage de voyou.

Si seulement Paris et elle avaient reçu des vêtements similaires. Mais ce n'était pas le cas. Paris portait un pantalon de cuir couleur crème qui le moulait si étroitement qu'il donnait l'impression d'avoir été peint sur son corps. Une ceinture de gladiateur avec des lanières de cuir sur le devant et sur l'arrière, assortie avec des gantelets de cuir marron foncé, souples comme du beurre, enroulés autour de ses avant-bras. Les bottes de cuir, avec les larges écailles montant le long des tibias, donnant l'impression qu'il avait dû se battre contre un dragon pour les récupérer.

Alors qu'elle, elle était apparemment la vierge sacrificielle. Une jupe couleur crème qui était bien trop longue pour qu'elle puisse marcher. C'était apparemment le but. Ses seins s'exposaient presque au monde, un léger soupçon de décence seulement donné grâce à la multitude de colliers composés de perles et de coquillages. Et ses longs cheveux bouclés aidaient également. *Pas qu'elle se sente couverte, remarquez.*

— Kat ?

Trenton prit ses mains dans les siennes et les embrassa toutes les deux, tout en l'observant et en attendant sa réponse. Ses doigts étaient brusquement moites dans les siens. Elle secoua timidement la tête et il lui offrit un gentil sourire.

— Tout ira bien. Je serai avec toi tout le temps.

Elle opina. Mais lorsqu'il se leva afin de remonter sa jupe et placer l'étoffe dans ses mains tremblantes, elle se sentit plutôt nauséeuse.

— Je ne crois pas que je devrais manger, chuchota-t-elle.

— Je débuterai par de petites bouchées pour toi, et si tu te sens trop nerveuse pour manger, alors fais-le-moi savoir. Tu ne seras pas obligée de manger si ton estomac ne peut pas le supporter. D'accord ?

Elle opina à nouveau.

Alors qu'ils s'installaient à la table des Maîtres des Doms, cela ne fit qu'empirer. Les voix, les rires – même les commentaires jetés ici et là, certains à l'intention de Paris et d'elle, d'autres n'ayant rien à voir avec eux – néanmoins, elle les entendit tous et ils l'affectaient de la même manière. Elle aurait très bien pu être une des esclaves sur le point d'être placée sur scène, nue devant tous et devant leur créateur – elle était une boule de nervosité, bien trop contrariée pour manger, et c'était une honte, parce qu'une fois de plus, Paris avait montré son talent pour arranger un repas scandaleusement décadent. Du canard rôti et des petites asperges sautées dans du beurre aux herbes et citronné, nappées avec de la sauce au chocolat belge. Le dessert était composé de tranches de bananes et de gaufres pâtissières croustillantes, caramélisées dans une poêle jusqu'à être croquantes, servies à côté d'une crème glacée à la vanille, le tout nappé avec du caramel et du chocolat blanc. Aussi plaisantes soient-elles sur sa langue, même les saveurs qui donnaient l'eau à la bouche ne pouvaient persuader son estomac d'abandonner les papillons qui l'agitaient pour un plaisir bien plus tentant.

Occasionnellement, quand elle le pouvait, Katianna lançait des regards à la dérobée vers Paris, comme si la connexion qu'elle ressentait pour celui qui endurait ce qu'elle subissait pouvait la faire se sentir moins craintive, moins ébranlée. Comme d'avoir son meilleur ami à ses côtés, même si cela signifiait que tous les deux avaient des problèmes par association. Et pour le moment, l'humeur de son ami, comme ses nerfs, ne s'était pas beaucoup améliorée. Mais elle se demandait si une part de l'inconfort de Paris ne venait pas du fait d'être nourri par Diesel. Elle n'arrivait pas à imaginer un homme être à l'aise en étant nourri par un autre. Même un homme avec la meilleure éducation, était toujours un glouton lorsqu'il s'agissait de manger et préférait la liberté de performer le rituel avec ses deux mains, et celles de Paris étaient attachées en ce moment, tout comme les siennes.

Quant à Diesel, il semblait être à deux doigts de renverser l'assiette du dîner sur ses genoux et sur l'érection luttant pour se libérer du lourd manteau noir. Il envisageait peut-être d'ordonner à Paris de manger le reste de son plat sur son corps, au lieu de le nourrir du bout des doigts. Paris semblait l'avoir remarqué aussi, mais contrairement à lui, Diesel semblait trop retenu pour faire quoi que ce soit à ce sujet.

Le temps semblait s'écouler à un rythme précipité et avant qu'elle s'en aperçoive, le dîner prit fin, tout comme ses pensées vagabondes. Trenton les fit marcher, Paris et elle, sur ses talons jusqu'à la scène. Derrière eux, une file d'hommes et de femmes, magnifiquement nus et attachés pour le lot d'enchères – chacun d'eux piégé dans sa propre tempête émotionnelle. Certains pas si silencieusement, nota Katianna alors qu'elle entendait les gémissements réprimés et quelques reniflements, bien qu'elle n'ose pas regarder.

Trenton s'arrêta sur le côté de l'estrade, se tourna et baissa les yeux vers elle. Elle sentit son cœur remonter dans sa gorge et se demanda par quelle grâce elle ne s'évanouissait pas sur place. La douce caresse de ses mains, même à l'intérieur de ses gants, l'atteignait. Ses yeux forts et puissants lui disaient de rester tranquille. Son regard en ce moment la possédait et la détenait. Il prit les plis de sa jupe de ses mains, lâcha la quantité démentielle de tissu en excès sur le sol et la répandit autour de ses pieds, puis il fit quelques ajustements à ses cheveux afin qu'un téton effronté filtre à travers. Juste assez pour qu'il sache qu'ils l'attendaient, qu'ils attendaient que sa bouche vienne sur eux afin de les sucer jusqu'à ce qu'ils soient douloureusement durs et brûlent pour plus de lui.

Quand elle fut « disposée » à sa convenance, il la récompensa d'un doux baiser sur le front. Puis il se tourna afin de s'occuper de Paris de la même façon, repositionnant les bras attachés dans son dos. Paris fut agenouillé près de Katianna et Trenton le fit reculer jusqu'à ce qu'il soit assis sur ses talons, puis il lui donna le même baiser affectueux sur le front.

Les suivants à recevoir l'attention de Trenton furent ses invités et à leur plus grande joie, le moment pour lequel ils étaient venus arriva enfin.

Trenton s'avança vers l'allée du podium, ses mains le long de son corps alors qu'il marchait dans un contrôle parfait de lui-même et des personnes autour de lui. Lorsqu'il atteignit l'extrémité de l'estrade, il pressa ses mains derrière lui et s'inclina. Toute la salle applaudit bruyamment alors qu'il pivotait d'un côté à l'autre afin d'offrir le même salut respectueux à tous.

Une ovation s'éleva, lui donnant le signal, et Trenton interpella la foule comme il l'avait fait lors de l'anniversaire de Marcus. Seulement cette fois, le Dominus régnait en maître.

Le premier esclave présenté fut une femme. Une tendre peau ivoire et des mèches blond vénitien étalées sur ses épaules pour lécher ses seins savoureux et ses tétons rosés. Diesel l'escorta, ses mains sur sa nuque, la gardant sous son contrôle. Il les contrôlait tous avec cette caresse, mais ce contact ferme leur donnait aussi un réconfort, leur donnait ce qu'ils étaient venus chercher : une soumission au contrôle d'un Dominant. Ils s'étaient résignés à ça, à voir leur contrat de soumission vendu au plus offrant. Dorénavant, quels que soient les actes décadents qu'ils subiraient, ils ne pouvaient rien y faire. La reddition avait déjà commencé.

Et alors que chaque corps adorable était amené, un par un, certains cédèrent leurs larmes aussi bien que leurs corps.

Tout se passait bien. Ils venaient juste d'achever le premier groupe d'esclaves, celui pour lequel le complexe de l'île avait acquis près de la moitié des soixante-cinq esclaves offerts pour deux à six mois de servitude ; ils en avaient pris trente au lieu des vingt prévu pour le complexe. C'était l'avantage d'avoir la présence de certains investisseurs majeurs de l'île.

La longue séance fut suivie d'un entracte, un dont Katianna avait besoin. Trenton l'escorta jusqu'aux toilettes pour dames, l'aidant à rassembler sa jupe. Elle bondissait pratiquement sur ses pieds, attendant avec impatience que Trenton l'abandonne. Lorsqu'il ne bougea pas de la porte, son expression s'assombrit.

— Tu ne vas pas sortir ?

— Non, répondit-il en se tendant.

— Trenton ? demanda-t-elle avec des yeux ébahis.

Trenton ignora l'explosion, recula contre le mur, et croisa les bras sur sa poitrine, lui faisant clairement comprendre qu'il ne bougerait pas.

— S'il te plaît, supplia-t-elle, ne sachant pas combien de temps elle pourrait retenir sa vessie.

Trenton jeta un coup d'œil à sa montre.

— Nous n'avons pas beaucoup de temps, Kat. Et je n'aurai pas d'autres occasions de t'amener ici avant la prochaine enchère, qui comporte vingt-huit personnes dans le listing. Es-tu certaine de vouloir être obligée de te retenir pendant si longtemps ?

Kat fronça les sourcils, puis elle s'approcha du lavabo, ouvrit le robinet pour faire couler l'eau avant de se rendre dans la cabine, n'appréciant pas du tout le rire qu'elle entendit émaner de lui.

Pendant le temps libre que Trenton eut après la seconde manche de l'enchère, il déambula à travers la foule en serrant des mains et en félicitant plusieurs vainqueurs d'enchères lorsqu'il les repérait, mais son objectif principal pour son trajet détourné vers la scène était de s'arrêter près de la table de Dane afin de vérifier les progrès des transferts de fonds. Il attira Katianna sur ses genoux et pinça son cou et ses épaules tandis que Dane lisait à haute voix les transactions effectuées jusque-là, savourant manifestement sa position et Kat eut l'impression qu'elle fondait dans l'étreinte de son royaume.

Cardiff Matisse fit une apparition, s'approchant pour complimenter Trenton sur l'évènement fastueux et pour s'enorgueillir de son achat récent d'un esclave masculin. Le vieil ami était en train de se pencher pour poser un baiser sur la joue du Dominus lorsqu'il repéra Paris. Il s'interrompit immédiatement et se précipita vers lui. Ses mains se levèrent pour embrasser le visage de l'homme.

— C'est toi, balbutia Cardiff, ses mains balayant la poitrine de Paris, ses bras, le touchant comme pour se convaincre qu'il était bien là en chair et en os. Je t'ai cherché partout. S'il te plaît, je ferai tout afin que tu reviennes, plaida Cardiff.

— Cardiff ! Retirez vos mains de mon esclave, aboya Trenton en guise d'avertissement.

Cardiff était un bon ami, mais bien trop de personnes avaient voulu faire la même chose. Alors il ne pouvait faire aucune exception aujourd'hui.

Cardiff recula comme demandé, mais ses yeux restèrent vrillés sur Paris, et quelque chose dans le regard du vieil artiste rappela à Trenton le commentaire de Rashawn – *que le vieil homme avait perdu la tête.*

Trenton jeta un regard noir à Paris qui observait la retraite du vieil artiste avec un regard puissant et lascif.

— Paris, aboya-t-il à son attention en pointant le sol à ses pieds.

Paris s'approcha, tombant rapidement sur ses genoux et s'inclinant jusqu'à ce que sa tête repose sur les hanches de Trenton. Il resta là silencieusement alors que Katianna s'approchait de lui. Paris savait que Trenton lui offrait l'assurance qu'elle était sienne et que personne ne la toucherait comme Cardiff venait de le faire avec lui. Sachant que le Dominus était occupé, Paris reporta son regard vers la direction qu'avait prise l'artiste, et bien sûr, il était là, appuyé contre le comptoir, commandant une boisson. Cardiff regarda vers lui et le vit l'observer. Le vieil homme vida prestement son verre, les yeux vrillés dans sa direction. Paris frotta délibérément sa tête contre les reins de Trenton, rien que pour le stimuler un peu plus – *Regarde ce que je peux faire pour le Dominus. N'adorerais-tu pas que je fasse ça pour toi ?*

Trenton était presque perdu dans ses sensations. Avoir Katianna se tenant devant lui, l'image parfaite d'une petite déesse dans sa robe crème vaporeuse... Ses bras étaient retenus dans son dos avec des menottes argentées sur mesure, poussant ses seins en avant afin de le tourmenter et de le défier avec ses tétons si durs qui filtraient à travers les lourds colliers de coquillages qui pendaient à son cou. Sa licorne rêvée l'admirant, se soumettant à lui. Même Paris, soumis à ses pieds ajoutait à son emportement. Ce pouvoir, la séduction contrôlée qu'il avait sur ses invités et sur l'évènement au fur et à mesure de son déroulement, le faisait déborder d'énergie. Il baissa la main afin de la passer dans les cheveux de Paris et l'attira plus étroitement contre son corps. Il sentit les lèvres de ce dernier sur son poignet et sur ses paumes alors que le jeune homme embrassait la main qui le commandait.

Que Trenton ne donnerait-il pas pour que la soirée soit finie et qu'il puisse les emmener tous les deux vers leur chambre et avoir le champ libre avec eux. Seulement, il ne pouvait pas le permettre. La nuit qu'il passerait avec Katianna, il n'aurait qu'elle. Elle aurait son attention pleine et entière lorsqu'il la revendiquerait. Il se pencha, volant un baiser brûlant sur ses lèvres. Elles étaient gonflées tout comme ses tétons, et c'était un bon signe. Il savait qu'elle avait peur, mais le fait qu'elle soit également excitée signifiait qu'elle avait un équilibre sain sur la tempête de ses émotions.

— *Mmmm*, murmura-t-il alors qu'il inclinait la tête en arrière afin de s'éloigner d'elle, prenant sa lèvre inférieure avant de la libérer complètement. Tu es si parfaite pour moi.

Il caressa ses lèvres de son pouce, envisageant un autre baiser, mais il avait besoin de se préparer pour la manche suivante. Il était dur comme de la pierre sous son manteau long et stylé, et un baiser supplémentaire ne lui suffirait pas.

— Assez, Paris.

Son ordre était plus doux qu'il aurait dû l'être et donnait à Paris bien trop de crédit que son orgueil devrait en recevoir. L'homme nourrissait la luxure des autres personnes et la révélait en eux. Et avant que Paris ne fasse comme exigé, il le prouva en léchant le renflement sur le pantalon de Trenton dans un acte vulgaire et débauché. Les doigts de Trenton se crispèrent dans les cheveux de Paris et il tira la tête du vaurien en arrière afin de le regarder.

— Je devrais te donner des coups de cannes pour ça.

Paris se lécha les lèvres, tordant sa tête dans la poigne de Trenton afin de lécher son poignet et l'embrasser à pleine bouche, ne montrant aucune honte pour ce qu'il faisait. Trenton devait lui rendre justice, Paris connaissait la séduction comme aucun homme qu'il avait croisé, mais tout de suite, l'ange déchu avait besoin d'être maîtrisé.

— Veux-tu que je te mette un bandeau sur les yeux ?

Le jeu tumultueux de Paris s'arrêta brusquement.

— Non Dominus.

Trenton lui fit un sourire supérieur.

— Alors, arrête tout de suite.

Paris arrêta comme demandé et inclina sa tête.

— Oui, Dominus.

(ʘ‿ʘ)

Paris détestait le bandeau. Sans sa vue, il ne pouvait pas savoir où il était ni contrôler son environnement. C'était si facile de donner un bref coup d'œil à un homme, l'associer à un léchage de lèvres, et il pouvait tous les attirer. Mais aveuglé, il trébuchait littéralement dans le noir, et alors le contrôle lui était vraiment retiré.

— Bon garçon. Maintenant, mets-toi sur tes pieds.

Trenton tapota sa tête, mais ne lui prêta pas assistance alors qu'il bougeait prudemment ses pieds afin de pouvoir se lever.

Trenton s'approcha de Katianna, détacha ses menottes et les positionna devant elle avant de les attacher à nouveau. Il rassembla suffisamment les plis de sa jupe afin de lui permettre de marcher sans trébucher et plaça le tissu dans ses mains.

— Nous allons marcher un peu avant que la prochaine manche commence.

Son regard se déplaça ensuite vers Paris.

— Marche à côté d'elle, pas devant elle, ni derrière elle. Vous me suivrez tous les deux directement comme il vous l'a été ordonné, plus tôt dans la soirée.

Il posa un doigt sur les lèvres de Paris puis sur celles de Katianna, comme un moyen détourner de leur délivrer un baiser à chacun, les gardant tous deux silencieux, puis se tourna et reprit sa route vers la foule d'invités dans la salle de bal. Sa main se leva, pressant le micro caché sous le col de son manteau.

— Patronus, tu te joindras à moi à partir de maintenant.

☙❧

Cardiff s'était transformé en une épave ivre pendant qu'il observait son ange noir se tenir derrière le Dominus, le tentant. Il frottait son sexe à travers son pantalon sans se soucier de qui l'observait. Il mourait d'envie de goûter à nouveau cet homme et il supplierait pour l'avoir, si c'était ce qu'il fallait. Il avait attendu pendant le déroulement de l'enchère, espérant que le Dominus placerait Paris sur l'estrade. Il s'était préparé à dépenser chaque euro qu'il avait - et même plus - pour acheter l'homme et ensuite l'enfermer dans une cellule afin qu'il ne puisse plus jamais s'enfuir. Mais lorsqu'il devint clair que Dominus n'avait aucunement l'intention de vendre Paris, préférant le garder pour lui-même, Cardiff perdit tout sens des réalités.

La troisième manche d'enchères touchait à sa fin, les mises avaient été lancées pour le dernier esclave de la session. Avec le Dominus toujours occupé sur scène, Cardiff se fraya un chemin vers son amant angélique. Il atteignit le côté de l'estrade où Dominus gardait les deux soumis, et se précipita immédiatement derrière eux.

— Je dois t'avoir ! s'exclama l'artiste vieillissant, attrapant Paris et le faisant pivoter afin de lui faire face.

☙❧

Katianna se retourna sous l'agitation, trouvant l'homme du musée parisien en train de manœuvrer Paris. Elle chercha Trenton des yeux, mais il était encore sur scène et n'avait rien remarqué. Elle ne pouvait pas hurler, sachant que cela donnerait une mauvaise image et elle ne voulait pas le contrarier ou faire le mauvais choix. Il y avait de nombreux gardes dans les parages, ils verraient ceci suffisamment tôt... *n'est-ce pas* ?

— Pitié, je dois te posséder !

Cardiff tenait Paris par la tête et tentait de le forcer à l'embrasser.

Paris essayait de se lever, rejetant la tête en arrière autant qu'il le pouvait, incapable de repousser la prise désespérée du vieil homme sur lui, pas alors que ses bras étaient toujours attachés derrière lui.

— Tu dois me revenir.

Katianna pouvait voir que Paris était piégé, incapable de se mettre debout, incapable d'échapper aux avances de Cardiff qui lui léchait le visage dans une tentative de gagner ses lèvres.

— Laissez-le tranquille ! cria-t-elle finalement, puis elle entendit l'agitation de la foule alors que tous les yeux se tournaient vers eux.

— Écoute, le Dominus... il a déjà son canari, déclara Cardiff en ne cédant pas à sa demande. Il ne peut pas t'avoir. Je t'ai eu le premier. Tu m'appartiens !

(ꞏ꜀ꞏ)

Paris s'inclinait en arrière aussi loin qu'il l'osait, espérant déloger la prise de l'homme sur lui, mais Cardiff ne voulait pas le laisser partir. L'artiste, dont Paris avait autrefois partagé le lit comme rémunération afin de poser pour une sculpture, avait clairement perdu l'esprit. Paris n'avait aucune intention de retourner un jour dans son lit. Mais il était impuissant pour se libérer de la prise du vieil homme. Il connaissait une seule autre façon de s'en sortir, et c'était de retourner la situation.

— Alors, suce-moi vieil homme ! tempêta brusquement Paris à Cardiff. Si tu veux que je vienne avec toi, tu dois prouver que tu peux me satisfaire et sucer ma queue !

Cardiff fléchit sous son propre désespoir, ses mains se détachant déjà de Paris et bougeant vers sa ceinture et son pantalon. Paris réussit à se mettre debout. Seule une pensée ancrée au fond de son esprit lui rappela que la petite souris se tenait à côté de lui. Un regard rapide par-dessus de son épaule et il vit que Katianna le fixait avec horreur, mais il ne pouvait pas lui expliquer. Pas maintenant. Même lorsqu'il sentit ses mains menottées attraper son bras, il ne put empêcher ce qui se passait.

Katianna avait l'impression d'être dans une guerre de tiraillement pour garder Paris loin de l'homme, mais ses tentatives étaient faibles en comparaison de celles du vieil artiste. Elle avait vu la panique sur le visage de Paris, mais qu'il ordonne au vieil homme de le sucer n'avait aucun sens. Elle leva à nouveau les yeux vers Trenton qui était conscient de ce qui avait lieu derrière lui, la rage réchauffant son visage, sa main serrée sur l'esclave féminine qu'il conduisait par le bras et qu'il poussa dans les bras d'une autre personne. Chaque muscle de son corps s'élança vers eux, une fois qu'il fut libéré de sa responsabilité.

— Cardiff ! hurla Trenton en approchant du bord de la scène.

Il y avait d'autres personnes se frayant un chemin vers eux et elle vit Diesel parmi elles.

Cardiff était déjà à genoux, tentant de retirer la large ceinture de cuir qui complétait l'ensemble gladiateur de Paris.

Ce dernier était presque fou, criant encore et encore à l'homme de *le sucer*. Mais avant que Cardiff puisse obéir, l'enfer se déchaîna sur la scène autour d'eux, ou quelque chose qui y ressemblait énormément, lorsque Trenton tenta de détacher Cardiff de Paris.

— NON ! Je l'ai eu en premier.

Cardiff lança un coup de poing vers Trenton, se retournant pour enrouler ses bras autour de Paris et le tenir.

— Il va rentrer à la maison avec moi.

Cardiff lutta contre Trenton et les autres, refusant de laisser partir l'objet de son désir désespéré, convaincu que le regard sauvage dans les yeux de Paris était pour lui, et seul leur éclat sensuel gardait Cardiff à la porte de la folie.

— Paris ! Arrête ! lui cria Katianna.

Les gens se rassemblaient autour d'eux – Trenton, Diesel et plusieurs dirigeants et gardes de l'hôtel. Trop de personnes s'étaient aventurées sur et près de la scène maintenant. Certaines essayaient de ramener Cardiff sous contrôle, d'autres désiraient simplement des places aux premières loges afin d'être témoins de la fureur qui avait été relâchée. Puis brusquement, tout ça se dissipa et la dernière chose que Katianna sentit fut un coup à l'arrière de sa tête lorsqu'elle fut projetée sur le sol.

Dans leur suite à l'étage, Trenton arpentait le sol, ses yeux revenant sur Katianna à chaque demi-tour, souhaitant qu'elle revienne à elle, mais presque reconnaissant qu'elle ne le fasse pas vu qu'il avait toujours Paris à gérer.

— Explique-moi, Paris, pourquoi Cardiff est-il là dehors, comme une espèce de pervers obsédé par ta queue !

— Il y a quelques années, j'étais au musée *L'Art du Corps* avec la tournée de statues vivantes. Nous étions engagés afin d'être à l'affiche pendant un mois. Quand notre étape là-bas s'est achevée, Cardiff m'a supplié de rester, de poser pour une de ses sculptures pour la nouvelle galerie qu'il avait déjà lancée. Il m'a offert une somme rondelette, mais j'ai demandé quelque chose de différent.

— Qu'est-ce que c'était ?

Trenton s'arrêta, ses yeux s'agitant sous un sourcil épais.

— Qu'il se soumette dans mon lit. Et pas seulement pour une nuit, mais pour aussi longtemps que je devais rester afin que la sculpture soit complétée et aussi souvent que je le demandais.

Trenton se tourna lentement, son regard vrillé à celui de Paris avec incrédulité.

— J'ai attendu sa réponse pendant trois jours. Ce n'est que lorsque j'ai décidé de l'envoyer promener qu'il a cédé. Il ne savait pas que le sexe pouvait être si bon avant de m'avoir.

Le regard de Trenton s'assombrit en observant monter la soif avide de Paris. Comme s'il était une nymphe androgyne ou un démon avec une soif de sexe à la place d'une soif de sang.

— J'ai un appétit vorace et j'ai fait en sorte d'être très bien indemnisé pendant mon séjour.

Paris se lécha les lèvres au souvenir s'attardant de l'orgie de sexe qu'il avait reçue de la part du célèbre artiste et de ses nombreux assistants.

— Fils de pute... Tu es l'ange de marbre noir qu'il a sculpté en train de le séduire.

L'apparence lascive de Paris devint diabolique.

— Je ne l'ai pas vu, mais j'ai entendu dire qu'il était vraiment magnifique.

— Comment as-tu pu ne pas le voir si tu étais son modèle ?

— La sculpture de l'Ange dont on m'a parlé n'est pas celle pour laquelle j'ai posé.

Diesel s'approcha.

— Pour quelle sculpture as-tu été engagé ?

Paris jeta un coup d'œil par-dessus son épaule vers Diesel.

— Elle n'existe plus. Cardiff l'a détruite lorsque j'ai refusé de rester en tant qu'amant permanent.

— Eh bien, tu pourrais très bien l'avoir détruit en retour.

Trenton confirmait que l'homme au rez-de-chaussée n'était plus lui-même.

— Je ne l'ai forcé à rien. Mon lit était mon prix et il y est venu de son plein gré. Je n'ai jamais dit que je resterais avec lui.

— Pourquoi ne l'as-tu pas fait ? demanda Diesel.

— Comme je l'ai dit, j'ai un appétit vorace. Il finissait trop vite et ne pouvait pas me prendre sur toute ma longueur. J'ai besoin des deux sens et il était défaillant pour les deux.

— Pourquoi l'avoir séduit alors ? s'enquit Trenton en agitant ses mains.

— Il est le célèbre Cardiff Matisse...

Paris secoua la tête, la réponse à cette question aurait dû être évidente, même pour Trenton.

— Il était acclamé comme un amant de génie. Ils disaient que sa soif ne pouvait jamais être rassasiée. Comment pouvais-je résister à la tentation ?

Trenton frotta son visage. Il ne doutait pas de ce que Paris lui racontait. Son frère le plus proche avait le même problème, ne trouvant jamais un amant qui pouvait supporter sa faim... ou sa taille. C'était déjà suffisamment difficile de trouver quelqu'un qui pouvait vous prendre aussi souvent que vous pouviez céder, mais devoir supporter quelqu'un d'une taille extraordinaire limitait encore plus les choses. Diesel était monté comme un cheval, ce qui le laissait souvent insatisfait avec ses amants d'une façon ou d'une autre.

Quant à Cardiff... qui pouvait dire, le cas échant, si quelque chose pouvait être fait pour le sauver de sa propre folie ? Ce sort si souvent partagé par tant d'artistes de génie était également le sien. Heureusement, son fils Rashawn l'avait accompagné ici pour l'évènement et avait été capable de le conduire à leur chambre afin de prendre soin de lui après que les urgentistes lui avaient donné quelque chose pour l'aider à se détendre.

Paris observa silencieusement alors que Trenton s'agenouillait près de Katianna, toujours évanouie sur le lit. Il le regarda alors qu'il se tendait vers elle de toutes les manières possibles, comme s'il avait le pouvoir de l'atteindre dans ses rêves et de l'en ramener. Seulement, elle ne revenait pas, pas encore du moins.

Paris se sentait mal, parce qu'il avait causé cela. Le week-end avait été presque parfait, à l'exception de Diesel le droguant au lieu de l'emmener au lit. Il aurait pu se passer de cette partie, mais pour ces deux-là, son inquiétude était de savoir comment cela l'affecterait, elle.

C'était quelque chose qui avait déconcerté Paris, allait contre son sens de la logique. Si une relation était tellement fragile que vous deviez prendre des précautions avant de franchir chaque étape, alors la relation n'avait pas lieu d'être. Elle était destinée à échouer. Mais en regardant Trenton à présent, la façon dont chaque fibre de cette petite femme avait son attention, Paris prenait conscience que ce n'était pas la relation qui était fragile, pour faire simple, c'était elle.

Katianna, malgré toute sa curiosité amusée et son intelligence, n'était pas une femme moderne. Les femmes d'aujourd'hui étaient intrépidement indépendantes, elles faisaient des affaires, s'engageaient au combat, choisissaient même parfois de ne pas s'encombrer d'un homme pendant de larges périodes de leurs vies. Que le monde soit damné si un homme essayait de dire à ces femmes quoi faire. Katianna n'était pas l'une de ces choses.

Elle était l'une de ces curieuses verreries soufflées à la main ou l'un des œufs Chanel, ou le diamant Hope. Une petite souris vivant dans une ville de Titans. Quiconque aimerait une telle personne ferait légitimement tout ce qui était en son pouvoir pour l'abriter et la protéger, parce que c'était vraiment nécessaire. Tout l'effrayait, et elle était si petite que tout était une menace. Une petite partie d'elle détenait cependant cette survie des gens de la mer, aussi longtemps qu'elle avait un rocher robuste et fort auquel se tenir, quelque chose de solide auquel se raccrocher, ou les pans de la chemise d'un homme, elle était en sécurité. Sans ça, elle était à la merci des tempêtes, poussée et écrasée contre les rochers.

La plupart des hommes d'aujourd'hui n'étaient pas faits pour ce genre de responsabilité. L'espèce masculine était devenue terriblement paresseuse depuis l'éveil de l'indépendance féminine. Dans un monde *vanille*, Katianna aurait probablement fini mariée à un péquenot qui la garderait occupée à préparer le dîner, tenir la maison propre, élever les enfants, et sucer la queue de son mari pendant qu'il se détendait, regardait le football avec ses potes, et descendait un pack de six bières tous les soirs. Quand il serait l'heure d'aller se coucher, il s'allongerait à côté d'elle, grognant comme un chien jusqu'à ce qu'il tire sa charge et puis roule sur lui avant de s'endormir. Sans penser une seconde à la tenir ou à lui donner ce dont elle avait besoin. La petite souris ne dirait jamais un mot – ne se plaindrait jamais – parce que c'était ce que la vie lui avait donné. Elle serait misérable, jamais heureuse.

Pas dans les bras de Trenton. Trenton connaissait les besoins profondément enfouis en elle et voulait y pourvoir. Il la sonderait, la préparerait pour chaque engagement, l'équiperait avec des champs de force de science-fiction super puissants, des gants blancs, des oreillers de velours, et beaucoup de sex-toys. Elle ne trouverait jamais le bonheur dans une autre relation comme elle le trouverait ici avec cet homme. En devenant l'Esclave de Vie du Dominus.

Elle devait le savoir. Certainement, elle ressentait la chaleur et la sécurité lorsqu'elle était dans ses bras. Mais elle était également effrayée – effrayée de faire le grand saut, d'une définition du monde à une autre.

Avez-vous déjà observé un de ces films – disons un film de Steven Seagal – où le train roule sur les voies à plus de 300km/h et la bombe est sur le point d'exploser et tout le monde, y compris vous, êtes sur le point de mourir si vous ne dégagez pas de là dans les cinq secondes ? Et ensuite, il y a ce bon vieux Steven, tout calme, sans une goutte de sueur sur son aura qui hurle « Je vais te sauver ». « Saute, je te rattraperai. » Oui, bien sûr. Est-ce qu'ils sont fous ? Sauter ? Sans filet de sécurité ? Mais c'était ça... Trenton *était* son filet de sécurité et elle avait besoin d'entendre ça de la bouche de quelqu'un d'autre que lui. Qu'elle pouvait faire le saut et qu'il la rattraperait. Paris voulait le lui dire avant qu'il soit trop tard. Qu'il l'avait vu de ses propres yeux pendant qu'elle ne regardait pas, mais l'occasion était passée. Elle ne se réveillait pas et Diesel était déjà à la porte, attendant de retourner avec le Dominus à la dernière enchère de l'évènement.

Trenton jeta un coup d'œil à sa montre, il arrivait à court de temps. Bien que Diesel soit capable de s'occuper des préliminaires, c'était toujours à lui de conduire l'enchère finale. Cela serait court, il y avait seulement trois ventes, les jumeaux et les deux femmes se donnant elles-mêmes pour un contrat de cinq ans. Cela ne prendrait pas longtemps, mais cela signifiait quand même qu'il devait laisser Katianna seule. Il caressa légèrement son visage avec le dos de ses doigts.

— Réveille-toi Katianna, chuchota-t-il si doucement qu'il doutait qu'elle puisse entendre combien il avait désespérément besoin d'elle.

Son regard passa sur elle comme s'il cherchait cet élément manquant, une part d'elle qu'il n'avait pas encore découverte. Mais il connaissait chaque parcelle de son doux visage, éveillé et endormi. Il embrassa gentiment ses lèvres avant de se lever.

— Alors, dors jusqu'à mon retour.

Il devait y aller. Se détourner de ses responsabilités maintenant briserait sa position en tant que Dominus et cela serait désastreux pour les esclaves et soumis qui attendaient de lui de toujours veiller sur leurs contrats et leur bien-être.

Sauf que Trenton savait, à la seconde où il quitta la chambre, que c'était une erreur de laisser Katianna, et il redoutait déjà que des conséquences qu'il ne pouvait pas envisager arrivent bientôt.

CHAPITRE VINGT-NEUF

Katianna errait sur la plage, laissant la brise agitée souffler autour d'elle. Elle adorait cette sensation, qui lui rappelait sa maison en Floride lorsqu'elle se tenait sur la plage et observait les tempêtes estivales remonter les côtes la nuit ; les démonstrations extraordinaires de la nature lorsque les éclairs illuminaient le ciel, le morcelant en un million de fragments, comme du verre brisé. Les nuages gras et noirs qui tourbillonnaient autour du foyer orageux scintillant et flashant d'un réseau de couleur comme une symphonie visuelle. La meilleure partie était la brise chaude marine et l'odeur de sel propre qui venait avec elle.

L'odeur la purifiait, tandis que les vents dansaient autour d'elle, soufflant sa déprime ou simplement caressant sa joue alors qu'elle pleurait. *En cet instant, la tempête était sa tempête, elle était là parce que c'était ainsi qu'elle se sentait à l'intérieur.* Vu qu'elle ne savait pas comment en sortir, elle soufflait – et tourbillonnait – et hurlait avec ces vents féroces autour d'elle, et la mer s'écrasait et aspergeait, alors que le ciel explosait et tonnait ses émotions pour elle.

C'était ce qui se passait maintenant – pleurer. Ce soir avait été une telle débandade de peur et d'excitation. Comme des tours de montagnes russes, l'un après l'autre sans la moindre hésitation pour reprendre son souffle. Mais lorsque son wagon avait déraillé – qui avait été là pour la rattraper ?

Personne.

Trenton n'avait pas été là comme il avait promis qu'il le serait. Elle était restée là sur la scène alors que l'artiste français vieillissant devenait fou. Elle était convaincue que Cardiff aurait violé Paris si personne n'était intervenu. Puis Paris lui-même avait hurlé sur l'homme, l'avait défié, avait encouragé sa folie dans une ferveur surexcitée. Elle ne savait pas quoi faire de tout ça. Elle avait cru voir de la peur sur le visage de Paris à un moment, seulement pour voir son visage briller de luxure une seconde plus tard. Et puis la foule se rapprochant autour d'eux, et ensuite la bagarre qui l'avait placée plus près. Elle avait été prise au milieu. Si près qu'elle avait fini frappée par quelqu'un. C'était la dernière chose dont elle se souvenait. Et la chose suivante fut qu'elle s'était réveillée et que Trenton était parti, il l'avait laissée pour retourner à l'enchère. Elle était assise dans sa chambre vide, se sentant complètement abandonnée.

Elle frotta l'endroit douloureux contre sa mâchoire, craignant que le bleu soit là dans la matinée, puis frotta l'arrière de sa tête là où elle pouvait clairement sentir le nœud de l'hématome. Avec lui revinrent les souvenirs mélangés d'une horreur plus ancienne. Et plus de larmes envahirent ses yeux jusqu'à ce qu'elle en soit aveuglée.

Abandonnée – pas exactement, mais douloureusement proche de la fois où elle était rentrée chez elle pour trouver toutes ses possessions dans le couloir de son appartement, là où elle avait vécu avec Garrett Steton pendant cinq ans.

Elle aurait dû voir ceci arriver. Qu'une fois piégée dans cette situation où elle désirait plus que ce que la vie lui donnait vraiment, elle serait larguée, comme une sorte de malédiction. Ce fantasme de Trenton était seulement un jeu de désir maléfique pour lui et elle avait oublié qu'il était si facilement capable d'y mettre fin.

Lorsqu'elle n'avait pas été en mesure de rester avec lui, il était parti. Elle ne pouvait pas le supporter, sa poitrine souffrait, sa tête souffrait... *son fichu cœur souffrait.*

Elle sentit la tempête s'amplifier jusqu'à ce qu'elle ne puisse plus la contenir. Elle inclina sa tête en arrière, laissant sortir son angoisse et sa douleur dans un cri tonitruant qui fut attrapé par le vent qui sifflait autour de sa tête, et emporté vers la mer.

CHAPITRE TRENTE

Trenton se tenait au bord de la plage, examinant l'horizon de l'étendue de sable qui allait aussi loin que l'œil pouvait voir ; une vue illuminée d'un éclat éblouissant alors que les rayons de soleil matinaux se reflétaient sur la plage. Lui et ses hommes remontaient et descendaient la plage depuis deux heures maintenant à la recherche de Katianna. Mais ses craintes retournèrent vers l'hôtel, au moment où il était revenu dans leur suite afin de veiller sur elle, seulement pour découvrir qu'elle était partie. La sécurité l'avait montrée sur vidéo quittant le bâtiment et l'un des portiers se rappelait l'avoir vu monter dans un taxi. Une vérification à leur accueil avait indiqué qu'elle en avait commandé un pour une adresse dans les Hamptons.

Trenton avait instantanément appelé Canton, son garde s'occupant d'Amelia, qui avait confirmé que Katianna était arrivée peu de temps avant que la tempête frappe et qu'elle était partie se promener sur la plage, ce qui expliquait pourquoi elle ne répondait pas à ses appels. Et il en avait passé beaucoup. Trenton avait été piégé entre ses devoirs en tant que Dominus, ayant besoin de conclure l'évènement, et ses responsabilités envers Katianna, la femme qu'il aimait plus que tout. Elle avait sans aucun doute été laissée dans un état émotionnel brisé lorsqu'elle avait eu besoin qu'il soit là pour elle. Cependant, il avait été incapable de quitter l'évènement. Il avait cent quinze esclaves qui attendaient d'être transmis à leurs nouveaux maîtres, et c'était un moment qui devait être géré avec précaution. Il ne pouvait pas partir avant que ce soit fini. Alors, il s'était trompeusement convaincu que la laisser dormir toute la nuit serait bon pour elle.

Mais maintenant ? Maintenant, personne ne savait où elle était.

Troy avait été mis au courant de ce qui s'était passé pendant la nuit lorsqu'il était venu relever Canton vers 4:00 pour le changement de garde. Canton avait vu Katianna errer sur la plage après que le taxi l'avait déposé, mais il ne l'avait pas vue revenir et aucune lumière ne s'était allumée à l'intérieur de la maison d'hôtes. Ce n'était pas entièrement inhabituel, vu que ce n'était pas sa première déambulation nocturne sur la plage ; d'autant plus qu'il y avait une tempête orageuse sur la côte. Il avait appris depuis longtemps qu'elles étaient une vraie attraction magnétique pour elle. Quand les tempêtes approchaient, dehors elle allait.

Mais la nuit dernière avait été différente. Troy savait que Trenton l'avait emmenée avec lui à la soirée et que cela devait être déstabilisant, voire carrément terrorisant pour la jeune femme. Troy ne comprenait pas toute cette merde de Dom/sub, et il se foutait vraiment de ce que les autres faisaient tant qu'ils ne se mettaient pas en travers de sa façon vanille, classique et vieille école de passer du temps avec sa femme.

Cependant, Katianna ne lui avait jamais paru du genre à être dans tout ce truc non plus, et pour son patron qui la pourchassait, cela semblait être une course perdue d'avance. Mais qui diable était-il pour intervenir ? Néanmoins, sachant qu'elle pouvait être rentrée à la maison un peu submergée par la soirée et vu que Canton ne l'avait pas vue revenir, il avait décidé que c'était mieux de franchir la ligne juste une fois. Donc, il avait frappé à sa porte pour voir si elle allait bien.

Lorsqu'elle n'avait pas répondu, il avait jeté un coup d'œil par la fenêtre de la chambre et découvert que le lit était intact. C'est alors qu'il avait passé l'appel à Trenton afin de l'alerter qu'il pourrait y avoir un problème.

Trenton bougea, se tournant pour scruter le manoir. Où pouvait-elle bien être putain ? Il récupéra son téléphone et appela Harper.

— *Oui ?*

— Encore rien ?

— *Nada... La police n'a rien qui suggère que ce soit un acte criminel et rien sur Katianna,* affirma Harper, résumant ainsi sa prospection.

Trenton raccrocha et appela Diesel. Il entendit le téléphone établir la connexion, mais n'attendit pas la réponse pour lancer ses questions.

— Vous êtes sur place ?

— *Ils le sortent du hangar en ce moment.*

— Je veux cet hélicoptère dans les airs et ici a.s.a.p[2]. N'attendez pas un autre appel de ma part.

— *Bien sûr, mais cela va quand même prendre encore trente minutes avant que je le fasse décoller dans les airs, Trenton,* répondit Diesel à travers le combiné du téléphone.

— Contente-toi de le ramener ici.

---

[2] As soon as possible (aussi vite que possible, mais l'acronyme AVQP est rarement utilisé en français)

Il mit fin à l'appel et rangea son téléphone dans sa poche. Il se tourna à nouveau vers la plage, son regard passant d'un côté à l'autre, une main posée sur sa hanche, tandis que l'autre venait ratisser ses cheveux.

— Bordel de merde !

Quelque chose changea, il y eut un mouvement au coin de sa vision et il pivota brusquement vers cette direction.

Ce n'était que le petit zodiac amarré au ponton ; sa corde était lâche et il était poussé vers la côte avec la marée montante. Que croyait-il avoir vu ? Il secoua la tête ; le soleil blanc éblouissant lui donnait des hallucinations maintenant. Il regarda autour de lui, mais il ne vit aucune mouette qui aurait pu passer au-dessus de sa tête, captant...

Et alors il le vit à nouveau...

Un petit morceau de couverture ou de vêtement bougeait à l'intérieur du zodiac, se soulevant puis s'abaissant. Trenton aperçut brièvement des petits doigts attrapant le coin de la couverture et jeta immédiatement un regard dur vers ses hommes qui s'étaient rassemblés autour de lui, dans l'attente de son prochain ordre.

— Vous n'avez pas pensé à regarder dans ce fichu bateau ? hurla-t-il à Troy qui se tenait près de Canton, revenu se mêler aux recherches.

Trenton n'attendit pas la réponse de Troy, traversa le sable et pataugea dans l'eau afin de rejoindre le zodiac. Cela n'exigeait pas d'être un génie ; c'était plutôt évident grâce à la petite forme en position fœtale sous la vieille bâche qui avait été partiellement rejetée, tout comme la couverture indienne à rayures. Celle qu'elle avait toujours sur son sofa.

— Tu es sérieuse ? hurla-t-il au corps endormi.

La couverture s'étira, une masse de cheveux brun ondulé se fraya un chemin d'en dessous, puis des yeux bleu pâle louchèrent, clignant plusieurs fois. La main de Katianna remonta les coins de la couverture afin de protéger ses yeux du soleil matinal alors qu'elle les levait silencieusement vers lui.

— Bordel !

Trenton plongea ses doigts dans ses cheveux puis claqua ses mains sur sa taille.

— As-tu une idée du nombre d'hommes que j'ai lancé sur la plage et dans les environs pour te rechercher ?

Katianna cligna des yeux encore une fois, louchant vers les deux côtés du rivage. Elle se redressa ensuite avec un mouvement groggy et frotta ses yeux, puis le regarda à nouveau, plissant son visage pendant qu'elle le faisait.

— Pourquoi ?

Puis elle se tourna pour bâiller et cligner un peu plus des yeux le temps qu'ils s'ajustent à la lumière éblouissante du soleil.

Trenton se tordit dans un sentiment de complète frustration.

— Pourquoi ? dit-il en secouant la tête, surtout une exclamation pour lui-même de sa propre perplexité. Pourquoi, elle demande…

— Oui, pourquoi ? lui lança-t-elle sèchement.

L'angoisse de Trenton réveillait ses propres émotions concernant la raison de sa présence ici en premier lieu.

Il pivota.

— L'un des gardes t'a vu sortir sur la plage hier soir, mais tu n'es jamais rentrée.

— C'est vrai, acquiesça-t-elle, ajoutant un soupçon de bouderie. Je suis sortie pour une promenade, mais j'ai été prise par la tempête lorsqu'elle s'est approchée de la côte.

Trenton était trop furieux actuellement pour renoncer à cause de sa bouderie.

— Et qu'est-ce que cela a à voir avec toi dormant dans le bateau ?

— Parce que dans le zodiac, le ponton me surplombe. Alors que sur la plage, j'étais une cible facile.

Trenton secouait la tête, toujours incapable de trouver sa logique.

— De quoi est-ce que tu parles Katianna ?

(ᵔωᵔ)

— Allô ? Née à Tampa – la capitale du monde des orages ??? J'évitais d'être touchée et je me suis endormie.

Elle se redressa un peu plus dans le bateau, tirant la couverture autour d'elle.

— Et je dormais très bien jusqu'à ce que tu viennes crier et brailler. Je. Ne. Te. Remercie. Pas, clarifia-t-elle d'une voix forte.

Elle n'avait jamais élevé la voix devant Trenton. Bon sang, elle ne s'était jamais mise en colère contre lui auparavant, mais il était hors de question qu'elle se dérobe devant lui maintenant. Pas alors qu'il allait continuer à lui crier dessus.

Trenton pinça les lèvres, ses mains fermement repliées alors qu'il pointait un doigt vers elle.

— Femme ! Tu vas causer ma mort.

Et il s'enfonça dans l'eau vers le flan du bateau et la souleva, agrippant son dos afin qu'il vienne se blottir entre ses bras.

— Donc, je suppose que tu es en colère contre moi parce que tes hommes n'ont pas pu me trouver, dit-elle en se sentant plutôt vexée par la façon dont il la manœuvrait.

— Oui, je le suis.

— Alors, s'il te plaît, pose-moi. Je ne veux pas que tu me portes quand tu es en colère pour des raisons stupides.

Elle pouvait seulement l'accuser et espérer qu'il la pose, parce que ce serait inutile de lutter.

Il lui jeta un regard en coin qui rendit évident le fait qu'il n'avait pas l'intention de la poser.

— J'ai besoin que tu sois dans mes bras afin de pouvoir me calmer.

Katianna étudia les traits de son visage, les plis profonds sur son front. Il n'était pas seulement en colère, il s'était inquiété pour elle, il avait peut-être même eu peur. Et elle prit conscience que c'était de ça qu'il s'agissait. Ce n'était pas la colère qui avait déclenché ça, mais la peur, et pour les hommes, la peur était une chose qu'ils ne géraient pas très bien, et encore moins le Dominus Trenton Leos. Elle se tordit vers son corps, enroulant ses bras autour de son cou et ses épaules afin de se raccrocher à lui. Reposant sa tête sur son épaule, offrant ce qu'elle pouvait pour calmer son inquiétude et son stress. Souhaitant que cela puisse apaiser un peu ce qu'elle ressentait.

La main de Trenton remonta sous sa prise, remarquant l'humidité de la couverture et il prit conscience qu'elle était trempée.

— Tu es mouillée.

— Tempête, chuchota-t-elle en une courte réplique.

— Tu aurais dû rentrer une fois que c'était sûr, lui asséna-t-il, ne laissant pas couler sa colère, malgré son aveu de la porter pour se calmer.

— Sommeil...

Elle se souvenait pourquoi elle était agacée. S'il pouvait la tenir dès qu'une chose l'énervait, alors elle ne le renvoyait pas avec des excuses logiques, et elle devait renoncer également à ce qui l'avait conduite sur la plage en premier lieu.

Quand tout était devenu fou la nuit derrière, il l'avait laissée... seule. Il n'avait pas été là pour l'aider à dépasser ça... pour l'aider à tenir bon. Cela avait déjà été suffisamment difficile d'avoir dû traverser l'essentiel du week-end sans cette sécurité qu'il lui offrait. Près de lui, oui, mais pas attachée. Sans l'autoriser à s'accrocher, sachant qu'elle avait besoin de ce contact physique pour se sentir en sécurité. Et ensuite, qu'il n'ait plus du tout été là de la pire des manières... cela la brisait. Malgré tout ce qu'il lui avait dit ces dernières semaines, il l'avait laissée tomber. Être le Dominus pour tous les autres était placé au-dessus d'être *son* Dominus. C'était une chose égoïste à laquelle elle aurait dû s'attendre, mais elle avait été submergée et il avait promis.

Elle n'était pas une femme forte et volontaire, elle le savait. Lorsqu'elle avait déménagé de sa petite ville de Floride pour New York, cela lui avait pris tellement longtemps rien que pour s'habituer aux bruits de la ville. Ils la troublaient à un tel point, qu'elle avait souvent l'impression d'être au bord de la dépression nerveuse. En Floride, les nuits étaient remplies des bruits des raclements des tatous et des ratons laveurs dans la cour. Des oiseaux nocturnes et des hiboux s'appelant au-dessus de sa tête. Du va-et-vient des sauterelles et des grenouilles bondissant. Les bruits du jour étaient le bourdonnement classique des gens, voitures, mouettes et bateaux. Mais ici à New York, il y avait cent fois plus de voitures et de cris, de disputes et de coups de feu. Sa seule échappatoire était de créer un bruit de fond de son monde. La musique lorsqu'elle écrivait et un ventilateur près de son lit lorsqu'elle dormait, créant ainsi un faux sentiment de néant afin qu'elle ne soit pas si effrayée.

Alors *non*, elle n'était pas une femme volontaire, elle n'était pas aussi forte que tant de femmes l'étaient. Même à l'école, ses amis ressentaient toujours le besoin de la protéger, tout comme Trenton le faisait souvent. Elle ne demandait pas à être son égale – elle n'avait pas besoin de l'être – elle ne voulait simplement pas être posée sur une étagère dans un placard sombre jusqu'à ce que le besoin se fasse sentir de jouer à nouveau avec elle. Elle voulait être gardée avec lui tout le temps, comme il avait dit qu'il le ferait.

Ce week-end lui avait montré que même en faisant ça, elle serait également aussi terrorisée que sans lui. Il l'avait gardé à ses côtés pendant presque l'intégralité de l'évènement, mais elle avait quand même été pétrifiée. Elle avait été encerclée par les profondeurs de son monde, un labyrinthe bizarre de Maîtres et d'esclaves. Elle avait observé avec horreur alors que nombre de ces mêmes esclaves, qui offraient de se soumettre, pleuraient lorsqu'ils se tenaient sur scène afin d'être mis aux enchères. La scène l'avait mortifiée. Pourquoi ne changeaient-ils pas d'avis s'ils avaient peur ? Fichtre, même Paris, l'homme que Trenton entraînait, avait été dans un tumulte émotionnel toute la journée, et lorsque l'artiste vieillissant l'avait attaqué, il était devenu tout aussi fou que le vieil homme. Elle ignorait combien de temps elle avait été inconsciente, mais lorsqu'elle s'était réveillée, Trenton n'était pas là. Le pire était qu'elle avait cru l'avoir déçu, parce qu'elle n'avait pas été capable de supporter son monde. Il n'avait pas gardé sa sécurité entre ses mains, et avait préféré la laisser entre les siennes à elle. Son passé s'était rappelé à elle en cet instant, la convainquant que ce n'était qu'une question de temps avant que Trenton ne l'abandonne dans les rues, comme Gareth l'avait fait.

Alors qu'ils atteignaient la terrasse, Trenton la posa sur ses pieds, prit la couverture de ses épaules et l'étala sur la rambarde afin de la faire sécher avant de se tourner pour lui faire face. Katianna fit sans un mot un pas à l'intérieur de la maison d'hôtes et s'arrêta sur le seuil. Elle se tourna pour vriller son regard dans le sien, l'arrêtant avant qu'il puisse la suivre à l'intérieur. Ses yeux devinrent vitreux et elle prit l'apparence de quelque chose d'irréel, une expression vide établie sur son visage alors que ses lèvres se séparaient et que le mot redouté s'en échappait d'un ton plat.

— Rouge.

Trenton se raidit. Il donna l'impression qu'elle venait de le frapper avec quelque chose de douloureux, ce qu'en fait, elle avait fait. Avec un seul mot, elle avait amené tout ce qu'il y avait entre eux à une halte brutale et avait demandé à y mettre un terme. En tant que Dominus, il ne pouvait pas refuser son mot de sécurité. Il ne pouvait pas protester. Il lui avait donné le mot pour qu'elle l'utilise, si cela s'avérait trop. Pourtant ce n'était pas le *trop* de ce qui s'était passé qui l'avait conduite à l'utiliser maintenant ; c'était le fait qu'il n'avait pas été là pour la réconforter lorsque cela avait eu lieu.

L'abandon était quelque chose qu'elle ne savait pas surmonter. Elle ignorait comment elle avait réussi la première fois, et ce cauchemar la hantait toujours. Elle ne pouvait pas le supporter à nouveau. Et venant de lui, les dégâts seraient bien pires.

Trenton lutta afin d'estomper la lueur qui avait dû atteindre ses yeux alors qu'il reculait d'un pas.

— Ne fais pas ça, Katianna, plaida-t-il dans un souffle, sous la douleur déjà présente.

La compréhension s'installait et elle pouvait voir le regret dans ses yeux. *Le regret pour ne pas avoir été là ? Le regret d'avoir fait un pas en arrière ? Le regret de devoir la laisser partir ?* La tête tremblante, il ne voulait pas accepter ce qu'elle venait de faire. C'était probablement un mélange de tout ça, ou une combinaison plus profonde dont elle ignorait tout, mais elle ne se rétracterait pas de son mot de sécurité.

Tout comme il ignorait ce que tout cela signifiait pour elle. Elle ferma la moustiquaire, sans jamais briser le contact visuel. Elle se sentait déjà exclue, comme si un monde se tenait entre eux, la rendant étourdie. Mais, *oh, seigneur*, la douleur arrivait. Ensuite vint se tenir entre eux la porte coulissante en verre et alors elle tourna le verrou avant de le rejeter complètement lorsque le lourd rideau tomba.

Trenton s'installa sur la terrasse dans l'une des chaises, ses pieds sur le sol, les coudes sur ses genoux, sa douleur mentale enfouie dans ses mains. Il attendit, espérant qu'elle sorte. Il était à deux doigts de forcer son entrée et de l'obliger à lui faire face. L'obliger à lui parler de ça, de ce qui n'allait pas. Il le savait. Mais il avait besoin qu'elle le lui dise. Il avait besoin qu'elle le sache, pour qu'ils puissent dépasser ça. Mais elle avait dit *rouge*, et il ne pouvait pas briser cette règle. Elle était en sécurité dans sa maison, donc il ne pouvait même pas utiliser *ça* comme un moyen de rester avec elle.

Le vent tourbillonnait autour de lui, tout comme le son de l'hélicoptère à l'approche. *Putain – il avait oublié de rappeler Diesel.* Trenton ne leva même pas les yeux alors que l'hélicoptère atterrissait sur un bout de terrain près de la plage.

À l'intérieur de l'hélicoptère, Diesel vit immédiatement la posture désespérée de son frère, et sut que quelque chose n'allait vraiment pas. Qu'il soit à la porte de la maison d'hôtes signifiait qu'elle était à l'intérieur. Qu'il soit assis comme un homme effondré signifiait qu'elle venait juste de lui arracher le cœur.

La seule chose qu'il pouvait faire était de soutenir son frère et d'attendre que la souris sorte de son trou. Alors seulement, ils pourraient l'aider.

CHAPITRE TRENTE ET UN

Katianna ne sortit pas de son trou, elle préféra fuir. Bagages faits, elle partit pour la Floride, retournant dans sa ville natale. Elle avait besoin de réfléchir. De s'échapper. Et New York n'était pas un endroit où elle pouvait le faire.

Tout là-bas lui rappelait Trenton, et voir les hommes d'Amelia... les hommes de Trenton patrouillant autour d'elle, l'observant, sachant qu'ils lui rapportaient chaque détail... Elle se sentait encerclée et étouffée, et pas de la façon qu'elle avait espérée de lui. Pas de la façon qu'il lui avait promise.

— Vous savez que je vais devoir le lui rapporter, lui dit Piper alors qu'il la conduisait à l'aéroport.

— Je sais, répondit-elle calmement tout en regardant par la vitre.

Elle savait qu'ils parleraient à Trenton. Elle avait demandé une voiture pour l'aéroport, il n'y avait aucun autre moyen de partir d'ici, et ensuite bien sûr, il y aurait la partie difficile de monter dans l'avion.

— Vous savez, *cet homme-là* est fou de vous, *chou*, dit-il en tendant la main vers elle.

Katianna adorait l'accent jamaïcain de Piper autant qu'elle l'adorait en tant qu'ami. Elle aimait sa richesse et comment il semblait se préoccuper de ce qui lui arrivait. Comment, la plupart du temps, il paraissait joyeux, mais elle ne se sentait pas joyeuse aujourd'hui, et rien de ce qu'il pouvait dire ne changerait ça.

— Je sais, répéta-t-elle.

— Pourquoi ne pas aller vers lui alors ? Et lui dire ce qu'il y a dans vot'cœur.

— Piper.

— *Ya, chou.*

— Contentez-vous de conduire, voulez-vous ?

Elle essuya les larmes de ses yeux avant qu'elles puissent couler, et à son grand soulagement, Piper resta silencieux pendant le reste du trajet. Son cœur était trop ouvert, à vif et blessé pour dire à quiconque ce qu'elle ressentait et comment elle se sentait. Parce qu'elle n'était pas certaine d'avoir le droit de se sentir ainsi. Il était préférable de s'éloigner un peu, de remettre sa tête dans le bon sens, de panser ses blessures, puis de décider quoi faire. *C'est mieux comme ça*, essaya-t-elle de se convaincre.

Mais comme elle le craignait, lorsqu'elle atteignit l'aéroport, elle ne put se résoudre à mettre le pied dans l'avion. La seule raison lui ayant permis de monter dans un avion auparavant était la présence de Trenton. Cette fois, il n'était pas là.

Bon sang. Elle tortilla l'ourlet de son chemisier, mimant les nœuds qu'elle ressentait dans son estomac alors qu'elle observait l'hôtesse fermer les portes de la passerelle menant à l'avion.

— Mademoiselle ?

Katianna se tourna pour voir une hôtesse blonde et souriante qui la regardait. *Pourquoi étaient-elles toutes blondes ?*

— Combien de temps met un bus pour rejoindre la Floride ? s'agita Kat.

— Environ trente heures.

Le visage de l'hôtesse laissa paraître sa sympathie alors qu'elle la regardait puis essayait de lui sourire à nouveau. Katianna songea que le geste aurait pu fonctionner sans la pitié évidente qu'on pouvait lire sur son visage.

— Et si je vous accompagnais ?

La femme drapa un bras autour des épaules de Katianna et commença à la conduire vers le hall d'embarquement, vers l'avion où une autre hôtesse blonde attendait, tenant la porte ouverte pour eux.

— Avez-vous déjà volé auparavant ?

L'hôtesse commença à lui poser des questions afin de l'aider à se calmer et apaiser ses peurs.

— Une fois, couina pratiquement Katianna, ressentant déjà des sueurs froides alors qu'elles s'approchaient de l'avion.

— Où êtes-vous allée ?

— Paris.

— Oh, eh bien, ce vol sera facile alors.

L'hôtesse riait presque en une réponse mélodieuse.

— Parce que vous serez à Tampa en un rien de temps.

— Vraiment ?

— Absolument.

L'hôtesse d'embarquement murmurait pour la persuader que ce vol court serait une promenade dans un parc comparé à un vol international. Enfin, elle essaya...

Trente heures du plus long trajet de bus inimaginable et un voyage en taxi après ça, Katianna était finalement déposée à la marina où elle avait loué une maison flottante pour le mois. Et heureusement, avec tous ses bagages en main. L'aéroport avait été *plus* qu'heureux de faire livrer ses bagages dans la gare routière à proximité afin d'attendre son arrivée en Floride après qu'elle s'était évanouie aux portes de l'avion.

Et malgré le long voyage, maintenant qu'elle était arrivée, tout ce qu'elle voulait, c'était dormir.

Ses premiers gestes après avoir atteint sa nouvelle maison furent d'ouvrir toutes les fenêtres, de mettre les ventilateurs en route, puis de prendre une longue et profonde inspiration. Tarpon Springs n'avait pas la même odeur de salinité que la Nouvelle-Angleterre, elle préférait cette odeur saline océane du nord, mais elle adorait également l'odeur de ses origines. Le mélange aromatique de cuisine grecque et de fruits de mer se répandait à travers la mer depuis les restaurants dont la rue touristique de Tarpon Spring, Sponge Docks, était dotée. Cela lui rappela qu'elle n'avait pas mangé, mais elle repoussa la pensée pour le moment. Elle lâcha plutôt ses sacs et s'écroula sur le sofa, s'autorisant à se détendre dans les coussins bien usés avec un soupir à fendre l'âme.

Elle somnolait déjà lorsque son téléphone vibra, toujours en mode vibreur depuis le voyage. Elle savait qui c'était. Il s'était seulement résigné à lui envoyer des messages quand elle n'avait pas répondu à ses appels. Elle le prit et jeta un coup d'œil au texto.

Txt : *je t'en prie, dis-moi que tu es bien arrivée. — Trenton.*

Elle avait déjà parcouru ses messages paniqués lorsqu'il avait découvert qu'elle n'avait pas embarqué dans l'avion, et elle ne lui avait pas répondu alors. Lorsqu'il avait découvert qu'elle avait été conduite à la station de bus par la sécurité de l'aéroport, il avait proposé de la conduire lui-même si elle était disposée à l'attendre, et elle l'avait à nouveau ignoré. Elle ne répondrait pas maintenant, non plus.

Elle posa le téléphone sur le sol, se mit en boule et s'endormit. *Qu'est-ce qu'il serait énervé s'il découvrait qu'elle avait oublié de se lever pour verrouiller la porte.*

Katianna avait épargné suffisamment d'argent pendant les quatre dernières années, et avec vingt livres publiés, elle avait suffisamment de droits d'auteur versés régulièrement pour pouvoir envisager en toute sécurité d'avoir un endroit à elle, tant que ce n'était pas à New York. Vivre dans un endroit possédant un semblant de tranquillité à New York ferait fondre ses économies en même pas une année, et il était hors de question qu'elle retourne dans un appartement aux mains des gangs des rues. Mais ici en Floride, la vie était plus lente, accompagnée de beaucoup de soleil et considérablement plus accessible pour son budget d'écrivain. Sans oublier que le soleil était quelque chose qui lui manquait. À New York, elle avait l'impression qu'elle avait toujours froid, qu'elle ne se réchauffait jamais. C'était le genre de froid qui s'infiltrait dans vos os, sauf les quelques fois où elle était dans les bras de Trenton. D'une certaine façon, elle s'était toujours sentie au chaud et en sécurité là.

Tant de personnes à New York, pourtant elle se sentait toujours seule. Elle n'avait jamais été rien de plus qu'une spectatrice dans la grande ville. Et les spectateurs, elle le savait, se faisaient renversés et piétinés – tout le temps.

De retour dans la maison qu'elle venait juste de fuir, sur la propriété d'Amelia, Katianna s'était blottie dans un coin et avait observé Trenton qui s'était installé sur la terrasse, refusant de partir jusqu'à ce que Diesel l'y oblige. Elle savait qu'elle devait fuir. Aucune chance de démêler tout ça par elle-même si elle restait là parce qu'*il* l'encerclait. Elle le savait parce qu'elle était presque retournée vers lui – parce qu'elle *voulait* être encerclée par lui. Le problème était que lorsqu'il le faisait, elle était sienne et elle n'était jamais certaine que les pensées et les émotions qu'elle avait venaient d'elle ou si elles étaient fabriquées par lui parce que c'était ce qu'il voulait pour elle.

Oh, Seigneur, une fille pouvait devenir folle en essayant de démêler tout ça. Que cela aurait été facile si elle avait simplement laissé Trenton lui passer un collier sans ne plus jamais s'inquiéter de rien. Lui laisser simplement s'occuper des pensées et de l'organisation. Contrôler sa vie et être simplement la poupée de porcelaine dans sa vitrine. Alors elle ne serait pas au beau milieu ce désastre – à un demi-pays de distance, seule – vulnérable – et devenant émotionnellement folle.

Avant que ce jour à la maison d'hôtes ne s'achève, alors qu'elle observait les frères s'envoler dans l'hélicoptère, elle avait décidé à ce moment précis que c'était ce qu'*elle* voulait faire, aussi. *S'envoler*. Mais le seul endroit qu'elle connaissait et où elle pouvait aller, c'était la Floride. Alors, elle avait navigué sur Internet. À la fin de journée, elle avait organisé la location du bateau et réservé un billet d'avion.

Elle se sentit chez elle dès sa première nuit ici ; aucune voiture, aucune sirène et aucune arme. Cette fois, le ventilateur soufflait uniquement pour attirer l'air frais nocturne vers la chambre où elle dormait, au lieu de faire office de bruit de fond afin de noyer les bruits d'une ville qui l'avait toujours terrorisée. Le doux balancement des vagues la berça dans un sommeil profond et garda son esprit fatigué là, pour une fois, lui épargnant les cauchemars.

Elle passa la moitié du jour suivant à se reposer sur le pont supérieur du bateau, laissant son tangage la garder à la lisière du sommeil comme une berceuse. Laissant le soleil s'infiltrer profondément dans les pores de son corps, la réchauffant – partout sauf dans son cœur. Comme le reste de son corps qui regrettait les tourments sexuels de Trenton, son cœur se languissait d'être tenu. Il n'accepterait qu'un seul homme pour remplir cet office et elle l'avait laissé à New York. Maintenant, elle ne connaîtrait jamais la libération finale de ses caresses lascives.

Katianna se réveilla en sursaut de sa sieste lorsque son téléphone sonna. Elle protégea ses yeux afin de jeter un coup d'œil à l'appelant. Si c'était lui, elle ne répondrait pas, tout comme elle avait refusé de le faire depuis qu'elle était partie, mais c'était Amelia, et elle avait été forcée à promettre – sous menace de représailles – d'accepter les appels de son éditrice pendant qu'elle était absente.

— Salut, Amelia.

Elle fit de son mieux pour ne pas paraître trop brisée.

— *Eh bien, il était temps que tu répondes, j'étais sur le point de t'envoyer la Cavalerie.*

Katianna s'étrangla, elle savait exactement de qui la Cavalerie aurait été constituée.

— Je rattrapais seulement mon sommeil en retard, c'est tout.

— *Gamine, tu es partie depuis deux jours et tout ce que tu as fait, c'est dormir.*

— Je sais... mais techniquement, j'ai été dans le bus pendant un jour et demi.

Cela n'avait aucun sens d'essayer de s'expliquer.

— *Alors, comment est la météo là-bas ?*

— Il fait trente-sept degrés, clair et ensoleillé, avec une chance d'averse dans l'après-midi. Elles arrivent aux environs de quatorze heures trente.

— *Arg ! Trente-sept ? Je ne sais pas comment tu peux le supporter.*

— Eh bien, sacrément plus facilement que vos moins vingt degrés quand l'hiver arrive.

— *Je choisirai le froid contre ce genre de chaleur tous les jours.*

— Si tu le dis, mais il y a assurément de nombreux New-Yorkais ici, répliqua Katianna en simulant un rire.

— *Eh bien, est-ce que tu vas dormir pendant tout ce temps ou est-ce que tu vas m'écrire quelque chose ?*

— J'ai rêvé pendant que je dormais, donc j'ai une idée plutôt bonne pour toi. Que penses-tu de l'idée d'être séduite par un Incube ? mentit Katianna.

— *Que cela paraît immoralement désinhibé.*

Il y eut une pause sur la ligne et puis cela arriva comme elle s'y attendait.

— *Tu sais, tu lui manques.*

Le cœur de Katianna sombra comme s'il pouvait chuter plus bas qu'il ne l'était déjà, mais le commentaire d'Amelia n'était pas une totale surprise. Kat savait que le sujet « Trenton » serait soulevé.

— Tu ne lui as pas dit où j'étais, n'est-ce pas ?

— Katianna, cet homme a plus de ressources que la CIA. Il n'a pas besoin de mon aide pour ça. C'est une épave maintenant que tu es partie. Nous ne l'avons jamais vu comme ça.

Diable, elle *était une épave.*

Une autre nuit sans Katianna. Trenton s'enivra volontairement au club, essayant de noyer sa peine.

— As-tu déjà aimé quelqu'un, Paris ?

— Non.

— Déjà désiré quelque chose si fort que si tu l'avais, tu en tomberais probablement amoureux. À part le prochain homme de pouvoir.

— Oui.

— Qu'est-ce que c'est ?

— Quelqu'un qui peut me gérer, prendre tout de moi et me juguler. Je suis accro au sexe. J'ai besoin d'être contrôlé, mais que cette personne soit également capable de me satisfaire. Quelqu'un comme vous ou le Patronus qui saurait comment me maîtriser.

— Je t'ai peut-être maîtrisé, mais je ne t'ai pas baisé. Où est la satisfaction ? De plus, si tu aimes quelqu'un, tu ne devrais pas avoir à être maîtrisé.

— Je pars dans quelques jours, au moins accordez-moi une certaine forme de plaisir avec vous.

— Tu as eu bon nombre de plaisirs, Paris.

— Mais pas de l'un de mes Maîtres, ce n'est pas la même chose. J'ai été commandé, réprimandé, forcé à me soumettre, taquiné, tourmenté, fouetté et puni par vous deux, mais je n'ai jamais reçu de plaisir de vous deux.

— Je te l'ai dit, Paris. Je ne domine pas les hommes habituellement. Tu étais une exception.

— Très bien, vous avez fait une exception. Maintenant, je vous demande de me laisser coucher avec vous, de faire une exception pour ça aussi. Finissons-en. Accordez-moi le plaisir sexuel de faire plaisir à mon Dominus.

— J'en ai fait une, mais je ne dors jamais avec eux intimement, et il n'y aura aucune exception à ça. Je ne pourrais même pas si je le voulais – j'ai besoin que Katianna revienne.

— Et Diesel ? Il m'a laissé le toucher et bon sang, il m'a sacrément allumé, mais a-t-il déjà couché avec un homme ?

— Oui.

— A-t-il peur d'être étiqueté gay ? C'est ça ? C'est pour ça qu'il ne veut pas me toucher ou me laisser le toucher quand les autres sont dans les parages ?

— Deez se fout complètement des étiquettes. C'est seulement quelqu'un de très privé. Il prend aussi son temps pour interagir avec un amant.

— Une personne pourrait perdre son intérêt en l'attendant.

— C'est le but. Il ne gaspille pas son énergie ou ses sentiments dans des relations stimulées par la chaleur d'un instant. Il préfère s'investir uniquement sur le long terme. Pourquoi s'impliquer avec quelqu'un qui va passer à la personne suivante aussitôt après ?

— Quelqu'un comme moi ?

— Oui. Quelqu'un comme toi, acquiesça Trenton avant d'avaler un autre shot.

☙❦❧

— Mais... Et s'il pouvait me maîtriser ? Tourner toutes mes pensées lubriques vers lui, alors je n'aurais pas besoin ou envie d'être avec quelqu'un d'autre.

Paris baissa la tête. Cela n'avait aucun sens de contester ceci. Il savait qui il était et comment il agissait. Il ne restait jamais.

— Te garder en laisse est épuisant, Paris. Cela pourrait user l'âme d'une personne. À moins que tu veuilles être tenu en laisse ou engagé, et là cela pourrait être avantageux pour toi et pour ton partenaire.

Paris resta silencieux pour une fois. Il avait toujours su que son style de vie et ses habitudes sexuelles expliquaient le fait qu'il n'avait jamais eu une relation profonde avec quiconque. Mais à l'époque, il n'avait jamais rencontré quelqu'un qui pouvait le gérer non plus, jamais eu un amant qui pouvait assouvir sa faim de sexe. Jamais rencontré quelqu'un avec qui il voulait rester, pour qu'ils soient réunis pour toujours. Et vu la façon dont Trenton parlait de Diesel, peut-être que le Patronus subissait le même sort cruel que lui. Si Paris trouvait quelqu'un qui satisfaisait ses besoins, tomberait-il ? Tomberait-il, tête baissée, amoureux de cet homme ? Son cœur exploserait-il à la seconde où il traverserait la ligne finale de la satiété ? Diable, il avait trente-quatre ans et il avait eu plusieurs douzaines d'amants dans sa vie – il ne pensait pas qu'une telle chose puisse lui arriver. Il souhaitait seulement pouvoir s'éloigner avec le goût de ses Maîtres sur ses lèvres,

225

comme le baiser au rouge à lèvres que certaines femmes laissaient sur les chemises des hommes.

— Verse-moi un autre shot, marmonna Trenton.

Sa tête bascula contre le canapé et il ferma les yeux.

— Vous ne croyez pas que vous en avez eu assez ?

— Non, j'en aurai assez lorsque je serai trop ivre pour en demander un autre. Et n'oublie pas que tu es toujours mon esclave et que tu devrais être à genoux à mes pieds.

Paris fit comme exigé, glissant du sofa sur ses genoux. Il versa un autre shot de tequila, et le leva, renonçant à la cérémonie de la sauce piquante et du citron. Trenton était suffisamment ivre pour les oublier. Il était également suffisamment ivre pour profiter de lui et Paris ne pouvait pas s'empêcher de le soumettre à la tentation.

Trenton vida son verre et le tendit à nouveau. Il n'attendit pas que Paris le prenne, reposa sa tête sur le sofa et lâcha le verre sans aucune précaution. Il était malheureux. Attendre et attendre avait été suffisamment difficile, mais juste après avoir accepté de se soumettre, Katianna avait tourné les talons et avait fui, arrachant et dérobant son âme et son cœur avec elle. Une traînée de sang s'étirait de sa poitrine jusqu'en Floride. *Bon sang ! Pourquoi avait-il attendu si longtemps pour l'attirer dans ses filets ? Il aurait dû la séduire dès le début et alors rien de tout cela ne serait arrivé.*

La main de Trenton se dirigea vers son entrejambe et caressa son sexe à moitié dur. Il avait voulu savourer ce premier moment où ils auraient été ensemble afin d'également établir sa revendication finale sur elle – *il n'aurait jamais dû la laisser partir. Pas alors qu'il savait qu'elle le voulait, qu'elle désirait ce qu'il lui avait offert. Elle était seulement trop effrayée pour s'engager. Mais pourquoi ?*

Trenton était si enfoui dans son désir et sa misère, qu'il remarqua à peine que ses mains n'étaient pas les seules à le toucher. Il savait que ce n'était pas celles de Katianna, mais elles étaient agréables, excitaient sa faim alcoolisée et son besoin, les concentrant. Il n'avait pas la volonté de les arrêter. Il méritait une punition pour l'avoir laissée partir, pour l'avoir terrorisée. *Pourquoi avait-elle utilisé « rouge » ? Si seulement elle lui en avait parlé, il aurait pu l'aider à dépasser le problème. Calmer son esprit nerveux.*

Un coup sur la vitre le déconcentra, mais pas suffisamment pour briser le fil de ses pensées ou l'agitation croissante des mains qui se frottaient contre le devant de son pantalon.

Quelqu'un tenta d'ouvrir la porte, mais elle était verrouillée. Un autre coup, plus fort cette fois.

— Paris, va ouvrir la porte.

Paris se leva et ouvrit la porte pour trouver Dane. Celui-ci haussa un sourcil interrogateur à l'intention de Paris.

— Il est ici ?

— Oui, Grand Maître.

Paris recula, le laissant entrer, gardant sa tête baissée pour masquer tout signe révélateur de ce qu'il tentait de faire.

Les yeux de Dane tombèrent immédiatement sur la bouteille de tequila sur la table puis se relevèrent vers Paris afin d'avoir une explication.

— Combien en a-t-il déjà consommé ?

— La bouteille était pleine lorsqu'il a commencé.

— Putain, dit-il en s'approchant de Trenton. Donne-moi tes foutues clés.

— Je n'ai pas encore fini, dit Trenton en levant les yeux vers Dane.

— Si. Crois-tu que tu trouveras Katianna au fond de ta bouteille ?

— Tu parles comme Deez.

— Peut-être parce que parfois nous avons raison. Maintenant, donne-les-moi.

Trenton plongea la main dans sa poche de devant, sortit ses clés et les tendit.

Dane se tourna vers Paris.

— Et combien en as-tu bu ?

— Dominus ne me laisse jamais boire.

— Super, dit-il en jetant les clés à Paris. Ramène son cul chez lui. Tout de suite.

Paris devint nerveux alors qu'ils marchaient dans l'allée, son esprit dans des endroits où il savait qu'il ne devrait pas aller, mais il ne pouvait pas s'en empêcher. Son désir... le besoin de nourrir son appétit sexuel brûlait si ardemment maintenant qu'il était prêt à faire l'impensable, prêt à prendre le risque.

Il désirait Diesel plus qu'il n'avait jamais désiré personne, mais le Patronus l'avait rejeté tellement de fois, et il était prêt à reporter sa concentration sur un corps chaud qu'il avait plus de chance d'attraper dans ses filets. Le Dominus ivre.

L'allée les emmena vers la mezzanine qui dominait le séjour, où Diesel était assis dans l'obscurité, regardant la télévision. Trenton prit la direction de l'escalier afin de le rejoindre en bas.

— Je... euh... je suis plutôt fatigué.

Paris baissa la tête, résistant au besoin de se tortiller.

— Je ferais mieux d'être ramené dans ma chambre, si le Dominus le permet.

Paris hésita sur le balcon, montrant son envie en désignant le couloir qui menait à sa chambre. Il fit un pas de côté à l'écart de la mezzanine. Sa conscience était bien trop sensible à la présence de Diesel, l'homme de ses vrais désirs, assis en bas, comme si la retraite de Paris rendrait le pincement de culpabilité qu'il ressentait, moins concret. Mais il n'avait aucune raison à ça. Diesel avait repoussé chaque tentative que Paris avait faite. *Alors pourquoi ne pourrait-il pas reporter ses désirs sur le Dominus ?*

— Très bien.

Trenton s'engagea péniblement vers le couloir, Paris sur ses talons.

Dès qu'il fut dans la chambre, Trenton se retrouva poussé contre le mur, le corps dur comme de la pierre de Paris claquant sur lui et l'épinglant. Sa bouche tentant désespérément de lui voler un baiser. Trenton repoussa Paris de toutes ses forces avec peu d'effets et en un éclair, il sentit son pantalon être arraché sous la force brutale des mains de l'autre homme. Ses propres mains chutèrent pour l'attraper. Mais celles de Paris étaient aussi vives que l'éclair, et se clampèrent autour des poignets de Trenton puis les claquèrent contre le mur sur ses côtés. Ensuite, Paris tomba à genoux. Tout arriva trop vite.

— Putain, ne fais pas ça !

Avant que les mots aient quitté sa bouche, le sexe de Trenton était profondément plongé dans la bouche de Paris, avalé par la caresse chaude d'une langue fervente et avide.

Paris était à genoux, ses bras massifs tenant Trenton étroitement serré alors que ce dernier n'avait jamais senti la force brute d'un homme, et il le suça violemment. Comme une bête sauvage qui avait enfin attrapé ce qu'elle voulait et qui n'allait pas le laisser s'échapper. La langue de Paris passant sur lui comme celle d'un animal sauvage.

Paris suçait comme Katianna embrassait, d'une manière puissante et barbare. Une tempête torride d'exaltation envoyée pour le détruire. Détruire l'homme qu'il était. Les genoux de Trenton ployaient sous lui, mais il réussit à rester sur ses pieds, alors que tout le reste restait sous le contrôle de la bouche exigeante de l'esclave qu'il avait mené à une telle extrémité en lui refusant la seule chose pour laquelle il était venu. La seule chose pour laquelle Paris avait subi tous les tourments et les railleries que Diesel et lui avaient pu trouver, sans jamais en être récompensé.

Paris prenait tout de lui – chaque centimètre de son membre dans sa gorge. La bouche de l'ange déchu le pompait dans une caresse ferme de ses lèvres et de ses joues. Une destruction puissante et brûlante, pompant les sens de Trenton à leur paroxysme et au-delà de ses limites. La langue de Paris lavait chaque centimètre de la chair dure comme du béton et Trenton s'enfonça de toute sa longueur dans sa gorge. Une langue chaude dépassa des lèvres afin de goûter la peau douce de son scrotum avant de se retirer. Et même lorsque Trenton sentit les lèvres de Paris reculer, d'une certaine façon il resta encore à l'intérieur de la prise charnelle de l'homme, comme si des cordes invisibles liaient ses récepteurs à la bouche de Paris. Puis ce dernier l'avala à nouveau, de toute sa longueur, caressant son membre dans une aspiration pleinement humide jusqu'à ce qu'il le prenne à nouveau jusqu'à la garde.

La respiration de Trenton était laborieuse, et il grognait comme un animal sauvage. L'extase le menaçait comme une tempête, le genre de tempête dont les pêcheurs relataient les histoires – *le grain blanc*. Une vague qui s'élevait et poussait les voiles sous l'eau.

C'était là que Trenton se trouvait, ses sens étaient poussés… poussés vers l'eau par la bouche chaude d'un homme qui avait réussi à prendre le dessus sur lui et à lui arracher sa satisfaction. Il allait jouir et Paris savait qu'il l'avait amené proche de la jouissance. Le suçant plus fort, travaillant pour obtenir la récompense alléchante de son corps.

Trenton sentit l'explosion arriver, sentit ses hanches ruer. *Bon sang non*, s'il devait jouir dans la bouche de cet homme, il allait le faire selon sa propre volonté, pas celle de l'esclave.

— Va te faire foutre ! Je vais éjaculer dans ta gorge !

Et sur cet ordre, Paris libéra ses poignets. Les mains de Trenton se relevèrent, attrapant Paris par les cheveux, se crispant sur eux. Puis, ses poignets se clampèrent autour de la tête de l'esclave et il s'enfonça, pilonnant violemment la bouche de Paris avec rien de moins que le retour brutal de ce que ce dernier avait commencé.

Les grognements de Trenton remplissaient l'air autour d'eux avec chaque poussée plongeant dans sa gorge, une – deux – *oh putain, je vais jouir* – trois.

Ses hanches se jetèrent en avant, s'enfonçant dans un basculement sauvage contre le visage de Paris. Ses épaules reculèrent alors que sa semence jaillissait dans un ruban pulsant de libération, et il tomba contre le mur. Il cria, comme un homme bestial des cavernes, grognant et haletant alors que la fin de son orgasme s'expulsait dans une explosion douloureuse. Il sentit son corps partir, se sentit tomber. Il essaya de se rattraper, mais ses jambes… elles n'étaient plus là. Et il chuta avec impuissance, s'écrasant sur le sol dans un bruit sourd.

La perte cruelle de la bouche de Paris dans un « pop » autour de son sexe fut remplacée par un espace libre froid. Par de longs moments d'étourdissements alors qu'il restait allongé là, avec la seule combinaison de son souffle court et celui de l4esclave à ses pieds. Aucune pensée ou émotion compréhensible ne s'enregistra pendant ce qui sembla une éternité. *Le temps avançait-il, quelqu'un en avait-il gardé le compte ?*

Des images de deux garçons jouant dans une piscine, se testant mutuellement pour voir lequel pouvait retenir son souffle le plus longtemps firent écho.

~~ Qu'est-ce que tu veux faire maintenant ? — Je sais, nous pourrions nous battre comme des gladiateurs romains. — D'accord. — Pour quoi est-ce que nous nous battons ? — Le perdant doit faire les devoirs du vainqueur pendant une semaine. — Nan, élevons les enjeux. Le perdant doit sucer le vainqueur.

Trenton se rappelait le vieux souvenir de deux garçons chahutant, fesses à l'air dans la cour et de la bataille qui avait duré une éternité, jusqu'à ce qu'ils se retrouvent couverts de sueur et de saletés, emprisonnés dans la prise de l'autre. Un imbroglio indémêlable les avait amenés à faire une pause. Des respirations lourdes et une bouffée de testostérone les avaient engagés dans une curiosité sexuelle et ils s'étaient embrassés, trouvant la bouche de l'autre dans un baiser imprévu. Son goût si bon et si effrayant en même temps, et ils s'étaient séparés avec crainte.

— Deez. — Oui, Trent. — Je ne crois pas que nous devrions parler de ça à quelqu'un pour le moment. — Oui, d'accord.~~

Trenton leva une main et ratissa ses cheveux, son autre main s'enroulant machinalement autour de son membre et le caressant légèrement vers l'état semi-érigé qu'il aimait conserver, restaurant son attitude. Ses bottes se soulevèrent, touchant Paris sur la poitrine.

— Sur le ventre ! Face contre le sol, esclave !

Bon sang, il avait besoin que Katianna revienne ou il allait dévaler le chemin de l'autodestruction. Une voie lente et démoralisante. Un destin pire qu'une addiction aux drogues.

Paris observa le Dominus reprendre ses esprits comme le fil défait d'une couture, réajustant les morceaux de tissu comme vous laceriez vos lacets de chaussures. Même complètement dévasté, balayé à ses pieds et puis éparpillé au vent, la force de l'homme résista comme une toile, et rapidement et sans effort, se restaura.

C'était grandiose.

Que ne donnerait-il pas pour se soumettre à tous les autres plaisirs que cet homme pourrait lui délivrer s'il avait la chance de les avoir. Paris se lécha les lèvres, savourant les dernières gouttes de la saveur de Trenton, sombre et complètement masculine.

— Elle avait raison, vous savez.

Trenton tourna la tête de côté afin d'avoir Paris dans son champ de vision, de l'endroit où il était toujours allongé sur le sol.

— Elle ? Raison à quel sujet ? craqua la voix de Trenton.

— Elle vous a décrit comme ayant le goût d'une tempête estivale après minuit. Je voulais tester ce goût. Je ne pouvais pas vous laisser me renvoyer avant de l'avoir goûté.

Et Paris baissa sa tête face contre terre comme ordonné, mais en dépit de la saveur qu'il venait de voler, elle ne l'avait pas rempli comme il l'avait espéré. Pour la première fois, Paris prenait conscience qu'un simple plaisir physique n'était pas suffisant. Il avait besoin de quelque chose de plus. Quelque chose sous la forme de quelqu'un.

(°ω°)

Elle. L'esprit de Trenton martelait sous les émotions et pensées rendues incohérentes par l'alcool.

Elle – désignant sa Katianna. Sa petite souris avec un talent pour écrire des fantasmes exquis. Qu'elle n'avait pas expérimentés elle-même pour la majorité d'entre eux, mais dont ses lecteurs adoraient les mondes dans lesquels elle les attirait comme le Joueur de flûte attirait les petits garçons – et Trenton n'avait jamais lu un seul de ses livres. Il ne voulait pas les histoires qu'elle imaginait. Il la voulait, elle.

Seigneur, il allait mourir sans elle.

Trenton se mit debout, évaluant le devant ruiné de son pantalon, l'agrafe arrachée, la braguette et le tissu rendus à l'état de fils. Il s'avança vers l'homme allongé avec obéissance face contre le sol, passa une botte sous l'aisselle de Paris et le fit pivoter sur son dos.

— Eh bien, ne viens-tu pas de donner un nouveau sens au mot rébellion ?

Paris se lécha les lèvres dans un lent et diabolique balayage de sa langue, prouvant son manque de culpabilité. Cela avait été trop bon, trop riche pour être regretté.

— J'espère que tu en as suffisamment profité pour considérer que ça vaudra ce que je vais te faire.

— Me baiser sera seulement une récompense.

La respiration de Paris s'approfondit d'anticipation alors qu'il était susceptible d'obtenir ce pour quoi il souffrait.

Le regard de Trenton se durcit alors qu'il dévisageait l'homme musclé.

— Sur le lit maintenant et retire ta chemise.

Trenton était ferme, sa voix calme et tranquille, rigide comme son sexe. Il alla même jusqu'à se caresser alors que Paris faisait comme exigé et se déplaçait sur le lit.

Les yeux de Paris ne quittèrent jamais l'acier dur que le Dominus palpait alors qu'il déboutonnait sa chemise et l'ôtait de ses épaules pour la jeter sur le sol. Il retira ensuite ses chaussures, puis défit la fermeture de son jean.

— Je ferai le reste, allonge-toi et écarte les jambes.

Paris fit comme demandé, étirant ses bras et ses jambes aux quatre coins du lit. Son corps picotant d'une anticipation renouvelée. Il avait enfin séduit le Dominus et était sur le point d'être pris par lui.

— Seigneur, oui.

Paris laissa la supplique brûlante quitter ses lèvres. Sa tête retomba sur l'oreiller. L'excitation s'empara de son corps dans un fourmillement chaud qui se répercuta comme lors d'un réveil. Ses yeux suivirent Trenton alors qu'il faisait le tour du lit, attachant les menottes de cuir à ses membres, un à la fois jusqu'à ce que ses deux mains soient étroitement piégées, le gardant étalé. Trenton se pencha sur lui, prenant une profonde et succulente inhalation de son corps alors qu'il défaisait les derniers boutons de son jean. L'acte seul excita Paris au-delà du concevable et son regard se fixa sur les yeux de

Trenton alors que celui-ci agrippait le denim dans ses poings et le tirait vers le bas dans une secousse puissante qui envoya encore plus de frissons brûlants à travers le corps de Paris. Ses fesses et ses hanches une fois libres, les doigts de Trenton glissèrent lentement sur la chair de ses cuisses alors qu'il descendait le denim sur le long de ses jambes. Il retira finalement le jean des pieds de Paris, emportant ses chaussettes au passage, laissa les vêtements tomber sur le sol sans un regard pour eux, puis plaça les deux dernières menottes sur ses chevilles.

Il s'approcha de la tête de lit, faisant remonter ses doigts sur le corps de Paris avec un regard taquin.

— Qu'est-ce que tu veux ?

— Vous.

— Les mauvais garçons n'obtiennent pas ce qu'ils veulent…

Trenton s'agenouilla à côté du lit, se penchant au-dessus du matelas avec les bras croisés, planant tout près de Paris.

— Mais les bonnes filles…

Trenton sourit et ce sourire se durcit lorsque la tête de Paris se souleva dans une expression choquée.

— Leurs vœux sont exaucés.

— Non !

Paris se débattit contre ses restrictions.

— Ne me faites pas ça.

— Voler n'est pas autorisé dans la maison de mon frère, répondit Trenton en se mettant sur ses pieds.

— Mais, je ne veux pas d'une femme sur mon corps, pitié. Je ferai ce qu'il faut afin de réparer ça. Seulement, ne me faites pas souffrir aux mains d'une femme.

Paris s'agita, jetant son poids, tout d'abord d'un côté puis de l'autre, mais les chaînes liées aux menottes n'allaient pas se briser, peu importait la force avec laquelle il se débattait.

Trenton releva un genou sur le bord du lit, le dominant de toute sa hauteur, observant la douloureuse tempête d'expressions de l'homme qui se décomposait.

— Je ne vais pas le faire...

Trenton se baissa sur lui jusqu'à ce qu'il soit à un souffle de sa bouche, l'emprisonnant de ses bras pressés sur le lit de chaque côté de sa tête.

Paris s'immobilisa sous les ondes de contrôle qui émanaient du mâle alpha, mais la panique tendrement exquise était toujours là, s'agitant sous la surface de sa peau.

— Je vais te faire souffrir sous les mains d'une esclave.

La tête de Paris se releva, sa bouche essayant d'atteindre les lèvres de Trenton pour un baiser.

— Ne me faites pas ça, Dominus, dit Paris dans un murmure suppliant et avec un peu plus de lutte désespérée lorsque Trenton s'éloigna, restant hors de portée et souriant largement au-dessus de lui avec une arrogance victorieuse.

— Oh Seigneur, Dominus.

Les hanches de Paris ruèrent sous l'excitation se mélangeant déjà en lui, son sexe se durcissant, le trahissant, mais ce n'était pas l'annonce d'une esclave féminine qui l'excitait, mais que Trenton soit sorti de ça toujours en tant que son Dominus. Sorti toujours victorieux de la bataille de volonté, avec la réponse de son bas-ventre au contrôle du mâle dominant se tenant au-dessus de lui.

Trenton quitta fièrement l'homme musclé qui craquait à présent sous son ordre. Laissant Paris avec ses propres pensées pour le torturer, alors que la véritable punition n'avait pas encore montré son visage.

ꙮ

Diesel leva les yeux et regarda à deux fois le tissu effiloché des vêtements de Trenton alors que son frère dévalait l'escalier. Il avait entendu un choc, mais il n'avait pas vraiment fait le lien jusqu'à présent.

— Oh merde ! Vraiment ?

Trenton atteignit le bas des marches et se dirigea vers le couloir sous l'escalier tout en répondant à Diesel.

— Ce n'est pas que je te le suggère, mais sa bouche te fera dévier de ton axe, si tu le laisses faire.

Il disparut dans la buanderie au bout du couloir puis ressortit avec un jean de Diesel qu'il échangea contre son pantalon ruiné, là dans le couloir.

— Maintenant, je sais pourquoi Dane continue à revenir pour avoir plus.

Il jeta un coup d'œil à Diesel.

— Où est Marcena ?

— À l'étage. Pourquoi ?

— Je lui ai fait croire qu'elle allait obtenir de faire ce qu'elle voulait de lui, une carte blanche pour toute la nuit.

— Ahh, mec, j'ai envie de voir ça.

— Tu le feras, afin de t'assurer qu'il ne désobéit pas.

Trenton tira le jean sur ses hanches et commença à boutonner la braguette.

— Et qu'il reste attaché pour la nuit. Seulement une pause pour une douche et pour les toilettes.

— Devrais-je l'encourager avec quelque chose ? s'enquit Diesel avec amusement.

Trenton vérifia l'ajustement de son jean autour de lui. Diesel était plus épais que lui et qu'il porte des jeans assez détendus faisait qu'ils avaient une apparence bien plus baggy sur sa propre silhouette. Il s'appuya contre le mur, ses yeux flottant vers le ciel pour fixer le plafond, laissant la douleur refaire surface, puis il jeta un coup d'œil vers Diesel et secoua la tête.

— Depuis quand est-ce que je donne des promesses de récompenses ?

Puis sa voix devint feutrée.

— De plus, c'est magnifique... La façon dont Paris se torture tout seul est le rêve de chaque Dom. La façon dont il se décompose...

Mais alors qu'il prononçait ses mots, son esprit était ailleurs, et cette douleur n'était plus contrôlable. Sa tête retomba.

Diesel se mit debout et se dirigea vers son frère, sentant qu'il était sur le point de se décomposer aussi.

— Trent ?

— Je vais au bureau puis ensuite en Floride.

— Pour la ramener ?

Trenton se raidit, son visage assombri par la douleur.

— Je dois essayer... Je suis sur la voie de l'autodestruction.

— Bonne idée, mais pas tant que tu n'as pas pris un peu de repos.

Diesel leva son bras vers les épaules de Trenton dans l'intention de l'éloigner de son emplacement.

Trenton fit un pas de côté, esquivant toute tentative de la part de Diesel pour le dissuader de ses projets.

Diesel se raidit et sa bouche se durcit.

— Ne songe même pas à me combattre sur ce point. Tu es ivre et tu es resté debout toute la nuit. Dors avant. Puis tu pourras y aller.

Trenton le dépassa, sa main levée pour bloquer tout mouvement de Diesel, mais celui-ci ne laissa pas cela l'arrêter et le suivit. Il était hors de question qu'il laisse son frère partir dans ces conditions et il était prêt à faire tout ce qu'il fallait pour s'en assurer.

Trenton pivota, lui faisant face, mais continuant à marcher à reculons, en direction de la porte de derrière.

— Ne songe même pas à essayer de m'arrêter. Je dois la poursuivre. Je perds la tête sans elle.

— Très bien, je comprends, mais tu ne peux pas voler dans ton état, affirma Diesel en continuant à se rapprocher de lui.

— Je vais le faire, point final !

Trenton fit éclater sa rage devant son impossibilité à convaincre son frère.

— Ce n'est pas fini.

Diesel n'acceptait pas un *non* en réponse et tendit le bras vers lui. Trenton repoussa sa main dans un claquement. Il fit un autre pas en arrière, mais lorsque Diesel s'approcha de lui, il lui lança un coup de poing. Diesel l'esquiva puis bloqua le second coup et se précipita, l'attrapant par la cage thoracique, les envoyant tous les deux au sol. Et le match de catch entre eux commença.

— Bon sang, Deez, écarte-toi de moi !

Trenton contrait toute tentative de cravate de la part des bras de Diesel en attrapant un et en le tordant dans une position douloureuse.

— Cela n'arrivera pas.

Diesel se libéra de la prise de Trenton et bougea pour se mettre en position.

Trenton lança une fois de plus un coup de poing. Diesel réussit à le bloquer et à le coincer dans sa propre prise, mais ensuite le coude de Trenton se souleva et le toucha fortement au coin du visage.

— Ça suffit.

Diesel retomba sur la moquette, tenant toujours fermement le bras de Trenton, l'entraînant avec lui. Il donna des coups de pieds en l'air, enroulant ses jambes autour des épaules et de la tête de Trenton, et dans une torsion du bras qu'il tenait, il réussit à garder la jambe de Trenton coincée.

— Deez, bon sang, ne fais pas ça ! J'ai besoin d'elle.

Trenton lutta, mais il était incapable de se libérer des jambes de Diesel.

— Je sais, mais tu ne peux pas faire voler un hélicoptère ivre et sans avoir dormi. Tu ne lui feras aucun bien en mourant. Je te laisserai partir lorsque tu auras eu au moins six heures de sommeil.

Diesel resta calme, le tenant toujours piégé dans la prise de ses jambes puissantes. Aucun de ses coups de pied ne le libèrerait, et lentement, Trenton arrêta d'essayer. *Tout de même* – le résultat était inévitable.

— Je ne vais pas dormir, protesta Trenton à travers ses dents serrées.

— Si tu vas le faire.

Et Diesel resserra un peu plus ses jambes autour de son frère, le tenant fermement, l'observant avec prudence alors que l'afflux de sang était coupé et qu'il tombait dans les pommes.

— *Putain*, tu n'as pas fait ça !

Diesel leva les yeux pour voir Marcus qui les observait depuis la mezzanine, se tenant uniquement en sous-vêtements, ses cheveux bouclés en désordre après avoir dormi. *Ils l'avaient probablement réveillé.*

Même si Diesel souffrait en ce moment près de son frère, il ne regrettait aucune de ses actions.

— Je l'ai fait.

Sa prise se relâcha et il fit rouler Trenton hors de ses jambes.

— C'est quoi ce bordel, Deez ? clama Marcus alors qu'il descendait l'escalier.

Il n'avait jamais été de ceux qui approuvaient la façon d'agir de Diesel, surtout lorsqu'il trichait afin d'avoir le dessus sur son propre frère. Mais Trenton était si entêté, que l'assommer était souvent la seule solution disponible.

— Il refusait de m'écouter.

Marcus s'approcha, attrapant un des bras de Trenton, pendant que Diesel se levait et prenait l'autre. Ensemble, ils hissèrent l'homme inconscient du sol.

— Tu as une façon intéressante de montrer ton point de vue, le critiqua Marcus.

— Cela a marché, n'est-ce pas ?

Diesel essaya de masquer ses sentiments profonds à ce sujet avec du sarcasme.

Marcus ne fut pas amusé.

— Où l'emmenons-nous ?

— Ma chambre.

Diesel ouvrit la porte de la chambre de Paris et fut instantanément frappé par l'odeur de la peur de l'homme. Paris était immobile, à l'exception de respirations rapides qui soulevaient les muscles de sa poitrine. La petite lueur de panique qui dansait autour du bûcher diabolique se reflétait dans ses yeux. Trenton n'avait pas exagéré en disant que Paris paniquait magnifiquement.

Diesel entra, son bras tendu derrière lui comme s'il tirait quelque chose.

— Tu sais, à Troyes, ils disaient que Paris était si beau, que les femmes faisaient la queue en dehors du palais la nuit pour lécher ses pieds, dit Diesel en s'avançant.

(◦ᴗ◦)

Paris redressa la tête pour voir Diesel se tenant là, sa poitrine recouverte uniquement de sa glorieuse peau tatouée. Ses yeux dévalèrent sur les deux pistolets tatoués qui sortaient au-dessus de son pantalon, seulement il y avait un troisième pistolet positionné là maintenant. Un vrai.

Diesel avança à pas lent à l'intérieur de la chambre, son bras étiré derrière lui. Paris prit une inspiration laborieuse, la retenant alors qu'il attendait de voir qui Diesel lui amenait, puis il vit la jeune femme. Marcena. La fille amenée de la maison de Fambleush pour une correction de son entraînement. Qu'une femme de Paris en France soit amenée pour torturer un homme du même nom ressemblait à une ancienne malédiction du destin.

— Je lècherai vos pieds, seulement renvoyez-la.

Un profond grognement vint s'ajouter à la respiration de Paris.

(◦ᴗ◦)

Oh oui, il se décomposait de façon exquise.

— Cela ne va pas arriver, esclave.

Diesel tira Marcena afin qu'elle se tienne au pied du lit et il resta debout derrière elle, ses mains s'approchant pour caresser sa peau soyeuse. Les doigts d'une main courbés autour de sa poitrine, les autres chatouillant son abdomen.

— Tu vois, tu as été vilain, Paris… Et celle-ci, en revanche…

Diesel inclina la tête, jetant un regard de côté vers elle, et embrassa sa joue.

— Celle-ci a été très gentille. Mais hélas, je suis tout seul, et je dois m'occuper de vous deux de la manière la plus efficace possible.

L'attention de Diesel se porta sur Marcena, effleurant son oreille de ses lèvres alors qu'il lui chuchotait :

— Est-ce que tu le désires ?

— Oui, Maître Patronus, répondit-elle timidement.

— Moi aussi.

Les yeux de Diesel volèrent vers l'homme attaché au lit et il donna à Marcena une légère poussée contre son dos, l'encourageant à s'approcher de lui.

— Grimpe sur lui.

Paris commença immédiatement à se débattre, avec les quelques centimètres mis à sa disposition, contre les chaînes qui le retenaient. Ses yeux s'écarquillèrent d'une pure horreur alors que la mince latino rampait sur lui. Un genou posé lentement puis l'autre. Les muscles de Paris se raidirent, se crispant douloureusement. Le gardant prisonnier de sa panique.

Marcena jeta un œil par-dessus son épaule vers Diesel, inquiétée par les mouvements de l'homme.

— Ne t'inquiète pas, il ne peut pas se libérer, la rassura Diesel.

Et elle se déplaça sur Paris, s'abaissant pour lécher sa poitrine et goûter sa peau bronzée et dorée.

— Bordel, Diesel !

Pourtant en dépit de ses protestations, son sexe tressauta lorsqu'elle enroula ses doigts fins autour de lui et commença à le caresser, ses yeux se déplaçant afin d'observer sa main s'affairer sur lui comme on lui avait enseigné.

— Oh, seigneur, non !

Dans un éclair, Diesel fut brusquement sur Paris, ses bras épais pressés dans l'oreiller de l'autre côté de sa tête.

— Je suis le Maître des Doms. Tu sembles continuer à l'oublier.

— Pitié, Patronus.

Son souffle chaud plaidait avec lui.

— Pitié, quoi mon esclave ? Dis-moi, pourquoi supplies-tu ?

Diesel baissa les yeux vers lui dans un amusement complet, attendant d'entendre la réponse que Paris pourrait prononcer.

— Ne me traitez pas comme le Dominus le fait.

— Tu désires le Dominus, n'est-ce pas ?

— Oui...

Paris ne nierait pas qu'il voulait Trenton, il s'était senti ainsi à la seconde où il avait posé les yeux sur lui, et le voulait d'autant plus au fur et à mesure que la puissance de l'homme continuait à le contrôler, mais les plus profonds désirs de Paris étaient enchevêtrés avec l'homme qui le surplombait de près maintenant.

— Et vous.

Sa tête chuta de frustration.

— Je souffre pour vous, mais vous ne me laissiez pas être avec vous… J'avais besoin de quelque chose.

— Et qu'est-ce que cela te fait d'être violenté en ce moment ?

— Je… Je n'aime pas ça.

— Pourtant, cela ne t'a pas empêché de violenter mon frère.

— Pitié…

Paris était presque en larmes. Il secoua sa tête, presque consterné par la tempête émotionnelle faisant rage en lui.

— Je suis désolé. Je ne savais pas comment gérer votre rejet.

Sa tête se souleva afin d'essayer de voir la femme au-delà de l'épaule de Diesel, son corps bien trop conscient du fait qu'elle le chevauchait toujours, puis elle chuta à nouveau sur le matelas.

— Pitié, faites-la descendre de moi, supplia-t-il calmement.

Diesel se repoussa sur ses genoux, dirigeant sa main vers la fille et la faisant descendre du corps de Paris. Puis il commença à retirer les entraves des jambes de Paris, et libéra ensuite ses bras. Paris roula sur le côté en frottant ses poignets, douloureux de s'être débattu.

— Va prendre une douche et reste là jusqu'à ce que je vienne pour toi.

Sans un mot, Paris glissa lentement du lit et se dirigea vers la douche.

— Et Paris.

Ce dernier jeta un coup d'œil par-dessus son épaule et devint mortellement pâle lorsqu'il vit que Diesel pointait son arme dans sa direction.

— Garde tes mains loin de ta queue.

Il était bien plus tard lorsque Diesel entra dans la salle de bain. Paris était sous la douche comme ordonné lorsque le Patronus tendit la main et coupa l'eau. Paris pivota brusquement, son visage palissant à la vue de l'arme de Diesel à nouveau pointée sur lui.

— Vu que tu as un véritable problème avec l'autorité et pour reconnaître ta place... Peut-être que ceci te motivera un peu plus le cerveau. Sors de la douche.

— Deez...euh... Patronus, est-ce que vous avez vraiment l'intention de me tirer dessus ?

Un sourire maléfique s'étira sur les lèvres de Diesel alors qu'il examinait le corps musclé de Paris, luisant de gouttes d'eau.

— Non. J'ai l'intention de te baiser, maintenant sors de là.

Paris avait déjà entendu *cette* affirmation plus d'une fois auparavant. Il n'y avait rien à espérer pour lui ici, rien suscitant sa crainte – à l'exception de l'arme dans les mains de Diesel. Mais Paris fit comme il lui avait été demandé et quitta la douche. Ses émotions semblaient tourbillonner sous la surface. Quarante-deux jours qu'il était là, désireux et affamé. Sa vie sexuelle nourrie par les autres, jamais par les deux hommes qu'il désirait. S'il n'y avait pas eu ça, il aurait considéré que chaque moment passé ici en aurait valu la peine. Il avait baisé et été baisé, il avait ressenti et expérimenté bien plus sous le commandement de ces deux-là qu'il n'avait jamais ressenti sous aucun autre, mais il n'avait jamais éprouvé la satisfaction d'être touché par Diesel. D'être rempli. Et cela semblait drainer le plaisir de l'expérience. Cependant, même las, son corps tremblait toujours sous la caresse des mains de Diesel alors que celui-ci attrapait l'arrière de sa tête de la manière contrôlée avec laquelle il l'avait toujours manœuvré, depuis ce premier jour où il était entré dans le bureau de Trenton.

— Tourne-moi le dos et baisse-toi sur tes genoux.

L'ordre était différent cette fois, toujours sévère et volontaire, mais il toucha les nerfs de Paris comme un grog chaud qui réchauffa instantanément son corps.

À nouveau, il fit ce qui lui était ordonné. S'accordant un regard par-dessus son épaule afin d'épier le pistolet tenu nonchalamment par la main de Diesel. Au moins, ce dernier n'essayait pas de tenter d'établir une quelconque menace sérieuse avec l'arme. Il n'était même pas pointé vers lui, pas mortellement en tout cas, mais même pour le spectacle, c'était suffisant pour avoir son attention.

Paris s'abaissa sur ses genoux, son corps nu totalement exposé devant Diesel. Des gouttes d'eau dévalaient sa poitrine et son dos, se rassemblant entre ses jambes et autour de ses bourses pour chuter au sol créant une sensation de fourmillement qui nourrissait seulement l'étrange crainte qu'il ressentait à attendre l'ordre suivant du Patronus.

— As-tu déjà été baisé sous la menace d'une arme, Paris ?

Il se tordit uniquement afin d'avoir sa joue au contact de l'arme dans le poing de Diesel, le laissant glacé à l'intérieur. Il secoua la tête dans un frisson. L'appréhension tendit ses muscles. Sa respiration devint brusquement deux fois plus rapide, et cela lui fit presque mal d'inspirer à fond avec la tension de son corps.

— Je t'ai observé, j'ai vu comment tu as mis à terre tous ces hommes la nuit de l'anniversaire de Marcus... Trenton et moi sommes d'accord pour dire que tu as la force d'un taureau.

— Certains disent dix taureaux, osa prendre la parole Paris pour sa défense.

— Aucune importance... Dix taureaux sont abattus aussi facilement qu'un seul.

Diesel caressa la joue de Paris avec l'arme. S'assurant qu'il était entièrement conscient de la surface froide du métal et du fait que l'homme qui la tenait était celui qui commandait.

— Sais-tu pourquoi tu es sur le point d'être baisé sous la menace d'une arme, Paris ?

À nouveau, Paris secoua la tête.

— Afin que cette tête têtue qui est la tienne comprenne que tu es le soumis.

Il entendit Diesel s'occuper de son jean. Il prit une profonde inspiration. Il voulait voir ce qu'il n'avait pu qu'entrapercevoir auparavant, mais la présence intimidante de l'arme l'encouragea à garder sa position.

Les émotions déjà déstabilisées de Paris étaient maintenant balayées par un tumulte de besoin et de peur. L'arme qui touchait son visage servait seulement d'aphrodisiaque, alors qu'il ressentait la force que Diesel détenait sur lui. Il avait désespérément envie de se tourner dans la prise de Patronus afin de pouvoir passer les mains sur son corps, afin de lécher et de dévorer la saveur masculine qu'il y trouverait. Il voulait embrasser l'homme qui allait finalement le prendre, afin qu'il puisse se noyer dans son étreinte. Il n'avait jamais voulu quelqu'un comme aujourd'hui, et que ce soit enfin sur le point d'arriver faisait crépiter ses sens d'électricité statique.

— Pose tes mains sur la baignoire et laisse-les là.

Diesel parla aussi fermement et aussi calmement que Trenton le faisait toujours, comme s'il était sculpté dans la même pierre.

Paris sentit la main de Diesel bouger entre eux, sentit le frottement rude du denim contre sa peau, puis sentit la pointe épaisse de son sexe se nicher contre ses fesses. *Oh, Seigneur, il allait être baisé sous la menace d'une arme !* Le nouveau tabou fit durcir sa verge si vite que cela l'effraya. Sa respiration s'approfondit avec la panique récente qui s'agrippait à lui. Il sentit le gland épais et engorgé du sexe de Diesel glisser entre les globes de ses fesses, de haut en bas, le taquinant avec une légère poussée contre son sphincter à chaque passage alors que ses hanches se balançaient contre lui.

— Tu ne seras pas le premier homme que je baise, lui dit Diesel.

Paris le sentit attraper quelque chose puis sentit le flot de l'huile coulant entre les globes de ses fesses. Puis l'épaisse érection de chair dure, l'étalant comme un lourd pinceau et se pressant contre lui, les recouvrant tous les deux de lubrifiant. La chair dure glissant contre sa raie était aussi large voire plus que ce que Paris avait précédemment cru et plus imposante que tout ce qu'il avait déjà eu. Il essaya de regarder par-dessus son épaule, il avait envie de voir, mais Diesel lui rappela seulement de continuer à regarder devant lui d'une tape sur la joue avec le canon de son arme.

— Mais je te garantis que tu n'as jamais expérimenté quoi que ce soit comme ma queue dans ton cul auparavant.

Et juste à ce moment-là, le doigt de Diesel glissa dans son orifice, franchissant avec facilité l'étroit anneau de muscles. Il fit de douces caresses afin d'habituer sa présence à son corps, puis ajouta rapidement un second doigt et commença de profondes poussées pénétrantes en caressant les parois internes brûlantes jusqu'à ce que ses doigts trouvent la tendre prostate et la massent avec des effleurements taquins, entrant et sortant avec une friction accrue.

— Je n'ai pas besoin de toute cette lente préparation, vous pouvez me baiser comme vous l'avez dit.

La respiration de Paris avait finalement ralenti un peu, mais elle s'approfondit à nouveau alors que son corps et son esprit succombaient à un désir fervent. Il se balança en arrière sur les doigts qui travaillaient à le préparer pour l'invasion du sexe de Diesel. De l'électricité crépitante grésillait dans son corps et il se balança un peu plus contre Diesel, ressentant le besoin de sentir plus de lui, de sentir ses doigts toujours plus profondément, et comme une punition pour avoir bougé, Diesel les retira de son corps.

Paris essaya d'empêcher le léger gémissement de franchir ses lèvres, mais il désirait – avait besoin de cet homme depuis si longtemps qu'aucune marche arrière n'était supportable. Puis Diesel attrapa un de ses poignets, délogeant sa main de la baignoire, et tira son bras en arrière jusqu'à ce que sa main se pose sur son sexe. Les doigts de Paris se refermèrent immédiatement sur la masse épaisse. *Oh putain.* Sa main se refermant autour de son érection avec un vague souvenir que ses doigts ne se toucheraient pas lui rappela l'autre fois où Diesel l'avait autorisé à le tenir. Il baissa sa tête, regardant son corps entre ses jambes, mais ses yeux ne virent pas ce qu'il sentait. Cependant, d'après ce qu'il sentait... l'homme était un démon.

Il sursauta, son visage claquant dans l'arme qu'il avait déjà oubliée, lui refusant la chance de voir ce qui était sur le point de lui arriver, de laisser ses yeux le préparer. Et une fois de plus, les doigts de Diesel pénétrèrent son canal, l'étirant un peu plus avec trois doigts, les séparant en ciseau en lui. Une torsion se construisait en Paris, amenant son besoin à une demande torride. Il n'y avait plus de *vouloir* désormais, il *devait* être baisé par cet homme.

Diesel s'affairait afin de pouvoir s'infiltrer davantage dans son orifice étroit.

— C'est ça, Paris, ouvre-toi pour moi, grogna-t-il alors qu'il doigtait son ouverture serrée. Ouvre-toi et laisse-moi entrer, laisse-moi te préparer à être baisé. J'ai besoin de t'avoir préparé et ouvert, afin que je puisse te chevaucher sauvagement.

Paris n'arrivait pas à croire à quel point il se sentait étroit, comme s'il était à nouveau vierge. La seule chose nouvelle pour lui, c'était de n'avoir aucun contrôle sur ça ainsi que d'être préparé à être baisé par un homme de la corpulence de Diesel. Sans y penser consciemment, il écarta un peu plus les cuisses afin de lui ouvrir son corps.

Puis il sentit les doigts de Diesel s'orienter différemment en lui, trouvant la tendre glande une fois de plus... extirpant un gémissement de son corps qui l'effraya presque. Il ressentait tellement de choses rien qu'avec les doigts de Diesel, alors qu'il frottait et heurtait sa prostate avec des caresses lentes, profondes, encore et encore, le rendant encore plus dur à chaque passage.

— C'est ça, Paris, ouvre-toi.

Diesel grognait maintenant, pompant son sexe entre les doigts de Paris plusieurs fois avant de se retirer et de se positionner près de son entrée.

Une gentille poussée et tout le corps de Paris se tendit en sentant le large gland de Diesel se presser contre son sphincter. Il était tellement épais, Paris n'était pas certain de pouvoir y survivre, et s'il le faisait, dans quel genre d'état mental serait-il quand ce serait fini.

Une poussée plus ferme et ses fesses s'ouvrirent. Paris haleta, combattant le réflexe de repousser l'intrusion – en partie craintif, en partie excité, et énormément de « *oh putain je ne crois pas que je peux supporter ça* ». Il sentit la douleur du premier étirement, pas immense, mais la surprise que c'était le début de plus à venir. Diesel avait seulement commencé à l'étirer. À peine plus qu'une douce poussée, puis une pause, et une autre douce poussée.

Paris lutta pour calmer le réflexe de son corps de refuser ce qui venait le réclamer. Cependant, l'attente était pire, la voracité l'étreignant afin qu'il se repousse en arrière et consolide la revendication, mais alors que l'immense gland continuait à franchir son entrée, il comprit que tout mouvement brusque serait bien plus douloureux que ce qu'il pouvait gérer. La peur et la faim se neutralisaient en lui et le gardaient en place. Le gel lisse facilitait un peu l'entrée, mais Paris ne put s'empêcher de ravaler un grognement de douleur alors que le membre de Diesel se frayait un chemin dans son orifice.

— Doucement, le rassura Diesel, sa main caressant son dos afin de calmer sa tension.

Puis en s'appuyant sur ses hanches, Diesel se balança d'un côté à l'autre comme s'il avait l'intention de se visser littéralement en lui, se poussant d'un autre centimètre à l'intérieur puis ressortant.

— Contente-toi de te détendre et de me laisser entrer. Calmement et doucement, et le pire sera bientôt passé.

Paris se sentait presque honteux d'avoir besoin de telles déclarations d'encouragement. Cependant, cela l'aida à s'habituer à la sensation d'étirement, une sécurité supplémentaire qu'en dépit de l'arme, le Patronus n'allait pas le blesser volontairement.

La poussée suivante franchit l'anneau interne de muscles et Paris en sentit chaque éclat de douleur poignante. Il plaqua sa main contre l'aine de Diesel qui ne fit aucune tentative pour aller plus loin, faisant une pause afin de le laisser reprendre son souffle. Paris prit plusieurs inspirations profondes, préparant ses terminaisons nerveuses à accepter l'intrusion. Diesel avait dit qu'il allait le chevaucher durement, et ils le voulaient tous les deux, mais il était évident que Diesel n'allait le faire que lorsque le corps de Paris se serait ouvert et aurait accepté l'énorme sexe. Lorsqu'ils atteindraient le point critique où la douleur devenait plaisir, Paris était certain qu'il allait être chevauché comme jamais. Il sentit sa propre relaxation dissoudre une autre couche de tension et il retira sa main de la cuisse de Diesel et l'épaisse pénétration continua – une lente fraction à la fois, et Paris s'enorgueillit. Il était sur le point d'être rempli et baisé par cet homme. Et le plaisir serait incommensurable.

— Écarte un peu plus les jambes, Paris. Détends-toi et ouvre-toi pour moi.

L'ordre du Patronus fut un encouragement supplémentaire, le pressant de prendre position afin que son corps puisse le prendre plus facilement. Il sentit la poussée, la douleur et la chaleur le traverser – la chaleur soumettant le plaisir.

— C'est ça, détends-toi afin que je puisse te baiser Paris. Te baiser de la façon dont tu as toujours crevé d'envie d'être baisé.

Son sexe s'infiltra, le remplissant.

Bon sang... La tête de Paris tournait. C'était donc à ça que cela ressemblait, d'avoir une sensation au-delà de la connaissance, au-delà de la compréhension, et être véritablement incapable d'y faire quoi que ce soit, à part de s'y soumettre. Et c'était tout ce qu'il pouvait faire, et lorsqu'il fut capable de se détendre un peu plus autour de l'invasion, il commença à se pousser en arrière contre le sexe monstrueux qu'était son Maître Dominant ce soir.

La douleur était si riche, de l'électricité tirant des décharges délicieuses, et Diesel commença de petits mouvements de balancier, sortant juste un peu avant de se repousser à l'intérieur. Dehors, puis un peu plus profondément. Oh Seigneur... Paris n'était pas certain de pouvoir le supporter, la lente intrusion altérée par une toute nouvelle sensation. Cette première vitesse dans la montée, rendant la lente entrée trop agonisante.

☙

Diesel laissa échapper une expiration laborieuse.

— Putain oui. C'est ça, prends-moi à l'intérieur – tellement plus facile.

Il déplaça ses doigts sur la crosse de son arme, toujours là où le vaurien lascif pouvait la voir, mais maintenant, il utilisait ses doigts déployés afin de tenir l'épaule de Paris d'un contact léger, en même temps que la crosse de l'arme. Il commença à balancer ses hanches d'avant en arrière, enfonçant un peu plus de son acier dur dans le fourreau de Paris, à la recherche des profondeurs intouchées. La respiration de Diesel se transforma en râles à force de se retenir. *Bon sang, il avait besoin de s'enfoncer.* Il ne pourrait pas supporter beaucoup plus longtemps cette lenteur. Le corps magnifiquement ciselé de l'ange se soumettait, un corps si serré et si chaud, comme un gant s'enfonçant lentement sur son sexe. Cela allait le faire exploser avant qu'il puisse sentir toute sa longueur dans l'orifice brûlant de Paris ; un tabou sexuel qu'il convoitait et que pourtant aucune femme n'avait été capable de prendre dans l'anus comme ça. Oh, il allait profiter de cet homme au maximum.

☙

Paris releva brusquement la tête lorsque les doigts de Diesel se saisirent de ses cheveux. Il savoura la piqûre dans son cuir chevelu, mais lorsque Diesel tira violemment sa tête en arrière, il sentit la profonde pénétration de son sexe réclamant son corps. Un juron franchit ses lèvres. Chaque gramme d'air fut expulsé de ses poumons, le laissant haletant et désespéré quand Diesel se retira, et revint, se balançant dans une sensation pleinement caressante maintenant. Et Paris savait qu'il y avait encore plus de l'homme à venir. Ce n'est que lorsqu'il sentirait le claquement du bassin de Diesel contre ses fesses, qu'il saurait qu'il l'avait pris entièrement en lui, et brusquement c'était exactement ce qu'il désirait, *maintenant*, plus que tout. Prendre tout de cet homme en lui. Lui faire plaisir avec la totale acceptation de son érection monstrueuse, être baisé par lui jusqu'à ce qu'il soit complètement anéanti.

Paris se repoussa en arrière en se balançant sur un rythme plus rapide que celui de Diesel, basculant plus profondément à chaque mouvement de recul. La douleur devint explicite et douce – et le plaisir, un tourbillon de sensations indescriptibles grouillant à travers son corps. Il recula un peu plus. Une autre longue poussée puis une main de Diesel se crispa dans ses cheveux, l'autre s'accrochant à son épaule et s'y enfonçant. Un profond cri de désir grisant sortit dans la nuit des poumons de Paris. Une vive allégresse infiltrait les parois sensibles de son orifice et Diesel le pilonnait maintenant, caressant ces sensations exacerbées, les mélangeant en une tempête qu'il n'avait jamais reçue avant. Découvrant une profondeur qu'il n'avait jamais su pouvoir prendre – l'étirant – l'entraînant vers une frénésie. *Oh, Seigneur, l'orgasme allait le détruire lorsqu'il arriverait.* Paris rua en arrière contre Diesel, empalant son propre corps sur un membre tellement gros qu'il le remplissait totalement avec une satisfaction gloutonne.

— Seigneur, oui.

Il entendait les grognements de Diesel derrière lui et cela nourrissait encore plus son besoin de lui plaire. Paris se repoussa en arrière, s'accordant au rythme des poussées du Patronus. C'était trop exquis – trop excessif – il pouvait la sentir ; la chaleur ardente grandissant comme une étoile explosant en une supernova. *Putain* – il allait jouir avant que son Maître le fasse. Il reporta son attention sur l'arme, l'atteignant avec sa langue, la léchant, goûtant la saveur sombre, enfumée de la poudre déchargée. Il attira le canon dans sa bouche et le suça, s'appuyant contre le gladiateur plongeant en lui comme une bête sauvage. Une extase obscène dévorant son corps et son esprit.

— Tu es sur le point de jouir pour moi, n'est-ce pas ? grogna Diesel.

— Oui, bon sang.

Paris ne pouvait pas s'en empêcher. Il ne savait pas comment l'arrêter. C'était trop bon – une telle possession occupait chaque recoin sombre qu'il avait. Son corps ondula sous une extase aveuglante. Puis Diesel se déplaça sur lui, une jambe remontant sur le côté, et son sexe plongea en lui comme un marteau-piqueur depuis un autre angle, déplaçant la caresse sensible dans une autre direction. La sensation cuisante de friction fondit sur sa prostate comme une tige d'acier fondu et il crut que c'était fini, qu'il allait jouir – la chair dure comme du fer frottant contre la tendre paroi, et le gland engorgé touchant un point tantrique profondément enfoui qui envoyait des décharges électriques dans ses parois abdominales. *Putain – qu'est-ce que Diesel lui faisait ?* Paris s'enroula autour des sensations que Diesel créait dans son corps, mais un autre changement de direction altéra la course de son orgasme, le mettant hors de portée. *Seigneur non...* Paris voulait qu'il revienne et il rua violemment contre Diesel.

Diesel pantelait rageusement alors qu'il plongeait dans l'orifice brûlant et étroit de Paris, le martelant d'une façon qu'il arrivait rarement à faire. Bon sang, cet homme était incroyable et il voulait l'étirer, le rendre complètement fou jusqu'à ce qu'il supplie pour sa jouissance. D'un autre côté, Diesel avait retenu le vaurien pendant bien trop longtemps. Il n'allait pas être capable de se retenir beaucoup plus longtemps lui-même au stade où il en était déjà. Il pouvait sentir l'essence épaisse dans ses testicules, les recroquevillant, et la torture le titillait chaque fois qu'il claquait contre les muscles fermes du bassin de Paris et sur ses globes fermes. Diesel serra les dents – *pas tant que le microbe n'avait pas pleurniché et supplié pour sa propre jouissance.* Il déplaça son poids à nouveau jusqu'à ce qu'il vienne en lui par le côté, et ralentit ses poussées de plusieurs crans – profonds et lents –

s'enfonçant de toute sa longueur, touchant le fond de son intimité avant de ressortir à nouveau.

— Oh, Seigneur, non !

Paris se repoussa contre lui depuis la baignoire, gainant son membre.

— Non ! Ne me tourmente pas avec ça... je suis trop proche, haleta-t-il en se repoussant à nouveau contre Diesel.

Ce dernier resserra son emprise sur son arme, mais elle ne détenait plus la menace qu'elle avait eue. Le vaurien la léchait et la suçait maintenant, aveuglé par la simulation de leur baise désinhibée. Il remonta Paris sur ses genoux, et l'inclina en arrière, à plat contre sa poitrine. Il passa ses doigts dans les mèches de cheveux noirs, agrippa fermement les boucles et tordit la tête de Paris afin de sceller ses propres lèvres sur les siennes. Leurs langues se trouvèrent instantanément dans un enchevêtrement de luxure somatique. Les hanches de Diesel bougeaient lentement et rythmiquement, malgré la prise de Paris s'étirant derrière lui, s'accrochant à ses hanches, essayant de l'attirer plus violemment tandis qu'il balançait ses propres hanches en arrière afin de claquer contre son aine.

— Je ne t'entends pas supplier.

Diesel s'arracha de ses lèvres afin de lui faire savoir ce qu'il voulait entendre. Puis il lécha sa bouche avant de plonger à l'intérieur pour une autre dégustation.

Paris s'inclina en arrière, sa tête forcée à reculer par la domination du baiser. Il ne voulait pas que le baiser s'arrête, mais il voulait également continuer à sentir le membre de Diesel plonger en lui encore plus. Il grogna dans le baiser et se força finalement à s'en écarter.

— *Oh, Seigneur*, je vais te supplier ! Baise-moi... baise-moi... seulement, plus de lentes taquineries.

— J'aime bouger lentement, la façon dont ton anus étreint chaque centimètre de ma queue. Ton cul est un véritable paradis, Paris.

Néanmoins, Diesel poussa Paris afin de le pencher contre le bord de la baignoire, le plaquant contre lui, se poussant plus profondément et plus rapidement. Donnant ce pourquoi son esclave l'avait supplié, jusqu'aux poussées dominantes plongeant en lui. Leurs testicules qui se heurtaient combinés au son des hanches de Diesel claquant contre les fesses de Paris, étaient l'un des nombreux sons de la cacophonie du chaos sexuel.

Diesel tendit le bras sous Paris, attrapa son sexe dans sa main, serra son poing autour de lui, et commença à masturber son esclave tandis qu'il continuait à le pilonner.

Les gémissements échappèrent au contrôle de Paris. Sa gorge était irritée des constantes frictions de sa respiration rugueuse sortant de sa gorge à chaque coup de reins que Diesel lui donnait, associé maintenant à la caresse ferme de sa main sur son érection. Cela semblait n'avoir aucune fin, repoussant les limites de Paris à endurer un flux de sensation, l'envoyant sur une vague enivrante de plaisir illicite. Tout son corps surfa sur la vague ardente, son orgasme se construisant et grimpant, menaçant de le lancer vers l'oubli.

Même le son des grognements âpres de Diesel alors que son propre orgasme se rassemblait dans le corps ferme qu'il chevauchait ajoutait à la torture de chaque poussée, le revendiquant, l'envoyant dans une spirale hors de contrôle.

Paris se tordit, tout son corps tremblant et tressautant sans aucun rythme ou direction discernable. Son corps et son esprit incapables d'enregistrer la chevauchée dans laquelle Diesel l'entraînait.

— Oh putain, Diesel, je ne peux pas le supporter ! cria Paris.

— Mais tu es insatiable.

— Pitié, j'ai besoin de jouir ! Je ne peux pas me retenir plus longtemps.

C'était tout ce que Diesel voulait entendre, un total anéantissement de cet homme accompagné d'une demande de permission, et il le combla avec des poussées ondulantes, féroces et puissantes. Il agrippa ses hanches, tenant Paris alors qu'il s'enfonçait aussi violemment que ses muscles le permettaient.

Paris gémit et siffla dans un mélange somatique de pics érotiques. Ses gémissements devinrent des grognements pantelants alors que son corps ondulait sous la libération de l'orgasme brûlant qui traversait son corps. Le courant quitta sa prostate, jaillissant vers ses jambes, à travers ses testicules, et explosant dans son sexe. Son orifice se contracta autour du membre épais qui continuait à plonger en lui alors que de son propre sexe jaillissaient des filets blancs de sperme, recouvrant la main du Patronus et la baignoire en marbre.

Paris s'accrocha au bord de la baignoire comme si sa vie en dépendait, comme si c'était sa seule ancre le gardant collé au sol alors que sa tête basculait sous les derniers frissons de sa jouissance.

Brusquement, des fluides chauds envahirent son canal étroit, luttant pour se faire de la place, inondant ses parois sensibilisées avec plus de délicieuses caresses liquides.

— Putain, oui, Paris. Resserre-toi autour de moi !

Et le corps de Diesel explosa, expulsant une mer de fluide chaud et épais dans la caverne sombre qui le maintenait, l'étreignait avec des muscles contractés piégés dans leurs propres ivresses orgasmiques.

Des lumières aveuglantes flashèrent à travers ses terminaisons nerveuses dans une sorte d'explosion apocalyptique, faisant ruer ses hanches, se verrouillant étroitement dans l'orifice de Paris. Il tressauta dans son corps, plongeant si loin dans Paris que ses genoux touchèrent le sol, flottant alors qu'il le chevauchait jusqu'à leur paroxysme.

Le corps de Diesel convulsa sous plusieurs répliques destructives. Chacune d'entre elles faisant tressauter son sexe toujours logé profondément en Paris, et le vaurien séducteur gémit à chacune d'elles. Diesel se pencha sur lui, lécha la sueur des épaules de Paris, et murmura contre sa peau. Se réjouissant de leur faiblesse, chaque effort en ayant valu la peine.

Un long moment passa alors qu'ils savouraient tous les deux l'onde persistante de plaisir qu'ils partageaient, leurs deux corps saturés de sueur, leurs torses luttant pour reprendre leurs respirations. Le besoin de s'écrouler au sol gagna et Diesel se laissa glisser. L'absence soudaine de muscles étreignant son sexe fut presque douloureuse et le laissa avec un sentiment de vide. Il tomba contre le placard sous le lavabo, son corps vacillant sous l'allégresse d'une baise saine, sa main gardant le contact avec Paris, alors qu'il s'asseyait pour se joindre à lui. Une expression complètement embrumée de béatitude atténua le sourire que Paris tenta pour lui.

Diesel réussit à faire un doux sourire alors qu'il observait l'ange déchu avec des yeux maintenant endormis et rêveurs. Sa main se leva sans y réfléchir pour essuyer la sueur de son front, seulement pour réaliser qu'il agrippait toujours le Desert Eagle dans sa main, et il fut obligé d'en rire. Il adorait baiser avec ses flingues, rien ne créant de plus puissant mélange de peur et de désir que ses armes le faisaient. Il recevait le même plaisir en prenant des couteaux, mais jamais il n'avait eu quelqu'un, homme ou femme, qui s'était détendu contre eux, ou avait perdu si rapidement leur peur devant l'arme à feu. Et ce n'était pas bon, parce qu'il n'en avait pas fini avec Paris.

Diesel se laissa tomber de toute sa longueur sur le sol et resta là, fermant ses yeux pour se reposer, écoutant son cœur battre dans sa poitrine sous l'ivresse.

— Lève-toi et lave-moi.

Et quand il ne sentit pas le corps de Paris bouger immédiatement...

— Maintenant.

Paris se repoussa sur ses pieds. Son équilibre vacilla au début. Il prit l'un des doux gants de toilette pliés dans un endroit parfait, dans une parfaite anticipation de ce qui serait nécessaire afin qu'il puisse servir son Maître. Il mit sur le gant une bonne quantité de gel douche, puis s'agenouilla entre les jambes de Diesel et lava tendrement son sexe.

Bon sang, en le regardant maintenant alors qu'il était à moitié épuisé, doux mais pas complètement dégonflé, Diesel était énorme. Aussi épais que le poignet d'une femme, et complètement érigé, il atteindrait son nombril. Cette vision envoya une vague de chaleur en lui. *Il venait juste d'être baisé par cette splendide queue.* Paris lécha timidement ses lèvres en essayant de s'imaginer la sucer.

Le sexe de Diesel pulsait dans sa main et il commença brusquement à le caresser, déplaçant la couche de savon sur son membre dans sa paume. Il voulait voir le sexe pas si flaccide revenir à sa perfection dure et pleine.

— Arrête.

L'arme de Diesel se leva lentement, le visant. Son bras vacilla légèrement comme si le revolver était trop lourd dans sa main, épuisé par la baise olympique.

Paris ignora l'arme et continua à le caresser, observant le sexe revenir à la vie dans sa main, sa bouche salivant alors qu'il l'observait grossir à sa pleine gloire.

— J'ai dit d'arrêter. Je t'ai dit de me laver, rien d'autre.

Paris lécha à nouveau ses lèvres, souhaitant ne pas avoir utilisé de savon. Il voulait sucer Diesel jusqu'à ce qu'il puisse le goûter tout comme il avait goûté le Dominus.

La jambe de Diesel bougea et Paris se retrouva avec sa botte pressée contre sa poitrine afin de le repousser en arrière.

— Tu n'es pas très bon pour écouter.

— Alors, baisez-moi et apprenez-moi.

Il osait défier Diesel à nouveau. Il sortit sa langue dans une courbe lubrique, espérant que Diesel le prenne au mot. Bon sang, il le désirait déjà à nouveau – souffrait comme s'il était accro à lui. Il se pencha en avant avec l'intention de le prendre en bouche. Il ne voulait pas que ceci se termine.

La botte de Diesel se pressa plus fort et puis frappa Paris, l'envoyant sur son dos, et avant qu'il comprenne ce qui se passait, Diesel était debout au-dessus de lui. Le talon de sa botte délivrait une quantité incroyable de poids sur sa poitrine, cependant pas suffisamment pour que Paris ne puisse pas le faire tomber s'il choisissait de le déséquilibrer. Diesel était connu comme celui qui pouvait vous mettre à terre dans un combat improvisé à mains nues. Et il était certain qu'il ne lui donnerait aucun avantage non plus. Paris l'aurait pris, si Diesel s'était exposé.

— Reste ici sans bouger.

Diesel attrapa un autre gant de toilette, le trempa puis rinça le savon sur son sexe, laissant la mousse dévaler sur le devant de son jean. Il échangea le gant de toilette pour l'huile et en étala un peu sur son érection reprenant vie, la caressant comme s'il caressait un tigre domestique.

— J'aurais pu faire ça.

Le regard de Paris était fixé sur la hampe épaisse de Patronus.

Le visage de Diesel arbora une expression étrange, une certaine connaissance de ce qu'il faisait à Paris, en jouant avec lui-même devant lui.

— Tu as eu ta chance. Maintenant, reste silencieux.

Diesel recula, retirant sa botte de la poitrine de Paris. Il s'adossa contre la coiffeuse, son esprit réfléchissant, décidant du prochain mouvement. Récompense ou punition. Indépendamment de ce que Paris obtiendrait, il voulait la bouche de Paris à nouveau, voulait se noyer dans le baiser un peu plus longtemps et c'était bien plus important.

— Mets-toi debout.

— Pourquoi ?

— Parce que je veux t'embrasser. Ne me questionne pas à nouveau.

Diesel raffermit son regard sur son amant.

Ordre ou invitation, Paris fut sur ses pieds devant lui, glissant dans l'étreinte de ses lèvres comme s'il glissait dans un gant de cuir qui aurait été taillé pour lui. Sa langue se pressa contre ses lèvres, les forçant à se séparer et une fois qu'elles le firent, il entra et ne ressortit pas. Sa langue explora la grotte humide en cherchant celle de Diesel et elle dansa autour d'elle, la piégeant dans son étreinte et l'aspirant dans sa propre bouche. Il pressa son corps contre Diesel, lui en donnant chaque partie, et le piégeant pratiquement contre la coiffeuse. Il enroula ses bras autour des hanches et des épaules du Patronus, raffermissant un peu sa prise sur lui alors qu'il suçait et léchait sa bouche. Se reculant uniquement pour lui dévorer les lèvres, les téter, puis plongeant en elles avec une telle force qu'il repoussait douloureusement la tête de Diesel en arrière sur son cou.

Bon sang, cet homme était capable de vous consumer rien qu'avec sa faim. Diesel était balayé par leur baiser. C'était de l'alcool pur à 90° et son corps pulsait d'éclairs brûlants alors que Paris pressait son sexe à nouveau érigé contre le sien, les frottant l'un contre l'autre avec une faim bestiale et enragée. La sensation était intoxicante.

Diesel adorait le baiser, ouvert et récepteur. Certes, il avait observé bien plus d'hommes qu'il n'avait été vraiment avec eux, mais une chose qu'il avait remarquée était que la plupart d'entre eux embrassaient avec la bouche presque fermée, comme s'ils avaient peur de l'intimité. Il trouvait cela étrange, parce qu'il adorait embrasser. Plus c'était profond, humide et affamé, mieux c'était. Et Paris était en accord parfait avec ce besoin.

Diesel entoura l'arrière de la tête de Paris avec un bras et le maintint comme si leur baiser pouvait grimper encore plus profondément dans l'autre. Mais il avait d'autres plans et ceci allait vraiment les compromettre. Diesel plia un bras entre eux et repoussa Paris, brisant le baiser affamé.

— Assez.

Mais déjà Paris repoussait son poids vers lui. Et bon sang, le corps de Diesel avait envie de voir Paris réussir. Il cogna la tempe de Paris avec le Desert Eagle, lui rappelant qu'il avait toujours une arme sur lui.

Paris continua à se presser, ses mains s'accrochant, une derrière son dos, l'autre agrippant son épaule, tirant avec une force égale.

— Je n'ai plus peur de ça désormais... embrasse-moi. Embrasse-moi à nouveau, Diesel.

— C'est vraiment dommage, car cela veut dire que je dois augmenter la menace.

Et alors Paris gagna du terrain dans une brusque avancée, sa bouche se posant à nouveau sur celle de Diesel, sa langue maléfique léchant le palais de la bouche de Diesel et les papilles qui mouraient d'envie d'obtenir plus de ce vaurien puissant. Diesel pinça l'un des tétons de Paris avec une violente torsion, puis bloqua une jambe avec sa botte et l'envoya au sol, mais il ne lâcha pas sa prise sur lui, donc les deux hommes chutèrent ensemble.

Diesel essaya de se rattraper, mais les bras forts de Paris étaient fermement verrouillés sur lui et il s'allongea au-dessus de lui.

— Bon sang, Diesel, j'ai encore besoin de toi, jura Paris en essayant de sécuriser sa prise sur lui avant qu'il puisse se dégager.

Diesel réussit à bouger, brisant le blocage de bras, et se repoussa jusqu'à ce qu'il chevauche la taille de son gigantesque sale gosse. Les mains de Paris se serrèrent rapidement autour de la taille de Diesel et il se cambra vers lui.

— Je pourrais te baiser, est-ce que cela te plairait ? grogna Paris, se déplaçant pour aligner son sexe afin qu'il claque contre les fesses de Diesel.

Ce dernier tendit le bras derrière lui, trouvant le sexe de Paris et le tordant dans sa prise. Un grognement douloureux s'échappa de Paris, et il le libéra immédiatement, ses mains claquant sur le sol autour de sa tête, se soumettant.

— Tu testes ma patience, Paris. C'était amusant, mais je ne peux pas tolérer autant d'insubordination.

Ses doigts se resserrent un peu plus autour de l'érection jusqu'à ce que Paris grimace.

— Maintenant, nous allons nous lever et tu vas retourner dans ton lit.

— Pourquoi ? se crispa Paris.

— Parce que je n'en ai pas fini avec toi.

Diesel se déplaça, ramenant ses orteils sous lui et brusquement il s'élança sur la pointe de ses bottes, son poids équilibré, rebondissant sur place.

— Et tu n'en as pas fini avec Marcena.

— Non, je ne fais pas ça.

— Si, tu le fais.

Diesel se leva, remontant Paris avec lui.

— Maintenant, lève-toi.

ʕ•ᴥ•ʔ

La panique bouillonnait en Paris à nouveau. Alors qu'il venait de découvrir une béatitude exquise, il était forcé à retourner dans le gouffre sombre qui le déchirait avec la menace de lui faire accomplir des choses qu'il ne voulait pas faire.

Il se mit lentement sur ses pieds, trop léthargique, et brusquement il sentit sur ses fesses la piqûre de la main de Diesel, et il laissa échapper un hoquet.

— Aie.

Paris murmura l'interjection et ses yeux épuisés jetèrent un coup d'œil à la porte qui le mènerait vers sa chambre et vers le lit où Marcena attendait. *D'accord, tu peux faire ça. Tu dois juste rejoindre le lit, cela ne veut rien dire. Juste rejoindre le lit.* Ses pensées étaient désemparées, mais tout le reste se tendit et se brisa en lui lorsqu'il sortit de la salle de bain, ses yeux se fixant immédiatement sur la silhouette féminine endormie dans son lit.

Putain. Putain. Putain. Il ne voulait pas refaire ça.

Diesel ignora la petite attaque de panique et claqua à nouveau Paris sur les fesses afin de l'obliger à bouger, puis il se dirigea vers le fauteuil à côté de la porte et s'assit, laissant ses jambes tendues devant lui. Il récupéra un chargeur dans la petite table ronde à côté de lui et le leva afin que Paris puisse voir ce qu'il faisait. Lentement et méthodiquement, le pouce de Diesel expulsa une unique balle ronde, et elle tomba sur la table dans un *clic*. Il prit la balle, recula la glissière du 9 mm, et mit les munitions en place. Puis il relâcha la glissière, la faisant claquer en place dans un *clic* menaçant.

Paris comprit parfaitement et ralentit quand même son pas alors qu'il s'approchait du lit. Ses yeux basculaient d'avant en arrière entre l'arme qui était maintenant chargée, et la fille qu'il ne voulait pas toucher.

Diesel gratta sa tempe avec la crosse de l'arme en l'observant. L'homme avait besoin de dépasser son dégoût des femmes. Il n'avait pas à se convertir, mais il n'avait pas besoin d'avoir peur du plaisir non plus. Si c'était vraiment la peur de la fille elle-même. Diesel commençait à penser que Paris était peut-être plus effrayé d'être moins *gay* à ses propres yeux s'il laissait une femme entrer en contact avec son corps.

Paris atteignit le pied du lit et c'est là où il s'arrêta, ses yeux voltigeant toujours sur la fille, espérant toujours qu'elle ne se réveillerait pas. Si elle ne se réveillait pas, il n'aurait pas à faire quoi que ce soit.

Diesel leva l'arme et la pointa vers lui d'une main insouciante.

— Maintenant, réveille-la.

Et il sourit lorsque Paris tressaillit. Ce dernier se tendait vers elle pour la secouer quand Diesel l'arrêta.

— Hé... dit-il en agitant son arme comme il l'aurait fait avec un doigt lui indiquant qu'il était sur le point de faire quelque chose de mal. Avec ta langue.

Paris se redressa immédiatement, et inspira pour le défier.

— Tu ne tireras pas, protesta-t-il.

— Devrais-je tirer un coup d'avertissement pour te montrer combien il est facile de presser une détente ?

— Non. Je ne veux simplement pas faire ça.

— Ce que tu veux n'est pas pertinent. Nous ne sommes pas ici pour faire ce que tu veux. Nous sommes ici pour faire ce que je veux que tu fasses, et en ce moment, je veux que tu la réveilles en utilisant la langue.

La main de Diesel s'enroula autour de son érection à nouveau érigée et il commença à se caresser d'un mouvement paresseux.

Paris se lécha les lèvres en l'observant caresser la chair dure qui était le point de mire de ses propres désirs. Son orifice souffrait de l'avoir à nouveau.

— Bougeras-tu afin que je puisse t'observer ?

— Je le ferai suffisamment tôt. Plus de discussion… *agis*.

Paris reporta son attention vers la fille étendue sur le lit. Il posa un genou sur le lit et se pencha au-dessus de ses jambes, ses mains caressant la peau douce et soyeuse. Ses jambes étaient longues et fines, comme celles d'une danseuse. Ses doigts se déplacèrent plus haut, lissant la peau douce de l'intérieur de sa cuisse, et il fit rouler sa jambe pour l'ouvrir à lui, puis se baissa pour lécher ses cuisses. Une puis, l'autre. Elle s'étira, gémissant alors que sa caresse excitante se frayait un chemin dans ses rêves. Il s'approcha plus près, aspirant son odeur douce et légère.

Elle était complètement lisse, sans doute que Trenton la gardait épilée. Il sépara les lèvres délicates de son intimité avec un pouce, souffla sur elle, et observa le frisson. Il réfléchit à ce qu'il faisait, ce qu'il avait besoin de faire. C'était étrange d'être si près. Il se sentait hors de son élément et pas entièrement certain de savoir quoi faire des parties du corps devant lui. Le plus près qu'il avait été d'être au lit avec une femme était avec sa meilleure amie de lycée. Mais alors il y avait toujours un autre homme en sandwich entre eux.

Son doigt entoura l'entrée rose et Marcena commença à s'agiter contre sa caresse. Paris savait ce qu'il devait faire, et aucune réflexion sur ça ne changerait son étrangeté, donc il ferma les yeux, éteignit son cerveau, et sans plus de taquinerie, il glissa son doigt en elle et approcha sa bouche du noyau de nerfs encapuchonnés.

Marcena se réveilla rapidement avec un cri terrifié. Ses jambes se refermèrent sur sa tête et Paris les repoussa rapidement de côté. Il pompa son doigt profondément en elle, ajoutant un second. Il suça fortement sur son clitoris, puis lécha ses petites lèvres et les tira dans sa bouche afin de les torturer avant de plonger sa langue dans son intimité humide pour rejoindre ses doigts. Le goût était si étranger, qu'il se recula, et trouva Diesel se tenant à côté de lui, complètement nu. Nu et magnifique. Paris sentit la main du Patronus sur son dos, le caressant, glissant entre ses omoplates puis remontant sur sa nuque, et le poussant plus profondément vers elle.

— C'est ça, prends son goût sur ta langue.

Ses doigts se refermèrent dans ses cheveux, l'obligeant à fouiller plus profondément, puis tout aussi brutalement, il le remonta pour claquer sa bouche sur la sienne, l'embrassant, lui volant la saveur de Marcena. Quelques longues et persistantes caresses de sa langue, puis il s'éloigna en raffermissant sa prise sur les cheveux de Paris afin d'être sûr qu'il ne s'impose pas à lui.

— Mmmm, murmura Diesel, léchant ses lèvres. Elle a le goût de miel.

Il se dirigea vers la tête du lit.

— Viens là, douce chose.

Diesel plaça un genou sur le lit alors que Marcena s'approchait et qu'il guidait sa bouche sur son sexe.

— Essaie de me prendre bébé. Montre-moi ce que tu as appris depuis que tu es ici.

Marcena posa ses lèvres sur la verge de Diesel pendant que Paris s'agenouillait sur le lit et l'observait avec envie. Elle lécha la crête colorée de rouge, referma ses lèvres sur elle et passa sa langue sur lui avec un balancement de la tête. La taille du membre étira sa bouche, rendant ses joues plus tendues alors qu'elle tentait d'avaler plus de lui.

— Dis-moi, Marcena… es-tu prête à nous prendre tous les deux en toi ? demanda Diesel d'une voix rauque alors qu'il repoussait doucement ses cheveux de son visage, savourant la vue de sa tentative désespérée pour lui plaire, et elle gémit sa réponse.

Diesel tendit le bras et empila des oreillers contre la tête de lit puis descendit, alors qu'il soulevait Marcena pour qu'elle chevauche son aine.

— Viens ici, Paris.

L'excitation de Diesel transforma son murmure en un râle profondément grave.

Paris secoua la tête. Autant il voulait s'allonger avec Diesel, il ne voulait aucune part de la fille.

— Ne sois pas si certain que tu sais ce que je veux que tu fasses. Maintenant, viens ici, lui ordonna Diesel un peu plus fermement à présent, mais l'arme était partie, ne le menaçant plus pour obéir.

Paris rampa sur le lit jusqu'à ce que ses genoux soient coincés sous les cuisses de Diesel. Diesel souleva Marcena tandis qu'il tendait la main vers l'érection dure de Paris et l'attirait afin de la frotter doucement contre la sienne, sa main les entourant toutes les deux, et instantanément Paris se frotta contre le Patronus. Il laissa ses yeux se fermer et sa respiration s'alourdit. Son esprit et son corps nageant dans les sensations qu'il voulait avoir avec cet homme. La femme était brusquement non pertinente.

Diesel guida Marcena vers le bas, sa main libérant Paris suffisamment longtemps afin de guider sa propre verge dans le vagin humide. Marcena laissa échapper un gémissement pleurnichard alors que le large membre l'étirait d'une façon délicieuse.

Paris n'avait pas besoin de plus d'instructions, il savait ce que Diesel désirait de lui. Le Patronus voulait les savourer tous les deux, mais en même temps, Diesel n'allait pas forcer Paris à avoir une relation sexuelle avec quelqu'un qu'il ne désirait pas.

Paris bascula ses hanches en avant, glissant entre les deux corps. La crème soyeuse de l'intimité de Marcena s'étalait sur la verge de Diesel et sur la sienne, ajoutant une humidité massante au frottement entre eux. La base dure du sexe de Diesel devint la cible de Paris et il changea de position afin de pouvoir glisser sur la hampe épaisse d'un côté puis de l'autre. Une surcharge sensorielle qu'il n'avait jamais ressentie auparavant et qu'il ne pouvait pas saisir suffisamment pour la décrire, pourtant elle était agréable. Paris pressa son front contre les cheveux qui tombaient dans le dos de Marcena, savourant l'odeur propre de son shampoing et de son eau de toilette. Se frottant contre elle alors que Diesel la dirigeait de la force de ses poussées et que son autre main caressait le sexe de Paris avec chaque pénétration entre les deux soumis.

Comme une exotique machine de sexe, tous trois se perdirent, à la fois dans le temps et dans les respirations hachées et les gémissements des autres, se balançant vers les autres, un bain constamment tourbillonnant de plaisir. Un bain qui menaçait de voir la libération qui les rattraperait bientôt tous les trois.

— Bon sang, je suis si proche.

Paris retira son sexe d'entre les corps glissants de fluides de Diesel et Marcena et lutta pour repositionner Diesel, levant les jambes de son Maître. Il poussa Marcena jusqu'à ce qu'elle soit complètement pliée en deux.

— Je vais entrer en toi, grogna Paris

❦

Diesel sentit la pénétration, lente et facile, le mouvement sans fin de la femme sur sa verge refusant à son corps toute admission de douleur. La nouvelle sensation d'étirement ajouta à la place un éclat au désir global qu'il nourrissait, comme d'ajouter du poivre de Cayenne à du chocolat. *Bon sang, Paris bouleversait son monde.* Diesel n'avait jamais laissé un homme le prendre, mais il planait tellement à ce moment précis, qu'il ne se préoccupa pas de l'en empêcher non plus. Il sentit la longue verge de Paris se pousser profondément en lui avec une nouvelle sensation de douleur et de plaisir qui fit claquer ses dents, et il réorienta ses mouvements, se poussant contre Marcena, la remplissant, sentant son vagin se contracter autour de lui. Sa douce voix criant de confusion.

— Oh, putain. C'est incroyable, gémit Diesel.

Paris se glissa en profondeur, et prit immédiatement un rythme régulier de poussées longues et profondes.

La pièce se remplit de la mélodie créée par eux trois, gémissant d'un plaisir nouvellement fiévreux. Et l'odeur de sexe les entourait, parfumant la pièce en complément de la sueur chaude qu'ils partageaient alors qu'ils se balançaient et se frottaient les uns dans les autres. Le rythme de Paris s'accéléra alors que Diesel continuait ses lentes et profondes pénétrations dans Marcena. Mais les deux hommes étaient piégés dans le regard de l'autre, observant la passion circuler frénétiquement en l'autre, pour l'autre. *Qu'il soit maudit si Paris n'était pas l'homme le plus sexy qu'il ait croisé de toute sa vie. Seulement maintenant, cette faim sauvage qui brûlait dans ses yeux l'enflammait, alors qu'il prenait le sexe de Paris en lui. Le laissait le chevaucher.*

— J'ai besoin de jouir, haleta Paris.

Diesel savait qu'il n'allait pas être capable de se retenir beaucoup plus longtemps et donna l'ordre à ses deux esclaves.

— Jouissez pour moi. Tous les deux, jouissez maintenant !

L'épaisse érection caressant l'intérieur de ses parois et sa prostate lui délivrait maintenant quelque chose de tout nouveau, et lorsque Paris laissa échapper un cri guttural, Diesel sentit le jet de fluide atteindre ses parois internes. *Waouh, c'était foutrement stupéfiant.*

Puis sa propre jouissance s'empara de lui, ses hanches basculant violemment dans la fille pendant que Paris restait en lui.

— Oh, putain oui ! Putain ! grogna Diesel alors que tout son corps tremblait et que son sexe pulsait sous son orgasme.

Absolument tout fut aspiré de lui, le drainant, et dans quelques minutes, il savait qu'il sombrerait dans la béatitude et des rêves sexuellement repus. Il n'allait même pas avoir l'énergie de se lever afin de laver ses deux esclaves. *Oh tant pis, il pouvait faire ça plus tard.*

Marcena laissa échapper son propre cri puis s'effondra sur la poitrine de Diesel et il caressa son dos, enroulant ses cheveux dans ses doigts, avant de sentir Paris se lover contre lui, repoussant pratiquement la fille.

— Envoie-la ailleurs, murmura-t-il, sans cacher qu'il voulait Diesel pour lui tout seul.

— Chut, reste tranquillement là, chuchota Diesel, glissant son bras sous la tête de Paris et l'enveloppant autour de lui pour le garder niché tout près contre son corps, sombrant déjà dans le sommeil. Je vous ai baisés tous les deux, donc je vais me blottir et dormir avec tous les deux.

Mais seul Paris reçut un baiser sur la tempe alors que tous les trois, emmêlés dans les bras de l'autre, tombaient dans un profond sommeil.

Diesel se réveilla, alors que l'alarme interne dans sa tête le prévenait que quelqu'un d'autre était dans la pièce avec eux. Ses yeux s'ouvrirent, trouvant Marcus se tenant au-dessus de lui.

Diesel étendit son regard endormi au reste de son environnement en une vérification de la pièce, puis en voyant Paris et Marcena toujours enveloppés autour de lui, il donna à Marcus un sourire ravi. Il prit une profonde inspiration et la laissa échapper en un gentil soupir, content de rester exactement là où il était. Il s'étira, levant les yeux vers son colocataire, attendant silencieusement la proposition de se joindre à eux, voyant que Marcus était toujours habillé.

— Fam vient juste d'appeler, Chemène et lui sont en route pour venir récupérer les filles, chuchota Marcus.

Diesel hocha la tête. Cela signifiait se lever et les baigner avant son arrivée. La seule raison pour laquelle Marcena et Rachel étaient encore avec eux, c'était que Fambleush et sa femme voulaient avoir quelques jours seuls avec leurs nouveaux esclaves sous contrat. Mais la formation de Marcena était terminée, et il était temps pour elle de retourner vers qui elle appartenait.

Tout allait bien, il devait de toute façon se lever et aller voir Trenton, faire en sorte que son frère se lève et s'envole pour la Floride comme promis. Une fois qu'il aurait vu Trenton partir rejoindre sa licorne en toute sécurité, il avait l'intention de prendre Paris dans sa chambre afin de savourer le reste du dernier jour de son ange déchu, et de la dernière nuit avant qu'il soit renvoyé à sa liberté, avec seulement l'espoir brûlant que ce qu'il libèrerait lui reviendrait éventuellement.

Observer Trenton traverser sa propre tourmente émotionnelle faisait que Diesel redoutait d'autant plus ce qu'il pourrait ressentir si Paris ne revenait pas. Pourtant ce n'était pas suffisant pour l'arrêter à présent. Plus maintenant. Il avait déjà goûté le vin dans son lit et en voulait plus.

CHAPITRE TRENTE-DEUX

Trenton se tenait à la porte de la maison flottante, son cœur battant à un rythme étrangement erratique, pulsant douloureusement alors que la femme qu'il voulait plus que tout se tenait là, à le dévisager, à moitié surprise, à moitié pas tant que cela.

— Comment m'as-tu trouvée ? chuchota-t-elle.

La fêlure dans les mots contredisait le fait qu'il s'agissait vraiment d'une question de comment, un indice disant qu'elle était heureuse qu'il l'ait fait, mais ignorait comment le faire sortir et le dire. Son cœur battant comme le sien était logé dans sa gorge, empêchant d'autres mots de sortir.

— La puce GPS de ton téléphone.

Sa voix était remplie de la douleur que son propre cœur renvoyait hors de sa poitrine. Il s'avança vers elle, refermant l'espace entre eux. Alors qu'elle reculait dans le bateau, il la suivit jusqu'à ce qu'il la touche, prenant gentiment son bras afin d'arrêter sa retraite.

— Tu me dois une explication, lui dit-il, mais pas pour le moment. Je veux seulement t'avoir près de moi dans l'immédiat.

Il l'attira vers lui et la garda contre sa poitrine, ses bras s'enroulant autour d'elle dans une étreinte presque broyante pour s'accrocher à elle.

Katianna ressentait la forte tension en lui. Ses bras étaient crispés, sa poitrine dure et froide. Pas la chaleur qu'elle avait l'habitude de ressentir là. Son cœur martelait comme un tambour partant à la guerre et elle pouvait discerner le chagrin d'amour dans la mélodie que battait le soldat. Il tremblait tandis qu'il la tenait comme s'il était à quelques secondes de s'écrouler et que cela lui prenait tout ce qu'il avait pour s'empêcher de l'écraser dans ses bras. La douleur qu'elle ressentait chez lui était insupportable et elle commença immédiatement à sangloter.

— Je suis désolée, pleura-t-elle, son visage étouffé par son corps.

Trenton ne répondit rien.

Ce soir-là, quelques mots furent seulement prononcés entre eux alors qu'ils marchaient silencieusement le long de Sponge Docks. Trenton ne lâcha jamais sa main alors qu'ils visitaient les boutiques.

Ils s'installèrent et mangèrent au restaurant grec Hellas, partageant du fromage flambé, de la fricassée d'agneau servie avec des tranches de pommes de terre au citron, et des artichauts baignant dans l'origan et l'huile d'olive. Le repas s'acheva avec un dessert à la crème à l'eau de rose versée sur un bol de fruits sucrés mixés. Et fidèle à sa vraie nature, et son objectif de qui elle était supposée être dans sa vie, toutes les bouchées de leur repas que prit Katianna lui furent offertes par les mains de Trenton.

C'était douloureux – le silence entre eux. À part demander l'opinion de Katianna sur ce qui était bon au menu, rien d'autre ne fut prononcé, mais les mots les auraient blessés encore plus s'ils avaient essayé. Il l'observa, une main la touchant toujours, que ce soit pour tenir la sienne ou pour caresser son épaule, son visage ou sa cuisse. Alors que son autre main les nourrissait tous les deux depuis la même assiette.

Après coup, ils restèrent assis sur la jetée et observèrent le coucher de soleil remplir le ciel de rouge, de violet et d'orange brûlé, avant de s'assombrir dans un bleu nuit de velours, illuminé par des éclairs de chaleur occasionnels, claquant au loin.

— Je suis épuisé. J'aurais bien besoin d'un peu de sommeil tout de suite.

Trenton brisa le silence et Katianna put également entendre la douleur qu'il ressentait. C'était cette douleur qui était la cause de son épuisement.

Silencieusement, ils retournèrent jusqu'à la maison flottante amarrée au bout de la jetée, et ils se blottirent dans les bras l'un de l'autre dans le lit où Trenton sombra rapidement dans un sommeil troublé.

Kat n'arriva pas à dormir, son esprit rempli de douleur et de bien trop de mots. De bien trop d'émotions turbulentes et d'encore plus de douleur. Elle glissa silencieusement de ses bras afin de se blottir sur le sol à côté du lit et pour l'observer dormir. Son cœur se sentait lourd, désirant être avec lui, et trop effrayé pour céder en même temps. Ce qu'il lui demandait n'était pas une requête simple et pourtant elle pourrait facilement combler ses vœux, mais c'était sa facilité à lui complaire qui l'effrayait le plus. De devenir trop à l'aise et trop heureuse dans un monde contrôlé par quelqu'un d'autre – par lui. Qu'une fois abandonnée, la chute soit trop dure pour y survivre. Elle avait à peine réussi à survivre après avoir été larguée par Garrett alors qu'elle n'éprouvait aucune émotion profonde pour lui.

À présent, de retour chez elle, dans la petite ville touristique où elle avait grandi, d'autres soulèvements d'émotions se pressaient en elle comme les tempêtes orageuses courantes au milieu de la côte ouest de la Floride. Un ciel bleu une minute – ensoleillé et étouffant – puis des nuages roulant de tonnerre et un ombrage déchaîné au-dessus de vous comme une cavalcade de chevaux sauvages en colère, disposant de trombes d'eau et de la maison tourbillonnante de Dorothy.

En grandissant ici, la vie avait été plutôt simple, pas toujours merveilleuse, mais simple, parce que sa mère la voyait ainsi, et élevait Katianna dans le strict respect de ces idéaux. Et ce n'était pas de se demander : *pourquoi les choses sont-elles comme elles sont* ? La vie avait une conception simple – elle vous crachait à un endroit et là où vous atterrissiez, eh bien, c'était là où vous deviez vous battre. La destinée était une question de s'adapter à l'endroit où vous étiez, avec ce qui vous avait été donné. Et bien sûr, il était hors de question de demander autre chose.

Le destin en avait décidé ainsi, tant d'années plus tôt, lorsque Katianna avait repéré la bicyclette violette métallisée avec le siège banane. Son cœur de petite fille n'avait pas pu s'empêcher de tomber amoureux d'elle et de supplier son papa pour l'avoir. Elle n'avait jamais vu de bicyclette avec un siège banane et après qu'il avait partagé quelques histoires de son enfance concernant un vélo similaire, Kat l'avait encore plus désiré. Donc, son papa lui avait dit d'écrire une lettre au Père Noël, afin de lui faire connaître ce qu'elle voulait pour les fêtes. D'un ton avertissant, *sans* le dire à maman. Katianna avait suivi les instructions de son papa à la lettre. Elle avait écrit la lettre et n'en avait jamais parlé à sa mère. On approchait de Noël lorsque son père était parti pêcher, sa lettre au Père Noël dans sa poche avec la promesse de la délivrer. Elle avait seulement cinq ans alors, mais lorsqu'il n'était jamais rentré, elle était restée avec sa culpabilité pendant longtemps, surtout quand Bart, le gérant des docks, avait dit à sa mère qu'il était resté dehors plus longtemps parce qu'il voulait être sûr de revenir avec une cargaison pleine afin de pouvoir offrir la petite bicyclette violette que son Chaton avait demandé au Père Noël.

Bien sûr, Katianna savait désormais qu'elle n'était pas à blâmer pour la mort de son père simplement parce qu'elle voulait un vélo brillant pour Noël, mais quand vous perdez un membre de votre famille, vous avez tendance à ne jamais oublier ce genre de détails non plus. *Tu ne demandes jamais rien, tu obtiens ce que tu obtiens, et tu fais du mieux que tu peux avec ce qui vient à toi. Faire fi de ça te coûtera plus que le gain...* Et ainsi la règle de vie de sa mère avait fait son chemin dans l'esprit de Katianna et dans sa vie de tous les jours : *Ne demande pas plus que ce que la vie te donne ou tu perdras quelque chose de génial à cause de ça.*

Katianna remonta au coin du lit, tendant la main et repoussant les cheveux de Trenton de son visage. Il rêvait, et il n'aimait pas les images se cachant derrière ses yeux. Elle le savait d'après les sillons fronçant ses sourcils – comme lorsque vous dormiez avec une migraine.

Elle détestait savoir être la cause de tout ça et les paroles d'une chanson qu'elle avait écoutée ces derniers jours sur l'une des stations de rock locales lui vinrent à l'esprit. Elle faisait sombrer son cœur et approfondissait sa déprime chaque fois qu'elle l'entendait.

~~ Je suis une marchandise endommagée — Il est simplement juste que je te laisse partir — alors si tu as toujours des sentiments pour moi, jure-moi que tu ne me le diras jamais ~~

CHAPITRE TRENTE-TROIS

— Est-ce que cette chose est en état de marche ?

Trenton désignait le petit tableau de bord, fixé au fond de la maison flottante qu'elle louait.

— Oui.

— Alors que tu dirais si nous passions la journée sur l'eau ?

— Vraiment ?

Katianna s'étrangla presque alors qu'elle mâchait la dernière bouchée du petit déjeuner qu'il lui avait donné et à sa grande surprise autorisée à manger seule. La proposition était également une surprise, vu qu'elle avait cru que le manque d'attention de la matinée était un signe de la conversation à venir. La conversation inévitable qu'aucun d'eux n'allait apprécier. Son cœur se remplit d'une chaude excitation au changement de plan. Elle avait redouté la question, mais Trenton n'avait fait aucune tentative pour lancer le sujet. À la place, elle s'était réveillée dans un bateau rempli d'une odeur taquinant son estomac, d'œufs Bénédicte et de bacon. *Un moment de normalité ou une offre de paix pour son intrusion.*

Kat emballa rapidement un sac du nécessaire pour la Floride – lunettes de soleil, écran solaire, bouteilles d'eau, serviettes et quelques chips – avant que Trenton puisse revenir sur sa décision de sortir.

En fait, Trenton avait déjà emballé un panier de pique-nique dont elle ignorait la *provenance*. Pas qu'elle s'en soucie. Ils montèrent sur le bateau et elle remarqua son expression amusée alors qu'il observait son appel via les Très Hautes Fréquences pour une vérification radio.

— Garde-Côtes, ceci est la *Little Tug* opérant une vérification radio.

Quelqu'un du bureau des Garde-Côtes répondit.

— Ceci est le canal seize répondant au contrôle radio, *Little Tug*, vous entendant haut et clair. Les rapports mentionnent des vents de Nord-Ouest de moins de sept nœuds. Légères turbulences. Possibilités d'averses orageuses dans l'après-midi. Contrôle radio terminé. Soyez prudent.

(•ω•)

Le large sourire de Trenton écrasa presque la douleur de ses yeux pendant un instant, et il s'autorisa à plaisanter avec elle.

Vivant à New York, trappé dans la ville, il n'avait jamais pris en considération que Katianna serait dans son élément sur l'eau. Même en sachant que son père était un pêcheur professionnel, ce n'était pas quelque chose qu'il avait réalisé avant de le voir par lui-même. Mais qu'elle était mignonne, à se déplacer sur le bateau pour une vérification de sécurité de l'équipement et pour un contrôle radio. Même Diesel aurait été attendri. Il l'était certainement. Il se rendit derrière les commandes et alluma le contact une fois que le moteur fut descendu pendant que Katianna larguait les amarres et donnait une petite poussée.

— À partir de maintenant, il n'y a qu'un seul capitaine sur ce bateau et c'est moi.

Elle se poussa contre lui avec l'intention d'actionner le gouvernail.

— Toi ?

Il haussa un sourcil de surprise devant sa revendication nette d'un grade.

— Je devrais te prévenir. J'étais Lieutenant en second... cela surclasse Capitaine.

Il la taquina, mordant sa langue, attendant de voir si elle allait le reprendre sur ça, mais cela lui passa par-dessus la tête.

— Oui ? Eh bien, pas sur mon bateau.

Son impertinence diminua, mais elle semblait prête à ressortir ses pouvoirs de *bouderie* s'il essayait de la contredire.

Trenton se pencha pour se nicher contre sa joue dans un rire.

— Honnêtement, Capitaine est un grade haut placé tout comme Colonel ou Général.

Il planta un baiser sur sa joue.

— Oh.

Mais ensuite, son visage se rembrunit.

— Est-ce que tu viens juste de tenter de me duper ?

Les yeux de Trenton se remplirent d'un soupçon d'arrogance du sourire du chat de Cheshire, reproduisant le jeu diabolique, et cela la réchauffa. Cette chaleur, convergeant entre ses jambes, fit fondre l'anxiété qui persistait entre eux.

— Mais je *peux* protester que tu n'as même pas un permis de conduire, ajouta-t-il.

— Et je n'en ai pas besoin pour un bateau, tant qu'il fait moins de cinq tonnes et est équipé pour moins de six personnes. Maintenant ouste.

Elle lui fit signe de bouger, ce qu'il refusa tout en se poussant un peu.

— De plus, tu ne sais pas où nous allons, ajouta-t-elle pour restaurer un peu de la pression malicieuse qui le conduisit à rire.

Il mourait d'envie de savoir d'où cela provenait.

Trenton n'avait aucunement l'intention d'être *poussé* loin d'elle, surtout en la voyant dans le petit short brun qui cachait à peine, *voire pas du tout,* le bas de ses fesses bronzées. Le débardeur blanc dos nu qui laissait une quantité considérable de peau exposée et disponible pour sa nature attentive n'aidait pas. Mais pour en revenir à ses douces petites fesses dépassant de son short – en tout état de cause, il désirait *celles-ci* fermement plantées contre lui. Il l'attrapa brusquement, ses mains s'agrippant à ses hanches, et il la tira vers ses genoux, l'équilibrant tandis que ses pieds cognaient les siens jusqu'à ce qu'elle trouve le repose-pieds. Il remonta ses mains sur ses côtes, puis les descendit le long de ses bras, enlaçant paresseusement ses doigts dans les siens et tendit leurs mains afin de les placer sur le gouvernail.

— Très bien, Capitaine.

Il pressa ses lèvres sur son oreille.

— Mais je veux le tour complet. Cabanes de pêcheurs historiques. Phares. Dauphins. Repaire préféré – tout le tralala.

Tout le corps de Katianna chauffait sous ses mains, d'au moins quinze degrés de plus que la chaleur typique estivale floridienne. Elle avait à moitié à l'esprit l'idée d'accoster et de le prier de lui faire l'amour. Néanmoins, comme il voulait le tour complet, elle le lui donnerait, et elle désirait vraiment être dehors sur l'eau avec Trenton. Ceci était son monde, celui où elle avait grandi. La marée lui donnait un ancrage solide, et avec un peu de chance, elle lui donnerait de la compréhension – ou une connexion ou peut-être même la force de faire le bon choix. Si seulement elle savait ce que c'était.

Alors qu'elle manœuvrait le bateau et descendait la rivière Anclote vers le golfe, elle sentit les lèvres de Trenton embrasser ses épaules et le long de son dos. Et son corps se remplit du désir profond qu'il lui avait toujours fait ressentir, seulement maintenant, il était accompagné de douleur. Et elle prit conscience qu'elle n'allait pas trouver cet ancrage ou cette compréhension, parce que peu importait où elle allait – elle était là. Ce n'était pas l'endroit qui était le problème ni Trenton – *c'était elle.*

Après avoir observé un petit groupe de dauphins chasser des mulets et fait un tour rapide autour d'Anclote Key afin de donner le résumé de l'histoire de l'unique phare existant au milieu de la côte ouest de la Floride, elle l'emmena vers sa plage privée préférée dans l'un des petits paradis de la côte, où ils passèrent la journée à bronzer au soleil.

Ce que préféra Trenton fut ses seins nus, après qu'elle se fut dévêtue de son bas de bikini pour bronzer dans le sable à côté de lui. Son choix de bronzage intégral lui permit de profiter de sa nudité, en suçant la salinité de la mer et le soleil sur son corps, tourmentant ses tétons en un encas fréquent et apprécié. Elle avait le goût de l'or pour lui et il adorait la couleur bronzée de sa peau et le balayage apporté par le soleil dans ses cheveux. Mais plus il touchait, et plus il goûtait sa peau – plus il souffrait intérieurement. Son besoin d'avoir tout d'elle, car la baiser ne serait pas assez. En fait, sans sa soumission, cela le détruirait, et il s'arrêta lorsqu'elle commença à le supplier de la prendre.

— Pourquoi me tourmentes-tu ? gémit-elle sous son corps ferme.

Trenton baissa la tête jusqu'à toucher la sienne, s'attardant uniquement avec un bref soupir avant de répondre.

— Parce que tu tourmentes mon âme, Katianna. C'est ma punition pour toi.

— Comment as-tu appris l'existence des esclaves de vie ? Je veux dire, comment as-tu su que c'était ce que tu désirais ?

Trenton regarda son visage, ses yeux pâles qui étincelaient sous le soleil comme deux aigues-marines le fixant alors qu'il était étendu au-dessus d'elle, gardant son poids sur ses coudes plantés dans le sable autour de sa tête. Il regarda la façon dont ses yeux luisaient à la lumière du soleil, deux icebergs de l'antarctique entourés d'une peau bronzée et de quelques taches de rousseur sur le nez. Elle paraissait si innocente en ce moment. Comme si elle n'avait jamais eu un aperçu du monde, jamais ouvert les tentures de son monde secret afin de regarder à l'extérieur. Mais il le savait, elle avait jeté de nombreux regards dehors. Elle osait seulement rarement s'y aventurer. Quand elle le faisait, elle était une souris qui s'éparpillait, essayant de ne pas se faire écraser par les centaines de pieds déambulant à travers la station de métro.

Trenton roula sur lui-même et tomba sur son dos avec un lourd soupir, tout en tirant les bras de Katianna afin qu'elle repose contre lui. Ses mains, toujours en contact avec elle, la gardant avec lui. S'occupant toujours d'elle et faisant en sorte qu'elle soit toujours confortable.

— Je savais que c'était ce que je voulais longtemps avant que je sache ce que c'était.

L'esprit de Trenton voyagea vers le début de son souvenir.

Il passa un bras sous sa tête, la levant alors qu'il se souvenait de sa découverte concernant les esclaves de vie.

— Mon père et celui de Diesel étaient tous deux militaires, donc nous déménagions beaucoup. Nous venions juste d'être basés à Fort Drum et il n'y avait aucune caserne militaire là-bas, donc nos pères ont loué cette maison juste à côté de la base. Elle vivait à la porte d'à côté. J'avais douze ans et elle en avait dix...

Il s'interrompit pendant un instant.

— April... son nom était April. J'ignore ce qui se passait chez elle, cependant elle essayait toujours de se tenir à l'écart de son père. Il buvait beaucoup... En y repensant maintenant, je suis presque certain qu'il faisait plus que seulement boire. Lorsqu'April était avec moi, elle disait qu'elle se sentait en sécurité, et peu importait ce que nous faisions, où nous allions, elle s'accrochait toujours à moi. J'adorais ça. À partir de là, j'ai cru que toutes les petites amies étaient supposées agir ainsi.

Il s'interrompit à nouveau, revivant ce passé si lointain.

Katianna comprenait ce genre de besoin et se surprit à se demander ce qui avait pu arriver à la fille qui s'accrochait au garçon, qui un jour, deviendrait le Dominus.

— Que lui est-il arrivé ?

— Je pense que mes parents ont découvert que quelque chose n'allait pas. Ils l'ont laissée rester chez nous pendant un moment. Je me souviens qu'April voulait toujours se glisser dans ma chambre le soir, ramper au lit avec moi, et dormir dans mes bras. Quelques semaines plus tard, les services sociaux sont venus la récupérer. Je ne voulais pas la laisser partir, mais fichtre, nous n'étions que des enfants.

Trenton leva les yeux du corps de Kat afin de croiser son regard, voyant la corrélation entre elle et son propre passé.

— J'ai tellement aimé comment elle m'a fait me sentir, que j'ai essayé d'obtenir que chaque petite amie que j'ai eue après ça fasse la même chose.

Il rit, mais Katianna put entendre la touche de douleur.

— Cela n'a pas marché très souvent.

Il se força à sourire lorsqu'elle se tordit pour lever les yeux vers lui.

— En tout cas, quelques années plus tard, j'ai découvert le film *Histoire d'O*. Ce n'est pas exactement un gagnant de l'Oscar, mais c'est ce qui m'a fait commencer. Je suis finalement sorti avec cette fille qui était curieuse. Elle était vraiment partante pour essayer quelque chose comme ça et bon sang, j'étais pleinement consentant pour combler ses envies. J'ai été initié au bondage et à la discipline après ça. Elle avait aussi le béguin pour Deez, donc de nombreuses fois, c'était nous trois. C'est devenu plutôt intense.

Trenton tendit la main vers la bouteille d'eau et prit une longue gorgée, puis l'amena aux lèvres de Kat afin qu'elle fasse de même.

— Environ un an plus tard, nous sommes sortis du lycée et Diesel et moi nous sommes engagés dans le corps des Marines. C'est alors que j'ai rencontré les autres. Pendant notre seconde année en Tchétchénie, nous sommes allés en permission à Paris en France où nous avons rencontré ce couple dans un club BDSM souterrain. Et ils nous ont invités à rester dans leur maison d'hôtes pour le week-end.

Il s'arrêta, prenant un moment afin de saisir la main de Katianna dans la sienne. Son pouce caressa le dos de ses doigts, puis il les porta à ses lèvres et les embrassa. Elle se tordit pour le regarder, et il la déplaça rapidement, ajustant la position de son corps afin qu'elle puisse le faire sans tendre son cou, la tirant un peu plus sur sa poitrine.

Ce qui la stupéfiait le plus, c'était qu'il faisait ça sans y penser. Il ne gâchait aucun instant à réfléchir à ce que son corps avait besoin ou comment agir, ni à demander – *Es-tu à l'aise ?* – *As-tu besoin de quelque chose ?* À la place, il anticipait instantanément ses besoins et le faisait – naturellement et bien rôdé comme s'il l'avait fait pendant toute sa vie. Seulement, elle ne l'avait jamais vu le faire. Elle ne l'avait jamais vu s'occuper de ses subs comme il le faisait avec elle. Alors comment arrivait-il à savoir faire ça avec elle ?

Elle l'observa alors qu'il relevait à nouveau ses doigts, les frottant contre ses lèvres avec une caresse aérienne et les embrassant tendrement. Puis il reprit l'histoire là où il l'avait arrêtée.

— Les rencontrer a été la chose la plus incroyable que j'ai expérimentée de toute ma vie. Dane et Harper n'étaient pas vraiment intéressés, donc ils se sont excusés et sont restés à l'hôtel, mais Diesel, Marcus et moi sommes restés. La femme de l'homme était son esclave de vie. Nous avons dîné à la table alors qu'il l'avait fait s'allonger dessus, nue pour qu'il puisse l'observer et profiter d'elle selon ses désirs pendant qu'il mangeait. S'ils quittaient la maison, il lui mettait des vêtements, mais dès qu'ils rentraient chez eux, il la changeait avec quelque chose d'ultra-doux ou minuscule, parfois avec rien du tout. C'était si naturel et ils n'avaient aucune honte. Son esclave n'était pas du tout embarrassée que nous soyons là dans leur maison d'hôtes. Pas que nous étions autorisés à la toucher, mais nous étions des invités et nous les observions. C'était la chose la plus belle que j'avais vue. Et enfin, j'ai réalisé que ce rêve que j'avais n'était pas seulement quelque chose issu d'une histoire imaginaire, mais était réel. De vraies personnes faisaient ça, et voyaient que c'était une dévotion aussi belle et complète que je le voyais.

— C'était les deux personnes avec qui nous avons déjeuné à Paris ?

— Oui. Aubert et Mavis.

L'esprit de Trenton semblait s'envoler à présent, se remémorant comment il s'était senti impressionné lorsqu'il avait rencontré le couple. Diesel et lui avaient tous les deux partagé ça. Il savait depuis longtemps que c'était ce qu'il voulait, mais lorsqu'il les avait rencontrés, ses désirs avaient pris corps. Il l'avait su alors que rien d'autre ne serait acceptable. Il ne prendrait jamais d'épouse, sauf si son esclave le demandait, mais se marier sans ça ne lui arriverait jamais.

Son regard retourna à la petite femme qui l'observait encore. Elle était si parfaite pour lui. Elle s'était raccrochée à lui durant tout le week-end lorsqu'il travaillait comme son garde du corps. Elle avait eu besoin de lui, besoin de la sécurité que sa présence lui apportait. Qu'il puisse lui apporter ça lui disait qu'elle était destinée à être à lui. Elle l'avait laissé la déplacer sans faire d'histoires. La plupart des femmes auraient déjà rechigné devant lui, rétorquant qu'elles n'avaient pas besoin d'être traitées comme des bébés ou être aussi couvées. Il appelait ça chouchouter et être affectueux, et Katianna l'avait accepté de sa part. Et pourtant, il la perdait. Cela lui arrachait le cœur de la poitrine. Comment cette femme qui comblait ses besoins si complètement, si parfaitement – qui lui faisait ressentir des sommets d'excitation qu'il n'avait jamais ressentis avant – dont les baisers étaient si tendres contre ses lèvres, pouvait-elle glisser de ses mains ?

Il attira sa souris plus étroitement sur sa poitrine, amenant sa bouche sur la sienne, et l'embrassa. Il avait besoin de sentir ce baiser, besoin de la goûter une dernière fois, parce que la fêlure dans sa poitrine lui disait qu'il la perdrait ce soir.

— Viens, nous devrions rentrer, le soleil se couche et tu n'as pas d'éclairage sur le bateau.

Katianna sursauta, explorant des yeux au-delà de la petite console, découvrant qu'il avait raison. Les lumières à tribord et à bâbord étaient brisées. *Bon sang*. Elle aurait vraiment voulu rester ici pour observer le coucher du soleil. Elle avait peur de rentrer. Elle savait ce qui l'attendait lorsqu'ils le feraient. Il aurait besoin de sa réponse – et elle ignorait comme abandonner sa peur.

Le silence s'installa entre eux alors qu'ils rentraient, mais cela n'empêcha pas l'entrejambe de Trenton de pulser en l'observant se plier pendant qu'elle raccrochait les cordages à l'armature du bateau. La marée était basse maintenant donc il lui donna avec joie un coup de pouce pour la soulever sur les quais. Ses mains fermement plantées sur ses magnifiques fesses encadrèrent à nouveau son short de plage incroyablement court.

Dès qu'ils mirent le pied à l'intérieur du bateau, Trenton la cueillit dans ses bras, s'enfouissant dans son baiser.

Les jambes de Katianna s'enroulèrent instinctivement autour de sa taille. Elle savait ce qu'il demandait et elle voulait lui donner sans ordre. Lui céder son corps n'était jamais un problème. Elle le voulait, voulait le sentir profondément en elle – elle voulait cela depuis le début. C'était la condition pour laquelle il retenait cette part de leur relation qui la tenait à distance de ses bras, mais il espérait que ce baiser sauvage et passionné qu'il pressait sur elle pourrait briser la barrière.

Trenton l'entraîna vers le comptoir de la cuisine et se frotta contre elle, dur et affamé. Fichtre, il était si dur pour elle qu'il était certain que son sexe pouvait déchirer son jean et le sien, et la baiser tout de suite. *Bon sang, cela faisait vraiment mal, il souffrait d'être en elle depuis si longtemps, mais il désirait tellement plus, la voulait si fort que ces deux envies fusionnaient dans sa tête, et qu'il ne pouvait plus les séparer. Il ne pouvait pas avoir l'un sans l'autre. Non ce n'était pas possible.* Trenton s'arracha de ses lèvres et se repoussa en arrière. Il aspira une profonde bouffée d'air. Il pouvait voir qu'elle le voulait. Voir la requête, l'envie. Il savait qu'elle était sienne, *bon sang*, il avait seulement besoin qu'elle dise oui. Besoin de savoir pourquoi elle avait fui en premier lieu.

— Qu'est-ce que j'ai fait de mal ?

Sa chaleur lucide se transforma en un froid à glacer les os en une fraction de millisecondes. Il l'avait prévenue lorsqu'il était arrivé qu'elle lui devait une explication. Elle ne s'était seulement pas attendue à ce que ce soit sa question, tout comme elle ne s'était pas attendue à ce que ça sorte comme ça.

Néanmoins, elle le voyait dans ses yeux, tout comme elle l'avait vu dans son sommeil agité la nuit précédente, il était déjà broyé par ça, et il voulait savoir pourquoi. Elle n'aurait pas dû être surprise, il était toujours direct avec ses questions, et s'il pensait qu'il était à blâmer pour sa douleur, il voudrait savoir pourquoi, et il ne la laisserait jamais s'en sortir sans répondre. Et comme si cette unique question était un sort magique qui faisait tomber les barrières, elle sentit ses propres sentiments venir l'écraser. Elle glissa lentement du comptoir et marcha vers le salon, tout en l'observant prudemment par-dessus son épaule. Elle avait seulement besoin d'un peu d'espace entre eux, parce que s'il voulait savoir, cela allait sortir. Et cela n'allait probablement pas être beau à voir.

— Tu m'as abandonnée.

Elle s'arrêta et se tourna pour lui faire face.

— Tu as refusé de m'inclure dans ta vie, sauf si je le faisais assise à tes pieds. Tu ne m'as jamais rien demandé d'autre, et lorsque je n'ai pas pu rester avec toi, tu m'as laissée seule dans une pièce sans ta protection, sans explications.

Voilà ! Son cœur et ses sentiments étaient sur le sol désormais. Elle souffla, se sentant presque comme si elle avait couru autour du pâté de maisons rien que pour sortir tout ça.

☙

Trenton resta immobile. Elle venait de lui jeter bon nombre de choses, certaines n'ayant aucune relation entre elles et il avait besoin de déchiffrer ce qui était le plus important – ce qui était le plus connecté à ses émotions. Il *l'avait* incluse dans sa vie. Fichtre, il avait fait tout ce qu'il pouvait faire pour l'attirer sans la kidnapper et la prendre en otage. Il avait ralenti son propre rythme afin qu'elle n'ait pas à essayer de suivre, ou plutôt, il était allé à *son* rythme. Cela ne laissait qu'une seule chose à discuter.

— À l'hôtel ?

Il secoua la tête, troublé par sa perception de ce qui s'était passé.

— Non Katianna, tu n'as jamais été laissée sans protection.

— Mais ce n'était pas toi.

Sa voix s'élevait, elle allait s'effondrer vraiment rapidement. La fureur des émotions tournoyant en elle s'élevait en une vague qui menaçait de sortir avec la prochaine question qui attendait sa réponse.

— Tu m'as laissée afin d'être le Dominus pour tous les autres.

Il se sentit frappé. *Oui, il désirait une réponse. Bon sang, elle l'avait fui. Ne lui avait pas accordé une chance de lui parler, de l'aider à dépasser la marée émotionnellement écrasante issue de la soirée d'enchères.* Il savait que cela allait être difficile pour elle. Il avait parlé, fait tout ce qu'il pouvait pour l'aider à traverser ça, mais, ensuite, en partant et en lui refermant la porte au nez, elle ne lui avait jamais permis de soigner ses émotions. Clairement, elle avait toujours besoin de ça de sa part.

— S'il te plaît, ne me demande pas d'être autre chose que qui et ce que je suis.

— Je ne le fais pas. Je n'ai jamais voulu que tu changes, mais tu veux uniquement une partie de moi, et le reste se sent découpé et abandonné.

— Aucune partie de toi ne sera jamais abandonnée. Je m'en moque si un jour tu te lèves et tu dis, Dominus, je veux apprendre le tricot et jouer au soft-ball. Très bien, alors je t'achèterai les plus fines aiguilles à tricoter et embaucherai quelqu'un pour t'obtenir une équipe féminine championne de soft-ball. Je les ferai même tricoter avec toi.

Il secoua la tête, la douleur froissant son visage.

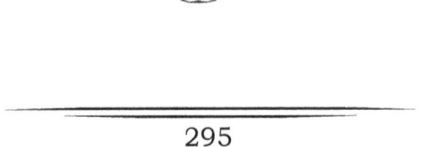

Kat détestait ce qu'elle voyait passer sur son visage – l'agonie de ce qu'elle lui faisait. Elle savait qu'il ne lui souhaitait aucune douleur, mais elle ignorait comment ne pas la ressentir.

— Je t'offrirai tout ce que tu veux, tout ce dont tu as besoin. Tu dois seulement me laisser entrer.

Il expliqua un peu plus ce qu'il offrait.

Drainée de sa force, elle était sur le point de sangloter.

— Je l'ai fait. Ou j'ai essayé – je ne sais pas. Tout ce que je sais, c'est que j'étais là et que tout est devenu fou, et qu'ensuite tu n'étais pas là alors que tu avais dit que tu le serais toujours.

Elle secoua la tête. *Bon sang, elle ne savait pas ce qu'elle essayait de dire. Elle souffrait seulement et elle ignorait comment arrêter de souffrir, parce qu'elle avait trop peur pour franchir cette porte et le vouloir. Trop peur de ce qui lui arriverait quand ce serait fini. Trop peur pour continuer, sans savoir ce que ce serait d'être complètement submergée par le désir de Trenton et la sécurité de ses bras.*

Trenton fit un pas vers elle.

— Laisse-moi t'aider à traverser ça. Je t'ai amenée à cet état de faiblesse, maintenant, laisse-moi te guérir comme je l'ai toujours fait jusqu'à ce que tu sois forte à nouveau.

Elle secoua vivement sa tête. Elle n'avait pas besoin de lui pour pointer du doigt son dilemme émotionnel. *Ne faisait-il pas toujours ça ? D'une façon ou d'une autre ? L'affaiblir. Mais être faible dans ses bras avait toujours été un tel bonheur, contrairement à être faible et effrayée dans le monde extérieur, seule et troublée. Trop petite pour garder les ombres du monde à l'écart.* À nouveau, elle secoua la tête. *C'est ce qu'elle pensait ? Oh, Seigneur, il la retournait.* Il se sentait toujours si fier et si protecteur de son corps, si intense. S'il ne la tenait pas debout, elle s'écraserait sur le sol. Et à présent, elle ne lui permettait pas de la tenir. Si elle fermait les yeux, tout ce qu'elle pouvait voir c'était le sol s'élever comme une explosion volcanique de lave, flambant alors qu'elle se dirigeait vers elle, et elle allait la brûler en cendre quand elle l'atteindrait.

— Fais-moi l'amour. Emmène-moi dans ton lit ! Laisse-moi être simplement un fragment de ta vie ! Peut-être que c'est tout ce dont j'ai besoin.

— Non. Ton corps sait ce dont tu as besoin. Je sais ce dont tu as besoin et celui-ci ne pourra être satisfait qu'avec ta soumission. Ta soumission *complète*, rien d'intermédiaire.

Pourquoi la refusait-il toujours à cause de ses règles ? Le rejet se mélangea avec autre chose, réchauffa son visage, explosant en elle.

— Qu'est-ce que tu es ? Goréen ou quoi ?

L'insulte lui échappa. Elle ne savait pas pourquoi, mais elle le regretta à la seconde où elle la prononça. Mais tout lui semblait... eh bien, elle ne savait pas vraiment comment le mettre en mots... mais, elle était submergée.

Trenton se redressa brusquement, l'œil menaçant.

— Qui t'a appris cette terminologie ?

— *Écrivain*.

Le sentiment d'écrasement la poussa à l'insolence.

— De plus, nombre des membres du club en parlent. Le revendiquent. En débattent.

— Alors tu devrais savoir... que je n'ai jamais pensé moins de toi ou essayé de diminuer ta valeur. Je n'ai rien fait à part t'adorer et je ne t'ai jamais regardée ou traitée comme un objet.

— Mais toujours comme quelque chose t'appartenant.

Elle était à nouveau écrasée et peinée.

Les dents serrées et la mâchoire crispée, Trenton souffla avant de la réprimander.

— Je ne peux pas contester ça. Je veux que tu m'appartiennes. Pour avoir chaque partie de toi. Que chaque soupir et orgasme que ton corps a soit à cause de moi. Je ne nie pas cela, mais jamais en tant qu'objet, toujours comme ma précieuse Katianna, ma petite souris. Ma licorne, dit-il en baissant la voix.

Katianna s'immobilisa. En clignant des yeux, en l'observant se décomposer. Quelque chose qu'elle n'avait jamais vue. Elle l'avait vu en Paris, l'avait ressenti en elle, mais jamais chez Trenton. Jamais chez le Dominus. Il était venu à elle sachant ce qu'il voulait et maintenant elle le lui arrachait. Elle prenait le désir de toute une vie qu'il avait toujours cherché et espéré... Elle l'arrachait de sa portée et la douleur était insupportable pour lui. Il luttait afin de tenir bon, mais quelque chose lui disait... le provoquait au fond de son esprit, lui disant qu'il n'existait rien sur lequel il pouvait se tenir suffisamment fort.

— Je m'assurerais que tu puisses toujours écrire – aussi longtemps que tu le désires. J'admire ton succès en tant qu'auteur et je vois que tu es un écrivain extraordinaire.

C'était un dernier argument désespéré à jeter, mais celui-ci n'allait pas fonctionner avec elle.

— Comment le saurais-tu ? Tu n'as jamais lu une seule ligne de mes livres !

♋

— Et discuter de ça ne nous mènera nulle part.

Son argument désespéré se transforma en ce qu'il faisait le mieux – dominer. Il s'approcha d'elle brusquement, l'attirant dans ses bras, et sa bouche vint se poser sur la sienne. Son goût satura ses sens, bousculant ses intentions, et dans sa tempête, il se retrouva à la pousser sur le canapé. Son baiser la pressa contre son dos, et il pesa le poids de son corps sur elle, l'épinglant. Sans insistance et sans ordre, les bras de Katianna s'enroulèrent autour de lui et ses jambes firent la même chose. Le besoin de Trenton s'infiltrant dans son âme, dans sa chaleur, et son baiser se durcit, ne lui accordant aucun répit. Une faim fervente, menaçant de faire ce pour quoi elle l'avait supplié. Puis il recula rapidement sa tête et exhala un long souffle d'air avant de baisser son regard vers elle.

La tête de Katianna retomba sur la banquette, ses lèvres gonflées séparées pour une respiration pantelante.

— S'il te plaît... je veux te sentir en moi, Trenton. Afin que je sache que c'est juste.

Les doigts de Trenton caressèrent ses cheveux, s'emmêlant en eux et se pliant jusqu'à ce qu'ils en tiennent une bonne quantité dans sa poigne, tirant sur son cuir chevelu avec une piqûre mordante.

— Seigneur, bébé, haleta-t-il, ses yeux volant vers elle, vers ses traits, ses lèvres et il les lécha avec la pointe de sa langue comme un dragon léchant son prochain repas. Je te veux... Je veux tout de toi, mais si je te prends maintenant, je n'arrêterai pas. Je ne te laisserai jamais partir. Je te trainerai jusqu'à New York, même si tu te débats et tu hurles, si cela devait en arriver là.

Seigneur, il devait arrêter ou il allait lui faire ce que Paris lui avait fait, lui dérober ce qu'il voulait.

— Dis-moi que tu te soumets à moi. Dis-moi que tu m'appartiens. C'est la seule façon pour que ce soit juste. Pas avec du sexe, seulement une soumission consentie.

Il chuchota sa dernière requête pour lui ordonner. Il prit sa bouche, l'embrassant à nouveau. Un dernier profond baiser, brutal, comme elle l'embrassait, l'achevant par une succion tendrement douloureuse de ses lèvres. Il embrassa sa joue, embrassa son front.

Elle resta encore silencieuse, ne lui demandant rien, lui donnant encore moins. Il se pressa contre son visage et laissa échapper le souffle qu'il retenait. Son cœur martelait de leurs adieux désespérés, la laissant partir, douloureusement. Elle souleva ses hanches afin de se presser contre lui, le tentant pour qu'il renonce à son contrôle, mais il ne le fit pas. Une main ferme tomba sur ses hanches, les pressant sur le canapé et il leva son propre corps jusqu'à ce qu'il la surplombe.

— Non, Katianna, je ne veux pas. Je ne veux pas seulement être ton amant. Ce n'est pas suffisant pour moi. Soit tu te donnes à moi, soit je ne peux plus être près de toi désormais.

Sa voix se déchira tout comme le cœur dans sa poitrine. Mais c'était sa réponse. Pas seulement à sa requête exprimée, mais également à celles implicites.

Toute sa vie – comment était-elle supposée lui donner ça ? Elle n'avait pas grand-chose, mais le peu qu'elle avait serait détruit lorsqu'il serait finalement fatigué de son fantasme. Tous les fantasmes avaient une fin, et alors quoi ? Les hommes n'épousaient pas leurs fantasmes. Ils passaient au prochain fantasme ou se mariaient à quelqu'un de complètement différent d'eux. Elle se moquait qu'il ne l'épouse jamais, ce n'était pas ce qu'elle demandait. Toutefois, elle ne voulait pas être larguée sans avertissement, sans un endroit sûr où atterrir. En vérité, elle ne voulait pas être larguée du tout. Mais elle ne venait pas de son monde. Elle n'était pas vraiment l'accomplissement de cette expression cuisante de ses désirs, donc il était inévitable qu'elle finisse seule et à la rue une fois encore comme un chat de gouttière qui aurait été jeté à l'arrière d'une allée.

L'arrière d'une allée... elle ne pouvait pas repasser par là. Peu importait à quel point son cœur désirait être avec lui, elle ne pouvait pas prendre le risque d'endurer à nouveau ce genre de cauchemar.

Elle retint ses larmes. Elle voulait être avec Trenton, voulait se soumettre à lui et devenir sa licorne... mais elle avait trop peur pour faire le pas. Parce que l'autre facette de la béatitude était quelque chose de bien pire.

❦

Le cœur de Trenton s'effondra en la regardant, devant les larmes qu'elle essayait de ne pas perdre, devant les choses qu'elle refusait de dire ou demander. Il ne pouvait pas concevoir comment si peu de chose avait réussi à construire un mur si épais autour d'elle, et qui refusait de le laisser entrer.

— Parle-moi. Dis-moi tout ce dont il s'agit.

Mais elle n'ouvrirait même pas une fenêtre pour lui, afin qu'il jette un coup d'œil, afin qu'il aperçoive la vraie Katianna. Qu'est-ce qui l'avait amené à un tel emprisonnement dans son esprit et qu'avait-elle besoin venant de lui ? Il connaissait ses désirs, elle lui avait dit. Cependant, il ne pouvait pas les lui offrir jusqu'à ce qu'elle les accepte dans son for intérieur. Pendant quatre ans, elle avait fui et s'était cachée – et elle le faisait encore.

Trenton s'assit sur ses talons, l'entraînant avec lui alors qu'il se raidissait, la gardant dans ses bras. Espérant que s'il la tenait, s'il essuyait les larmes alors qu'elles coulaient, elle s'ouvrirait, mais elle se dégagea. La douleur de ce geste trancha en lui tout le chemin vers son cœur.

Il se laissa à nouveau tomber contre la banquette, sa tête basculant contre le dossier, ses mains la libérant pour venir sur son visage. Il ne savait pas quoi faire d'autre. Il devait la laisser partir. Il devait arrêter de la chasser. Elle continuerait seulement à le fuir et cela le détruirait encore plus.

Il abaissa ses mains, les frottant sur son visage comme si le geste pouvait essuyer ses blessures. Ses yeux tombèrent sur son téléphone sur la petite table et il le fixa pendant un long moment comme si c'était quelque chose d'étranger et d'inconnu. Ce qui sembla être un siècle plus tard, il remua, reconnaissant le petit gadget pour ce qu'il était et le prit. Il souleva la coque, avec la batterie, puis retira la puce GPS et rassembla les morceaux. Il reposa son téléphone sur la table et rangea la puce dans sa poche. Il hésita, puis leva enfin les yeux vers elle, qui se contentait de le fixer avec des yeux larges et striés de douleur.

— Je promets de ne plus t'ennuyer désormais, Katianna, dit-il d'une voix lourde et lugubre.

C'était trop douloureux de la regarder. Elle était assise, figée, quelque chose dans ses yeux était au bord de la panique, mais si elle voulait qu'il reste, si elle voulait quelque chose de lui, tout ce qu'elle avait à faire était de le demander à haute voix, et pourtant, alors qu'il se dirigeait vers la porte, elle ne le fit pas.

CHAPITRE TRENTE-QUATRE

Le lendemain, après le départ de Trenton, Katianna fit un saut au magasin pour acheter de la nourriture, suffisamment pour tenir quelques jours afin qu'elle puisse s'enfermer et pleurer. Et regarder dans le vide puis pleurer un peu plus. Ses yeux aveugles baissés vers ses pieds. Son esprit dans un vortex douloureux. Être étourdie était probablement une bonne chose en ce moment. Elle n'avait prêté attention à rien alors qu'elle marchait, à l'exception de l'hélicoptère noir sans logo dans le champ près de la marina. C'était impossible de rater *ça*. Il était sacrément imposant et vraiment déplacé dans le décor, et alors qu'elle traversait la digue menant à l'île où son bateau était amarré, elle repéra l'homme qui était venu avec lui.

Diesel Gentry était appuyé contre l'un des piliers du quai près de sa maison flottante, parcourant son téléphone. Elle s'arrêta sur sa lancée, envisageant de faire demi-tour et de fuir. Connaissant Trenton, il avait envoyé Diesel pour la surveiller ou simplement pour la rendre folle jusqu'à ce qu'elle change d'avis et se soumette. Elle sentit le coin de sa bouche remonter lorsqu'elle prit conscience qu'elle n'avait nulle part où aller, et elle était trop épuisée pour fuir à nouveau.

Diesel repéra son approche.

— C'est seulement moi, Katianna ! Diesel Gentry !

Il lui annonça son identité, juste au cas où, afin de ne pas la terrifier, avant de se repousser du pilier pour traverser l'étendue de gravier qui menait à elle.

Dès qu'il s'approcha, son sourcil se souleva dans une expression scrutatrice.

— Nom de Dieu, est-ce que tu oses vraiment marcher dans le coin habillée comme ça ? Trenton te fesserait s'il te voyait. En fait, je devrais le faire.

Il contempla bouche bée, son short turquoise de pom-pom girl trop court assorti avec le tee-shirt pour bébé jaune pâle qui n'atteignait même pas son short, laissant quelques centimètres de son ventre filtrer entre les deux.

Elle déglutit difficilement.

— Il est ici ?

— Non.

Il prit son sac de courses de ses mains et la suivit dans le bateau.

(◕ᴥ◕)

— Alors, il dit qu'il me laissera tranquille, mais ensuite il t'envoie ?

Elle essaya de tempérer sa légère irritation et la lourde dose de bouderie qu'elle ressentait tandis qu'elle commençait à sortir la nourriture des sacs. Le bateau était équipé d'un coin-cuisine, mais très petit, donc il était presque impossible de faire des réserves et d'avoir toujours de l'espace non encombré.

— Non, mais j'aime mon frère suffisamment profondément pour que l'un de nous vienne ici afin de te dire ce qu'il ne dira pas. Il le mérite.

Elle fit une pause pour se tourner vers lui.

— Comment va-t-il ? demanda-t-elle, mais détournant tout aussi rapidement les yeux.

Elle ne devrait probablement pas le demander. S'il allait bien sans elle, Diesel ne serait pas ici maintenant.

Ce dernier s'avança, prenant le pot de beurre de cacahuètes de sa main et le passant par-dessus sa tête afin de le ranger dans le placard en hauteur, à côté de deux autres pots identiques.

— Si tu veux le savoir, tu devras passer un coup de fil et demander toi-même.

— Es-tu venu ici pour être méchant avec moi ? Parce que ce n'est vraiment pas juste que tu puisses descendre du ciel chaque fois que tu en ressens l'envie et que tu me fasses ça. De plus, je suis tout à fait capable de battre ma coulpe moi-même sans ton aide.

— Hé, la vie n'est pas souvent juste, mais lorsque tu as la meilleure chose qui puisse t'arriver qui te regarde droit dans les yeux, regarde ce que tu fais ! Tu fuis. Tu ne mérites pas de *justice* en ce moment. Ce que tu mérites, c'est une bonne fessée et une dose de réalité.

Katianna s'immobilisa avec un regard nerveux.

— Tu ne vas pas vraiment me fesser, n'est-ce pas ?

— Est-ce que ça aiderait ?

Diesel l'observa alors qu'elle déglutissait difficilement sous la suggestion et qu'elle bougeait de façon infime, mais suffisamment pour être remarquée, comme pour se protéger en reculant contre les placards. Ironique n'est-ce pas, que parmi toutes les femmes du monde, Trenton soit tombé amoureux et désire par-dessus tout l'une des femmes la moins susceptible de s'abandonner à sa passion pour la fessée. Pourtant, tout le reste au sujet de ces deux-là s'accordait parfaitement.

Et il en était venu lui-même à la chérir comme Trenton le faisait. Elle était la parfaite licorne à avoir. Il avait observé son frère avec elle tant de fois. Il avait souvent laissé son esprit errer vers la pensée que Trenton accepterait de la partager, tout comme un jour il partagerait sa licorne adorée avec Trenton. Tout comme leurs parents avaient partagé leurs vies ensemble.

Katianna contracta son visage, puis désigna les portes en verre à l'arrière du bateau où son lit se trouvait.

— Je m'assois habituellement sur le toit pour observer le coucher du soleil avant de m'installer pour écrire.

Elle changeait volontairement de sujet et il décida que c'était peut-être pour le mieux. Peut-être que cette conversation lui paraîtrait moins pesante s'ils la déplaçaient vers l'extérieur.

— As-tu écrit quelque chose ?

Elle secoua la tête. Elle avait dit à Amelia qu'elle l'avait fait, mais en réalité, elle n'avait fait que fixer son écran soir après soir.

Diesel la suivit dehors alors qu'elle grimpait sur la terrasse du bateau et ils s'installèrent tous les deux dans un coin. Diesel suspendit ses jambes sur le bord pendant que Kat remontait ses genoux contre sa poitrine et les enveloppait de ses bras, les étreignant vers elle avant de poser son menton sur un genou.

— Comment va Paris ?

— Il est parti à présent.

Il prit une profonde inspiration, acceptant ses propres sentiments concernant l'absence de l'homme.

— Est-ce qu'il a obtenu son vœu ?

— Quel vœu était-ce ?

Il fixait ses jambes et les ondulations de l'eau sous elles.

— Toi.

Elle inclina la tête jusqu'à ce que sa joue repose sur ses genoux.

Diesel s'agita avec malaise. Il n'avait pas eu conscience que Paris le désirait autant. Cependant que Paris le supplie pratiquement de venir le voir à son hôtel avant qu'il s'envole dans la matinée avait été suffisamment difficile pour ses propres émotions. Il voulait le poursuivre, mais savait qu'il ne pouvait pas le faire. Les esclaves, surtout les nouveaux, tombaient souvent dans une forme de dépression ou dans un faux sentiment amoureux pour leurs Maîtres. Ce n'était que lorsqu'ils étaient renvoyés dans leur monde qu'ils comprenaient que c'était autre chose. Peut-être qu'il y avait toujours une certaine forme d'amour, comme une tendresse pour l'un de leur premier professeur – ou leur préféré – mais rarement autre chose. Mais pour Diesel, c'était différent. Paris était son parfait pendant.

Paris était venu à lui de tous les angles désirables possibles, et lorsque Diesel avait cédé, Paris avait pris toute la luxure qu'il était capable de distribuer et le lui avait rendue. Il n'avait pas eu besoin de retenir une once de sa faim et cela l'avait condamné à se lier à cet homme. Cet homme avec un visage d'un ange déchu et la foutue force d'un taureau.

— Je pense qu'il a obtenu un peu plus que ce qu'il attendait, répondit Diesel d'une façon un peu solennelle.

Trop souvent, les nouveaux soumis s'attachaient aux personnes qui les contrôlaient parfaitement dans une scène. Mais cela n'expliquait en rien ce qui se passait avec lui. *Pourquoi n'avait-il pas été capable de maintenir le contrôle prudent qu'il avait développé au fil des années depuis qu'il était impliqué dans le BDSM ? Il s'était retenu de coucher avec Paris parce qu'il avait été conscient dès qu'il avait vu le vaurien séducteur qu'il pourrait facilement perdre le contrôle. L'attirance avait été trop forte, démentiellement forte. Alors, pourquoi ne lui avait-il pas simplement tourné le dos ?*

Parce qu'il devait l'avoir, le toucher, le faire sien. Au moment où il avait cédé, il avait su qu'il était dans de beaux draps.

— Et il est parti quand même ?

Oui, il est parti. La tête de Diesel résonna des échos de sa douloureuse conversation téléphonique avec Paris.

~~ J'ai besoin de te voir, viens à l'hôtel et reste avec moi pour ma dernière nuit — Je ne peux pas, c'est suffisamment difficile comme ça, Paris. Ce que tu traverses est normal, c'est simplement l'anxiété de la séparation, rien de plus — Non, je ne crois pas — De quoi crois-tu qu'il s'agisse ? — Je ne sais pas, je sais seulement que j'ai besoin de te revoir. S'il te plaît, Diesel, je veux coucher avec toi, te sentir en moi à nouveau — Je ne peux pas, Paris. Je dois te laisser partir. Ne t'inquiète pas, tout ira bien pour toi. ~~

Diesel laissa retomber son regard sur l'eau et la contempla alors qu'elle claquait contre la coque du bateau sous ses pieds.

— Il devait le faire. Il a un travail à faire au complexe pour lequel nous l'avons embauché.

ॐ

— Et qu'en est-il de toi ? demanda Katianna.

Diesel se maîtrisait comme son frère, mais il y avait des fois où son visage était déchiffrable. Comme en ce moment, elle pouvait voir qu'il était tombé amoureux de Paris, de l'homme qui était venu simplement faire ce qui était nécessaire afin de garder son emploi. Mais elle se demandait si Paris n'était pas tombé amoureux de Diesel en retour. Elle avait vu certaines émotions torturées chez lui – peut-être qu'il tombait, et qu'il ne savait simplement pas quoi faire à ce sujet, ou peut-être qu'il n'avait même pas su de quoi il s'agissait. *Pourquoi l'amour doit-il être si fichtrement compliqué pour les gens ?*

Diesel se tourna alors, la regardant avec une douce expression de douleur et de besoin.

— Je suppose que je suis dans une situation similaire à celle de Trenton. Seulement, j'ai dû envoyer le mien au loin afin de voir s'il était vraiment mien.

— Ce n'est pas facile pour nous, tu sais.

Ses pensées s'attardaient toujours sur sa dernière observation. Au moins, Trenton ne recherchait pas l'amour, il voulait seulement une esclave. C'était certainement plus simple ainsi.

— Tu l'as rendu encore plus difficile en fuyant.

— Sait-il que tu es là ?

— Non.

— Alors comment m'as-tu trouvée ?

— En l'aidant à vérifier les antécédents du propriétaire du bateau et de la marina. Et j'ai regardé l'enregistreur de vol de l'hélicoptère de son voyage.

Elle bougea, enfonçant son visage dans ses mains alors qu'il admettait avoir lancé une vérification des antécédents criminels de son propriétaire et plus. Elle aurait dû savoir qu'ils feraient ça.

— Bon sang, je suis surprise que vous n'ayez pas lancé une recherche sur toute la ville de Tarpon Springs.

Ses doigts se séparèrent, créant un espace entre eux afin qu'elle puisse lui jeter un coup d'œil.

Diesel haussa les épaules.

— Eh bien, cela prend un peu de temps Katianna, sourit-il, mais nous y travaillons.

Il essayait de faire de l'humour, mais cela ne fonctionna pas. Pour aucun des deux.

— D'accord, donc pas sur toute la ville, mais il a lancé une recherche sur les gangs et sur les agressions sexuelles dans le coin. Et aucun de nous n'est vraiment rassuré par les gens résidant ici à la marina. Personne n'a de casier vierge.

Les épaules de Kat s'affaissèrent et un nœud de nervosité s'installa en elle. Maintenant, elle regarderait tout le temps par-dessus son épaule et aurait à placer des canettes de soda sur ses fenêtres.

— Tu essaies seulement de me faire peur.

Elle fronça les sourcils. Il savait comment elle était, ce n'était pas juste qu'il tente un tel coup bas contre sa volonté.

— Écoute, ce n'est pas parce que tu as arrêté de te soucier de lui, que lui aussi. Il s'inquiète toujours... Il est amoureux de toi et cela ne va pas partir de sitôt.

— Amoureux ? Comment peux-tu être si certain que c'est de l'amour ? Il ne m'a jamais parlé d'amour.

— Tu n'es pas prête à l'entendre.

— Cela aurait pu aider. Et pour info, je n'ai pas arrêté de me soucier de lui.

— Vraiment ? Regarde où tu en es... tu fuis.

— Ce n'est pas une question d'amour... il me veut pour être une esclave.

— Et pour toi, qu'est-ce que c'est Katianna ? Un homme doit être épouvantablement amoureux pour demander ça à une personne.

— Des maris et des femmes s'en sortent sans amour tout le temps.

— Non. Les maris et les femmes sont deux personnes qui décident de vivre ensemble et essaient de tenir le coup jusqu'au bout. Quand un homme demande à quelqu'un d'être son esclave de vie, il dévoue toute son existence à son bien-être personnel. Il s'engage à s'occuper de tout ce dont elle a besoin. Son corps, son âme, eh oui, son cœur. Cela exige une dévotion sérieuse et peut seulement venir avec l'amour. Un amour si profond que tu n'étais pas prête à le voir et à l'admettre.

C'était presque un sermon qu'il lui faisait pour ne pas avoir réalisé ça toute seule. Et comment l'aurait-elle pu ? Mais maintenant, alors que Diesel lui livrait la nouvelle information, tout ce qu'elle pouvait voir était la douloureuse expression que Trenton avait arborée lorsqu'il était parti la veille. L'aimait-il vraiment ? Si oui, elle venait de le blesser de la plus impardonnable des façons.

— Mais comment peux-tu en être certain ?

Les larmes envahirent ses yeux, des larmes qu'elle tenta de ne pas laisser tomber.

— Je veux dire, cela fait presque quatre ans que nous nous sommes rencontrés. Pourquoi a-t-il attendu si longtemps ?

— Il devait te donner du temps... du temps afin que tu te remettes sur pieds... du temps afin de t'habituer à son monde...

— Mais pourquoi si longtemps ?

— Parce que tu ne lui as jamais ouvert la porte. Avant cette nuit où tu as été droguée, pas une seule fois tu ne t'es ouverte à lui, et lorsque c'est arrivé, il a eu peur que tu ne ressortes plus jamais de ton trou de souris.

Katianna resta silencieuse. Elle ne pouvait pas contester ça. Quatre années et elle n'avait jamais fait un seul pas vers lui, ou flirté avec lui, même si elle avait accepté librement ses attentions lorsqu'il lui en offrait.

— Il me donnera de sacrés bleus s'il découvre que je t'ai dit tout ça, mais je pense que tu devais être au courant. Ce jour où tu as été attaquée ? Il a payé tous tes soins médicaux, a ramené un spécialiste pour ta mâchoire et pour tes dents. C'est lui qui a convaincu Amelia de te laisser vivre chez elle. Bien sûr, elle ne l'a jamais regretté. Tu vois, il a veillé sur toi et s'est occupé de toi depuis le premier jour. Il ne cherche pas à prendre une petite part de toi, il te veut entièrement, et chaque aspect de ta vie qui va avec le fait de t'avoir. Et *baby girl*, lorsqu'il le fera, tu vas être choyée et aimée de toutes les façons imaginables et jusqu'à la fin des temps. Il installera des piédestaux en or partout afin que tu y sois placée.

— Pendant qu'il était là, tout ce qu'il a fait a été de me regarder. Nous sommes allés à la plage, nous sommes sortis manger, et il s'est contenté de me regarder pendant tout ce temps, et lorsqu'il est resté sur le bateau, il a simplement continué à m'observer.

— Et est-ce qu'il te tenait, te touchait, et t'embrassait pendant ce temps ?

Sa lèvre se souleva.

— Oui.

Un léger soupir de dérision s'échappa de lui.

— Tu sais, j'entends tout le temps les femmes se plaindre que leur mari ou leurs compagnons ne prêtent pas assez attention à elles et ne les regardent jamais. Ne voient pas qu'elles sont sexy ou ne les touchent pas assez. Et voilà que tu te plains parce qu'il le fait.

Katianna se redressa brusquement. *Oh, Seigneur, c'était ce qu'elle faisait, n'est-ce pas ?* Pendant tout ce temps passé avec elle, Trenton n'avait rien fait d'autre que de la choyer de la tête aux pieds avec son adoration. Anticipant et s'occupant d'elle sans hésitation. Sans jamais donner à moitié, toujours tout, afin qu'il puisse lui demander de faire la même chose… lui donner tout.

— Soumets-toi à lui et il sera aux petits soins pour toi, mais la seule façon pour qu'il soit certain que tu es prête à vivre dans son monde, est que tu sois prête à t'asseoir à ses pieds. Si faire cet acte simple te rend nerveuse ou effrayée, alors tu n'es pas prête à être entourée par un amour inconditionnel. Trenton continuera à attendre et à se soucier de toi à distance.

Katianna laissa tomber sa tête sur ses genoux par-dessus ses bras croisés et une larme dévala sa joue vers la chair tannée de son bras, faisant une mare contre sa joue.

— J'ai peur, Diesel.

— Bien. Tu ne serais pas humaine si ce n'était pas le cas. Bon sang, montre-moi un couple en train de planifier un mariage lambda qui n'est pas effrayé. J'ai ri devant de nombreuses vidéos comiques où le marié s'évanouissait devant l'autel pendant les vœux.

Diesel s'efforça à un sourire rieur, réussissant à le faire atteindre ses yeux et à repousser un peu la migraine qu'il ressentait. C'était contagieux et elle put sentir son propre sourire alors qu'elle y pensait. *S'engager était effrayant, peu importait la nature de l'engagement.*

— Alors, qu'est-ce que cela va être, petite souris ?

Katianna prit une longue inspiration et la laissa sortir avec une expiration tout aussi longue. Même en sachant tout ça, elle n'était toujours pas certaine qu'elle pouvait le faire. Il y avait toujours ses craintes de ce qui lui arriverait lorsque ce serait fini. Lorsque l'histoire aurait vécu et qu'elle serait dehors à regarder fixement une pile de boîtes et une valise avec toutes ses affaires, trop grande pour être portée par elle, et aucun endroit où les emporter, et personne vers qui se tourner pour de l'aide.

— Mais, lorsque ce sera fini, je perdrai tout, tout ce qu'il m'aura donné. Je serai seule avec nulle part où aller.

— C'est ce qui t'inquiète ? Tu es si certaine que ceci vient avec une date d'expiration ?

— Amelia ne me laissera pas rester chez elle, surtout si c'est Trenton qui le lui a demandé en premier lieu.

Si c'était l'origine de ses peurs, aucune déclaration ne changerait ça, donc Diesel suggéra à la place une solution rationnelle.

— Alors, demande un contrat préalable à ta soumission.

— Comme un contrat prénuptial ?

— Dans un sens, oui. Dis-lui pourquoi tu as si peur, dis-lui que tu veux un accord qui te donnera un sentiment de sécurité si la relation ne dure pas.

— Non, je ne pourrais pas demander...

— Pourquoi pas ?

— Je ne peux pas demander.

Elle secoua la tête.

— As-tu déjà demandé quoi que ce soit, Katianna ?

Elle leva les yeux vers lui, la lèvre tremblante.

— Non.

Elle ne pouvait pas... elle ne demandait jamais. Seulement une fois, et elle l'avait regretté. Même alors qu'elle était certaine que Trenton serait resté hier soir si elle avait protesté contre son départ. Elle n'avait rien dit parce qu'elle n'était pas supposée vouloir plus que ce que la vie lui fournissait, parce que personne n'avait jamais été prêt à lui donner ce qu'elle voulait. Elle secoua la tête, les larmes envahissant à nouveau ses yeux.

— Comment obtiendras-tu ce que tu veux de la vie si tu ne laisses personne savoir ce que c'est ? l'interrogea-t-il.

Il était presque désespéré d'obtenir qu'elle comprenne à quel point il était important qu'elle communique quels étaient ses besoins et ses désirs. La communication était manifestement importante pour lui, tout comme elle l'était pour Trenton. Chaque aspect de leur style de vie tournait autour de la communication.

Katianna déplaça son regard vers le soleil couchant, essuyant les larmes de son visage. Pendant tout ce temps, Trenton s'était occupé d'elle sans lui demander quoi que ce soit en retour. Il ne s'était même jamais autorisé à s'en accorder le crédit. Elle aurait pu être dans ses bras pendant tout ce temps, mais elle n'avait jamais demandé. Elle était si effrayée de perdre le peu qu'elle avait déjà, d'être abandonnée.

Se soumettre était facile. Elle n'avait rien à abandonner... sauf sa peur. Et jusqu'à présent, cela avait été suffisant. Mais elle adorait toutes les choses que Trenton lui avait proposé de lui donner, être soignée, être choyée – aimée – elle voulait sauter dans ses bras et ne plus jamais avoir peur, parce qu'elle l'aimait. C'était ce qu'elle avait peur de perdre... pas ce qu'elle avait, mais ce qu'il avait à offrir. Et brusquement, elle prit conscience de quelque chose de bien plus pertinent.

Ce n'était pas les choses, la maison, même si son expérience passée l'avait hantée de cauchemars pendant longtemps, mais ce qu'elle craignait le plus, c'était de perdre l'amour de Trenton. Elle comprenait maintenant dans la profondeur de tout ce qui avait été dit et avait eu lieu qu'elle était tombée amoureuse de lui depuis longtemps. Et alors qu'elle réexaminait leur histoire, la façon dont il l'avait protégée à l'exposition, lorsqu'il l'avait surveillée pendant qu'elle était à l'hôpital et avait comblé ses besoins sans même lui faire savoir, lorsqu'il s'était fait tirer dessus et l'avait tenue comme si sa proximité était tout ce dont il avait besoin pour guérir. Avec tout ça, et avec ce que Diesel venait de lui dire, elle réalisait que Trenton l'aimait d'une façon qu'elle ne pouvait pas imaginer possible. Elle ne s'y était pas attendue. Elle n'avait jamais imaginé qu'il l'aimerait ainsi. Elle n'était pas une soumise, comment s'était-elle avérée être toutes les choses que Trenton avait toujours désirées ? Mais elle l'était, et elle ne voulait pas perdre ça. Si elle remettait sa vie entre ses mains, elle ne voudrait jamais en être libérée.

Katianna garda sa tête sur ses mains, mais ses yeux vrillés sur l'horizon. Le soleil brillait d'un globe rouge brillant juste à la surface de l'eau, avec des teintes supplémentaires de magenta et d'orange mettant le ciel en feu. Un éclat aveuglant de blanc et d'écarlate se reflétait sur les ondulations de l'eau. Des couleurs si brillantes et si radieuses qu'elles brûlaient dans son esprit, et elle pouvait presque imaginer le sifflement de la vapeur alors que le bord du soleil touchait l'horizon de l'océan. La côte ouest de la Floride avait les plus beaux couchers de soleil qu'elle avait vus de toute sa vie. Elle se souvenait d'une époque où elle admettait ne pas être capable de concevoir une journée sans le regarder se coucher. Maintenant, elle ne pouvait pas s'imaginer passer un autre jour sans Trenton. Donc le coucher de soleil floridien de ce soir allait être son dernier.

Alors que les derniers morceaux de couleurs brûlées s'affadissaient en dessous de l'horizon, elle se tourna, levant les yeux vers Diesel.

— Voudrais-tu me ramener à la maison s'il te plaît ?

Le sourire de Diesel ressembla à un soulagement chaleureux.

— C'est la meilleure requête que j'ai entendue de toute la journée. Bien sûr que je vais le faire, petite souris.

CHAPITRE TRENTE-CINQ

Le téléphone sur le bureau de Trenton sonna pour la seconde fois. Il l'ignora tout comme il l'avait fait la première fois. Il avait du travail à faire, il avait besoin de s'y enterrer afin de se sortir de la tête qu'il avait perdu Katianna.

Quatre années et il avait été certain qu'elle finirait par l'accepter. Il ne s'était pas attendu à ce qu'elle fuit – pas comme ça. Et cela le blessait bien plus qu'il pensait être capable de l'être. Le téléphone continua à sonner et il jeta un coup d'œil à l'appelant. C'était Diesel, et il décida de répondre au cas où ce serait important.

— Où diable es-tu ? Marcus a dit que tu avais pris l'hélicoptère, mais impossible de trouver une copie du plan de vol.

— *Oh mince, je savais que j'avais oublié quelque chose. J'ai dû oublier de le remplir.*

Le sarcasme de Diesel était évident et caressait Trenton dans le mauvais sens du poil, d'une façon qu'il ne pouvait pas résoudre avec des poings non plus, pas au téléphone du moins.

— *Dis, tu vas rester au bureau pendant un moment ?*

— Où diable es-tu, Diesel ? Dis-moi au moins ça.

— *J'ai dû partir régler certaines choses.*

— Quand reviens-tu ?

— *Je suis sur le chemin du retour. J'espérais que nous pourrions parler quand je serai rentré.*

— Bien sûr, ensuite nous pourrons parler du fait que tu as pris mon hélicoptère sans me le demander et tu me diras pourquoi tu as désactivé le boitier de traçage.

Alors que l'heure avançait, Trenton luttait pour rester concentré. Il perdait cette bataille et était plus que prêt à arrêter pour la soirée, mais il avait dit qu'il attendrait.

Il y eut un coup sur la porte. *Enfin.*

— Entre !

Le regard de Trenton vola vers la porte alors que Diesel l'ouvrait. Il bougonna à l'intention de l'homme puis baissa à nouveau les yeux sur sa paperasse, mais il prit le temps d'y regarder à deux fois lorsque la silhouette à sa vision périphérique s'avéra *ne pas être* celle de Diesel. Il leva les yeux et elle était là… sa Katianna qui entrait dans son bureau. Il se figea, à moitié prêt à parier qu'il rêvait. *Peut-être qu'il s'était assoupi en attendant que Diesel se montre et que maintenant il voyait ce qu'il voulait voir. Sa petite souris revenant à lui.* Il ne voulait pas bouger, ne voulait pas cligner des yeux. Il ne voulait pas que le rêve s'achève.

Elle ralentit près de son bureau puis posa son téléphone sur sa surface et le poussa vers lui.

— J'aimerais récupérer ma puce, s'il te plaît.

Le cœur de Trenton martelait, sortant du tissu qui le gardait en place, son âme saignant de l'espoir qu'elle était vraiment là. *Était-elle vraiment revenue ?*

Il quitta rapidement son fauteuil, contournant avec précipitation le bureau jusqu'à ce qu'il soit juste devant elle, et jusque-là, elle n'avait pas disparu.

— Kat, osa-t-il lui chuchoter alors que sa main se levait afin de toucher son visage.

À la seconde où il sentit sa peau chaude sous ses doigts, il s'empara d'elle. Ses bras s'enroulèrent autour d'elle si étroitement qu'il l'étranglait probablement, mais il ne pouvait pas se résoudre à la libérer. Il la leva, approchant sa bouche de la sienne, plaçant ses jambes autour de sa taille. Il la fit tourner sans ses bras et la posa sur le bureau, prenant sa tête de ses deux mains et approfondissant son baiser. Il saccagea sa bouche comme un seigneur de guerre pilleur saccageait un village. Il puisa dans sa soumission, incapable d'en obtenir assez, chaque baiser en réclamant plus. Il déroba son goût sur sa langue, puis passa ses bras autour d'elle à nouveau et la pressa contre lui. Son esprit tournait si vite. Il voulait la toucher, et chaque parcelle de son corps en même temps. Piégé dans un tourbillon de faim sexuelle, il ne savait pas par où commencer. Il pouvait sentir l'excitation de Katianna, sa propre faim pour lui, et cela l'excitait encore plus. Il libéra ses reins afin de laisser le baiser s'approfondir, emmêlant leurs langues jusqu'à ce qu'il puisse entendre son gémissement pour tenter de respirer.

Il lui fallut chaque once de son énergie pour se reculer, mais il voulait voir son visage, voir dans ses yeux qu'elle était vraiment revenue vers lui, et lorsqu'il la regarda, toute sa douleur fondit. Elle avait besoin de lui autant qu'il avait besoin d'elle, et il pouvait le voir dans ses yeux. Il l'attira à lui à nouveau, embrassant son front, sa tempe.

— Oh mon dieu, bébé... haleta-t-il, pressant sa tête contre la sienne. Ne t'avise plus de me quitter à nouveau.

(ᵔ.ᵔ)

Katianna sentit son corps fondre dans ses bras. C'était ce qu'elle avait cherché toute sa vie sans le savoir. Elle voulait se sentir en sécurité et au chaud. Sans peur. Des choses qu'elle avait souvent eues pendant de brefs instants lorsqu'elle était avec Trenton. Elle ne savait simplement pas que tout ceci deviendrait complet avec sa soumission à son Dominus. *Son Dominus*. Elle pressa un sourire contre son épaule.

— Je ne le ferai pas.

Trenton fit courir ses doigts dans ses cheveux, savourant la texture soyeuse dans ses mains.

— Je promets d'y aller doucement... nous pourrons prendre tout le temps...

— Non.

Elle releva la tête d'un coup sec afin de pouvoir le regarder.

— Je ne veux plus que tu attendes. Je ne veux plus être dehors seule désormais.

Trenton caressa sa joue avec la paume de sa main, l'étudiant avec prudence.

— Katianna... tu en es sûre ?

Son expression se réchauffa et elle afficha son cœur, dans ses yeux et dans son sourire.

— Oui, j'en suis sûre.

Il la serra afin qu'elle repose sur sa poitrine.

— Demain alors. Ce soir, je veille sur toi pendant que tu passes ta dernière nuit dans ton monde et demain... je t'amènerai dans le mien.

Pendant que Katianna rassemblait la force de dépasser ses peurs et de donner sa vie à Trenton, ses peurs n'en avaient pas fini avec elle et cette nuit-là, alors qu'elle dormait dans ses bras, les cauchemars vinrent pour elle.

Elle se réveilla dans un cri, ses mains s'agitant pour repousser la vermine qui rampait sur elle alors qu'elle dormait.

— Ça suffit ! Je ne le supporte plus !

Ses cris s'interrompirent lorsqu'elle prit conscience qu'elle avait été aux prises de ce bien trop familier cauchemar. Elle leva les yeux vers Trenton, qui murmurait pour apaiser ses larmes sporadiques. Mais, même nichée en sécurité dans ses bras, son cauchemar l'avait retrouvée. Que son épouvantable passé puisse encore la rattraper et la tourmenter était bien trop difficile à supporter alors qu'elle était déjà submergée par ses émotions.

— Fais partir les cauchemars, Trenton. Je ne veux plus qu'ils reviennent à moi.

Sa tête retomba et elle s'abandonna à ses larmes.

— J'essaie, bébé... tu dois me dire d'abord ce qu'ils sont.

Il embrassa tendrement son front, abritant son corps du sien. Il essuya ses larmes avec un pouce puis embrassa ses joues alors qu'elles coulaient à nouveau.

— Chut... Dis-moi ce qui se passe.

Ses bras s'enroulèrent autour d'elle plus étroitement, l'étreignant contre sa poitrine.

— Je suis dans l'eau. Le bateau s'est retourné, mais je réussis à nager sur le côté et à me cacher dans une caisse qui est là.

Katianna prit une profonde inspiration, forçant le sanglot à rester dans sa gorge avant de continuer.

— Je suis dans la caisse, mais les requins continuent à me tourner autour. L'un d'eux n'arrête pas d'essayer d'emporter la caisse loin de moi. Il pense que je la lui ai volée, mais je continue à lui dire que je l'ai trouvée, et ensuite les rats arrivent, et ils courent sur moi pendant que je dors.

༼ꐦ༽

Un mouvement de nausée, qu'il pouvait uniquement prendre comme quelque chose de similaire à la claustrophobie l'avait déplacée inconfortablement sous lui, donc il roula sur le dos, l'attirant avec lui, et il la garda posée sur sa poitrine.

Trenton caressa ses cheveux et son dos pour l'apaiser. Le rêve n'avait aucun sens pour lui. Les requins pouvaient facilement être décryptés. Fichtre, son père avait été stationné à Clearwater pendant deux ans, et il avait toujours des infos concernant quelqu'un mordu par un requin-bouledogue là-bas, mais il ne comprenait pas le reste. Puis il se rappela que son ancien petit ami lui avait fait quelque chose.

— Que t'a fait Garrett, bébé ? lui chuchota-t-il dans l'obscurité de la chambre.

༼ꐦ༽

Les yeux de Katianna volèrent douloureusement vers lui. Elle n'avait jamais dit à quiconque ce qui lui était arrivé, mais elle savait que c'était la véritable source de ses cauchemars. Elle nicha son visage contre la poitrine de Trenton. Elle ne pouvait pas supporter de le regarder dans les yeux pendant qu'elle le lui dirait. Trenton plaça sa main sous son menton, levant son visage, refusant de la laisser l'exclure.

— Ne te ferme pas à moi, Katianna.

Les yeux de Katianna dérivèrent vers quelque chose d'invisible à sa gauche alors qu'elle revivait le passé, et elle marbra son visage de rides de douleur alors que tout lui revenait brutalement.

— J'étais sortie avec Amelia et Vashon ce soir-là. Lorsque je suis rentrée à la maison, il avait posé toutes mes affaires dans le couloir et m'avait enfermée dehors. J'ai pris ce que je pouvais porter, mais je n'avais nulle part où aller, et pas d'argent. J'ai essayé d'aller dans l'un de ces centres pour femmes battues, mais ils étaient tous complets. J'étais si fatiguée alors j'ai fini par m'endormir dans une station de métro. Et la nuit suivante, j'ai dormi à l'arrière d'une allée où j'ai trouvé une boîte pour m'abriter.

(•ω•)

Tout le corps de Trenton se crispa, ses muscles ondulant sous une colère brûlante devant ce qu'elle lui racontait. Ce bâtard l'avait jetée dehors en sachant qu'elle n'aurait nulle part où aller. Mais l'idée qu'elle ait dormi dans une allée, mortellement effrayée... Pas étonnant qu'elle ait des cauchemars. Il sentait son corps trembler maintenant, sentait les peurs qui s'étaient agrippées à elle trop de fois dans sa vie. Il la reposa sur sa poitrine et la garda là.

Elle l'avait accusé de l'avoir abandonnée et maintenant il comprenait pourquoi cela l'avait si profondément détruite. Il garda sa tête contre lui, tout en caressant ses cheveux.

— Oh, Seigneur, bébé. Je suis tellement désolé.

La colère ondulait en lui, pas seulement pour ce qu'elle avait traversé avec Garrett, mais également parce qu'il l'avait blessé aussi.

— Bébé, pourquoi tu n'es pas venu à moi ? J'aurais pu t'aider. Ne savais-tu pas que tu pouvais demander de l'aide ?

— Je ne te connaissais pas à l'époque.

De nouvelles larmes tombèrent. Et il pouvait les sentir s'accumuler sur sa poitrine.

— Et Amelia ?

— Je l'ai fait, mais j'ai dû attendre le mardi parce que son bureau était fermé. Et c'est arrivé un vendredi.

Trenton la souleva, la remontant afin qu'elle puisse le regarder, mais elle vit la rage et le choc dans ses yeux, et elle détourna la tête. Elle ne pouvait pas supporter qu'il la regarde ainsi. Elle ne pouvait pas supporter ce qu'il pensait d'elle.

— Bébé ? Tu es restée dehors pendant tout ce temps ?

Elle hocha la tête, pleine de honte.

— Quatre nuits. Une nuit, quelqu'un a essayé de prendre la boîte que j'utilisais pour me cacher. Il disait que je la lui avais volée, mais c'était faux. Je l'avais trouvée dans la poubelle. J'avais si peur, j'ai cru qu'il allait me faire du mal, donc j'ai fui. Je suis allée dans le parc et j'ai rampé dans une canalisation. Je croyais que ce serait sûr là-bas, parce que c'était si petit. Trop petit pour que quelqu'un d'autre rampe dedans. Il a commencé à pleuvoir pendant la nuit et j'étais soulagée d'être là, car j'aurais été trempée si j'étais restée dans la boîte, mais alors les rats sont arrivés. Il y en avait tellement, Trenton ! Ils rampaient partout sur moi !

Sa tête se souleva et ses yeux se remplirent de l'horreur qu'elle avait vécue pendant ces quatre jours, et finalement, les sanglots se transformèrent en un flot de larmes et il la serra contre lui.

Il n'essaya pas de les arrêter, il savait qu'elle avait besoin de ressentir, de finalement s'abandonner à la sécurité de ses bras. C'est seulement alors qu'elle pourrait arrêter de fuir.

— Tu ne me feras pas ça, n'est-ce pas ?

Ses sanglots se transformèrent en panique devant la peur d'avoir à traverser cet enfer à nouveau.

— Écoute-moi bien. Ceci ne va plus jamais t'arriver, bébé. Je te le jure, rien de tel ne t'arrivera plus jamais. Tu ne seras jamais laissée sans un endroit pour vivre.

Il leva la tête de Kat afin qu'elle le regarde à nouveau.

— Est-ce que tu m'entends ? Je ne te ferai *jamais* ça, même si je pensais que tu devais me quitter, tu resterais avec moi jusqu'à ce que je puisse t'installer dans un endroit à toi afin que tu ne restes jamais sans toit. Mais, je te le dis... je ne prévois pas de te laisser partir. Je t'aime trop et j'ai attendu bien trop longtemps.

Katianna leva les bras vers lui, prenant son visage en coupe dans ses mains. Il pouvait voir qu'elle avait besoin de son baiser et il la souleva afin de pouvoir le lui donner.

Katianna sentit toutes ses larmes fondre dans son baiser, et elle se recula. Tenant toujours son visage dans ses mains, elle le fixa droit dans les yeux.

— Redis-moi cette dernière partie. Laisse-moi t'entendre une fois de plus le dire.

— Je t'aime, Katianna, dit-il en la reposant. Je t'aime.

Et elle s'écroula instantanément là, les bras autour de son cou et de ses épaules, son visage enfoui dans son cou, et les larmes sortirent comme une libération.

Toute la douleur et la peur qu'elle avait portées dans son petit corps vinrent s'écraser en vagues de sanglots. Sa prise se resserra autour d'elle et il embrassa le haut de sa tête alors qu'elle les déversait sur lui. *Les soumettait à lui.*

— Je t'aime aussi. Je suis désolée d'avoir fui.

Elle sanglota un peu plus, ses mots étouffés contre son épaule.

— Je ne le referai plus, je le jure.

La libération était si violente pour elle, qu'elle s'étouffait pratiquement avec ses larmes maintenant.

Trenton la fit rouler sur son dos, utilisant son corps pour l'emprisonner, s'enroulant complètement autour d'elle, parce qu'il savait que c'était ce dont elle avait besoin. Son mur de Jéricho s'effondrait, son passé tourmentant la quittait, maintenant elle avait besoin de son abri afin d'être certaine qu'aucune de ces choses douloureuses ne reviendrait. Il embrassa les larmes sur son visage. Il les adorait. Elles avaient un goût exotique pour lui, parce que c'étaient des larmes de libération, de lâcher-prise, et elles étaient à lui.

— Tu me crois, n'est-ce pas ? Quand je dis que je ne fuirai plus jamais ?

Ses pleurs se calmaient enfin, devenant silencieux. Laissant son esprit et ses émotions trouver leur paix dans ses bras.

— Bien sûr que oui. Parce que je ne vais jamais te donner la permission de me quitter.

Il l'apaisa avec sa domination chaleureuse.

Ses lèvres se resserrèrent comme si elles essayaient de sourire.

— Est-ce que tu crois que je t'aime ?

— Oui, dit-il en embrassant ses lèvres. Tu ne te soumettrais jamais à moi si ce n'était pas le cas.

Ses yeux clignèrent plusieurs fois, chaque clignement un peu plus long que le précédent. La fatigue et l'épuisement revenaient pour elle maintenant. Cette fois, elle dormirait sans cauchemars.

— Ne me lâche pas, d'accord ? chuchota-t-elle déjà à moitié endormie.

Il embrassa sa joue. Embrassa ses yeux endormis, puis ses lèvres.

— Jamais.

Le lendemain matin, Trenton l'aida à emballer ses affaires, surprise qu'elle ait toujours si peu de choses. Tous les meubles dans la maison d'hôtes étaient ceux d'Amelia.

Kat prit un moment pour lire ses e-mails en retard, tandis que Trenton passait quelques appels afin d'organiser le déménagement de ses possessions, et parlait avec Amelia.

La boîte mail publique de Katianna avait plus de courriels que d'habitude, mais elle en repéra un avec le nom de Paris et un objet qui disait – *s'il te plaît, ouvre.*

Katianna,

J'espère que ceci te trouvera à temps. Je voulais te dire quelque chose. Quelque chose que j'espère qu'un esprit écrivain comme le tien comprendra. Et c'est SAUTE. Ne fais pas attention au train qui s'emballe, ou à la minuterie de la bombe qui est sur le point de sauter, ou que le pont est brisé et que le train va bientôt s'écraser au fond du Grand Canyon. Oublie le filet de sécurité et contente-toi de sauter, petite souris, parce que j'ai vu quelque chose quand tu ne regardais pas. Et c'est que Trenton t'aime plus qu'aucun homme de la planète ou de l'univers ne t'aimera jamais, et qu'il s'occupera de toi d'une façon que toi et moi ne pouvons pas concevoir. Tu n'as pas besoin de filet de sécurité parce que Trenton est ton filet de sécurité. Contente-toi de sauter et il te rattrapera. Tout sera parfait une fois que tu seras dans ses bras.

Ton ami, Paris Dalqeaute

Elle tapa une réponse rapide avant que Trenton puisse la voir, puis elle referma son ordinateur.

—Re : *Merci, Paris*—

Après qu'ils furent partis, à sa grande surprise, Trenton l'emmena à la banque, où il ouvrit un compte à son nom à elle, déposa une grande somme d'argent, puis lui montra.

— C'est à toi. Tu pourras faire ce que tu veux de ça, peu importe ce que c'est.

— Mais tu peux t'occuper de ça pour moi, n'est-ce pas ?

Elle n'avait jamais eu autant d'argent et n'était pas certaine d'arriver à le gérer non plus.

— En fait non, Mademoiselle Dumas, commença à expliquer l'employé de la banque. Il l'a mis en place de façon à ce qu'il ne puisse pas y accéder. Il s'est également arrangé pour que dans le cas où vous perdriez votre carte d'identité ou oublieriez les informations de votre compte, tout ce que vous avez à faire est de venir ici et de demander un scanner de vos empreintes digitales, et ensuite vos fonds seront disponibles pour vous.

Katianna était abasourdie par l'offre. Trenton avait eu recours à de telles mesures uniquement afin qu'elle se sente en sécurité. Un compte, qui une fois donné ne pourrait jamais être repris. Maintenant qu'il savait ce qui l'avait effrayée pendant tout ce temps, il s'était assuré qu'elle n'ait plus jamais aucune raison de s'inquiéter. Mais ce n'était pas ce dont elle avait besoin et elle était rongée de culpabilité à l'idée que Trenton pense que c'était ce qui l'avait gardée loin de lui.

— Trenton ? demanda-t-elle alors que sa voix se brisait. Ce n'est pas ce dont j'ai besoin.

— De quoi as-tu besoin Katianna ? lui répondit-il avec un ton qui lui indiqua qu'il ajouterait tout ce qu'elle lui demanderait.

Si calme, elle l'enviait. Elle était pétrifiée en ce moment. Elle commença à s'agiter.

— J'ai besoin de te dire quelque chose... j'ai besoin que tu le saches.

Les larmes emplirent ses yeux alors qu'elle luttait pour les retenir.

Trenton sentit une boule se former dans sa gorge. Elle semblait sur le point de bondir à chaque seconde, comme une biche piégée par la lumière des phares. *Voulait-elle faire brusquement machine arrière ?*

— Katianna.

Il se leva, en tendant sa main vers elle. Il la hissa de son siège et la conduisit hors de la banque, sa main caressant doucement son bras, espérant l'apaiser alors qu'il se préparait lui-même à un coup en traître.

Elle se tourna pour lui faire face juste au moment où ils atteignaient la Knight. Des yeux bleu pâle remplis de chagrin.

— J'ai peur.

— Chut. Je sais ça.

Sa main se leva pour honorer sa joue avec ses doigts. Il s'approcha, l'amenant doucement vers sa poitrine.

— C'est pourquoi nous sommes ici. Afin que tu n'aies plus jamais peur d'être abandonnée sans rien.

☙❦❧

Elle secoua la tête.

— Non, ce n'est pas ce dont j'ai besoin.

Elle s'écarta de sa poitrine et leva les yeux vers lui. Seigneur, comment pouvait-elle le dire ? Elle n'avait jamais eu le courage de demander quoi que ce soit. Maintenant, elle trouvait tout aussi difficile de lui dire qu'elle avait déjà ce dont elle avait besoin... son amour, et *c'était* ce qu'elle ne voulait jamais perdre. Bon sang, elle était écrivain ! Pourquoi ne pouvait-elle pas trouver les mots ? *Stupide écrivain.*

— Je n'ai pas besoin d'argent ou de choses comme ça. C'est toi.

Elle s'arrêta, les sourcils froncés. *Est-ce que c'était sorti correctement ?* Elle n'en était pas certaine.

— Kat, peu importe ce que c'est, nous pouvons le résoudre. Nous pouvons prendre tout le temps du monde. Seulement, s'il te plaît, ne me dis pas que tu veux partir à nouveau. Je ne pourrais pas le supporter.

— C'est ce que j'essaie de te dire.

Ses yeux le cherchèrent frénétiquement.

— C'est la même chose pour moi.

Elle plongea brusquement contre sa poitrine, ses bras enroulés autour de lui. *Bon sang*, elle se décomposait rien qu'en essayant de trouver ses mots.

Trenton la repoussa, l'obligeant à rester devant lui, ses doigts fermement plaqués autour de ses bras alors qu'il la regardait droit dans les yeux. Il pouvait sentir la panique qui s'emparait d'elle. Cette peur dont elle était si facilement victime. Il avait besoin de la brider, de la calmer.

— Katianna, regarde-moi.

Elle secoua la tête, le trouble envahissant son visage.

— Regarde-moi maintenant, ordonna-t-il. Je veux que tu me dises exactement de quoi tu as peur.

Elle prit une profonde inspiration et sur ce, elle laissa tout sortir.

— Je veux être avec toi… je le veux vraiment, mais… et si je te perds ? Ce n'est pas pour l'argent ou un toit, ce n'est pas pour ces choses.

Cela sortait en rafale maintenant, comme si les vannes avaient libéré les mots qu'elle avait tenté de trouver. Ils sortaient tous et pas nécessairement avec le gracieux talent d'écrivain qui aurait eu sa préférence. Ils sortaient simplement, et maintenant elle ne pouvait plus les arrêter. Elle pouvait seulement espérer que Trenton comprendrait son baragouin sanglotant.

— J'ai peur. Ce qui arrive à un esclave... dit-elle, en secouant la tête dans une expression agitée de sa peur.

Trenton caressa ses cheveux, ses épaules, essayant de la calmer alors qu'elle s'effondrait dans ses bras.

— Chut... rien ne va t'arriver, Katianna.

— Je ne survivrai jamais sans toi, Trenton ! lui hurla-t-elle pratiquement, ses yeux écarquillés, dans l'attente de sa réponse.

(•ᴗ•)

Du soulagement. C'était ce que Trenton ressentait en ce moment précis. Le tourbillon d'émotion qui l'avait mis sens dessus dessous était la peur de le perdre. Comme si cela allait arriver. *Pas question.* Il sourit. Il n'aurait pas pu s'en empêcher même s'il avait essayé, et il n'essaya pas. Ses doigts glissèrent sur son visage afin de balayer ses cheveux de ses yeux. Des yeux qu'il prévoyait de regarder pour le reste de sa vie.

— Cela n'arrivera jamais, Katianna. Tu ne me perdras jamais. Dis-moi que tu es à moi et même la troisième guerre mondiale ne pourra pas t'arracher de mes bras.

Katianna s'écroula pratiquement dans ses bras avec son aveu, et les larmes commencèrent à se déverser en sanglots.

— Tu ne me laisseras jamais ?

— Jamais, affirma-t-il, en l'embrassant.

Partout. Au-dessus de sa tête, son front, ses tempes. Il lui releva le menton d'un doigt plié pour la forcer à le regarder.

— Jamais.

Il l'attira à nouveau dans ses bras, l'écrasant pratiquement contre sa poitrine, et il sentit son corps se détendre. Le soulagement trouvant sa petite femme, comme il l'avait trouvé. *Non*, pensa-t-il alors qu'il la tenait. *Rien sur terre ne l'obligerait à la laisser partir. Elle était sienne et après ce soir, elle le saurait.*

CHAPITRE TRENTE-SIX

Depuis cette nuit fatidique, lorsque Katianna s'était ouverte à lui concernant ses désirs sexuels, Trenton avait pris énormément de temps afin de décider et de planifier comment il allait combler son fantasme dans le but de gagner sa soumission finale. Et il y avait certains ingrédients indispensables qui devaient être inclus, en commençant par la Peur – et ensuite l'Excitation – le Désir – une Domination Implacable, et enfin, littéralement la *Baise* de sa revendication sur elle. Une fois les éléments entièrement décidés, détailler comment ils seraient accomplis exigeait une planification ennuyeuse. Il était même allé jusqu'à observer quelques documentaires sur l'accouplement des lions – *ce qui était en fait très amusant.* Tout cela s'intégrerait dans le rituel de sa propre conception. Le rituel qui finaliserait sa reddition en tant que son esclave aussi bien que la démonstration de ce que cela signifiait pour tous les deux.

Confiance, Obéissance et Reddition. Un lien bien plus profond *qu'avoir et garder.*

Mais tout d'abord, il devait aborder sa *fuite.* Il l'avait ressassée dans sa tête à plusieurs reprises depuis la veille. Il n'y avait aucune façon de le contourner, il ne pouvait pas permettre qu'elle reste impunie, mais il n'avait pas l'intention de lui faire commencer leur rituel avec un derrière endolori. Cependant, après avoir pesé le pour et le contre, il avait décidé que c'était une question qu'il ne pouvait pas remettre à plus tard. Son entrée dans sa maison devait s'accompagner d'une leçon, celle qu'il ne tolérerait pas la fuite.

Katianna déambulait dans la maison de Trenton pour la toute première fois. La conception architecturale moderne était audacieuse et surprenante, comme une sorte de labyrinthe surréaliste. Cela avait cet effet sur elle. Comme son immeuble de bureaux, la couleur jouait un grand rôle dans son apparence. Pour tous les angles et les lignes qui la composaient, la couleur recevait autant de considération que la conception globale. Des teintes de brun profond et de crème contrastaient et accentuaient les bois sombres et les peintures rustiques. Du marbre de granit de la Volga Noire, fondu avec du labradorite bleu, composait le sol du couloir, les plans de travail de la cuisine et un mur dans la salle de bain de maître. C'était la plus belle chose qu'elle avait vue de toute sa vie, et même si elle savait qu'elle laisserait des traces de doigts, elle ne put s'empêcher de glisser sa main sur les surfaces parce qu'il était difficile de concevoir que la brillance soit même réelle. Même la façon dont le bleu irisé se détachait était comme une sorte d'hologramme luxueux à effet 3D qui sembla être une sorte d'illusion jusqu'à ce qu'elle le touche.

Trenton était resté dans le séjour pendant tout ce temps, seuls ses yeux la suivaient. Elle le savait, parce qu'elle le regardait depuis le point de vue d'une des nombreuses mezzanines. C'était étrange d'une certaine façon de marcher dans une maison où elle n'avait jamais mis les pieds jusqu'à présent et de simplement l'explorer toute seule. Maintenant, c'était sa maison aussi, et au lieu de lui faire une visite en bonne et due forme, il l'avait autorisée à rôder à son propre rythme – comme une souris – le temps qu'elle se fasse à l'idée.

Trois jeux d'escaliers donnaient accès à l'étage plus à un grenier qui faisait la surface de la maison. Les escaliers s'enroulaient autour de la zone salon qui était pour l'essentiel, le foyer de sa conception, avec une surface deux fois et demie plus grande que l'étage supérieur et un mur de verre qui donnait sur l'Atlantique – ce qui était à couper le souffle.

Sur l'un des côtés de la maison, contre la pièce principale, des travaux étaient en cours pour un jacuzzi. Une fois fini, il serait complètement intégré comme une extension de la maison, fournissant un accès abrité même pendant les mois d'hivers. Elle sourit à cette idée, se demandant si c'était à cause de leur brève conversation au Club *La Rouge**.

La décoration de la maison en soi était le point culminant, avec très peu de *décorum* pour l'encombrer. Les seuls ornements étaient des photos artistiques érotiques en noir et blanc : des corps embrassés avec des ombres, attachés ou enchaînés, posant tranquillement pour leur photographe. Maintenant, leurs portraits s'alignaient dans les couloirs, suspendus par des cordes sur le mur de leur Dominus.

Kat poursuivit son chemin le long des couloirs, utilisant une fois de plus la mezzanine comme un guide afin de retourner vers le salon où Trenton l'attendait. Mais alors qu'elle se dirigeait vers les escaliers, l'expression sur son visage la fit marcher un peu plus prudemment. Bien plus intimidée aujourd'hui que cette première fois où elle avait été amenée à son bureau – cette fois, elle était certaine que le Trenton avait une pagaie en réserve pour elle. Elle ne la voyait pas dans ses mains, mais quelque chose dans ses yeux lui indiquait qu'elle était dans de sales draps. Elle retourna dans le séjour et resta debout devant lui ; elle en était certaine maintenant.

L'expression de Trenton était tendue. Il prit une profonde inspiration puis laissa ses yeux voler vers l'espace vide sur le sol à ses pieds. Sans autre instruction, Katianna s'agenouilla sur l'emplacement désigné. Elle avait accepté de se donner de son plein gré, elle ne reviendrait pas là-dessus. Peu importait que cette petite voix dans sa tête lui disait bruyamment de *fuir.*

— Kat, te souviens-tu ce que je t'ai dit il y a quatre ans lorsque j'étais chargé de ta protection à l'exposition ?

Elle opina.

— Te souviens-tu de l'accord que nous avions à Paris ?

Cette fois, elle déglutit difficilement, parce qu'elle avait promis de ne jamais l'exclure, peu importait combien elle était contrariée. Et pourtant, lorsqu'elle avait fui, c'était exactement ce qu'elle avait fait. Il avait désespérément essayé de la joindre, ne serait-ce que pour savoir qu'elle allait bien. Il avait offert de l'emmener là où elle voulait aller simplement afin d'être certain qu'elle arriverait saine et sauve, et non seulement elle avait refusé, mais elle l'avait fait silencieusement. En refusant de lui dire qu'elle était en sécurité. Et elle savait maintenant ce que cela lui avait fait.

— Je sais que tu as pris peur, Katianna, et je ne te punis pas pour ça. Mais tu m'as fui. Je ne peux pas t'autoriser à te mettre en danger comme ça. Nous connaissons tous les deux les dangers du monde – de la ville. Je m'attends à savoir où tu es à tout moment. Et si tu as peur ou même si tu es en colère contre moi, je m'attends à ce que tu viennes me voir, pas que tu fuies et que tu me repousses. Tu te places toute seule dans une situation dangereuse en faisant ça.

— Je suis désolée.

— J'aimerais que ce soit suffisant.

Son regard tomba lourdement sur elle.

— Nous avons déjà passé cet accord une fois, et cependant tu as brisé ces deux conditions dans une seule action. Je dois m'assurer que tu ne le referas plus jamais.

Il secoua la tête, mais ce n'était pas de la désapprobation qu'elle voyait, c'était de l'inquiétude et de la douleur. Comme ce matin-là sur la plage, où il lui avait accordé qu'il était en colère, mais qu'il avait également eu peur pour elle. Peur que quelque chose lui soit arrivé et cela aurait été insupportable pour lui. Et qu'avait-elle fait ? *Elle avait dit* rouge *et avait fui, augmentant encore plus sa douleur.*

— Viens par là.

Trenton s'adossa contre le canapé, attendant qu'elle prenne place sur ses genoux, et puis elle vit le bâillon-boule dans sa main.

Elle resta sur ses genoux, s'approchant petit à petit de lui, mais sa nervosité augmentait, remplissant ses articulations et ses muscles jusqu'à ce qu'elle se sente trop raide pour bouger.

Trenton lui tendit le bâillon en offrande. Elle déglutit, elle savait qu'elle n'allait pas y échapper, c'était même futile d'essayer. Elle avait fait exactement ce qu'il avait dit. *Et si quelque chose lui était arrivé ? Il n'y aurait eu aucune possibilité qu'il vienne à elle suffisamment rapidement.* Elle prit une profonde inspiration et puis ouvrit la bouche. Un mouvement lent et intimidé, pourtant elle ne tressaillit pas lorsqu'il plaça la boule entre ses lèvres avant de caresser sa joue, laissant les lanières pendre. Un geste montrant qu'il était le même homme qu'il avait toujours été.

Elle sentit la brûlure dans ses yeux et avant qu'elle puisse l'en empêcher, une larme lui échappa, dévalant sa joue et elle fut bientôt accompagnée par une jumelle sur la joue opposée.

— Pleures-tu parce que tu sais que ce que tu as fait était mal et que tu ressens du remords ?

Elle opina.

— Ou parce que je suis sur le point de te punir ?

Elle opina une fois de plus. Trenton laissa ses doigts s'attarder sur sa joue, lui offrant un peu de réconfort pour l'apaiser pendant un bref instant.

— Au moins, tu es toujours honnête avec moi.

Et il plaça sa main pour supporter la poitrine de Katianna alors qu'il se penchait, cueillait ses jambes, et l'attirait sur ses genoux, face contre terre.

— Place tes mains sur le coussin du canapé.

Mais à la place, ses bras atterrirent au milieu de son dos, s'offrant à lui. Ce n'était pas ce qu'il avait ordonné, mais cela le ravit. Elle ne se faisait pas confiance pour rester tranquille, donc elle se soumettait à lui pour qu'il la refrène. Trenton prit ses bras, les poussa l'un vers l'autre, positionnant ses mains afin qu'elles attrapent ses coudes, puis les épingla sur le bas de son dos avec une pression ferme d'une seule main. Après avoir descendu son short sur ses fesses, sa main s'attarda, traçant la courbe arrondie, si petite et très douce. Il s'arrêta. Ceci n'était pas pour jouer. Il prit une profonde inspiration et délivra le premier coup avec le plat de sa main.

꒰ஐ꒱

Tout le corps de Katianna se souleva et un cri étouffé passa le bâillon. Lorsqu'elle se remit en position, il délivra le coup suivant.

La chaleur se répandait sur la chair de son postérieur. Elle se tordit sous lui, jetant un œil par-dessus son épaule, dérobant un regard à son Dominus. Il était profondément désappointé par ce qu'elle avait fait. Peut-être parce qu'il sentait qu'il n'avait pas d'autres choix que de commencer leur relation ainsi, et que cela rendait tout cela encore plus difficile à supporter.

Le prochain coup arriva et fut rapidement suivi par un autre, laissant très peu de temps entre chaque contact de sa main chaude sur sa peau. Chaque coup cuisant l'un après l'autre. Il n'y avait aucun apaisement de la brûlure entre eux, comme il le faisait quand il délivrait les fessées pour le plaisir ou pour une offense mineure. Ceci était implacable. Ce n'était pas cruel, mais le feu féroce qui s'accumulait ne lui permettait pas de discerner un coup du suivant. Les larmes envahirent ses yeux alors que la douleur et un tourbillon d'émotions tournoyaient en elle. Ses lèvres tremblèrent contre la boule délicatement placée dans sa bouche et elle dut la mordre afin de ne pas la perdre. C'était le seul moyen pour elle de s'empêcher de pleurer complètement. Un autre atterrissage de la main de Trenton et elle commença à sangloter. Elle ne savait même pas combien il en avait déjà délivré, elle ne pouvait pas les discerner du suivant alors que sa main descendait encore, et encore, et encore. Un coup après l'autre, sur un globe puis sur l'autre. Et juste au moment où elle devenait hors d'haleine à cause de ses gémissements et des sanglots, la punition s'arrêta.

Son postérieur flambait dans un enfer de souffrance, brûlait. Sa bouche était devenue chaude et tendue. Plus de larmes envahissaient sa gorge. Sa poitrine était lourde alors qu'elle essayait et échouait de respirer malgré la douleur, mais c'était inutile. L'agonie lancinante de ses fesses la submergeait.

— Lorsque tu t'éloignes, tu te places toute seule dans un territoire dangereux.

Il lui rappelait pourquoi il était si protecteur. Il la souleva, libérant ses bras, et instinctivement ils s'enroulèrent autour de son cou et s'accrochèrent à lui comme une petite fille. Elle le sentit bouger, la poser sur le canapé, la prenant avec lui afin qu'elle repose contre sa poitrine. Puis elle sentit ses doigts sur son visage et il retira le bâillon de sa bouche avant de masser sa mâchoire afin de libérer la tension.

— Je suis désolée, pleura-t-elle contre son torse, drapée sans force et défaite autour de la poitrine de son Dominus.

— *Chut,* c'est bon... l'apaisa-t-il. Parce que tu ne vas plus jamais refaire ça, n'est-ce pas ?

Elle secoua la tête contre son épaule. Trenton effleura ses cheveux de sa main et remit gentiment son short à sa position initiale.

— Nous allons rester ici un moment avant de nous préparer pour ce soir.

☙❧

Ce soir-là, à l'intérieur du *Club Pain*, Trenton guida Katianna vers l'escalier qui les conduirait vers la partie privée du club où seuls les membres VIP et leurs invités étaient autorisés. Elle se colla à ses pieds, levant les yeux à chaque pas comme si elle attendait un indice sur ce qui se passait. Elle n'était jamais venue à l'étage et personne ne lui avait parlé de ce qu'ils faisaient lorsqu'ils venaient ici. Même pas Trenton. C'était privé et les membres le gardaient ainsi. Elle ferma les yeux, sentant le fourmillement entre ses jambes dus aux produits pour le bain que Trenton avait utilisés pour la laver avant qu'ils sortent.

Oooo... elle pourrait tuer cet homme de l'expo. Quatre ans plus tard, et elle allait encore en souffrir. Le long trajet depuis les Hamptons vers le club était déjà suffisamment mauvais. Elle était seulement reconnaissante que Trenton ait étendu une serviette sur le siège pour elle, parce qu'elle était complètement trempée entre ses jambes et il ne l'avait pas autorisée à faire quoi que ce soit à ce sujet. La moindre tentative qu'elle avait faite pour frotter son clitoris sur le siège avait entraîné un petit coup de sa part. Elle avait osé lui jeter un regard noir et elle en avait reçu un autre.

Ses yeux retournèrent vers l'escalier et elle s'avança pour les grimper derrière lui.

Leur première nuit concernait la *Confiance*.

Elle lui faisait confiance, pensa-t-elle en se mordillant la lèvre, mais cela ne l'empêchait pas d'être très nerveuse. Ses cuisses se clampaient fermement alors qu'elle sentait le besoin sismique s'emparer des parois de son vagin. Cela n'empêchait pas non plus ses tressaillements.

— Katianna.

Elle leva la tête au son de sa voix l'appelant avec une douceur réconfortante, l'apaisant, mais la questionnant, comme pour lui demander si elle était toujours là avec lui. Il avait besoin de voir son visage afin de se rassurer. Enfin, c'était ce qu'elle pensait. Comme elle s'apprêtait à lui répondre, elle se retrouva brusquement plongée dans un monde d'obscurité alors qu'il aveuglait ses yeux avec une étoffe.

— Je t'aime, Katianna... c'est la seule chose que tu as besoin de savoir, affirma fermement Trenton.

Elle entendit les mots, mais la peur envahit son esprit pris au piège, aussi rapidement qu'il lui avait ôté la vue. Le sens qui lui disait ce qui était quoi. Maintenant, Trenton le lui avait pris, l'avait dépouillé de son contrôle principal. À partir de maintenant et jusqu'à ce qu'il choisisse de le lui rendre, elle était à cent pour cent dépendante de lui.

— Trenton ?

Sa voix vacilla rien qu'en prononçant son nom.

— Chut... je suis là. Je serai toujours là. Mais tu dois garder le silence et faire ce que je te dis.

Elle sentit son baiser sur son front, lui donnant une bise protectrice en tant que son nouveau Dominus.

— Éloigne-toi Katianna, et tu te retrouveras dans des endroits dangereux. Ta reddition dépend aussi de ma protection... est-ce que tu comprends ?

Les doigts de Katianna trouvèrent sa chemise et se refermèrent sur le tissu, s'accrochant à lui. Elle leva la tête, essayant de trouver un endroit sous son bandeau où elle pourrait jeter un œil, mais il n'y en avait aucun. Il n'avait pas seulement couvert ses paupières, mais le tissu s'étendait bien au-delà de ses sourcils et descendait jusqu'au bout de son nez. Elle ne pouvait même pas distinguer quelques nuances de lumières à travers le tissu. Il n'avait pas seulement pris une partie, il avait tout pris.

Elle sentit ses mains sur sa tête, le sentit l'attraper afin qu'elle vienne reposer contre sa poitrine, et il lui caressa les cheveux, apaisant ses peurs. Il lui ôtait ses options une par une. Le faisant avec une gentillesse et une patience adorable qu'elle avait déjà vues lorsqu'il entraînait les nouveaux soumis, à maintes reprises. Mais elle n'était pas une soumise, elle était son esclave. Une fois que sa reddition serait complète, elle le serait pour le reste de sa vie et Trenton ne la laisserait jamais partir.

Tandis que son esprit s'apaisait, s'enroulant autour de ce singulier réconfort, son corps fit de même. Du moins, dans une certaine mesure, la peur s'étant calmée même si elle n'avait pas totalement disparue. Sa tension céda cependant place à l'excitation. Elle tira sur sa chemise, l'attirant vers elle. Elle savait que ses lèvres étaient là, quelque part, tout près, et elle voulait les goûter, elle avait besoin de sentir leur exigence. Mais elles ne vinrent pas à elle.

Elle sentit ses mains claquer sur les siennes et retirer ses doigts de sa chemise, puis les baisser afin de les plaquer l'une contre l'autre devant elle. Un doigt toucha ses lèvres comme un ordre silencieux de calmer son besoin ardent d'être embrassée.

— Je crois que tu es prête pour la prochaine étape, dit-il doucement avant de la guider dans l'escalier.

Elle entendit la porte s'ouvrir alors qu'elle atteignait les dernières marches.

— Bienvenue, Dominus.

Elle entendit l'accueil de l'un des soumis du club qui était toujours posté à la porte pour servir, alors qu'ils poursuivaient leur route vers le salon à l'étage.

— Dois-je vous envoyer votre verre ?

— Non. Je vais emporter mon vin au lit ce soir, donc je ne vais pas boire, répondit Trenton au soumis, sa main sur le dos de Katianna, gardant un doux contact avec elle.

Ses doigts se pressèrent afin de lui rappeler qu'il la guidait, et bientôt il la fit asseoir à ses pieds alors qu'il s'installait dans ce qu'elle supposait être un des canapés du salon.

Katianna sentait la tension dans ses yeux, luttant toujours pour voir. Elle inclina la tête, espérant en entendre plus et être capable d'identifier ce qu'elle entendait. Elle prit une profonde inspiration espérant humer ; que ce soit une eau de toilette ou un parfum, elle reconnaîtrait le corps qui le portait.

Elle pouvait entendre les voix des autres. C'était samedi soir, il y aurait bien plus qu'une douzaine de membres privés à l'étage. L'une d'elles serait probablement Amelia, mais Katianna n'arriva pas à discerner la voix de son éditrice. Elle entendit celle d'Olla et, à un moment celle de Sasha et de ses deux jumeaux d'amants. Elle était sûre d'avoir entendu Dane, mais pas Diesel, même si cela ne signifiait pas qu'il n'était pas là. Diesel n'était pas un homme bavard, au contraire, il préférait rester aux côtés de Trenton, le surveillant sans un mot comme un garde supplémentaire en liaison, et étrangement cela apaisait sa nervosité.

Elle pourrait se passer de toutes les autres voix, elles étaient bien plus perturbantes que d'avoir des étrangers rassemblés autour d'elle. Mais Diesel était différent. Il était la seule voix familière qu'elle voulait entendre. D'une manière étrange, celle de Paris aurait été agréable aussi. Il comprendrait plus que quiconque ce que cela faisait d'être catapulté dans un nouveau style de vie, une nouvelle existence. Mais il n'y avait qu'elle et la confiance que Trenton attendait d'elle.

Ses pensées ratèrent un battement en même temps que son cœur lorsqu'elle entendit le soudain *clac* d'une lanière de cuir sur une peau nue, associé à un gémissement sensuel. Katianna s'enfonça plus profondément dans les jambes de Trenton, ses doigts se resserrant dans les muscles fermes de sa cuisse, et elle pressa son visage dans l'une d'elles. À ce moment-là, elle sentit une coulée de chaleur entre ses jambes. Les produits de bain avec lesquels Trenton avait lavé sa peau délicate plus tôt commençaient à couler, se précipitant afin de se mélanger avec la douce peur et le malaise qui gonflaient partout en elle. Son esprit se balançait au gré du flot d'émotions et de sensations, et elle sentait l'humidité suinter d'entre ses jambes.

Tout le corps de Katianna frissonna d'une envie irrésistible. Du besoin d'avoir Trenton à l'intérieur d'elle, ce qu'elle voulait et désirait depuis très – *très* – longtemps. Il l'avait tourmentée au cours du mois passé, voire plus, l'exprimant dans une indulgence charnelle plus concentrée. Mais les produits de stimulation ? Ils la faisaient seulement se sentir comme une catin avide et mouillée qui avait désespérément envie d'être baisée. Elle mordilla le tissu de son pantalon comme si elle pouvait se frayer un chemin à coups de dents vers des parties plus désirables de son anatomie. Mais le brusque son derrière elle la fit sursauter, son corps se tordant avec le coup suivant du cuir contre la peau. Bien qu'ayant reculé, elle sourit également devant l'ampleur de ses effets effrayants sur elle.

Katianna sentit son Dominus se redresser, le sentit planer sur elle, la protégeant. Elle sentit son souffle effleurer sa tête et son cou, puis sa main caressa ses cheveux jusqu'à son dos, ajoutant à la richesse qui l'enveloppait... peur... désir... et bien-protégée.

C'était sûr de se sentir comme elle le faisait ; comme l'esclave adorée du Dominus Trenton Leos et de personne d'autre. Ensuite, une secousse ferme sur ses cheveux lui plia la tête en arrière et des lèvres vinrent sur les siennes, un baiser exigeant qui mordilla ses lèvres, avant que ses cheveux soient lâchés.

— Fais-moi confiance, chuchota-t-il à son oreille avant de l'embrasser.

Elle pressa son visage plus profondément dans son pantalon, prenant une profonde inhalation de son odeur. Complètement masculine, relevée par une eau de toilette avec des notes de plage et de lumière. Comme un citron tonic, un air océanique, et du bois délavé par le soleil. Une autre inhalation et elle put détecter les flaveurs plus sombres de musc et d'encens.

— Puis-je demander quelque chose ?

Elle avait besoin d'une diversion afin d'éloigner son esprit et son intimité humide de sa faim brûlante.

— Oui, et tu peux parler comme tu le désires ou en as besoin pour le moment. Je te ferai savoir quand je voudrais que tu restes silencieuse.

Il était gentil et ferme, un pilier de force à laquelle se tenir.

— Quand nous sommes entrés, tu as mentionné avoir du vin au lit – ce n'est pas la première fois que tu emploies ce terme. Suis-je le vin ?

— Oui. C'est une façon polie et discrète de dire que ce soir est solennel. Quand un Maître parle de son Vin au lit, il se réfère à quelqu'un de spécial, et pas juste quelqu'un qu'il fréquente pour un week-end ou avec qui il a un court contrat. Habituellement, quelqu'un avec un objectif intense ou un du cœur.

Un nouveau claquement de cuir quelque part dans la pièce, et à nouveau Katianna tressaillit. C'était près, et son esprit l'avait convaincue que le souffle des lanières de cuir, alors qu'elles claquaient pour lécher la peau qui rougissait, embrassait sa joue. Mais, si ce petit esprit tordu qu'elle venait juste de créer n'avait pas été suffisant pour ébranler son esprit d'une manière incontrôlable, la légère caresse de la canne de Trenton glissant brusquement entre ses jambes l'aurait certainement été.

Tout le corps de Katianna se tendit dans un nœud géant alors qu'une mince tige ressemblant à la canne brossait le haut de sa cuisse et se glissait entre ses jambes, et elle retint son souffle. Elle savait ce que c'était sans le voir. Elle n'en avait pas besoin, pour savoir ce que c'était ou ce que Trenton faisait toujours avec. Un autre sifflement de cuir derrière elle et son souffle se bloqua alors que Trenton pressait la canne plus profondément entre ses jambes, la remontant à travers la dentelle de la culotte dont il l'avait parée. Il utilisa l'extrémité pour passer sous le bord du tissu et trouva son chemin vers l'entrée humide de son sexe, comme un archet tendu sur un violon, et sa gorge laissa échapper une réponse geignarde juste comme l'instrument à cordes l'aurait fait s'il avait été aussi effrayé et excité qu'elle l'était en ce moment.

L'esprit de Katianna explosa – hurlant et suppliant pour avoir plus que l'archet tendu sur sa peau. Elle voulait sentir ses doigts, pompant férocement en elle. La canne claqua contre son clitoris et cela la réveilla comme un putter envoyant son désir à l'arrière de la file. *Allait-il la canner ce soir et la confiance portait-elle sur le fait de le laisser faire ?* Son esprit parcourut rapidement toutes les conversations qu'ils avaient eues aujourd'hui, il aurait sûrement mentionné une session de coups de canne. Son cœur commença à marteler lourdement dans sa poitrine.

— Tu te souviens de ce que je t'ai dit ?

Les lèvres de Trenton n'étaient qu'à un souffle de son oreille et elle sentit la chaleur de ses paroles – son désir caressa les minuscules poils sur sa nuque, envoyant des frissons taquins dévaler son échine.

— Sur la confiance ? pantela-t-elle doucement contre sa jambe.

— Sur la peur.

Elle secoua la tête. Elle ressentait suffisamment de peur et un mur infranchissable d'excitation parmi tout le reste. Elle ne pouvait plus penser du tout, encore moins se souvenir de quelque chose de spécifique qu'il aurait pu avoir dit.

— Que la peur et le plaisir faisaient le plus grand aphrodisiaque.

De nouveau, elle secoua la tête, son plaisir excité de l'instant précédent s'effaçant devant la nervosité. Tout ce qu'elle ressentait était de l'appréhension à cause de la présence de la canne. Inquiète qu'il soit sur le point de briser la seconde des deux uniques règles qu'elle avait pensé à mettre en place la nuit de leur premier dîner lorsqu'il avait placé l'offre à ses pieds. Il avait brisé sa première règle peu de temps après. Bien sûr, il l'avait prévenue qu'il le ferait. Maintenant qu'elle lui avait abandonné sa vie, qu'est-ce qui l'empêchait de briser l'autre ?

— Fais-moi confiance, chuchota-t-il, son ton changeant afin de lui rappeler le sens de la soirée. Fais-moi confiance. Soumets-toi et alors tu le ressentiras.

Sa voix apaisant ce qu'elle n'avait pas dit, comme s'il savait ce qu'elle pensait.

Kat laissa échapper une profonde respiration, obligeant son corps à se détendre et à abandonner ses peurs. Il avait dit de lui faire confiance, donc elle le faisait. Il n'utiliserait pas la canne sur elle. Il la tourmenterait avec elle, oui, mais sans la frapper. Et alors elle se laissa aller. Nombre de ses peurs cédèrent sous les lentes caresses de sa main et de la canne qu'il tenait. Elle fondit enfin dans le plaisir qu'il tentait de susciter en elle et sa respiration pantelante le refléta. Mais ensuite, quelqu'un, qui n'était pas Trenton, l'attrapa par les poignets, tirant ses mains des jambes de Trenton, et les amenant derrière son dos.

— Trenton ! cria-t-elle.

— Chut, tu ne quitteras jamais mes côtés. Tu dois me croire Katianna, dit-il d'une voix toujours à ses côtés, là où elle s'était agenouillée sur le sol à ses pieds.

Pas la moindre inquiétude de sa part. Tout ce qui se déroulait était sous son contrôle et une part de ce qu'il avait planifié. Alors même qu'une paire de mains étrangère, forte et exigeante comme celle de Trenton, menottait ses poignets derrière son dos, Trenton continua à la toucher et à taquiner son corps – ses sens – sa peur – avec la caresse de sa canne.

Il la pressa contre sa vulve humide puis la remonta en glissant jusqu'à ce qu'elle butte contre son téton érigé à travers ses vêtements. Le contact était à la fois désiré et douloureux. Elle n'avait même pas pris conscience que ses tétons étaient devenus si durs jusqu'à présent. Promptement, elle fut complètement au fait de la pression tendue culminant dans l'épicentre de chaque téton, leur empressement douloureux à être sucés par la bouche de Trenton et torturés par sa langue. Puis sa canne monta plus haut jusqu'à ce qu'il la pousse contre ses lèvres.

— Ouvre ta bouche pour moi, ordonna-t-il dans un murmure brûlant à son oreille.

Katianna fit comme demandé. La canne fut poussée contre sa langue, elle avait le goût de la soie de son intimité et cela ramena sa concentration vers l'endroit où le voyage de la canne avait débuté.

Trenton s'installa au bout du canapé à côté de son esclave agenouillée et repoussa sa tête, utilisant la canne enfoncée dans sa bouche comme un mors, puis la retira et lui pencha la tête, approchant ses lèvres pour un baiser. Les lèvres de Katianna étaient gonflées d'un intense désir, parfaitement moulées aux siennes dans une étreinte harmonieuse. Pleines et exigeantes, la tentation incarnée. Déguster le goût sucré de son corps avec sa langue était bien trop tentant pour être reporté plus longtemps.

Il l'avait taquinée et tourmentée pendant plus d'un mois. Ce soir, il était simplement trop près pour continuer ainsi plus longtemps. Il avait besoin d'elle ici et maintenant, sachant qu'il ne tiendrait pas le trajet retour vers la maison.

Trenton fut instantanément sur ses pieds, la soulevant avec lui.

— Il est temps d'être revendiquée maintenant, petite souris.

L'ordre était bien plus âpre qu'elle s'y était attendue, comme une bête sauvage établissant sa revendication ; cela la terrifiait et pourtant l'excitait en même temps.

Trenton la tirait à un rythme si rapide qu'elle devait pratiquement faire un pas supplémentaire chaque fois qu'il en faisait deux. Ils franchirent un coin, elle entendit la clé dans la porte et elle fut pratiquement poussée dans la pièce. La porte se referma derrière elle et le silence se fit, à l'exception des halètements qui menaçaient de faire éclater ses poumons.

Elle s'efforça d'écouter au-delà d'elle… au-delà du battement de son propre cœur, mais tout autour d'elle était silencieux.

— Trenton ? gémit-elle, n'aimant pas l'idée qu'elle pourrait être seule.

— Chut, je suis là.

Un profond soupir, et l'essentiel de ce qu'elle ressentait se détendit avec cet unique souffle profond la prévenant qu'il était là avec elle.

— Je suis toujours là avec toi.

Sa voix reflétait sa présence dominante dans sa vie alors qu'il tournait autour d'elle.

— La nuit où Lenny a glissé une drogue de viol dans ton verre, tu m'as confessé un profond désir – ton fantasme le plus intime, lui dit-il, en lui tournant autour d'elle, gardant une certaine distance entre eux, la tourmentant comme un lion jouant avec sa proie. Tu ne t'en souviens toujours pas, n'est-ce pas ?

Katianna tenta de voir au-delà de l'obscurité toujours enveloppée autour de ses yeux. Elle voulait tendre le bras afin de le trouver, mais les menottes maintenaient ses mains en place dans son dos, ses doigts emmêlés ensemble. Elle secoua la tête, avec un frisson troublé.

— Mais tu sais ce que c'est, n'est-ce pas ?

À nouveau, elle secoua la tête. Elle ne l'avouerait jamais, même dans une centaine d'années. Peu importait quel genre de fantasme elle décrivait dans ses livres. C'était les désirs des autres personnes, les siens restaient cachés, à jamais enfermés dans le silence.

ʕ•ﻌ•ʔ

— Ne me mens pas, Katianna. Tu m'appartiens maintenant, tu te souviens ? Tu t'es abandonnée à moi. Maintenant, ce fantasme est également à moi. Pour en jouer à ma convenance. Pour te le livrer à ma convenance.

Il déboutonna sa ceinture, descendit la braguette de son pantalon, et l'ouvrit. Prélevant dans sa main l'acier dur déjà épais et engorgé de désir pour sa nouvelle esclave.

— Dis ce que tu désires le plus. Dis-moi ton plus sombre fantasme.

Elle pouvait l'entendre, il faisait les cent pas devant elle comme un animal sauvage qui attendait simplement que la proie capturée soit déchainée avant de la dépecer. Elle entendit le bruissement assourdi de ses vêtements, les entendit toucher le sol alors qu'il continuait à arpenter la pièce. *Lui avait-elle vraiment dit* ? Qu'il se tiendrait devant elle comme l'animal qu'elle voulait qu'il soit. La bête sauvage qui la revendiquerait comme une compagne serait revendiquée.

Tout son corps tremblait d'une manière incontrôlable maintenant. La panique montait en elle, elle ne saurait pas comment le dire, même si elle le voulait.

Elle fit un pas en arrière.

— Ne t'avise pas de bouger. Reste là où je t'ai placée.

Sa voix devenait féroce et passionnée. Cela ne faisait qu'accentuer le sentiment qu'il était prêt à attaquer à n'importe quelle seconde. Qu'un mouvement de sa part exciterait l'instinct animal de chasser et d'attaquer.

— Quand je te pose une question, je m'attends à ce que tu me répondes.

Son ton était calme, une instruction plutôt qu'un ordre, néanmoins l'autorité dans la question la conduisit à parler de son fantasme.

— D'être accouplée… comme les lions dans la nature.

Sa voix trembla alors qu'elle le disait, d'une façon probablement pas aussi éloquente ou aussi séduisante que la première fois qu'elle l'avait fait, mais au moins ce fut dit.

— Tu comprends qu'avec un accouplement, il n'y a aucun préliminaire.

Elle l'entendait tourner autour d'elle alors qu'il parlait.

— Pas d'avertissements. Je t'ai courtisé suffisamment longtemps. Maintenant, c'est seulement la capture.

Ses sens le suivaient.

— Et que...

Il fut brusquement juste derrière elle, son estomac et ses hanches pressés contre son dos. Elle le sentit planer sur elle, sentit ses lèvres contre sa joue.

— ... c'est exactement ce que je suis sur le point de faire.

Trenton se tenait derrière elle, gardant son corps appuyé contre le sien, ses bras enroulés autour de sa poitrine. Elle entendit quelque chose... un son, quelque chose de glissant, mais elle ne pouvait pas le situer. Elle eut à peine le temps de respirer qu'elle sentit ce qui avait produit le son. De l'acier froid se pressa à plat contre sa joue, à l'opposé de ses lèvres. Il le fit glisser le long de sa mâchoire et il l'attarda un petit peu plus bas afin de taquiner la peau sensible de son cou comme s'il avait l'intention de la couper avec la large lame d'un couteau. Le couteau qu'elle avait entendu être tiré de sa gaine.

Le souffle de Katianna se coinça dans sa gorge alors que son esprit se concentrait sur le bout froid et métallique, repérant son voyage tandis qu'il suivait une piste vers le devant de sa gorge, descendait vers ses seins pour taquiner sa peau autour de l'encolure de sa robe de poupée. Elle pouvait entendre la respiration de son Dominus. Même la sentir – brûlante et excitée. Une secousse rapide contre son épaule et elle sut qu'il avait tranché la première bretelle de sa robe.

La surface fraîche de la lame glissa sur sa peau, roulant pour donner à la fois la caresse du métal plat et la taquinerie du bord tranchant. Il le plaça sous la bretelle suivante et avec une torsion du poignet, sa robe s'affaissa, se chiffonnant sur ses hanches.

Trenton attrapa le vêtement déchiré et effectua le reste de la descente, le laissant s'étaler autour de ses pieds. Sa main glissa entre ses cuisses et se pressa fortement contre son pubis, à travers la dentelle trempée, alors que la lame du couteau rendait son soutien-gorge inutile, le coupant directement entre ses seins.

Il haleta dans son oreille avec un souffle brûlant et mordit son lobe, sa verge nue glissant entre ses doigts toujours attachés derrière elle, et il se balança contre elle. Elle était si submergée qu'elle pouvait à peine rassembler ses esprits pour dire à ses mains quoi faire, mais grâce à un réflexe non ordonné, elle les enroula autour de son membre, sentant la peau chaude et veloutée tendue sur le mât solide de fer.

— Oui-i-i-i... c'est ça. Touche-la. Elle va être en toi très prochainement.

Puis le couteau s'abaissa, traînant sa pointe sur son estomac dans un fourmillement menaçant jusqu'à ce qu'il atteigne sa culotte, mais il ne la coupa pas et elle sentit à la place la garde se presser contre son clitoris avant de faire de petits cercles à travers le tissu.

— Je t'ai dit une fois que j'allais plonger si profondément en toi que tu n'oublierais jamais que j'étais là. Tu t'en souviens, Katianna ?

Elle acquiesça. Elle sentit la caresse de ses lèvres sur sa joue alors qu'elles planaient contre sa peau. Elle tremblait, incapable de se calmer. Effrayée par la chaleur écrasante qui était sur le point d'envahir son corps aussi. Effrayée d'être abandonnée à son sombre fantasme, d'être obligée de pivoter et d'y faire directement face. Effrayée des sensations annihilantes des prouesses sexuelles de son Dominus.

— Écarte les jambes pour moi, ordonna-t-il, en la tourmentant toujours avec la garde de son couteau sur son clitoris.

La tête de Katianna tournait, et au lieu de faire comme demandé, elle se sauva. Elle ne comprit pas pourquoi, elle le fit seulement, mais à peine avait-elle fait deux pas que le Lion bondissait après elle.

Des bras musclés l'attrapèrent, pivotant leurs corps alors qu'il la soulevait, et ses genoux trouvèrent un lit sous eux. Elle était certaine d'avoir laissé sortir un glapissement, mais à quel point avait-il été perceptible, elle ne pouvait pas le dire.

Tout arriva si vite, être saisie, tournée et jetée sur un lit. Elle sentit ses deux mains de saisir de la dentelle de sa culotte, et dans une traction rapide, il en déchira les pans. Une main ferme se posa sur sa nuque et appuya sur elle afin de la faire descendre. Elle sentit son corps la suivre, la poitrine de Trenton appuyée contre son dos, sentit le cœur martelant du corps d'une bête frapper contre sa peau. Une crainte et une faim érotique éclatèrent en elle. Elle sentit sa langue lécher entre ses omoplates et à l'instant où des dents se plantèrent dans son épaule, elle sentit son sexe s'enfoncer dans son intimité humide.

D'une longue poussée, Trenton plongea à l'intérieur de ses parois étroites, la pénétrant de plus en plus loin, jusqu'à ce que chaque centimètre de son sexe bandé soit profondément enfoui dans son vagin, tout comme il l'avait annoncé. *Quelque chose en elle cria... OUI !*

Ses pensées et ses peurs s'éparpillèrent alors qu'il plongeait profondément en elle. Katianna laissa échapper un gémissement désespéré annonçant que chaque nerf dans ses parties intimes explosait en un feu ardent.

Trenton se balançait d'avant en arrière, lentement et facilement, s'arrêtant avant d'être complètement sorti puis glissant à nouveau à l'intérieur. D'une poussée fluide et tranquille, il plongea profondément en elle. Ses dents la libérèrent et elle le sentit se raidir, une main basculant rapidement d'une épaule à l'autre, l'autre stabilisant ses hanches, puis il la pénétra profondément encore une fois. Elle entendit son grondement avec la profonde imbrication de leurs corps.

— Ahhh putain, Katianna. Seigneur, c'est si bon d'être en toi, enfin.

Il se vanta de sa revendication sur elle avec un grondement. Trenton se pencha sur elle à nouveau, et commença à glisser profondément son sexe entre ses parois, un centimètre torturant à la fois. Un léger halètement s'échappa de ses lèvres entrouvertes. À chaque douce poussée, il réveillait lentement plus de sensations fourmillantes dans son antre humide, occasionnant de minuscules explosions qui recherchaient son échine, la brisant. Trenton enfonça les derniers centimètres sans pitié, l'atteignant plus profondément qu'elle ne le croyait possible. Elle haleta à nouveau, plus bruyamment cette fois-ci lorsqu'elle sentit le pincement au plus profond de son intimité alors qu'il atteignait son fond.

— Si parfaite, haleta-t-il derrière elle.

Un gémissement étranglé lui échappa alors que ses hanches commençaient son va-et-vient, adoptant un rythme régulier. À chaque poussée, toute la longueur de sa verge s'enfonçait dans ses parois étroites qui étreignaient chaque centimètre de son acier dur.

Tout son corps était extatique de plaisir alors que ses poussées profondes se transformaient en martèlements inimaginables. Chacun d'eux instaurait une nuance dans les respirations et les grognements passionnés de Trenton, entre deux râles d'extase. Katianna ne pouvait pas taire son propre plaisir, ses halètements, ses gémissements aigus comparés à ses tonalités profondément dominantes et viriles. Elle se mordit la lèvre, tout son corps hurlant déjà pour l'orgasme. Elle vacillait sous la sensation, souhaitant pouvoir se raccrocher à quelque chose, ses poignets toujours attachés derrière elle, et elle enlaça ses propres doigts.

Katianna sentit son corps crépiter et fondre en même temps. Elle avait passé tant d'années à écrire ces sensations extatiques pour maintenant les ressentir pour la première fois de sa vie. Plus comme un fantasme – plus simplement des mots sur un écran d'ordinateur ou sur du papier, mais des sensations physiques et explosives. Possédée par elles – envoyée en orbite par trop de désir charnel saisissant son corps. Chacune de ses terminaisons nerveuses était électrisée par la sensation de basculement du sexe de Trenton claquant profondément dans son utérus, allumant des flammes en elle avec une force destinée à la ravager.

Elle essaya de balancer ses hanches afin d'aller à la rencontre des siennes autant que sa prise sur elle l'autorisait, mais elle ne pouvait rien faire d'autre. Ses mains toujours liées, elle ne pouvait s'accrocher à rien. Elle n'avait aucune ancre pour la maintenir en équilibre, les vibrations de son propre corps l'envoyaient férocement à l'endroit où Trenton la voulait. Elle le savait... elle savait que devenir sienne lui ferait ressentir tout ce qu'il voulait qu'elle ressente, incapable de refuser ou de résister quoi que ce soit. Et elle savait à ce moment précis qu'elle ne voulait plus jamais lui résister. Elle s'abandonna dans le martèlement qu'il lui délivrait pour l'envoyer vers un bonheur absolu.

Les hanches de Trenton se balançaient et ondulaient d'un côté à l'autre, déclenchant l'explosion d'un groupe de nerfs sensibilisés à l'intérieur d'elle, comme une réaction en chaine de détonations. En toucher un allumait le suivant, tout son corps explosant d'une façon incontrôlable, incapable d'arrêter le ravage sensuel.

— Oh seigneur, Trenton ! cria-t-elle, mais alors qu'elle convulsait, il ne montra aucune pitié, la forçant à chevaucher l'orgasme qui s'étirait au-delà de la compréhension mentale.

Il rejeta la tête en arrière dans un grognement qu'elle ressentit dans tout son corps jusqu'au plus profond de son intimité et de ses orteils.

— Bon sang, Kat, c'est si agréable, si parfait.

Ses dents se serrèrent, laissant sa tête basculer en arrière, laissant la riche soif imprégner son esprit un instant avant de reprendre le cours de la revendication dans son corps.

— J'ai attendu si longtemps.

Ses hanches ondulaient dans un mouvement de balancier, trouvant chaque parcelle d'elle. Son intimité se clampait autour de son membre sous son dernier orgasme.

— Je ne vais pas me retirer pendant un long moment, grogna-t-il tout en détachant la fermeture de ses liens et les bras de Katianna se retrouvèrent enfin libres jusqu'à ce que Trenton les pose à hauteur de ses épaules et lui ordonne de pousser.

Ses lèvres caressant et embrassant son dos et ses épaules alors qu'elle luttait afin de trouver la force de faire ce qu'il lui avait demandé.

Trenton balaya l'enchevêtrement de longues mèches brunes de son visage, plaça sa tête de profil afin de voir les expressions sur ses lèvres alors qu'il continuait à glisser profondément en elle. Il la fit basculer en avant afin qu'elle fasse quelques pas à genoux sur le lit, amenant les siens au bord du matelas avant d'attirer à nouveau ses hanches en arrière contre lui, changeant chaque aspect de sa pénétration en elle, permettant à une toute nouvelle galaxie de sensations de s'enflammer et de se réveiller.

— Trenton... s'il te plaît, pleurnicha-t-elle.

Il lui sourit seulement en une réponse maléfique. Mais, il n'y aurait aucune pitié, aucune demi-mesure de sa part ce soir ou pendant toutes les autres nuits tant qu'elle serait dans son lit, et cela serait pour l'éternité. *L'éternité.* Le mot en lui-même était euphorique. *Son Esclave de Vie.*

Il remonta ses hanches, la tenant fermement dans sa prise de ses deux mains afin qu'elle ne puisse rien faire de plus que ce qu'il voulait d'elle. Positionnant la clé de son antre humide jusqu'à ce que seule la pointe de son sexe pénètre son entrée, faisant rouler l'argent de son piercing pénien sur son clitoris engorgé. Kat sursauta sous la caresse qui fit éclater un féroce courant électrique et elle laissa échapper un couinement aigu, un vrai cri de souris. Trenton se contenta de rire, de savourer le son alors qu'il la voyait mordre sa lèvre lors de chaque tentative pour prévenir ce son de lui échapper à nouveau. Il se baissa, repoussant sa lèvre de ses dents, puis la caressant doucement.

— Tu essaies de te cacher de moi. Ce gémissement m'appartient autant que ton corps.

Et avant qu'elle puisse accorder une quelconque pensée à ce qu'il clamait, il se poussa profondément en elle d'un mouvement intrusif et énergique, balançant son aine contre elle alors qu'il claquait contre ses fesses, uniquement pour se retirer et répéter la plongée transperçante pour faire bonne mesure. Il continua à s'enfoncer profondément dans sa gaine, touchant sa chrysalide encore et encore – à nouveau, et à nouveau, et à nouveau. La conduisant vers le précipice et une extase inconnue. Seulement, il ne la laissa pas tomber dans les abysses. Il la conduisit vers cette vague de chaleur rose exubérante qui la secoua de son axe, et l'envoya vers l'orée d'une totale euphorie et de béatitude et la garda là.

Katianna haletait et pantelait, et chaque fois dans un écho proche de son nom. Ses doigts se refermèrent sur les draps alors qu'il plongeait en elle avec chaque centimètre, étirant et remplissant chaque espace de son intimité et de son âme.

Elle était sienne. Il n'y aurait aucun doute là-dessus lorsqu'il la libèrerait de sa revendication charnelle. Elle n'aurait plus la force de ramper loin de lui ni l'envie. Son corps brûlait d'un feu ardent qui la marquait de son nom.

Dominus. Dominus.

Oui, Dominus, je suis tienne. Et chaque poussée demandait plus d'elle. Approfondissant sa revendication implacable pour son corps, la martelant vers ce précipice tout près, accumulant l'énergie qui la ferait basculer vers un endroit, où une fois libérée, son seul espoir de ne pas perdre la raison serait lorsqu'elle serait capturée dans ses bras.

Les larmes trempaient le tissu qui recouvrait ses yeux alors qu'elle pleurait et gémissait, son corps tout entier pulsant d'un besoin éthéré et douloureux. Elle ne pouvait pas supporter tout ce qu'elle ressentait. Cela l'anéantissait. *Folie.* C'était ce à quoi cela ressemblait, une folie pure et sans souffrance, le doux délire dans lequel il voulait l'envelopper.

— Jouis pour moi, Katianna, lui ordonna sa voix profondément rauque.

Et comme si son corps avait seulement besoin de cette dernière caresse, de cet ordre final de se rendre, elle explosa.

Des éclairs de foudre traversèrent ces veines qui enflammaient son sang et ses terminaisons nerveuses. Son corps bouillonna et frissonna violemment avec uniquement Trenton pour la retenir. Pour la garder avec lui.

— Trenton !

Elle hurla son nom alors que tout son corps se raidissait d'un plaisir incomparable.

☙❧

Trenton se pencha sur elle, absorbant chaque secousse, chaque tremblement de son corps à travers le sien. C'était entièrement à lui, comme cela le devait. Une beauté exquise. Son cœur se gonfla à la pensée qu'elle était sienne, que l'extase qui l'avait dévorée avait eu lieu parce qu'elle était sienne, parfaitement accouplée à lui maintenant.

— Oui ! C'est ça... si belle, chuchota-t-il.

Il s'assit sur ses talons, la remontant avec lui, la laissant reposer en arrière contre sa poitrine, et tournant sa tête afin de pouvoir l'embrasser tandis que son autre bras supportait son corps affaibli. Tout en l'emprisonnant dans son baiser, il libéra sa mâchoire et se déplaça vers le clitoris ultra-sensible et commença à le masser avec la pulpe de ses doigts. Il ne lui offrirait pas un seul moment de répit de son appétit. Il briserait sa volonté avec un assaut de désir sauvage qui surchargerait ses sens dans un torrent avide. Déchirerait chaque couche qui l'avait gardée loin de lui pendant si longtemps.

À sa première caresse, elle trembla dans un violent sursaut, son genou se soulevant alors qu'elle essayait désespérément de s'écarter de sa caresse, seulement pour s'appuyer plus profondément contre lui, se pressant contre l'érection qui ne cessait jamais pour elle.

☙❧

Kat sentit le membre de Trenton se presser contre ses fesses, se nicher entre les muscles fermes de ses globes. Il était toujours érigé, toujours dur. Elle ne comprenait pas comment il pouvait durer si longtemps avec l'ampleur de la force de ses poussées en elle, et ne jamais perdre son érection affamée. Elle n'avait aucun doute que son appétit charnel allait la détruire.

Il empaumait son vagin sans retenue, ne permettant pas sa fuite, lui ôtant encore plus de son contrôle. Elle lutta afin de se raccrocher, mais il n'allait pas lui permettre ça non plus. Il la voulait sans esprit jusqu'à ce qu'il ne lui reste rien excepté ce qu'il lui donnait. Ses frissons se transformèrent en gémissements sous son baiser. Sa capacité à lui résister était dissoute et elle tomba dans ses bras, dépendant uniquement de lui pour la soutenir.

☙❦❧

Trenton adora la sensation lorsque le corps de Katianna se laissa enfin aller, sa volonté et sa force cédées, afin d'être contrôlées par lui. Elle était complètement sienne et l'euphorie qui grandissait en lui était quelque chose qu'il n'avait jamais connu. Cela ne ressemblait à rien de ce qu'il avait déjà expérimenté et allait bien au-delà de ce qu'il avait anticipé. Il avait son esclave. Elle était vraiment sienne, chaque sensation de son corps maîtrisée par lui. Elle sentirait ce qu'il voulait qu'elle ressente et elle n'en serait jamais libérée.

Son sexe souffrait sous l'exaltation et il avait besoin d'être en elle à nouveau, de lui arracher également son âme et de la revendiquer. Et lorsqu'elle supplierait pour sa jouissance, il lui demanderait d'avouer à qui elle appartenait. Lorsqu'il aurait fini ce soir, il n'y aurait plus aucune résistance, plus de désobéissance. Chaque parcelle d'elle lui appartiendrait, dans une soumission complète.

Trenton rompit le baiser, ses bras fauchant les jambes de Katianna et il l'installa sur son dos, écartant largement ses cuisses pour lui, avant de s'allonger sur elle. Il prit sa bouche et dévora ses lèvres dans un baiser passionné. Utilisant sa langue pour lécher chaque profondeur afin de trouver son goût. Il perdait son propre contrôle sous le besoin de simplement fondre à l'intérieur d'elle, de perdre la raison à l'intérieur de la tempête de plaisir qui menaçait de ne jamais le relâcher.

Elle brûlait dans ses bras comme un feu. La sueur rendait leurs corps glissants, les collant en une masse fusionnée de chair et de plaisir. Il ne savait plus où le sien finissait et où celui de Katianna commençait désormais. Il traça un chemin de baisers sur son cou vers sa poitrine jusqu'à ce qu'il trouve le téton dur et érigé et le suce férocement. Tout d'abord un, puis le second, goûtant le sel de leur sueur sur sa langue. Il avait besoin d'être en elle à nouveau, voulant sceller son sort avec le sien.

Trouvant ses lèvres une fois de plus, il s'approcha d'elles, l'embrassant si profondément qu'il leur vola à tous les deux leur souffle, et vola encore plus d'elle alors que son sexe plongeait en elle, glissant entre ses parois glissantes et humides.

— Oh seigneur, Kat, grogna-t-il, son corps basculant dans un délice fervent.

Après avoir tiré ses jambes autour de sa taille, il commença à onduler profondément en elle, de lentes et destructives caresses de son sexe, mélangées avec la friction oscillante de son aine contre son clitoris. Chaque mouvement fluide et ondulant entre ses cuisses envoyait des dards acérés d'extase voyager dans son corps.

Il n'allait pas tenir beaucoup plus longtemps et il le savait. Il glissa une main sous ses fesses, la levant alors qu'il commençait un mouvement régulier et puissant à l'intérieur de son corps.

Katianna commença instantanément de nouveaux cris. Si seulement il lui permettait une décente bouffée d'air, elle hurlerait. Le pinacle de son clitoris se faisait de plus en plus dur à chaque poussée pénétrante alors qu'il la pistonnait plus profondément et plus brutalement. Son corps s'élança pour atteindre la vague paroxystique, pulsant alors que chaque centimètre de lui se déversait en elle comme du désir liquide. Elle sentit ses muscles se raidir, l'électricité frissonnante dans son clitoris se propageant comme une explosion menaçante.

Le temps sembla avancer et reculer – et même s'arrêter jusqu'à ce qu'elle entende son ordre.

— Jouis pour moi, l'entendit-elle grogner contre son cou.

Trenton grogna, sentant sa douce intimité trembler. Les parois baignées de soie essayèrent désespérément de se raccrocher à lui alors que son orgasme suivant s'emparait d'elle. Il s'enfonça en elle plus fort, plus vite, jusqu'à ce qu'il sente sa propre jouissance glisser hors de son contrôle.

L'orgasme de Trenton rejoignit l'extase tremblante du corps de son esclave. Son esprit forma une spirale de satisfaction gloutonne. Ses mains se refermèrent en poings. Ses muscles bandés se relâchèrent brusquement. Son sexe pulsa avec l'explosion d'une semence brûlante, sortant en une vibration profonde alors qu'il se pressait profondément en elle, répandant les fluides épais qu'il expulsait, atteignant le fond de ses parois gonflées, trempant chaque cellule de son corps, la revendiquant. Ses hanches ruèrent, son membre luttant afin de se pousser encore plus profondément en elle alors qu'ils criaient tous les deux sous le plaisir foudroyant si intense qu'il semblait douloureux.

Trenton tomba sur ses coudes au-dessus d'elle, laissant seulement une partie de son poids reposer sur elle. Il embrassa sa tempe et sa joue paresseusement, attendant la fin des répliques de leurs jouissances et qu'ils reprennent leur souffle. Il écouta son cœur marteler, le gémissement dans chaque respiration qu'elle prenait. Il adora chaque son sourd et mélodieux.

Le corps de Katianna ondulait interminablement. Cela donnait l'impression que cela ne s'arrêterait jamais ; la pièce s'écroulait sous elle et elle ne sentait plus Trenton dans ses bras désormais. Son corps se sentait étourdi, elle n'était pas entièrement sûre de ses bras.

L'obscurité derrière le bandeau toujours noire. Elle tombait et elle avait peur, peur qu'il ne soit pas là pour la rattraper.

— Trenton, s'il te plaît, j'ai peur ! Tiens-moi... cria-t-elle. Je tombe !

Trenton se hissa sur ses genoux, l'entraînant avec lui, l'enveloppant étroitement dans ses bras. Il leva sa main afin de plaquer sa tête contre son épaule. Tout son corps tremblait jusqu'au plus profond de ses os, ses cuisses toujours serrées autour de lui en spasmes involontaires.

— Chut, petite souris, je te tiens et je ne te laisserai jamais partir.

Il caressa ses cheveux humides et la garda contre lui.

Elle pouvait sentir ses bras sur elle maintenant. Sentir la force possessive en eux. Elle ne tombait plus, mais elle dérivait, volait.

— À qui appartiens-tu, bébé ? chuchota-t-il contre sa joue tout en l'embrassant.

— Trenton Leos, fut-elle tout juste capable de murmurer en réponse alors que son corps s'affaissait et qu'elle s'effondrait dans ses bras en chuchotant une protestation endormie contre sa propre faiblesse.

— Ne t'inquiète pas, bébé. Je te tiens. Je te tiendrai toujours.

Il l'embrassa, sachant qu'elle ne pouvait pas répondre, mais qu'une part profondément enfouie en elle l'entendrait.

— Et lorsque tu te réveilleras, je vais recommencer tout ça à nouveau.

Il se tordit, glissant sur le lit avec elle toujours dans ses bras. Il s'adossa contre les oreillers, la gardant sur sa poitrine, et la tint, tirant les draps sur son corps alors qu'ils commençaient à avoir froid avec leurs peaux moites.

Il pouvait toujours sentir les tremblements en elle, si profondément enracinés, qu'il se demandait si cela s'arrêterait un jour. Cela ne l'ennuierait pas le moins du monde si cela n'arrêtait pas. Il adorait cette sensation, le fait que ce soit à cause de lui, comme un minuscule jouet vibrant dont il était le seul à contrôler l'interrupteur. Il lissa ses cheveux, observant sa silhouette inconsciente allongée au-dessus de lui. Il ne pouvait pas arrêter de la regarder, en souriant. Il ne pouvait pas arrêter de la toucher. Et il sut alors qu'elle n'était pas son esclave, il était le sien. Parce que vivre sans Katianna ne serait simplement pas possible.

Après un petit répit, Trenton s'habilla et gentiment, mais de manière possessive, il porta le corps inconscient de Katianna hors de la pièce, l'enveloppant avec précaution dans une robe de soie. Sa tête bascula contre son épaule. Les yeux de Trenton balayèrent la pièce jusqu'à ce qu'il trouve son frère et vrille son regard dans le sien. L'expression de Trenton disant qu'il l'avait fait. *Elle était sienne.*

Diesel se plaça devant son frère, empêchant quiconque de même songer à arrêter le Dominus pour converser, et il les escorta tous les deux hors du club.

— Cela en valait-il la peine ? demanda Diesel alors qu'il ouvrait la portière arrière de la Knight de Trenton, la tenant pour lui alors qu'il grimpait avec Katianna toujours dans ses bras.

Trenton lui jeta un sourire en réponse.

— Et encore plus. Je traverserais tout ça une centaine de fois rien que pour avoir ce soir.

Mais la vérité était que la soirée n'était pas encore terminée. Ce qu'il avait bâti entre eux ce soir ne cesserait jamais.

(ᴗ)

Katianna se rappela vaguement s'être réveillée, qu'ils bougeaient, mais avant qu'elle ait besoin de demander, les murmures chaleureux de Trenton remplirent son oreille, lui faisant savoir qu'ils étaient sur le chemin de la maison. Elle fut heureuse de se nicher dans ses bras, à moitié éveillée, à moitié dans un rêve, et complètement soumise à lui.

Puis elle rêva de lui à nouveau en elle, ses lèvres prenant son baiser, se verrouillant et fusionnant avec elle. Le goût riche de sa langue se mélangeant au sien. La chair dure comme le fer de son sexe plongeant dans ses profondeurs, puis martelant en elle, brûlant et pillant son corps jusqu'à ce qu'elle soit balayée par la brusque prise de conscience qu'elle ne rêvait pas du tout, mais qu'elle était aux prises d'une tempête de désir et une pure sensation d'extase.

Elle essaya de garder une compréhension mentale de leurs corps, de ses hanches se balançant afin d'aller à la rencontre de chaque poussée, mais chaque caresse pénétrante l'envoyait de plus en plus haut dans un maelström de vibration, lui faisant tourner la tête. Elle ne savait pas d'où cela venait, elle savait seulement où il la touchait. Elle pouvait entendre ses propres gémissements et elle était impuissante contre eux. Elle essaya de s'accrocher. Elle essaya de répondre à ses besoins, puis uniquement de se raccrocher à lui, mais il ne lui accorderait même pas autant de contrôle sur son propre corps.

— Laisse-toi aller et contente-toi de ressentir bébé.

Elle entendait ses murmures, sentait les profondes caresses de son sexe pressé en elle. Sa poitrine et ses épaules enveloppant son corps. Elle entendait la cacophonie de ses gémissements et de ses cris mélangés avec les respirations râpeuses provenant de Trenton. Enveloppant ses bras autour d'elle, la tenant tout près et la prenant, la poussant, la jetant au-delà de la folie alors qu'un autre orgasme la traversait.

Elle explosa. Se fragmentant et fondant autour de lui alors qu'elle se cambrait et sentait ses membres se contracter, son clitoris libérant l'agonie de l'énergie accumulée en elle alors que son sexe se serrait et pulsait.

Il l'emporta encore plus haut, l'amplifiant toujours comme une vague qui se construisait dans un vaste océan et dont il était le seul à décider quand elle pourrait être libérée.

— Trenton, s'il te plaît...

— S'il te plaît, quoi bébé ?

Elle secoua la tête, perdue. Son état mental fracturé, elle ne savait pas *quoi*, elle savait seulement qu'elle le suppliait.

— *Mmmm*, murmura-t-il dans son cou avec de doux baisers brûlants, exultant avec la révélation que son esprit, tout comme son corps, ne pouvait pas fonctionner à moins qu'il fasse ou dise ce qu'il voulait qu'elle ressente ou dise à ce moment précis.

— Tu m'appartiens maintenant, petite souris, ajouta-t-il en l'embrassant à nouveau, léchant ses lèvres.

Son désir s'amplifiait tellement qu'il luttait contre son besoin de la ravager avec une sauvagerie brutale et indomptée.

— Tu voulais me dire que tu avais besoin de jouir pour moi.

Oui-i-ii. Oui, c'est ça, concéda-t-elle mentalement en hochant la tête.

Trenton se poussa en elle, écartant un peu plus ses cuisses, y plongeant profondément, séparant les parois gonflées de son sexe avec une vague affamée de ses hanches, arrachant de nouveaux gémissements de ses lèvres alors que ses parois se resserraient et s'agrippaient autour de lui à chaque spasme de son corps. Il baissa le menton et laissa échapper un grognement féroce au-dessus d'elle, puis le grognement se transforma en un gémissement haletant.

— S'il te plaît, je ne peux pas en supporter plus, pleurnicha-t-elle, comprenant maintenant ce qu'elle aurait voulu plaider en premier lieu.

☙❧

— Si tu le peux, parce que je vais te donner tout de moi, bébé. Tu es si foutrement spectaculaire. Je t'ai attendue toute ma vie, et maintenant je vais te baiser jusqu'à ce que tu t'évanouisses.

Son sexe plongea plus profondément, glissant de toute sa longueur en elle et il envoya une onde inimaginable de plaisir dans son corps.

Seigneur ! Cela lui coupa le souffle. Il allait perdre l'esprit. Il bougea ses hanches, se retirant pour commencer des poussées lentes et profondes qui la firent haleter et supplier pour la jouissance. Il pouvait sentir les muscles étroits se crisper autour de lui, le presser. La réponse de son corps le fit grimper encore plus haut. Vers des vagues spiralées de désir le poussant à achever sa revendication. Son souffle s'altérait à chaque poussée dans son intimité gonflée.

La transpiration trempait leurs corps. Alors que leur besoin sexuel les saturait tous les deux, leurs perceptions montaient de plus en plus haut, menaçant de les détruire.

La pièce était chargée du lourd parfum de désir masculin mélangé avec la douce odeur du nectar de Katianna. Chaque respiration le remplissait de sa senteur musquée et de l'emprise humide de son intimité autour de son sexe alors qu'il s'enfonçait en elle, l'inondant de la plus douce des sensations, lui dérobant de plus en plus de son contrôle.

Il n'avait jamais connu de plaisir aussi doux qu'en prenant Katianna. Chaque profonde poussée l'amenait de plus en plus près du ravissement. Il fondait en elle et il avait besoin de fusionner leur connexion. Il ralentit son rythme, de lentes ondulations de ses hanches. En se baissant, il retira le bandeau de ses yeux et prit sa tête entre ses mains, la gardant figée sur place.

— Ouvre tes yeux et regarde-moi.

Et après quelques instants, ses yeux papillonnèrent. Ces yeux de clair de lune pâles se levèrent vers lui.

— Continue à me regarder. Ne détourne pas les yeux.

Katianna était piégée sous son regard café crème. Elle n'aurait pas été capable de regarder ailleurs même si elle avait voulu. Depuis le commencement de sa revendication, il avait gardé sa vue dans l'obscurité jusqu'à ce qu'il n'y ait rien d'autre que son commandement, son contrôle, et même maintenant, avec sa vue retrouvée, il n'y avait que lui. Son corps éclipsait tout le reste. La faim qui brûlait dans ces yeux brun miel onctueux la gardait en place. Elle avait déjà vu cette faim auparavant, seulement elle pensait qu'elle était destinée à quelqu'un d'autre ou amenée par *quelque chose* d'autre. Mais il n'y avait aucune erreur à présent. Il était fixé sur elle, la prise si ferme qu'il pourrait aussi bien avoir planté ses dents dans sa chair.

Ses hanches roulaient en elle comme l'écume sur l'océan, s'écrasant avec de douces vagues lentes, rinçant tous les morceaux d'elle désirant se raccrocher, comme la marée emportant le sable avec elle. Elle s'agita sous lui, mais ses mains la maintenaient, ses bras et sa poitrine la gardant épinglée. Les larmes dévalaient ses joues... trop haut, trop *électricifiant. Seigneur, elle ne savait même pas si c'était un mot. Fichtre, elle s'en moquait !* Elle tenait bon parce que cela convenait – il convenait, alors qu'il la tenait, ne la laissant rien faire d'autre que... *ressentir.*

Et les tremblements commencèrent, des petites et profondes vibrations en son creux qui se construisaient, se répandaient comme l'épicentre d'une éruption volcanique – puis cela la secoua alors même que Trenton la tenait encore totalement piégée. Son corps explosa comme une étoile en flamme pour la seconde fois. Le cri haut perché qu'elle ne voulait désespérément pas pousser sortit, plus sous son contrôle désormais, mais sous le sien. Son dos se cambra sous lui et il libéra sa tête juste au moment où ses muscles exigeaient sa contorsion. Sa tête se pressa profondément dans l'oreiller comme il se poussait sur ses bras afin d'observer son œuvre d'art.

— Bon sang, bébé, grogna-t-il. Si incroyable.

Il leva la jambe de Katianna avec son bras puis la passa par-dessus son épaule, et il se pressa au-dessus d'elle, plongeant plus profondément en elle. Il avait besoin d'entendre ses cris, de l'entendre crier son nom.

Doux Jésus, il se perdait en elle et il ne pouvait pas s'en empêcher. Il ne pouvait pas se retenir. Plus il tentait de compléter sa revendication sur elle, plus elle la lui dérobait. Il avait toujours besoin plus jusqu'à ce qu'il s'enfonce en elle avec des poussées dures et sans répit. Jusqu'à ce qu'il sente sa libération tonitruante et nourrisse son corps de sa semence, et fonde à l'intérieur de son cœur, de son âme. Sa soumission apprivoisait son lion sauvage.

Le clitoris de Katianna pulsait comme une supernova, un feu d'émeutes, comme des détonations d'une énergie inconcevable explosant interminablement dans son corps. Avant qu'un orgasme soit achevé, le second était libéré et envoyait chaque parcelle de ce qu'elle pensait être dans une tornade d'un territoire inconnu vers le monde de Trenton Leos. Son dos se cambra violemment, enfonçant sa tête plus profondément dans le lit alors qu'il s'enfonçait en elle à des profondeurs qu'elle n'avait jamais su pouvoir être réclamée. La conduisant sur le rebord abrupt d'une vague tumultueuse et elle cria. Hurla son nom. La force de sa chute était un pillage insupportable qui promettait sa ruine.

Les doigts de Trenton se refermèrent en poing dans ses cheveux et il la tira en arrière vers son regard, vrillant leurs yeux ensemble.

— À moi !

— Trenton ! Oh seigneur !

D'une certaine façon, ses bras sentirent sa force, ses ongles trouvèrent sa chair, et elle creusa, s'accrochant comme si sa vie en dépendait alors que la faim de Trenton la balayait. Elle entendait ses grognements bestiaux, les souffles laborieux allant de pair avec les violentes poussées de son sexe, baisant sa revendication sur elle et elle sentit la dernière pénétration, l'atteignant au plus profond de son intimité et commençant à la remplir à saturation avec les fluides brûlants de sa jouissance. Sa libération l'inonda, pompa en elle avec des jets chauds et brutaux. Elle volait avec lui. Il faisait partie d'elle, la remplissant, mais il y avait bien plus de déversé en elle... elle sentait son âme. L'essence de la revendication de Trenton brûla en elle à travers les fenêtres de leurs yeux puis l'aspira de son corps vers le sien, comme un vortex aspirant la lumière de la galaxie. Seulement pour renaître de l'autre côté, pour se réveiller dans Son monde – en tant que Son Esclave de Vie... Sa Licorne.

Trenton maintint son visage vers lui, les yeux vrillés sur elle alors que les derniers frissons ondulaient sur leurs deux corps, versant le reste de son âme en elle, la remplissant de lui. Sa bouche descendit lentement vers la sienne et il embrassa ses lèvres gonflées. Il les suça avec une lente passion épuisée puis se déplaça le long de sa mâchoire, vers la peau plus douce de son cou, et en dessous jusqu'à ce qu'elle sente des dents sur son épaule, puis l'entende annoncer sa revendication une fois de plus.

— À moi, clama Trenton, la marquant de ses dents, de ses caresses, et de sa faim.

Elle ne serait jamais libérée de lui, parce qu'il ne voudrait jamais être libéré d'elle.

CHAPITRE TRENTE-SEPT

Katianna glissa hors du lit lorsque Trenton roula sur lui-même et que son bras la libéra enfin, lui permettant de s'éloigner.

Katianna se sentait si vivante après s'être réveillée du plus profond sommeil qu'elle avait eu depuis des années, induit par les prouesses amoureuses épuisantes de Trenton et la sécurité qu'elle ressentait en étant dans ses bras. Maintenant, elle se retrouvait complètement éveillée, incapable de retourner à sa somnolence. C'était l'heure de la nuit où elle écrivait habituellement, pendant que le reste du monde dormait. Mais les bras largement possessifs qui s'étaient enroulés autour d'elle alors qu'il dormait bruyamment contre son corps l'avaient épinglée pendant un temps interminable.

Cela ne l'avait pas beaucoup ennuyée au début et elle avait profité du baume de la rêverie d'être exactement là où elle était, glissant ses ongles avec espièglerie sur les muscles détendus du bras de Trenton. Sauf que cela l'avait bientôt amenée à vouloir écrire à ce sujet dès qu'elle aurait la possibilité de se lever. Et très vite, son esprit avait été rempli de trop de détails de son intrigue suivante, de son prochain dialogue, et de nouvelles expressions alléchantes de béatitude sexuelle. Elle avait dû étouffer le gloussement qu'elle ressentait, ne voulant pas tirer Trenton de son profond sommeil. *Ainsi, c'est ce que l'on ressentait en étant baisée jusqu'à un nuage rose*. Elle était devenue nerveuse, avait commencé à remuer sous lui. Sa tête allait exploser si elle ne rejoignait pas son ordinateur portable très bientôt.

Lorsqu'il avait enfin roulé sur le dos, elle s'était rapidement sauvée, glissant du lit avant que le corps endormi de Trenton ne décide de retourner dans la possession qu'il avait si étroitement gardée, même pendant qu'il dormait. Elle se mordit la lèvre avec un sourire lascif à cette pensée – il était vraiment son compagnon Lion. Rien au sujet de sa revendication ne l'avait déçue. Ce n'était pas qu'elle croyait qu'il le ferait, mais elle ignorait qu'un homme pouvait baiser pendant trois heures d'affilée. C'était un péché terrifiant pour un homme d'avoir autant de contrôle.

Ses jambes se sentaient si faibles et tremblantes sous elle qu'elle trouva plus facile de se contenter de ramper sur le sol. Certes, elle se sentit idiote, mais elle se fraya un chemin dans l'obscurité jusqu'à ce qu'elle trouve la robe de soie que Trenton avait disposée pour elle et l'enfile. Elle retourna vers le lit, et observa les montées et les descentes de la poitrine de Trenton. La plupart des gens paraissaient plus doux, plus vulnérables dans leur sommeil ou complètement paresseux lorsqu'ils étaient satisfaits. Mais Trenton paraissait en tout point aussi formidable qu'éveillé. Et étant donné son métier, si elle ne se faufilait pas dehors silencieusement, il se réveillerait probablement avant qu'elle atteigne la porte.

Elle se rendit dans la salle de bain et tâtonna avec prudence le bord du meuble avec ses doigts, prenant soin de ne rien renverser. Si elle cognait ne serait-ce qu'un objet, il serait debout et ordonnerait son retour dans son lit.

Elle trouva son sac pour la nuit, sortit une culotte en dentelle d'une poche dissimulée et l'enfila, puis se faufila hors de la chambre.

Au rez-de-chaussée, elle trouva sa mallette là où Trenton l'avait laissée sur le comptoir entre la cuisine et le salon, et elle sortit rapidement son ordinateur portable pour l'allumer. Pendant qu'elle attendait, elle repensa à sa promesse de toujours lui laisser le temps d'écrire. Où qu'ils aillent ou quels que soient ses projets, son portable ou son bloc-notes seraient à sa disposition afin qu'elle puisse les utiliser lorsqu'une scène lui viendrait à l'esprit. *Sauf quand il faisait ses revendications sur elle* – sourit-elle intérieurement d'un air diabolique.

Elle commença à explorer le bar, ses doigts glissant sur la surface lisse et froide du comptoir en granite poli, admirant l'arrangement étrange en double niveau au-dessus. La pièce supérieure était comme une étagère sur le comptoir principal qui divisait le coin-repas de l'espace cuisine. Puis ses mains passèrent sur une chose à laquelle elle ne s'était pas attendue.

Des crochets étaient attachés sous le comptoir et lorsqu'elle dirigea sa main sous le bord de l'étagère, elle en découvrit plus d'un et se demanda à quoi ils pouvaient bien servir.

L'ordinateur étant allumé, elle retourna à sa tâche initiale et ouvrit différents travaux en cours. Elle avait tellement d'idées tourbillonnant dans sa tête qu'elle allait avoir besoin de balancer quelques notes surlignées dans des zones éparpillées de chacun de ses livres afin qu'elle n'oublie pas tout ce dont elle avait rêvé, avant d'être capable de se synchroniser avec le processus d'écriture créative.

Une demi-heure passa alors qu'elle tapait en enfonçant vivement ses doigts sur le clavier. La scène sexuelle excitante se jouait dans sa tête, la musique de ses oreillettes remplissait ses oreilles, la gardant dans l'ambiance régulière et rythmée correspondant à sa scène. Elle n'entendit simplement pas son nouveau Maître venir la chercher.

Katianna laissa échapper un cri effrayé lorsqu'elle fut brusquement retournée, les écouteurs arrachés de ses oreilles, et qu'elle se retrouva face à face avec Trenton dans toute sa glorieuse nudité.

— Pourquoi n'es-tu plus dans mon lit, Souris ? grogna-t-il, pas fâché, mais c'était certainement féroce.

Sa respiration s'approfondit instantanément.

— Je ne pouvais pas dormir et j'avais besoin d'écrire un peu.

Ses yeux volèrent vers l'écran puis vers elle.

— Sauvegarde, Katianna.

C'était plus un avertissement qu'une suggestion, puisqu'il tendait la main vers l'écran en même temps avec l'intention de le refermer, qu'elle ait sauvegardé son travail à temps ou non.

Elle se dépêcha de presser la touche enregistrer juste au moment où sa main le refermait.

— Trenton, j'ai besoin de temps pour écrire, tu me l'as promis.

Il agissait comme s'il avait l'intention de l'ignorer complètement. Il claqua ses mains sous ses cuisses et la souleva sur le bord d'un tabouret de bar, puis libéra la ceinture de soie de sa robe pour la laisser tomber sur le sol.

— Et je veillerai à ce que tu obtiennes du temps pour écrire.

Il ouvrit sa robe pour exposer ses seins à sa vue, effrontés, et déjà gonflés et excités.

— Mais ce ne sera pas ce soir ni demain. Pas pendant les trois prochains jours le temps que j'aie fini ma revendication sur toi.

— Trois ?

Sa voix couina lorsque le mot quitta ses lèvres.

— Devrais-je passer à six ? C'est le temps que prennent les lions pour compléter leur rituel d'accouplement.

Trenton poussa les épaules de Kat contre le comptoir, puis amena sa main sur son visage, repoussant ses cheveux sur le côté et caressant ses lèvres de son pouce afin de taire toute protestation à laquelle elle aurait pu penser. Il tirailla rudement sa lèvre inférieure, puis plongea son pouce dans sa bouche, sur ses dents, recherchant sa langue pour déclencher sa succion.

Il fut instantanément fasciné par les lèvres boudeuses qui se refermèrent et se mirent à le sucer, mais il se raidit, baissant les yeux lorsque son autre main découvrit sa culotte.

— Où as-tu trouvé ça ?

Il y eut ce féroce grognement à nouveau, et il envoya une vague de frisson en elle, débutant et finissant avec son clitoris.

Il retira son pouce de sa bouche, faisant une pause pour caresser le gonflement de ses lèvres, et il lui souleva le menton afin qu'elle le regarde.

— Dis-moi où tu as trouvé ça.

— Elle était dans mon sac pour la nuit, confessa-t-elle. Je me sentais nue, Trenton, clama-t-elle rapidement comme si elle n'avait pas encore compris qu'elle devrait s'habituer à déambuler sans vêtements.

Elle se mordilla la lèvre. Elle savait qu'elle avait des ennuis, elle n'était pas censée porter de culotte tant qu'elle était à la maison. Cet aspect avait été clair, sauf s'il lui disait explicitement qu'elle pouvait en porter. Ses yeux s'illuminèrent, se demandant dans quel genre d'ennuis elle était vraiment. La façon dont Trenton réagissait à son comportement indocile était presque amusante.

— Je suppose que j'aurais dû être plus vigilant au sujet de ce que tu peux ou ne peux pas mettre dans ton sac.

Ses doigts se resserrèrent autour du tissu entre ses jambes et le tira brusquement jusqu'à ce qu'il cède, laissant des marques rouges piquantes sur ses deux hanches.

— Trenton, c'était une de mes préférées, hoqueta-t-elle.

— Alors tu aurais dû mieux prendre soin de l'endroit où tu la mettais.

Il remonta sa jambe, soulevant sa cuisse avec son bras, et l'attira à lui jusqu'à ce que la tête engorgée de son sexe se presse contre son intimité humide.

— Sous mon oreiller aurait été toléré.

Il poussa sa tête à retomber contre le dossier du siège avec sa main chaude, puis dessina une piste vers ses seins avec ses doigts, palpant leur rondeur, pinçant une pointe dure entre son pouce et son index. Il balança ses hanches vers elle, taquinant les pétales humides de son intimité ouverte jusqu'à ce que le gland rouge sombre de son érection s'enterre entre elles. Il se balança d'avant en arrière, des poussées minuscules, entrant et ressortant, pinçant la boule encapuchonnée de nerfs sensibilisés avec la perle du bijou de son piercing.

Katianna gémit dans une plainte haletante et suppliante, ses hanches ruant vers son bras pour le rencontrer, souffrant de sentir plus de lui. Elle était bien trop sensibilisée pour être taquinée avec son érection. Il tira sur son mamelon, puis changea d'angle, et se coula en profondeur, s'enfonçant dans ce monde chaud, le forçant à s'ouvrir pour lui.

Katianna se cambra vers lui, émettant un cri alors qu'il succombait à sa propre respiration laborieuse. Elle était un fichu paradis et étreignait son sexe profondément en elle. Il s'immobilisa, sentant la sensation de ses muscles se raidissant et se contractant autour de lui avant de glisser lentement hors de son canal. Le corps de Katianna protesta contre son retrait, se raidissant même plus autour de sa barre d'acier pour la garder à l'intérieur d'elle. Il se retira jusqu'à ce que seul le large bout gonflé demeure en elle. Il jeta un coup d'œil plus bas, savourant la vue de sa crème chaude scintillant autour de sa hampe lourde et veinée et il recommença à se pousser en et hors d'elle avec de petites impulsions courtes, ajoutant seulement un centimètre supplémentaire de son sexe dans la caverne inondée qui se tordait pour le gainer.

Il abandonna son téton afin de soulever son autre jambe, coinçant son genou dans le creux de son bras, et la leva jusqu'à ce que ses fesses ne touchent plus le siège. Il garda ses cuisses largement écartées afin de pouvoir observer le large gland de sa verge glisser à l'intérieur et à l'extérieur de son corps. Elle était si mouillée qu'il pouvait entendre le glissement de ses fluides tandis que son érection se balançait d'avant en arrière avec des impulsions taquines avec seulement les quelques centimètres qu'il lui offrait.

Katianna se tordait dans les bras qui gardaient ses jambes bloquées, grandes ouvertes pour lui.

Il la détruisait avec ses taquineries. Elle le voulait profondément en elle, martelant au plus profond de son intimité. Elle n'avait aucun appui pour forcer son corps à obtenir plus de sa longueur poussant en elle. Même si elle en avait eu, elle était certaine qu'il se serait arrangé pour la torturer encore plus longtemps avec l'agression peu profonde du gland de sa verge.

— Stop ! cria-t-elle finalement en protestation, incapable d'endurer plus de ce tourment.

— Viens-tu de dire à ton Dominus de s'arrêter, Mon esclave ? la taquina-t-il.

— *Oh Seigneur...* arrête de me taquiner et baise-moi, s'il te plaît, sanglota-t-elle, se débattant contre lui.

Mais comme elle s'y attendait, il contra chaque mouvement et se recula. Elle gémit d'une façon incontrôlée lorsqu'elle sentit le gland la quitter.

— Trenton, s'il te plaît, je ne peux plus en supporter. J'ai besoin de toi.

Et ce devait être les mots magiques, parce que ceux qu'elle avait eu l'intention de dire ensuite restèrent coincés au fond de sa gorge lorsqu'il plongea profondément et violemment en elle, s'enfonçant de toute de sa longueur jusqu'à la garde, ses bras étroitement bloqués sous ses cuisses, ses hanches ondulant de plus en plus profondément jusqu'à ce que les sacs tendus de son scrotum claquent contre ses fesses et qu'il se recule seulement pour revenir dans une poussée tout aussi brutale.

Katianna cria et son vagin chaud et humide s'étira pour le prendre entièrement en un unique mouvement fluide.

Oooh bon sang, c'était si bon, il caressait ses parois sensibles, allumant chaque terminaison nerveuse, même celles dont elle avait découvert l'existence ce soir. Les poussées pulsantes et puissantes atteignaient le fond de son intimité, se rétractant uniquement pour revenir avec une force brutale, cherchant à l'atteindre plus fort et plus profondément. Chaque impulsion alors qu'il se poussait en elle la conduisait vers un sommet de plus en plus haut, l'envoyait dans une folie exquise. Elle pouvait entendre ses râles et ses grognements qui faisaient fondre son corps sous lui en vagues chaudes et ondoyantes. Elle volait dans une tempête et cela menaçait de la dépourvoir de toute sa raison avant qu'il en ait fini avec elle, et pourtant elle ne pouvait que supplier pour plus.

— *Oh Seigneur,* Trenton, ne t'arrête pas. S'il te plaît, ne t'arrête pas.

Ses mains se déplacèrent pour le trouver – *mon Dieu* – elle avait besoin de le toucher, de se tenir à un morceau de lui afin qu'elle ne s'envole pas. Chaque souffle qu'elle abandonnait était un gémissement et elle luttait pour reprendre la prochaine bouffée d'air dans ses poumons rien que pour pouvoir respirer. Une telle suavité anéantissante, elle ne savait pas si elle pouvait y survivre. Elle pouvait sentir la fureur s'accumuler profondément dans son vagin comme une tempête de flammes blanches spiralant depuis sa première étincelle, se répandant comme des éclairs de foudre qui voyageaient dans n'importe quelle direction. Ses parois se serraient autour de sa verge avec chaque plongeon autoritaire qu'il faisait en elle. Puis sa libération l'atteignit comme une supernova explosant qui menaça son esprit et chaque nerf de son corps.

— Trenton !

Son corps se secoua violemment dans sa prise.

Elle était à peine consciente, alors qu'elle basculait dans un état cataclysmique entre le monde physique et une pure euphorie. Seulement vaguement consciente du retrait de Trenton, lorsqu'il retira sa verge de toute sa longueur. Son postérieur s'abaissa sur le siège et ses jambes chutèrent.

Oh doux jésus, qu'allait-il lui faire maintenant ? Mais ensuite, elle sentit ses mains sur ses pieds, les soulevant jusqu'à ce qu'ils atterrissent sur ses épaules. Néanmoins, avant qu'elle puisse émettre un seul son de protestation, la bouche de Trenton fut sur elle. Il la dévora avec une voracité qui envoya son équilibre en rotation. Elle haleta. La sensation crue et aiguë la fouettant à travers son corps alors que sa langue léchait son clitoris engorgé par le désir. Chaque caresse de sa langue affûta la tension jusqu'à ce qu'elle tremble violemment. Il n'y avait rien de doux concernant sa mansuétude tandis que sa langue plongeait plus brutalement et plus profondément.

Elle cria.

Alors que son agression continuait, ses cris firent de même. Ses mains se levèrent pour le repousser ; elle était bien trop instable pour survivre à ça. Des éclairs la traversèrent alors qu'il aspirait le nectar de sa tendre caverne.

Les mains de Trenton remontèrent sur ses hanches, attrapant ses poignets et les tirant le long de son corps, la retenant de toutes ses forces, et il poussa son visage en profondeur, dévorant encore chaque goutte de ce morceau appétissant, trouvant son âme alors qu'elle jouissait violemment pour lui à nouveau.

— *Mmmm*, si sucré. Tu as si bon goût, bébé. Je ne pourrais pas me passer de toi.

Il se releva, suçant son clitoris largement gonflé et engorgé, l'écrasant avec une autre sensation de surprise et d'émerveillement avant qu'il se remette debout. Il la lâcha, la redressa, et puis la retourna.

— Ne bouge pas, chuchota-t-il d'une voix rauque avant de disparaître sur le côté pendant un instant.

Mais il revint bientôt et installa un large coussin du canapé sur le siège du bar. Il tendit les bras vers elle, les enroulant autour de sa taille, la gardant brièvement contre son corps. Elle sentit la chaleur de son corps contre elle, c'était si bon. Elle se noyait dans une béatitude sexuelle, mais elle se sentait également en sécurité, comme elle ne l'avait jamais ressentie de toute sa vie.

La main de Trenton glissa vers son antre trop gonflé, trop sensible et la claqua, causant une ondulation tumultueuse de douleur et de plaisir, anéantissant le reste de ses pensées cohérentes agitées. Katianna haleta et ses genoux cédèrent sous elle, rattrapée par les bras puissants de Trenton. Il la remit sur ses pieds à nouveau, et la pressa sur le coussin, ses mains saisissant les siennes et les déplaçant afin qu'elles étreignent le dossier du siège. Il la déplaça lentement, le bout de ses doigts traçant une piste de ses poignets à ses bras et puis redescendant le long de son dos. Elle avait du mal à croire qu'il puisse y avoir encore plus à venir, que d'une certaine façon, il n'en avait pas encore fini avec elle. *Est-ce qu'un homme avait déjà fait l'amour ou simplement baisé sa femme à de telles hauteurs et avec un tel détail, si bien qu'il la possédait vraiment après avoir terminé ? Lorsqu'il en aurait terminé avec elle, ne serait-elle rien de plus qu'un enfant jacassant désossé ?*

Elle sentit ses lèvres sur son dos, l'embrassant le long de son échine, ses mains la massant gentiment. Elle se mordit la lèvre. C'était si agréable, chaque caresse la chatouillait. Ses mains glissèrent sur les globes de ses fesses, les firent pivoter, et caressèrent le dos de ses cuisses tandis qu'il pressait son sexe toujours bandé contre ses fesses en grognant.

Il s'éloigna et brusquement elle fut surprise par une piqûre brûlante alors que sa main venait claquer sur sa fesse droite. Katianna haleta, mais la piqûre fut rapidement apaisée alors que ses doigts effleuraient la rougeur rosée.

— C'est pour avoir quitté mon lit sans permission.

Et il lui en délivra une autre sur sa fesse gauche.

— Mmmm, j'aime la façon dont tes fesses rougissent pour moi.

Il reprit l'apaisement de la piqûre alors qu'il admirait son propre travail sous l'éclairage ambiant.

Elle sentit son sexe embrasser les tendres pétales de son vagin, puis lentement et tendrement il glissa à l'intérieur, pressant ses replis afin d'établir une fois de plus sa revendication sur elle. Il se poussa jusqu'à ce que sa verge dure et pulsante soit plongée profondément en elle et commença à caresser ses parois, établissant un va-et-vient à un rythme affamé.

Son intimité était si engorgée qu'elle était plus serrée que jamais maintenant, et chaque caresse contre ses parois l'envoyait vers un nouveau niveau de friction ardente. La façon dont il se glissait en elle était presque trop lente. Son aine claquait à peine contre ses globes rougis, puis basculait en elle comme pour la lever afin d'atteindre un point plus profond, avant de se retirer. C'était définitivement trop lent, et elle rua contre lui.

— Chut – doucement *baby girl*, pas tout de suite.

Trenton caressa son dos avec des caresses légères comme une plume, alors que son autre main maintenait toujours ses hanches stables tandis qu'il se poussait avec des mouvements profondément réguliers.

— Non, Trenton, s'il te plaît, geignit-elle, se repoussant contre lui, en attrapant assez pour augmenter la portée d'une courte poussée, avant que sa prise se resserre sur elle. Plus fort... j'ai besoin que ce soit plus fort.

Elle ne voulait pas être excitée lentement ou tourmentée. Elle ne pouvait pas en supporter plus. *Oh pitié*, qu'il se contente de la pilonner, de lui délivrer sa libération, et qu'il la laisse fondre.

— *Chut*, je sais ce dont tu as besoin, seulement pas maintenant.

— Pitié, Trenton, que dois-je faire ? Supplier ?

Il sourit.

— Cela ne ferait pas de mal.

Et il ralentit, rien que pour rendre le plaisir ondulant encore plus insupportable.

— Oh Seigneur, Trenton, plus fort je t'en prie. Je supplie ! cria-t-elle, se reculant furieusement contre lui. Pitié...

Les muscles de Trenton fléchirent, ses doigts sur ses hanches se raffermirent, et il l'écartela d'une unique poussée agonisante. Elle obtenait ce pourquoi elle avait supplié et il n'arrêta pas, l'inondant de plaisir et de douleur par sa force, s'enfouissant en elle, jetant son corps vers le chaos. Les doigts de Katianna se refermèrent dans le coussin auquel elle se raccrochait de toutes ses forces, tandis que sa verge s'enfonçait en elle, trouvant une profondeur qui n'avait été touchée par aucun homme avant lui.

Trenton grognait à chaque poussée. Une ferveur intense ressortait de la pénétration de son érection, secouant l'axe de Katianna, et se répandant comme une étoile implosant qui déferlait et la réchauffait. Elle ressentait tant de choses, chevauchant une vague à l'autre. Son corps tremblait sous la tempête qui s'amplifiait encore dans son corps, la détruisant. C'était effrayant qu'il puisse la baiser jusqu'à ce qu'elle soit tout à fait insensée.

— *Oh, bébé* – si foutrement incroyable, grogna Trenton.

Katianna sentit le coup final alors qu'il s'immobilisait tout au fond d'elle. Elle sentit l'érection dure comme de l'acier en elle pulser et tressauter. Sa semence chaude et écumante la remplit alors qu'elle atteignait le fond de son intimité avec du liquide brûlant, provoquant une autre jouissance, et le frisson d'une extase insensée ondula à nouveau à travers elle. Elle cria dans un hurlement long et essoufflé. Chaque muscle de son corps se raidit afin de rejoindre le corps de Trenton, pour le retenir.

Trenton se plia sur le dos de Katianna, approchant sa tête, l'embrassant du front jusqu'à sa joue, jusqu'à ce qu'il trouve ses lèvres. Il souffla dans sa bouche, lécha ses lèvres et les pinça tendrement, pesant son poids sur elle, la laissant sentir sa revendication satisfaite.

Les paupières de Katianna étaient si lourdes maintenant, que le sommeil était sur le point de faire sa propre revendication sur elle, mais elle réussit à sourire afin de lui montrer qu'elle avait également été satisfaite. Le baiser de Trenton dériva vers sa joue, elle put sentir ses cils effleurer son visage avec une caresse aérienne, puis elle sentit ses dents s'enfoncer dans son épaule alors qu'il reculait. Il la retourna, la prenant directement dans ses bras, et puis la porta jusqu'à son lit, là où était sa place.

CHAPITRE TRENTE-HUIT

Après sa version d'un *coup rapide* matinal, Trenton commença le jour de congé de Katianna avec un bain relaxant, laissant son corps tremper afin de soigner les muscles douloureux de leurs ébats acharnés et incessants. La choyant comme il avait dit qu'il le ferait. Il lava ses cheveux avec un shampoing et un après-shampoing qui avait l'odeur de vacances à Hawaï. Il utilisa même un savon qui s'accordait parfaitement à cette fragrance puis la rinça avec une eau agréablement fraîche afin d'aviver ses sens. Enfin, il la sécha, lui appliqua des crèmes et l'habilla dans une nuisette de soie.

Elle aurait bien dit qu'elle se sentait comme une princesse, mais même les princesses ne recevaient pas ce genre d'attentions. Trenton s'occupa de tous ses besoins, allant jusqu'à lui brosser les dents. Il la laissa cependant aller aux toilettes seule avant de lui donner le bain. Une fille doit tracer une limite quelque part et heureusement, il ne sembla pas s'attendre à ça d'elle, mais lui accorda volontairement un peu de temps privé avant de reprendre le contrôle.

— Faim ? demanda-t-il alors qu'il finissait de brosser ses cheveux.

— Affamée.

Trenton prit sa main, ses doigts s'entrelaçant aux siens, et il la guida vers la cuisine. Il la plaça ensuite sur le tabouret de bar où il venait de la prendre seulement quelques heures auparavant. Puis, il se déplaça de l'autre côté et commença à entreprendre la préparation du petit déjeuner.

Katianna l'observa. Il ressemblait à un artiste tandis qu'il cassait un œuf d'une seule main, puis un autre, et un autre... bon d'accord, il lâcha une coquille dans la poêle, mais il la repêcha rapidement et touilla la préparation après avoir ajouté les ingrédients suivants. Ses yeux continuaient à voler vers elle et elle pouvait sentir qu'il avait quelque chose à l'esprit. Il plia un doigt vers elle afin de lui dire d'approcher et elle obéit. Il l'embrassa, sa langue glissant entre ses lèvres et goûtant la sienne. Brusquement, ses mains attrapèrent ses hanches et elle fut levée sur le comptoir. Trenton ne brisa jamais la connexion de leurs lèvres alors qu'il l'allongeait sur le dos, remontant la nuisette sur sa poitrine et levant sa cuisse. Elle l'observa baisser son bras, installer son pied au coin du comptoir, et il poussa son genou afin qu'elle soit écartelée, ouverte et élargie. Il prit une dernière goutte de ses lèvres, puis retourna à sa cuisine, jetant un coup d'œil périodiquement afin d'observer son intimité déployée.

Le visage de Katianna pâlit en réalisant ce qu'il faisait. *Sérieusement ? Il regardait son sexe exposé pendant qu'il cuisinait ?* Elle se sentait complètement vulnérable à la lueur des spots. Elle aurait pu tout aussi bien ne pas avoir la nuisette, elle se sentait si nue et exposée sous les lumières blanches agressives de la cuisine, en complément du soleil qui filtrait à travers la pièce et le salon. Pourtant, il était là, à leur préparer un petit déjeuner, et il la fixait comme s'il avait l'intention de l'avoir, *elle*, pour son repas, plus que l'omelette qu'il cuisinait. Et cela la rendait humide. *Oh seigneur – le traître.* Quelle injustice que cet homme sache mieux qu'elle à quoi son corps était capable de répondre et ce dont il avait besoin. Cela expliquait encore plus *pourquoi* elle s'était sentie prête à se soumettre à lui comme son Esclave de Vie.

Une fois la nourriture prête, Trenton déplaça son dos vers le coin-repas, et la souleva sur l'étagère du comptoir. Celui où elle avait trouvé les crochets la veille.

— À quoi servent les crochets ? demanda-t-elle seulement pour avoir plus de questions alors que Trenton écartait ses jambes et plaçait son assiette sur le comptoir entre ses pieds.

Et lorsqu'il s'installa et prit une rapide bouchée tout en savourant la vue, ces questions se dissipèrent avec la réponse logique.

— Ils sont pour toi, lorsque je ressentirai le désir de te restreindre pour mon plaisir.

Il lui offrit une bouchée. Et elle observa la disposition des crochets pendant qu'elle mangeait puis remua un peu son pied afin de s'aligner avec leurs emplacements, réalisant que s'il l'attachait à eux, ses jambes seraient encore plus écartées que ce qu'il avait autorisé présentement. Trenton sourit, voyant le degré de nervosité contenu dans son expression.

— Même avec ta soumission, j'ai l'intention de prendre plaisir à te restreindre de temps en temps.

Il sourit en prenant une autre bouchée de son assiette, puis lui en offrit une.

Maintenant consciente que Trenton avait modifié le dessus du comptoir de son bar pour en faire une sorte de bar écarteur, elle ne put s'empêcher de se demander quelles autres modifications explicites il avait faites dans la maison. Elle le regarda avec suspicion, mais n'obtint aucune réponse de lui alors qu'il continuait à la nourrir.

Après avoir pris une dernière bouchée, Trenton s'adossa contre le tabouret du bar et sortit son membre de son pantalon, le massant légèrement. Ses yeux caressèrent la peau de l'intérieur de ses cuisses. Quelques pensées alléchantes furent tout ce que cela demanda, et il la descendit du comptoir afin qu'elle chevauche ses genoux.

— *Nonnn...* tu vas me baiser pendant que je mange encore ?

Elle tenta de retourner vers sa place sur l'étagère du comptoir. Elle était incapable de survivre à plus si tôt. Mais sa poigne se raffermit autour de son poignet et sur ses hanches afin de prévenir toute retraite de sa part.

Il tira sur le nœud du haut de sa nuisette afin de laisser ses seins se répandre et il passa son doigt sur un téton mordoré. Ses yeux voltigèrent vers son toast alors qu'elle tendait de le mâcher plus vite qu'elle n'en était capable. Il vola un doigt de confiture avant qu'elle puisse protester ou empêcher le vol, et il l'étala sur son téton, laissant échapper un grognement satisfait pour lui-même.

— Tu dors trop longtemps. Nous n'avons pas assez de temps pour faire les deux séparément.

Et il plongea son sexe profondément en elle en la descendant sur ses genoux. Il se plia, abaissant sa bouche pour sucer la confiture recouvrant ses tétons avec une nouvelle faim et laissa encore une fois échapper un grognement satisfait.

Katianna gémit, abandonnant son toast pour que ses mains puissent se poser sur ses épaules afin de se stabiliser. Ses ongles mordirent dans sa chair alors qu'il la soulevait afin qu'elle chevauche les pénétrations profondes de son sexe qui commençait ses va-et-vient en elle. Tout son corps défaillait. Elle ne pouvait pas survivre à une autre manche de sa part si tôt. Pourtant, elle frissonnait déjà sous lui, toujours gonflée et sensible de s'être réveillée avec du sexe. Et des heures de ce qui avait semblé être des ébats interminables pour leur première nuit ensemble avant ça.

— Jouis pour moi, bébé... laisse-moi sentir ta jouissance sur moi et ensuite je te laisserai finir de manger.

Oh, Seigneur, maintenant elle devait faire des passes pour sa nourriture ?

Katianna balança ses hanches à chaque profonde poussée qui atterrissait en elle, frottant son clitoris sur lui, sa chair si sensible qu'elle était déjà prête. Elle se cambra contre lui, ses ongles s'enfonçant plus profondément dans sa peau sous chaque frottement tortueusement exquis de son corps sur le sien. Elle sentit la montée croissante, sentit ses cuisses se resserrer autour de lui. Elle ne pensait pas qu'il était possible de jouir si tôt ou tant de fois, mais son clitoris était si sollicité qu'il cédait aux impulsions déclenchantes chaque fois qu'il effleurait son ventre. Chaque muscle au plus profond de son vagin hurlait et ce sentiment se transforma en sons s'échappant de sa gorge alors qu'elle criait. Sa tête retomba en arrière avec des halètements brisés sous les derniers élancements brutaux de sa verge et elle sentit sa semence toucher le fond de ses parois, la remplissant, rendant cette libération finale d'autant plus complète.

Elle se plia sur lui, sentit les bras de Trenton l'entourer, la gardant fermement contre son corps, ses respirations profondes se répandant sur son épaule, et son cœur martelant contre ses seins. Elle n'avait plus d'os dans son corps désormais. Plus la force de bouger. *Comment diable était-elle supposée manger ?*

Trenton embrassa son front et essaya de la pousser à bouger.

— Allons, petite souris, tu dois finir de manger afin que nous puissions nous laver à nouveau avant de partir.

— Non.

Il entendit la réponse boudeuse provenant de son cou.

— Viens-tu de me dire « non » ?

— Non…

Encore plus de douce bouderie.

— Nous allons devoir travailler sur ces *non* de ta part, avant qu'ils commencent à récolter des punitions.

Il déposa un baiser sur le côté de sa tête.

— Viens... l'amadoua-t-il. J'ai besoin de m'arrêter au bureau afin de préparer le planning de cette semaine, ce qui me libérera pour le reste de la semaine afin que je puisse n'être qu'avec toi. Tu pourras utiliser le temps sur la route pour rattraper un peu d'écriture, si ça t'est possible. Et je suspecte que tu as besoin de faire un peu de shopping. Tu ne sembles pas avoir suffisamment de belles choses et...

Elle se recula légèrement.

— Devrais-je avoir peur ?

Les sourcils de Trenton se soulevèrent sur son front et il ricana.

— Probablement... mais il est trop tard pour ça maintenant. Tu es déjà à moi. Je ne vais pas renoncer à toi.

Trenton la poussa à finir son repas, quelque chose au sujet d'être toujours à un souffle de s'envoler complètement. Ce n'était pas vraiment le cas. Elle mangeait assez... mais elle avait saisi la boutade sur le fait de brûler trop de calories avec tout le sexe qu'il planifiait d'avoir avec elle et qu'elle avait besoin de son énergie. Nourriture ou pas nourriture, il pouvait la nourrir de supers pilules et elle ne serait *toujours* pas capable de suivre son rythme. Pas si chaque journée devait ressembler à celle qu'elle venait de traverser, et cela ne faisait qu'une nuit jusque-là.

Ce soir-là, Trenton s'installa dans le séjour, affaissé dans le large fauteuil confortable, ses yeux illuminés tandis qu'il observait Katianna se déshabiller lentement, un vêtement à la fois, s'interrompant jusqu'à ce qu'il lui fasse signe de la tête de procéder au prochain vêtement. Le strip-tease était fait devant lui tandis qu'il était assis, son verre de vin se balançant entre ses doigts pendant qu'il la détaillait comme il le ferait d'une peinture sur un mur. Réfléchissant à son intention, à son but, à comment l'artiste qui l'avait créé voulait que les gens le voie.

Katianna put seulement rester immobile un instant avant de commencer à se tortiller.

— Chut, reste immobile, chuchota-t-il, comme si son agitation interrompait les profondes réflexions sur son corps.

Il souleva son vin, fit rouler le verre contre ses lèvres avant de prendre une gorgée. Ses yeux ne la quittèrent jamais.

Katianna pouvait sentir son examen alors qu'il parcourait son corps, comme une langue maléfique, mais elle désirait bien plus que la simple illusion qu'il lui donnait en ce moment.

— Trenton ? se plaignit-elle, son corps agonisant pour bien plus que d'être admirée sans un geste d'une manière aussi déviante, engendrant le Maître qu'il était.

La main de Trenton se leva, agitant un doigt qui la sermonna.

— Ne parle pas. Ne bouge pas, lui reprocha-t-il.

Mais il ne dit rien au sujet de ne *pas* lui jeter un regard noir. *En la faisant taire comme ça... Il hérissait la sale gosse boudeuse plutôt perturbée d'une façon terrible.* Elle observa le verre qui roulait toujours d'avant en arrière sur sa lèvre inférieure, la taquinant avec sa caresse. Elle se lécha les lèvres, souhaitant pouvoir échanger sa place avec le verre. Au moins de cette façon, il la toucherait.

Il plia son doigt afin de lui dire d'approcher, et Katianna fit plusieurs pas jusqu'à ce qu'elle chevauche ses jambes à l'endroit où il l'arrêta. Il se pencha et souffla sur son sexe trempé avec un flux réchauffant de son haleine – envoyant un frisson érotique remonter son échine. Il eut un sourire diabolique lorsqu'elle tenta de se pencher vers lui. Son doigt explora sa peau. Tout d'abord ses cuisses d'arrière en avant, et puis il obligea ses jambes à s'écarter grâce au dos de ses articulations, élargissant sa posture juste assez pour l'ouvrir un peu plus à son regard, mais il ne la toucha pas, pas encore. À la place, ses doigts continuèrent à glisser vaguement sur sa peau dans tous les endroits éloignés sans jamais s'approcher de ceux qui brûlaient le plus pour leur juste part d'attention.

— Il y a une boîte au bout de la table – ouvre-la, lui ordonna-t-il dans un chuchotement chaud, pendant qu'il prenait une profonde inspiration comme pour prélever son odeur.

Katianna regarda au bout du canapé et repéra un coffret en bois sur la table, mais cela signifiait également qu'elle devait bouger pour l'atteindre, et il n'avait rien dit au sujet de bouger.

Trenton repéra le dilemme dans son expression et sourit.

— De quoi as-tu besoin, Katianna ?

Même si l'essentiel de la soirée portait sur lui apprendre à obéir à ses ordres, elle avait également besoin d'apprendre à demander la permission tout comme communiquer ce dont elle avait besoin ou ce qu'elle désirait, afin qu'il puisse le lui offrir. Tout cela aurait eu lieu tellement plus tôt – la faire sienne – si elle avait su demander. Il lui aurait volontiers enseigné comment, s'il avait su que demander était son point faible. Il voulait qu'elle demande, qu'elle sache qu'elle pouvait demander n'importe quoi et que malgré ce que son éducation lui avait appris, il lui accorderait ce qu'elle désirait si c'était en son pouvoir. Et peu de choses ne l'étaient pas.

Katianna s'agita un moment, mais ne dit rien.

— Tu dois me dire les choses dont tu as besoin afin que je puisse y répondre, Kat. Maintenant… de quoi as-tu besoin ? lui ordonna-t-il de répondre.

— J'ai besoin de bouger afin d'atteindre la boîte, répondit-elle doucement.

— Alors, était-ce si difficile de demander ?

— Non. C'est seulement lorsque tu me dis de demander ce que je *veux* que cela devient un problème.

Les yeux de Trenton se fermèrent un instant, mais le léger sourire sur son visage ne s'estompa pas. Diesel avait raison, elle avait une façon originale de débattre silencieusement avec elle-même.

— Tu as ma permission de bouger. Après l'avoir ouverte et pris un peu de temps pour regarder les objets à l'intérieur, apporte la boîte ici.

Katianna fit un pas en arrière puis se dirigea vers le bout de la table. Elle contempla la boîte pendant un moment. Elle était plus large qu'une boîte à cigares, fabriquée d'un bois ancien de grains variés, et avec douze larges étoiles nautiques pointues incrustées sur le dessus. Elle leva le couvercle articulé et à l'intérieur de la boîte doublée de velours se trouvaient trois objets.

Elle prit une profonde inspiration et déglutit – des objets pour la tourmenter. Deux « *babioles* » roses parce qu'elle ignorait ce que c'était ou comment les appeler. Les petits bouchons, qui ressemblaient à des dés à coudre, étaient faits de gomme rose transparente et étaient environ de la même taille avec une chose ressemblant à une minuscule balle en argent, dépassant par le dessus. L'objet suivant était plus facile à identifier, c'était un œuf vibrant noir et juste à côté se trouvait la télécommande. Le troisième objet était un plug long et élégant, techniquement avancé, et c'était celui qui la rendait la plus nerveuse.

Elle savait parfaitement ce que c'était et à quoi cela servait. Elle avait cherché « *sex-toys* » sur Google assez souvent afin de rester au fait des derniers gadgets pour ses histoires. Celui-ci, avec toutes ces rangées de perles à l'intérieur, faisait certaines choses maléfiquement surprenantes et juste à côté, il y avait une autre télécommande sans fil.

— Tu es prête ? demanda Trenton en interrompant ses pensées. Apporte-la par ici.

Elle eut presque envie de prendre la boîte et de fuir. Elle fronça son visage, se rappelant qu'elle n'avait nulle part où se cacher. Et *oh* elle était certaine que quoi qu'il ait en réserve pour elle ce soir, il le rendrait bien plus insupportable si elle essayait. Donc elle fit comme demandée, lui amena la boîte, et lui tendit les instruments de torture.

— Choisis-en un.

Il tendit la boîte ouverte vers elle.

Les yeux de Kat s'écarquillèrent à la suggestion et elle baissa à nouveau les yeux sur les choix qui lui étaient présentés. Le plug anal qu'elle éviterait aussi longtemps qu'elle le pourrait, même si elle savait qu'à un moment, ce serait inévitable. Et d'une certaine façon brûlante, étrangement attrayante, son corps en rêvait, mais elle ne voulait pas être tourmentée et taquinée avec l'instrument high-tech. L'œuf non plus. Elle n'avait aucun doute que Trenton pourrait la réduire en larmes et la faire supplier désespérément avec cette chose. Elle ignorait totalement ce qu'étaient les choses roses, mais étant donné leur petite taille, elles semblaient être les moins dangereuses des trois.

Elle choisit donc les deux minuscules bouchons roses et les plaça dans la main de Trenton. C'est alors qu'elle jurerait avoir entendu un rire sinistre quelque part.

Trenton l'obligea à chevaucher ses genoux.

— J'aurais été parfaitement heureux de m'occuper de ça moi-même...

Il se pencha et suça l'un de ses tétons dans sa bouche et elle sentit sa langue chaude et humide se courber dessus, envoyant une traînée de plaisir courir à travers elle avant de le libérer.

— Mais mon esclave a fait son choix.

Il délivra ensuite le même baiser aspirant sur son autre téton. Katianna se cambra vers lui, ne désirant pas qu'il arrête, mais il se retira et ricana.

— Je suppose que tu es prête alors.

— Qu'est-ce que tu veux dire ? demanda-t-elle, instantanément inquiète de son choix.

Trenton ne répondit pas. À la place, il prit le premier bouchon rose, le glissa sur son téton jusqu'à ce qu'il le recouvre, puis tordit le dessus. Deux choses se déroulèrent instantanément – tout d'abord, la chose se colla sur elle, aspirant son téton érigé dans une prise ferme à l'intérieur du mini bouchon et deuxièmement, la petite chose argentée à l'extrémité, s'avéra être un minuscule vibrateur.

Trenton avait anticipé sa réaction de surprise et avait passé son bras autour d'elle afin de l'attraper par la taille avant qu'elle puisse reculer et repousser d'une tape son nouveau jouet de son corps. Elle réussit cependant à le faire tomber. La réponse instantanée de Trenton fut de claquer le dos de sa main puis de récupérer le bouchon rose de ses genoux et le remettre sur son téton.

— Il reste. Ne bouge plus.

Son ton se raffermit pour insérer l'ordre et il plaça le second bouchon aspirant sur son autre téton avant de se pencher en arrière afin de savourer la vue alors qu'elle se tortillait sur lui.

La sensation était étrange au mieux, d'avoir ses tétons aspirés aussi fermement jusqu'à ce qu'ils touchent les minuscules vibrateurs à l'intérieur, ses bras tirés en avant avec ses mains serrées, pressant ses seins ensemble alors qu'elle se cambrait, essayant d'accepter les aguicheurs étrangers. Elle trouva la ceinture de Trenton et se concentra dessus, enroulant ses doigts autour du cuir, la détachant. Elle balança ses hanches vers lui, sentant la masse dure sous ses vêtements, attendant pour elle. Elle se pressa plus fermement avec l'espoir de l'appâter pour qu'il veuille être en elle, plutôt que jouer avec ses jouets.

— Arrête.

Ses mains se déplacèrent sur ses hanches et la repoussèrent en arrière sur ses pieds devant lui afin qu'il puisse admirer les attaches avec la même intensité que lorsqu'elle ne les avait pas.

Au temps pour cette idée. Et avant qu'elle comprenne, Trenton avait le petit œuf vibrateur dans la main et le glissait sur son ventre, se dirigeant lentement vers le bas pour la tourmenter.

— Mais... protesta-t-elle bouche bée.

— Mais quoi, Souris ? chuchota-t-il alors que ses yeux scrutaient son antre, qui accumulait déjà une sensation d'humidité en elle alors qu'il attendait anxieusement l'arrivée de Trenton.

— J'en ai déjà choisi un.

— Oui.

L'œuf s'arrêta brusquement alors qu'il n'était qu'à un centimètre de sa perle encapuchonnée, picotant contre sa peau et simplement hors de portée.

— Et tu pensais que je n'utiliserais que celui-ci ?

Katianna se mordit la lèvre, ravalant son agonie, et elle se balança sur la pointe de ses pieds en espérant que les doigts de Trenton glissent en elle, mais pas de chance. La main de Trenton, et l'implant qu'il tenait, contra chacun de ses mouvements.

— Ne bouge plus.

Katianna essaya de se tenir tranquille et attendit que sa main revienne.

— Je prévois d'utiliser les trois ce soir. Je t'ai simplement laissée choisir avec lequel nous allions commencer.

Katianna trépigna et fit un large pas loin de lui avec un regard noir.

— Non. Je ne veux pas que tu me tourmentes toute la soirée, bouda-t-elle, mais elle ne refusa rien d'autre, laissant les aguicheurs roses toujours fermement attachés à ses seins.

Révélant qu'à un certain niveau, elle était prête à trépigner et à bouder, mais pas à complètement défier sa domination ou ses ordres.

— Ce que tu veux est inévitable, mais seulement par les moyens que je décide qu'il te sera donné, et ce soir ce sera fait par ton obéissance.

— Mais pourquoi ? pleura-t-elle, alors que son corps frémissait.

Il adorait comme cela la frustrait, mais elle le combattait là-dessus. Une chose pour laquelle il n'avait aucune tolérance.

— Allons-nous vraiment avoir cette conversation à nouveau ?

Il s'installa à nouveau sur le canapé et sirota son vin – c'était un mouvement de son corps qui disait clairement : *cède maintenant ou paies-en les conséquences plus tard.*

— Tu connais la réponse.

— Mais...

— Dernier avertissement.

Son ton s'assombrit juste assez pour qu'il la fasse à la fois céder et s'avancer rapidement contre ses jambes.

— Maintenant. Reste tranquille. Tu peux faire tous les sons que tu veux, mais rien de plus. Chaque tressaillement de ton corps t'éloignera un peu plus de ce que tu veux ressentir. Donc, ce soir, tu apprendras à ne pas bouger quand je te le dis.

Une fois de plus son jeu avec l'œuf reprit. Son verre de vin fut remplacé par la télécommande, et il changea la fréquence des sensations contradictoires de vibration et de pulsation alors qu'il déplaçait l'œuf sur son corps. Taquinant son nombril jusqu'à ce qu'elle pouffe du contact chatouillant, puis plus bas, se dirigeant vers *l'Extrême Sud*. Il déplaça le jouet sur les courbes de son mont de vénus. Suffisamment près pour envoyer une vague de délice sans espoir vers le capuchon qui filtrait, puis il le descendit vers une cuisse et remonta par l'autre. Ensuite il s'arrêta – juste à côté de sa vulve, mais suffisamment proche afin que son corps soupire émotionnellement, se gonfle physiquement, espérant combler la distance.

— Reste immobile et j'arrêterai de te tourmenter.

Immobile ? Il était fou ?! Tout son corps frissonnait. Elle se mordit la lèvre, les muscles internes de son vagin se pinçant pour l'empêcher de bouger. *Elle agonisait.*

— Tu te retiens à nouveau, ce gémissement m'appartient, Kat. Tout comme ta lèvre inférieure, je serai le seul à t'autoriser à la mordre à partir de maintenant.

Kat libéra ses lèvres de ses dents et avec ça vint un gémissement guttural. Tout ce qui avait été refoulé fut relâché par ce mouvement dans un son geignard désespéré, et sortit dans une explosion bondissante de son genou lorsque Trenton passa l'œuf sur ses petites lèvres et à l'intérieur de son vagin impatient. Elle pouvait seulement espérer que *tomber* n'était pas considéré comme bouger, parce que ses genoux cédèrent et elle s'effondra sur les genoux de Trenton dont les bras se levèrent pour la rattraper.

— C'est ça… lui chuchota-t-il en souriant. Ceci m'appartient aussi.

Il embrassa son visage de nombreuses fois, lui accordant un moment afin de reprendre son souffle. Puis il retira l'œuf de son corps.

— Maintenant, et si tu me montrais ce que ces lèvres peuvent faire d'autre ?

Kat n'eut pas besoin de plus d'explications sur ce qu'il voulait d'elle et elle glissa avec obéissance de ses genoux, ouvrit son pantalon et libéra le sexe bandé de sa prison. Même en tant que Dominus, Trenton avait une faiblesse pour la bouche d'une femme, et Katianna était plus que désireuse de le servir, surtout si cela signifiait l'empêcher de la tourmenter pendant un peu plus longtemps.

Elle commença par l'empaumer, savourant la texture veloutée de sa peau, et observa avec intensité que son membre remontait contre son ventre. Le gland gonflé devint rouge pourpre alors qu'elle taquinait les nerfs sensibles avec le dos de ses doigts, puis chacun de ses piercings, appliquant seulement suffisamment de pression pour les presser contre le gland qu'ils étaient destinés à stimuler.

Une gouttelette claire de liquide préséminal suinta du méat et Katianna se baissa pour la lécher. Une lente caresse de sa langue alors qu'elle l'aplatissait sur le large champignon, tournant autour du gland puis retournant à la fente, la léchant pour l'encourager à s'ouvrir.

Trenton laissa échapper un sifflement, ses doigts se serrant en poings, puis se détendit. Il bougea. Elle savait qu'il se renfonçait plus profondément afin de pouvoir s'empêcher d'être submergé par la sensation. Il n'avait pas à gérer sa bouche, elle savait quoi faire avec elle, et elle adorait être capable de le lui donner, sachant qu'il savourerait chaque goutte de son excitation délicieuse – chaque détail qu'elle mettait en créant ce plaisir pour lui. Ce qu'elle lui donnait n'était pas simplement une pipe, c'était un *fellatio* – une vraie capitulation dans l'art de donner.

Kat raffermit sa langue afin de pouvoir la presser dans le minuscule trou où tous les amas de nerfs dans sa verge se regroupaient en un épicentre, et elle se pressa à l'intérieur, se tortillant dans le petit espace jusqu'à ce qu'elle l'entende siffler à nouveau. Elle sentit son corps se tendre puis en gonflant ses joues, elle le prit de toute sa longueur jusqu'au fond de sa gorge.

Trenton laissa échapper un hoquet difficile. Sa tête bascula en arrière jusqu'à ce qu'elle touche le canapé. Bon sang, sa bouche connaissait toutes les ruses.

— Oh, Seigneur, bébé.

Son souffle se coinça dans sa poitrine alors qu'elle caressait la longueur de son sexe avec sa langue, dans un mouvement fluide qui aspirait sa longueur jusqu'à ce qu'elle touche le fond chaque fois.

— Bon sang, ta bouche est si douce.

Katianna avait envie de sentir le reste. Ce n'était pas suffisant d'avoir le goût de cet homme sur sa langue. Elle voulait la même sensation dans ses mains. Alors qu'elle continuait à sucer la verge, laissant sa langue remuer sur le sexe dur, elle déplaça ses mains sous sa chemise, la remontant hors de son chemin. Elle voulait être capable d'explorer ses abdos tendus, sentir la tension monter et onduler alors qu'elle le suçait vers une exquise délivrance.

— Assez.

La voix de Trenton était tendue, luttant contre ce que son sexe voulait et ce qu'il avait l'intention de lui enseigner.

Katianna entendit l'ordre, mais il ne pouvait pas être sérieux. Voulait-il vraiment qu'elle arrête ? L'avait-elle déçue d'une quelconque manière ? Au lieu de laisser tomber, elle détendit sa gorge et prit chaque centimètre – toute sa longueur jusqu'à ce que ses lèvres effleurent les poils courts de son aine.

Trenton laisse échapper un gémissement âpre. *Ah, si bon Kat – non – pas bien Kat.* Sa concentration se regroupa alors que ses lèvres trouvaient la peau douce de son frein. Il referma ses doigts dans ses cheveux, tira sa tête en arrière, et asséna une claque d'une main lourde sur sa fesse droite.

Kat laissa échapper un cri perçant.

— Aie ! C'était pourquoi ça ?

— J'en ai fini d'expliquer *pourquoi*, Katianna. À partir de maintenant, tu fais ce que je te dis ou je te fesserai à chaque offense.

Sa lèvre inférieure s'avança de protestation et il ne pouvait pas la laisser faire ça. Il était toujours trop tendre avec sa bouderie. Il plaça un doigt sur ses lèvres pour les faire taire.

— Non, petite souris, ce n'est pas négociable.

Trenton la remonta sur le canapé, obligeant ses jambes à s'étendre, et il passa sa main sur sa fesse nouvellement rosée et elle tressaillit.

— Maintenant, essayons à nouveau.

Il guida sa tête vers ses genoux et aspira une profonde bouffée d'air lorsqu'il sentit la chaleur de sa bouche circuler sur sa verge une fois de plus. Si tourmentante – chaque caresse de ses lèvres alors que sa langue dansait sur chaque nerf, aucun ne restant intouché – il était dévoré par la stimulation. Se fondant en elle. Si ce n'était pas pour l'émerveillement de lui faire plaisir, pour la façon dont il adorait le son de ses gémissements et de ses pleurs lorsqu'elle jouissait sous lui, il ne bougerait jamais d'ici. Cependant, il adorait lui faire plaisir encore plus. Il n'avait jamais été attiré par la dacryphilie, le fétichisme d'apprécier les larmes d'une femme, jusqu'à ce qu'il goûte les siennes lorsqu'elle avait pleuré en jouissant pour lui la nuit dernière. Les lécher sur son visage avait été comme lécher de l'ambroisie. Les gouttes de pure extase avaient été perdues à cause de ce qu'ils avaient partagés et il voulait les expérimenter encore et encore.

Il sentit l'accumulation dans son sexe, la contraction dans ses bourses, l'avertissant qu'il était temps de l'arrêter. Il n'avait aucunement l'intention de la laisser l'amener jusqu'à la libération. Cela viendrait plus tard.

— Assez, Kat.

Mais elle hésita à nouveau, et juste pour ça, il abattit sa main sur ses fesses. Il sentit sa gorge se serrer autour de lui. Il fut ravi de ne pas sentir ses dents alors qu'elle reculait de son sexe. Il lissa sa paume sur la fesse gauche, savourant la chaleur émise à la surface de sa peau. Il pouvait sentir ses lèvres – planant au-dessus du gland de sa verge. Quel élixir tentant que la sensation de son souffle chaud quittant ses narines. Un frisson lui échappa et son sexe se dressa sous l'impulsion, et sa langue le lapa. La caresse tendrement humide avait beau être douce, il devait la fesser pour ça, pas que cela le dérange tant que ça, non plus.

SMACK !

Il adora le petit son qu'elle fit du fond de sa gorge lorsque sa main s'abattit sur sa chair pour la troisième fois.

— Nous allons travailler là-dessus toute la soirée jusqu'à ce que tu comprennes.

Il obligea sa tête à reculer d'une main, puis caressa la base de son érection, remontant ses testicules alors qu'elle le léchait de la pointe de son sexe jusqu'à son doigt puis suçait une phalange pour le tourmenter encore plus avec sa langue enroulée complètement autour du bout de sa phalange. Roulant sur elle comme une vague de plaisir liquide.

Il allait vraiment devoir lui faire arrêter tout ça. Elle dérobait son sang-froid avec sa bouche brûlante, avec la façon dont elle le brûlait avec cette langue. Sa main effleura ses fesses chaudes et il ne put retenir sa compulsion. Lorsque sa langue s'aventura sur son urètre, sa main s'abattit, chaude et lourde.

Katianna s'arrêta immédiatement et lui jeta un regard noir, sachant parfaitement qu'elle n'avait pas désobéi à un ordre.

— Désolé, s'excusa-t-il avec un regard de chiot. Mais la rougeur sur tes fesses était inégale. Tu connais mon opinion sur la symétrie.

Il l'arrêta lorsqu'elle entreprit de retourner à sa fellation.

— *Ah-ha*... allonge-toi sur la table basse.

Katianna jeta un coup d'œil par-dessus son épaule au long plateau de verre fumé, l'admirant. Un mouvement de Trenton la retourna, sa main la guidant déjà vers l'endroit précis où il la voulait, comme il le faisait toujours. Sans mots ou sans pensées conscientes, ses mains restaient toujours en contact avec elle, la guidaient toujours vers l'emplacement et le confort parfait. Elle glissa du canapé sous l'impulsion de sa main et elle nota qu'il avait récupéré le verre de vin, bercé une fois de plus entre ses doigts.

Kat s'installa sur le bord de la table en verre et se baissa sur ses coudes, observant alors que son pantalon chutait de ses hanches et glissait le long de ses jambes musclées. Il se dégagea, sa verge épaisse se dressant sur son ventre dans un profil magnifiquement imposant qui fit bouillir ses entrailles. En observant le tee-shirt s'en aller ensuite, elle souhaita qu'il l'ait laissée finir. L'avoir conduit à libérer cette tempête aux saveurs de minuit sur sa langue.

Elle se lécha les lèvres alors qu'il se tenait au-dessus d'elle et elle ne put s'empêcher de se tendre pour cajoler son sexe. Ses doigts incapables de se toucher alors qu'ils s'enroulaient autour de sa hampe, comme un mât d'acier brûlant. Seigneur, elle adorait sa texture dans sa main, elle se demandait s'il la laisserait un jour s'asseoir derrière lui et le masturber jusqu'à la libération. Elle gloussa, se demandant ce que cela ferait. Mais sa muse espiègle fut ramenée au silence tandis qu'il s'agenouillait, pesant son poids sur elle, et elle allongea le reste de son corps sur la table.

Elle retint son souffle, piégée sous le regard de ses yeux couleur café glacé, ne sachant pas ce qu'il avait en réserve pour elle. Rien de ce que Trenton lui avait fait durant sa cour ne l'avait préparée aux sensations écrasantes qu'il créait en elle maintenant.

Les mains de Trenton la guidèrent en position – ses fesses tout au bout jusqu'à ce qu'elle soit presque suspendue au-dessus de la table. Un pied atterrit sur le canapé, l'autre fut placé sur la cuisse de Trenton alors qu'il s'agenouillait entre ses jambes. Il posa une main sur la table, près de son flanc, et il se pencha pour l'embrasser. Juste une taquinerie de sa langue qui examina le clitoris encapuchonné et disparut aussi vite qu'il l'avait délivrée. Il retira les *aguicheurs* roses d'un téton, puis de l'autre, les libérant afin d'être réclamés par sa bouche. Ses lèvres plongèrent sur ses tétons torturés, sur l'un puis sur l'autre. Pendant tout ce temps, son verre de vin plana sur elle comme s'il avait intentionnellement voulu qu'elle se concentre sur lui, plutôt que sur ses lèvres.

— Je veux que tu restes parfaitement immobile. Afin que tu ne te délestes de rien de ce que je veux que tu ressentes, chuchota-t-il alors qu'il baissait le verre et versait une petite quantité de son bourgogne dans son nombril, puis se penchait pour le boire depuis son ventre.

Il délivra une frénésie de coups de langue sensuels et de baisers, puis il se fraya un chemin vers la peau lisse et soyeuse de son antre. Sa langue dépassa la crête et lécha son capuchon. Katianna se tendit et un frisson violent ondula sur son corps.

— Tu vois, là ? Rien que ce frisson me vole quelque chose, et je ne veux plus de ça.

Une fois encore, il baissa son verre de vin, mais au lieu de remplir son nombril, il plaça le verre sur son abdomen plat, puis le lâcha. Ses doigts s'éloignèrent, cependant son regard la maintint en place.

— Je vais dévorer cette douce chatte maintenant, et lorsque j'en aurais terminé avec toi, je m'attends à finir mon vin. Si mon verre tombe, cela te coûtera vingt coups de pagaies sur les fesses. Donc, je m'attends à ce que tu obéisses... Reste immobile et ne renverse rien.

Il tendit la main, toucha sa cuisse, puis fit courir ses doigts vers l'humidité soyeuse entre ses jambes. Une fois là, il entoura le petit bouton gonflé de son clitoris, visible en haut de ses replis, avec son pouce.

Kat laissa échapper un gémissement désespéré – *était-il sérieux ?* Il allait lui faire un cunnilingus, sachant qu'elle ne pouvait pas rester immobile au plus petit contact de sa langue, et *elle ne devait pas renverser son vin ?*

— Et si je n'y arrive pas ?

Elle savait parfaitement qu'elle ne pouvait pas le faire. Sa seule chance étant que les conséquences seraient si terribles que cela submergerait tout le reste, la forçant à suivre ses ordres malgré la peur, mais elle en doutait.

— Tu as déjà été informée des conséquences.

Kat mordilla sa lèvre inférieure un moment, pesant l'idée.

— Puis-je me soumettre simplement à la fessée alors, et épargner la moquette ?

— Non, esclave, tu n'obtiendras pas de prendre cette décision. Même si je dois te fesser, je verserai un autre verre de vin et nous recommencerons jusqu'à ce que tu y arrives.

Katianna prit une profonde inspiration, gardant conscience du verre posé sur son estomac et essaya de trouver une chose sur le plafond sur laquelle se concentrer, mais alors qu'elle s'attendait à la langue de Trenton, elle sentit quelque chose de complètement différent.

Trenton fit courir un doigt glissant vers la courbe extérieure de son intimité déjà trempé, en direction du creux de ses fesses, et commença à taquiner l'anneau étroit de son anus.

— Chut, doucement. Détends-toi, lui chuchota-t-il lorsqu'elle se raidit.

Il massa le petit anneau en utilisant le gel refroidissant qui recouvrait son doigt, sans même essayer d'entrer. Il pouvait voir le vin tourbillonner dans le verre. Il était impossible qu'elle réussisse à faire ça sans bouger. Il attrapa l'une des mains de Kat et la souleva pour garder le pied du verre stable. *Un acte de foi.*

Il écarta ses cuisses, puis un peu plus ses globes, et souffla contre son entrée, l'observant se resserrer et se détendre alors qu'il s'affairait un peu plus sur la petite entrée plissée avec son doigt. Pendant qu'une main continuait à détendre l'étroit anneau pour l'accepter, il déplaça son autre main vers son clitoris, le frottant avec son pouce, et puis il descendit afin de séparer ses pétales, sentant la soie qui s'était rassemblée à son entrée, lui faisant signe d'en réclamer un peu.

Il se pencha en avant, tendant la langue. Juste une taquinerie, alors que ses doigts se pressaient contre son anus, se poussant contre les nerfs sensibles. Son corps se tendit légèrement, mais juste au moment où elle se détendait à nouveau, il se poussa à l'intérieur, tout en abaissant au même instant sa bouche sur son intimité, plongeant sa langue brutalement et profondément à l'intérieur dans une revendication dévorante de son corps.

— Oh seigneur, Trenton !

Sa tête bascula en arrière alors qu'elle gémissait son manque de foi. Il devait savoir, c'était un piège pour la torturer – pas pour lui apprendre à obéir. Elle sentait sa langue gonflée glissant contre sa fente trempée. Chaque passage s'assurant que ses lèvres descendent sur la chair sensible de son clitoris, l'aspirant avant de replonger dans ses profondeurs dans un assaut affamé. Toute cette torture exquise était faite tandis que son doigt pompait dans son anus, lentement et régulièrement, chaque entrée s'enfonçant un peu plus profondément jusqu'à ce qu'elle sente la base de son doigt appuyée contre ses fesses.

Une douleur plaisante s'embrasa comme un réseau de canalisation s'allumant d'un seul coup. Faisant fondre ses entrailles et les transformant en un brasier liquide.

Elle n'était pas censée bouger, mais son pied pressait contre l'accoudoir du canapé – lui donnant un meilleur accès, parce qu'elle en voulait plus. Elle voulait sombrer sous les vagues de plaisir et de douleur qu'il lui délivrait, désirant le *plus* qu'elle savait arriver.

L'unique doigt, entrant et sortant, devint deux, caressant et étirant, amadouant son corps afin qu'il s'adapte à la sensation profondément tabou. Le même tabou qu'elle avait écrit dans de nombreuses histoires, des histoires d'euphorie trop élevée, trop excitante pour être niée ou y survivre – c'était mourir et vivre en même temps. L'ultime partage et confiance charnelle entre deux personnes, entre elle et Trenton – son Dominus.

La chaleur brûlait, fouettait en elle et contractait son être alors qu'elle sentait sa langue plonger profondément à l'intérieur de son intimité saturée, par des cercles serrés et rapides. L'action aspirante de ses lèvres et de sa bouche conduisait Katianna dans un tourbillon de sensations folles qu'il était le seul à contrôler, et elle pouvait seulement se soumettre. Ses hanches se balançaient vers ses doigts qui glissaient dans son anus avec des à-coups profondément caressants afin de masser et d'enflammer ses terminaisons nerveuses d'un plaisir flagrant, l'envoyant vers l'abîme.

Les doigts de Trenton bougeaient facilement en elle, l'étirant, assouplissant les muscles, les obligeant à se séparer alors qu'il glissait plus profondément – plus profondément jusqu'à ce qu'il ne puisse plus aller plus loin. Oh, Seigneur, elle allait jouir si fort. Et lorsqu'elle sentit son pouce franchir son vortex gonflé et trempé par le mucus que Trenton avait extrait afin d'assouvir son envie avide de la lécher, elle fut perdue. Un cri perçant atteignit ses oreilles, le sien, alors qu'elle frissonnait violemment, se rejetant en arrière contre ses doigts et sa langue, ses mains trouvant sa tête, ses cheveux, et elle se lova plus près.

Trenton lapa chaque goutte qui suintait d'elle, savourant le goût distinctivement crémeux qui n'était qu'à elle. Très sensible à présent, elle tressaillit et se recula à cause de sa respiration sur ses petites lèvres roses gonflées. Ses doigts glissèrent de son orifice anal et il caressa ses cuisses, apaisant les muscles là, et les embrassa en dépit du sursaut qu'il lui causa. Ses yeux volèrent vers...

— Kat ? Où est mon vin ?

— Juste là, piailla-t-elle d'une voix morose, en levant sa main du sol, le pied du verre jaillissant entre ses doigts par pur hasard.

Il fut obligé de rire, mais à présent il voulait aussi désespérément être en elle. Il prit le vin et cala le pied entre les coussins du canapé. Aucune attente possible, il devait être en elle. Il la leva de la table, l'installant sur le sol, et il remonta ses jambes, plaçant ses chevilles au-dessus de ses épaules. Il embrassa chacune d'elle alors qu'il se penchait, pliant ses jambes contre son corps, son membre trouvant déjà cet endroit humide et doux qui était tout à lui.

— Tu n'étais pas supposée jouir...

— Tu ne m'as pas dit que je ne pouvais pas, répliqua-t-elle, sans vraiment se soucier si elle avait des problèmes ou non, alors que sa verge embrassait son intimité.

— Tu as raison, je ne l'ai pas dit, tout comme je ne voulais pas vraiment que tu te retiennes non plus.

Et il s'enfonça profondément en elle d'une seule poussée fluide jusqu'à ce que son sexe atterrisse contre le fond des parois de son antre.

— Oh Seigneur oui, Kat.

Il s'immobilisa – l'onde qui le balaya avec cet unique plongeon faillit avoir raison de lui. Si chaude, elle le brûlait vivant. Il se retira, seulement pour resurgir en elle avec une autre poussée puissante et propulsante. Plongeant de toute sa longueur, étirant les muscles serrés de ses parois et le tissu écarlate. À nouveau, il se retira lentement, si lentement que ce fût une pure torture, puis se balança à nouveau en elle, la remplissant et électrisant chaque terminaison nerveuse. *Bon sang, il n'allait pas durer longtemps – pas cette fois, pas ce soir.* Le besoin absolu de pousser, profondément et brutalement, gagnait sur son sang-froid alors qu'il adoptait une vague rythmée.

Chaque pénétration s'enfonçant plus profondément et plus loin en elle alors que son intimité humide étreignait et le pressait de tout ce qu'il avait.

Ce ne fut pas long avant qu'ils soient tous deux baignés d'un voile de sueur recouvrant leurs corps. Leurs corps qui se réchauffaient comme un brasier déployant des flammes hautes. La respiration de Trenton devint hachée, des grognements âpres épelés avec chaque élan insistant de ses hanches.

☉ᴥ☉

L'impulsion suivante l'enterra si loin en elle, que Kat put presque goûter le ravissement immergeant. Lourd et brutal, il la remplissait, libérant un essaim de sensations impitoyables à l'intérieur de son corps. L'orgasme croissant affleurait juste sous sa peau. Il allait la consumer avant sa revendication dévastatrice – et elle le voulait.

Pourtant elle ne pouvait pas l'atteindre. Son rythme changeait – stable – rapide – puis lent. La transpiration ruisselait sur son corps, graissant même le dos de ses jambes alors que le corps de Trenton glissait contre elle, ajoutant au torrent tandis que son sexe s'enfonçait brutalement et profondément.

Trenton poussa, se baissant sur elle jusqu'à ce que les genoux de Katianna se pressent dans ses épaules. Sa chair dure égratignait chaque terminaison nerveuse brillamment vivante en elle. L'apogée grandissait – enflait. Ses ongles trouvèrent les côtes de Trenton et s'enfoncèrent dans sa chair. Des gouttes de transpiration chutèrent de son visage alors que le ravissement tordait et déformait ses traits d'un besoin physique.

Ses poussées augmentèrent – plus fortes – plus profondes – plus rapides.

Conduisant la tempête à se précipiter sur elle. Elle hurla contre le torrent, mais elle ne pouvait pas le combattre. Son orgasme la rattrapa par surprise – explosant, détonnant et balayant son corps comme une vague s'écrasant avec un tel plaisir qu'elle put seulement frissonner sous lui et accepter ce qu'il lui donnait.

Le dernier martèlement plongeant de sa chaleur la délia, envoya son esprit et son corps se désintégrer. Elle le sentit s'enfoncer une dernière fois, puis sentit l'explosion violente de sa chaude libération. L'écume brûlante et pulsante trempant son intimité. Son corps spasmait avec une force frissonnante, et elle était incapable de respirer.

Trenton se redressa immédiatement sur ses genoux, gardant les jambes de Katianna piégées dans ses bras, la levant pratiquement. Il laissa échapper un rugissement, dans une sorte de gratification animale qui remplit la pièce et ses oreilles – mais elle sentit sa revendication dans sa poitrine. Tout comme elle sentait la chaude semence contre ses parois.

Un long moment s'écoula, laissant ses râles laborieux et les répliques s'apaiser. Il libéra ses jambes, posa gentiment son dos sur le sol, et s'écroula sur elle. Tous deux complètement vidés, épuisés – et bien repus du plaisir ondulant à travers leurs corps.

Elle ne pouvait pas bouger. Elle était perdue, à la dérive. Elle se sentait droguée par le plaisir – et ensuite, cela la frappa, et elle commença à pouffer. En réalité, plus un murmure avec des gloussements, trop épuisés pour être pleinement exprimés.

Trenton embrassa son visage, balayant de sa main les cheveux de ses yeux afin de pouvoir regarder dans ces magnifiques yeux bleus, maintenant pleinement dilatés comme une pleine lune lors d'une éclipse.

— Qu'est-ce qui est si drôle ?

Le gloussement franchit ses lèvres en un murmure, accompagné d'un petit sourire qui semblait faire pétiller ses yeux avec l'énergie contenue et ses joues brûlaient d'une couleur rose vif.

— J'ai été baisée jusqu'à planer.

Trenton glissa lentement hors de son corps, roulant sur le côté sur le sol, et l'attira dans ses bras afin qu'elle repose contre sa poitrine.

— Oui, tu l'as été, dit-il avec un sourire fatigué, laissant tomber sa tête sur le sol, fermant les yeux dans une pure félicité, alors qu'elle continuait à murmurer extatiquement contre sa poitrine.

CHAPITRE TRENTE-NEUF

Trenton s'esquiva silencieusement, laissant Kat dormir un peu plus longtemps. Une récompense bien méritée, vu qu'il l'avait gardée debout avec des ébats interminables pendant deux nuits d'affilée, et avec ses projets pour ce soir, elle aurait besoin d'un repos supplémentaire.

Il descendit à pas de loup l'escalier et se dirigea vers la cuisine, trouvant un pot de café déjà passé.

Il venait juste de remplir son mug lorsque Senita entra, ses deux bras chargés au maximum avec des sacs de courses, suivie par son cousin chargé d'un fardeau identique.

— Eh bien, vous êtes debout plus tôt que je m'y attendais, Maître Leos.

Ses yeux pétillèrent en le voyant, vêtu de rien d'autre que son boxer gris clair qui, ironiquement, arborait la marque Diesel sur son élastique.

Ses lèvres se relevèrent en un sourire profond et son visage rougit alors qu'elle le regardait de haut en bas sous toutes les coutures. Ce n'était pas la première fois qu'elle savourait la vue de son employeur, même si elle était mariée, mais cette fois elle nota visiblement une différence.

— Puis-je être audacieuse et dire qu'il est agréable de voir que le sexe de Maître Leos a été laissé dans un état détendu pour une fois.

— Bonjour Senita.

Trenton se tourna, s'appuyant contre le comptoir, ignorant son commentaire. Il passa ses doigts dans ses cheveux tandis qu'il sirotait son café, laissant l'arôme s'infiltrer dans ses pores pour le revitaliser.

— Le reste de l'équipe est-il déjà là ?

Pas le moins du monde honteux d'être à peine vêtu devant eux et se tenant tout aussi majestueusement. Après tout, c'était ainsi qu'un homme devait se sentir dans sa propre maison.

— Non, monsieur.

Elle posa les sacs sur le comptoir et commença à ranger les courses dans le frigo. Avec une seule main, elle indiqua à son cousin de quitter la pièce pour qu'elle et l'homme ultra-privé qu'elle considérait comme un ami puissent parler.

— Seulement moi et les deux que j'ai amenés avec moi pour m'aider : mon cousin Enrique et l'esclave de Fifi, Miguel. Les ouvriers devraient arriver bientôt, mais je ne m'attends pas à ce que les employés de l'évènement arrivent avant midi.

Elle rangea quelques ingrédients dans le frigo tout en demandant :

— Vous attendez-vous vraiment à ce que la nouvelle piscine fonctionne ce soir ?

— Fonctionne, non. Mais j'aurais aimé que les murs soient finis afin que je puisse démonter les bâches.

Il prit une autre gorgée en l'observant.

— Pedro est d'accord pour que vous travailliez à la cérémonie ce soir, n'est-ce pas ?

— Bien sûr, il ne s'inquiète jamais avec vous. C'est avec tous les autres qu'il s'inquiète et qu'il bataille. De plus, ce n'est pas moi qui vais recevoir un collier.

Elle rit tout en s'occupant de ses corvées ménagères. Elle travaillait pour le Maître de maison depuis cinq ans, et rien de ce qu'il faisait ne la surprenait désormais.

— En parlant de mon mari, vous ont-ils donné des nouvelles ce week-end ?

Trenton secoua la tête.

— Ce n'était pas requis, sauf si quelque chose n'allait pas. Pourquoi ?

Elle haussa les épaules.

— Rien. Sauf que ce Roscoe Coyote continue à les monopoliser à toutes heures du jour et de la nuit. Je ne reçois jamais un appel à la maison plus long qu'un court message et à des heures étranges pour dire qu'il m'aime et qu'il est trois heures du matin à Vancouver ou qu'il embarque dans un avion pour Londres.

Trenton réprima un rire alors qu'il prenait une autre longue gorgée de son breuvage noir.

— C'est à prévoir quand on travaille pour une rockstar, Senita. Je suppose que j'ai besoin d'apprendre à ces garçons comment écrire de meilleures lettres d'amour à leurs femmes.

— J'aimerais bien voir ça, rit-elle. Mais vous savez, cela ne ferait pas du mal, vu que nous essayons d'avoir un bébé.

— Un bébé ? Vraiment ? Vous n'aimez pas Fifi ? la taquina-t-il.

— Fifi ? P-*ii*-tié. Il est peut-être devenu un ajout permanent à notre famille, mais je veux un bébé qui tient dans mes bras, pas le Livre Guinness des Records pour la plus grande Immaculée Conception.

— Devrais-je planifier le retour de Pedro à la maison ?

— *Aye-yi-yi.* Ne vous avisez pas de faire ça. Vous le gardez là où vous avez besoin de lui. De plus, vous le payez plus pour quitter la ville et ces pilules de fertilité sont coûteuses.

Elle exagéra son ton sur le mot « coûteuse ».

— Il peut réchauffer mes cuisses pendant ses jours de congé.

— Des pilules de fertilité ? Senita, votre famille est plutôt aisée, pourquoi ne pas aller les voir pour de l'aide ?

— Aye, non, parce que ma famille est cubaine. Pedro est portoricain. Ils ne me parlent plus maintenant... Ils considéreraient comme une bénédiction que je ne puisse pas tomber enceinte.

Elle leva les yeux au ciel.

— Mais Pedro est l'homme le plus gentil que j'ai rencontré de toute ma vie. Je ne vais pas l'abandonner pour l'argent de ma famille. De plus, il se fait beaucoup d'argent en travaillant avec vous. Nous nous débrouillons très bien.

— Oui... à ce sujet, ricana Trenton. Comment Pedro vous a-t-il convaincue d'épouser quelqu'un comme lui ?

C'était une blague de longue date qui n'avait toujours aucune réponse, sur comment une femme aussi belle et sexy, sans mentionner intelligente que Senita, avait pu épouser – eh bien – Pedro. En fait, Pedro était quelqu'un de bien. L'un des premiers et meilleurs employés de Trenton. Mais Pedro n'avait pas l'apparence ni les origines pour une prise comme elle. Senita, sur une échelle de 1 à 10 était un 11 bien mérité, alors que Pedro était peut-être un 4 ou 5 à tout casser. Alors les hommes de sa société aimaient bien narguer Pedro à ce sujet – dès qu'ils en avaient l'occasion.

Senita laissa échapper un rire maléfique.

— Je ne vais pas le dire, mais ce n'était pas parce qu'il m'a mise en cloque. Tous ces petits poissons que son sperme compte ? Le Doc dit que je devrais être enceinte rien qu'en étant dans la même pièce que lui, pourtant je suis...

Elle se tourna vers lui pour accentuer son estomac plat.

— Peut-être que je vous paierais quelques-unes de ces pilules comme un cadeau en avance de *Baby-shower*, lui offrit-il de derrière sa tasse de café.

— À quoi est-ce que vous pensez ? Acheter des pilules de fertilité pour la femme d'un autre homme ? C'est comme lui offrir des *sex-toys*.

Trenton lui fit un clin d'œil.

— Si vous insistez.

Elle se mit à rire.

— Et ne prévoyez pas de me remplacer tout de suite. Je ne suis pas encore enceinte, et même si je l'étais, je peux toujours faire mon travail. Il n'y a rien de difficile à nettoyer derrière vous et vos frères... bien plus facile que de ramasser après Pedro et Fifi, c'est certain.

Elle ferma le placard alors qu'elle finissait de ranger les dernières courses. Son café terminé, elle savait que le temps de visite était écoulé et qu'il avait des endroits plus agréables où être que dans la cuisine à parler avec elle.

— Des instructions spéciales pour moi aujourd'hui ?

— Nous serons partis pendant l'essentiel de l'après-midi, mais lorsque nous serons là, gardez tout le monde hors de ma vue. Pour la journée, que tout le monde se réfère à vous. Compris ?

— Oui, Dominus.

Elle fit une pause en le regardant, avec un sourire joyeux.

— Je suis si heureuse pour vous et votre licorne.

— Merci, Senita.

Il hésita un instant, envisageant un autre café lorsqu'il entendit Katianna hurler à l'étage. Son instinct protecteur surgit dans chacun de ses muscles et il courut, attrapant quelque chose dans le dernier tiroir du comptoir de la cuisine, avant de monter l'escalier, empruntant les marches deux par deux. Il atteignit la mezzanine de la chambre, trouvant un Miguel effrayé dans le couloir en haut des escaliers. Trenton déplaça rapidement sa main avec le 9mm qu'il avait pris dans le tiroir de la cuisine derrière son dos.

— Je... elle est sortie...

Le jeune homme leva les bras dans un geste d'impuissance.

— Je ne voulais pas l'effrayer. Je finissais de nettoyer la salle de bain et elle a marché droit vers moi.

Trenton leva sa main pour faire taire le jeune homme. Il n'avait pas besoin d'en entendre plus.

— C'est bon. Je ne l'avais pas prévenue qu'il y aurait du personnel dans la maison aujourd'hui. Occupez-vous du rez-de-chaussée pour le moment.

Trenton attendit que Miguel se dirige vers l'escalier avant d'entrer dans la chambre, trouvant Katianna se tenant au centre de la pièce, nue, et glacée de peur. La main sur sa bouche étouffait le cri qui menaçait d'échapper de ses lèvres. La reconnaissance atteignit ses fonctions cérébrales et elle bondit dans ses bras.

— Il y a un homme dans la maison, balbutia-t-elle.

— *Chut.* Je sais. Je suis désolé, bébé. J'aurais dû te prévenir pour le personnel.

Il ne pouvait pas s'empêcher de sourire. Se moquant plus de lui que de tout le reste – un seul cri, et il était prêt à brandir l'artillerie lourde pour la sauver. *Et ils étaient à l'intérieur de sa propre maison.* Il resserra ses bras autour d'elle, gardant ladite main tordue, afin qu'elle ne sente pas l'arme qu'il tenait toujours. Il enfouit son visage dans ses mèches ondulées, et laissa échapper un *humm* de plaisir contre sa tête.

— Tu as du personnel de maison ?

Son cœur tambourinait toujours contre sa poitrine.

— Nous en avons aujourd'hui.

Katianna s'appuya en arrière contre ses bras et lui jeta un regard interrogateur.

— Du personnel évènementiel pour le dîner de ce soir et la cérémonie.

Il l'embrassa et la reposa sur ses pieds.

— Ce soir nous avons des invités qui viennent pour être témoins de ta cérémonie du collier.

Ce fut adorable de voir son visage devenir blanc à ces mots.

— C'est l'heure de la douche.

Trenton lança la douche et regarda dans le miroir, examinant les marques de griffes sur ses épaules, ses côtes et même son dos.

— La première chose que je fais la semaine prochaine, c'est t'emmener te faire dégriffer.

— Quoi ?

Mais ensuite, les yeux de Katianna se dirigèrent vers son dos, repérant pourquoi il avait fait le commentaire, et ses mains se posèrent sur sa bouche avec un hoquet.

— *Oh…* j'ai fait ça ?

Trenton lui jeta un regard moqueur.

— Est-ce que tu as vu quelqu'un d'autre dans mon lit cette nuit ?

Kat baissa rapidement son visage, ses yeux pâles toujours levés vers lui à travers ses cils. Si le diable pouvait se la jouer timide et mignon, alors Trenton le regardait droit dans les yeux maintenant, et le diable ressemblait exactement à Katianna. Son expression timide et joyeuse était ternie par le sourire malicieux dans ses yeux, et le sourire qu'elle gardait caché sous ses doigts démentait son innocence. Son sexe bondit à la vue de son air de *Lolita*. Il remarqua le gloussement qui franchit ses lèvres et qui l'atteignit aussi. Ils n'allaient jamais quitter cette maison.

— Entre là-dedans avant que je te fesse, lui ordonna-t-il avec une touche de menace joueuse.

Son espièglerie s'atténua avec un cri alors qu'elle se précipitait sous la douche comme demandé. Il se figea, s'appuyant contre le placard rien que pour prendre une lente respiration et calmer son désir et son cœur qui éclatait. Ce soir était la dernière nuit. Ses frères seraient ses témoins lorsque Katianna s'agenouillerait à ses pieds et leur engagement serait scellé lorsqu'il placerait le collier autour de son cou.

Il avait seulement besoin d'essayer de rester loin de son corps jusqu'à ce moment-là.

Le soir arriva et Katianna resta dans un coin du salon, tous les yeux fixés sur elle. Elle respirerait s'il n'y avait pas le corset en os de baleine Edwardien que Trenton avait acheté cet après-midi, provenant de rien de moins que de chez Madam Iláda, la matriarche de la *Lolita Corset Society* d'East Hamptons. Katianna n'était jamais allée dans la boutique, mais elle connaissait sa propriétaire, vu qu'Amelia était un membre de la *Lolita Society*. Mais le corset que Katianna portait maintenant était une pièce rare et particulièrement vintage que Madam Iláda refusait de vendre sauf s'il était acheté par une personne suffisamment petite pour le porter réellement à l'extérieur de sa boutique.

En parfait état, le corset avait autrefois appartenu à Mademoiselle Lillian Gertrude Ball, qui avait survécu au tragique naufrage du Titanic à l'âge de quinze ans, en chemin pour New York afin de rejoindre la famille de son nouveau mari. Son époux, le jeune Maître William Thornton Ball, ne s'en était pas sorti.

Madam Iláda avait une passion pour le corset. Pendant que Katianna souffrait sous son ajustement, la femme talentueuse s'exprimait, insistant sur le fait que les corsets étaient créés pour être portés, pas collectionnés. En tant que matriarche d'une société de porteurs de corsets, à la fois masculins et féminins, Madam Iláda avait enseigné et entraîné beaucoup d'entre eux elle-même. Elle était une aristocrate des modifications corporelles et était souvent considérée comme le chaînon manquant entre Dita Von Teese et Bettie Page, seulement... Madame Iláda avait une taille de trente-cinq centimètres.

Katianna se considérait chanceuse de n'avoir pas été forcée à se sangler dans une si petite taille. En l'état, après le troisième réajustement depuis qu'elle avait été engoncée dans le corset plus tôt dans la journée, elle était cintrée dans un presque intolérable – *je ne peux pas respirer* – quarante-cinq centimètres.

Kat baissa les yeux sur sa tenue. Elle était vraiment magnifique, même si elle ne pouvait pas respirer très aisément. Le corset était associé à un antique bustier rose et blanc en dentelle brodée qui couvrait ses seins, et elle portait une veste en dentelle de la même époque sur ses épaules. La seule partie de son ensemble qui n'était pas adaptée était ses chaussures. Où Trenton avait-il bien pu les trouver était... En fait, elles étaient une monstruosité de la nature, voilà ce qu'elles étaient. Définitivement pas des chaussures de tous les jours. Elles ne pouvaient même pas être qualifiées de chaussures de club, mais plutôt d'une torture de la plus inhabituelle des façons. Des sandales à grosses lanières noires étaient posées sur une semelle de vingt centimètres, et ce n'était que la semelle, car le talon aiguille était d'une hauteur effrayante de trente centimètres.

Katianna serait reconnaissante pour l'éternité de l'aide de Senita, et peut-être pour les prières et les *Je-vous-salue-Marie* qu'elle chuchotait en plus, alors qu'elle aidait Kat à tenir sur ses pieds. Cela aurait pu être l'aspect le plus terrifiant au sujet des chaussures. Trente-deux ans et Katianna n'avait jamais dépassé quiconque... elle n'aimait pas beaucoup ça non plus. Elle s'attendait uniquement à ce que les nuages et les oiseaux volent par-dessus sa tête ou à ce qu'elle soit frappée par un éclair pour avoir été trop proche du ciel. *Stupide écrivain.* Senita ne se retenait pas de rire devant ses antiquités non plus.

À présent, alors qu'elle se tenait là avec tous les yeux braqués sur elle, attendant qu'elle se déplace, Katianna luttait pour garder son esprit clair et ses nerfs calmes. Elle prit une profonde inspiration, la sentant allonger son corps vu que ses poumons ne pouvaient pas vraiment se gonfler, et elle la laissa sortir pendant que son regard balayait la pièce. Dane Masters était assis sur un des canapés, ses deux soumis Lacy et Derek à ses pieds. À côté de lui se trouvaient Vida puis Pyotr Laszkovi. Son visage souriait avec toute la confiance qu'un homme pouvait avoir en elle, piqué de ces yeux bleus paisibles qui ressortaient sur ses traits sombres.

Sur le canapé deux places, se trouvaient les plus chers et anciens amis français de Trenton, Aubert et son esclave de vie Mavis, et d'une certaine façon, les voir, eux ainsi que la chaleur dans leurs yeux, rendit tout ceci plus facile.

Le reste des invités était assis, éparpillé autour de la pièce, Marcus, Harper, et Amelia, plusieurs Doms avec leurs soumis du club, et quelques personnes que Katianna ne connaissait pas. Rien de tout ça n'aidait.

Mais, droit devant elle, se tenait Trenton. Et le voir fit disparaître tous les autres de son esprit.

Il était à l'autre bout du salon, détendu dans son siège, comme un lion se prélassant dans les herbes grasses. Le roi de son domaine, pas le moins du monde menacé par les personnes s'agitant autour de lui – *elles* faisaient partie de son Dominion également. À sa droite était installé son frère Diesel ; il n'existait pas d'autre homme au monde plus proche de Trenton que lui.

Diesel avait joué un grand rôle dans tout ça. Après tout, il avait volé jusqu'en Floride pour la récupérer lorsqu'elle avait été trop effrayée pour dire qu'elle aimait Trenton. Pourtant, il y avait plus que ça, quelque chose qui n'avait jamais été exprimé à haute voix devant elle, mais connaissant leur passé, elle savait qu'éventuellement il s'agissait de quelque chose qui se développerait. Trenton et Diesel avaient grandi ensemble, leurs parents s'étant partagés dans une relation libertine. Trenton et Diesel avaient même partagé de nombreuses amantes et ils partageaient leurs passions, leurs rêves, et leurs objectifs. C'était seulement naturel qu'un jour ils la partagent comme ils le feraient si un jour quelqu'un devenait la licorne de Diesel. C'était pourquoi il était assis là, si proche de Trenton. Se soumettre à Trenton aujourd'hui signifiait aussi se soumettre à un avenir avec Diesel.

Les invités étaient assis autour de la pièce, l'attendant elle et le moment d'être témoin du tout dernier pas. Il n'y avait aucune limite de temps, personne ne la précipitant et l'obligeant à *se dépêcher*. Ils savaient encore plus qu'elle que c'était une aventure émotionnelle qu'elle devait faire à un rythme qui ne la ferait pas paniquer. Ils l'acceptaient simplement sans sourciller en savourant chaque ondulation, chaque nuance de son corps alors qu'elle abandonnait sa vie, son corps et son cœur à son Dominus.

Ses yeux tombèrent sur la boîte en velours sur la table basse au milieu du salon, la première étape de son voyage vers lui. Il était large comme s'il contenait un sautoir de bijoutier, mais elle savait que c'était son collier.

Elle prit une dernière profonde inspiration et fit ensuite son premier pas. Pas la chose la plus facile au monde à faire, en considérant ses chaussures. *Je veux dire, vraiment, qui diable porte des chaussures avec des talons de trente centimètres ?* Mais comme Trenton l'avait dit, il y avait une raison à ceci, une raison qu'elle ne comprendrait qu'une fois qu'elle se serait abandonnée à lui.

Elle fit un autre pas. Ses chevilles vacillèrent un peu puis elle trouva son équilibre, et fit un autre pas, plus un autre jusqu'à ce qu'elle atteigne la table basse. Elle prit une autre profonde inspiration, du moins aussi profonde que le lui permettait le corset. Elle se sentait légèrement étourdie. *Et si elle tournait de l'œil avant de l'avoir rejoint ? Tout le monde considérerait-il cela comme un échec si elle était trop nerveuse pour aller au bout de cela et qu'elle l'humiliait au bout du compte dans un accès de syncope ?*

Elle ferma les yeux, se concentrant sur le cœur martelant dans sa poitrine et l'obligeant à ralentir. *Aucun évanouissement. Elle n'allait pas s'évanouir – elle voulait faire ça. Elle ne voulait rien de plus qu'être sien*ne. Elle lui jeta un nouveau coup d'œil. Rien que de le regarder la faisait se sentir désirée et *étourdie* en même temps. Il était si éblouissant, arborant une veste noire brillante d'une texture alligator, portée par-dessus une chemise noire habillée presque simple avec un pantalon gris fumé. Et la forme étroitement ajustée de ses gants de cuir noirs. Elle avait toujours adoré les gants. Bon sang, il paraissait si sexy, si saisissant et complètement mâle alpha. *Savait-il qu'il portait presque la même tenue qu'il avait portée le premier jour de leur rencontre ?* Elle se souvenait de la première chose qu'elle avait pensé de lui – *miam* – d'accord peut-être la seconde chose. La première était qu'elle voulait grimper les 1m93 de son corps musclé.

Elle se sentait hypnotisée par ses yeux, sombres avec une lueur miel de désir alors qu'il la fixait, sachant qu'il la possédait déjà. Elle plaqua un sourire nerveux sur son visage. Propriété – *validée*. Ascension – *validée*. Cœur battant à la chamade – *assurément*. Elle avait probablement besoin d'établir une nouvelle liste de choses à faire. Il l'avait certainement fait et il en avait validé plusieurs durant les deux derniers jours.

Elle baissa les yeux vers la boîte – *qui était vraiment très basse*. Elle se stabilisa sur ses pieds puis lentement, afin de garder son équilibre, elle se plia juste assez pour que le bout de ses doigts la saisisse. Elle la garda un moment, la sentant trembler dans ses mains – *oh qui essayait-elle de tromper, tout son corps tremblait.*

Enfin, elle réussit à se convaincre d'ouvrir la boîte et ce qu'elle vit lui coupa le souffle. Une bonne chose que Senita ait dit ces prières ou Katianna se serait évanouie ici et maintenant. Il était absolument magnifique.

Son collier était en réalité un ras-de-cou en argent serti de pierres. Elle fit courir ses doigts sur les nageoires d'argent ; six tubes creux avec des filigranes tournant de chaque côté alignés ensemble vers un noyau avec des pierres. Sept saphirs incrustés individuellement mélangés avec cinq diamants purs, et connaissant Trenton, ils étaient vrais. Il ne chipotait sur rien – ce qui signifiait qu'elle allait recevoir un collier de diamants et de saphirs.

— Trenton ?

Elle s'interrompit, pas certaine d'être autorisée à parler.

— Oui, continue.

Sa réponse était simple comme s'il s'attendait à sa réaction de surprise.

— C'est un sautoir.

Il y eut quelques ricanements parmi les invités, mais ils furent rapidement tus par la main levée de Trenton. Il ne laisserait personne se moquer d'elle ou la laisser penser que c'était le cas, mais elle voyait également l'amusement sur son visage.

— Es-tu déçue que ce ne soit pas un vrai collier ?

— Je... je pensais seulement...

Ses yeux tombèrent sur le ras-de-cou toujours parfaitement posé dans l'écrin en velours dans ses mains.

— Non.

— Ces nageoires de platine sont tenues ensemble par six liens d'acier calibré. Je te l'assure – c'est un collier.

Son regard se durcit vers elle comme s'il la défiait de tenter de se sauver une fois qu'il serait placé sur son cou. Elle sourit et sortit le collier, reposant la boîte sur la table, puis traversa la pièce vers lui. Un – pas – lent – et – prudent – à la fois, jusqu'à ce qu'elle se tienne finalement devant lui.

Trenton ne bougea pas, se rasseyant tout aussi détendu et dominateur qu'il l'était quand elle était entrée dans la pièce, attendant qu'elle complète la transition de remettre sa vie entre ses mains.

Elle baissa les yeux vers le sol. Il lui semblait encore plus loin que la première fois qu'elle avait regardé. Ses entrailles vacillèrent avec quelques pas instables, essayant de deviner comment elle était supposée s'agenouiller sur le sol devant lui sans s'écraser et se briser le cou dans le processus. Elle se mordit la lèvre, le regardant pour une petite suggestion, mais elle n'en reçu aucune. C'était la seule fois où Trenton ne la guiderait pas. Il ne lui tiendrait pas la main ou ne l'assisterait d'aucune façon. Elle devait le faire sans aide – une fois offerte, il ferait tout le reste à partir de là. Mais elle devait faire cette unique chose toute seule. La soumission finale.

Elle commença à se baisser, un genou se pliant pendant que l'autre recherchait le sol. Amenant son genou parallèle à son pied, mais elle avait encore plus loin à aller. Son équilibre vacilla. Elle s'arrêta et se redressa.

Elle regarda autour d'elle avec nervosité. Elle ne voulait pas transformer ceci en une moquerie. C'était supposé être sérieux, pas une fille trébuchant comme une idiote – n'est-ce pas ? Puis elle croisa les yeux de Diesel qui la regardait avec toute la confiance du monde…

~~ Soumets-toi à lui et il sera aux petits soins pour toi, mais la seule façon pour qu'il soit certain que tu es prête à vivre dans son monde, est que tu sois prête à t'asseoir à ses pieds. Si faire cet acte

simple te rend nerveuse ou effrayée, alors tu n'es pas prête à être entourée par un amour inconditionnel. Trenton continuera à attendre et à se soucier de toi à distance.~~

— Je suis prête, leur dit-elle avec confiance, pas certaine qu'ils comprennent pourquoi elle disait ça, mais cela l'aida.

Et une fois de plus, elle commença à s'agenouiller, pliant un genou pendant que l'autre atteignait le sol. Lorsqu'elle fut aussi loin qu'elle le pouvait, hormis la hauteur de ses chaussures, elle fit ce que Paris lui avait dit – *sauter*. Elle chuta sur un genou, et trouva assez facile de glisser l'autre pied dans une rotation latérale et ensuite de le ranger sous elle jusqu'à ce qu'elle soit sur ses deux genoux. Elle laissa échapper un profond soupir, heureuse de l'avoir fait sans tomber, et fit les derniers pas sur ses genoux jusqu'à ce qu'elle soit entre les jambes de Trenton, puis elle s'assit légèrement sur ses talons avant de lui tendre le collier.

Trenton prit une profonde inspiration et la retint pendant un moment. Bon sang, il attendait cela depuis qu'il était enfant et tous les jours depuis lors. Maintenant, elle était là. Ces yeux bleu pâle comme une neige à la lueur de la lune levés vers lui, regardant au-delà du collier d'argent et de saphirs qu'elle lui offrait, attendant qu'il prenne sa vie dans ses propres mains.

Son cœur battait si fort, qu'il faisait palpiter le sang dans son sexe. Il n'osait pas fermer ses yeux, parce que tout ce qu'il verrait, c'est lui s'approchant de ces lèvres boudeuses, les séparant jusqu'à ce que sa langue la possède, s'emmêle avec la sienne, et dévore le goût de sa bouche, et il ne s'arrêterait pas là.

Il tendit la main vers la poche de sa veste et sortit un minuscule cadenas et un petit morceau de tissu en velours, puis se leva, prenant le collier des mains de Katianna. Ses doigts ouvrirent lentement le fermoir, et il leva le collier, ouvert et prêt à être accepté par elle.

— Pourquoi es-tu agenouillée ici aujourd'hui, Katianna Aeryn Dumas ?

☙❧

— Afin que je puisse te remettre ma vie en tant qu'esclave.

Le soulagement la submergea, la surprenant. Elle ne s'y était pas attendue, mais c'était un sentiment merveilleux. Un lâcher-prise de quelque chose qu'elle ne voulait pas contrôler en premier lieu et qu'elle avait finalement remis à quelqu'un qui le ferait et qui les chérirait, elle et le cadeau qu'elle venait de lui offrir pour l'éternité. Elle se sentait étonnamment libre.

— Incline-toi.

Katianna ramassa ses cheveux sur le côté et se pencha en avant, plaçant son cou vers le collier ouvert qui l'attendait. Elle ferma ses yeux, se souvenant de respirer alors qu'elle sentait ses mains chaudes se refermer autour de son cou, rapprochant les extrémités du collier. Elle entendit l'attache se fermer, le minuscule cadenas tomber en place, et elle sentit le petit morceau de velours utilisé pour couvrir le cadenas. La main de Trenton glissa sur le devant de son cou, le dos de son pouce lui délivrant sa propre chaleur alors qu'il la touchait, et elle trouva que la connexion était apaisante. Il n'y avait aucune fermeture de menottes en fer, pas de crochets, pas de donjons sombres. Rien d'horrible n'était arrivé. Pas de rires démoniaques et maléfiques sortant de l'ombre pour se moquer qu'elle se soit condamnée pour toujours comme son esclave. À la place, elle sentit ses doigts passer sous son menton et lever son visage afin qu'elle le regarde. Tout ce qu'elle vit fut cet homme magnifique lui souriant avec tout l'amour du monde. Et le soulagement qu'elle lui appartienne était toujours là.

— À moi, chuchota-t-il et juste comme ça, ses lèvres vinrent s'écraser sur les siennes.

Elle eut à peine un instant pour se dire de s'ouvrir à lui qu'elle sentait et goûtait déjà sa langue, douce et affamée. Puis elle entendit les applaudissements derrière elle. Apparemment, lui aussi et il grogna au souvenir – *ils avaient encore des invités*. Il rompit leur baiser, délivra quelques bises joueuses puis se rassit, l'attirant entre ses jambes. Sa main caressa ses cheveux, la faisant glisser pour venir se reposer contre sa cuisse alors qu'il remerciait leurs invités.

Eh oui, Trenton la libéra du fardeau de ses chaussures d'un kilomètre de hauteur. Comme il l'avait dit, elle avait finalement compris leur utilité – *surmonter la distance afin d'être libérée*.

Le reste de la soirée fut rempli de dire, d'histoires pimentées, et de passions encore plus pimentées – de l'excellente nourriture et d'excellentes boissons, dont quelques recettes laissées par Paris. Et elle ne pouvait pas s'empêcher de souhaiter qu'il soit là pour la voir. Que peut-être, juste peut-être, cela aiderait à ce que la nature diablotine qui le gardait sauvage veuille s'installer avec une seule fleur.

En observant Diesel, elle ne put retenir la larme qui coula pour tous les deux.

— Kat, qu'est-ce qui ne va pas ?

Elle pivota, tombant sur le visage inquiet de Trenton. Elle sourit et elle secoua la tête.

— C'est seulement submergeant... et...

Elle s'interrompit, pas certaine d'être autorisée à souhaiter une telle chose.

— Quoi Kat ? Dis-moi.

— Je souhaitais que Paris soit ici pour ça… pour Diesel, dit-elle en chuchotant la dernière partie.

Trenton sourit doucement.

— Une étape à la fois… d'accord ?

Elle lui rendit son sourire alors que plus de chaleur envahissait son cœur, parce que cela lui indiquait qu'ils le retrouveraient bientôt aussi.

Dès que le dernier invité partit, Trenton souleva Kat et la porta vers le nouvel ajout aux meubles de la maison. Le sofa Tantra qu'elle avait repéré lorsqu'ils étaient sortis faire les magasins la veille. Une démonstration d'elle étendue sur la banquette suédoise avec ses deux courbes, associée à une description explicite chuchotée à ses oreilles et il en avait acheté quatre. Plus un pour Marcus rien que pour avoir envoyé un de ses camions récupérer la *précieuse* cargaison de Trenton et pour la leur avoir livrée : deux pour la maison, un pour le bureau, et un pour sa cabine privée au *Club Pain*.

Trenton saisit ses hanches et se claqua en elle d'une poussée sauvage.

— Sois maudite, Katianna.

Son juron guttural envoya une exaltation victorieuse parcourir son corps.

Seigneur, être à l'intérieur de son esclave nouvellement munie d'un collier ne ressemblait à rien de ce qu'il avait déjà expérimenté. C'était stupéfiant. Il avait toujours su qu'elle serait sienne, mais l'avoir à présent – que pour la première fois de sa vie une femme porte un collier sous sa propriété, cela lui coupait le souffle, doublant chaque sensation qu'il avait avec elle.

Son intimité humide, chaude comme un baiser brûlant de miel, l'agrippait comme rien ne l'avait jamais fait auparavant. L'étreinte soyeuse de ses parois internes et le son de sa respiration lorsqu'elle se coinçait dans sa gorge – il était perdu dans tout ça. Il ne pouvait pas revenir en arrière, ses hanches se balançant dans un mouvement rythmique à l'intérieur et à l'extérieur. De profondes et longues frictions époustouflantes.

Néanmoins, ceci n'était pas l'endroit où sa revendication finirait. Il prévoyait de revendiquer tout son corps. Ce soir, il prendrait cet unique endroit où aucun homme n'avait encore pris de plaisir. Elle le sentirait dans l'ouverture étroite de ses fesses. Mais il devait d'abord la préparer pour lui, se préparer également afin qu'il ne la blesse pas lorsqu'il la prendrait. Il avait besoin de satisfaire cette soif brûlante qui testait son sang-froid pour qu'il ne plonge pas simplement en elle comme un animal sauvage lorsqu'il commencerait à pousser son sexe dans l'entrée tabou qui n'avait jamais été touchée avant lui.

Il plongea à nouveau en elle, une forte et tranquille poussée qui l'enfonça de toute sa longueur jusqu'à sa garde, son aine claquant contre les globes de ses fesses. C'était comme plonger dans une pure béatitude, si lente et si douce. Son intimité se resserrait autour de lui, il avait l'impression qu'il allait devenir fou. Il luttait afin de garder le contrôle, une chose pour laquelle il n'avait jamais eu de problèmes auparavant. Il délivra une autre poussée ferme et jusqu'au bout, pressant son col utérin, ce qui obligea Katianna à s'accrocher à la banquette matelassée. Il adorait comme le sofa Tantra s'accordait avec chacun de ses besoins. Peu importait la position, la banquette courbée la rendait entièrement accessible à son sexe, et naturellement soumise. La vue manquait de lui faire perdre la tête.

Elle n'avait jamais su qu'elle était faite pour être sienne, mais il le sentait, le goûtait et le respirait depuis le jour de leur rencontre. Sa nature même colorait tant de ses réponses. Elle ne serait jamais vraiment heureuse avec quelqu'un qui ne pouvait pas lui donner la domination dont elle crevait d'envie. Et Trenton avait l'intention de la rendre vraiment – très – heureuse.

Katianna haletait – elle haletait si fort qu'elle avait peur de commencer à hyperventiler. Le corset enserrait toujours fermement son corps, lui donnant peu d'espace pour reprendre son souffle, faisant tourner sa tête. Ce vertige rendait les flammes en elle, plus consumantes et brûlantes, attendant seulement ce souffle d'air qui alimenterait l'explosion.

— Oh seigneur, Dominus... je vais jouir, cria-t-elle, sentant des piqûres brûlantes parcourir son clitoris, en attente d'être percé.

Surprise par ses propres mots, elle jeta un coup d'œil par-dessus son épaule. Cependant son éclat avait seulement enflammé quelque chose de féroce et de prédateur en Trenton. Son regard brûlait de la conscience surpuissante qu'elle lui avait vocalisé sa soumission.

— Pas encore. Je te ferai savoir quand je voudrais que tu jouisses, esclave, chuchota-t-il.

La satisfaction flamba en lui comme un brasier aux paroles de Katianna. Tout le pouvoir qu'il avait tenu en laisse, Trenton le libéra. Il se pressa en elle, jetant son corps dans chaque poussée. La respiration de Katianna se bloquait au fond de sa gorge avec chaque empalement de son sexe alors qu'elle s'agrippait au bord du sofa Tantra avec ses ongles. Son intimité se resserra encore plus autour de lui. Elle cria de plaisir, la masse de ses cheveux ondulés et humides répandue sur ses épaules et son dos, se collant à elle. *Seigneur, tout chez elle était sexy*. Il s'enfonça à nouveau, lui donnant encore plus, instaurant un rythme qui était à fois cinglant et impitoyable. Autour de lui, elle se crispa, aspirant une bouffée d'air laborieuse après l'autre, expirant dans un cri. La sueur se répandait sur son dos, dévalait ses tempes. Et tout de même, il la retenait, décidé à lui donner à la fois la revendication animale et le plaisir destructeur qu'elle voulait et avait besoin de lui.

Il se plia sur elle, se vautrant dans un élixir de frottement entre son aine et les globes fermes de ses fesses, chacun d'eux saturés par la transpiration qui recouvrait leurs corps. Même la texture de sa peau sous ses mains alors qu'il se poussait profondément, brutalement et rapidement, était comme un narcotique dans son organisme. Il déposa des baisers le long de son épaule, poussant ses cheveux hors de son chemin, pouvant ainsi glisser ses lèvres vers le haut de son cou et respirer le parfum de sa peau. Les huiles essentielles du musc et de fleurs d'oranger se mélangeaient avec l'arôme de l'excitation de la transpiration féminine, la labélisant dans son esprit pour toujours. *Sienne*. Son odeur et sa peau le menèrent vers le précipice.

— Dominus ! cria-t-elle.

Son intimité se clampait autour de son sexe maintenant, l'amenant dangereusement près du précipice. En réponse, le plaisir écrasa chacun des nerfs et des muscles de son corps, faisant bouillir son sang. Ses bourses se resserrèrent. *Bon sang*, il allait la suivre dans la seconde. Il pressa sa main entre elle et le sofa, ses doigts trouvant son détonateur.

— Maintenant, esclave !

Elle obéit, hurlant sa libération. L'antre de Katianna le pressa si fermement qu'il resta bloqué en elle pour être clamé par sa libération. *Ah putain !* La tête de Trenton se renversa sur ses épaules, l'attirant dans sa propre explosion extatique. Le plaisir fut comme une électrocution. Un courant chaud et aveuglant remonta en ondulant son échine – cinglant et se déchargeant à travers lui comme un courant de cinquante mille watts.

Même avec les répliques réclamant leurs corps, Trenton entreprit de les allonger tous les deux sur la banquette, tenant Katianna contre sa poitrine. Ils restèrent tous deux allongés, mous et essoufflés, écoutant le martèlement assourdissant du cœur de l'autre, battant le résultat de leur plaisir contre l'autre. Sa main réussit à trouver la force de repousser ses cheveux de son visage et de la positionner afin qu'elle repose confortablement avant de se laisser tomber comme une poupée de chiffon sur le bord du sofa.

Son souffle était toujours laborieux, mais alors qu'il s'apaisait, il prit conscience que celui de Kat n'y parvenait pas.

— Souris ?

— S'il te plaît, retire le corset, je ne peux pas reprendre mon souffle, haleta-t-elle.

— Bien sûr, bébé.

Il la fit gentiment rouler afin de l'asseoir et libéra les lacets qui la comprimaient.

— Penche-toi en avant et appuie-toi sur le sofa.

Kat fit comme il disait, s'allongeant – non – basculant en avant sur la large bosse.

— Respire doucement, ne tente pas de prendre une grande respiration lorsque tu seras libérée.

Il lui donna de gentilles instructions puis la tension de son corset se dissipa et elle se sentit libérée de lui. Il la tira en arrière, juste assez afin qu'elle soit redressée, et tendit le bras devant elle pour détacher la rangée de boucles et la libérer complètement du corset. Ses mains recommencèrent à caresser son corps glissant de sueur et l'installèrent pour qu'elle se penche à nouveau vers l'avant.

Il massa son dos, savourant uniquement la douceur de sa peau et les frissons que sa caresse déclenchait alors qu'ils se détendaient tous les deux après leur accouplement de lions sauvages. Il se laissa retomber sur le sofa, l'attirant contre lui, et ensemble ils fixèrent l'océan à travers les murs de verre de leur maison avec uniquement les étoiles et la respiration lourde de leurs poumons pour leur tenir compagnie.

— Est-ce que ce sera toujours comme ça pour nous ? murmura-t-elle en savourant la tranquillité béate entre eux en ce moment.

— Oui – eh bien peut-être pas chaque nuit – oui, confessa-t-il enfin.

Il ne pensait pas qu'il se passerait une nuit sans qu'il ressente le besoin d'être en elle. Et il pouvait sentir son approbation alors que les hanches de Katianna ondulaient contre lui. Ses fesses rondes et fermes se pressant contre son sexe qui revenait déjà à la vie.

— Tourne-toi et assois-toi en me chevauchant, chuchota-t-il tout en embrassant sa joue.

Ses mains l'équilibrèrent alors qu'elle se levait puis s'approchait au-dessus de lui.

Le regard tempétueux de Trenton la réchauffait, ses mains remorquant des éclats incroyables de plaisir sur les côtés de ses seins alors qu'il l'observait avec une expression remplie de désir.

Trenton se redressa juste au moment où elle se penchait sur lui et sa bouche rencontra la sienne, se souvenant qu'il n'avait pas obtenu de finir le baiser qu'il avait commencé lorsqu'il avait mis le collier en place. Son collier – *son esclave*. Les bras de Katianna se soulevèrent, se refermant autour de son cou, se soumettant complètement à son baiser avide. Il s'inclina et le baiser s'approfondit pour elle, s'emmêlant pour la goûter, pour l'aspirer avec lui. Pour consumer plus d'elle, telle une confiserie exotique.

Sienne. Il ne pouvait pas arrêter de le dire. Comme si le mot lui-même faisait de lui un junkie du sens enrichi du pouvoir, alimentant sa flamme en une étoile brûlante et incandescente.

— Mienne, grogna-t-il, tendant la main vers ses poignets.

Katianna gémit de protestation alors qu'il la détachait de son cou, plaçant ses bras le long de son corps. Son regard fixe soutenant le sien alors qu'il l'observait avec des yeux étrécis par la faim. Trenton la reposa puis attrapa une des menottes qu'il avait accrochée dans les anneaux en forme de D préinstallés pendant qu'il préparait l'endroit pour la soirée. Puis il attacha la restriction en cuir autour de son poignet, gardant son bras étendu le long de la banquette, puis fit la même chose à son autre poignet du côté opposé.

Il plongea son bras sur le côté de la banquette, attrapa le tube de gel sur le sol et en versa une bonne quantité sur ses doigts. Ils avaient oublié d'utiliser le troisième jouet hier soir, le plug anal qui aurait aidé à la préparer pour ce soir, donc il avait opté pour un lubrifiant amplificateur qui aiderait à augmenter son excitation et rendrait sa première fois plus facile.

Alors que ses doigts étalaient le gel sur le petit trou serré, la préparant pour lui, son autre main caressa son ventre, ses seins, la touchant partout afin d'augmenter le tourbillon de sensations dans son corps. Cela ne prit pas longtemps pour que la sensation fourmillante commence à faire son effet, et il le sut à la seconde où ses lèvres furent attrapées par ses dents pour étouffer le gémissement.

— Souviens-toi de ce que j'ai dit au sujet de me léser de ces gémissements, lui chuchota-t-il, sa main s'abaissant pour passer son pouce sur son clitoris sensible alors que son premier doigt franchissait l'anneau de muscle de ses fesses.

Il travailla l'entrée serrée, caressant l'intérieur pour la détendre et l'ouvrir pour lui. Un doigt devint deux, et il l'étira avec chaque poussée exploratrice de ses phalanges jusqu'à ce qu'elle gémisse et se presse contre lui. Travaillant plus profondément dans ses fesses, il ne délivrait rien de plus qu'une ivresse ardente.

— Es-tu prête pour moi ?

Son corps souffrait d'être en elle à nouveau, de chérir sa revendication finale de sa propriété sur son corps, son cœur et son extase.

Katianna gémit sa réponse, mais ce n'était pas suffisant.

— Tu dois me répondre lorsque je te pose une question.

— Oui-i-i, siffla-t-elle alors qu'elle se tortillait près de lui

Trenton plaça gentiment sa main sur sa bouche et la plaqua fermement pour étouffer ses premiers cris. Il adorait les entendre, mais il savait aussi qu'elle pourrait très bien s'effrayer du charme érotique alors qu'il établissait sa revendication finale sur son corps. Il glissa son doigt de son entrée, s'approcha plus près et commença lentement à presser la large extrémité de son sexe en elle.

꒰ꔛ꒱

Katianna sentit le gland de son sexe embrasser l'ouverture serrée alors qu'il commençait son entrée en elle. Lentement, il se fraya un chemin à l'intérieur, étirant la chair inexpérimentée jusqu'à ce qu'elle crie contre sa main sous la douleur soudaine de son invasion. Un plaisir douloureux la transperça, la garda immobile alors qu'il sortait puis retournait en elle avec un peu moins de douleur et un petit peu plus de quelque chose qu'elle désirait. Et il poussa son sexe en elle, lent centimètre par lent centimètre, écartelant les muscles vierges alors que la longueur fière et épaisse de son membre forçait son corps à l'accepter à l'intérieur de l'étroit fourreau où il lui délivrerait ce qu'il voulait *le plus*.

Il embrassa sa tempe, libérant sa bouche, et pressa la tête de Katianna contre son épaule. L'anneau étroit, malgré toute sa préparation, était toujours plus serré que tout ce qu'il avait déjà ressenti. Tout son corps se contractait dans ses bras et il s'arrêta avec à peine plus que la pointe de son sexe et quelques centimètres à l'intérieur d'elle.

— Chut, doucement maintenant, chuchota-t-il à son oreille. Détends-toi et ressens pour moi, bébé.

Il se balança d'avant en arrière, ne bougeant qu'une infime partie.

Elle lutta pour accoutumer son corps à sa large verge, tandis qu'il commençait lentement à la remplir. Chaque douce poussée en avant le prenait plus profondément et envoyait un besoin en lui qui menaçait de le submerger. Il perdit sa respiration tout comme il se perdait en elle, pantelant à chaque mouvement de bascule afin de s'enfoncer plus profondément.

La douleur de Katianna s'exprimait par des gémissements contre son épaule, mais ses faibles tentatives pour se soulever vers lui malgré sa prise ferme sur ses jambes lui faisaient savoir qu'elle était prête pour plus.

Il était intoxiqué par le besoin de Katianna.

— Seigneur, bébé, grogna-t-il. Tu es si incroyable.

Plusieurs autres halètements alors qu'il se poussait plus profondément. Une vague de plaisir s'écrasa sur lui.

— J'y suis presque.

Il faisait tout son possible afin de ne pas se pousser de toute sa longueur. Une fois qu'elle l'aurait pris en entier, il pourrait vraiment commencer.

Lentement, sortant et entrant un peu plus profondément chaque fois, et enfin il fut enfoncé jusqu'à la garde. Il s'immobilisa, ayant besoin de se reprendre. Reprendre son souffle, empêcher son cœur d'exploser hors de sa poitrine. Il recula jusqu'à ce qu'il soit presque sorti puis s'enfonça d'un unique mouvement lent et fluide jusqu'à ce qu'il atteigne le fond de son passage vierge.

— Oh seigneur, Kat, gémit-il.

Cela n'allait pas lui demander longtemps avant d'être prêt à éjaculer à nouveau.

Il commença ses va-et-vient en elle, une caresse lente et régulière permettant à Trenton de la remplir complètement. Les gémissements étouffés quittant sa poitrine, alors qu'il plongeait en elle jusqu'à ses bourses, résonnèrent dans la pièce.

Katianna gémissait, criant à maintes reprises, ses muscles se contractant autour de lui. Son corps acceptant la douleur comme un plaisir tortueux qu'elle ne pouvait nier plus longtemps. Ses hanches bougeaient contre lui, le plongeant plus profondément avant qu'il se retire, puis se poussaient en avant à nouveau.

— Oui ! essaya-t-elle de lui crier alors qu'il commençait un mouvement de poussée agréable.

— Chut, doucement maintenant. Tu es magnifique contre moi. Je vais te donner un plaisir que tu n'as jamais eu.

Les chuchotements ardents atteignaient ses oreilles, mais il avait déjà fait ça. Chaque moment qu'ils passaient ensemble comportait plus de plaisir et de béatitude qu'elle n'en avait jamais eus de toute sa vie.

Il se poussa plus brutalement en elle. Une fois. Deux fois. Puis s'immobilisa. Katianna hoqueta de protestation, mais elle perdit son souffle lorsqu'il lui délivra une autre poussée vigoureuse. Elle se tortilla sous lui alors qu'il s'inclinait, plongeant brutalement et profondément en elle. Le Dominus la remplissait jusqu'à la garde avec des sensations brûlantes qui irradiaient de son intimité étirée, se répercutant à travers son corps, pulsant à travers les nerfs de son vagin.

Son esprit tourbillonnait comme un canot dans une mer agitée, les sensations de l'extase taboue tourmentant son corps, s'approfondissant encore plus sous l'exigence de la verge de Trenton qui s'enfouissait en elle.

❦

Trenton libéra ses poignets des menottes, abaissant son dos sur la banquette et entraînant Katianna avec lui afin qu'elle chevauche son corps. Son membre continuait à s'enfoncer en elle, la pénétrant alors que ses hanches se balançaient vers elle, roulant en arrière puis en avant vers des profondeurs exaltantes. Chaque mouvement semblait atteindre plus loin en elle, pas seulement pour revendiquer son extase, mais également son âme. Il la stabilisait d'une main sur sa hanche, alors que son autre main courait librement sur son corps, tordant un téton jusqu'à ce qu'il soit dur comme un dé à coudre. Il sépara ses doigts et les fit traverser sa poitrine puis descendre pour venir tourmenter son autre téton. Il traça la rondeur pleine de sa poitrine avec le dos de ses doigts, puis remonta jusqu'à sa gorge, s'attardant afin de donner une légère pression. Il coinça son pouce sous le collier qu'il avait placé autour de son cou ce soir.

Une étincelle de bleu attrapa la lueur de la bougie et sa main se resserra, la gardant dans la prise vulnérable alors que ses poussées s'accéléraient. Son souffle s'expulsait de ses poumons en halètements rugueux avec chaque mouvement plongeant dans son étroit canal.

Son corps pulsait à chaque poussée qu'il délivrait. Une chaleur fourmillante, des ondes de choc se délogèrent de son plexus solaire et dégringolèrent à travers chaque muscle et nerf comme de l'électricité statique rose et chaude. *Seigneur, il n'avait jamais ressenti ça avec quiconque auparavant. Katianna, son Esclave de Vie, était une drogue – la hauteur que toute la race humaine recherchait.*

Katianna fondait contre lui, son corps traçant des cercles autour de sa libération, incapable de faire le grand saut parce que son Dominus ne lui avait pas encore donné la permission. Que c'était étrange que son esprit ait ces pensées et soit prêt à les accepter, et pourtant elle se tenait là sur le grand pont, prête pour son ultime saut à l'élastique vers l'euphorie. L'anxiété de la chevauchée excitante la piégeant alors qu'elle attendait l'ordre inévitable de Trenton.

Ses parois internes étreignaient la verge dure qui plongeait en elle. Son aine claquait contre son clitoris, la conduisant de plus en plus près d'un plaisir anéantissant. Même ses mains ordonnaient plus de plaisir à son corps, la douce menace de ses doigts posés autour de sa gorge. Un attrait sombre pour elle, la prise du lion sur la gorge vulnérable de sa proie. Cela envoyait des désirs sombres, émoustillants et osés le long de son échine d'une façon qu'elle n'avait jamais révélée ou essayée de mettre en mots. Mais il l'avait découvert en elle d'une certaine façon.

— Je t'en prie… supplia-t-elle, la tête basculée en arrière.

Elle avait l'impression que la terre s'effondrait. Tout ce qui restait était Trenton et elle, avec la mer éthérée de plaisir qui les entourait.

— Ouvre les yeux, Kat, lui ordonna-t-il d'une voix raque. Ouvre-les et regarde-moi.

Ce fut une bataille, mais elle réussit à remettre sa tête sur ses épaules et à lever les yeux vers lui. Des yeux ressemblant à du café glacé piégé dans de la cire rougeoyante de bougies lui retournèrent son regard. Son regard intense la piégea et brusquement elle se retrouva incapable de détourner les yeux, même si elle essayait.

— Ne détourne jamais les yeux, Katianna.

Il la martelait plus fort maintenant, sa main agrippée fermement sur sa hanche, l'autre se déplaçant de sa gorge afin de rejoindre l'autre.

— Je t'aime tellement. Je ne vais jamais te laisser partir. Tu m'entends ? Je ne vais jamais te laisser partir.

Son souffle luttait pour laisser passer sa conviction. Elle pouvait voir qu'il était aussi profondément affecté par leurs ébats qu'elle. Que d'une certaine façon, être en elle submergeait ses sens et il fondait en elle tout comme elle le faisait en lui.

Les mains de Trenton agrippèrent ses hanches, des doigts qui lui donnaient l'impression qu'ils laisseraient des bleus et qui pourtant ne le faisaient jamais. Même ses halètements devinrent brutaux contre ses sens alors qu'ils se transformaient en grognements affamés.

— À qui appartiens-tu ? lui demanda-t-il en exigeant une réponse.

— Dominus, pleurnicha-t-elle, car il la poussait par-dessus bord.

Elle allait tomber et la vague était si haute.

— Jouis pour moi, Katianna ! Dis-moi à qui tu appartiens pendant que tu jouis.

Les jambes de Trenton se déplacèrent et il se repoussa sur ses pieds, assaillant son corps avec une brutale poussée en avant.

La tête de Katianna se reversa lorsque sa jouissance éclata, mais elle retourna rapidement à leur échange de regard, et le cri franchit ses lèvres, la plongeant dans l'orgasme que Trenton lui arrachait de ses mains.

— Dominus ! hurla-t-elle. Je t'appartiens, Dominus.

Elle ne put garder son regard vrillé dans le sien, et sa tête retomba en arrière à nouveau, cette fois incapable de suivre son ordre.

Trenton se poussa en elle aussi loin que possible et jouit en mouvements saccadés. L'extase forçant ses propres yeux à se fermer alors que son orgasme s'emparait de toute sa conscience et laissait échapper des jets chauds de liquide en elle, remplissant chaque parcelle de son intimité. Unissant son orgasme avec le sien. Son propre cri de libération s'emmêla avec le sien, un grognement âpre et rugueux qui d'une certaine façon forma son nom et sa revendication.

— À moi, Katianna...

Le dernier maelström de la vague climatique balaya son corps mou jusqu'à ce qu'elle vienne reposer sur la poitrine de Trenton, et elle resta étendue là, sans vie avec des bras et des jambes désarticulés étalés de chaque côté de son corps. La sueur imbibait la peau de l'épaule de Trenton qui était collée à la joue de Katianna. Son cœur martelait dans son oreille comme lors d'un concert de tambour japonais alors qu'elle surfait sur une vague de halètements laborieux, et brusquement elle se mit à glousser sottement dans une folie délirante. Elle sentit ses doigts sur son dos – légers, cela la chatouilla presque, et ses gloussements augmentèrent.

Elle ne pouvait pas bouger. Elle ignorait ce qui était arrivé au contrôle moteur de ses membres, mais elle ne pouvait pas arrêter le fou rire non plus – elle se sentait si euphorique en ce moment.

Elle avait sauté – et comme Paris l'avait dit, Trenton l'avait rattrapée et elle était en sécurité et très – très heureuse.

CHAPITRE QUARANTE

Deux semaines s'étaient écoulées depuis la cérémonie du collier. Trenton et Kat avaient finalement mis en place quelques routines – Trenton abandonnant son corps la nuit afin qu'elle puisse écrire était l'une d'entre elles. Il travaillait toujours sur cet aspect.

Mais, elle trouvait suffisamment de temps pour écrire dans la soirée lorsqu'il voulait écouter les informations et se tenir au courant des évènements actuels. Cependant, elle devait trouver une position confortable, vu qu'il insistait souvent pour qu'elle ne soit pas seulement avec lui, mais également dans ses bras. La plupart du temps, elle s'allongeait sur lui entre ses jambes avec son portable sur les genoux pendant qu'il regardait les informations. Quelquefois, il la libérait afin qu'elle puisse poser un coussin sur le sol à ses pieds et utiliser la table basse comme bureau – comme elle le faisait ce soir.

~~ *La recherche du fils disparu de Hanze Coshneizmen a trouvé une fin tragique quand le corps du jeune homme de 16 ans, David Coshneizmen, a été retrouvé plus tôt dans la matinée. Les autorités n'ont pas révélé de détails concernant les causes de la mort du garçon pour le moment alors que l'enquête continue. Un porte-parole de la famille a fait une déclaration plus tôt dans la semaine, lorsque le jeune homme a été porté disparu, affirmant qu'il était incompréhensible que quelqu'un menace la famille d'une telle façon. Coshneizmen est l'un des nombreux scientifiques de pointe dans le Partenariat International pour la Coopération en matière d'Efficacité Énergétique – PICEE – et le Fond d'Investissement pour le Climat. Deux comités dynamiques de l'énergie globale qui sont dédiés à résoudre les crises des besoins énergétiques autour du monde. ~~*

Trenton changea de chaîne, accédant à un reportage d'une chaîne d'information au sujet du Sommet du G8 qui faisait toujours l'objet de débats passionnés depuis le mois dernier. Le nom de Hanze Coshneizmen fut à nouveau mentionné. Trenton avait pensé qu'il sonnait familier ; Coshneizmen, qui vivait à New York était le nouveau membre du PICEE. Il faisait partie de *ceux* qui affrontaient les gouvernements du monde et les poussaient à prendre des décisions radicales concernant l'utilisation de l'énergie et sa réduction. Maintenant, avec les huit principales entités gouvernementales au pouvoir du monde international qui s'engageaient à commencer à s'appuyer sur d'autres pays plus petits afin de nettoyer les productions de pollution liées à leurs empreintes énergétiques, les conclusions créaient un sérieux tollé. Les membres du comité mécontent étaient les plus bruyants et leur cacophonie avait placé les autres membres du PICEE sur la sellette.

Même si les débats du Sommet ne faisaient aucun lien avec le récent kidnapping ou la mort du fils de Coshneizmen, Trenton se demandait si c'était le cas.

Il se frotta le visage en envisageant les liens possibles et rebascula sur la chaîne d'informations locale.

~~ Une nouvelle information : dans un incident sans rapport, le corps de la jeune femme de 26 ans Stephanie Blakeston a été

retrouvé dans un entrepôt abandonné près d'Elm Park. Blakeston était portée disparue depuis près de six mois lorsque sa voiture avait été découverte abandonnée tout près de son lieu de travail. Même si le rapport final du légiste n'a pas été dévoilé, une source confidentielle de la police a rapporté que le corps de la victime montrait des traces d'hématomes et des cicatrices suggérant que Blakeston avait été battue et torturée pendant une longue période. Selon la rumeur, elle est probablement morte de ses blessures. ~~

Katianna s'agita sur le coussin entre ses jambes, détournant son attention de la télévision. Il cliqua sur la télécommande, éteignant la télévision avant qu'elle lève les yeux et y fasse attention. Mais elle se balançait uniquement au son de la chanson qui jouait dans ses oreilles à travers les écouteurs qu'elle portait.

Elle n'était pas une adepte de la télévision et cela ne l'ennuierait pas s'il ne l'allumait jamais, mais elle serait restée allongée avec lui tout aussi facilement s'il avait mis un film ou une émission de la chaîne documentaire. Ce n'était vraiment qu'un bruit de fond une fois qu'elle était plongée dans son travail. Mais bruit de fond ou pas, il y avait certaines choses dont il ne voulait pas qu'elle s'inquiète. Des femmes disparues ou assassinées en faisaient partie.

Il se pencha et retira l'écouteur de son oreille.

— J'ai besoin de travailler un peu au bureau. Trouve un endroit où arrêter pendant que je vais récupérer quelques vêtements pour toi et je te rejoins dans une minute.

Puis il embrassa sa joue et remit la musique dans son oreille.

Trenton avait finalement repris ses fonctions à temps complet et il retrouva Diesel au bureau où ils discutèrent en profondeur, étudiant de multiples questions dont les excellents rapports concernant la première saison B/d de l'île et la performance de Paris en tant que directeur. Ils parlèrent également de qui, depuis ce matin, était le nouveau client de Trenton ; Hanze Coshneizmen et sa famille lui avaient été adressés par les Fédéraux afin d'être protégés.

Pendant tout ce temps, Kat resta assise sur son bureau. La taquinerie de Trenton d'un peu plus tôt l'avait excitée et elle pressait son pied dans son entrejambe afin de le taquiner en retour. Après avoir refusé de tenir compte d'un avertissement, il l'arracha du bureau, la baissa sur son genou et lui donna deux claques rapides à travers sa culotte. Cela sembla suffisant, et il la réinstalla sur ses pieds puis la poussa afin qu'elle retourne à sa place sur son bureau. Mais avec son derrière nouvellement rougi, elle se laissa couler vers le sol.

— Tu en veux plus ?

Katianna secoua rapidement la tête.

— Alors, fais ce que je te dis, Kat.

Kat plaça un pied sur son fauteuil. Il pouvait voir qu'elle envisageait de se remettre là où elle était juste avant, mais il lui jeta une œillade noire d'avertissement afin de lui faire savoir que ce serait un délice pour lui de lui donner quelques fessées supplémentaires si elle le poussait. Après ça, son pied lui servit uniquement à s'appuyer sur le siège afin de se hisser sur le bureau. Il garda son regard vrillé sur elle et haussa un sourcil pour marquer son attente supplémentaire. Sa bouche s'agita un peu puis lentement, elle écarta les jambes à l'endroit où elle était assise, et remonta son chemisier plus haut afin de lui donner la vue qu'il désirait. Mais elle arbora également sa moue boudeuse brevetée.

— Tu es méchant.

— Je sais, ironisa-t-il, mais la lueur diabolique dans ses yeux disait quelque chose de complètement différent.

Diesel se contenta de rire devant leur numéro.

Trenton était sur un petit nuage. Il savourait son esclave bien plus qu'il ne l'avait anticipé, mais malgré son précédent dédain pour les comportements défiants, son attitude de sale gosse ajoutait de la saveur. Le frisson du jeu diabolique était un excitant, tout comme un autre vaurien impertinent avait été un excitant pour son frère Diesel.

Une fois que Diesel se fut excusé et fut parti, Trenton glissa Katianna sur son bureau. Il avait fait tout ce qu'il pouvait afin de ne pas la prendre là, devant lui, même si cela n'aurait pas dérangé Diesel. Ce dernier aurait joui en les regardant. Trenton ricana à cette pensée, parce que lui aussi l'aurait fait, mais c'était quelque chose qui viendrait plus tard. Pour le moment, il ne pouvait pas nier qu'il avait besoin d'elle et qu'il ne voulait pas la partager tout de suite.

Ses mains glissèrent sur ses cuisses. Des mains désireuses et calleuses, lui écartant largement les jambes alors qu'il observait l'œuvre d'art qu'il avait créée. Cette douce entrée qui luisait de miel rendait son érection dure comme de l'acier dans son pantalon.

— Sais-tu à quel point j'ai besoin de toi ? grogna-t-il, en absorbant la vue.

Savourant la torture que cela lui causait de se retenir juste une seconde de plus. Mais ce fut tout ce qu'il put attendre. Il abaissa ses mains sur sa ceinture et la détacha, descendit sa braguette, et repoussa rapidement son pantalon sur ses hanches. Il n'aurait pas normalement considéré ça comme classe de la prendre alors qu'il avait encore ses vêtements, mais fichtre, il avait besoin d'elle maintenant, et il n'allait pas attendre plus longtemps, pas même pour se dévêtir.

Son sexe se dressa alors qu'il le caressait.

— Regarde-le. Est-ce que tu vois à quel point je te veux ?

Ses paroles devinrent plus graves et plus essoufflées alors que l'anticipation s'emparait de lui. Il se mordit la lèvre et ce fut le dernier signal. Ses mains l'attrapèrent comme dans une souricière, la soulevèrent du bureau, et la descendirent sur son sexe.

Elle le sentit se presser instantanément contre son entrée humide, et alors qu'une main énergique abaissait sa tête afin d'être ravagée par son baiser, son membre plongea en elle. La libération presque désespérée de son souffle ralentit le baiser alors que ses lèvres se connectaient avec les siennes et la remplissaient avec la chaleur d'une obsession désespérée. Pas d'attente, pas de reports. Trenton s'enfonça en elle, la remplissant. Sa faim était presque animale, plus que lors de leur première nuit ensemble lorsqu'il avait attendu si longtemps. *Qu'est-ce qui l'avait rendu encore plus agressif ?* Elle se posa la question, mais la chair dure caressa son intimité, la soulevant vers des plaisirs étendus. Elle bascula la tête en arrière alors que les mains de Trenton la forçaient à le chevaucher, charnel et indomptable. Elle ne fut pas capable de conserver une pensée en tête suffisamment longtemps pour réfléchir à ce qui se cachait derrière sa faim ou ce qui le poussait à une telle folie sexuelle.

— Regarde-moi, haleta-t-il. Ouvre tes yeux et regarde-moi, Katianna.

Oh, Seigneur, s'attendait-il vraiment à ce qu'elle le fasse ? Elle était déjà ensorcelée par le plaisir que sa soif lui causait et il ne ralentit pas le moins du monde afin de lui faciliter la tâche. Elle força sa tête à se relever et ouvrit les yeux, mais sa vision était floue. Elle pouvait à peine distinguer son expression brûlante de plaisir. Elle pouvait voir la brillance de la sueur qui maculait son front et son cou. Les doigts de Katianna ratissèrent brusquement les cheveux de Trenton, s'accrochant à eux comme si sa vie en dépendait alors qu'il la martelait. La respiration de Trenton était laborieuse, ses hanches se projetaient en avant comme si chaque poussée était réalisée pour exhaler une expression fugitive de ses lèvres et elle découvrit qu'elle ne pouvait plus le voir désormais. Non, elle avait besoin de tomber en arrière, de reprendre son souffle, et de retrouver son âme avant qu'elle s'envole au loin avec elle. Elle pouvait sentir la tempête blanche tourbillonnante se déplacer en elle, venant de Dieu sait où vers l'épicentre de son clitoris – flottant. *Oh, Seigneur non, pas maintenant – pas de flottement ! Pas de flottement ! Ne me fais pas souffrir, supplia-t-elle pour elle-même.*

Elle ondula des hanches afin que son clitoris se frotte contre son ventre lorsqu'il touchait son fond, seulement pour sentir une claque suivie par sa piqûre sur ses fesses.

— Pas bien, Kat.

Des mots passionnés et sévères percèrent brutalement son plaisir.

— Je ne t'ai pas dit que tu pouvais déjà jouir.

Et sur ces mots, sa pénétration ralentit.

— Oh non ! S'il te plaît, n'arrête pas.

Sa plainte lui échappa sans réfléchir à ce qu'il pourrait lui faire pour avoir supplié. Mais elle était certaine de commencer à pleurer s'il ne la laissait pas obtenir sa jouissance. Supplier pour cela pourrait simplement l'encourager à la tourmenter et la garder loin d'elle plus longtemps.

Des poussées lentes et agonisantes à présent, atténuant l'adrénaline, l'affaiblissant. Elle était à peine consciente qu'il la soutenait, la gardait dans ses bras, la soulevait, ne lâchant jamais son corps alors qu'il l'allongeait sur le bureau, levant ses jambes dans le creux de ses bras à lui. Puis ses pénétrations s'approfondirent. D'abord lentement. Trop lentement. *Oh, mon Dieu, une personne pouvait mourir d'être autant taquinée vers l'orée de l'extase seulement pour être tirée en arrière hors de sa portée.* Sa verge plongeait en elle, la narguant... avec le fait qu'il pouvait si facilement l'amener à la surface, qu'il pouvait si facilement la contrôler, et garder l'orgasme hors de sa portée.

— S'il te plaît, Trenton... finis-moi. Pitié, je t'en prie.

Elle était proche des larmes à présent.

— Non... souffla-t-il difficilement.

Le premier indice qu'il luttait pour garder son emprise.

— Je veux t'observer agoniser pour ta libération. La jouissance viendra douloureusement lentement pour toi cette fois-ci. Lente et destructive.

Pour lui aussi.

Destructive étant le mot clé, alors qu'avec les petites poussées lascives, elle sentait ramper la rage de la chair sensibilisée qui n'accumulait que ce qu'il lui permettait. Une main caressa son sein, sentant le tourment brutal dans lequel il gardait son corps. Il le prit en coupe, savourant sa rondeur moelleuse puis cueillit un téton dur avant de baisser ses doigts sur son ventre tremblant vers son clitoris engorgé. L'effleurement aérien de son doigt envoya une décharge violente à travers son corps. Puis il l'appuya, ses hanches sursautèrent, et il la récompensa d'une profonde poussée, coinçant son pouce entre elles, le frottant plus profondément contre elle.

Katianna rejeta sa tête en arrière. Son maître était maléfique et cruel, et les larmes dévalaient ses joues, incapable de les empêcher alors qu'il la torturait avec un besoin ardent.

Trenton s'allongea sur elle, lécha et embrassa les larmes de ses joues. Sa verge rentrant puis ressortant si lentement, qu'il pouvait sentir son vagin l'étreindre afin de le retenir, le presser pour qu'il reste, et il recommença, un peu plus vite, un peu plus fort, sentant son corps se tordre sous lui. Qu'il adorait torturer son âme avec son besoin de libération ! Il n'avait jamais vu une telle beauté de toute sa vie et elle était sienne – toute à lui. Sa poitrine brûla de cette certitude et il ne put se contenir plus longtemps. Il avait besoin de donner ce qu'il avait gardé loin d'elle à présent. Besoin de l'entendre gémir et crier son nom.

Il la tira vers lui, jusqu'à ce qu'elle soit presque suspendue sur le rebord et il pompa en elle avec des mouvements brutaux et claquants. Il pouvait à peine retenir ses propres gémissements alors que la vague d'énergie se construisait, courant dans son sang, s'accumulant dans les lourdes veines de sa verge. Resserrant ses testicules, menaçant d'exploser en elle.

— Trenton, cria-t-elle avec plus de larmes.

Le dos de Katianna s'arcbouta violemment dans un arc brisé et ses jambes se resserrèrent, agrippant les bras et la taille de Trenton alors qu'il la transperçait. Lui délivrant l'orgasme pour lequel elle avait supplié.

— Maintenant, jouis pour moi maintenant, grogna-t-il.

Son corps frissonna, tremblant d'une manière incontrôlable. Elle était totalement soumise et il libéra son propre contrôle à peine retenu. Une profonde et puissante poussée plongeante dans son intimité, et l'explosion monta en flèche, l'envoyant encore plus profondément en elle, ses hanches saccadant, les muscles noueux de ses cuisses se soulevant, et il ravala un long grognement passionné.

Elle était toujours piégée dans son orgasme. Il déplaça les jambes de Kat afin de les enrouler autour de sa taille et il tendit la main afin de la lever vers lui pour pouvoir sentir ses frissons contre sa poitrine.

Une panique soudaine s'éleva en elle.

— Non… Trenton, je tombe ! cria-t-elle alors qu'elle fermait les yeux.

Il la berça dans ses bras.

— Chut, non… je te tiens. Je te tiens, chuchota-t-il, embrassant son front – sa tête – sa tempe.

Bon sang, il l'aimait, cette femme qui était totalement sienne à présent.

Après avoir obtenu un peu de temps libre ce soir-là pour son écriture, Katianna se faufila au lit plus tôt que d'habitude, se glissant doucement sous les draps afin de ne pas réveiller Trenton – du moins pas tout de suite. Descendant sur lui alors qu'il dormait sur le dos. Elle commença à embrasser un chemin sur sa poitrine, des caresses aériennes de sa langue, prévues pour se fondre dans ses rêves et le garder là. Elle garda son poids soulevé sur un coude afin que sa main soit libre de chatouiller sa peau avec de légères caresses du bout de ses doigts, puis elle aplatit sa paume sur la douce érection de son sexe à travers le tissu de son boxer.

À sa première caresse, il sursauta et commença à gonfler. Elle souhaita pouvoir le voir sous les couvertures sombres. S'émerveiller devant sa taille alors qu'il s'étirait pour elle. Elle repoussa l'élastique de son sous-vêtement afin d'autoriser la verge grandissante à bouger selon ses propres envies, et elle se pencha pour lécher sa pointe qui dépassait. Trenton s'étira, sa main s'approchant brusquement pour venir se caresser. Katianna se figea alors qu'il laissait échapper un grognement étouffé puis replongeait dans un profond sommeil.

Kat savait que si elle se déplaçait trop lentement, il allait probablement rouler sur lui-même, et se réveiller quand il roulerait au-dessus d'elle – donc si elle devait jouer, elle ferait mieux de s'y mettre. Elle se pencha une fois de plus, embrassant la pointe avec une gentille succion. Sa langue lapa un cercle autour de son gland, obtenant la première véritable saveur de sa peau, puis se courba autour de la couronne et remonta pour rouler sur ses piercings. Elle l'entendit grogner à nouveau dans son sommeil et elle aspira rapidement sa verge au fond de sa bouche, balayant sa langue à plat sur l'érection alors qu'elle l'avalait entièrement.

Elle entendit le hoquet et sentit sa main s'approcher, alors elle se retira rapidement, ne voulant pas que sa main l'attrape dans l'acte. Ce qui le réveillerait probablement, et c'était trop amusant de le faire ainsi – *d'être sournoise*.

La main de Trenton caressa l'érection grandissante – des caresses lentes et endormies. Son souffle s'approfondit avec chacune d'elle et il laissa échapper un *hum* ravi et rêveur. Lorsque sa main retomba, Katianna reprit son complot oral.

Elle aspira une fois encore toute la longueur de son sexe dans sa bouche, sa langue prenant chaque saveur plaisante qui était purement sienne. Un besoin pulsant se construisait entre ses jambes, désirant le sentir profondément en elle. Elle remonta, levant les couvertures avec elle, et puis chevaucha ses hanches. Elle descendit son vagin déjà humide contre lui, frottant sa perle encapuchonnée contre la crête dure et soyeuse de son sexe.

Les mains de Trenton sursautèrent brusquement, l'attrapant par les bras, et la soulevant pratiquement de lui.

— Qu'est-ce que c'est ? Une souris perverse essayant de voler mon sexe pendant que je dors ?

Kat roula des hanches dans une expression sévère qui se termina avec un mordillement maléfique, essayant de ne pas laisser son sourire diabolique faire surface. Il abaissa lentement son dos, la laissant juste au-dessus de lui, sa verge contre ses cuisses, et d'une main, il commença à caresser son sexe dur avec des mouvements lents et sensuels de son poing et de ses doigts, glissant jusqu'en haut de la pointe, et redescendant.

— Est-ce ce que tu cherchais ?

Il tendit la main, alluma la lampe de chevet, éclairant la pièce d'une lueur bleutée tamisée, afin qu'elle puisse observer sa main alors qu'il se masturbait.

Elle se pencha en avant, chutant sur une main, et balança ses hanches en avant pour se presser contre sa main et l'érection engorgée qu'il tenait.

— *Ah-ah...* Rassois-toi et ne bouge pas.

Il lui donna un ordre sévère, un qui l'avertissait d'une réprimande si elle n'obéissait pas.

— Tu peux observer.

Et observer elle fit, mais son esprit parcourut un millier de mots dans un flux passionné de descriptions de ce qu'elle aurait préféré lui faire. Chaque fois que ses doigts glissaient jusqu'à sa base, le champignon pourpre se redressait avec une nouvelle goutte de liquide préséminal. Puis il glissa son doigt sur lui, utilisant le lubrifiant naturel pour encapsuler le gland dans son poing. Quelques brefs va-et-vient explorateurs autour de l'extrémité, puis ses doigts recommencèrent à glisser sur toute sa longueur. *Oh, Seigneur, elle voulait faire ça pour lui, sentir les pulsations dans ses veines alors qu'elles s'accéléraient, le préparant pour l'orgasme à venir. Elle le voulait aussi profondément en elle, le sentir la remplir jusqu'à qu'il touche le fond de son col.* Elle sentit les muscles de son vagin se crisper comme s'il était déjà là, mais elle ne détourna pas les yeux de ce que sa main faisait. Mémorisant chaque détail, jusqu'à l'expression faciale qui correspondait à chaque mouvement, afin que quand elle obtiendrait sa chance, elle puisse le faire tout aussi agréablement.

La main de Trenton accéléra, pompant plus vite et plus fort, son poing se balançant sur l'extrémité de son sexe chaque fois, puis redescendant. Il approchait...

— Ne bouge pas, lui rappela-t-il.

Elle ne voulait pas rester tranquille, mais fit ce qui lui était demandé, l'observant avec envie. Sa respiration se brisa en halètements hachés, même le son augmenta et elle adora comme il résonnait. Très excitée, elle pouvait sentir la chaleur passer en elle comme des petites pulsations de besoin, s'accumulant en une vague d'anticipation. Ses oreilles et son cœur étaient collés au bruit de sa respiration alors qu'il s'approchait de plus en plus près de la libération. *Elle n'avait jamais su qu'un homme pouvait sonner si sexy alors qu'il était à quelques secondes de jouir.*

Ses cuisses se serrèrent autour de lui ; elle ne pouvait pas empêcher les réactions de son propre corps alors qu'elle se balançait contre lui, sa prise sur elle se resserrant, la gardant immobile.

La tête de Trenton bascula brusquement contre l'oreiller, et quelques secondes plus tard, des rubans épais et blancs se répandirent sur son abdomen et sa poitrine, dans un contraste marqué sur sa peau profondément bronzée. Il laissa échapper un profond grognement qui racla dans sa poitrine alors qu'il frissonnait, perdu dans l'emprise de son orgasme.

Kat abaissa sa main afin de passer un doigt dans le sperme mousseux, mais vif comme l'éclair, Trenton l'attrapa par le poignet, instantanément tiré de son brouillard euphorique.

— Vilaine, Kat.

Cette fois-ci, un sourire ressemblant à celui du chat de Cheshire lui échappa, persuadée qu'il avait toutes sortes de choses perverses en réserve pour elle. Mais ce qu'elle espérait n'arriva pas alors qu'il tendait la main vers les serviettes qu'ils gardaient près du lit et s'essuyait, tenant toujours son poignet. La forçant à observer alors qu'il effaçait les preuves de sa jouissance. Il lâcha la serviette sur le sol, éteignit la lampe de chevet, et puis roula sur le côté, l'emportant avec lui. Son bras s'enroula autour d'elle, l'épinglant dans son étreinte, et il se blottit avec l'intention de recommencer à dormir.

— Trenton, qu'est-ce que tu fais ?

— Je me rendors pour une autre heure avant de devoir me lever pour aller travailler.

Ses yeux ne s'ouvrirent jamais alors qu'il lui répondait.

— Mais qu'en est-il de…

— Toi ? la coupa-t-il, les yeux toujours fermés. À partir de maintenant, tu es en restriction.

— Restriction ? Quel genre de restriction ?

Elle se tortilla, une peur grandissante réchauffant son visage. Elle n'avait pas réalisé qu'elle allait avoir des problèmes à cause de ça.

— Pas de libération pour toi pendant une semaine.

— Quoi ?

Elle se tordit un peu plus dans ses bras afin de lui jeter un regard noir. Il n'oserait pas... *n'est-ce pas* ?

— Disons deux.

— Trenton ! Non.

— Et si cela passait à trois ?

Un œil s'ouvrit, la défiant de continuer à parler.

Katianna garda le silence, mordant sa langue pour réussir l'exploit, et tout cela se visualisa sur son visage renfrogné.

— Voler n'est pas autorisé dans cette maison, tu vas devoir t'y habituer.

— Ah ! hoqueta-t-elle.

— Dernier avertissement.

À nouveau, elle colla fermement ses lèvres et garda le silence. Bien que de mauvaise grâce, en l'observant sombrer dans le sommeil. Elle continua à jeter un regard noir à ce fichu sourire narquois sur son visage, la vraie arrogance d'un Maître. Elle était une masturbatrice discrète, c'était la seule chose qui l'empêcha de pleurer comme une fontaine, car cela signifiait qu'elle connaissait plusieurs façons de tricher afin d'obtenir un peu de soulagement avec peu d'efforts, et probablement sans qu'il le découvre.

Tenir deux semaines sans un orgasme était suffisamment mauvais, mais ce qui rendit tout cela pire fut que Trenton se délecta à la tourmenter. À l'amener vers le précipice, en retenant toujours la caresse finale qui l'enverrait vers sa libération. Même aujourd'hui, il commença leur matinée de congé à la tourmenter et continua ainsi pendant toute la journée. Et elle avait encore trois jours à tenir avant que les sanctions soient levées. *Oooo...* elle détestait cet homme qui avait un contrôle aussi cavalier.

Il y eut seulement une unique opportunité lorsque Trenton fut coincé au bureau, obligé de rester pour un appel en vidéoconférence alors qu'elle avait un rendez-vous pour une épilation laser et qu'il lui avait déjà donné la permission de faire quelques courses après coup.

L'un des hommes de Trenton, Payton, finit par la conduire, et il n'était pas au courant de ses restrictions, du moins il n'essaya pas d'espionner alors qu'elle attrapait quelques affaires dans une pharmacie. Juste pour être certaine qu'il ne lui viendrait pas à l'idée d'être indiscret, elle attrapa une boîte de tampons.

— Qu'est-ce que vous en pensez, sans odeur ou fraîcheur printanière ?

Comme elle le suspectait, Payton détourna le regard, donc il ne remarqua pas qu'elle achetait également un vibromasseur de poche. Attrapé sur l'étagère d'à côté.

Dès que Kat revint, elle dépassa la porte du bureau de Trenton et se glissa dans la salle de bain. Après avoir lutté avec l'emballage, elle réussit enfin à libérer son nouveau jouet. Son corps fourmillait déjà d'excitation. Cela serait un frisson bon marché comparé aux caresses de Trenton, mais elle devait prendre ce qu'elle pouvait pour le moment.

Elle venait juste de tirer la languette de protection de la batterie quand...

— Qu'est-ce que tu fais ?

Katianna pivota sur ses talons, ses mains plongeant derrière son dos avec le petit vibromasseur de poche caché dans ses poings.

— Rien.

Mais elle savait que son expression de surprise l'avait dénoncée.

Trenton s'approcha.

— Qu'as-tu derrière ton dos ?

— Rien.

La surprise céda la place à l'inquiétude. Elle savait très bien qu'elle n'allait pas s'en sortir.

— Laisse-moi voir.

Il fit un autre pas en avant, et tendit sa main.

— Non.

Elle se tordit pour l'empêcher d'atteindre ses mains.

Son regard se durcit, mais elle put distinguer un sourire révélateur. Le lion aimait jouer avec sa souris.

— Tu veux une fessée ? l'avertit-il.

— Tricheur.

La main de Katianna vola instantanément avec le petit objet serré entre ses doigts, mais elle ne révéla pas complètement ce qu'elle avait, et alors qu'il desserrait un par un ses doigts, son visage devint rouge d'embarras.

Il lui prit le petit vibromasseur et le leva devant elle.

— Et qu'est-ce que tu prévoyais de faire avec ça exactement ?

Sa voix baissa d'une octave, ce qui amplifia seulement l'élixir qui attisait ses fluides chaque fois.

Elle secoua la tête, essayant de combattre le tremblement de sa lèvre.

Trenton rangea l'objet dans sa poche et combla le dernier pas entre eux jusqu'à ce qu'il se tienne devant elle, son corps lui faisant de l'ombre. Katianna voulut reculer, mais trouva seulement le mur. Elle ne se souvenait pas que le mur était là. Sa tête tomba en arrière alors qu'elle levait les yeux vers Trenton. Son regard tendu lui indiqua qu'elle était définitivement dans de sales draps.

— Te souviens-tu lorsque nous étions à Paris et que nous avons rendu visite à mon ami, Fambleush ?

Kat opina silencieusement.

— Te souviens-tu de la punition de Donát pour avoir trouvé son propre orgasme sans permission ?

Les yeux de Katianna s'écarquillèrent, sa mâchoire tomba d'une surprise pleine de crainte qu'il suggère même qu'elle passe deux semaines supplémentaires sans être autorisée à jouir.

— Non, Trenton.

L'expression de Trenton devint... quoi ? Elle n'en était pas certaine, mais cela ne pouvait pas être bon.

— Non ? Tu ne te souviens pas ? Ou viens-tu de me dire *non*, la punition n'est pas acceptable ?

Katianna garda la bouche fermée, faisant rouler ses lèvres en avant, et secouant la tête dans un mouvement saccadé.

— Mets tes mains derrière ton dos.

Et alors qu'elle le faisait, il guida ses mains jusqu'à ce qu'elle tienne ses coudes dans chaque main et il la pressa contre le mur afin de les garder là. Il baissa ses mains sur ses hanches et commença à rassembler sa jupe pour l'exposer...

— Pourquoi portes-tu une culotte ?

Le rythme cardiaque de Katianna était deux fois plus rapide maintenant.

— J'en mets une quand je vais chez le médecin...

Elle secoua la tête avec nervosité.

— J'ai oublié de...

Mais son excuse fut réduite au silence lorsqu'il pressa un doigt sur ses lèvres.

— Peut-être que je devrais te fesser avec une pagaie cette fois ?

Oh, Seigneur... elle avait vraiment des problèmes.

Trenton sourit. Il adorait comment elle se décomposait pour lui. Comme elle avait souffert pendant les deux dernières semaines en cherchant des moyens de mettre fin à ses tourments. Les jets dans la piscine avaient été un moyen assez sournois, il avait tout juste eu le temps de l'attraper avant qu'elle atteigne l'orgasme. C'était trop *sournois* de sa part de penser qu'elle pourrait s'en sortir en achetant un petit jouet de poche et échapper au besoin qui s'accumulait. C'était une chose sur laquelle il devait garder un œil, mais qui était compensé par un jeu-surprise. Une chose à laquelle il ne s'était pas attendu de sa part, mais en la regardant à présent – à quel point elle paraissait douce, frissonnant de peur et de désir latent...

Il baissa la culotte autour de ses cuisses, puis glissa ses doigts entre elles afin de taquiner son entrée, se délectant du gémissement instantané qu'il obtint d'elle.

— Tu es si humide en ce moment... je pense que vingt devraient faire l'affaire.

— Vingt ? balbutia-t-elle, alors que ses hanches se poussaient sur sa main, suppliant pour sa caresse. Ce n'est pas juste, Trenton, gémit-elle ensuite.

— Comme cela doit l'être, vu que tu m'as désobéi. Est-ce que ce sera deux semaines supplémentaires sans orgasme ou vingt fessées ?

(ᵔⱉᵔ)

Katianna savait qu'elle était piégée. Le lion assoiffé se tenait devant elle avec ses yeux illuminés sous l'anticipation de pouvoir enfin l'entendre *demander* une fessée. Elle ne pouvait pas proférer les mots, mais deux semaines supplémentaires de torture sans être autorisée à jouir ? Et alors que le feu de ses yeux s'éclairait, elle savait que la torture était seulement sur le point de commencer et elle laissa échapper un petit hoquet lorsqu'elle sentit ses doigts se glisser en elle.

Ils caressèrent les parois de l'entrée de son intimité, plongeant profondément en elle, puis sortirent afin de tracer un cercle autour de son clitoris, le trempant avec le liquide soyeux récupéré avant de retourner à l'intérieur.

Les hanches de Katianna tressautèrent sur sa main, ses genoux devenant faibles sous sa caresse.

— Reste immobile, la prévint-il.

Mais elle ne pouvait pas empêcher la crispation de ses muscles internes alors que son besoin étreignait ses doigts, les poussant vers des régions plus profondes, afin de toucher des endroits plus sensibles. Ses doigts sondaient ses parois à chaque caresse rapide et elle put sentir sa libération venir pour elle.

Trenton pompa ses doigts en elle, des caresses vigoureuses et profondes, la conduisant vers le précipice, et au moment précis où sa limite allait être atteinte, il l'abandonna à la toute dernière seconde.

Kat sentit le retrait complet et elle obligea ses yeux à s'ouvrir. Elle était prête à supplier, mais se calma pour observer Trenton amener ses doigts à ses lèvres et les lécher. *Seigneur, avait-il une idée d'à quel point cet acte la rendait folle ? La façon dont il léchait ses sucs comme s'il avait plongé ses doigts dans le moule à gâteau, et l'expression qui suivait comme s'il ne voulait rien de plus que la dévorer ?* Kat laissa sa tête retomber une fois de plus contre le mur, les parois internes de son intimité se serrant alors qu'elle l'imaginait descendre sur elle. *Oh oui, c'est ce qu'elle aimerait. Peu importait les deux semaines sans ou les vingt fessées. Elle voulait sentir sa langue la lécher et la façon dont il sucerait son clitoris engorgé entre ses lèvres, et le mordrait gentiment avec ses dents.* Un autre frisson ondula en elle.

— Stop.

L'avertissement sévère fut associé à une tape sur son ventre.

La tête de Katianna se souleva, ses yeux remplis de la vision qu'elle venait de créer s'évasèrent comme ceux d'un chat sauvage.

— Kat... je te préviens.

Mais elle y était déjà, ses cuisses se resserrèrent tout comme les muscles de son intimité douloureuse. Un autre frisson la fit basculer de son épicentre et elle sentit l'humidité suinter d'elle. Elle se crispa, laissant la minuscule libération frémir en elle. Si seulement elle n'avait pas laissé le sourire de chat du Cheshire lui échapper, la faisant pouffer de son succès.

Dehors dans le couloir, le bâtiment se remplit des échos de cris féminins, juste un moment avant que Trenton sorte d'un bond des toilettes pour femmes avec Katianna jetée sur son épaule.

— Rien pour ça, tu en recevras cinq de plus tout de suite dans mon bureau.

Mais de sa position, elle ne pouvait pas voir que sa menace sortait avec un sourire diabolique de son cru.

CHAPITRE QUARANTE ET UN

Trenton et Kat rejoignirent les frères de celui-ci pour leur traditionnel dîner du jeudi soir, avant de se diriger vers le club, sauf Diesel cette fois-ci.

— Alors où est Deez ? demanda Harper.

La moitié du temps, il était toujours le dernier au courant de tout ce qui se passait.

— Hum, marmonna Dane en prenant un verre, le son impliquant qu'il était l'homme qui avait la réponse à la question. Il s'est impliqué dans ce programme d'Ange Gardien au centre de soins pour gamins cancéreux. Je suppose que la gamine qu'il sponsorise y est pour quelques tests. C'est supposé prendre toute la journée. Donc il doit être encore là-bas.

Harper lui jeta un coup d'œil surpris.

— Comment s'est-il impliqué là-dedans ? Il est toujours occupé au centre pour vétérans.

— Tu connais ce gamin Cliff qui traîne au club ? demanda Dane.

Harper secoua la tête. Il ne passait pas suffisamment de temps au *Club Pain* pour connaître tout le monde.

— Tu veux dire notre Dominus en devenir ? sourit Trenton.

— Celui-là même. Apparemment, il y a quelques années, il est rentré chez lui un jour pour se rendre compte que ses parents avaient fait leurs valises et étaient partis – il venait juste d'avoir dix-neuf ans.

— Et qu'est-ce que ceci a à voir avec Diesel ?

Trenton ne leva pas les yeux lorsqu'il posa la question, se contentant de mâcher sa nourriture consciencieusement.

— C'est sa petite sœur qui a une leucémie.

Tous les visages se figèrent, les fourchettes s'immobilisant à mi-chemin de leurs bouches. Trenton baissa brusquement la sienne.

— Quel âge avait-elle quand ils sont partis ?

— Quatorze ans.

— Est-ce qu'ils savaient qu'elle avait une leucémie quand ils se sont sauvés ?

Katianna ressentait un profond sentiment de culpabilité brusquement. Elle n'avait jamais été méchante, mais n'était pas ouvertement amicale avec Cliff non plus, mais elle ignorait tout ça. Un traumatisme à la maison avait une façon bien à lui de changer la personnalité d'une personne.

Dane hocha la tête.

— C'est la raison de leur départ. Je suppose qu'ils étaient fatigués de payer les factures d'hôpital. Elle était hospitalisée afin de recevoir une greffe de moelle osseuse venant de Cliff lorsqu'ils ont disparu.

— Et tu sais ça parce que ? demanda Trenton.

— Cliff a maintenant une adhésion à vie au club.

Dane se rencogna dans son siège, portant son verre de bourgogne à sa bouche avant de le siroter d'un air songeur.

— J'ai donné dix mille dollars à Diesel pour la sœur.

— C'est tout ? lança Harper.

Dane avait un porte-monnaie bien garni et était généralement plus que généreux.

— Pourquoi ? Qu'est-ce que tu as donné ?

Dane se raidit, un peu amusé qu'il ait pu être battu par Harper.

— Je lui ai donné cinquante milles.

Harper haussa les épaules.

— Cinquante ?

Trenton haussa les sourcils de surprise.

— Oui, dit Harper en haussant à nouveau les épaules. Diesel a demandé une contribution. Que diable allais-je faire avec ça ?

Trenton lui offrit un léger haussement d'épaules avec un hochement de tête de compréhension.

— J'en ai donné quinze à Diesel avec la promesse d'un autre don de quinze une fois que j'aurai fini les comptes de l'enchère.

— Et toi, Marcus, est-ce que tu as donné ? demanda Dane en voyant que Diesel avait manifestement demandé de l'argent à tout le monde.

— Bien sûr, mais je viens juste de commander quatre camions blindés, donc j'en ai seulement donné quinze pour commencer.

— Vous savez, il est le meilleur d'entre nous, leur jeta Trenton.

Bien sûr, l'opinion de Trenton était biaisée et ils le savaient. En vérité, ils étaient tous des hommes bien. Ils se tenaient aux côtés des uns des autres contre le reste du monde, mais Trenton était spécialement proche de son frère Diesel.

— Est-ce que vous saviez à qui vous donniez quand vous l'avez fait ?

Kat était curieuse de savoir si la conversation s'orientait vers des regrets post-décision.

Marcus et les autres étaient déjà en train de secouer la tête.

— Cela n'aurait pas eu d'importance si nous l'avions su. Quand Diesel demande pour une cause, nous donnons. Pas de questions ni de doutes.

— Cliff est peut-être un sale gosse au club, mais cela ne veut pas dire que la maladie de sa sœur ne vaut pas la peine d'être soutenue, ajouta Dane, lui faisant savoir exactement leur opinion.

Ils ne pouvaient pas réparer le monde entier, mais ils pouvaient choisir des causes autour d'eux.

Kat lui sourit, espérant dissimuler son propre pincement de culpabilité. Elle avait toujours trouvé Cliff particulièrement agaçant, avec la façon dont il la poursuivait. Une partie d'elle voulait s'amender, même si elle ne serait pas sortie avec lui.

— Alors, est-ce que vous allez vous investir dans le Projet Torche aussi ?

— Oh, on dirait qu'Ed et Walter ont encore trop parlé, répondit Marcus avec un rire. Au fait, comment va Amelia ?

Il jeta un coup d'œil par-dessus la table vers Trenton.

— Qu'est-ce que tu veux dire ? demanda Trenton alors qu'il reprenait son repas.

— Eh bien, Piper a dit qu'elle était une épave totale dimanche soir et que tu avais passé la nuit chez elle.

— Une déprime après avoir atteint son sous-espace.

Trenton donnait une bouchée de salade à sa petite esclave à côté de lui, mais il s'interrompit lorsqu'il remarqua le sourire qui apparaissait sur le visage de Dane.

— Pourquoi est-ce que cela t'amuse autant ?

— Le fait qu'Amelia ait déprimé ? Parce que cela signifie qu'elle a dû avoir une expérience antérieure pour causer ça.

Le visage ouvert de Dane montrait uniquement qu'il était extrêmement heureux pour elle.

— Alors, avec qui est-ce que tu l'as rencardé ? demanda-t-il avec un objectif un peu plus déviant à présent.

Juste à ce moment-là, le téléphone de Trenton vibra. Il vérifia l'appelant, c'était l'un de ses hommes. Ils savaient que c'était soirée dîner avec ses frères, donc il devait y avoir une bonne raison pour qu'ils le contactent.

— Qu'est-ce que tu as pour moi, Simon ?

— *Patron, il y a eu une fusillade*, répondit Simon d'une voix inquiète, mais bien contrôlée.

— Althorn ?

Trenton s'enquit immédiatement de la santé de leur client.

— *Il est en sécurité. Il va bien, mais un passant a pris une balle.*

— Mauvais ?

— *Il survivra.*

— D'où vient la balle ?

— *C'est la partie étrange – nous ne savons pas. Il semble y avoir une balle en trop dans l'équation, donc la balistique est dehors maintenant avec les lasers.*

— Où es-tu ?

— *Toujours devant le Théâtre de Battery Park, mais nous allons nous diriger vers le poste du district onze sous peu.*

— Je te retrouve là-bas.

Trenton raccrocha, faisant signe à Harper de glisser de la banquette afin qu'il puisse sortir.

— Tout va bien ? demanda Harper alors que Trenton rangeait son téléphone et quittait la table.

— Il y a eu une fusillade impliquant Simon. Quelqu'un a pris une balle, mais le nombre de tirs ne colle pas. Je dois y aller.

— Je viens avec toi, ajouta Harper.

Trenton s'arrêta, se penchant sur Katianna qui s'était glissée derrière lui. Il embrassa son front, repérant l'expression inquiète sur son visage.

— Est-ce que je viens avec toi ?

— Non, bébé, je ne peux pas t'emmener.

Il espéra lisser ses rides d'inquiétude avec un passage de sa main dans sa frange.

— Vas-y, je vais m'occuper d'elle.

Dane offrit de garder Kat avec lui.

— Je vais l'installer dans la cabine d'Amelia jusqu'à ce que tu la rejoignes.

Marcus suivit quand Trenton et Harper furent tous les deux sortis de table.

— Je suppose que je vais courir jusqu'au bureau au cas où tu aurais besoin que quelque chose soit faxé.

Il jeta un peu d'argent sur la table afin de couvrir le pourboire pour leur serveuse.

Trenton toucha le visage de son esclave une fois de plus.

— Va avec Dane, je te rejoindrai plus tard.

Il l'embrassa et partit.

Trenton sortit son téléphone de sa poche lorsqu'il le sentit vibrer. Il savait que ce serait Katianna, mais fichtre, il ne pouvait pas s'en aller alors que quelqu'un avait tiré plusieurs coups de feu sur l'un de ses clients devant l'un des plus fameux théâtres de Broadway, et que deux personnes innocentes avaient été touchées. À présent, il était coincé dans un entretien avec la police qui commençait à ressembler de plus en plus à un interrogatoire.

— txt: *Amelia est prête à partir. Où es-tu ?* — disait le message de Katianna.

☙❧

Au club, Katianna attendait sa réponse. Amelia était en fait déjà partie et il la tuerait s'il savait qu'elle se tenait dehors à l'attendre, mais elle avait développé une migraine, et voulait simplement être libérée du club. Pour couronner le tout, elle était impatience d'être dans ses bras puisqu'il n'avait pas réussi à venir au club afin de passer du temps avec elle.

Elle récupéra son téléphone lorsqu'il commença à sonner.

— Où es-tu ?

— *Hé, bébé – suis toujours coincé. J'ai envoyé un de mes hommes pour te récupérer. Son nom est William. Il devrait être là d'ici quelques minutes.*

— Et il me ramènera à la maison ?

— *Non, au bureau. Je te retrouverai là-bas et nous irons à la maison ensemble. Ils en ont presque fini avec moi ici.*

— D'accord.

— *Bisous.*

— Bisous.

Elle se retourna puis rangea son téléphone dans la poche de sa veste.

Elle fit les cent pas sur le trottoir pendant qu'elle attendait. Quelques minutes plus tard, elle remarqua un homme grand et élancé qui approchait.

— Mademoiselle ?

Il s'approcha lentement, avec un coup d'œil prudent et étrange autour d'elle.

— Vous attendez pour votre chauffeur ?

— Oui... vous êtes William ?

Il se redressa, un léger sourire aux lèvres.

— Oui, mais la plupart des gens m'appellent Will. La voiture est au coin de la rue.

Il désigna de la tête le bout du bloc d'immeubles.

Elle hésita un instant. C'était un peu étrange, elle aurait pensé que Trenton aurait demandé à William de se garer devant, mais la rue était effervescente et plusieurs voitures étaient déjà garées, donc elle le suivit sans y réfléchir plus. Sans jamais réaliser que ce serait sa pire erreur.

William se gara devant le club. Il avait déjà son téléphone en main pour appeler lorsqu'il repéra Katianna quittant déjà le club un peu plus bas sur le trottoir. Un inconnu marchant à côté d'elle lui envoya plusieurs signaux d'alarme alors qu'il regardait autour de lui nerveusement afin de voir si quelqu'un leur prêtait attention. Chaque cheveu sur la nuque de William lui hurla « problème ». Il sauta, s'approcha rapidement du devant de sa voiture.

— Katianna ! Non ! lui cria-t-il.

La seconde nécessaire pour que la petite femme se tourne afin de le regarder suffit afin que l'autre homme l'attrape. Il la tira en bas de l'allée, la traînant derrière lui. William piqua un sprint. Mais il entendit le crissement des pneus juste au moment où il atteignait l'entrée de l'allée. Il se retourna pour courir à son pick-up, appelant Trenton au téléphone alors qu'il faisait le tour du bloc avec l'espoir de leur couper la route.

❧

Trenton venait juste de monter en voiture lorsqu'il reçut l'appel.

— Qu'est-ce que tu me racontes putain ! hurla-t-il en entendant le rapport de William disant qu'il poursuivait quelqu'un. Qui l'a prise ? Bon sang, William ! Rattrape-les !

Trenton sentit les vibrations de son téléphone, et son cœur sombra en espérant que ce soit elle.

— Oh, Seigneur, hoqueta-t-il et il accepta aussitôt le second appel lorsqu'il vit l'appelant. Bébé...

Mais les pleurs de Katianna se déversèrent sur lui.

— *Oh, Seigneur, Trenton... Trenton, viens me chercher... J'ai tellement peur... quelqu'un m'a enlevée ! Un gars est venu et il a dit qu'il était William et je suis partie avec lui...*

— Chut, bébé...

Le cœur de Trenton était arraché de sa poitrine en entendant sa peur, sa douleur.

— Katianna, écoute-moi, bébé...

Trenton repéra Harper qui sortait du poste et il avança son véhicule, se garant sur le trottoir devant lui.

— Monte ! cria-t-il par la fenêtre.

— Ma voiture est juste...

— Je m'en contrefous ! Monte putain !

Trenton entreprit de descendre le trottoir avant que Harper puisse réussir à fermer sa portière et à attacher sa ceinture.

— Qu'est-ce qui se passe ?

— Appelle William au téléphone tout de suite !

Son attention revint à son appel.

— Bébé, où es-tu ?

— *Je ne sais pas... ils m'ont enfermée dans le pick-up. Oh, Seigneur, j'ai si peur, Trenton !* hurla Katianna au téléphone.

— Je vais venir te chercher ! Tiens le coup ! Je vais venir te chercher ! Est-ce que tu as vu la voiture, bébé ? Est-ce que tu sais dans quel genre de voiture tu es ?

— Je l'ai ! Il est dans leurs roues ! l'interpella Harper à côté de lui juste au moment où il entendait la voix de Katianna émettre un hurlement aigu, et ce qui ressemblait à des crissements de pneus et à du métal se pliant.

Puis il l'entendit hurler et donner des coups de pieds, pas à son intention, mais à quelqu'un d'autre.

— *Hé ! Je suis là ! Que quelqu'un m'aide ! Je suis piégée dans le véhicule ! Pitié, aidez-moi !*

Elle criait et il pouvait l'entendre frapper sur le véhicule, s'agrippant à l'espoir que quelqu'un d'autre l'entende et arrête les kidnappeurs. Mais ses appels à l'aide furent coupés lorsque Trenton entendit le son caractéristique d'une arme se déclenchant.

Les cris pour de l'aide s'arrêtèrent et Katianna se mit brusquement à parler d'une voix étouffée dans le téléphone de Trenton.

— *Oh, mon Dieu, Trenton, ils ont tiré sur quelqu'un...* sanglota-t-elle. *Il y avait quelqu'un à l'extérieur de la voiture et l'homme lui a tiré dessus... s'il te plaît, viens me chercher...*

Ses mots s'achevèrent sur des sanglots murmurés.

— *Trenton !*

Son nom se transforma en un cri à glacer le sang, plus de métal arraché, et puis le son crissant de pneus accompagné d'un bruit sourd et d'un cri de Kat.

— Je suis là, bébé... je suis là...

— *Bip-Bip* —

Ses yeux inspectèrent autour de lui, le son qu'il venait d'entendre ne s'enregistrant pas dans son esprit.

— Bébé, c'était quoi ?

Un faible murmure et le bruit étouffé de ses mains examinant son téléphone.

— *Le téléphone est sur le point de se couper.*

Trenton sentit ses intestins se décomposer brusquement. Son poing se serra sur le volant jusqu'à ce que ses articulations deviennent blanches. Il ne pouvait rien faire pour le moment. Il attendait que le portable s'allume. Il faudrait une autre minute avant qu'il puisse commencer à traquer son signal.

— Bébé, écoute-moi. Je vais te trouver. Tu sais ça... tu te souviens quand tu m'as accusé d'être J. Edgar Hoover ?

— *Oui*, murmura-t-elle doucement.

— Hoover ne valait rien comparé à ce que je peux faire. Tu dois seulement me promettre quelque chose bébé...

— *N'importe quoi,* cria-t-elle. *Je ferai n'importe quoi, je te le promets. Seulement, viens me chercher...*

— *Chut...* tu dois te soumettre. Ne les combats pas. Ne les énerve pas. Tu te soumets et tu restes en vie... tu m'entends ?

— *Non... je t'appartiens.*

— Oui, Kat. Tu m'appartiens. Donc tu fais ce que je te dis jusqu'à ce que j'arrive.

— *D'accord.*

— Maintenant...

Il grinça des dents à cause de ce qu'il allait lui dire.

— Je veux que tu éteignes le téléphone...

— *Non ! Non, non, non, non, non... Pitié, viens me chercher.*

Elle était perdue dans ses hurlements maintenant.

— Tu dois le faire, Kat... pour économiser la batterie. Fais-le. Quand la voiture s'arrêtera, recompose mon numéro et cache le portable dans le feu arrière là où ils ne le verront pas. D'accord ? Tu m'appelles et tu le laisses dans la voiture pour que je puisse te traquer.

Les doigts de Trenton se crispèrent autour du téléphone. Cela allait le tuer de raccrocher. Il pouvait entendre sa peur, la terreur qui pouvait détruire l'esprit d'une personne. Et cela arrivait à sa femme.

— Je t'aime, bébé. Je t'aime tellement, mais tu dois raccrocher le téléphone maintenant... d'accord ? Raccroche.

— *J'ai peur...* souffla-t-elle.

— Je sais. Tu dois me faire confiance. Je viens pour toi, petite souris... Je viens.

Ses oreilles se dressèrent, à l'écoute d'autres sons.

Clap-clap—Clap-clap—Clap-clap—

Il pouvait entendre les pneus rouler sur les joints des pavés de la route... ils passaient sur un pont. Ils l'emmenaient hors de l'île.

—Bip-Bip—

Trenton pressa le téléphone à sa tempe, fermant les yeux pendant une douloureuse seconde.

— Raccroche, bébé, chuchota-t-il.

— *Je ne peux pas...*

— Si tu peux... raccroche, petite souris.

Et il mourut quand il entendit la ligne cliquer et devenir silencieuse. Le poing de Trenton atteignit le tableau de bord dans une soudaine bouffée de rage. La douleur qu'il ressentait s'échappa de ses poumons dans un rugissement agonisant et assourdissant. Il osa jeter un coup d'œil à Harper assis à côté de lui.

— Ils ont tiré sur William, annonça Harper d'une voix plate.

Trenton déposa Harper près du lieu où l'on avait tiré sur William et entendit immédiatement la nouvelle qu'heureusement la blessure n'était pas critique et qu'il s'en sortirait. Mais Trenton évita la scène. La dernière chose dont il avait besoin était des locaux collés à son cul, se mettant sur son chemin. Déjà, il avait Diesel et les autres au téléphone, et mettait en place un plan d'extraction. C'était tout ce qu'ils pouvaient faire jusqu'à ce que Katianna le rappelle, et il priait pour qu'elle le fasse. Devoir charger la Knight avec des armes et des munitions fut la seule chose qui l'empêcha de perdre la tête.

Le son bruyant des palettes d'hélicoptère à l'approche indiqua l'arrivée de Marcus et Dane.

— Ils sont là. Laissons-les récupérer quelques armes puis nous pourrons partir, annonça-t-il à son équipe.

Diesel rejoignit Trenton en brandissant plusieurs fusils de sniper, un Barrett M82a1, un CM19 automatique avec une lunette ultra-puissante, un Iron Eagle avec un rail E-Tac et également le fusil de reconnaissance préféré de Dane. Ils étaient spéciaux pour eux. Les gars marchant à côté d'eux étaient aussi lourdement armés.

— Tout le monde a reçu son micro pour la gorge.

Trenton adoptait le système de communication militaire avec un micro de gorge pour chacun de ses hommes.

— Oui, Boss, répondirent tous les hommes en accrochant les colliers à velcro autour de leur cou.

Trenton s'arrêta à côté de l'hélicoptère sur le toit de la plateforme d'atterrissage, observant avec attention l'équipe. S'assurant qu'il avait placé tout le monde à leur meilleure place.

— Carlos, Rick – vous prenez les airs avec Dane et Marcus. Max, avec Tyree, Jay et Lance, vous prenez le Hummer. Alan, prends le pick-up de Diesel et rejoins Harper afin de le ramener aussi vite que possible. Fifi et Pedro, vous serez avec Diesel et moi.

— Est-ce que tu as déjà reçu l'appel ? demanda Petro, sachant que du signal provenant du téléphone dépendrait leur action à tous.

Trenton secoua la tête.

— Non, mais nous avons récupéré un écho sur le traceur avant qu'elle éteigne son téléphone. Nous savons qu'ils étaient dans le Tunnel Holland.

— Trenton.

La voix de Dane lui parvint via le système de communication dans son oreille.

— Oui, Dane.

— Pars devant et dégage la voie. Tu peux attendre l'appel aussi bien ici que sur les quais sous le pont Holland. Appelle-nous lorsque tu as quelque chose. Cela ne nous prendra pas plus de cinq ou dix minutes pour te rattraper.

Trenton se retourna. La rotation des pâles au-dessus de sa tête balayait ses cheveux dans ses yeux, mais son esprit était concentré alors qu'il jetait un coup d'œil par la fenêtre de l'hélicoptère Sikorsky à Dane, assis derrière les commandes. Il opina.

— Allons-y les gars.

Diesel s'avança et claqua une main sur son épaule puis la serra fermement.

— Nous allons la ramener saine et sauve.

L'appel arriva pendant qu'ils étaient *en route*. Les deux hommes qui l'avaient prise avaient retrouvé deux autres hommes. Les hurlements de Kat pour recevoir de l'aide se déversèrent par l'écouteur, éminçant sa santé mentale. S'il la blessait... s'il ne la récupérait pas, le bain de sang qu'il délivrerait était une pensée noire terrifiante dans sa tête.

Diesel transféra l'appel du téléphone vers le portable où ils purent obtenir plus de détails sur ce qui se passait. Les cris de Katianna s'étaient tus, et ils entendaient la voix de quatre hommes se disputant, mais ce fut bientôt réglé par des coups de feu. Juste deux tirs et rien de plus.

Trenton avait seulement une piste à suivre. Le nom *Kirshnov* avait été prononcé pendant la dispute.

— Où est-ce que tu diriges un bordel et une maison d'opium ? se demanda Trenton tout haut.

Mais Diesel trouva la réponse.

— Kirshnov a une propriété à son nom. La vieille usine à papier – *excellent* – c'est juste à côté de la zone avec les conteneurs pour le port de fret.

Trenton transmit l'information aux autres via la radio et ils prirent la direction de l'embarcadère du port de Newark.

Katianna était allongée sur le sol dans une cellule qui était un peu plus grande qu'une caisse. Ses chevilles et ses poignets étaient douloureusement liés par du câble électrique. La puanteur des autres et les vapeurs épaisses d'opium s'infiltraient, dissuadant tout vœu pieux d'évasion. Ses yeux vacillèrent vers les deux autres filles qui se trouvaient avec elle dans la caisse ouverte. L'une d'elles s'était blottie dans un coin, recroquevillée le plus possible sur elle-même, et l'autre était une fille asiatique. Ses chevilles étaient prises au piège dans un carcan, les plantes de ses pieds couvertes de zébrures rouges qui suintaient de sang séché. Les deux filles avaient été dépourvues de leurs vêtements, et n'avaient rien de plus qu'un sac-poubelle pour couvrir leurs corps.

Le bruit sourd de lourdes bottes se rapprocha et les dépassa. Katianna mordilla l'intérieur de ses joues afin d'étouffer les sons craintifs qu'elle voulait faire, mais refusa de prononcer n'importe quels pleurs ou prières pour de l'aide, bien qu'elle soit incapable d'arrêter ses tremblements.

Le temps sembla s'étirer devant elle dans une brume hallucinogène. Les murs et le plancher se déplaçaient et ondulaient. Les gémissements ressemblaient à des cris, les larmes ressemblaient à du plaisir. Elle se mit à vomir.

Quelqu'un cria et le son diminua comme avec le basculement d'un interrupteur. Il y avait un gargouillis ou quelque chose qui résonnait dans les poutres d'acier au-dessus d'elle et qui lui envoyait seulement des images cauchemardesques qui ricochaient, faisant couler des larmes sur son visage.

Les secondes devinrent des minutes, qui à leur tour se transformèrent en heures. Elle n'avait aucune idée du temps qu'elle avait passé sur le sol, elle savait seulement... que personne n'était venu.

CHAPITRE QUARANTE-DEUX

Kirshnov parlait à ses hommes afin d'arranger le transport des caisses qui contenaient les filles hors du pays. Maintenant, il avait la fille avec les yeux bleu neigeux pour s'accorder avec ses deux autres filles de valeur. Le fret qu'il avait réservé était retardé et il fulminait en essayant de trouver un autre voyage prévu pour quitter le port. Son téléphone sonna dans sa poche, et il le récupéra machinalement, l'ouvrant sans vérifier l'appelant, supposant que c'était probablement sa femme ou un autre membre de sa famille, vu que c'était sa ligne privée.

— *Gah ?* dit-il dans un salut informel tchèque.

Une voix inconnue, froide et affligée arriva sur la ligne.

— *Tu as quelque chose qui m'appartient et je veux le récupérer.*

La concentration de Kirshnov s'affûta, fixant toute son attention sur l'homme au téléphone et il s'éloigna de ses hommes afin d'éviter tout espionnage de leur conversation, mais également afin de mieux entendre l'homme qui, en dix petits mots, en avait exprimé cent. Chacun d'eux disant que son temps était venu.

— Qui est-ce ?

— *À qui d'autre as-tu donné ton numéro personnel ? À part à ta famille…*

La voix masculine s'exprimait dans un ton mélodramatiquement contrôlé qui refusait d'être bousculé ou questionné pour des informations non pertinentes.

— *Et le Dominus.*

— Dominus, c'était si impoli de ta part de ne pas m'inviter à ta fête alors que nous avons tant en commun.

— *Ce que j'ai à dire est encore moins poli, Nikolai… Je veux récupérer mon esclave.*

Il y eut un autre moment de silence avant que l'homme parle à nouveau.

— *Je vais venir pour elle.*

Kirshnov pivota en claquant des doigts afin d'attirer l'attention de ses hommes puis fit un signal tourbillonnant avec sa main, leur ordonnant de conclure. Il était temps de déguerpir.

— *Ne t'ennuie pas à faire tes bagages. Je suis déjà là.*

Et fort à propos, sortant des zones d'ombres de l'entrepôt, s'avança le Dominus Trenton Leos, marchant comme s'il possédait le monde.

Les hommes de Kirshnov tendirent instantanément la main vers leurs armes, mais Trenton était déjà préparé, et deux armes flashèrent de ses bras levés et abattirent les deux premiers hommes. Trenton écarta les bras et fit feu à nouveau, chaque tir atteignant un autre homme. Il accéléra le pas jusqu'à ce qu'il ne soit qu'à quelques mètres de Kirshnov, et il pivota l'un de ses bras, l'un visant le prochain homme sur la liste, l'autre visant en plein dans le front de Kirshnov.

Un autre homme de Kirshnov s'avança, sa main posée sur l'arme toujours cachée sous sa veste.

— *Ah-ah-ah...*

Trenton agita un flingue vers l'homme puis jeta un coup d'œil à Kirshnov. Il lui offrit un avertissement insolent.

— Dis à ton gars de reculer ou la prochaine est pour toi, Nikolai.

— Tu es en sous-nombre, mon *přítel* Dominus. Et où est ton Patronus ?

Au même moment, quelque chose traversa les fenêtres en hauteur et frappa l'homme de Kirshnov à la tête, éclaboussant de sa matière cérébrale les deux hommes se tenant à côté de lui avant qu'il ne tombe au sol. Le tir de sniper fut suivi par le son de pales d'hélicoptères à l'approche. Les yeux de l'homme restant se portèrent vers les autres hauts plafonds de l'entrepôt et suivirent le son alors que l'hélicoptère survolait la vieille usine.

Trenton garda ses yeux fixés sur Nikolai et ses hommes.

— Et te voilà encore, à sous-estimer ma position dans cette ville. Cependant jusqu'à présent, je pensais qu'il était plus approprié que tes traces de sang soient laissées aux fédéraux pour être suivies.

Kirshnov aboya un ordre vers ses hommes en tchèque. Quatre d'entre eux quittèrent la pièce, six autres rangèrent leurs armes. Kirshnov fixa le canon du silencieux monté sur l'arme pointée sur lui, puis remonta sur le bras de Trenton, et rencontra son regard. À part une goutte de sueur sur sa tempe, Kirshnov gardait son calme.

— Peut-être que nous pouvons faire affaire alors... toi et moi, nous pouvons régler ceci.

— Je veux que ma propriété revienne et je veux que tu te retires de mon territoire... pour de bon. J'en ai assez de tes opérations fumeuses.

Nikolai se détendit un peu plus, ses yeux prenant une teinte sombre et sinistre. L'homme était diabolique jusqu'à la moelle. Trenton pouvait le voir et toute suggestion d'accord de la part de cet homme serait mauvaise.

— Ton esclave, tu disais ? Voyons voir si nous pouvons trouver de laquelle il s'agit.

Kirshnov claqua un doigt devant un de ses hommes.

— Ivan, va chercher les filles.

Ivan, un homme grand et costaud avec une barbe lourde et sombre s'avança, mais Trenton pointa son arme droit sur lui.

— Ivan, dit-il en souriant à l'homme tandis que ses yeux volaient vers le toit. J'emploie les meilleurs snipers des forces américaines.

Les lèvres d'Ivan se tordirent sous les poils sombres de sa barbe, mais ses yeux gris sombre ne donnèrent aucun indice de ses émotions.

Trenton baissa ses armes et observa avec circonscription. Un œil sur Ivan alors qu'il se dirigeait dans le dédale de murs partitionnés du bordel souterrain, son autre toujours fixé sur Kirshnov.

Un moment plus tard, les filles furent amenées comme un collier de perles cabossé et brisé. Leurs corps couverts des marques de coups de fouet répétés et de piercings forcés, plus violents et plus impardonnables que tout ce que Trenton avait déjà vu. Les coups que ces filles avaient endurés avaient laissé des traces qui resteraient. Même les Doms les plus agressifs, qui s'avéraient posséder des soumis qui appréciaient un traitement à la dure, ne produisaient pas autant de dégâts.

Si la peau était entamée, des onguents efficaces étaient appliqués sur le soumis pour guérir leurs marques et pour s'assurer que leur esprit ne soit pas endommagé dans le processus. Mais ces filles n'avaient pas seulement été battues par des hommes avec des désirs malades. Elles avaient été brisées par des chiens sauvages qui jouissaient grâce à une pure cruauté. Et aucune de ces filles n'était sa Katianna.

Trenton fit un pas de côté, remontant la pointe de son arme jusqu'à ce qu'elle soit à quelques centimètres de la tempe de Kirshnov. L'un des hommes de main tendit le bras vers son arme pour protéger son patron. Trenton leva sa seconde arme de poing en un éclair et fit feu en premier. L'homme tomba raide mort et chuta sur le sol.

Trenton nargua Kirshnov dans une expression moqueuse.

— Tss, tss... je déteste vraiment quand les gens ne font pas ce que je leur dis, Kirshnov. Ces filles sont avariées. Maintenant, amène-moi mon esclave ou tu vas bientôt te retrouver à court d'hommes.

Kirshnov claqua des doigts et Ivan disparut à nouveau dans le labyrinthe. Un autre dealer au noir de Kirshnov s'approcha avec une nouvelle chaîne de filles et elle était là – la troisième dans la rangée et comme les huit autres qui étaient amenées avec elle, elle était tirée par un nœud coulant autour de son cou, enchaînée en guirlande à la fille précédente et à la suivante. Leurs mains étaient liées derrière leurs dos et elles avaient seulement pour vêtement un sac-poubelle avec un trou pour leurs bras et leurs jambes. Kat était pieds nus et il pouvait voir l'anneau de meurtrissures rouges autour de ses chevilles, là où elle avait été attachée trop fermement. Contrairement aux autres, elle n'était pas aveuglée par un bandeau. Elle était complètement consciente de ce qui se déroulait autour d'elle et elle voyait aux premières loges combien le monde pouvait être diabolique.

Les mains de Trenton se serrèrent si fort qu'il était certain qu'il allait briser quelques-uns de ses propres os en essayant de ne pas tuer tout le monde tout de suite.

Des mots apaisants furent prononcés à l'intérieur du petit outil de communication invisible dans son oreille.

— *C'est elle ?*

Trenton essuya son front – le signe pour une réponse affirmative.

— Alors, Dominus… est-ce que tu vois ce que tu cherches ? lança Kirshnov.

— La troisième en partant du fond.

— *Ahh*, j'aime celle-ci aussi. Elle est si petite – *hah* ?

— Pourquoi ses yeux ne sont-ils pas bandés comme les autres ?

— Ses yeux. Comme deux icebergs. Ils luisent presque dans l'obscurité. Ils me rappellent ma maison.

Trenton faisait un grand effort sur lui-même pour garder son sang-froid. Il voulait se jeter sur ce fils de pute et l'émincer en un million de morceaux. Ses muscles devenaient si tendus par le stress, que cela affectait sa respiration, qui sortait difficilement de ses poumons. Il tremblait intérieurement. Il faisait tout son possible pour ne pas presser la détente. Il détestait tout ce que cet homme représentait. Ce qu'il faisait aux femmes. Mais essentiellement, il détestait ce qu'il faisait à sa propre femme – à Katianna.

Il s'avança et prit gentiment Katianna par les épaules. La petite femme hurla d'une peur terrible, pas les cris qu'elle lui donnait quand il la surprenait, mais des cris d'une pure terreur. Des yeux dilatés, écarquillés d'horreur, volèrent vers lui, et elle se figea. Tout son corps se mit instantanément à trembler et elle faillit fondre en sanglots bruyants en le voyant. Il avait envie de la tenir, d'enrouler ses bras autour d'elle et lui faire savoir qu'elle allait bien, qu'elle était en sécurité, mais elle ne l'était pas... *pas encore*. Et il ne pouvait pas se permettre de montrer un tel attachement envers elle devant Kirshnov. Cela motiverait seulement l'homme à s'accrocher à elle.

Il avait seulement besoin d'un délai suffisamment long afin que ses hommes abattent ceux de Kirshnov à l'extérieur. Alors il n'y aurait plus que les cinq hommes se tenant autour de lui, plus Kirshnov.

Trenton souleva le nœud de corde de son cou et l'extirpa de la chaîne de filles. Elle trébucha à chaque pas, révélant qu'il y avait quelque chose qui n'allait pas avec la plante d'un de ses pieds. Ils étaient couverts de la sciure grise qui recouvrait le sol de l'entrepôt et il pouvait seulement supposer qu'elle avait des coupures sur ses plantes. Il l'examina rapidement, et mis à part qu'elle était sale et que des bleus commençaient à se former sous ses attaches, elle semblait aller bien jusque-là.

— Je suis désolée... je suis désolée.

Sa voix se brisa tandis que des sanglots lui échappaient.

— Chut, chuchota-t-il.

Il ne pouvait rien dire de plus qu'ils n'entendraient pas. Il plongea la main dans la poche de sa veste et sortit un bandeau qu'il leva devant son visage.

— Je vais arranger tout ça et la seule chose que tu as besoin de faire est de te concentrer sur ma voix.

Il s'approcha plus près, en chuchotant à son oreille.

— Cela va devenir très effrayant dans une minute, mais tu dois me faire confiance...

Il plaça le bandeau sur son visage, le sécurisant afin qu'il couvre l'essentiel de son visage et qu'elle ne puisse même pas jeter un coup d'œil en dessous du tissu.

— Je vais te sortir de là et te ramener à la maison. Tu dois me faire confiance, d'accord ?

— La tienne ? s'étrangla-t-elle.

— Oui. Continue seulement à écouter ma voix.

— Celle-ci, c'est une bonne trouvaille, dit tout haut Kirshnov. Je ne crois pas que je vais me séparer d'elle si tôt.

Trenton put détecter le coup monté dans la voix de Kirshnov.

— Peut-être que tu peux simplement venir et profiter d'elle de temps en temps. Je serai plus que ravi de te faire une réduction. Qu'est-ce que tu préfères ? J'ai des femmes à battre et puis j'ai des femmes à baiser. Et le prix est identique si tu veux faire un peu des deux.

Trenton vit les hommes restants de Kirshnov prendre position à sa périphérie. Ils avaient fait l'erreur de penser qu'ils avaient l'avantage.

— *Périmètre dégagé. Prêt et en position*, entendit-il Diesel annoncer dans son oreille.

Trenton se tourna, affrontant Kirshnov.

— Tu as mal compris, Kirshnov. Je ne suis pas venu pour acheter du temps avec elle ou pour acheter une femme. Je suis venu récupérer ce qui est à moi.

En un mouvement agile, connu uniquement par un soldat s'exposant pour protéger, Trenton souleva Katianna dans ses bras, et la déposa au sol en roulant. Sa main armée se leva et il ouvrit le feu alors qu'ils roulaient hors de portée des tirs des autres. Plus de balles résonnèrent et du verre brisé tomba au-dessus de leur tête.

Trenton continua à les faire rouler tous les deux, s'arrêtant uniquement lorsqu'il fut au-dessus de Katianna, la protégeant de son corps. Il continua à faire feu jusqu'à ce que plus personne ne reste debout. Sa brave petite souris, avec ses doigts serrés dans sa chemise, n'avait pas émis un son.

Trenton garda Katianna dans ses bras à l'arrière du véhicule pendant qu'ils roulaient. Diesel conduisait devant en compagnie de Fifi qui tenait le fusil. Pedro était à l'arrière avec lui, ses yeux dirigés sur quiconque pourrait tenter de les suivre, mais son regard voltigeait occasionnellement vers la femme dans les bras de son patron, avec une profonde inquiétude.

— Trenton ? chuchota Katianna rien que pour lui.

— *Chut*, bébé, je te tiens.

— Il fait toujours noir.

— Chut, je sais. Fais-moi confiance bébé, il faut que cela reste comme ça un peu plus longtemps.

Une main ferme maintenait sa tête contre sa poitrine, remplissant ses oreilles du martèlement de son cœur, fort et puissant.

Trenton savait qu'elle était toujours terrifiée et qu'elle voulait désespérément que le bandeau soit retiré afin que ses yeux puissent lui dire qu'elle était en sécurité, mais il savait que cela incrusterait le cauchemar dans sa mémoire encore plus loin, le rendant pire. Une confiance aveugle ramènerait sa sécurité entre ses mains à lui et empêcherait les cauchemars qui suivraient pendant les prochains jours de s'accrocher à elle comme ils l'avaient fait par le passé.

— Elle est en état de choc.

Pedro s'approcha, offrant une couverture pour l'envelopper. Et il aida pendant que Trenton déchirait le sac-poubelle de son corps.

— Ce n'est pas la seule chose qui ne va pas, dit Diesel à haute voix. Cet endroit était saturé d'opium. Les filles doivent être dopées 24h/24 et 7j/7.

— Nous devons envoyer quelqu'un là-bas pour les autres.

Trenton parlait tout bas, ne voulant pas que ses propres inquiétudes s'infiltrent dans Katianna.

— Je m'en suis déjà occupé. Harper est arrivé juste au moment où nous sortions.

— Qui a-t-il impliqué dans tout ça ?

— Il a passé un coup de fil à Johnson.

— Johnson avec les Fédéraux ?

Trenton adressa sa question au reflet de son frère dans le rétroviseur intérieur. Diesel fit un hochement de tête, qui se refléta vers lui.

— Comment les a-t-il empêchés d'interférer ?

— J'ai gardé le secret notre localisation jusqu'à ce que nous l'ayons sortie. Si quelque chose avait mal tourné, elle aurait pu être prise dans des tirs croisés. Je ne pouvais pas risquer ça, ni toi, d'ailleurs.

Trenton prit une profonde inspiration et laissa échapper un long soupir de soulagement, étreignant fermement sa licorne dans ses bras. Il l'avait récupérée, ses frères avaient tout risqué afin de ne pas mettre sa vie à elle en danger, et elle était en sécurité maintenant. Il devait simplement guérir son esprit et effacer le souvenir de cet endroit diabolique. Ses yeux se fermèrent, ses lèvres s'attardèrent sur ses cheveux.

— Merci, messieurs.

— C'est à ça que servent les frères, lui répondit Deez.

CHAPITRE QUARANTE-TROIS

SIX JOURS PLUS TARD

Trenton avait soigné et parlé à Katianna pendant sa convalescence durant les cinq derniers jours. Son corps avait été saturé d'opium, et il avait découvert également de lourdes quantités d'éther lorsqu'il avait lu les résultats de ses tests sanguins. C'était une chose d'appartenir à un style de vie impliquant Domination et Soumission, où tout le monde, notamment les soumis, était un participant volontaire. Cela en était une autre d'être brusquement aspirée dans un tourbillon de ténèbres qui semblait presque identique. La présence d'un diable prenant une chose et la tordant en quelque chose de bien pire jusqu'à ce qu'elle serve uniquement de nourriture à un démon sadomasochiste hors de contrôle avec aucune pensée pour le soumis. Il craignait qu'elle sorte de tout ceci et ne récupère jamais, ne soit jamais capable de distinguer les deux. Son esprit et ses souvenirs éternellement endommagés.

Cela prit trois jours pour que son *Delirium Tremens* s'apaise, et il passa les deux jours suivants à retaper son corps avec les vitamines et les fluides dont il avait besoin. Il ne quitta jamais son chevet, remplissant ses oreilles avec les murmures de son adoration et des ordres doux. Lui donnant l'expérience qu'il avait toujours l'intention de lui offrir. Sa possession de son corps était destinée à être une chose magnifique. Quelque chose qu'elle acceptait librement, pas *contre* sa volonté. Et lorsqu'elle se réveillait la nuit avec un cauchemar, il était là pour la tenir, et pour repousser ses larmes de baisers.

Six jours – et sa petite souris était déjà sortie de son trou de ténèbres émotionnel.

༺ꞈ༻

Katianna était allongée éveillée sur le lit, les rayons du soleil de ce début de matinée filtrant à travers les lourds rideaux sur les fenêtres. Elle se tourna pour voir le visage de Trenton niché près du sien, dormant confortablement. Elle cligna fortement des yeux, les laissant s'ajuster à l'éclairage ombragé de la pièce. Elle était dans la maison de Trenton ; la large verrière au-dessus de sa tête le lui confirmait.

Depuis combien de temps était-elle ici ? Elle se gratta la tête. Elle avait l'impression qu'elle venait juste de traverser l'une de ces scènes infernales de films comme dans *Terminator* ou *Mad Max* et que par un miraculeux coup du crayon qui écrivait l'histoire de sa vie, elle se réveillait de retour dans les bras de son Dominus.

Elle sentit une brusque bouffée de panique monter en elle – elle avait besoin d'être sûre que c'était réel. Qu'elle était vraiment dans ses bras et en sécurité. Elle posa les mains sur ses épaules et le secoua pour le réveiller.

— Trenton, Dominus, s'il te plaît, réveille-toi pour moi...

Les larmes s'accumulèrent dans ses yeux alors qu'elle le suppliait de sortir de son sommeil.

༺ꞈ༻

Trenton entendit sa voix. Il était certain que c'était un autre cauchemar, mais lorsqu'il leva la tête pour la regarder, elle lui rendit son regard, ses yeux brusquement ravis.

Ses mains se plaquèrent sur ses joues.

— C'est vraiment toi. Tu m'as.

Le cœur de Trenton se gonfla. Elle était éveillée et cohérente, et recherchait sa sécurité. Ses bras s'enroulèrent autour d'elle, l'attirant contre sa poitrine, et il embrassa son front.

— Oui, bébé. Tu es ici avec moi, saine et sauve.

Katianna expira une profonde bouffée d'air, ses yeux se fermant en papillonnant pendant un moment et l'expression chaleureuse grandissant sur son visage, indiquant qu'elle était heureuse d'être de retour là où était sa place.

— Il y avait d'autres filles là-bas... que leur est-il arrivé ? chuchota-t-elle contre son corps.

— Elles sont en sécurité maintenant. Les secours ont été appelés dès que nous t'avons trouvée.

Elle leva le regard vers lui avec les yeux bleu pâle qu'il aimait observer.

— C'était juste un cauchemar, n'est-ce pas ?

— Oui, bébé, seulement un cauchemar. Et il est fini. Tu es de retour en sécurité dans mes bras.

— Embrasse-moi, Trenton, laisse-moi sentir tes lèvres.

— As-tu oublié qui donne les ordres ici ?

— J'ai besoin de savoir que tu me veux toujours. Que je n'ai pas été gâchée.

Ses yeux le cherchaient frénétiquement.

— Est-ce que tu me veux toujours ?

— Personne ne prend mon esclave. Tu es à moi, tu m'entends ?

Il se pencha en avant, délivrant le baiser dont elle avait besoin pour faire cette distinction, pour combler son besoin de sécurité. Son baiser était doux et désespéré, et elle se pressa pour obtenir plus de lui, comme si elle ne pouvait pas sentir ou goûter assez. Il se resserra un peu plus autour d'elle, la pressant dans sa poitrine, l'écrasant contre lui. Trenton inclina sa tête pour plonger son baiser plus profondément en elle. Sa langue s'emmêlant avec la sienne, lapant le goût de son besoin désespéré de savoir qu'elle était toujours sienne.

Il rompit le baiser pour renforcer sa revendication afin qu'elle puisse l'entendre.

— Tu m'appartiens... tu seras toujours à moi. Je ne te laisserai jamais partir. Mon Esclave de Vie, je te l'affirme, grogna-t-il avant d'embrasser son cou, et puis de pincer son lobe d'oreille.

Pourtant, « l'avoir » allait bien plus loin que ça. Elle faisait tourner sa tête, battre son cœur d'une façon incontrôlable, et ses mains souffraient pour rester loin d'elle, ne voulant jamais la lâcher.

Pour le moment, ses doigts se pressaient entre ses cuisses, savourant la pression étroite de ses muscles. Elle savait qu'elle ne devait pas bouger jusqu'à ce qu'il le fasse pour elle ou lui dise de le faire. Puis ses doigts explorèrent ses replis afin de les ouvrir pour lui, la caressant gentiment alors qu'elle haletait sous son baiser.

— Tu es sûr ?

Sa voix était presque incertaine, mais il y avait également un soupçon de taquinerie en elle. Il la sentit, vit sa nécessité dans ses yeux alors qu'elle le regardait.

— Je me souviens distinctement de toi me disant que les lions s'accouplent pendant six jours avant que leur accouplement ne soit fini. Je pense que tu me dois trois jours de plus.

Et alors l'espièglerie provoquante dans son ton le réchauffa et défia ses sens mâles d'Alpha. Contesta sa revendication.

— Eh bien, alors... dit-il alors que sa main se pressait pour ouvrir ses cuisses et roulait entre elles. Nous pourrions avoir à recommencer depuis le début.

Il grogna alors qu'il se pressait sur ses bras et frottait son sexe déjà dur contre elle jusqu'à ce qu'il s'écrase contre son entrée humide.

— Juste pour être certain.

Et il plongea amoureusement ses dents dans son épaule afin de reprendre sa revendication sur son Esclave de Vie.

FINI

Cette série se poursuit dans le prochain volume :
Dominer l'Heritiere

À PROPOS DES AUTEURS

Nous sommes venus— nous avons vu— puis nous avons rendu cela sexy.

C'est ainsi que les jumeaux en sont venus à écrire de la fiction érotique. Les jumeaux, Talon et Tarian de TPS Publishing, écrivent ensemble depuis leur plus tendre enfance, se défiant mutuellement tout en étant les plus grands supporters l'un de l'autre.

Pour eux, l'écriture a toujours été une question de fiction apocalyptique et de scénarios de films dans le genre action/drame et un peu de science-fiction. Ce n'est que lorsqu'ils ont commencé à écrire l'histoire d'une fiction historique que leur travail s'est orienté vers le genre érotique, qu'ils n'ont plus quitté depuis.

Après avoir passé leur vie à accumuler de l'expérience et à perfectionner leurs talents de conteurs, ils ont enfin commencé à mettre tout cela sur papier. *"Nous pensons qu'une bonne histoire doit vous faire vivre une expérience émotionnelle, vous faire vibrer et vous faire tourner en rond jusqu'à ce que vous ayez le vertige. Tout cela pour que les lecteurs puissent s'y plonger et s'évader de leur journée quand ils en ont besoin ou envie, et pour aiguiser leur appétit."*

Veillez donc à vous réserver des moments d'intimité, à vous servir un verre de vin et à vous installer confortablement, car, comme le dit toujours Talon—

"Je suis sur le point de vous exciter"

~ Talon ps

SUIVANT DANS LA SÉRIE

~ BDSM GOLDEN FLOGGER PRIX DE LA MEILLEURE ROMANCE ÉROTIQUE BDSM DE L'ANNÉE~

Dominer l'Héritière

LA SÉRIE DES FRÈRES DU DOMINION: LIVRE 2

*Romance MF/ **BDSM / D/s** / Romance entre milliardaire et héritière / Romance érotique / Jeux sensoriels / Lutte de pouvoir / Écart d'âge inverse / Jeu fétichiste / Fessée / Entraînement au corset / Chaleur extrême et épicée /Langage adulte explicite*

L'héritière Amelia Quinneth est connue pour dominer le dominant. Être vice-présidente de la fortune et de l'entreprise familiale rend le fait d'abandonner le contrôle plus que compliqué. Néanmoins, la soumission est ce qu'elle désire le plus à la fin de la journée, et aucun contrôle sur sa vie ne peut l'amener à ce bonheur impossible à obtenir. Jusqu'à ce que, frustrée par le manque de satisfaction, elle finisse par s'adresser au Dominus Trenton Leos, afin qu'il lui trouve un Dom qui pourrait prendre les rênes et satisfaire ses besoins.

Cependant, malgré sa requête, elle ne s'attendait pas à devoir rencontrer son nouveau Dom tout en restant les yeux bandés pour les trente-six heures suivantes.

Le Dom d'Amelia s'avère être un homme de tête qui lui montre rapidement qui a le contrôle et la dépouille de toutes ses couches, une par une, jusqu'à ce qu'elle trouve la véritable euphorie qui vient de la compréhension de sa capitulation.

Les murs qu'elle a érigés afin de définir ses fantasmes sont détruits, mais pour savoir qui est son nouveau Maître, il y a un mur de plus qu'elle doit laisser tomber, et elle n'est pas certaine de le pouvoir.

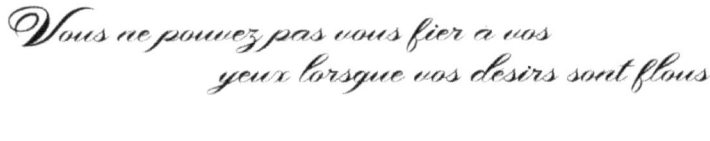

Vous ne pouvez pas vous fier a vos yeux lorsque vos desirs sont flous

EXTRAIT DU CHAPITRE UN

Trenton Leos, l'homme que tout le monde vénérait comme Le *Dominus*, se tenait devant elle, le bandeau en soie couleur merlot entre ses mains, puis il le leva vers ses yeux.

— Attends.

Elle essuya ses mains sur ses cuisses, prenant une autre profonde inspiration. Elle devenait de plus en plus anxieuse à chaque minute qui s'écoulait. Deux mois auparavant, elle était allée voir le Dominus afin de le supplier de lui trouver un Dom. Puis trois semaines auparavant, il lui avait amené un contrat écrit sur un parchemin, envoyé par un

Maître approuvé acceptant de la revendiquer comme Sa propriété afin d'être utilisée selon Son Bon Vouloir et Son plaisir pendant le délai contractuel. Trente-six heures, c'était le nombre d'heures pendant lesquelles elle Lui serait soumise. La missive avait même été écrite avec une plume. L'élégance de la lettre l'émut tellement qu'elle signa presque avant même de l'avoir lue. Mais le contrat était davantage détaillé. Il comprenait une liste complète de choses qu'ils pourraient faire dans une scène. Et il lui était demandé de répondre : *oui – non – Je ne suis pas certaine d'être prête.* Il y avait aussi un chapitre consacré à la santé. Il demandait ce qu'était son bien-être personnel, jusqu'à ses plats préférés, et incluait comme premier ordre de subir des tests par le médecin de son choix. Même si ce n'était pas les quelque cinquante pages de questions que contenaient le dossier du Dominant, son futur Maître n'avait pas laissé beaucoup de place au hasard.

Le contrat détaillait également à quoi s'attendre. Qu'à aucun moment elle ne serait appelée par son nom. Reconnue uniquement comme *Son pet.* Ils utiliseraient les mots de sécurité universels : *Rouge – Jaune – Vert.* Mais elle aurait également un mot de sécurité pour les moments où elle aurait besoin de pauses personnelles, comme celles pour aller aux toilettes. Celui-là serait *Magenta.* Et finalement, il y avait une note écrite de la part de son Maître, lui faisant savoir qu'il était impatient de passer ce moment avec elle et qu'il lui enverrait une dernière lettre après avoir lu ses réponses au contrat.

Lorsque Son courrier arriva, il fut livré avec les détails du weekend, incluant une liste d'objets personnels qu'elle devrait porter et apporter. Maintenant, avec sa valise attendant près de la porte du *Club Pain*, se tenant au seuil de ses plus grands souhaits – elle hésitait.

Trenton fit une pause, lui autorisant un moment et abaissant légèrement le bandeau, tout en le gardant proche pour lui rappeler que le moment était venu pour elle de ne plus avoir le contrôle.

— Il est temps, Amelia. À moins que tu veuilles utiliser ton mot de sécurité.

— Jaune. J'ai besoin d'utiliser mon jaune.

Trenton secoua la tête.

— Il n'y a pas de jaune ici pour ça. Soit tu le fais, soit tu ne le fais pas. Alors, dis rouge ou vert.

— Quoi ? Pourquoi ?

Sa main se leva pour attraper le tissu de soie, quelque chose qu'elle pouvait faire pour retarder cet instant. Pour avoir une meilleure emprise sur les évènements de la nuit.

— Parce que tu conduis avec ton pied appuyé sur le frein depuis quatre ans maintenant. Ton corps désire la soumission comme aucun autre, et pourtant tu continues à dominer le Dominant, ce qui te laisse insatisfaite. Tu ne peux pas avoir les deux façons. Pour apprécier le plaisir de la soumission ultime, tu dois te soumettre complètement. Tu es venue me demander un Maître, et j'en ai trouvé un. Quelqu'un qui désire relever le défi d'accepter ta soumission, et c'est le moment Amelia.

Il lui fit un doux sourire, celui qui la touchait profondément avec la promesse de délivrer un plaisir succulent, et il attendit.

Elle prit une grande inspiration, ressentant sa promesse jusqu'au plus profond d'elle-même, mais ce n'était pas suffisant pour qu'elle abandonne son dernier sursaut de contrôle.

— Pourquoi dois-tu me soumettre les yeux bandés ?

Elle se mordit les lèvres. Son attention fut attirée par la foule située derrière les baies vitrées de son box VIP, puis revint vers le Dominus.

— Amelia. J'ai dit que cela se passerait ainsi. C'est de cette manière que tu te soumettras. Pour te préserver de tes tentatives de tout gérer. Ton nouveau Maître ne le tolèrera pas et il approuve ma décision.

Juste un autre vendredi soir au *Club Pain*. Les yeux d'Amelia étudièrent la foule de gens à l'extérieur du box une fois de plus. Certains passaient devant eux sans même leur jeter un coup d'œil, d'autres avaient visiblement remarqué ce qui se passait. Son nouveau

Dom était là dehors quelque part – mais aucun visage particulier ne la frappa.

Elle déglutit nerveusement. Dominus ne plaisantait pas, à partir du moment où elle était venue le trouver lui demandant un Dom qui puisse la gérer, il avait pris le contrôle et ne lui avait donné aucun mou dans les rênes et l'avait amenée à un Maître. Elle allait désormais être complètement dépouillée de tout contrôle et cela l'effrayait au-delà de toute compréhension, mais elle ne pouvait non plus ignorer l'humidité qui s'accumulait dans son intimité. La totale soumission à un Maître semblait, depuis si longtemps, comme un désir mythologique – inéluctablement inaccessible. Maintenant, elle y était, et la décharge de chaleur que cela lui provoquait était au-delà du mesurable. Cela lui coupait le souffle et un mélange d'anxiété, de désir, de nervosité et d'anticipation faisait vibrer son corps entier, à tel point que son cœur martelait en dépit des restrictions de son corset.

Une fois de plus, elle se mordit les lèvres, ravalant la langueur – elle était très humide et pour la première fois elle souhaita que les vitres entourant son box VIP puisse se teinter d'un simple contact comme le faisait celle de Trenton, ainsi personne ne pourrait voir.

— Qu'as-tu besoin de me dire Amelia ? demanda Trenton, n'ayant perdu aucune once de patience ni de ses orientations sévères.

Amelia prit une longue inspiration, voulant se détendre, et relâcha le foulard de soie.

— Vert.

Un soupir froid et nerveux s'échappa de ses lèvres tel son vin rouge préféré.

— Brave fille.

Et le bandeau vint à nouveau couvrir ses yeux alors qu'il lui parlait.

— Ton nouveau Maître va nous rejoindre dans un instant.

Toujours dominant, mais adouci, la rassurant dans l'obscurité, lui parlant de sa nouvelle expérience dans la soumission.

— Si à un quelconque moment tu as atteint tes limites, utilise tes mots de sécurité. Si tu prononces *jaune*, il arrêtera et travaillera dessus ou changera pour autre chose, selon ce qu'il pense que tu as besoin. Si tu dis *rouge*, il arrêtera tout, et ton weekend prendra fin. *Dans tous les cas*, le bandeau ne sera pas retiré jusqu'à ce qu'il t'ait ramené à moi. Compris ?

Une nouvelle vague de peur déferla en elle, lui faisant gravir un nouvel échelon de désir. Ses yeux tentèrent de distinguer à travers le tissu, mais elle était aussi aveugle qu'une nouvelle esclave devait l'être.

— Puis-je demander pourquoi Dominus ?

— Parce que de prononcer *rouge* te fera perdre le privilège de découvrir qui est ton nouveau Maître.

Des doigts testèrent la tension du tissu pour s'assurer qu'il n'était pas trop lâche.

— Comment est-ce ? Pas trop serré ?

Il resterait longtemps en place, donc il voulait s'assurer qu'il était confortablement mis afin de ne pas déclencher une migraine pendant son port. Elle aspira une grande bouffée d'air puis la laissa s'échapper avec un doux soupir qui accentua le mot signifiant qu'elle était prête.

— Vert.

— Brave fille.

Elle ressentit le doux baiser sur son front maintenant partiellement recouvert. La réconfortant. Elle l'entendit tourner autour d'elle, puis se reculer, appréciant sans doute l'exposition de son langage corporel.

— Maintenant, reste ici et ne dit pas un mot jusqu'à ce que tu aies besoin d'utiliser tes mots de sécurité. Compris ?

— Oui Dominus.

Son cœur battait au rythme d'un merengue dans sa poitrine, et ses entrailles commençaient à tourner et se retourner comme une piste de danse remplie de danseurs de salsa.

Le temps était venu.

La reddition qu'elle avait toujours désirée.

Une si douce peur. Elle pria pendant un bref instant, peut-être pas les prières que tout un chacun aurait faites, mais elle pria tout de même, parce qu'elle espérait réellement rendre son Maître heureux, simplement pour ce qu'il lui donnait déjà. *Euphorie.* Une délicieuse chaleur irradia du centre de son intimité, se propageant, jusqu'à lécher son oreille dans un seul mot chuchoté.

Maître.

TALON PS

DÉCOUVREZ LES AUTRES TITRE DE TALON PS & TARIAN PS

LA SÉRIE DES FRÈRES DU DOMINION – [French Edition]
Devenir Son Esclave - Partie 1 & 2
Dominer l'Héritière
Un Havre pour Cliff
Attirance Brutale

DOMINION OF BROTHERS SERIES
Becoming His Slave
Domming the Heiress
A Place for Cliff
Rough Attraction
Taking Over Trofim
Right One 4 Diesel
Touching Vida~Vince

Muse Me Only
Inspire Moi Seulement [French Edition]

QUANTUM MATES:
Pt 1~ What Torin Wants

DEAR SOLDIER SERIES:
Dear Soldier, With Love
Dear Soldier, With Love II: A Lost Soldier Named Grey

LYCOTHARIAN COLLECTION:
Bond of the Lycaon Concubine

LA SÉRIE DES FRÈRES DU DOMINION ~ Tomes 1
Devenir Son Esclave - Partie 2

❦

TALON's KEEP COLLECTION:
Feral Dream by Talon ps
Danny's Dom by Nick Hasse

❦

That's My Ethan

❦

THE TEDDY BEAR COLLECTION:
Their Plane from Nowhere
Big Spoon & Teddy Bear
Ivan vs Ivan
TIME: Wounds All Heal
Shaggin' the Dead

❦

THE SADOU ORDER – A Dark Taboo Series
Perfect Boy / Perfect Son

—•———•━━━•━━━•———•—

THE PENDHRAGAIN LEGENDS
A Pre-Arthurian Historical Fantasy
Anáil Dhragain (Dragon's Breath)

❦

KEEPERS OF DESTINY SERIES
A Post-Apocalyptic Dark Fantasy
Keeping With Destiny

❦

TALON PS

THREE WRONG TURNS
A Coming-of-Age Gay Fiction Saga within an Abusive Home

⸺•⸺•▬◆▬•⸺•⸺

TOPAZ OF ARABIA AND HER FOREVER HOME JOURNEY
Un livre d'activités et de coloriage sûr pour tous les âges

ℰᴗℰ

THE ADVENTURES OF HUGH JORGAN
En tant que ROCK HARDING ~ Un livre de coloriage coquin
pour adultes

⸺•⸺•▬◆▬•⸺•⸺

SE CONNECTER ET SUIVRE LES JUMEAUX :

WWW.TALON-PS.COM

Milton Keynes UK
Ingram Content Group UK Ltd.
UKHW021923130824
446844UK00012B/782